MARIA NIKOLAI

TÖCHTER DES GLÜCKS

DIE BODENSEE-SAGA 2

ROMAN

PENGUIN VERLAG

MIX
Papier aus verantwortungsvollen Quellen
FSC® C014496

Klimaneutral*
Druckprodukt
ClimatePartner.com/14044-1912-1001

Penguin Random House Verlagsgruppe FSC® N001967

2. Auflage

Redaktion: Sarvin Zakikhani
Umschlaggestaltung: Favoritbuero
Umschlagabbildungen: ©Ildiko Neer/ArcAngel, © Shutterstock
(Marina Grau, Standret, Gebeler, Vadym Lavra, T.SALAMATIK, kzww,
Irine and Andrew, Helene PIETRINI, Nemeziya, Darya Komarova,
Boris Medvedev, sumroeng chinnapan, OLEG PLESHKOV)
Satz: Buch-Werkstatt GmbH, Bad Aibling
Druck und Bindung: GGP Media GmbH, Pößneck
Printed in Germany
ISBN 978-3-328-10760-6
www.penguin-verlag.de

»Es klingt ein Glück,
Es blüht von weit
Und rankt um meine Einsamkeit.«

Rainer Maria Rilke

PROLOG

Der Lindenhof in Meersburg am Bodensee,
im Mansardenzimmer der Lindner-Mädchen,
an einem Sommerabend des Jahres 1909

»Nein, Helena! Das mache ich nicht! Auf gar keinen Fall!« Lilly hoffte, dass sie überzeugend genug klang. »Ich bin neun Jahre alt! Und das ist mein Zahn! Über den bestimme nur ich!«

»Ich will dir doch nur helfen, du Dummerchen«, erwiderte ihre dreizehnjährige Schwester. »Du wirst sehen, das geht ganz leicht!«

»Aber …« Lilly suchte fieberhaft nach Argumenten, die sie vor Helenas Versuch, ihren Wackelzahn mit einem an die Türklinke gebundenen Bindfaden herauszuziehen, bewahren konnten.

»Kein *Aber*«, sagte Helena streng und schnitt bereits ein Stück Zwirn ab. »Ich habe keine Lust mehr, deinem Gejammer zuzuhören, dass du nicht richtig essen kannst, weil der Zahn so wackelt.«

»Ich jammere doch gar nicht …«

Helena biss den Faden durch und hielt ihn Lilly vor die

Nase. »Es ist nur ein kleiner Augenblick! Dann ist alles vorbei und du kannst ihn unter das Kopfkissen legen – für die *Gute Fee.*«

»Lilly, du musst den Mund aufmachen!«, sagte Katharina und spielte mit einem ihrer hellblonden Zöpfe.

Lilly streckte ihr die Zunge heraus. Sie wusste, dass Katharina schon die ganze Zeit auf diese Zahnziehprozedur hinfieberte. Mit ihren acht Jahren mochte sie die Jüngste der drei Lindner-Schwestern sein, doch schon seit Lilly denken konnte, kümmerte Katharina sich um alles, was mit irgendwelchen Wehwechen und ihrer Behandlung zusammenhing – einerlei, ob der Betroffene das wollte oder nicht.

»Jetzt setzt du dich auf das Bett und wir machen erst einmal den Bindfaden an deinem Zahn fest«, entschied Helena und nahm Lilly am Arm.

Katharina nickte. »Genau!«

Lilly ließ sich widerstrebend mitziehen.

Die drei Schwestern trugen bereits ihre Nachthemden, denn es war Schlafenszeit. Eigentlich mochte Lilly diese späte Stunde, bevor der Vater mit ihnen das Nachtgebet sprach, immer besonders gerne. Meistens spielten sie dann mit ihren Puppen oder sie malten. Manchmal sangen sie gemeinsam ein Abendlied.

Aber nicht heute.

Denn heute hatte sich Helena in den Kopf gesetzt, Lillys Zahn den Garaus zu machen. Lilly, die inzwischen auf ihrem Bett saß, die Schwestern zu beiden Seiten, rüttelte noch einmal an dem widerspenstigen Eckzahn, der schon seit einer Woche so sehr wackelte, dass sie sich nicht einmal mehr traute, in einen Apfel zu beißen. Aber das mit dem Faden und der Türe – das machte ihr weit mehr Angst als der Zahn Beschwerden.

»Darf ich den Faden festbinden, Helena?«, fragte Katharina in diesem Moment.

»Nein, Katharina, das mache ich«, sagte Helena.

Katharina verzog die Mundwinkel, widersprach aber nicht. Sie rutschte noch ein bisschen näher zu Lilly hin und sah erwartungsvoll auf Helena.

Lilly kniff die Lippen zusammen.

»Lass mich wenigstens in deinen Mund schauen, Lilly«, bat Helena.

»Ha, nein!« Lilly fürchtete eine überfallartige Verknotungsmaßnahme für ihren Zahn.

»Nur schauen! Ich mache erst einmal nix, das verspreche ich dir!«

Misstrauisch öffnete Lilly den Mund und ließ Helena hineinsehen. Zugleich reckte sich auch Katharina, um die Lage zu begutachten, und so kam es, dass die Köpfe der beiden zusammenstießen und gegen Lillys offenen Mund prallten.

Lilly schrie.

Katharina heulte auf.

»Du blutest ja, Lilly!« Helena verzog keine Miene, zeigte aber zum ersten Mal an diesem Abend so etwas wie Mitgefühl.

Lilly betastete vorsichtig ihre Lippen und betrachtete anschließend das Blut, das an ihren Fingern klebte. Zugleich spürte sie etwas Hartes in ihrem Mund. War das etwa …?

»Hmpf!« Sie spuckte den Brocken aus.

»Er ist draußen!«, flüsterte Katharina, auf deren Stirn sich durch den Zusammenstoß eine riesige Beule gebildet hatte. »Das ging aber schnell!«

Alle drei starrten auf den blutigen Eckzahn auf Lillys Handfläche. »Dann kann die *Gute Fee* ja kommen«, stellte Helena zufrieden fest. »Am besten, wir waschen ihn ab und legen ihn unter dein Kopfkissen, Lilly.«

Eine Stunde später lagen die drei in ihren Betten im Mansardenzimmer des Lindenhofs. Beim Abendgebet hatten sie dem Vater Lillys Zahn gezeigt, und er hatte ihn sich genau angesehen. Die Gute Fee, hatte er gemeint, würde ganz bestimmt in dieser Nacht vorbeischauen.

Diese Prophezeiung wiederum bewirkte, dass Lilly nicht schlafen konnte. Zu gerne wollte sie einmal der Guten Fee begegnen, die ganz sicher ein wunderschönes Gewand trug und einen Zauberstab bei sich hatte, mit dem sie ihren Zahn in eine Geldmünze verwandelte.

Nachdem sie sich eine Zeit lang hin und her gewälzt hatte, hielt sie es nicht länger aus und stand auf. Der Vollmond, der durch das Fenster in das Zimmer der Mädchen schien, erhellte den Raum so weit, dass Lilly nicht nur die Möbel, sondern auch Helenas dunklen Zopf erkennen konnte, der quer über ihrem weißen Kissen lag. Sie schlief tief und fest, wie immer.

Lilly wandte sich ab und öffnete die beiden Fensterflügel. Vielleicht nahm die Gute Fee ja diesen Weg, und da freute sie sich sicher, wenn sie gleich hereinflattern konnte – ohne irgendwelche Hindernisse umfliegen zu müssen. Eine Weile lang spähte Lilly in die Mondnacht, aber von der Guten Fee war weit und breit nichts zu sehen. Lediglich ein paar Fledermäuse waren auf der Jagd. Waren Feen unsichtbar?

Vom Ufer her hörte sie das leise Glucksen des Bodensees.

Lilly seufzte, schloss das Fenster, ging zu Katharinas Bett und setzte sich auf die Kante. »Schläfst du schon?«

»Ja«, murmelte Katharina schlaftrunken.

»Ich möchte so gerne die Gute Fee sehen«, wisperte Lilly.

Katharina hob den Kopf. »Was? Die Gute Fee sehen?« Sie setzte sich ruckartig auf. »Das will ich auch!«

»Schrei doch nicht so, Katharina!«, warnte Lilly. »Es ist besser, wenn Helena nicht aufwacht. Sie glaubt nämlich nicht an die Gute Fee.«

»Ehrlich nicht?«

»Das hat sie jedenfalls gesagt, als ihr das letzte Mal ein Zahn ausgefallen ist. Sie hat ihn gar nicht unter das Kopfkissen gelegt, sondern in ein Taschentuch eingepackt und in ihre Nachttischschublade getan.«

»Bei mir kommt die Gute Fee immer!« Der Stolz in Katharinas Stimme versetzte Lilly einen leisen Stich.

»Bei mir nicht … immer«, bekannte sie seufzend.

»Hm. Vielleicht bist du nicht immer brav.«

Lilly beschloss, dieses Thema nicht weiter zu vertiefen. »Bleibst du mit mir wach, Katharina?«, fragte sie stattdessen. Ein wenig Beistand konnte nicht schaden.

»Ja.« Katharina gähnte.

»Und … darf ich zu dir ins Bett kommen? Da kann ich sie besser sehen, ohne dass sie es merkt.«

»Aber …«, Katharinas Näschen kräuselte sich unschlüssig,

»vielleicht weiß die Gute Fee gar nicht, wo der Zahn liegt, wenn du nicht in deinem Bett bist, Lilly.«

»Ach was. Eine Fee weiß alles!« Lilly schlüpfte unter Katharinas Decke und suchte eine Position, in der sie ihr Bett gut im Blick hatte.

Dann begann das Warten.

Lilly träumte davon, dass sie im Feengewand um den Vollmond herumflog. Sie fühlte sich herrlich, mutig und frei, und ein bisschen verwunschen – obwohl sie immer wieder unheimlichen Fledermäusen ausweichen musste.

Plötzlich hörte sie ein Knacken.

Sofort war sie hellwach und schlug die Augen auf. Neben sich vernahm sie regelmäßige Atemzüge. Katharina war also auch eingeschlafen.

Lilly wagte nicht, ihre Schwester zu wecken, denn sie bemerkte eine schemenhafte Gestalt, die durch den Raum schlich. Diese ging zunächst zu Helena, dann näherte sie sich Lillys leerem Bett. Lilly folgte jeder einzelnen Bewegung, während ihr das Herz bis zum Hals schlug.

In dem Moment, da der Schatten unter ihr Kissen griff und dort herumhantierte, wanderte das blasse Mondlicht über ihn hinweg. Lillys Augen weiteten sich vor Schreck, ihre Hände krallten sich in Katharinas Zudecke. Das konnte nicht sein. Niemals! Voll angstvoller Empörung wartete sie, bis die Gestalt ihr Tun beendet hatte und sich umwandte, um das Zimmer zu verlassen. Mit einem leisen Klacken fiel die Tür ins Schloss.

Lilly ließ die Decke los. »Katharina!« Sie rüttelte an der Schulter ihrer Schwester.

»Aber Lilly …« Katharina richtete sich auf und schlug die Hand vor den Mund. »War sie da?«, nuschelte sie aufgeregt.

»Katharina …« Lilly konnte das Unglaubliche kaum aussprechen. »Die Gute Fee … ist ein Mann!«

TEIL 1
GESTOHLENE TRÄUME

Mai 1918 bis Juni 1918

1. KAPITEL

Meersburg am Bodensee,
neun Jahre später, Anfang Mai 1918

Friedvoll lag der Morgen über dem See. Sein blassgelbes Licht tanzte auf den kleinen sich kräuselnden Wellen und kündete vom neuen Tag, der im Osten angebrochen war. Die wenigen weißen Wolken, die am zartblauen Himmel dahinzogen, spiegelten sich auf der Wasseroberfläche und zerstoben in dem Moment, da Pater Fidelis' Ruderschläge den hölzernen Kahn darüber hinweggleiten ließen.

Lilly saß dem beleibten Zisterziensermönch gegenüber. Sie lauschte dem Geräusch der eintauchenden Paddel und beobachtete die Wirbel, die durch deren rhythmische Bewegung entstanden. Um diese Stunde war nicht nur die Natur durch die aufsteigende Sonne erwacht – auch die Fischerboote draußen auf dem Bodensee waren nun gut zu erkennen. Sie hoben die Netze, die am Vortag gesetzt worden waren, in der Hoffnung, dass sich über die Nacht möglichst viele Silberforellen, Kretzer und Blaufelchen darin verfingen.

»Herrgott!« Schwer atmend hielt Pater Fidelis mit dem Rudern inne, nahm ein Tuch aus seiner Kutte und wischte sich den Schweiß aus dem Gesicht.

Lilly reichte ihm eine Feldflasche mit Wasser.

Der Mönch trank hastig. »Hab Dank!«

Einige Minuten lang ließ er sinnend den Blick umherschweifen, dann gab er Lilly die Flasche zurück. Bevor er die Ruder wieder aufnahm, deutete er zu den Fischern auf den See hinaus. »Des gibt eine gute Mahlzeit!«

Lilly nickte. »Die Netze scheinen voll zu sein!« Auch sie liebte die feinen Bodenseefische, die dort eingeholt wurden. Vor allem dann, wenn sie herzhaft geräuchert worden waren.

»Ich bet jeden Abend drei Rosenkranzerl für einen guten Fang! Da darf sich der Herrgott net lumpen lassen!« Pater Fidelis zwinkerte ihr zu.

Lilly lächelte verhalten. »Er wird es kaum wagen, ein Gebet von Euch *nicht* zu erhören, Pater.«

»So isses.« Er richtete sich ein wenig auf. »Dann woll'n mir wohl weiter!« Mit ruckartigen Paddelbewegungen setzte er den Kahn wieder in Bewegung.

Im Gegensatz zu den Fischern blieben Lilly und Pater Fidelis in Ufernähe. Die Planken von Vaters Boot waren morsch – es war seit einigen Jahren nicht mehr benutzt worden und der Gebrauch eigentlich untersagt. Weit hinaus wagten sie sich deshalb nicht. Lilly war ohnehin überrascht, dass es Pater Fidelis gelungen war, den Vater dazu zu bringen, ihm den Kahn zu überlassen – vermutlich, weil er unterschlagen hatte, dass Lilly mit an Bord sein würde. Und so blinzelte Lilly heute mit einem schlechten Gewissen in die aufgehende Sonne. Dieses ließ sich auch dadurch nicht ganz vertreiben, dass ihr Pater Fidelis beim Einsteigen gewissermaßen Absolution erteilt hatte: »Nix gesagt ist ja net gelogen!«

Sie seufzte.

»Es ist alles gut, Fräulein Lilly«, schnaufte Pater Fidelis, der den leisen Jammerlaut gehört hatte und offenbar auf sich selbst bezog. »Nur hätt ich net gedacht, dass es so schwer geht mit dem Rudern. Und dass es so weit is!« Auf seiner Stirn bildeten sich bereits wieder Schweißtropfen.

»Soll ich die Ruder übernehmen?«, fragte Lilly. »Bis Kirchberg ist es wirklich noch ein gutes Stück.«

»Nein! Des kommt net infrage!« Der Pater erhöhte die Schlagzahl, als wolle er beweisen, dass er der Aufgabe durchaus gewachsen war. Doch anstatt nennenswert Geschwindigkeit aufzunehmen, erzeugte er lediglich einen unruhigen Schlingerkurs.

Lilly hielt sich am Rand fest. Die hastigen Bewegungen des Bootes verursachten ihr Übelkeit.

Sie schüttelte unmerklich den Kopf.

Sie war keineswegs erpicht darauf, selbst zu rudern, aber in diesem Fall wären sie nicht nur schneller am Ziel – es bekäme sicherlich auch der Magenverstimmung besser, die sie seit einigen Tagen plagte. Aber sie wollte Pater Fidelis nicht kränken und unterdrückte deshalb den wiederkehrenden Würgereiz, indem sie tief aus- und wieder einatmete. Der Ordenspriester war nun einmal nicht am Wasser aufgewachsen wie Lilly und ihre Schwestern, sondern stammte nach eigenem Bekunden aus einer Bauersfamilie in der Nähe von München. Und in den vielen Jahren, die er inzwischen im Kloster Mehrerau bei Bregenz lebte, hatte er wohl wichtigere Dinge zu tun gehabt, als sich dem Rudern oder anderen sportlichen Übungen zu widmen.

Lilly war froh, als er in einen Rhythmus zurückgefunden hatte, der den Kahn leidlich auf Kurs hielt. Sie wollte unbedingt vermeiden, ihr Frühstück dem See zu übergeben. So schaukelten sie weiter, vorbei an Hagnau und vereinzelten Gebäuden am Ufer, bis sie schließlich in der Nähe eines hübschen turmartigen Badehauses anlandeten.

Lilly ging es augenblicklich besser, und sie half Pater Fidelis dabei, aus dem Boot zu steigen. Der Kies unter ihren Schuhen knirschte, als sie es ein Stück weit aus dem Wasser zogen, damit die Wellen es nicht wieder mitnehmen konnten.

»Mei, des war eine Arbeit«, seufzte Pater Fidelis und stützte sich für einen Moment an der Bootswand ab.

»Ihr wolltet Euch ja nicht helfen lassen.« Lilly strich über die helle Schürze, die sie über ihrem braunen Arbeitskleid trug. »Gebt Ihr mir meinen Korb, Pater Fidelis?«

Pater Fidelis grinste über ihre freche Bemerkung hinweg. »Freilich!« Er nahm die mitgebrachten Sammelkörbe aus dem Boot und reichte ihr den kleineren. »Bittschön!«

Lilly griff danach und warf einen schnellen Blick auf das rot-weiße Leinentuch, unter dem sie Gartenschere, Bindfaden, Schäufelchen und ein kleines Messer wusste. »Danke.«

Pater Fidelis nickte ihr zu. »Dann wollen wir mal!«

Nur wenige Schritte waren es vom Ufer – wo zwischen den rund gewaschenen, grauweißen Steinen die zahllosen Sterne des himmelblauen Bodensee-Vergissmeinnichts leuchteten – bis zum Gürtel aus Bäumen und Gebüsch, der die Uferzone säumte. Kaum hatten Lilly und Pater Fidelis den Schatten der

Erlen, Pappeln und Weiden erreicht, blieb der Mönch stehen und kniff die Augen zusammen. »Mei! So eine Freud'! Veilchen über Veilchen! Des ist eine rechte Gnade!«

Und wirklich übersäten unzählige dunkelviolette Blüten den halbschattigen Boden. Lilly nahm ein Messer aus ihrem Korb, stellte ihn ab und ging in die Hocke.

»Wir holen jetzt nur Blüten und Blätter, Fräulein Lilly. Die Wurzel dürfen wir erst im Herbst ernten!«, mahnte Pater Fidelis.

»Ich weiß, Pater.« Sie begann, sich vorsichtig durch die Blütenbüschel zu arbeiten.

Pater Fidelis faltete die Hände und sah ihr zu. Der Zisterzienser packte zwar an, wo immer er gebraucht wurde, doch allzu sportliche Bückbewegungen vermied er, da ihm sein Bauch dabei in die Quere kam. Schließlich aber nahm er selbst das Messer aus seinem Korb, ging ein paar Schritte zu einer in der Nähe stehenden Stieleiche und begann, junge Zweige abzuschneiden. »Die Eichenrinde ist gut zu brauchen«, erklärte er nebenbei, »da gibt's einen Sud, der hilft bei offenen Wunden.«

Lilly sah über die Schulter zu ihm hin.

Der gute Pater Fidelis. Letzten Herbst schon hatte er im Lindenhof Quartier genommen, dem Gasthaus von Lillys Eltern am Ufer des Bodensees. Ursprünglich, weil er im Auftrag seines Ordens den Rückkauf der früheren Wallfahrtskirche Birnau vorantreiben sollte und eine Unterkunft in der Nähe gebraucht hatte. Mittlerweile widmete er seine Kraft den Verletzten, die in den Gasträumen behandelt wurden – denn zum Jahreswechsel war aus dem Lindenhof ein Lazarett geworden.

Lillys ältere Schwester Helena und der Vater hatten keine andere Möglichkeit mehr gesehen, den finanziell schwer gebeutelten Gasthof vor dem Ruin zu retten, als dort gegen Entgelt Kriegsversehrte zu pflegen. Ein Kraftakt für die ganze Familie.

Der in den Heilkünsten bewanderte Pater Fidelis war inzwischen unersetzlich. Er wusste Hilfe bei Husten und Durchfall, Magenverstimmungen und Kopfschmerzen, bei schlecht heilenden Abszessen und Geschwüren, die durch Verletzungen und das lange Liegen verursacht wurden.

Doch nicht nur die Medizin und die Verbände wirkten Wunder. Seine ruhige, humorige Art tat allen gut: Lillys Schwestern, die bis zur Erschöpfung arbeiteten – Helena im Lindenhof-Lazarett, Katharina als Hilfsschwester im Meersburger Spital. Ihrem Vater Gustav, der auf dem Schlachtfeld einen Unterschenkel verloren hatte und damit haderte. Selbst ihrer ernsten Mutter Elisabeth entlockten seine launigen Bemerkungen hin und wieder ein schwaches Lächeln. Pater Fidelis schäkerte mit der Köchin Käthe und tröstete die Kranken. Lilly erschien er wie ein Fels in der Brandung, zumal er sein Heilpflanzenwissen mit ihr teilte, welches sie bei der Arbeit im Lazarett gut nutzen konnte.

Das Lazarett.

Anfangs war allein der Anblick der verletzten Männer eine Qual für Lilly gewesen, und sie hatte Helena mitunter dafür gehasst, aus ihrem Zuhause eine Krankenanstalt gemacht zu haben. Nur mühsam war es ihr gelungen, ihre Abscheu beiseitezuschieben und den Dienst zu tun, der von ihr wie von allen verlangt wurde. Mit der Zeit war es besser geworden, zumal Lilly wirklich etwas hatte dazu beitragen wollen, um dem Lindenhof zu helfen. Dennoch war sie für jede Gelegenheit dankbar, die es ihr erlaubte, der stickigen Atmosphäre des Krankensaales zu entfliehen.

Während Pater Fidelis den nächsten Eichenbaum in Angriff nahm, widmete Lilly sich wieder den Veilchen. Sie schnitt eine Handvoll Blüten ab, ließ sie in ihren Korb rieseln und sah gedankenverloren zu, wie sie sich auf die anderen legten. Wie wunderbar die Natur doch war!

Sie schloss die Lider, um den zarten Duft zu genießen, der von ihnen aufstieg. Verwoben mit dem linden Rauschen der Bäume im Morgenwind und dem vertrauten Schlag der Wellen auf dem Uferkies, milderte er ihre Übelkeit und legte sich wie Balsam auf ihr kummervolles Herz, das noch immer nicht verstehen wollte. Nicht verstehen *konnte*.

War es wirklich erst wenige Monate her, dass sie sich Hals über Kopf in den gut aussehenden Lazarettpatienten Arno Reichle verliebt hatte? Ihren Ritter in schimmernder Rüstung, der sie mit wunderbaren Worten umworben und ihr eine verheißungsvolle Zukunft als Industriellengattin versprochen hatte? Neben dem sie mit klopfendem Herzen am Traualtar gestanden hatte und dem sie voller Hoffnung in seine Stuttgarter Villa gefolgt war? Sie waren so glücklich gewesen, so voller Pläne. Nun war Arno wieder an der Front, und die Fabrik lag in Trümmern …

Ein schmerzlicher Seufzer schlüpfte über ihre Lippen und flocht sich in das Brummen einer Hummel, die sie umtanzte. Gleichzeitig hörte sie ein Rascheln.

»Des wird scho wieder, Fräulein Lilly.«

Lilly schlug die Augen auf.

Pater Fidelis stand neben ihr, einen Bund dünner Eichenzweige in der Hand. »Wo Regen is, da is auch ein Regenbogen.« Er schien zu spüren, was sie umtrieb. »Dein Mann kommt heim, ganz bestimmt! Und dann bauen's alle eure Seifenfabrik wieder auf!«

»Ach, Pater …«

»Wollen wir weiter?« Sein Ton war aufmunternd.

Lilly nickte. In einer langsamen Bewegung beugte sie sich vor, setzte das Messer an und schnitt einige letzte Veilchen ab. Dann richtete sie sich auf.

Sie sprachen nicht viel, während sie zum Schloss hinaufgingen. Unterwegs gesellten sich Kamille und Huflattich, Brennnessel, Salbei, Löwenzahn und zahlreiche weitere Kräuter zu Veilchen und Eichenrinde. Als sie das in Weinberge gebettete Schloss Kirchberg mit seinen Walmdächern, Treppengiebeln und Türmchen erreichten, waren ihre Körbe gut gefüllt.

Pater Fidelis, der vor Lilly ging, blieb stehen. »Mei, des is heut schon warm. Wir haben doch erst Anfang Mai.« Er schnaufte hörbar durch. Dann drehte er sich zu ihr um und deutete in die Ferne. »Aber herrlich ist es hier oben, net wahr?«

Lilly wandte den Kopf und beschattete ihre Augen mit der Hand, da sie das Sonnenlicht blendete. »Ja«, erwiderte sie und ließ ihren Blick über die unwirklich friedliche Kulisse ihrer Heimat wandern. »Das ist es.«

Vor ihnen breitete sich in seinem ureigenen Blaugrün der See aus. In diesiger Ferne erahnte man das Schweizer Ufer und die Höhen der Alpen. Fischerboote sprenkelten als locker gesetzte dunkle Tupfen die Wasseroberfläche.

»Nachher machen wir aus den Veilchen eine schöne Salbe,

Fräulein Lilly«, sagte Pater Fidelis. »Eine, die man auch für das Gesicht nehmen kann. Das möchten's doch lernen, net wahr?«

»Ja, sogar sehr gern«, antwortete Lilly.

»Na, dann wollen wir mal heimfahren.«

Lilly nickte und legte die Hand auf den Henkel des Korbes in ihrer Armbeuge. »Habt Ihr etwas dagegen, wenn ich zurückrudere, Pater?«

Pater Fidelis zögerte. »Nein«, erwiderte er dann. »Ich hab nix dagegen.«

2. Kapitel

Zwei Stunden später im Lindenhof

Lilly hatte ihr Kleid mit der Tracht der Rotkreuzschwestern getauscht, ihr goldblondes Haar straff aufgesteckt und eine Haube darüber gezogen. Sie fühlte sich deutlich besser als am Vormittag. Das Rudern von Schloss Kirchberg zurück nach Meersburg hatte ihr gut getan.

Nun stand sie im Gang des Küchentrakts des Lindenhofs und band die Schleife ihrer Schürze noch einmal enger. Seit die Bomben gefallen waren und die Seifenfabrik Reichle getroffen hatten, verspürte sie kaum mehr Appetit. Dieser Tag hatte ihrer Schwiegermutter das Leben gekostet, und ihr Schwiegervater lag schwer verletzt im Krankenhaus …

»Da sind Sie ja, Fräulein Lilly!«, rief Pater Fidelis vom großen hölzernen Küchentisch herüber, als sie eintrat.

Gleichzeitig hob die Köchin den Kopf. »Ihr habt wirklich fleißig gesammelt! So viel Löwenzahn und Brennnesseln! Das gibt einen guten Salat!« Die hagere Käthe herrschte seit jeher über das Küchenreich des Lindenhofs, in dessen Mitte ein eiserner Herd mit Verblendungen aus weißer Emaille stand.

»Und Erna wird noch ein paar Gänseblümchen aus dem Garten holen, gell, Erna?«

Die junge Küchenhilfe nickte. Sie stand an einem der beiden Arbeitstische, die den mächtigen Herd flankierten, und schnitt Zwiebeln klein.

Lilly schloss die Tür hinter sich und ging über den schwarzweiß geplättelten Boden zu Pater Fidelis hinüber, der vor sich bereits ein Sammelsurium an Gerätschaften aufgebaut hatte.

»Dann können wir also gleich anfangen«, sagte er und deutete auf eine Schale, in der die gesammelten Veilchen lagen.

»Die Veilchensalbe?«, fragte Lilly.

»So ist's. Als Erstes müssen wir zwanzig Gramm abwiegen. Blüten und Blätter.«

Lilly häufte die angegebene Menge auf die Küchenwaage, die Pater Fidelis von Käthe ausgeliehen hatte.

Er verfolgte ihre Bewegungen genau. »Jawoll!«, sagte er dann und deutete auf ein ausgebreitetes blau-weißes Leinentuch. »Die legen wir erst einmal auf die Seite.«

Während Lilly die Veilchen umbettete, griff Pater Fidelis nach einem kleinen irdenen Gefäß. »Da hab ich schon das Ziegenfett hergerichtet.« Mit einem Löffel gab er das weiße, geschmeidige Fett in eine emaillierte Schüssel. »So, das muss ins Wasserbad.«

»Langsam schmelzen?«, fragte Lilly.

»Richtig.« Er strich über die Schürze, die er sich um die Hüften gebunden hatte, um seine schwarz-weiße Zisterziensertracht vor Verschmutzungen zu schützen. »Frau Käthe?«, wandte er sich dann eine Spur zu laut an die Köchin. »Können's uns ein Platzerl auf dem Herd freigeben?«

Käthe, die gerade unter lautem Klappern die Eisenringe

über dem Herdfeuer entfernt und einen großen Kupferkessel auf die Öffnung gewuchtet hatte, hielt inne und machte eine unwillige Kopfbewegung. »Ich schlage Euch ja selten einen Wunsch ab, Pater, aber jetzt passt es wirklich nicht! Wir müssen das Kartoffelgulasch fertigkriegen. Sonst gibt es kein Mittagessen.« Mit betontem Schwung goss sie etwas Öl aus einer Kanne in den Kupferkessel. »Jetzt kannst du die Zwiebeln reingeben, Erna«, sagte sie zu ihrer Küchenhilfe.

»Ach, kommen's, Frau Käthe!«, bat Pater Fidelis. »Wir brauchen auch net lang. Vielleicht eine Stunde.«

Die Köchin seufzte vernehmlich. Zu Lillys Verwunderung rückte sie dann aber ein Stück zur Seite und deutete auf einen Platz am Rand des Herdes. »Da! Aber stört uns nicht.« Ihr Ton war barsch.

»Vergelt's Gott!«, säuselte Pater Fidelis. »Da halt ich für Sie eine ganz besondere Fürsprache bei dem heroben.«

»Jaja, ist schon recht«, brummte Käthe, aber Lilly meinte, ein winziges Lächeln um ihre Mundwinkel wahrgenommen zu haben. Pater Fidelis hatte bei ihr zweifellos einen Stein im Brett, denn die Bereitwilligkeit, mit der sie ihn seit Wochen in ihrer Küche an seinen Heilmitteln werkeln ließ, war untypisch für Käthe.

Lilly nahm einen Stieltopf aus dem Regal, füllte ihn mit Wasser und schob ihn auf die heiße Platte. Dann setzte sie die Schüssel mit dem Ziegenfett hinein.

Pater Fidelis beobachtete sie vom Tisch aus. »Aber aufpassen! Des darf net zu warm werden!«

Während Lilly rührte, bearbeitete Pater Fidelis die Veilchen mit dem Mörser. Ihr Duft durchzog die ganze Küche, konnte sich aber nur mühsam gegen das Aroma der im Topf röstenden

Zwiebeln behaupten. Der Ordensmann trat neben Lilly. »Schau her.« Er gab die zerkleinerten Blüten und Blätter zum Fett.

»Soll ich weiterrühren?«

»Jawoll. Immer vorsichtig weitermachen.« Pater Fidelis griff nach einem kleinen Ölkrug, den er bereitgestellt hatte. »Des Olivenöl muss auch dazu.« Er goss eine gute Portion zu den Veilchen. »Und zwar immer die Hälfte von den Veilchenblüten. Also wenn es zwanzig Gramm Veilchen sind, dann gibt man zehn Gramm Olivenöl dazu.«

Lilly arbeitete konzentriert, dankbar, dass sie sich damit wenigstens ein bisschen von ihrer Sorge um Arno ablenken konnte. Die Gedanken, wo er wohl gerade war, wie es ihm ging, ob er so an sie dachte wie sie an ihn, ließen ihr sonst kaum eine ruhige Minute.

»Ich frag mich ja wirklich, wo Ihr in diesen Zeiten ein Olivenöl herbekommt«, ließ sich plötzlich Käthe vernehmen, die Erna inzwischen beim Schälen und Vierteln der Kartoffeln half.

»Na, vom Kloster Mehrerau, Frau Käthe!«

Käthe schüttelte den Kopf. »Aber derzeit darf man doch nichts über die Grenze bringen?«

»Eigentlich net. Aber wenn man ein rechtes Olivenöl für die letzte Ölung braucht …«

Lilly sah, wie er Käthe zuzwinkerte.

»Dann kocht ihr auf meinem Herd gerade eine Salbe für die letzte Ölung?« Käthe schien ungläubig.

Pater Fidelis lachte sein brummendes Lachen. »Für die wievielte Ölung ist doch wurscht. Hauptsache, sie macht eine schöne Haut.«

Lilly musste lächeln.

Käthe wandte sich kopfschüttelnd ihrem Kochkessel zu und wies Erna an, die Kartoffelstückchen hineinzugeben. Als die feuchten Erdäpfel auf das heiße Fett trafen, begann es neben Lilly so heftig zu zischen und zu dampfen, dass sie einen Schritt zur Seite machte.

»Weiterrühren, Fräulein Lilly!«, befahl Pater Fidelis streng.

»Ja, aber es ist heiß!«, verteidigte sich Lilly.

»Des macht nix. Wir arbeiten da mit Sachen, die viel kosten, da darf nix schiefgehen!« Er warf einen prüfenden Blick in die Schüssel. »Aber das ist eh schon gut so. Jetzt machmer einen Deckel auf den Topf und lassen es eine Stunde köcheln.«

»Das ging aber schnell«, stellte Lilly fest.

»Morgen geht's weiter!«, antwortete Pater Fidelis, während er das Pflanzengemisch abdeckte. »Lassens uns der Frau Käthe ein bisserl beim Kochen helfen, Fräulein Lilly. Nachher können Sie unsere Veilchensuppe in den Keller bringen, da muss sie bis morgen durchziehen. Und Frau Käthe – das Kartoffelgulasch riecht schon k ö s t l i c h.«

Eine gute Stunde später

Die Schüssel mit dem Veilchensud war noch warm, als Lilly sich auf den Weg in den Keller machte. Doch schon kurz nachdem sie die ersten Stufen der Treppe hinuntergegangen war, überkam sie eine unangenehme Beklemmung. Sie zwang sich weiterzugehen.

Schnell verlor sich das Tageslicht, welches durch die offen gelassene Tür hereinfiel, im Dunkel des kühlen Gewölbes. Als sie in den Gang einbog, der zu den Lager- und Vorratsräumen führte, erhellten nur noch einige vereinzelte Laternen ihren Weg.

Lilly und ihre Schwestern hatten diesen Keller geliebt und gefürchtet zugleich. Unheimlich war er schon früher gewesen, dafür aber vollgestopft mit Käthes herrlichstem Naschwerk – Schokoladentörtchen, Butterküchlein, Teebrot, Anisschnitten, Fingerbiskuit, Mandelbrezeln oder dem von allen so geliebten Erdbeerkuchen. Vor den Festtagen hatten hier allerlei Cremetorten darauf gewartet, den Gästen serviert zu werden. Lilly, Katharina und Helena hatten oftmals eine Mutprobe daraus gemacht, wer von ihnen sich heimlich in den alten Gewölbekeller traute, um etwas von den dort lagernden Köstlichkeiten zu stibitzen.

Lilly schüttelte traurig den Kopf. Diese Zeiten schienen unendlich weit weg zu sein.

Sie durchlief einen gemauerten Torbogen und stellte ihre Schüssel auf einem niedrigen Regal ab, das über die gesamte Wandseite lief. Dort lagerten Teige, die gehen mussten, und allerlei Mariniertes, das ein paar Tage durchziehen sollte. Zudem warteten dort all die von Pater Fidelis angesetzten Essenzen und Tinkturen auf ihre Weiterverwendung.

Wie sehr sich alles hier verändert hatte. Kuchen und Törtchen gab es im Lindenhof nur noch selten. Lebensmittel waren knapp, auch wenn Lillys Mutter Elisabeth aus unergründlichen Quellen immer wieder größere Mengen an Zucker, Mehl und anderen Grundnahrungsmitteln auftrieb. Im Haus ihrer

Schwiegereltern in Stuttgart dagegen war der Tisch trotz aller Not stets reich gedeckt gewesen.

Stuttgart.

Lilly schwindelte. Der Boden unter ihren Füßen schien zu schwanken, zugleich begann es in ihren Ohren zu hämmern …

Es war später Vormittag. Der frühe Nebel hatte sich weitgehend aufgelöst, ein leichter Wind begleitete diesen trockenen, milden Märztag. Johann hatte die geschlossene Kutsche vorgefahren, und Lilly war gerade im Begriff, sich in das weiche Leder zu setzen, als sich ein eindringlicher Alarm über die Stadt legte.

Der Ton ging ihr durch Mark und Bein. Sie sah aus den Fenstern der Kutsche, wusste nicht, was vor sich ging, während sie versuchte, die aufsteigende Angst niederzukämpfen.

»Schnell! Ein Luftangriff!« Johann riss den Schlag auf. »Zurück ins Haus, gnädige Frau! In den Keller!«

Der Schock tobte durch Lillys Adern. Gleichzeitig fühlte sie sich zu Eis erstarrt.

»Bitte, gnädige Frau!«, drängte Johann und hielt ihr die Hand hin. Lilly sah ihn ungläubig an, nahm wahr, dass er nur mühsam die Fassung bewahrte. Sie spürte seine Hände, die nach ihr griffen und sie aus der Kutsche zerrten, hörte, wie der Stoff ihres Kleides riss.

Als sie auf der Straße stand, wurde ihr schwindelig.

Von fern ertönte unheilvolles Dröhnen.

Johanns Finger gruben sich in ihre Schultern. Er deutete zum Eingangsportal der Stadtvilla, in der sie seit ihrer Heirat mit Arno lebte. »Es werden Bomben fallen! Laufen Sie!«

Seine Worte hallten in ihrem Kopf wider, brachten sie endlich in Bewegung. Wie eine Marionette, gespielt an unsichtbaren Fäden, ging sie ein paar Schritte über den Gehweg. Eine Frau rempelte sie an und hastete mit angstverzerrtem Gesicht weiter, Schreie schallten über das sonst so ruhige Villenviertel.

»Laufen Sie!«, brüllte Johann.

Lilly raffte ihren Rock, hastete durch das Tor des schmiedeeisernen Zaunes und die steinernen Treppen hinauf zum Eingangsportal. Das tiefe, gleichmäßige Grollen der anfliegenden Maschinen wurde lauter, übertönte den Heulton der Sirenen und die Warnschüsse, ließ die Luft und den Boden vibrieren. Lilly begann zu schluchzen, bedeckte ihre Ohren mit den Händen, wollte, dass es aufhört.

Als die Schatten der Flieger über den Kiesweg wanderten, öffnete sich die Tür zum Haus. Edith, das Dienstmädchen, sagte etwas zu ihr, das sie nicht verstand, packte sie am Arm und zog sie mit sich die Treppe in den Keller hinunter.

In einem fensterlosen Raum spendeten einige Kerzen schwaches Licht. Im Zwielicht erkannte Lilly die bleichen Gesichter der Bediensteten des Hauses. Ihre Knie zitterten.

»Wo ist denn der Johann?« Die Stimme der Köchin Thea war unnatürlich hoch.

»Der versorgt das Pferd«, erwiderte Edith.

»Hoffentlich reicht's ihm noch runter.« Die Köchin sah zu Lilly. »Wir haben schon öfter Fliegeralarm gehabt.«

»Und wir werden hoffentlich auch dieses Mal verschont bleiben«, erwiderte Edith. Aber auch ihre Stimme bebte.

»Möchten Sie zu mir kommen, gnädige Frau?«, fragte Thea.

Lilly brachte kein Wort heraus. Deshalb nickte sie nur stumm und setzte sich neben die Köchin. Edith schloss die Tür. Das Stubenmädchen, die Wäscherin und die Küchenhilfe auf der Bank gegenüber hielten sich an den Händen.

In das angstvolle Schweigen, das sich ausbreitete, drangen wenig später schwere Schritte.

Mit einem stummen Nicken betrat Johann den Raum und setzte sich auf ein kleines Mostfass.

Sie warteten, beteten, hofften. Die Zeit zog sich qualvoll ins Unendliche, die Ungewissheit wuchs von Stunde zu Stunde.

Schließlich erhob sich Johann und ging nach oben.

»Ist alles wieder ruhig«, meinte er, als er kurz darauf in den Keller zurückkehrte. »Sieht so aus, als ob sie uns diesmal verschont haben. Ich geh zum Stall. Ihr bleibt noch eine Stunde hier unten. Zur Sicherheit.«

Erst später am Tag erfuhren sie von dem schrecklichen Unheil, das der Familie Reichle widerfahren war …

Lillys Hände zitterten. Zugleich legte sich eine bleierne Schwere auf ihre Brust, nahm ihr die Luft zum Atmen. Ein panisches Gefühl stieg in ihr auf, flutete ihren ganzen Körper, versetzte sie in Todesangst. Ein Kribbeln ließ ihre Fingerspitzen taub werden, dann ihre Füße, schließlich die Unterarme. Schauer liefen über Nacken und Rücken. Was war mit ihr los?

»Helena!« Ihre Stimme war ein heiseres Krächzen. Sie hustete. »Helena!«, rief sie, nun lauter, gleichzeitig bewegte sie sich in Richtung Treppe.

Sie musste zurück, weg aus diesem dunklen Keller, hinauf ans Tageslicht. »Helena!«

Sie erreichte die ersten Stufen.

»Lilly?« Helenas Stimme schien weit entfernt, doch allein ihr Klang trieb Lilly die Tränen in die Augen.

»Helena!«

Als sie mitten auf der Treppe die Arme ihrer Schwester um sich fühlte, begann sie hemmungslos zu schluchzen.

»Um Himmels willen! Lilly! Was ist denn passiert? Ist irgendjemand dort unten?«

»N… nein. Ich bekomme keine Luft.«

Lilly fühlte Helenas Finger am Inneren ihres Handgelenks. »Dein Herz rast!«

»Ich … Es pocht überall.«

Helena stützte sie ab. »Ruhig, Lilly. Ganz ruhig. Atme nicht so schnell.« Sie hielt ihr eine Hand vor Mund und Nase. »Hier hineinatmen. Langsam. Ein … und aus. Wieder ein … und wieder aus.«

Helenas bedachte Anweisungen halfen. Lillys Puls wurde langsamer. Bald ließ auch das Kribbeln nach. Sie legte den Kopf an die Schulter ihrer Schwester.

Helena strich ihr in langsamen Bewegungen über den Rücken »Besser, Liebes?«, fragte sie schließlich.

Lilly nickte.

»Dann lass uns nach oben gehen«, sagte Helena und drückte sie noch einmal fest an sich. »Du solltest etwas essen. Käthe hat das Kartoffelgulasch fertig und ist gerade dabei, ein paar Veilchenblüten zu kandieren. Wenn du dich gestärkt hast, erzählst du uns, was geschehen ist.«

3. KAPITEL

Das belgisch-niederländische Grenzgebiet bei Antwerpen, Belgien, in der Nacht desselben Tages, Anfang Mai 1918

Die Dunkelheit hatte sich über das kriegsgeschundene Flandern gebreitet, verbarg für einige Stunden Schlachtfelder, Schützengräben und die Trostlosigkeit der ausgestorbenen Dörfer und Städte vor den Augen der Welt. Der abnehmende Mond stand als blasse Sichel am Himmel. Es schien, als wagte selbst der treue Erdtrabant kaum, die trostlose Szenerie zu erhellen. Sein Leuchten verlor sich auf dem Weg vom Firmament bis zu der kleinen Menschengruppe, die Felix Benthin auf einem schmalen Pfad zur niederländischen Grenze führte.

Sie waren seit Sonnenuntergang unterwegs. Zwei Frauen und zwei Männer hatten sich ihm heute anvertraut, um sicher über die Grenze vom besetzten Belgien in die neutralen Niederlande zu gelangen.

Ihr Weg führte durch sumpfiges Gelände und dichten Wald. Jeden ihrer Schritte setzten sie mit bedacht, achteten darauf, möglichst wenige Geräusche zu verursachen. Ihnen allen war bewusst, dass dieses Vorhaben tödlich enden konnte.

Es war weit nach Mitternacht, als sie eine lang gezogene Lichtung erreichten. Felix bedeutete seinen Begleitern, einen Augenblick zu warten, bog die Zweige auseinander und trat vorsichtig aus dem Dickicht. Kurz darauf erfasste der Lichtkegel seiner Taschenlampe eine schmale, nicht allzu große Gestalt, die sich in einigen Metern Entfernung aus dem Unterholz löste und auf ihn zukam. Wie Felix trug sie Kleidung aus grauem Gummistoff und einen Rucksack auf dem Rücken.

»Wohin des Weges?« Die Stimme des Mannes klang heiser.

Felix nannte das vereinbarte Codewort. »La Dame.«

»Vier?«

»Ja.«

Mit einem kurzen Nicken setzte sich der Mann an die Spitze der kleinen Gruppe, führte sie quer über die Lichtung und dann weiter, erneut in den Schutz des Waldes hinein. Der gefährlichste Teil des Marsches lag noch vor ihnen.

Felix hatte die Grenze im Verlauf der letzten Jahre mehrfach passiert, deshalb verwunderte ihn der verwirrende Zickzackkurs nicht, den der Passeur einschlug. Als ortskundiger Helfer kannte dieser jeden Abschnitt der Grenzlinie, wusste, welche Bereiche weniger stark überwacht wurden, an welchen Stellen sich Scheinwerfer und Signalanlagen befanden und wo die deutschen Grenztruppen patrouillierten.

Sie bewegten sich schweigend, verständigten sich wo nötig mit Handzeichen. Felix' Sinne waren geschärft, nahmen alles wahr, was sich ringsum regte – das Rascheln im Gebüsch, die Laute der Nachttiere, das Knacken der Zweige, auf die sie trotz aller Vorsicht hin und wieder traten, die raschen Atemzüge seiner Begleiter.

Erste Warnschilder tauchten auf. Sie zeigten an, dass sie sich nun innerhalb der Sperrzone bewegten. Die unheimliche Atmosphäre, die sie umgab, verdichtete sich. Jeder falsche Schritt konnte der letzte sein. Hier wurde ohne Vorwarnung geschossen.

An einer schartenartigen Bodenvertiefung stoppte der Passeur den kleinen Tross und setzte seinen Rucksack ab. Ohne ein Wort zu verlieren, entnahm er ihm zwei Gummimatten und zwei Zangen, gab Felix jeweils eine davon, und nahm sein Gepäck wieder auf. Der Ruf eines Waldkauzes hallte über sie hinweg.

Nur wenige Meter noch, dann lichtete sich der Wald. Im Dunkel der Nacht zeichneten sich schwach die Umrisse von Pfählen ab, die in regelmäßiger Reihe standen und ihnen den Weg abschnitten.

Sie waren da.

Vor ihnen erhob sich der Todeszaun, den die deutsche Armee entlang der belgisch-niederländischen Grenze zwischen Aachen und Knokke an der Nordsee errichtet hatte.

Nun musste es schnell gehen. Felix sammelte seine Schützlinge in einem kleinen Halbkreis um sich. »Die Anlage hier ist dreiteilig«, erklärte er leise. »Als Erstes kommt ein Warndraht, dann der elektrische Draht, dann erneut ein Warndraht. Sobald wir den Durchgang geöffnet haben, geht ihr hintereinander durch. Bleibt nicht stehen! Berührt nichts! Durch den elektrischen Draht jagen zweitausend Volt, das überlebt niemand. Auf der anderen Seite gehe ich voran. Ihr folgt dicht hinter mir. Nicht stehen bleiben. Immer weiterlaufen.«

Er nickte dem Passeur zu.

Während sich die Gruppe bereithielt, setzten Felix und der Passeur die isolierten Zangen an. Konzentriert durchtrennten sie nacheinander die Drähte und sicherten den Durchbruch mit Gummimatten. Es war ein Segen, dass man inzwischen um die isolierende Wirkung dieses Materials wusste.

Schließlich legte Felix seine Zange ab und gab den beiden Frauen ein Zeichen, ihm zu folgen. Geschickt wanden sie sich durch die Öffnung. Doch als der Passeur die Männer anwies, ihnen nachzugehen, bellte in der Ferne plötzlich ein Hund.

Felix war alarmiert. »Schneller!«

Auch der belgische Passeur sah sich gewarnt um und schob die beiden ruhig, aber nachdrücklich in den Durchlass. Kaum hatte der Letzte den Todeszaun passiert, packte er Zangen und Gummimatten ein und verschwand im Dunkel der Nacht.

»Los, gleich weiter«, befahl Felix leise. »Wenn einer der Streckenmeister vorbeikommt, müssen wir außer Schussweite sein.«

Sie hasteten weiter.

Kurz bevor das nächste Waldstück sie verschluckte, drehte sich Felix noch einmal um. Der todbringende Drahtverhau lag verlassen da. Es sollte kein Durchkommen geben, und doch fanden sie zu Tausenden ihre Schlupflöcher – Agenten, Flüchtende, Deserteure, verwundete Soldaten, Schmuggler. Bei Tag und bei Nacht wurden Lebensmittel, Menschen und Nachrichten von einem Land ins andere geschleust, ungeachtet der Opfer, die hier ihr Leben ließen. Nicht nur Felix war es ein Rätsel, warum es den Deutschen nicht gelang, den regen Grenzverkehr zu unterbinden. Vielleicht, weil ein solch langer Grenzverlauf nicht lückenlos zu überwachen war. Vielleicht, weil Verzweiflung besonderen Mut hervorbrachte. Vermutlich war es beides.

4. KAPITEL

Der Lindenhof, am nächsten Tag

Der Wäscheberg im Bügelzimmer unmittelbar neben der Küche war beinahe so hoch wie der Säntis, dessen Gipfel sich auf der Schweizer Seite des Bodensees in den Himmel erhob. Den einen zu erklimmen, erschien Lilly genauso mühsam, wie den abzubauen, vor dem sie hier stand.

Sie besah sich die gestapelten Textilien. Ein Lazarett machte deutlich mehr Arbeit als ein Gasthaus. Unmengen an Betten mussten täglich bezogen, Nachthemden und Handtücher ausgetauscht, Unterwäsche erneuert und Verbände ausgewaschen werden. Und es nahm kein Ende. Der frische Geruch allerdings erinnerte Lilly an früher, wenn Sommergäste in den gemütlichen Zimmern logiert hatten und in der holzgetäfelten Gaststube bewirtet worden waren.

Sie ordnete die Wäschestücke nach ihrer Verwendung, legte anschließend einen leicht feuchten Kissenbezug auf den dick mit Decken abgepolsterten Bügeltisch und strich ihn glatt. Auf einem kleinen beigestellten Ofen stand ein mit glühenden Kohlen gefülltes Bügeleisen. Lilly nahm das schwere Gerät und begann, den knittrigen Stoff zu bearbeiten. Schon nach wenigen Minuten stand ihr der Schweiß auf der Stirn.

Bügelarbeit war ohnehin kräftezehrend, doch heute steckte ihr auch noch das gestrige Erlebnis im Keller in den Knochen. Das Gefühl der Todesangst, welches ohne ersichtlichen Grund über sie hinweggerollt war, hatte sie so verstört, dass heute Morgen die Übelkeit zurückgekehrt war. Mehrfach hatte sie sich in ihren Nachttopf übergeben.

Helena hatte ihr gleich strikte Bettruhe verordnen wollen, aber Lilly war trotzdem aufgestanden und hatte sich zum Dienst fertig gemacht. Sie wollte nicht allein auf ihrem Zimmer bleiben. Nach einer kurzen Diskussion hatte Helena ihr schließlich erlaubt, bei der Wäsche zu helfen – den Lazarettsaal durfte Lilly nicht betreten, für den Fall, dass sie an einer ansteckenden Magengrippe litt.

Die heiße Sohle des Plätteisens fuhr schwerfällig über den knittrigen Bezug, hinterließ eine faszinierend glatte Spur auf dem weißen Leinen und eine Duftwolke aus Holzkohle und Seife in der Luft. Die gleichförmige Tätigkeit ließ Lillys Gedanken auf Wanderschaft gehen. Sie träumte sich in Arnos Arme, die sie viel zu selten gehalten hatten. Im Januar hatten sie sich kennengelernt, im Februar geheiratet. Im März war er an die Front zurückgekehrt …

Ein prägnantes Klicken ließ Lilly zusammenzucken. Sie drehte sich um.

»Ich bin es, gnädige Frau.« In der Tür stand Erna. Auf ihren Armen balancierte sie einen weiteren Wäschestapel. »Das hab ich gerade von der Leine geholt.«

»Danke, Erna.« Lilly deutete auf den Stoß mit den Leintüchern. »Leg sie bitte einfach dazu.«

Erna tat, wie ihr geheißen, und lud ihr Bündel ab. Dann hielt sie inne.

Aus der Küche nebenan, die nur durch eine schmale Tür von den Hauswirtschaftsräumen getrennt war, hörte man das Klappern von Pfannen und Töpfen und zwei Frauenstimmen.

Erna versteifte sich. »Das ist die Frau Elisabeth.«

Lilly nickte. »Sie scheint gerade gekommen zu sein.«

»Ich gehe am besten wieder rüber. Auch wenn das Fräulein Helena gesagt hat, dass ich Ihnen hier helfen soll.«

»Ja, geh nur.«

Doch noch bevor Erna die Verbindungstür zur Küche erreichte, schlug diese auf. »Lilly!«

Obwohl sie schon erwachsen war, erzeugte der vertraut rüde Ton ein ungutes Gefühl in Lillys Bauch. »Mutter?«

»Was macht die Küchenhilfe hier?«

»Ich … ich bin schon auf dem Weg, Frau Lindner.« Erna schlängelte sich an Elisabeth Lindner vorbei und schlüpfte in die Küche.

»Sie hat hier nichts verloren.« Elisabeth schloss die Tür hinter ihr und wandte sich an ihre Tochter. »Geht es dir besser?«

»Ja.«

»Du bist noch bleich im Gesicht.«

»Das … das wird sich geben.«

»Arbeiten schadet da nicht, ganz im Gegenteil.« Elisabeth stemmte die Hände in die Hüften und besah sich kritisch Lillys Bügelarbeit. »Ein wenig genauer musst du schon sein!« Tadelnd deutete sie auf eine umgeknickte Naht. »Wenn die Falte einmal reingebügelt ist, geht sie schlecht wieder raus. Und wir können deshalb die Wäsche nicht zweimal waschen. Gib dir mehr Mühe.« Elisabeth steckte eine Strähne ihres frühzeitig ergrauten Haares unter ihr Kopftuch.

Lilly biss sich auf die Lippen, um nichts Unpassendes zu erwidern. »Ich habe Zucker und Milch besorgt«, fuhr Elisabeth fort und sah Lilly an. »Auch frische Butter. Sogar etwas Fleisch und Wurst. Wenn es also wieder ein Festessen gibt, dann wisst ihr, wem ihr das zu verdanken habt.«

»Gewiss.« Lilly nickte. »Ohne dich wäre die Not hier sehr viel größer.«

Ein schattengleiches Lächeln glitt über Elisabeths Gesicht. »Wenigstens gibt es eine in diesem Hause, die das sieht«, erwiderte sie. Dann wurde ihre Miene wieder streng. Mit ausgestrecktem Zeigefinger deutete sie auf das Bügeleisen, das Lilly zurück auf den Ofen gestellt hatte. »Es ist zu kalt. Besorg dir neue Kohlen. Sonst wirst du nie fertig.«

»Das werde ich tun, Mutter.«

»Du hast hier die nächsten Tage viel zu tun, Lilly. Lass dich von deiner großen Schwester nicht für andere Dinge einspannen, hörst du? Wenn die Wäsche liegen bleibt, versinkt *Helenas Lazarett* im Dreck.« Lilly hörte den Missmut, der im letzten Halbsatz mitschwang. Sie zupfte an ihrer Schürze. »Ich bleibe hier.«

»Gut. Ich werde am Nachmittag kontrollieren, wie weit du gekommen bist.« Der Blick ihrer Mutter wurde stechend. »Ach, übrigens: Dein Vater möchte dich sehen. Ich habe ihm mitgeteilt, dass du den Tag über keine Zeit hast.« Sie reckte das Kinn und verließ grußlos den Raum.

Als sie hinaus war, atmete Lilly tief durch. Sie fürchtete die Mutter und versuchte doch immer wieder, ihre Zuneigung zu erringen. Mehr noch, sie zu *verdienen*. Meistens scheiterte sie an der unsichtbaren Mauer, die Elisabeth um ihre große, magere Gestalt errichtet hatte.

Ihre Schwestern begegneten der Mutter anders. Katharina ging ihr aus dem Weg. Helena verhielt sich distanziert. Das mochte damit zusammenhängen, dass sie im Gegensatz zu Lilly und Katharina kein leibliches Kind Elisabeths war und das deutlich zu spüren bekam.

Lilly seufzte und nahm das Bügeleisen, um die angemahnte Falte zu bearbeiten. Zu kalt war es gewiss nicht. Sie würde die Kohle erst später tauschen.

Am Abend desselben Tages

Lilly war müde, als sie sich auf den Weg zum Arbeitszimmer ihres Vaters machte. Vor dessen Tür im ersten Stock des Lindenhofs blieb sie einen Augenblick stehen, dann klopfte sie kurz an und trat ein.

Ihr Vater saß an seinem Schreibtisch und machte einige Notizen in ein Geschäftsbuch, das aufgeschlagen vor ihm lag.

Jedes Mal, wenn sie ihn in seinem Arbeitszimmer aufsuchte, wurde Lilly warm ums Herz. Er war nicht nur der Mittelpunkt der Familie, sondern pufferte so gut er konnte auch die schwierige Art der Mutter ab. Er nahm seine Töchter ernst, hörte zu, wo Elisabeth sich abwandte. Seit er versehrt aus dem Krieg zurückgekehrt war und zunehmend selbst unter der Streitsucht seiner Frau litt, waren die drei Schwestern und der Vater noch mehr zusammengewachsen. Die Mutter dagegen wurde ihnen immer fremder.

Sie wartete, bis er seine Eintragung beendet hatte und sie ansah. »Danke, dass du gekommen bist, mein Kind.«

Der Ausdruck auf seinem Gesicht irritierte Lilly. »Was gibt es denn, Papa?«

Er zögerte kurz. »Ich muss dir heute eine traurige Nachricht überbringen«, sagte er dann. »Dein Schwiegervater … hat es nicht geschafft.«

Lilly schüttelte den Kopf, wollte nichts Genaues wissen, doch er sprach weiter. Sie erkannte sein Bemühen, es sanft zu sagen, und doch trafen sie die Worte mit Wucht. Arnos Vater, der Seifenfabrikant Reichle, war tot. Gestorben an den schweren Verletzungen, die er erlitten hatte, als die Seifenfabrik bombardiert worden war, an jenem furchtbaren Tag im März.

Der Raum um Lilly herum schien sich zu verdunkeln, während in rasch wechselnder Abfolge Erinnerungsfetzen vorüberzogen. Die etwas altmodische, aber dennoch elegante Erscheinung ihrer Schwiegermutter. Die Gesten, mit denen sie das Personal der Reichle-Villa dirigierte. Die leisen Klaviertöne, wenn sie sich dort ins Musikzimmer zurückzog und Beethoven spielte. Ihre Tränen, als ihr Sohn Arno an die Front zurückkehren musste. Die aufrechte Gestalt ihres Schwiegervaters in Anzug und weißem Hemd mit steifem Kragen. Sein gezwirbelter grauer Schnauzbart, dessen Enden beim Sprechen wackelten. Die buschigen Brauen unter einer hohen, von Falten durchzogenen Stirn. Die unzähligen Zigarren, deren Rauch in seinem Arbeitszimmer hing. Der scharfe Blick, dem nichts entging …

Arnos Mutter war bereits unter den einstürzenden Mauern der Fabrik umgekommen. Jetzt also auch der Vater.

»Armer Arno«, hörte Lilly sich sagen. »Wir müssen ihm schreiben.« Sie hatte das Gefühl, außerhalb ihrer selbst zu stehen.

»Ja, informiere deinen Mann, Lilly. Das ist jetzt das Wichtigste.«

Sie nickte.

»Ich nehme an, dass er der Erbe seiner Eltern ist?«, fuhr Gustav fort.

»Das ist er. Er hat ja keine Geschwister.«

Ihr Vater runzelte die Stirn. »Da er derzeit im Feld steht, kommen einige Aufgaben auf uns zu.«

Lilly ahnte, was er damit sagen wollte. Die Härchen an ihren Unterarmen stellten sich auf. »Arnos Onkel Fritz hat sich doch schon um alles gekümmert«, erwiderte sie schnell. Der Bruder ihres Schwiegervaters hatte sofort das Heft in die Hand genommen, als das Unglück über die Reichles hereingebrochen war. Er brauchte Lilly nicht, und Lilly war dankbar dafür.

»Auch wenn sich der Onkel derzeit um alles sorgt … so ist es dennoch an dir, dich um das Erbe deines Mannes zu kümmern«, erklärte ihr Vater ruhig, aber bestimmt. »Diese Verantwortung hast du mit deiner Heirat übernommen.«

Lillys Knie wurden weich. Ihr schwindelte. »Ich weiß doch

gar nicht, was ich mit einem großen Haus und einer kaputten Fabrik anfangen soll, Papa.« Sie rang die Hände.

Doch als sie seinem Blick begegnete, wusste sie, dass er es ernst meinte.

»Du kannst dich nicht hier am Bodensee verkriechen, Lilly«, sagte er mitfühlend, aber unmissverständlich. »Ich sehe ein, dass du Schweres erlebt hast. Aber du darfst nicht die Augen verschließen und alles dem Onkel deines Mannes überlassen.«

Lilly schüttelte heftig den Kopf. »Ich *kann* nicht zurück.« Das musste er doch verstehen. Die Erinnerungen waren zu schrecklich, dort fühlte sie sich schutzlos und allein. Was, wenn erneut Jagdflugzeuge kämen und ihre Bomben abwarfen? Musste sie dann sterben?

»Ich kann es dir nicht ersparen.« Gustav Lindner beendete das Gespräch mit einer für ihn ungewohnten Strenge. »Du musst nach Stuttgart zurückkehren und dich um deine Zukunft kümmern. Und zwar bald.«

Das konnte nicht wahr sein. Tränen ließen Lillys Blick verschwimmen, als sie die breite Treppe des Lindenhofs hinunterstolperte. War das ihr Vater, der stets zu seinen Töchtern stand? Der immer betonte, ihr Wohl im Sinn zu haben? Der ihnen einst als Gute Fee Pfennigmünzen unter die Kissen geschmuggelt hatte, wenn ein Milchzahn ausgefallen war?

»Warum rennst du denn so, Lilly?« Am Fuß des Treppenaufgangs stand Katharina. »Hast du ein Gespenst gesehen?«

Lilly hielt inne. »Ich … ich … nein …«

»Du bist ja vollkommen durcheinander!« Katharina hakte

sich bei ihr unter. »Komm. Käthe soll dir eine warme Milch mit Honig geben.«

Lilly ließ sich von ihrer Schwester in die Küche ziehen und auf die Bank am Dienstbotentisch drücken.

»Machst du ihr eine Milch, Käthe?« Katharina zog ihre Schwesternhaube ab. Ihre hellblonden Strähnen lagen zerzaust um ihren Kopf. »Und gibt es noch etwas zu essen für mich? Ich weiß, es ist schon spät …«

»Ach, papperlapapp.« Käthe füllte etwas Milch in einen kupfernen Stieltopf und stellte ihn auf den Herd. »Fürs Essen ist es nie zu spät.« Sie öffnete das Ofenrohr und zog eine ockerfarbene Steingutschüssel heraus. »Wie gut, dass ich noch etwas vom Mittag zurückbehalten und gewärmt habe.«

»Kässpätzle!«, rief Katharina glücklich. »Danke, Käthe!«

»Setzen Sie sich, Fräulein Katharina. Ich bringe sie gleich.«

Katharina nahm neben Lilly Platz und legte ihr eine Hand auf den Arm. »Magst du mir erzählen, was passiert ist? Warst du bei Papa?«

Ein Schluchzer drückte Lillys Kehle zu. »Er sagt, dass ich nach Stuttgart zurückmuss«, presste sie hervor.

»Oh weh! Schon bald?«

»Es hat sich so angehört.«

Eine Weile lang herrschte Stille. Nur Käthes Geschirrklappern war zu hören.

»Wenn Papa eine solche Entscheidung trifft«, sagte Katharina schließlich, »dann hat er vermutlich gute Gründe dafür.«

»Verstehst du denn nicht, Katharina?« Lilly richtete sich ruckartig auf, sodass Katharinas Finger von ihrer Hand glitten. »Arnos Eltern sind tot! Mein Ehemann liegt in einem Schützengraben, wer weiß, ob er noch lebt! Was, wenn Stuttgart wieder angeflogen wird? Wie oft kann man einen Angriff überleben, Katharina? Die Vorstellung, dorthin zurückzukehren, ist … unerträglich …«

»Ich verstehe dich gut, Lilly«, erwiderte Katharina. »Aber … du bist verheiratet. Papa möchte sicherlich, dass du zu deinem Mann stehst und ihm zeigst, dass du dein Versprechen ernst nimmst. Gerade weil er nicht daheim sein kann.«

»Aber ohne Arno geht es mir dort nicht gut. Ich will einfach nur bei euch sein. Hier am See. Zu Hause und in Sicherheit.«

»Das Fräulein Lilly muss sich wirklich erst noch ein bissel erholen«, mischte sich Käthe ein, während sie Lilly die Honigmilch servierte. »Sie wird selbst wissen, wann sie wieder nach Stuttgart gehen kann.«

Lilly konnte die Tränen nicht mehr zurückhalten. Katharina nestelte ein Taschentuch aus dem Rock ihrer Schwesterntracht und hielt es ihr hin.

»Danke.« Lilly wischte sich über Augen und Wangen.

»Das Leben fragt manchmal nicht, ob wir bereit sind«, sagte Katharina teilnahmsvoll. »Aber trau dir etwas zu, Lilly.«

Bevor Lilly antworten konnte, kam Helena in die Küche gewirbelt. »Wie schön, ihr seid alle beide hier!« Sie lächelte ihre Schwestern an und nahm ihnen gegenüber am Tisch Platz. »Katharina, dich habe ich in den letzten Tagen überhaupt nicht zu Gesicht bekommen«, fuhr sie fort. »War so viel zu tun im Spital?«

»Es nimmt kein Ende«, erwiderte Katharina. »Kaum ist ein Patient entlassen oder zu euch verlegt, kommen mindestens drei nach.«

Lilly fiel auf, wie müde und abgekämpft ihre jüngere Schwester wirkte. Wie dünn sie geworden war. Und wie ernst sie aussah. Dabei war sie erst siebzehn Jahre alt.

Plötzlich überkam sie ein schlechtes Gewissen. Katharina und auch Helena stellten sich jeden Tag ihren Aufgaben. Keine von beiden würde zögern, der Aufforderung des Vaters zu folgen.

Sie putzte sich die Nase.

Sofort richtete sich Helenas Aufmerksamkeit auf sie. »Geht es dir gut? Du siehst aus, als hättest du geweint!«

»Ich … ja …« Lilly fiel es auf einmal schwer, ihre Not zu erklären.

»Vater möchte, dass sie nach Stuttgart zurückgeht«, antwortete Katharina an ihrer Stelle.

»Und du fühlst dich dem nicht gewachsen, Lilly?«

»Jetzt noch nicht«, erwiderte Lilly matt.

Helena griff über die Tischplatte nach ihrer Hand. »Ich habe schon gehört, dass Arnos Vater gestorben ist. Es tut mir wirklich leid.«

»Ich kann Vaters Gedanken schon nachvollziehen«, murmelte Katharina. »In Stuttgart wartet ein großes Haus darauf, geführt zu werden. Und dann gibt es noch die Fabrik …«

»Aber Arnos Onkel macht schon alles.« Lilly wölbte ihre Hände um die Tasse. Der feine Honigduft, der ihr in die Nase stieg, hatte etwas Tröstliches. »Und ich … ich kann so etwas doch eh nicht.«

»Papa weiß den Onkel wahrscheinlich nicht richtig einzuschätzen«, mutmaßte Helena.

»Onkel Fritz ist nett.« Lilly nahm einen Schluck Milch. »Er … ich glaube, er weiß genau, was er tut.«

»Mag sein«, erwiderte Helena. »Aber *du* bist die Zukunft für Arnos Familie.«

Lilly schloss die Augen und schüttelte leicht den Kopf.

»Es ist zu viel auf einmal«, hörte sie Helena sanft sagen. »Diese Übelkeit, das Herzklopfen, das kommt alles nicht von ungefähr. Ich glaube, dass sich da deine achtzehnjährige Seele zu Wort meldet, Lilly. Außerdem bin ich mir sicher, dass es Papa selbst wehtut, dich zurückzuschicken.«

Lilly schlug die Augen auf und stellte den Becher ab. »Er hat sehr … schroff mit mir gesprochen.«

»Vermutlich hast du es schroffer empfunden, als er es gemeint hat«, entgegnete Helena. »Und wie Katharina kann ich seine Sicht der Dinge verstehen.«

»Nein«, Lilly merkte selbst, wie erschöpft ihre Stimme klang, »ihr versteht es nicht. Mich versteht ihr nicht. Ihr habt ja nicht das schreckliche Dröhnen gehört und die Explosionen. Und ihr seid nicht in einem Keller gesessen, ohne zu wissen, ob ihr überhaupt wieder das Tageslicht seht.«

Helena stand auf, setzte sich nah zu Lilly und legte ihr den Arm um die Schultern. »Ich weiß, dass du viel mehr Kraft hast, als du ahnst, Liebes. Du wirst das alles meistern, ganz bestimmt!«

»Ich muss euch unterbrechen, Mädchen.« Käthe trat an den Tisch, servierte Katharina einen großen Teller Kässpätzle und Helena einen Becher mit Getreidekaffee. Dann betrachtete sie jede der drei Schwestern eindringlich. »Haltet zusammen, wie ihr es schon immer getan habt. Dann wird es leichter.«

»Du hast recht, Käthe.« Katharina strich sich eine Haarsträhne hinter das Ohr und sah Lilly aufmunternd an. »Lass uns in den nächsten Tagen gemeinsam überlegen, was in Stuttgart auf dich wartet und wie du die Dinge angehen könntest. Wenn du einen Plan hast, fühlst du dich nicht mehr so hilflos.«

»Hoffentlich …«, erwiderte Lilly zögernd. »Aber vielleicht … können wir zusammen auch noch mal mit Papa reden?«

»Das werden wir tun«, versicherte Helena.

»Und noch etwas«, sagte Katharina. »Nächste Woche mache ich mit einigen Spitalpatienten einen Ausflug ins Rosgartenmuseum nach Konstanz. Das wäre doch eine schöne Abwechslung für dich. Hättest du Lust, uns zu begleiten?«

5. KAPITEL

Rotterdam, zur selben Zeit

Nachdem Felix und seine Gruppe den Todeszaun hinter sich gelassen und in sicherer Entfernung eine kurze Rast eingelegt hatten, waren es noch knappe zwei Stunden straffen Fußmarsches bis Roosendaal gewesen. Hier, am Rand der ersten größeren Stadt auf niederländischem Territorium, hatten sich ihre Wege getrennt. Die beiden Männer wollten nach Großbritannien weiter, eine der Frauen wurde von ihrem Verlobten erwartet.

Nur Florence war an Felix' Seite geblieben, eine französische Spionin, mit der er bereits hin und wieder zusammengearbeitet hatte. Beide lieferten sie Informationen aus Frankreich und Belgien an das Secret Service Bureau in Rotterdam. Dort liefen nicht nur die Fäden der britischen und französischen Geheimdienstaktivitäten gegen die Deutschen zusammen, sondern auch die der zahlreichen Widerstandsgruppen in den besetzten Gebieten.

In einem Hotel am Bahnhofsplatz von Roosendaal hatten sie ein paar Stunden geschlafen, sich frisch gemacht und dann den Zug nach Rotterdam bestiegen. Am frühen Nachmittag waren sie schließlich in der pulsierenden niederländischen Hafenstadt angekommen.

Während Florence bei einer Cousine wohnte, nahm Felix bei der Witwe van den Berg Quartier, deren Wohnung im ersten Stock eines Stadthauses in der Hoogstraat lag. Die alte Dame stellte schon seit Kriegsbeginn eines ihrer Zimmer den Gästen des Secret Service Bureaus zur Verfügung, und Felix kam immer dann bei ihr unter, wenn er in Rotterdam war. Er schätzte nicht nur die Diskretion der Witwe, sondern auch ihre Kochkünste. Unmittelbar nach seiner Ankunft hatte sie einen herzhaften Apfel-Speck-Pfannkuchen serviert, gefolgt von einer Tasse echten Bohnenkaffees. Felix' müde Lebensgeister hatten sogleich Saltos geschlagen.

Nun, gegen Abend, hatte er sich noch einmal auf den Weg gemacht. Sein Ziel waren die Räume des britischen Geheimdienstes MI1.

Er genoss den kurzen Spaziergang, der ihn durch die Hafenanlagen an die grauen Wasser der Nieuwe Maas führte. Überall herrschte geschäftiges Treiben. Es wob einen vertrauten Klangteppich aus dem Tuten der Schiffshörner, den Rufen der Hafenarbeiter, dem Rattern der Lastenkarren auf dem Straßenpflaster, dem Stampfen der Schiffsturbinen. Der Rotterdamer Hafen war ein Tor zur Welt und der Trubel, in den Felix hier eintauchte, ein bisschen wie Heimkommen.

An der Willemsbrücke zog Felix seinen Hut tiefer ins Gesicht und bog rechts auf die Boompjes ein, was übersetzt *Kai der Bäumchen* hieß. Eine Reihe namensgebender kleiner Bäume trennte hier die Straße mit ihren Bürogebäuden vom eigentlichen Kai und dem breit dahinfließenden Fluss. Vor der Nummer 76c, dem Gebäude der Uranium Steamship Company Ltd., blieb er stehen und sah auf die Uhr. Es war kurz vor sechs. Er war pünktlich.

Captain Richard Bolton Tinsley empfing ihn in einem luxuriös eingerichteten Büro im vierten Stock. Als Felix eintrat und über den dicken Perserteppich ging, der den Dielenboden bedeckte, verließ der Captain seinen Platz hinter einem imposanten Mahagonischreibtisch und kam ihm entgegen. »Schön, Sie zu sehen, Benthin.« Der kräftige Tinsley, der Felix kaum bis zur Brust reichte, gab ihm einen schmerzhaften Schlag auf die Schulter. »Ein Glück, dass Sie auch diesmal nicht als ein verkohltes Stück Fleisch am deutschen Drahtverhau hängen geblieben sind! Sie hätten uns gefehlt!«

»Diese Ansicht teile ich, Captain«, erwiderte Felix grinsend. »Ich hätte mir auch gefehlt!«

»Nehmen Sie Platz!« Tinsley zeigte auf vier schwere Ledersessel, die sich um einen runden, mit Intarsien versehenen Tisch gruppierten. Er selbst trat an eine Anrichte, auf dem eine ansehnliche Sammlung an Spirituosen stand. »Scotch ohne Eis, nicht wahr?«

»Exakt. Es geht nichts über einen guten schottischen Whisky«, erwiderte Felix und nahm Platz. »Florence ist noch nicht da?«

Tinsley goss die goldgelb leuchtende Flüssigkeit in zwei tulpenförmige Nosing-Gläser und reichte eines davon an Felix weiter. »Sie müsste gleich eintreffen! Slàinte Mhath!«

Felix nahm sein Glas und schwenkte es zweimal. »Cheers, Captain!«

Kaum hatte Felix den fruchtig-holzigen Whisky verkostet, führte Tinsleys Sekretärin die Französin herein.

»Mademoiselle Florence!« Mit dem Glas in der Hand eilte Tinsley zu ihr hin. »Bitte, nehmen Sie in unserer Runde Platz!«

Die Gentleman-Allüre des ansonsten für seinen rauen Ton bekannten Geheimdienstleiters amüsierte Felix. Er zwinkerte Florence zu, die mit staubbedeckten Schuhen über den kostbaren Teppich marschierte und sich zu Felix setzte, ohne ihren Mantel auszuziehen. Von Pomp hatte sie sich noch nie beeindrucken lassen.

»Fangen Sie an, Florence!«, forderte Tinsley sie auf, der den Sessel zwischen ihnen wählte. »Was lässt die *Weiße Dame* übermitteln?«

Florence öffnete ihren Rucksack, zog nacheinander vier Strickpullover heraus und legte sie auf den Tisch. Unregelmäßige Muster überzogen das Maschenwerk. »Von einer Gruppe Strickerinnen aus Saint-Quentin, die für die *Dame Blanche* tätig sind. Sie haben die augenblicklichen Aktivitäten der Deutschen entlang der Bahnhöfe eingearbeitet.«

»Sehr gut!« Tinsley musterte Florence anerkennend. »Ich gebe das Material heute noch weiter. Das alles muss schnellstens genau entschlüsselt werden.«

»Es dürfte allerdings noch mehr Interessantes darin zu finden sein.« Florence warf einen raschen Seitenblick zu Felix. »Die Deutschen planen in Kürze eine weitere Offensive. Entlang der Marne, darauf deuten die derzeitigen Truppenbewegungen hin.«

»Meine Nachforschungen haben dasselbe ergeben«, bestätigte Felix. »Es gibt allerdings Hinweise darauf, dass das Ganze ein Ablenkungsmanöver sein könnte.«

»Wovon?«, fragte Florence.

»Möglichweise geht der eigentliche Schlag gegen die Briten in Flandern«, antwortete Felix.

»Wir werden das überprüfen.« Tinsley stellte sein Whiskyglas zur Seite, nahm einen der Pullover auf und betrachtete ihn genau. »Ein Lob unseren Strickweibern!«

»Sie sind grandios, die *Tricoteuses*«, erwiderte Florence. »Und Sie müssen zugeben, Captain, dass nicht einmal die Codebreaker Ihres *Room 40* sich eine solche Codierung aus Maschen hätten ausdenken können.«

Tinsley hob die Brauen. »Dort sitzen ja auch keine Weiber …«

Florence verzog das Gesicht. »Eben. Deshalb wäre Ihre geballte männliche Denkkraft ja auch niemals darauf gekommen, feindliche Truppenbewegungen in Strickmuster zu übertragen. Im Übrigen sind unsere *Tricoteuses* nicht nur Strickweiber, sondern Spione, so wie Sie und Felix auch.«

»Wo Sie recht hat, hat Sie recht, Captain.« Felix applaudierte ihr innerlich, während er über den Rand seines Whiskyglases zu Tinsley hinsah. »Linke und rechte Maschen als binäres System einzusetzen, ist schlichtweg genial. Zumal Stricken eine harmlose Frauenarbeit ist, die jederzeit unter den Augen der Deutschen stattfinden kann, ohne Argwohn zu erwecken.«

»In der Tat, Benthin, in der Tat.« Tinsley ließ den Pullover sinken. »Bedauerlich, dass Alice Dubois vor drei Jahren aufgeflogen ist. Unsere *Queen of Spies*. Ihr Netzwerk lief wie ein gut geöltes Getriebe. Die Strickweiber saßen an jedem Bahnhof und beobachteten die Manöver der deutschen Armee.«

Felix schlug ein Knie über das andere und lehnte sich in seinem Sessel zurück. »Dass Alice Dubois' Arbeit seinerzeit die Bombardierung des Hofzugs des deutschen Kaisers ermöglicht hat, war wirklich ausgebufft.«

»Wer die besseren Informationen hat, ist im Vorteil!« Tinsley lachte. »Die Deutschen fragen sich bestimmt heute noch, wie wir von der Streckenführung des Hofzugs erfahren haben. Sie war ein Staatsgeheimnis!«

»Und dass Alice so früh gefasst wurde, dramatisch.« Felix trank von seinem Whisky. »Gut, dass mit *La Dame Blanche* ein gewaltiges Netzwerk nachgewachsen ist. Tausend Spione, überall in Belgien und Nordfrankreich verteilt. Ihnen entgeht fast kein Schritt der Deutschen.«

»Und wieder sind es Frauen, die Eisenbahnstrecken und Straßen beobachten«, ergänzte Florence.

»Gewiss, die Weiber machen immerhin ein Drittel davon aus«, schränkte Tinsley mit einem Augenzwinkern ein. »Der Rest dort … sind Männer.«

Florence legte missbilligend den Kopf schief. »Bekomme ich auch einen Whisky?«, fragte sie unvermittelt.

In Tinsleys Augen blitzte Anerkennung auf. »Sure.« Er ging zur Anrichte und schenkte ihr ein.

Sie leerte das Glas in einem Zug, stellte es auf den Tisch und stand auf. »Ich muss weiter. Mein Zug geht in einer Stunde.« Mit einer energischen Bewegung schulterte sie ihren Rucksack.

»Grüßen Sie mir Frankreich.« Tinsley erhob sich und läutete nach seiner Sekretärin. »Übrigens: Sie machen einen guten Job!«

»Danke.« Florence verzog keine Miene. »À bientôt!«

Tinsley nickte ihr zu. »Passen Sie auf sich auf, Florence.«

Als sie hinaus war, wandte er sich zu Felix um. »Benthin – Sie bleiben noch!«

»Ein Prachtweib«, stellte Tinsley fest, nachdem Florence den Raum verlassen hatte. »Auch wenn ich sie nicht als Gattin zu Hause haben wollte.«

»Diese Meinung dürfte Florence teilen, Captain.«

»Na, na … Benthin. Wäre sie was für Sie?«

»Für mich? Nein.« Felix schüttelte lachend den Kopf. »Auch wenn sie mehr Mut hat als so mancher Kerl.« Er stand auf, trat ans Fenster und blickte über den dahinziehenden Fluss auf das Noordereiland, eine Insel inmitten der Nieuwe Maas. »Wir sollten großen Respekt vor der Arbeit dieser Frauen haben.«

»Es hat mich in den letzten Jahren durchaus erstaunt, wie effektiv die Weibsbilder sind. Das haben wir anfangs unterschätzt.«

»Wir wären nichts ohne sie.«

»So würde ich das nicht sagen, aber sie machen ihren Part gut.«

Tinsley trat neben ihn. »Ich habe noch einen speziellen Auftrag für Sie, Benthin.«

»Davon bin ich ausgegangen, Captain.«

»Es handelt sich um Seifen.«

Felix löste seinen Blick von einem vorbeifahrenden Frachtschiff und sah Tinsley an. »Seifen?«

Tinsley nickte und ging zu seinem Schreibtisch. »Sehen Sie.« Er hob den Deckel einer schmalen Kiste, die auf einem Stapel Tageszeitungen stand. »Kernseifen. Aus Deutschland.«

»Ah!« Felix folgte ihm und nahm eines der hellbraunen Seifenstücke heraus. Die meisten sahen so aus, als wären sie aufgeschnitten oder aufgebrochen worden. »Das ist ja interessant. Dort dürfte doch derzeit gar nicht genügend Fett zur Verfügung stehen, um welche herzustellen.«

»Eben. Deshalb versorgen wir die Produzenten von hier aus damit.«

»Schon länger?«

Tinsley nickte.

»Offensichtlich nicht ohne Hintergedanken.« Felix deutete auf eine Bruchkante, in der eine längliche, schmale Metallhülse steckte. »Ich nehme an, dass hier drin die Nachrichten versteckt sind?«

Tinsley nahm ihm die Seife ab. »Korrekt. Diese hier hat ein französischer Kurier übergeben. Es sind Ausschnitte aus dem deutschen Funkverkehr.« Ein zufriedenes Grinsen breitete sich auf seinem Gesicht aus. »Wichtige Ausschnitte.«

Felix stieß einen anerkennenden Pfiff aus. »Haben wir die Codierung geknackt?«

»Selbstverständlich. Georges Painvin hat ganze Arbeit geleistet.«

Felix hob erstaunt die Brauen. »Das ist doch der Kryptoanalytiker der Franzosen.«

Tinsley nickte. »In diesem Fall haben die französischen Kollegen meinen vollen Respekt.« Er machte eine bedeutungsvolle Pause. »Auch wenn sie sonst nicht an uns Briten herankommen.«

»Ah! Die alte Erbfeindschaft.« Felix schmunzelte. »Kommen Sie, Captain. Der Hundertjährige Krieg ist doch schon Jahrhunderte her.«

»Wir werden immer an unterschiedlichen Ufern des Meeres stehen.« Tinsley warf die Seife in die Luft und fing sie geschickt wieder auf. »Aber im Angesicht eines gemeinsamen Feindes schließen sich Reihen, von denen man es nie erwartet hätte.«

Felix' Blick fiel auf ein Quantum weiterer Metallhülsen, die zwischen den Seifen im Karton silbrig glänzten. »Seit wann lesen die Franzosen den deutschen Funkverkehr eigentlich mit, Captain?«

»Seit Ende April.«

»Und sie haben die entschlüsselten Botschaften sozusagen in Seifen gegossen.«

»Nicht nur. Aber auch.«

»Raffiniert. Wenngleich Strickmuster einfacher sind.«

»Es braucht Produzenten, die das Risiko eingehen, dergleichen präparierte Seifen herzustellen. Dieser hier sitzt in Süddeutschland.« Tinsley legte das Seifenstück zurück. Dabei gab die Manschette seines Ärmels den tätowierten Anker auf seinem Handgelenk frei. »Allerdings bereitet uns Sorgen, dass die Lieferungen ins Stocken geraten sind.«

»Sie meinen des Rohmaterials?«

»Genau.« Tinsley nickte. »Wir sind bereits dran, den Engpass zu lokalisieren.« Er legte eine Hand auf den Rand des Kartons. »Was diese Lieferung hier anbetrifft, so haben wir die darin enthaltenen Informationen bereits ausgewertet und mit den Berichten der Luftaufklärung abgeglichen.«

»Und?«

»Alles deutet darauf hin, dass die Deutschen auf Paris zumarschieren und deshalb die entsprechenden Frontabschnitte verstärken. Unsere Befehlshaber werden ihre Taktik anpassen müssen.«

»Gut, dass die Amerikaner nun mitkämpfen.«

»Allerdings. Diese Verstärkung könnte das Ende der deutschen Armee sein. Und damit das Ende des Krieges.«

»Und der Moment unseres Sieges.« Felix betrachtete den Seifenkarton und schüttelte den Kopf. »Deutsche Seife als Versteck für hochbrisantes Spionagematerial, das der deutschen Armee das Genick brechen wird. Nicht einmal ich hätte mir das träumen lassen.«

Tinsley sah Felix an. »Jetzt dürfen wir nichts mehr dem Zufall überlassen. Deshalb werden Sie die Deutschen noch ein bisschen in die Irre führen, Benthin.«

6. KAPITEL

Auf dem Bodensee zwischen Meersburg und Konstanz,
eine Woche später

Die *Kaiser Wilhelm* hatte Kurs auf Konstanz genommen. Weithin sichtbar prangte der Namenszug auf dem seitlichen Schaufelradkasten, in dessen Innerem acht mächtige Eisenschaufeln das Wasser zum Schäumen brachten. Ein Schwarm Möwen begleitete das Schiff, ihre hellen Schreie mischten sich in das Brummen der Dampfmaschine und die trudelnden Geräusche des Schaufelrades. An Bug und Heck flatterten die gelb-rot-gelben Fahnen des Großherzogtums Baden.

Lilly saß neben Katharina inmitten einer Gruppe von zwanzig Kriegsversehrten des Meersburger Spitals und des Lindenhof-Lazaretts, froh, dass ihre Schwester sie heute mitgenommen hatte. Der Blick vom Schiff aus über den Bodensee machte sie zwar wehmütig, zugleich gab er ihr Kraft für das, was vor ihr lag. Denn vergebens hatten sie und ihre Schwestern den Vater darum gebeten, seinen Entschluss noch einmal zu überdenken oder zumindest ein paar Monate hinauszuschieben. Nur noch drei Wochen, dann würde sie nach Stuttgart zurückkehren.

Der Fahrtwind zupfte an der Schürze von Lillys Schwesterntracht, zugleich trug er Gitarrenklänge und Männergesang mit sich fort – einer der Soldaten hatte sein Instrument dabei und stimmte einen Gassenhauer nach dem anderen an. Die Atmosphäre war unerwartet entspannt, und diese Leichtigkeit tat Lilly gut.

Katharina beugte sich zu ihr herüber. »Er spielt sehr schön, finde ich!«

»Er spielt jedenfalls besser, als seine Kameraden singen«, erwiderte Lilly.

»Vielleicht bräuchten sie noch etwas Unterstützung.« Katharina deutete schmunzelnd auf drei der Männer, die dem gemeinsamen Singen offenbar nichts abgewinnen konnten und rauchend an der Reling standen.

Lilly schüttelte den Kopf. »Bei dieser Liedauswahl würde ich auch lieber rauchen.« Gerade schallte »Der Jäger längs dem Weiher ging« über das Deck, dessen unzählige Strophen durch spontane Eigendichtungen ergänzt wurden.

Lilly sah wieder zu dem schmächtigen Musiker, dem ein Bein fehlte. Die innere Freude, die er an seiner Gitarre hatte, war nicht zu übersehen.

Katharina war ihrem Blick gefolgt. »Er ist glücklich, dass er Arme und Hände behalten hat. Sie waren ihm wichtiger als sein Bein.«

»Es ist so grausam.« Lilly dachte an Arno, und ihr Herz krampfte sich zusammen. »Warum ziehen die Männer überhaupt in den Krieg?«

»Diese Frage stellen sich viele von ihnen inzwischen selbst«, antwortete Katharina. »Sie halten ihre Köpfe hin, kehren halb tot zurück und werden wieder an die Front geschickt. Und wenn sie nicht mehr zu gebrauchen sind, enden sie als Bettler in irgendeiner Stadt.«

Lilly schüttelte den Kopf. »Das ist Irrsinn.« Was, wenn auch ihr Ehemann verstümmelt heimkam? Welche Zukunft läge vor ihnen? »Warum hört man nicht einfach auf damit?«

»Die Generäle scheinen das Maß verloren zu haben«, entgegnete Katharina. »Und unser angeblich von Gott gesandter Kaiser opfert nicht nur seine Soldaten, sondern hat es so weit gebracht, dass das ganze Volk am Hungertuch nagt.«

»Vielleicht sollte der Kaiser zukünftig eine Frau sein.«

»Das habe ich auch schon gedacht. Aber nicht nur für die meisten Männer ist das in Deutschland unvorstellbar, sondern auch für die meisten Frauen.« Katharina stand auf. »Wir sind da, Lilly.«

Die *Kaiser Wilhelm* war in den Konstanzer Hafen eingefahren, drehte bei und begann das Anlegemanöver. Noch während der Salondampfer vertäut wurde, setzten die Soldaten – die heute ihre Uniform trugen – ihre Schirmmützen auf und machten sich bereit, an Land zu gehen.

Am Dampfersteg wurden sie vom Direktor des Rosgartenmuseums empfangen, dem Ziel der heutigen Ausflugsfahrt. Otto Leiner, eine ehrwürdige Erscheinung mit kräftigem weißem Vollbart, führte die Gruppe über die Schienen der Eisenbahn und den Markt bis vor das Portal des aus dem 15. Jahrhundert stammenden Zunfthauses. Diejenigen, welche nicht laufen konnten, wurden von einer Droschke gefahren.

»Soldaten!«, wandte er sich an die Kriegsversehrten, nachdem alle eingetroffen waren und sich um ihn versammelt hatten. »In Anerkennung Ihrer Dienste begrüße ich Sie hier in unserem Museum. Sie erhalten freien Zutritt zu den Exponaten der Geschichte und Naturgeschichte, die mein Vater Ludwig Leiner hier zusammengetragen hat.« Er wartete, bis sich der zurückhaltende Applaus gelegt hatte. »Wir schätzen uns glücklich, Ihnen im Erdgeschoss geologische Schaustücke, Versteinerungen und römische Münzen präsentieren zu dürfen«, fuhr er fort. »Besonders hinweisen möchte ich auf die Objekte der Pfahlbauten aus keltisch-germanischer Zeit. Der Zunftsaal darüber ist dem Alltagsleben und der Wohnkultur des Spätmittelalters gewidmet. In eigens reservierten Räumen verfügen wir über weitere spektakuläre Schaustücke. Bitte orientieren Sie sich an den Beschriftungen.« Er öffnete einen der hölzernen Türflügel. »Aus Platzgründen bitte ich Sie, sich im Haus zu verteilen. So kann ein jeder von Ihnen sich den Ausstellungsstücken angemessen widmen.« Er machte einen Schritt zur Seite und ließ die Soldaten eintreten. Hinter Lilly und Katharina schloss er die Tür. »Es befinden sich einige weitere Besucher im Haus, meine Damen. Bitte lassen Sie sich davon nicht stören.«

»Das tun wir nicht«, antwortete Katharina. »Haben Sie Dank für Ihre Großzügigkeit, Herr Leiner.«

»Sollten wir nicht mit den Soldaten gehen?«, fragte Lilly, nachdem Herr Leiner sich entschuldigt hatte. »Vielleicht brauchen sie Hilfe.«

Die beiden Schwestern standen noch im Eingangsbereich des Museums, während sich die Lazarettsoldaten bereits auf die unterschiedlichen Räume und Stockwerke verteilten.

»Alle, die heute dabei sind, haben sich bereits so weit erholt, dass sie dieses Pensum gut schaffen dürften.«

»Ich wollte ja nur sagen …«

»Wir sind erreichbar, werden sie aber nicht wie Kinder betreuen.«

»Also gut. Du weißt das besser als ich.«

Katharina hakte sie unter. »Weißt du was? Ich freue mich darauf, mit dir die Ausstellung anzuschauen.«

»So wie ich Herrn Leiner verstanden habe, gibt es hier vor allem Steine und anderes altes Zeug, oder?« Lilly sah sich um. »Dafür interessiere ich mich ehrlich gesagt nicht so sehr. Und wenn die Patienten uns eh nicht brauchen … Kann ich derweil ein bisschen in die Stadt gehen? Ich war schon so lange nicht mehr in Konstanz.«

»Ach nein, Lilly!« Katharina wirkte enttäuscht. »Bleib doch hier. Wer weiß, wann wir wieder einmal Zeit füreinander haben. Bald bist du weg!«

Diese Bemerkung versetzte Lilly einen Stich. »Du hast recht.« Sie drückte Katharinas Arm. »Wir müssen diesen Tag genießen. Zusammen.«

Mit einem dankbaren Lächeln zeigte Katharina zu einer hohen zweiflügeligen Tür aus dunklem Holz. »Es wird dir gefallen, Lilly. Da bin ich mir ganz sicher!«

Sie traten über die Schwelle.

»Meine Güte, ist das voll hier!«, entfuhr es Lilly.

Auf dem knarzenden Dielenboden standen dicht an dicht große Vitrinen aus Holz und Glas. Manche glichen Apothekerschränken, manche erinnerten in ihrer Form an den gläsernen Sarg von Schneewittchen, den man mit auffälligen Holzornamenten verziert hatte. Dazwischen blieb gerade genügend Platz für eine Person.

Katharina schob sie weiter. »Geh du voraus.«

Lilly machte ein paar Schritte und sah dabei in die Vitrinen links und rechts. »Das sind wirklich nur Steine, Katharina!«

»Und sie sind alle beschriftet«, erwiderte Katharina. »Hier zum Beispiel: Bernstein von der Ostsee. Mutter hat doch auch eine Bernsteinkette.«

»Quarze, Feldspat, Glimmer«, zitierte Lilly die Schilder. »Und hier: Gold mit Quarz auf Grauwacke.« Sie kniff die Augen zusammen und betrachtete den graubräunlichen Brocken. »Ich sehe da kein Gold.«

»Das ist wohl darin eingeschlossen«, vermutete Katharina. »Man muss es auswaschen.«

»Ah. Wie in den Büchern von Karl May.« Lillys Blick wanderte zu den mit Gemälden und riesigen Versteinerungen vollgehängten Wänden und blieb an einer der Platten hängen. »Ich-thyo-sau-rus quadri…«, entzifferte sie. »Das sieht aus wie ein Drachenskelett. Man könnte fast meinen, dass es früher wirklich welche gegeben hat.«

Katharina studierte die versteinerten Knochen genauer. »Mir sieht es eher nach einem Fisch aus.«

»Ein Fisch? Niemals.«

»Doch, doch, Fräulein!«, mischte sich ein Soldat ein, der an der Vitrine gegenüberstand. »Das ist ein Fischsaurier.«

»Wusste ich es doch.« Katharina machte ein zufriedenes Gesicht. »Danke!«

Lillys Neugierde war geweckt. Eingehend betrachtete sie Muscheln, Schnecken, Pflanzenteile. Der Stoßzahn eines

Mammuts warf Fragen nach der Gesamtgröße des urzeitlichen Tieres auf, einige Meter weiter zeugten Töpfergeräte, Spindeln, Halsketten und Ringe aus Bein vom Leben der Frauen vor Millionen von Jahren. Sobald Arno zu Hause war, musste sie mit ihm unbedingt einmal hierherkommen. Diese Dinge würden ihn bestimmt interessieren.

Schließlich geriet ein rechteckiger Glaskasten in ihr Blickfeld. Sie blieb davor stehen. »Katharina!«

Ihre Schwester war einige Schritte zurückgeblieben. »Was ist denn?«

»Komm her! Das ist absolut entzückend! Wie in einer Puppenstube!« Lilly konnte den Blick gar nicht von den aufwendig gemachten Miniaturpfahlbauten lösen. Winzige Figuren stellten den Alltag der Pfahlbauer am Bodensee nach, die in vorchristlicher Zeit hier gelebt hatten.

»Sehr liebevoll mit all diesen Einzelheiten«, bestätigte Katharina, die inzwischen zu ihr getreten war. Eine Weile blieben sie nebeneinander stehen. Dann deutete Katharina zur Tür. »Wir sollten weitergehen. Es gibt noch einiges mehr zu sehen.«

Sie schlenderten durch den nicht weniger vollgestopften Zunftsaal im ersten Stockwerk, in dem sich ein älteres Ehepaar inmitten spätmittelalterlicher Schaustücke lautstark darüber unterhielt, ob die Frauen der Urzeit wohl auch auf die Jagd gegangen waren. Der Mann schloss dies kategorisch aus, seine Gattin argumentierte, dass es zum Überleben der Sippen bestimmt beigetragen hätte. Lilly gab ihr im Stillen recht.

Beim Übergang in einen der weiteren Ausstellungsräume kamen sie an einer Glasvitrine vorbei, in der sich ein eigenartig gekrümmter Körper befand.

»Was ist denn das?« Lilly blieb stehen. »Das sieht ja ganz furchtbar aus!«

»Vielleicht eine Mumie?«, schlug Katharina vor.

Lilly betrachtete das Vitrinenschild. »Stimmt. Eine Sitzmumie aus Chile. Wie unheimlich …«

In diesem Moment hörten sie ein lautes Poltern, gefolgt von einem spitzen Schrei. Lilly und Katharina drehten sich nahezu gleichzeitig um.

Eine ältere Frau war gestürzt und lag wimmernd auf dem Boden. Eine zweite Dame, offensichtlich ihre Begleiterin, beugte sich zu ihr hinunter und versuchte, sie auf die Seite zu drehen.

Katharina machte sofort einige Schritt auf die beiden zu. »Kann ich Ihnen helfen? Ich bin Krankenschwester!«

Die Liegende stöhnte leise.

»Tut dir etwas weh, Daisy?«, fragte ihre Gefährtin.

Lilly trat neben ihre Schwester. »Sie blutet ja«, sagte sie leise.

Die zweite Frau richtete sich auf. »Wenn Sie helfen wollen, dann mögen Sie bitte um etwas Verbandsmaterial nachfragen.« Ihr zu einem tief sitzenden Dutt gestecktes Haar war so schlohweiß wie ihr Kostüm. Wache hellblaue Augen standen in einem hageren, länglichen Gesicht, in welches das Leben seine Spuren geschrieben hatte. Lilly schätzte sie auf Mitte sechzig.

Katharina nahm ihre Schürze ab, kniete sich zu der Verletzten auf den Boden und presste den Stoff auf die Platzwunde an der linken Seite der Stirn. Dann sah sie zu Lilly. »Drücke das hier bitte fest an. Ich gehe und suche Herrn Leiner.«

Lilly nickte und übernahm Katharinas Platz.

»Was … was ist denn …?«, stotterte die Verletzte, deren graue Haarsträhnen in der Mitte gescheitelt und zu einer weichen Rolle frisiert waren. Sie machte Anstalten aufzustehen.

»Bleib liegen, Daisy. Du bist gefallen.« Die Begleiterin stand mit verschränkten Armen neben Lilly. »Es kommt gleich Hilfe.«

»Wie ist das denn passiert?«, fragte Lilly.

»Sie ist über diese Kante gestolpert.« Die Frau deutete auf den kleinen Absatz zwischen dem Flur und dem Ausstellungsraum.

»Frau Weyersberg!« Otto Leiner stürzte ins Zimmer. »Hat Sie der Anblick unserer Sitzmumie so erschreckt? Ich habe nach dem Arzt schicken lassen, er wird gleich hier sein.«

Die verletzte Frau, welche auf den ungewöhnlichen Namen *Daisy* zu hören schien, versuchte aufzustehen. Als dabei Katharinas Schürze von ihrer Wunde glitt, sickerte Blut nach.

»Langsam, Daisy!« Die weißhaarige Dame griff unter ihre Achseln und stützte sie. »Ist dir schwindelig?«

Die Verletzte schüttelte den Kopf.

Otto Leiner eilte mit einem Stuhl herbei und übernahm es, Daisy darauf stabil zu platzieren. Auch Katharina kehrte zurück. Sie hatte einige Kompressen organisiert und begann, sich um die Wunde zu kümmern.

Lilly, die blutige Schürze in der Hand, bemerkte, dass sich einige Soldaten in der Tür gesammelt hatten und die Vorgänge interessiert beobachteten. Sie stellte sich vor die Männer. »Hier gab es einen kleinen Unfall. Sehen Sie sich doch bitte noch eine Weile im Museum um, meine Herren. Wir geben rechtzeitig Bescheid, wenn wir uns auf den Rückweg machen.«

Einen Augenblick zögerten die Kriegsversehrten, kamen dann aber Lillys Bitte nach.

»Diese Soldaten haben ihre Verletzungen für unser Vaterland erlitten.« Die weißhaarige Dame trat neben Lilly. »Und Sie und die anderen Schwestern leisten unschätzbare Dienste an der Heimatfront.«

»Danke.«

»Wie gut, dass Sie beide«, sie deutete zu Katharina, die noch immer mit der Wunde beschäftigt war, »zur rechten Zeit …«

»Sie ist meine richtige Schwester«, sagte Lilly unvermittelt. »Katharina.«

Die Dame stutzte, sichtlich irritiert, weil Lilly sie einfach unterbrochen hatte. Dann lächelte sie. Auf, wie Lilly fand, strenge Art. »Ach – zwei Schwestern als Schwestern.«

»Wenn Sie so möchten«, erwiderte Lilly. »Wir sind mit einer Gruppe Lazarettpatienten hier.«

»Eine Exkursion! Sehr schön! Bildung ist das Wichtigste.«

Erneut entstand Unruhe. Der Arzt war eingetroffen.

»Tante!«, rief Daisy matt vom Stuhl herüber.

»Damit bin ich gemeint. Bitte entschuldigen Sie mich.« Die weißhaarige Dame eilte zurück zu ihrer Gefährtin.

Lilly blieb im Türrahmen stehen, um die Szene vor weiteren neugierigen Zuschauern abzuschirmen. Wie sie Katharina so ruhig und besonnen dem Arzt assistieren sah, während dieser die Wunde nähte, wurde ihr bewusst, wie stolz sie auf ihre jüngere Schwester war. Und als der Arzt fertig war und Katharina tröstend über die Wange der Patientin strich, mischte sich

Liebe dazu. Katharina stellte sich immer ganz in den Dienst der Menschen. Nahm sich selbst zurück, ohne Anerkennung dafür zu erwarten.

Lilly richtete sich unwillkürlich auf.

Der Anblick veränderte etwas in ihr. Er weckte den Wunsch, sich ebenso souverän dem Leben und seinen Aufgaben zu stellen wie ihre Schwestern. Lilly mochte das Unbeschwerte, das Schöne, nahm lieber ein Modejournal in die Hand als die Tageszeitung und konnte sich stundenlang mit Parfums und Kosmetik beschäftigen. Und ja, sie wich Schwierigkeiten lieber aus, als sich ihnen zu stellen. Doch auch in ihr gab es noch mehr. Katharina und Helena hatten von einer inneren Stärke gesprochen. Auf einmal konnte Lilly sie spüren.

In diesem Augenblick suchte Katharina ihren Blick und lächelte.

Einige Minuten später kamen Katharina und die weißhaarige Frau auf sie zu.

»Ist alles gut gegangen?«, fragte Lilly.

»Der Arzt schätzt, dass die Wunde in ein paar Wochen gut verheilt sein wird«, erwiderte Katharina. »Sie muss sich ein paar Tage ausruhen, falls sie eine Gehirnerschütterung hat. Das kann man jetzt noch nicht ganz ausschließen.«

»Ich werde auf sie aufpassen«, versicherte die Dame, griff in ihre Handtasche und reichte Katharina ein elfenbeinfarbenes Kärtchen. »Mein Name ist Baronin Elisabeth von Ardenne. Dürfte ich Sie beide für den kommenden Sonntagnachmittag auf drei Uhr zu uns nach Lindau einladen? Als Entschädigung für die Unannehmlichkeiten, die wir Ihnen bereitet haben?«

»Unsere Hilfe war selbstverständlich, Baronin.« Katharina nahm das Billet nach einem kurzen Zögern entgegen. »Wir erwarten dafür nichts.«

»Bitte kommen Sie.« Die Baronin drückte ihre Handtasche wieder zu. »Frau Weyersberg und ich möchten unsere Dankbarkeit ausdrücken.«

»Nun …« Katharina sah zu Lilly.

Lilly nickte nachdrücklich. Ihre Neugierde, eine echte Adelige kennenzulernen, war groß.

»Dann sehr gerne, Baronin«, sagte Katharina.

»Wunderbar!« Die Dame strich über ihre Tasche.

»Tante!«, Daisy hatte sich aufgerichtet. »Ich möchte nach Hause.«

»Ich komme, Daisy!« Elisabeth von Ardenne reichte erst Katharina, dann Lilly die Hand. »Ich freue mich auf Sonntag!«

7. KAPITEL

Aachen, Ende Mai 1918

Felix' Heimatstadt war voller Soldaten. Doch im Gegensatz zu den kriegsbegeisterten Truppen, zu denen sie sich 1914 formiert hatten, leckten sie nun ihre Wunden, zogen als Kriegsversehrte humpelnd und bettelnd durch die Straßen. Diejenigen, die noch zum Kampf taugten, wurden an einer Front verheizt, die längst nicht mehr der einzige Schauplatz sinnloser Gemetzel war. Der Luftkrieg trug den Kampf vom Schlachtfeld bis weit ins Land hinein.

So viel Grausamkeit. So viel Zerstörung. Mit jedem Tag, den der Krieg andauerte, konnte Felix weniger begreifen, was die Menschen einander antaten. Anstatt den Frieden zu suchen, sannen sie auf noch perfidere Winkelzüge, um den Gegner niederzuringen. Inzwischen schämte Felix sich dafür, in einem Land geboren worden zu sein, das für all das verantwortlich zeichnete, und so fühlte er sich schon lange nicht mehr zugehörig, wenn er nach Deutschland kam.

Auch heute erfasste ihn Befremden, als er über den Aachener Marktplatz ging. Die bronzene Gestalt Karls des Großen schien mahnend vom Karlsbrunnen zu grüßen, und die Gesichter der Frauen, die gerade ihre spärlich bestückten Marktstände abbauten, wirkten gramerfüllt und teilnahmslos. Dazwischen spielten einige Kinder mit einem Stoffball, auch sie wirkten mager und ausgezehrt.

Felix erstand ein paar schrumpelige Äpfel, packte sie in seinen Rucksack und ging am Dom vorbei in Richtung Rosstraße. Es waren die Wege seiner Kindheit, aber ein vertrautes Gefühl stellte sich auch hier nicht ein. Zu viel war in den letzten Jahren geschehen.

Hochgerüstet mit falschem Stolz und einem unangemessenen Gefühl der Überlegenheit, war die deutsche Armee in Belgien einmarschiert. Wollte sich, einem wahnsinnigen Plan folgend, Frankreich einverleiben. Ein schneller Krieg sollte es werden. Ein Desaster war es geworden. Eines, das bis zum heutigen Tag andauerte und die Menschen im Grenzgebiet verändert hatte. Aus Nachbarn waren Feinde geworden.

Felix war dabei gewesen, damals, im August 1914. Hatte gehofft, eine Militärlaufbahn einschlagen zu können und dadurch die ärmlichen Verhältnisse hinter sich zu lassen, aus denen er stammte.

Als Teil eines Infanterieregiments waren er und seine Soldatenkameraden achtlos an den belgischen Zöllnern bei Gemmenich vorbeigezogen, hatten deren fassungsloses »Hier ist Belgien!« ignoriert. Zu diesem Zeitpunkt war ihm nicht bewusst gewesen, dass Deutschland damit einen neutralen Staat angegriffen und in beispielloser Weise das Völkerrecht gebrochen hatte.

Doch das Ausmaß des Unheils, welches dem überfallenen

Land angetan wurde, hatte er rasch erfasst. Mitleidslos waren belgische Ortschaften in Schutt und Asche gelegt und Tausende unschuldiger Zivilisten ermordet worden. Brutal. Sinnlos. Unerträglich.

Nach wenigen Wochen hatte Felix entschieden, dass er diesen Krieg nicht länger kämpfen konnte. Mehr noch. Er wollte seine Kraft dafür einsetzen, das deutsche Heer zu stoppen.

Im Herbst dieses ersten Kriegsjahres war er desertiert, hatte sich in die Niederlande abgesetzt und den ausländischen Geheimdiensten seine Mitarbeit angeboten.

Man hatte ihn mit Handkuss genommen. Durch die Aachen so nahe gelegenen Grenzen sprach er fließend Deutsch, Französisch und Niederländisch. Englisch war ihm geläufig genug, um sich gut auszudrücken. Er besaß technisches Verständnis, einen ausgeprägten Orientierungssinn und das Maß an Kaltblütigkeit, welches es brauchte, um die Aufgabe anzunehmen, die man ihm ein Jahr später anbot: Er wurde Doppelagent unter der Führung des britischen Geheimdienstes.

So hatte er sich den Deutschen angedient, seine Desertion verschleiert, indem er angegeben hatte, von Belgiern verschleppt und in die Niederlande gebracht worden zu sein. Er hatte seine Kontakte zu den ausländischen Geheimdiensten belegt und seine angebliche Vaterlandstreue beschworen.

Und er hatte überzeugt.

Die Deutschen hatten ihn in ihre Dienste genommen, nicht ahnend, dass sich damit ein entschlossener Feind in ihren Reihen festsetzte. Denn alles, was Felix der Obersten Heeresleitung weitergeleitet hatte, war mit den Briten abgestimmt. Zeitgleich hatte er für Tinsley spioniert.

Nach dem Bau des Todeszauns hatte sich seine Tätigkeit erweitert. Er war als Kontaktmann zum belgischen Widerstand und seines erfolgreichsten Spionagerings *La Dame Blanche* installiert worden. Die Beziehungen zu den deutschen Stellen pflegte er weiterhin – und versorgte sie nach wie vor mit gezielten Fehlinformationen. Deshalb hatte er auch dieses Mal eine besondere Aufgabe im Gepäck, als er sich nun durch die Gassen Aachens bewegte: Tinsleys Seifen.

Die Sonne stand schon tief, als Felix in die Rosstraße einbog. Hier, in einem schmucklosen Gebäude neben dem *Weinrestaurant zum Römer*, hatte er seiner Mutter ein Zimmer gemietet. Es war der einzige Ort im gesamten Kaiserreich, den er nicht aus dienstlichen Gründen aufsuchte.

Als er vor dem Haus stand und die Tür aufdrückte, überkam ihn ein schlechtes Gewissen. Er sollte sich mehr um sie kümmern, nicht nur weil er ihr einziges Kind war. Schon bei seinem letzten Besuch war sie stark abgemagert gewesen, die Lungentuberkulose, an der sie schon vor dem Krieg erkrankt war, hatte sich zunehmend verschlechtert. Aber für Spione wie ihn gab es kein privates Leben. Seine Arbeit brauchte ihn ganz. Wenigstens konnte er mit seinem Verdienst Mutters Armut lindern, dafür sorgen, dass sie es trocken und warm hatte. Davor hatte sie jahrelang in einer muffigen, feuchten Kellerwohnung gehaust.

Er stieg die knarzenden hölzernen Stufen hinauf bis ins Dachgeschoss und öffnete die Tür zum Mansardenzimmer. »Mutter?«

Eine beunruhigende Stille lag über dem Raum. Durch die beiden Sprossenfenster der Gaube fiel das letzte Licht des scheidenden Tages auf die freundliche Möblierung – ein Bett, ein Esstisch mit drei Stühlen, ein Küchenbüfett, ein schmaler Schrank, ein Waschtisch, ein kleiner Eisenherd.

»Mutter!« Obwohl Felix sofort klar war, dass sich hier niemand aufhielt, lief er durch das Zimmer, überprüfte das Bett, sah unter den Tisch. Dann stürmte er durch das Treppenhaus nach unten und klopfte an der Wohnung der Zimmerwirtin im Erdgeschoss.

Die Mittvierzigerin öffnete. »Ah, der Herr Benthin! Ausnahmsweise zu Hause?«

Hinter ihr jagten sich zwei Buben durch die Wohnung. Sie drehte sich um. »Jan! Peter! Hört auf!«

»Meine Mutter …?«

»Ist im Luisenspital. Sie war zu schwach. Konnte sich nicht mehr allein versorgen.« Im Hintergrund schrie ein Säugling, ein kleineres Kind krallte sich in den Rock der Mutter.

»Aber sie … lebt noch?«

Die Frau zuckte mit den Schultern. »Ich war vor einer Woche das letzte Mal bei ihr.«

»Sie bekommen Geld dafür, dass Sie nach ihr sehen!« Felix fühlte Wut aufsteigen. »Und nicht gerade wenig!«

Sie kniff die Augen zusammen. »Ich hab mich gekümmert. Jeden Tag. Als sie Blut hustete, hab ich sie ins Hospital bringen lassen. Dafür hat das Geld gerade gereicht.« Sie deutete auf das Kind an ihrem Rockzipfel. »Ich kann eigentlich gar nicht weg. Fünf hungrige Mäuler, der Mann im Krieg …«

Felix fuhr sich durch sein dunkelblondes, lockiges Haar. »Ich … Es tut mir leid.«

»Solange sie hier im Haus war, ging es einigermaßen. Ich

bin am Morgen und am Abend hochgegangen, habe ihr Vorräte gebracht. Dann hab ich für sie mitgekocht, bis sie nicht mehr gegessen hat.«

Felix nickte. Er wollte sich schon abwenden, doch die Frau hielt ihn am Ärmel fest. »Sie geben mir Bescheid, ja? Ich muss das Zimmer weitervermieten, wenn sie …«

»Wenn sie nicht mehr zurückkommt?«

»Nun, ja.«

Felix sah sie eindringlich an. »Sie vermieten das Zimmer erst dann weiter, wenn ich es gekündigt habe.«

Ein beklemmendes Gefühl des Schmerzes begleitete Felix auf seinem Weg zum nahe gelegenen Luisenhospital. Das Leben seiner Mutter war von Mühsal geprägt gewesen, seit sie als siebzehnjähriges Mädchen in einem Industriellenhaushalt in Stellung gegangen war. Für Kost und Logis hatte sie rund um die Uhr zur Verfügung stehen müssen – und dem Hausherrn weit mehr zu Diensten, als schicklich gewesen wäre. Als sie ein Kind erwartete, hatte man sie ohne Zeugnis auf die Straße gesetzt.

Felix war in der städtischen Entbindungsanstalt auf die Welt gekommen, und seine Mutter hatte sich als Fabrikarbeiterin verdingt, um sie beide durchzubringen. Durch ihre langen Arbeitstage war er viel allein gewesen und hatte nicht nur gelernt, sich durchzuschlagen, sondern auch schnell verstanden, dass es nur einen Weg aus der Armut gab: Bildung.

Also hatte er sich jedes Wissen angeeignet, welches er greifen konnte. Hatte den Lehrern in der Schule Löcher in den Bauch gefragt, stets Augen und Ohren offen gehalten, sich

Zeitungen und Bücher beschafft – wenn auch nicht immer auf ehrlichem Weg. Seine Mutter hatte ihn liebevoll unterstützt, zumindest so gut sie konnte, doch weil das Geld ständig knapp war, hatte er bald selbst in der Fabrik malocht und sich, sobald er alt genug gewesen war, zum Militär gemeldet.

Felix erreichte das Luisenspital. Der Pförtner wollte ihm mit Hinweis auf die fortgeschrittene Uhrzeit den Eintritt verwehren, aber Felix ließ nicht locker, bis er am Bett seiner Mutter stand.

Blass lag sie in den weißen Kissen, beinahe durchsichtig.

»Mutter.« Felix merkte, wie rau seine Stimme klang.

Ihre Lider flatterten.

»Ich bin es, Mutter.« Er nahm ihre Hand und drückte sie sanft.

»Mein … Junge.« Ihr stilles Lächeln verriet, dass sie ihn erkannt hatte.

»Ich bin jetzt bei dir.«

»Wie schön …« Ein heftiges Husten erschütterte ihren mageren Körper. Feine Blutströpfchen verteilten sich auf der Decke. Sie rang nach Luft.

Felix bekam Angst, dass sie erstickte, und winkte einer Schwester, die durch die Reihen der Patienten lief. »Bitte, sie braucht Hilfe!«

Die Krankenschwester schüttelte den Kopf. »Ich kann nichts für sie tun. Es tut mir leid.«

»Es ist gut, Felix.« Seine Mutter atmete schwer. »Ich weiß, dass ich bald … ich bin glücklich, dass ich dich noch einmal sehen …« Wieder beendete ein Hustenanfall ihren Satz. Sie schloss die Augen.

Felix blieb bis nach Mitternacht. Streichelte ihre Hand, beobachtete ihren unruhigen Schlaf, flößte ihr hin und wieder etwas Wasser ein.

Als die Schwester ihn schließlich bat zu gehen, fiel es ihm schwer, sich von ihr zu trennen. »Wie lange … wird sie noch leben?«

Die Schwester zuckte mit den Achseln. »Ein paar Tage, vielleicht zwei oder drei Wochen.«

8. KAPITEL

Aachen, am nächsten Morgen

Felix musste sich zwingen, um seine ungeteilte Aufmerksamkeit auf die kleinen Zettelchen zu richten, die vor ihm auf dem Tisch lagen. Immer wieder schweiften seine Gedanken ab, hin zu seiner sterbenden Mutter. Die wenigen verbliebenen Stunden der vergangenen Nacht hatte er die Handvoll Fotografien betrachtet, die sie in einem Kästchen im Büfett hütete. Beim Betrachten dieser kargen Lebensspuren war ihm die Endgültigkeit des bevorstehenden Abschieds bewusst geworden.

Sie würde niemals die Gipfel der Alpen sehen, eine Sehnsucht, die sie immer wieder ausgedrückt hatte. Und hatte er ihr nicht versprochen, sie in die Oper auszuführen, wenn der Krieg endlich vorüber war? Ihr München, Berlin und Wien zu zeigen? Eine Reise nach Rom zu unternehmen, um dort die Schätze der Antike zu betrachten?

Das Leben hatte seinen hässlichsten Joker gezogen: Es hatte alle Hoffnung genommen.

Felix nötigte seinen Geist zurück auf das, was er zu tun hatte. Dieser Krieg musste enden, je eher, desto besser, und die Arbeit der Spionagenetzwerke spielte dabei eine tragende Rolle. Jedes gerettete Leben war ein kleiner Sieg. Dafür riskierte er seit Jahren Kopf und Kragen.

Er trank einen Schluck Wasser und biss von dem hart gewordenen Brot ab, das er aus Rotterdam mitgebracht hatte. Dann nahm er sein Vergrößerungsglas und beugte sich über die Notizpapiere, die sich in den Kernseifenhülsen befunden hatten. Sie waren ihm von Tinsley zusammen mit den zugehörigen Decodierungen mitgegeben worden. Jedes war mit winzigen Buchstaben übersät, eine Technik, die auch Felix gerne nutzte. Keine der Lettern war größer als ein Komma. So zu schreiben, musste man lernen.

Die Deutschen standen vor ihrer dritten Offensive in diesem Frühjahr. Und Felix würde jetzt sein Scherflein dazu beitragen, dass diese scheiterte, indem er die Nachrichten umschrieb.

Mit einer Nagelschere schnitt er neue Zettel zurecht, die in der Größe den Gefundenen entsprachen. Dann legte er sich die von Tinsleys Leuten bereits verschlüsselten, gefälschten Funksprüche zurecht, nahm einen spitzen Bleistift und machte sich ans Werk.

Es dauerte den ganzen Tag, bis Felix die Fehlinformationen – betreffend die französischen Stellungen, ihre Bewaffnung und mögliche Taktiken – in möglichst originalgetreuer Art notiert und anstelle der ursprünglichen Zettel in die Metallhülsen gesteckt hatte. Wenn alles nach Plan lief, würden die Deutschen durch diese Manipulationen falsche Rückschlüsse ziehen und ihre Taktik anpassen, was den Alliierten wiederum Vorteile verschaffte.

Anschließend besuchte Felix seine Mutter im Luisenhospital. Sie war wacher als am Vortag, und er bedauerte, dass er nicht lange bei ihr bleiben konnte. Er erwartete einen Kurier, der die gefälschten Nachrichten abholen sollte.

Auf dem Heimweg kam er an einer Suppenküche vorbei. Die *Ääzezupp* schmeckte deftig nach Erbsen, dem zugegebenen Brot allerdings war allerhand Unverdauliches beigemischt worden. Jedenfalls knirschte es zwischen den Zähnen.

Zurück in der Rosstraße öffnete er eine alte Flasche Wein, die er im Küchenbüfett gefunden hatte. Sie war noch genießbar. Er setzte sich an den Tisch. Hier, wo alles an seine Mutter erinnerte, fühlte er sich ihr nah. Die Worte der Krankenschwester zogen durch seinen Sinn. *Ein paar Tage, vielleicht zwei oder drei Wochen.*

Inmitten der schemenhaften Masse an Toten, die der Krieg an der Front, aber auch unter der Zivilbevölkerung forderte, inmitten der duldenden Gleichgültigkeit, die dieses tausendfache Sterben unweigerlich mit sich brachte, inmitten dieses Wahnsinns formte sich in Felix' Innerem ein Gesicht, das allen Schmerz der Welt vereinte: das Antlitz seiner Mutter auf dem Krankenbett, zart, aber weit älter als die sechsundvierzig Jahre, die sie zählte. Das letzte verhaltene Leuchten in ihren Augen. Die tiefen Falten um ihren Mund, das lange Haar, das nahezu weiß geworden war. Die letzten Atemzüge, dem siechenden Körper mühsam abgerungen.

Das Leben bat zum letzten Tanz.

Ein leises Klopfen ließ ihn zusammenzucken. Zu tief war er in Gedanken gewesen. Mit pochendem Herzen stand er auf, warf dabei das Weinglas um, kümmerte sich nicht um die rote Flüssigkeit, die auf den Boden tropfte.

Er öffnete.

In der Tür stand Florence. »Ich hole die Hülsen. Und bringe Nachrichten.«

»Tinsley schickt *dich*?«

»Warum nicht?« Seine Frage schien sie zu kränken. »Lässt du mich rein?«

Er gab den Weg frei. »Ich meinte nur – es ist gefährlich.«

»Es ist für mich nicht gefährlicher als für dich.« Sie setzte sich an den Tisch, achtete darauf, sich nicht mit dem Wein zu benetzen.

Felix holte ein Handtuch und wischte auf, was er verschüttet hatte.

»Sind das die Hülsen?«, fragte Florence und deutete auf die kleine Schachtel, in die er die Metallstifte gelegt hatte.

»Ja. Sie müssen nach Berlin.« Felix holte ein zweites Glas. »Möchtest du auch etwas trinken?«

Sie nickte. »Ich sehe morgen früh einen Überläufer. Oberleutnant der deutschen Armee. Man hat ihn gefangen genommen. Schon im März. Jetzt soll er als Spion bei der Heeresleitung eingesetzt werden.«

»Hoffen wir, dass er nicht noch einmal die Seite wechselt.« Felix füllte beide Gläser mit dem Rest aus der Weinflasche und gab ihr eines. »Es ist zwar nur ein Wasserglas, aber angesichts der Umstände … Santé!«

»Ich habe einen neuen Auftrag für dich.« Florence nippte an ihrem Wein und verzog das Gesicht.

»Kein angemessener Tropfen für eine kultivierte Französin, ich weiß.« Felix betrachtete sie über den Rand seines Glases hinweg.

Auf den ersten Blick wirkte sie unscheinbar. Ihr glattes braunes Haar hatte sie lieblos zurückgebunden, die bäuerliche Kleidung, die sie trug, schlotterte um ihren kleinen, fast mageren Körper. Und dennoch hatte sie eine besondere Ausstrahlung.

»Du sollst nach Esslingen.« Sie stellte das Glas zurück auf den Tisch und ließ ihren Finger über den Rand wandern. »Du hast einen deutschen Pass und kannst unbehelligt reisen.«

»Was soll ich in Esslingen?«

»Dort steht die Seifenfabrik, in der die Kernseife hierzu hergestellt wurde.« Ihre Augen schweiften kurz zu dem Karton mit den Metallhülsen.

»Und?«

»Tinsley hat herausgefunden, dass diese Fabrik bombardiert wurde. Aus Versehen natürlich.«

Felix lachte auf. »Von den Franzosen?«

»Von britischen Jagdflugzeugen. Sie sollten eigentlich eine Maschinenfabrik treffen.«

»Ja, der Luftkrieg ist ein Glücksspiel.« Felix schüttelte den Kopf. »Aber was kann man denn schon erwarten? Wenn die Devise ausgegeben wird, dass die Kampfflieger alle geladenen Bomben abwerfen müssen, und die Piloten gleichzeitig keine Ahnung haben, ob und was sie treffen – dann ist die Wahrscheinlichkeit groß, das Ziel zu verfehlen.«

»Die Deutschen haben mit ihren Zeppelinen den Luftkrieg überhaupt erst angefangen. Sie mussten damit rechnen, dass die anderen darauf reagieren.«

»Ich weiß.« Felix betrachtete ihren Finger, der noch immer mit dem Glasrand spielte. Sie hatte lange, schlanke Hände. »Nun soll ich nachsehen, was von dieser Fabrik in Esslingen noch übrig ist? Und dafür sorgen, dass es wieder Seifennachschub gibt?«

»Das zum einen.«

»Und zum anderen?«

»Wir wissen einfach nicht genau, was in der Fabrik augenblicklich vor sich geht. Tinsley überprüft die französischen Kontakte dorthin. Du sollst vor Ort nachforschen.«

»Ah. Tinsley befürchtet, dass die Deutschen herausgefunden haben, dass diese Kernseifen zum Schmuggeln falscher Nachrichten verwendet wurden?«

»So ist es.« Sie lehnte sich ein wenig vor. »Die Bomben fielen im März, die Inhaber sind wohl dabei getötet worden. Der einzige Sohn kämpft in der deutschen Armee.«

»Wie bitte? Aus der elterlichen Firma heraus wird der Feind unterstützt, während der Sohn an der Front steht? Das erscheint mir doch unwahrscheinlich.«

»Oder es ist eine perfekte Tarnung. Wer weiß … vielleicht beliefern sie beide Seiten? Auch das ist etwas, das du überprüfen sollst.«

»Ich verstehe.« Er strich über seinen wild wuchernden Bart. »Wann soll ich aufbrechen?«

»Sobald es möglich ist.«

»Meine … Mutter liegt im Sterben. Ich möchte diese letzten Tage mit ihr verbringen. Bleibt noch so viel Zeit?«

»Auch für Tinsley zählt jede Stunde.« Ihre Stimme klang auf einmal ungewohnt weich. »Aber die Entscheidung triffst du selbst.«

Er sah sie an, und sie erwiderte seinen Blick.

Sie wussten nichts voneinander, außer dass sie für dieselbe Sache kämpften. Das Weltgeschehen bestimmte ihre Wege. Gefühle konnten sie sich nicht leisten. Das war der Preis für die Berufung, der sie folgten.

»Felix. Das heißt … der Glückliche. Weißt du das?« Florences Augen schimmerten dunkel im Licht der Kerze. Als sie ihre Hand hob und über seine Wange strich, schloss er die Augen. Und als sie ihre Lippen auf die seinen presste, nahm seine wunde Seele ihr Angebot gierig an.

Er wollte vergessen. Wenn auch nur für diese Nacht.

Als Felix im Morgengrauen erwachte, war Florence verschwunden.

9. KAPITEL

Konstanz, Ende Mai 1918

Mit eingefrorenen Gesichtszügen starrte Elisabeth in das von goldfarbenen Buchstaben umrandete Objektiv der Kamera, das sich ihr entgegenreckte. *Eastman Kodak Company* stand darauf. Elisabeth hatte keine Ahnung, wie man das aussprach.

»Bitte drehen Sie sich ein wenig nach rechts, Frau Lindner«, korrigierte der Fotograf Adolf Wolf ihre Haltung. »Und fixieren Sie dann das runde Schild mit den Lettern E und K über dem Objektiv.«

Elisabeth ließ ihre Augen höher wandern.

»Gut so. Danke, Frau Lindner. Jetzt bitte still halten.«

Regungslos wartete Elisabeth, bis die Aufnahme gemacht war. Dann atmete sie auf. Fotografiert zu werden war ihr ein Graus, zumal sie Fotografien von sich nur widerwillig betrachtete. Immer wirkte sie darauf wie ein altes Weib, was mit Sicherheit an diesem seltsamen Gerät lag.

»Gut, Frau Lindner.« Adolf Wolf nickte ihr zu. »Sie können die Aufnahme für den Grenzschein dann in der nächsten Woche abholen.«

Elisabeth stand auf. »Danke.«

»Einen schönen Tag, Frau Lindner.«

Es hatte zu nieseln begonnen, als Elisabeth das Atelier des Fotografen in der Rosgartenstraße verließ und sich auf den Weg zum *Paradies* machte.

Das bäuerlich geprägte Gebiet lag im Westen von Konstanz, am Seerhein. Die Namensgebung, so hatte Elisabeth gehört, ging wohl auf eine Klostergründung zurück, passte aber in vielerlei Hinsicht zu den heimeligen Höfen und fruchtbaren Feldern hier. Es war ein echtes Paradies für Fischer und die Gemüsegärtner, welche mit dem Landbau ihr Geld verdienten. Und für Schmuggler.

Letzteres verdankte es nicht nur seiner räumlichen Nähe zur Schweiz, sondern zudem einer Sonderstellung: Das *Paradies* grenzte ans Tägermoos – Ackerland, das eigentlich zur Schweiz gehörte, aber von Gemüsegärtnern aus dem *Paradies* bewirtschaftet wurde. Zudem arbeiteten viele Konstanzer Bürger in Kreuzlingen, das sich auf eidgenössischem Staatsgebiet befand. Da so viele Menschen jeden Tag vom deutschen Reich in die Schweiz pendelten, hatte man den Grenzverkehr ursprünglich recht freizügig geregelt. Am ersten Tag des Großen Krieges aber war die Grenze von den Deutschen binnen weniger Stunden mit Holzlatten, Ketten und Stacheldraht abgeriegelt worden. Seither benötigte man einen Grenzschein, um vom *Paradies* ins Tägermoos und weiter in die Schweiz zu gelangen.

Schmuggel gab es an Bodensee und Hochrhein schon lange, aber seit den Grenzschließungen und dem Andauern des Krieges hatte er sich massiv ausgeweitet. Elisabeth war in diese

Art der Nahrungsmittelbeschaffung hineingeraten, als sie hin und wieder Milch im schweizerischen Thurgau besorgt hatte. Schnell war ihr klar geworden, wie lukrativ der Schmuggel war. Außerdem gefiel es ihr, etwas eigentlich Verbotenes zu tun, die Grenzposten an der Nase herumzuführen und in Meersburg mit zwei vollen Milchkannen den Neid der anderen Frauen auf sich zu ziehen. Milch war Mangelware, wie so vieles.

Im Laufe der Zeit war Elisabeths Vorgehen raffinierter geworden. So hatte sie sich mit einer *Paradiesler* Bäuerin angefreundet, die seit Längerem verbotene Waren aus der Schweiz umschlug und der sie zufällig ähnlich sah. Die Frau hatte ihr nicht nur einen Kontakt vermittelt, sie überließ ihr auch hin und wieder ihren Passierschein, was den Grenzübertritt wesentlich erleichterte. Doch auf Dauer wollte Elisabeth unabhängig sein. Da sie keine *Paradieslerin* war und deshalb auch keinen Anspruch auf einen unbegrenzt gültigen Passierschein besaß, würde sie auf die Dienste einer Fälscherwerkstatt zurückgreifen müssen – sobald die Fotografien fertig waren.

Elisabeth hatte das Kopfsteinpflaster der Stadt hinter sich gelassen und ging nun die Fischenzstraße entlang. Alles hier war ordentlich und gepflegt, Obstbäume flankierten die Höfe, es roch nach frischem Heu. Elisabeth wich einem Gespann aus, das ein großes Mostfass geladen hatte.

Vor einem zweistöckigen Haus mit roten Fensterläden blieb sie schließlich stehen und klopfte an die Tür. Der leichte Regen hatte aufgehört.

Eine Frau um die vierzig und mit einem Kleinkind auf dem Arm öffnete. »Grüß Gott, Frau Lindner.« Sie trat zur Seite. »Kommen Sie rein. Sie kennen ja den Weg.«

»Danke, Frau Huber.« Elisabeth ging an der Frau vorbei zu einer kleinen Wäschekammer. Dort zog sie einen bereitliegenden wollenen Unterrock unter ihr knöchellanges blaugraues Kleid und band sich eine gemusterte Schürze um, damit sie tatsächlich wie eine *Paradieslerin* aussah. Anschließend suchte sie Frau Huber in der Küche auf. »Ich wär so weit.«

»Gut.« Frau Huber gab ihr den rosafarbenen Passierschein und deutete auf einen Korb, der neben dem großen Küchentisch stand. Er war mit Radieschen, Gelben Rüben und einigen Salatköpfen bestückt.

Elisabeth nahm ihn auf. »Heute Abend bin ich zurück.«

Die Frau nickte und wandte sich wieder dem Herd zu, während ihr Kind, das auf einem Schaffell in der Nähe lag, zu brüllen begann. Elisabeth sah zu, dass sie aus dem Haus kam. Sie verabscheute Kindergeschrei.

Der alte Mann in der Gaststube des *Trompeterschlössles* unmittelbar am Grenzbach hatte ein Bier bestellt und sah ihr prüfend entgegen. Wie vereinbart trug Elisabeth den Gemüsekorb unter ihrem linken Arm. Er nickte ihr unauffällig zu und bestellte einen echten Bohnenkaffee, als sie sich zu ihm setzte.

Im *Trompeterschlössle*, das mitsamt der angrenzenden Bäckerei und dem Kolonialwarenladen auf Schweizer Gebiet lag, wurden nicht nur unerlaubte Geschäfte abgewickelt – dort gab es so gut wie alles zu kaufen, was im Deutschen Reich Mangelware war. Ein Schlaraffenland, das es sogar mit dem gut gefüllten Keller des Ochsenwirts aufnehmen konnte. Beim Gedanken an Otto, den Wirt des Meersburger Gasthofs *Ochsen*, zog sich Elisabeths Brust zusammen. Nur leicht, aber sie nahm die Regung genau wahr. Er brachte ihre Gefühlswelt durcheinander. Kein Mann vor ihm hatte das geschafft. Aber er … er war stattlich, grob gebaut, seiner selbst absolut sicher. Er fragte nicht, und das imponierte Elisabeth. Im Gegensatz zu Gustav war er ein ganzer Mann. Der einzige Wermutstropfen dabei war, dass ihr Techtelmechtel heimlich stattfinden musste. Otto war verheiratet, aber sein Weib seit Langem krank. Es bestand die berechtigte Hoffnung, dass der Tod bald den ersehnten Platz an seiner Seite schuf. Dann würde es ihr gut gehen. Der Ochsenwirt verfügte über einen Gasthof, dazugehörigen Grund und Boden und eine Menge Geld. Seit sie sich nahegekommen waren, hatte er mehrfach Interesse daran bekundet, den Lindenhof zu kaufen. Seither ließ Elisabeth dieser Gedanke nicht mehr los. Sie würde alles daransetzen, dass der Ochsenwirt den Lindenhof bekam, sie anschließend heiratete und damit zur Frau des mächtigsten Wirtes in Meersburg machte.

Als der Kaffee duftend vor Elisabeth stand, öffnete der alte Mann seinen Rucksack und legte die mitgebrachten Dinge auf den Tisch. Vier Schweizer Uhren, einige Packungen *Berglen-Tabak*, Schokolade, Kaffeebohnen, Kakao und fünf Päckchen *Rössli-Stumpen*.

Elisabeth war von der schieren Menge des Angebots erschlagen. So viel hatte sie bisher noch nie geschmuggelt.

»Die Uhren, den *Berglen* und die *Rössli* bringst du zum *Anker*. In der Münzgasse in Konstanz.«

»Ich weiß, wo der *Anker* ist«, antwortete Elisabeth und konnte die Augen kaum von den Sachen nehmen. »Etwas Schokolade und eine Uhr möchte ich dir abkaufen«, erwiderte Elisabeth.

Der Mann zupfte an seinem breiten Backenbart. »Hast du überhaupt Geld?«

Elisabeth nickte und zog einen Fünfmarkschein aus ihrem Ärmel. Während Gustav im Krieg war, hatte sie hin und wieder Geld aus der Kasse des Lindenhofs genommen.

Der Mann verzog abschätzig die Mundwinkel. »Kriegsgeld nehme ich nicht gern.«

»Auch wenn es aus Konstanz ist?«

Der Mann bewegte seinen Kopf hin und her.

»Was ist jetzt?« Elisabeth war irritiert.

»Eigentlich ist die Ware vorbestellt. Da kann ich nicht einfach was abzweigen.« Er schob ihr zwei Tafeln Chocolat Lindt zu. »Weil du es bist.« Er steckte den Geldschein ein.

»Die Uhr?«

Er schüttelte den Kopf. »Ein andermal. Gegen Franken oder Dollar.«

»Aber …«

»Der Kakao und die Kaffeebohnen sind für die Huberin«, unterbrach er sie. »Die Kartoffeln dafür hat sie schon geliefert.«

»Ich weiß.« Elisabeth gab sich geschlagen und legte die Ware unter das Gemüse in den Korb. Dann leerte sie ihre Kaffeetasse.

»Du gehst heut noch zum *Anker*«, schärfte der Mann ihr ein. »Die warten drauf. Dort bekommst du den Lohn für den Botengang. Und wenn alles gut geht, haben wir vielleicht noch mehr Aufträge für dich. Besondere Aufträge, die richtig Geld bringen.«

Elisabeth merkte auf. »Wann soll ich wiederkommen?«

»In drei Tagen.«

Elisabeth nickte. »Ich werde da sein.«

Eine Viertelstunde später stand sie in der Schlange vor dem Grenzübergang. Nun, gegen Abend, kehrten die Gemüsegärtner von ihren Feldern ins *Paradies* zurück.

Es ging nur langsam voran. Elisabeth ignorierte die Nervosität, die sie erfassen wollte. Vor ihr unterhielten sich zwei Frauen leise über ihren Tag auf den Feldern und die Eigenheiten ihrer Ehemänner.

Elisabeth versuchte wegzuhören und dachte an die Uhren, die Schokolade und die Tabakwaren, die sie in den eigens dafür eingenähten Taschen des Unterrocks verborgen hatte – ein immenser Wert, den sie am Körper trug. Sie bedauerte, ihn weitergeben zu müssen. Im Korb, unter ihrem Gemüse, lagen Kaffee und Kakao.

Es dauerte eine halbe Stunde, bis sie endlich vor einem der Grenzsoldaten stand, entnervt und müde. Mühevoll rang sie sich ein schmales Lächeln ab.

»Was hast du dabei?« Der dürre Uniformierte mit dem Oberlippenbart legte die linke Hand an seinen Säbel.

»Radieschen, Gelbe Rüben, Salat.«

»Und was hast du dadrunter?« Mit der Zigarette, die er in der anderen Hand hielt, deutete er auf den Korb.

»Nichts.«

»Mich hältst du nicht zum Narren, Weib.« Er warf die Zigarette weg, nahm ihr den Korb aus der Hand und schüttete das Gemüse aus. Kakao und Kaffeebohnen landeten mit im Straßendreck. »Das ist also *nichts*.« Er grinste hämisch.

»Mein Mann steht im Feld. Ich hab acht hungrige Kinder. Wie sollen wir sonst überleben?«

Der Soldat kniff die Augen zusammen.

Elisabeth schob ihm eine der Schokoladentafeln zu. »Wie sollen wir sonst überleben?«, wiederholte sie.

»Ihr Bauernweiber habt doch immer dieselben Ausreden.« Er warf den Korb zu Gemüse und Schmuggelware auf den Boden. »Pack dein Zeug und sieh zu, dass du fortkommst! Unter deinen Rock schau ich besser erst gar nicht.«

Während er die Schokolade einsteckte und auf das Ochsenfuhrwerk zuging, das hinter Elisabeth am Grenzzaun wartete, sammelte sie mit bebenden Händen Kaffee, Kakao und Gemüse ein und eilte weiter.

Erst als sie den Korb der Huber-Bäuerin übergab, merkte sie, wie viel Angst sie ausgestanden hatte – ihre Hände zitterten noch immer. So schnell es ihr möglich war, entledigte sie sich des Unterrocks und der Schürze, lehnte die Einladung zum Nachtessen ab und eilte zum *Anker*, wo sie endlich die Auftragsware loswurde und ihren Lohn erhielt. Erst als sie in der Schmugglerbucht auf eine Gondel wartete, um nach Meersburg überzusetzen, wurde sie ruhiger.

10. KAPITEL

Meersburg, die Küche des Lindenhofs, am nächsten Tag

Käthe hatte aus den Blüten, die Pater Fidelis heute schon in aller Frühe heimlich frisch gepflückt hatte, genauso heimlich kandierte Veilchen gemacht. Die beiden hatten Lilly damit überrascht, um ihr den unmittelbar bevorstehenden Abschied ein wenig zu erleichtern. Lilly war gerührt. Zugleich konnte sie sich nicht davon abhalten, immer wieder von ihrer Lieblingszuckerleckerei zu probieren.

»Jetzt ist es gut, Fräulein Lilly«, sagte Käthe schließlich, als sie die Reste in Zeitungspapier einschlug. »Sie sollen sich doch in Stuttgart an uns erinnern, wenn sie davon essen, und nicht alle schon hier vernaschen!«

»Aber Sie geben mir doch so viel anderes mit, Käthe«, erwiderte Lilly und deutete auf die verschiedenen Gläser, in denen sich alle Arten von Keksen versammelt hatten: Zuckerbrezeln, Nusslaibchen, englisches Teegebäck.

»In diesen Zeiten weiß man nie, was man am nächsten Tag zu essen bekommt«, erwiderte die Köchin. »Und Ihnen war doch in den letzten Wochen so oft übel.«

»Das wird schon besser, Käthe. Der Arzt vom Spital hat gesagt, dass es von den Nerven kommt.«

»Umso wichtiger ist es, dass Sie etwas Feines mitnehmen.« Käthe packte die verschiedenen Köstlichkeiten in einen Picknickkorb. »So. Das sollte eine Weile reichen.«

Lilly nahm die Köchin in den Arm. »Danke. Ich werde bei jedem Bissen an Sie denken.«

»Na, na.« Käthe schien die Nähe peinlich zu sein.

»Wenn etwas übrig bleibt, esse ich es gerne!«, ließ sich auf einmal Helena vernehmen. Ohne dass Lilly oder Käthe es bemerkt hatten, war sie in die Küche gekommen. »Und Katharina sicher auch!«

»Ich werde gleich morgen noch einmal Veilchen kandieren«, meinte Käthe.

»Es dürften auch Erdbeeren sein«, erwiderte Helena augenzwinkernd. Dann wandte sie sich an Lilly, und ihre eben noch schelmische Miene wurde ernst. »Das Fuhrwerk ist da.«

»Ja …« Lillys Magen zog sich zusammen.

»Und Vater ist auch bereit.« Helena hakte sie unter. »Es wird ein Neuanfang für dich, Lilly. Wir sind gespannt auf das, was du uns berichtest!«

Eine eigenartige Mischung aus Tatendrang und Wehmut durchlief Lilly. Ihr Körper kribbelte, der Druck im Bauch ließ nach. »Ja«, sagte sie. »Ich komme.«

In der kleinen Eingangshalle des Lindenhofs war Pater Fidelis gerade dabei, Lillys Gepäck hinauszutragen. Ihr Vater nestelte noch an den Riemen seines Rucksacks. Als er die Anwesenheit seiner Töchter bemerkte, richtete er sich auf.

»Papa …« Lilly gelang es sogar, ihn anzulächeln.
Er nickte ihr aufmunternd zu. »Es ist Zeit.«

Kurz darauf standen alle auf dem runden Kiesplatz vor dem Lindenhof. Helena und Katharina, Pater Fidelis, Käthe und Erna. Lilly verabschiedete sich von jedem Einzelnen, drückte ihre Schwestern noch einmal fest an sich. Es fiel ihr schwer, sich abzuwenden, um das Fuhrwerk zu besteigen, das sie und ihren Vater zum Bahnhof nach Friedrichshafen bringen würde.

In diesem Augenblick sah sie ihre Mutter aus einem Seiteneingang kommen und rasch auf sie zusteuern.

»Leb wohl, Kind.« Elisabeth drückte ihr ein kleines Päckchen in die Hand. In ihrem Gesicht stand unterdrücktes Bedauern und sogar ein wenig … Liebe?

»Danke, Mutter.« Sie wollte Elisabeth umarmen, doch diese trat einen Schritt zurück.

»Werd erwachsen.« Mit einem schwachen Lächeln hob sie die Hand zu einem kurzen Gruß, dann wandte sie sich ab und ging zum Haus zurück.

»Auf geht's!«, rief Konrad. Der Hafenarbeiter verdiente sich mit kleinen Transportaufgaben ein Zubrot.

»Komm, Lilly.« Ihr Vater half ihr beim Aufsteigen und ließ sich neben ihr nieder.

Konrad schnalzte mit der Zunge. Ruckelnd setzte sich der Wagen in Bewegung.

Lillys Blick glitt noch einmal über die Mauern des Lindenhofs, dessen gelbe Farbe überall abblätterte. Es war ein schönes zweiflügeliges Gebäude mit Brüstungen und Balkonen, und auch wenn es an allen Ecken Spuren des Verfalls zeigte, wirkte es wie ein kleines Schloss. Als Kind war Lilly oft mit ausladender Geste die steinerne Treppe zu dem von Säulen flankierten Eingangsportal hinaufgeschritten und hatte so getan, als sei sie eine Prinzessin.

Die Räder knirschten auf dem Kies, als Konrad wendete und die mit uralten Linden bestandene Auffahrt in Richtung See hinunterfuhr. Lilly hob die Hand und winkte, bis der Wagen auf die Uferstraße eingebogen und die kleine Menschenmenge aus ihrem Blickfeld verschwunden war.

Traurigkeit drückte auf ihre Brust.

Wie schön es hier doch war. Und wie friedlich. Zu ihrer Linken, in einigen Metern Entfernung, trudelten die leichten Wellen des Sees ans Ufer, winzige Schaumkrönchen glitzerten im hellen Blaugrau des Wassers, bevor sie mit einem milden Plätschern auf Kies und Gras ausliefen.

Wer wusste, wann sie das alles wiedersah.

Sie hatte sich fest vorgenommen, tapfer zu sein. Und konnte doch nicht verhindern, dass ihr die Tränen über die Wangen rannen.

Sie fühlte den Arm ihres Vaters, der sich um ihre Schultern legte. »Es ist gut, Lilly. Abschied nehmen tut weh.«

Lilly lehnte sich an ihn und ließ ihrem Schmerz freien Lauf.

»Du weißt«, sagte Gustav, »dass wir immer für dich da sind. Helena wird dich bald besuchen, und wann immer du mich brauchst, komme ich zu dir.«

»Ja, Papa«, sagte Lilly leise.

Und während sie durch Meersburg rumpelten, öffnete sie das Abschiedsgeschenk ihrer Mutter.

Es war eine Tafel Schweizer Schokolade.

11. KAPITEL

Stuttgart, die Reichle-Villa, in der zweiten Juniwoche 1918

Lilly war auf dem Weg von ihren Schlafräumen in die Bibliothek der Reichle-Villa. Das dreigeschossige Anwesen, dessen Stil Arno als neugotisch bezeichnet hatte, war so groß, dass Lilly anfangs Sorge gehabt hatte, sich darin zu verlaufen.

Inzwischen kannte sie sich besser aus, aber ein Gefühl von Zuhause wollte sich noch immer nicht einstellen. Alle im Haus gaben sich zwar große Mühe, ihr das Wiedereinleben leichter zu machen, auch Arnos Onkel Fritz begegnete ihr herzlich und aufgeschlossen – doch ohne Arno und seine Eltern wirkte alles leblos und leer. Der Kontrast zum quirligen Lindenhof war kaum zu ertragen.

Auf der breiten Holztreppe begegnete sie Edith, die gerade einen Stapel Wäsche nach oben trug.

»Möchten Sie nicht ein wenig in den Garten gehen, gnädige Frau?«, fragte das Dienstmädchen. »Draußen ist es wunderschön warm.«

»Vielleicht später«, erwiderte Lilly. »Erst einmal möchte ich mir ein Buch aussuchen.«

»Thea ist schon dabei, eine Zitronenlimonade zu machen. Ich bringe sie Ihnen dann.«

»Das ist freundlich. Ich bin in der Bibliothek.«

Lilly ging weiter, vorbei an den weitläufigen Wohnräumen der Beletage ins Erdgeschoss, wo sich neben dem großen Salon auch ein Musikzimmer und die Bibliothek befanden.

Lilly liebte den Raum mit den vielen Büchern. Ein kostbarer Teppich bedeckte den Holzboden, dunkelgrüne Samtvorhänge rahmten die hohen Fenster, ließen aber genügend Licht herein, um eine heimelige Atmosphäre zu schaffen.

Die Ausstattung mit dunkelbraunen Ledermöbeln, dem niedrigen Tischchen und dem verspielten Sekretär mit seinem brokatbezogenen Stuhl hatte etwas Altertümliches. Auf dem Kaminsims tickte leise eine Uhr, in der Luft tanzten winzig kleine Staubkörnchen. Im Gegensatz zur Schwere der Ausstattung des übrigen Hauses aber strahlte die Bibliothek eine träumerische Ruhe aus, die Lilly das Gefühl gab, sich in einer ihrer Romanwelten zu befinden.

In den Tagen nach Arnos Abschied im Februar war sie oft hier gewesen, hatte versucht, zwischen den Seiten eines Buches den Trennungsschmerz zu vergessen – und das Gefühl, fremd zu sein. Arnos Eltern hatten zwar die Höflichkeit gewahrt, sie zugleich aber spüren lassen, dass sie mit der vorschnellen Heirat ihres Sohnes nicht einverstanden gewesen waren. Zeit für Lilly hatte sich niemand genommen. Die Mutter war mit gesellschaftlichen Verpflichtungen und der Vater mit der Seifenfabrik in Esslingen beschäftigt gewesen, man begegnete einander lediglich zu den Mittags- und Abendmahlzeiten. Wenn nicht die Hausangestellten ihr das Anwesen und ein wenig die

Stadt gezeigt hätten, wäre Lilly damals vollkommen vereinsamt. Zumal von Arnos Versprechen, sie in die Geheimnisse von Seife und Pflege einzuführen, keine Rede mehr gewesen war. Lilly war wohl bewusst, dass ihm kaum Zeit geblieben war, sich mit seinem Vater darüber zu verständigen, dennoch hatte sie gehofft, die Seifenfabrik kennenzulernen und etwas über die Produkte und deren Herstellung lernen zu dürfen.

Sie seufzte.

In den kurzen drei Wochen ihres Zusammenlebens hatten sie und ihre Schwiegereltern einander gar nicht richtig kennenlernen können. Lilly war davon überzeugt, dass sich das distanzierte Verhältnis im Laufe der Zeit gebessert hätte.

Sie ließ ihre Augen über die Buchrücken gleiten. Strikt nach Alphabet geordnet, fanden sich Werke von Hermann Hesse, Jack London, Thomas Mann, Lew Tolstoi, Stefan Zweig und unzähligen anderen mehr. Ein eigenes Regal war Lexika und Atlanten gewidmet, ebenso bildeten Gedichtbände eine eigene Kategorie.

Lilly war heute eigentlich nach einer leichten Lektüre. Etwas, das sie ablenkte, ihre Welt ein wenig heller machte. Dann aber blieb ihr Blick an einem Buch von Theodor Fontane hängen: *Effi Briest.*

Sie stutzte. Der Titel erinnerte sie an den Sonntagnachmittag vor ihrer Abreise, an dem sie und Katharina bei der Baronin von Ardenne und ihrer Freundin Daisy zu Gast gewesen waren, einen Besuch, den Lilly als etwas eigenartig in Erinnerung hatte. Bei echtem Bohnenkaffee und Beerentorte hatte zunächst Daisy unentwegt erzählt. Davon, dass sie mit richtigem Namen Margarethe Weyersberg hieß und ihr *Tantel*, wie sie die Baronin nannte, in einem Sanatorium in Meran kennengelernt hatte. Dass die Baronin ausgebildete Krankenschwester war und dort als Pflegerin gearbeitet hatte. Dass sie sich bestens verstanden hatten und die nach ihrer Scheidung verarmte Baronin deshalb als Gesellschafterin für Daisy angestellt worden war. Lilly hatte herausgehört, dass Daisys Familie recht vermögend sein musste – immerhin hatte sie ihrer Tochter und deren Gefährtin unzählige Reisen finanziert und schließlich dafür gesorgt, dass sich die beiden im April dieses Jahres standesgemäß in Lindau niederlassen konnten.

Später, bei einem kurzen Spaziergang, waren Katharina und die Baronin – in ein Gespräch über Krankenpflege vertieft – vorausgegangen, während Daisy und Lilly ihnen mit etwas Abstand gefolgt waren und sich über Bücher unterhalten hatten. Dabei hatte Daisy ihr mit gedämpfter Stimme anvertraut, dass es über das frühere Leben der Baronin einen Roman gab, und den Namen *Effi Briest* fallen lassen. Zugleich hatte sie Lilly eingeschärft, die Baronin niemals auf Fontanes Werk anzusprechen. Die Geschichte dahinter musste mit einem großen Skandal verbunden gewesen sein.

Über ihrem eigenen Kummer hatte Lilly sowohl die Baronin als auch *Effi Briest* ganz vergessen, nun aber war sie neugierig. Sie nahm das Buch aus dem Regal, setzte sich auf die Chaiselongue und schlug es auf.

> *In Front des schon seit Kurfürst Georg Wilhelm von der Familie von Briest bewohnten Herrenhauses zu Hohen-Cremmen fiel heller Sonnenschein auf die mittagsstille Dorfstraße, während nach der Park- und Gartenseite hin ein rechtwinklig angebauter Seitenflügel einen breiten Schat-*

ten erst auf einen weiß und grün quadrierten Fliesengang und dann über diesen hinaus auf ein großes, in seiner Mitte mit einer Sonnenuhr und an seinem Rande mit Canna indica und Rhabarberstauden besetztes Rondell warf.

Lilly holte tief Luft. Was für ein Satz! Sie mochte es, in der Sprache zu baden, gleichzeitig musste sie ihn mehrmals lesen, um sich wirklich ein Bild des Herrenhauses zu Hohen-Cremmen zu machen. Grün und weiß gefliest war auch der Wirtschaftstrakt der Reichle-Villa, eine Sonnenuhr kannte sie vom Kirchturm in Überlingen, Rhabarberstauden aus Helenas Garten. Aber was um Himmels willen war *Canna indica*?

Sie las weiter, vertiefte sich in die Geschichte von Effi, dem einzigen Kind der angesehenen Familie Briest, die mit siebzehn Jahren auf Drängen der Mutter einen sehr viel älteren Mann heiratete und sich dann in einen anderen verliebte. Mit jeder Zeile wuchs die Dramatik, die Seiten flogen dahin.

»Gnädige Frau?« Die Haushälterin, die alle nur Frau Lene nannten, stand in der Tür. »Der Herr Reichle wär hier. Er möchte Sie sprechen.«

Lilly brauchte einen Augenblick, um aus ihrer Romanwelt in die Gegenwart zurückzukehren. Zumal sie sich noch immer nicht daran gewöhnt hatte, mit *gnädige Frau* angesprochen zu werden.

Sie legte das Buch zur Seite, setzte sich aufrecht hin und faltete die Hände in ihrem Schoß. »Schicken Sie ihn bitte herein.«

»Grüß Gott, Lilly!« Onkel Fritz trat in die Bibliothek. »Darf ich mich zu dir setzen?« Hinter ihm zog die Haushälterin leise die Tür zu.

»Gern.«

Arnos Onkel war mittelgroß und schlank und ähnelte seinem verstorbenen Bruder. Sein Kopf hatte sich aller Haare entledigt, ein prächtiger und perfekt gepflegter grauer Vollbart schien diesen Mangel wettmachen zu wollen. Lilly wusste, dass er ein Doktor der Chemie war, und mit der goldgeränderten Brille, die er trug, wirkte er tatsächlich wie ein Gelehrter.

Lilly mochte ihn. Er hatte die Geschicke der Seifenfabrik in die Hand genommen und sich von Lilly weitreichende Befugnisse einräumen lassen, nachdem Arnos Vater bewusstlos im Krankenhaus gelegen hatte. Ihrem eigenen Vater wiederum hatte das nicht gefallen, das wusste Lilly, deshalb hatte er sich selbst ein Bild von Fritz Reichle gemacht, als er sie nach Stuttgart begleitet hatte. Gemeinsam waren die beiden Männer zur Seifenfabrik gefahren und hatten auch sonst allerlei besprochen. »Er scheint ein feiner Mann zu sein, Lilly«, hatte Vater zu ihr gesagt, bevor er nach Meersburg zurückgereist war. »Bleib aufmerksam und versuche so viel wie möglich zu lernen! Dann wirst du es hier gut haben.«

Onkel Fritz räusperte sich und setzte sich in einen Sessel ihr gegenüber. »Es ist an der Zeit, dass wir über die Zukunft sprechen.«

Lilly knetete nervös ihre Finger und nickte.

»Wir alle hoffen, dass Arno bald nach Hause kommt«, fuhr er fort. »Gesund nach Hause kommt. Auch wenn wir länger nichts mehr von ihm gehört haben.«

»Du meinst, wir müssen damit rechnen, dass …?«

»Ich möchte keinesfalls dem Unglück das Wort reden. Aber in diesen Zeiten darf man nicht blind darauf vertrauen, dass alles sich zum Guten wendet. Die Situation ist nun einmal, wie sie ist.« Onkel Fritz strich über seinen Bart. »Du weißt, dass die Familie Reichle vermögend ist.«

»Ja, das Haus, die Fabrik …«

»Und noch viel mehr, Lilly. Deshalb möchte ich mit dir reden. Als Teilhaber habe ich Einblick in die Bücher, kenne die Vermögenswerte und auch die Anlagen, die mein Bruder getätigt hat. Aktien, Kriegsanleihen et cetera.«

»Anlagen?« Lilly fiel es schwer, ihm zu folgen.

»Geldanlagen. Dazu sprechen wir ein andermal ausführlicher. Wichtig ist zunächst der Zustand der Seifenfabrik. Mein Bruder hat vor zwei Jahren eine Fliegerschaden-Versicherung abgeschlossen. Damals habe ich ihn ehrlich gesagt für verrückt erklärt, aber im Nachhinein war es eine weitsichtige Entscheidung. Inzwischen habe ich die Höhe der Schäden in Esslingen schätzen lassen und Kontakt mit der Allianz aufgenommen. Sie hat bereits einen ersten Teilbetrag ausgezahlt.«

»Um alles wieder aufzubauen?« Lilly hörte aufmerksam zu.

»Ja. Und deshalb müssen wir beide absprechen, was geschehen soll. Auch wenn wir – natürlich – davon ausgehen, dass Arno wieder nach Hause kommt, finde ich es richtig, wenn du von Anfang an eingebunden bist.«

Lilly fühlte sich unsicher. Sie hatte wohl darauf gehofft, im Unternehmen mitarbeiten zu dürfen. Aber nicht, um eine zerstörte Fabrik wieder aufzubauen, sondern um ihre eigene Pflegekosmetik zu entwickeln. Andererseits – hatte sie sich nicht vorgenommen, Herausforderungen anzunehmen, anstatt in ihre Traumwelten zu flüchten?

»Lass uns also morgen gemeinsam nach Esslingen fahren«,

sprach Onkel Fritz weiter. »Du bist eine Reichle. Es wird Zeit, dass du unsere Fabrik kennenlernst.«

»Das ist … großzügig.« Lilly lächelte schwach. »Ich weiß nur nicht, ob ich wirklich etwas beitragen kann. Ich habe ja von gar nichts eine Ahnung.«

»Du wirst lernen. Wenn du es willst.« Onkel Fritz lächelte ihr ermutigend zu. Dann fiel sein Blick auf das Buch neben ihr. »Der gute Fontane. Ich liebe diese Lektüre. Sie ist voll romantischer Tragik.«

»Du hast es gelesen?«

»Selbstverständlich.«

Lilly wunderte sich über das Wort »Romantik« aus dem Mund eines Mannes in den Fünfzigern, aber sie freute sich über dieses gemeinsame Interesse. »Darf ich dich dann etwas fragen? Zum Buch?«

»Nur zu!«

»Was ist eigentlich *Canna indica*?«

Er stutzte kurz, dann lachte er herzhaft. »Das ist Indisches Blumenrohr.«

Ihr Gesichtsausdruck schien keinen Zweifel daran zu lassen, dass seine Antwort wenig zur Erhellung beigetragen hatte, denn er lachte noch mehr. »Es handelt sich um eine Zierpflanze, Lilly. Sie trägt imposante Blüten in den kräftigsten Farben und wirkt dadurch sehr exotisch. Effi und ihre Mutter dürften den Anblick geliebt haben.« Er stand auf. »Ich freue mich auf unsere Zusammenarbeit, Lilly. Und hab keine Angst. Ich bin an deiner Seite.«

12. KAPITEL

Esslingen in Württemberg, am darauffolgenden Tag

Kratzend glitt das Rasiermesser über Wangen und Kinn. Während Bahn um Bahn seines Bartes im Waschwasser landete, sah Felix zu, wie sich sein Gesicht veränderte. Als er fertig war, legte er das Messer zur Seite, trocknete sich ab und grinste dem Bild in dem winzigen Spiegel zu, der über dem Waschtisch hing. Anschließend schlüpfte er in ein frisches Hemd und zog die breiten Hosenträger darüber zurecht. Die Kirchturmuhr der schwäbischen Kleinstadt schlug sieben Uhr früh.

Nach Florences Besuch hatte er sich zunächst Zeit genommen, um alles für seine Reise nach Esslingen vorzubereiten – seine deutsche Uniform ausgebessert, Verbandsmaterial besorgt, seine Mutter im Krankenhaus besucht, wann immer es die Zeit zuließ. Die Sorge, dass er sie todkrank würde zurücklassen müssen, hatte der Tod ihm wenige Tage vor seiner geplanten Abreise genommen. Er hatte sie gehalten in ihren letzten Stunden, ihr gesagt, wie sehr er sie liebte, und das Lächeln, das sich am Ende auf ihrem von Krankheit und Schmerz gezeichneten Gesicht ausgebreitet hatte, war friedlich, fast glücklich gewesen. Ganz leise, so wie sie gelebt hatte, war sie hinübergeglitten. Und genauso leise hatte er sie beerdigt, erschüttert und dankbar zugleich.

Seither versuchte er, die Trauer beiseitezuschieben. Dass er einen großen Auftrag hatte, machte es leichter.

Getarnt als verwundeter Soldat der deutschen Armee, war er schließlich gen Süden aufgebrochen, den Kopf und einen Arm bandagiert. Um den Kriegsversehrten-Eindruck zu untermauern, hatte er sich einige blutverkrustete Verletzungen beigebracht und eine Augenklappe getragen. Der gefälschte Ausweis, den Florence ihm übergeben hatte, war bei keiner Kontrolle beanstandet worden – hier leistete der britische Geheimdienst wie immer ausgezeichnete Arbeit.

Noch in Aachen hatte er sich ein Buch besorgt, in dem der Prozess der Seifenherstellung dargestellt wurde. Es schadete nie, sich zumindest etwas in dem Metier auszukennen, in welchem man spionierte. Die ersten Tage in Esslingen hatte er dann darauf verwandt, die Stadt und insbesondere das Umfeld der Seifenfabrik auszukundschaften.

Der Ort war weit kleiner als Aachen, ein mittelalterlich anmutendes Städtchen inmitten rebenbestandener Hügel. Auf einer Anhöhe fanden sich die Überreste einer Befestigung und wachten über Ort und Tal. Der schiffbare Fluss, der unmittelbar an der Stadt vorbeiführte, hatte die Maschinenbauindustrie begründet, die hier ansässig war – und den Fliegerangriff vom vergangenen März, der als Kollateralschaden die unmittelbar am Neckar gelegene Seifenfabrik Reichle getroffen hatte. Denn die von den Piloten offenbar anvisierte Maschinenfabrik Esslingen grenzte südlich an diese an.

Der Bombentreffer hatte die Produktion wohl nachhaltig gestört, aber nicht völlig unterbrochen, das hatte Felix bereits bei ersten Erkundungsgängen festgestellt. Hin und wieder sah er Arbeiter auf dem Gelände, doch größere Wiederaufbautätigkeiten waren nicht erkennbar. Um sich ein genaueres Bild zu machen, wollte er um Arbeit ersuchen. Sobald er die Zusammenhänge einschätzen konnte, würde er sich an seinen eigentlichen Auftrag machen. Alles in allem keine einfache Sache. Sie würde ihn eine ganze Zeit lang beschäftigen.

Er nahm einen Apfel aus der Schüssel auf seinem Nachttisch, biss hinein und verließ das kleine Hotel, in dem er abgestiegen war.

Stuttgart, am Nachmittag desselben Tages

Am liebsten wäre Lilly mit dem Motorrad mitgefahren, vor allem da es heute zwar windig, aber sonnig und warm war. Sie stellte es sich herrlich vor, damit über die Straßen zu rauschen. Doch sicherlich war schon allein der Wunsch unschicklich, zumal sie jetzt eine *gnädige Frau* war. So hatte sie nur sehnsüchtig hinterhergesehen, als Onkel Fritz die Stuttgarter Hasenbergsteige hinabgebraust war.

»Bitte, gnädige Frau. Steigen Sie ein!«, rief Johann in diesem Moment. Er hatte die Kutsche angespannt und würde mit ihr und Edith folgen.

Mit einem leisen Seufzen ließ Lilly sich in den Wagen helfen, Edith nahm ihr gegenüber Platz. Johann schnalzte mit der Zunge, und das Pferd zog an.

Das regelmäßige Klappern der Hufe auf dem Pflaster machte Lilly schläfrig. Ohnehin war sie ständig müde in letzter Zeit, dafür hatte sich die Übelkeit gebessert.

Während die prächtigen Fassaden der Stadthäuser an ihr vorbeizogen, schloss sie die Lider und dachte zurück an ihren Hochzeitstag. Arno hatte so schmuck ausgesehen in seiner Uniform mit Säbel, sie selbst hatte sich wie eine Königin gefühlt in ihrem wadenlangen weißen Spitzenkleid. Nach der schlichten Trauung waren sie mit mehreren Booten auf den winterlichen See hinausgefahren und hatten anschließend im Lindenhof ein einfaches, aber fröhliches Hochzeitsfest gefeiert. Lilly hatte getanzt und getanzt …

Plötzlich spürte sie ein Stupsen am Arm. »Wir sind da, gnädige Frau.«

Erschrocken rieb Lilly sich die Augen. »Schon?«

»Wir waren fast eine Stunde unterwegs.« Edith lächelte. »Sie haben tief und fest geschlafen.«

»Wirklich?« Lilly schüttelte den Kopf, richtete sich auf und sah sich um.

Die Kutsche stand auf einem geschotterten Platz hinter einem breiten geöffneten Eisentor. Um sie herum erhoben sich mehrere Mauern aus rotem Ziegelstein. Lilly hatte eine Trümmerwüste erwartet. Stattdessen erfasste sie mehrere Fabrikhallen, einen zwar beschädigten, aber intakt wirkenden großen Gebäudekomplex und einen mächtigen Schornstein.

Onkel Fritz, dessen Motorrad unmittelbar neben ihnen abgestellt war, trat zu ihnen. »Ich freue mich, dass du heute mitgekommen bist, Lilly.«

Lilly ließ sich aus der Kutsche helfen und beschirmte die Augen mit der Hand, da die Sonne trotz des Hutes, den sie trug, blendete.

Onkel Fritz bot ihr seinen Arm. »Ich werde dir alles zeigen.«

Lilly hakte sich bei ihm unter.

»Auf den ersten Blick«, sagte er, während er sie über den großen Innenhof führte, »könnte man meinen, dass es nicht allzu schlimm ist, nicht wahr?«

»Das dachte ich eben, ja«, erwiderte Lilly.

»Die Schäden, jedenfalls soweit sie bisher beziffert werden konnten, sind zwar groß. Aber wir können eingeschränkt weiterproduzieren, das ist das Wichtigste.«

Er deutete auf ein Haus neben dem Eingangstor, von dem nur noch die Front mitsamt Treppengiebel stand. »Hier waren die Büroräume, davon ist nichts übrig geblieben. Zerstörung gab es auch in den Produktionsräumen. Dafür sind der Verpackungsbereich und auch die Vorratsräume unversehrt.«

Er erklärte ihr genau, welcher Bereich wo angesiedelt war, wie es vor dem Angriff ausgesehen hatte, wo repariert werden konnte und wo neu aufgebaut werden musste. Anschließend zeigte er ihr die Lagerhallen.

»Es gibt hier aber sehr viel Öl«, wunderte sich Lilly. »Dabei ist Fett doch rationiert.«

»Wir haben zuverlässige Lieferanten in den Niederlanden. Eine Ölmühle in der Nähe beliefert uns zudem mit Ölen aus Bucheckern oder Obstkernen.«

»Das kenne ich. Auch bei uns am See gibt es Ölmühlen, die

Öl aus allem Möglichen pressen«, erwiderte Lilly. »Deshalb sammeln wir die Kerne unseres Steinobstes und verwenden das Öl in der Küche.«

»Dann kennst du das ja«, stellte Onkel Fritz fest. »Allerdings sind die Mengen, die du hier siehst, nichts im Vergleich zu dem, was vor dem Krieg hier lagerte. Wie die anderen deutschen Hersteller mussten auch wir den Fettanteil drastisch senken und der Seife Kaolin beimischen. Das ist weiße Tonerde.«

Lilly hörte aufmerksam zu, als er ihr die Grundzüge der Seifenherstellung erläuterte, und als sie das große Gebäude verließen, wusste sie, dass aus der Reaktion von Fetten und Ölen mit Natronlauge Seife und Glyzerin entstanden. Wollte man Kernseife, wurde das Glyzerin entfernt. Für Feinseife, die man für die Haut und das Haar verwendete, beließ man es darin. Zumindest war es das, was sie sich hatte merken können.

»Das größte Problem im Moment sind die Schäden an den Dampfmaschinen. Sie können nicht behoben werden, weil keine Ersatzteile zu bekommen sind«, ergänzte er, während sie an den vielen Toren der Lagerhalle entlanggingen.

»Gibt es dafür eine Lösung?«, fragte Lilly.

Er nickte. »Kurzfristig werde ich einen Teil der Produktion nach Metzingen verlagern. Dort gibt es eine Seifenfabrik, die Kapazitäten frei hat, weil ihr die Rohstoffe fehlen. Und ich kenne den Direktor dort.«

»Und sobald hier alles wieder steht, holst du die Produktion zurück?«

»Die Seifenherstellung auf jeden Fall. Ich könnte mir allerdings vorstellen, die Waschmittelproduktion dauerhaft dort zu belassen und in Esslingen nur noch den Vertrieb zu halten.

Dann könnten wir die Feinseifenproduktion hier deutlich ausweiten. Aber wer weiß, was Arno dazu sagt, wenn er wieder nach Hause kommt.«

Die Erwähnung ihres Mannes versetzte Lilly einen Stich. Es wäre so viel einfacher mit ihm an ihrer Seite. Nicht nur weil die Aufgaben, vor denen sie standen, unglaublich groß waren.

»Keine Sorge, Lilly.« Er schien ihre Regung zu bemerken. »Du bist nicht allein. Ich weiß, dass das gerade zu viel für dich ist. Aber nur, wenn du Teil des Wiederaufbaus bist, kannst du hineinwachsen. Für Arno wirst du dann eine große Unterstützung sein.«

Lilly wusste, dass er recht hatte. Dazu war das, was er ihr gerade anbot, eine einzigartige Möglichkeit. Frauen bekamen solche Chancen nur selten. »Ich danke dir«, sagte sie mit fester Stimme. »Und ich werde mein Bestes geben.«

Er lächelte. »Dann zeige ich dir nun noch etwas ganz Besonderes.«

13. KAPITEL

Eine Viertelstunde später

Das zweistöckige Gebäude, das in einer entfernten Ecke des Fabrikareals lag, hatte den Charakter eines Wohnhauses. Als sie näher kamen, fiel Lilly das große Schild auf, das über dem Eingang angebracht war: LABORATORIUM.

Sofort erwachte ihre Neugierde. Wurden hier Seifen und Waschmittel erfunden? Schlug hier das Herz der Fabrik?

»Das hier«, sagte Onkel Fritz, während er die Tür aufschloss, »wird dir gefallen.«

Er versprach nicht zu viel.

Auf zwei Etagen entfaltete sich ein faszinierendes Refugium. Mehrere Theken grenzten einzelne Arbeitsplätze ab. Auf jeder standen Feinwaagen, Schüsseln und Schälchen. Braune und weiße Glasflaschen jeder Größe reihten sich sowohl auf den Tischplatten als auch in den Regalen, die an Apothekerschränke erinnerten. Zudem war jedem dieser Plätze ein eigener Herd beigestellt.

An einer der fünf Theken im zweiten Stock blieb er stehen. »Nun? Was sagst du?«

»Oh … es ist ganz wundervoll!«

»Unten überprüfen wir die Qualität der Produkte. Hier oben wird experimentiert.«

Lilly nickte und ging zu einem der Schränke mit Glastüren. »Vanillin, Rose, Sandelholz, Orangenöl«, las sie.

»Aromen. Sie werden nicht nur den Feinseifen zugesetzt, sondern auch den Haar- und Rasierseifen.« Er schloss die Vitrine auf, öffnete ein Fläschchen mit Orangenöl und hielt es ihr hin. »Die Düfte sind sehr intensiv. Man muss achtsam mit ihnen umgehen.«

Lilly schnupperte. Der Geruch nahm ihr fast den Atem. »Das ist wirklich sehr intensiv.«

Grinsend stellte er das Fläschchen zurück. »In den letzten Jahren haben wir kaum neue Produkte entwickelt, sondern hauptsächlich Methoden, um den Rohstoffmangel auszugleichen. Also den Fettgehalt zu senken und der Seife Stoffe beizugeben, die nicht aus dem Ausland bezogen werden müssen.«

»Welche Stoffe meinst du?«

»Kokosöl und Palmöl zum Beispiel. Aber eben auch solche Duftöle. Das, was du hier siehst, wurde schon vor dem Krieg eingekauft oder aus den Niederlanden geliefert.«

»Aber die Niederlande sind doch auch Ausland. Wie kommen die Stoffe dann hierher?«

Onkel Fritz grinste. »Darüber kläre ich dich bei anderer Gelegenheit auf. Nur so viel: Zu allen Zeiten haben Menschen Mittel und Wege gefunden, an Dinge zu kommen, die ihnen verwehrt waren.«

»Meine Mutter schmuggelt auch«, entfuhr es Lilly. Erschrocken schlug sie sich auf den Mund. »Das hätte ich nicht sagen dürfen.«

Onkel Fritz lachte. »Du kommst vom Bodensee. Das ist ein Schmuggelparadies, und das ist bekannt!«

»Sie holt nur Milch.«

»Es wird auch mal eine Butter oder eine Wurst dabei sein. Vielleicht auch die eine oder andere Zigarre. Not macht erfinderisch. Es ist nicht verwerflich, dass deine Mutter versucht, auf diese Weise ihre Familie durchzubringen.«

»Das … stimmt.« Lilly dachte an das Schokoladenstück, das die Mutter ihr bei der Abreise in die Hand gedrückt hatte. »Hin und wieder ist auch Schokolade dabei.«

»Das ist nicht verwunderlich. Schon immer war die Schweizer Schokolade begehrt«, antwortete er. »Aber auch in Stuttgart gibt es gute Schokoladenfabriken. Ganz bekannt ist die Rothmann Schokolade.«

»Rothmann ist aus Stuttgart? Die kenne ich natürlich. Ich liebe die Karamellschokolade.« Lilly trat an einen der Herde heran. »Hierauf wird also der … wie hast du ihn bezeichnet … Seifenleim gekocht. Für die Experimente.«

»Das hast du dir gut gemerkt!« Onkel Fritz stellte sich neben sie. »Es ist anfangs gar nicht so leicht, mit den Zutaten umzugehen. Man braucht Gespür und Geduld.« Er atmete tief durch. »Wenn wir künftig zusammenarbeiten, Lilly, dann muss ich dir etwas sagen.«

»Ja?«

»Vielleicht hast du dich schon gefragt, warum ich nicht im Krieg bin.«

»Ähm … eigentlich nicht …«

»Irgendwann wäre die Frage gewiss aufgekommen.« Er strich über seinen Bart. »Weißt du, ich bin Chemiker und musste an Waffen forschen, die so schrecklich sind, dass ich einen Vorwand gesucht habe, mich dieser Aufgabe zu entziehen. Das war nicht einfach. Ich brauchte eine ärztliche Bescheinigung, dass meine Lunge so krank ist, dass ich weder an diesen Stoffen forschen kann – noch anderweitig einsatzfähig bin.«

Lilly nickte. »Ich verstehe …«

»Bitte halte darüber absolutes Stillschweigen. Auch Arno gegenüber.«

»Natürlich«, erwiderte Lilly, auch wenn diese Bitte sie irritierte. »Ich werde Arno nichts sagen. Nie.«

»Und falls du dich wunderst, warum ich mich in der Fabrik so gut auskenne: Ich bin schon einige Jahre lang in der Produktentwicklung tätig, kümmere mich zudem um die Auswahl der Rohstoffe. Mit Kriegsbeginn hat mich mein Bruder auch in alle kaufmännischen Abläufe eingeführt.« Er lächelte ihr zu. »Ich denke, das ist erst einmal genug Information. In der Bibliothek, die du ja so gerne aufsuchst, gibt es einige Fachbücher zur Seife und ihrer Herstellung. Es ist sicherlich gut, wenn du ein wenig Theorie lernst. Gleichzeitig beginnst du hier im Laboratorium zu arbeiten und praktische Erfahrung zu sammeln. Das scheint auch der Bereich zu sein, der dich am meisten interessiert, nicht wahr?«

»Hat mein Vater das erzählt?«

»Auch Arno hatte es mehrfach erwähnt. Allerdings ist es im Hause Reichle nicht üblich, dass die Frauen mitarbeiten. Ich aber halte es für wichtig, dass du dich auskennst und deinen Platz hier finden kannst. Wenn Arno zurückkommt, wird er froh sein, dich an seiner Seite zu haben.«

»Es freut mich sehr, dass du mir vertraust.« Zum ersten Mal, seit sie in Stuttgart angekommen war, hatte Lilly das Gefühl, einen Platz für sich gefunden zu haben. »Ich freue mich auf die Arbeit hier.«

»Das wiederum freut *mich*«, erwiderte Onkel Fritz lächelnd und zeigte zur Treppe in die untere Etage. »Nach dir, Lilly. Ich würde vorschlagen, dass du nun mit Johann und Edith nach Hause fährst. Ich habe noch ein paar wichtige Dinge zu tun und komme später.«

Nach kurzem Zögern stieg Lilly die Treppe hinunter. Eigentlich wollte sie noch nicht gehen.

»Du kannst jederzeit anfangen, Lilly«, sagte Onkel Fritz, als er ihr die Tür nach draußen aufhielt. »Beim Essen heute Abend machen wir einen Plan für deine Einarbeitung.«

»Gern!«, antwortete Lilly und merkte, wie sich ein Strahlen auf ihr Gesicht schlich.

Als sie zurück zur Kutsche gingen, traten ihnen unvermittelt zwei Männer in den Weg und zogen respektvoll ihre Schiebermützen ab.

»Herr Reichle?«

»Was gibt es, Matthias?«

»Hier ist ein Mann, der sucht Arbeit …«

In diesem Moment erfasste ein Windstoß Lillys Hut und trieb ihn einige Meter vor sich her.

»Hoppla!«, sagte Matthias.

Sein Begleiter spurtete sofort los, fing den Hut ein und klopfte den Staub ab. Als er ihn ihr zurückgab, deutete er eine knappe Verbeugung an. »Bitte sehr, gnädige Frau.«

Lilly nahm den Hut an sich. »Ich danke Ihnen.«

Er grinste und wandte sich wieder den Männern zu.

Lilly war das Ganze unangenehm. Warum hatte sie ihren Hut nicht ordentlich festgesteckt? Bestimmt sah sie unmöglich aus.

Am liebsten wäre sie gleich zur Kutsche weitergegangen, wusste aber nicht, ob sie damit eine weitere Peinlichkeit beging. Also blieb sie stehen, knetete ihren Hut und verfolgte das Gespräch.

Hin und wieder musterte sie unauffällig den Fremden, bemerkte die Einfachheit seiner Kleider, den muskulösen Körper darunter, das leicht gelockte dunkelblonde Haar, die frisch rasierten Wangen. Er strahlte eine gewisse Verwegenheit aus, zugleich sprach er ein gepflegtes Deutsch, das nicht richtig zu seiner äußeren Erscheinung passen wollte. Lilly fiel es schwer, ihn nicht anzusehen. Erst als sie sich im fragenden Blick seiner graugrünen Augen verfing, fühlte sie sich ertappt und senkte den Kopf.

Verlegen hielt sie den dunkelblauen Hut in der Hand, den er ihr soeben zurückgegeben hatte. Sie war sehr jung. Und sehr schön, fast zu schön. Ihr Gesicht war herzförmig, die Züge ebenmäßig, die Lippen voll. Sie war mittelgroß, die weiße Bluse und der blaue knöchellange Rock verrieten eine hübsche, schlanke Figur. Doch der Blick aus ihren dunkelblauen Augen zeigte nicht die zu erwartende Arroganz einer Tochter der besseren Gesellschaft. Sie wirkte auf frische Art natürlich – und etwas unsicher.

»Also, wir können im Augenblick schon jede helfende Hand gebrauchen«, sagte in diesem Moment der Mann, der an ihrer Seite stand und sich als Fritz Reichle vorgestellt hatte. Sein Blick huschte kurz über Felix' Gestalt. »Sie sind harter körperlicher Arbeit gewachsen?«

Felix verlagerte seine Aufmerksamkeit wieder zu ihm hin. »Absolut.«

»Ich nehme an, dass Sie nicht von hier sind?«

»Ich komme aus Aachen.«

Der Mann hob die Brauen. »Das ist ein ganzes Stück von Esslingen.«

»Vierhundertdreißig Kilometer.«

Reichle nickte. »Das hatte ich in etwa geschätzt. Waren Sie an der Front?«

Felix nickte. Das war nicht ganz gelogen.

»Wie heißen Sie?«

»Felix Benthin.« Manche Nachforschungen, das hatte er gelernt, gelangen am besten, wenn man möglichst nah an der Wahrheit blieb. Deshalb hatte er auf der Zugfahrt bereits beschlossen, sich unter seinem richtigen Namen vorzustellen. Es gab keine Spuren zu Felix Benthin, die ihn verraten könnten. In der Welt des Geheimdienstes war er schlicht *iX*. Nur Tinsley wusste seinen vollen Namen. Und Florence.

»Wir stellen alle Arten von Seifen her. Aber wie Sie sehen, wurde unsere Fabrik von einer Bombe getroffen.« Fritz Reichle deutete mit einer fließenden Handbewegung über das Areal. »Das war im März. Seither sind wir mit Aufräumarbeiten beschäftigt, gleichzeitig beginnt bereits der Wiederaufbau. Junge, kräftige Arbeiter aber sind kaum zu bekommen.«

»Alle im Krieg«, erwiderte Felix. »Mir macht es nichts aus, hart zu arbeiten.«

»Gut, sehr gut.« Fritz Reichle nickte, sah ihn zugleich aber prüfend an. »Ich frage Sie jetzt nicht, warum Sie nicht oder nicht mehr im Feld stehen, Herr Benthin. Wir alle haben Gründe für unsere Entscheidungen. Allerdings kann ich mir kaum vorstellen, in Ihrer Person einen schlichten Arbeiter vor mir zu haben. Dazu wirken Sie, ehrlich gesagt, zu kultiviert.«

Felix setzte ein verbindliches Gesicht auf. »Danke, Herr Reichle. Ich halte nichts davon, mich zu verstellen. Allerdings entstamme ich keinem *guten* Hause, wenn Sie das meinen. Alles, was mich ausmacht, habe ich mir selbst erarbeitet.«

»Dann mussten Sie den schwierigen Weg gehen.« Der Ausdruck in Reichles Augen wechselte von distanziert zu anerkennend. »Wenn Sie aus Aachen kommen, sind Sie im Dreiländereck aufgewachsen.«

»Korrekt.« Felix warf noch einmal einen Blick auf die Frau. Ihre Haut war leicht gebräunt, und die zarten Sommersprossen, die um ihre Nase spielten, verrieten einen Menschen, der sich gerne draußen aufhielt.

»Sprechen Sie Niederländisch?«, wollte Reichle wissen.

»Ja, auch Französisch. Und etwas Englisch.«

»Ich würde Sie gerne gleich in mein Büro bitten, Herr Benthin«, sagte Reichle. »Mich interessiert Ihre Vorbildung und das, was Sie in den letzten Jahren beruflich gemacht haben – einschließlich der militärischen Ausbildung und Ihrer Einsätze in den vergangenen Jahren. Dann kann ich sehen, für welche Arbeiten Sie infrage kommen.«

Felix war froh, dass er so schnell überzeugt hatte. Dass

Reichle ihm ein wenig auf den Zahn fühlen würde, damit hatte er gerechnet. Seine Legende war vorbereitet.

Reichle legte die Hand auf den Rücken seiner hübschen Begleitung. »Ich bringe diese Dame zur Kutsche und bin dann gleich wieder bei Ihnen.«

»Selbstverständlich, Herr Reichle.«

Die junge Frau verabschiedete sich mit einem leichten Kopfnicken in seine Richtung. Für einen Wimpernschlag leuchtete etwas in ihren Augen auf. Es hinterließ ein ungewohnt warmes Gefühl in Felix' Brust.

Er sah den beiden hinterher.

Mit anmutigen Schritten ging sie neben Fritz Reichle her. War sie seine Ehefrau? Der Altersunterschied wäre enorm, aber in diesen Kreisen ging es um Geld, nicht um Gefühle …

In diesem Moment spürte er die Hand des Arbeiters, der neben ihm stand, auf seiner Schulter.

»Sie ist das Weib des Erben, Arno Reichle. Der hat sie noch nicht lang, ein paar Monate erst. War eine schnelle Hochzeit, niemand hat davon gewusst. Ich seh sie heut auch zum ersten Mal.«

»Schöne Frauen sind derzeit selten«, überspielte Felix sein unangemessenes Interesse. »Übrigens. Ich bin Felix.« Er bot seine Hand.

»Matthias. Wir haben viel zu tun hier. Aber der Reichle ist ein Guter. Für den streng ich mich gern an.«

TEIL 2

ZARTE ERWARTUNG

Juli 1918 bis November 1918

14. KAPITEL

Stuttgart, Mitte Juli 1918

»Sie können sich anziehen.« Der Arzt wusch sich die Hände und trocknete sie ab. »Wir unterhalten uns gleich.«

Lilly setzte sich auf und sah unsicher zu Helena, die noch neben dem Untersuchungstisch stand und ihr ermutigend zunickte. Dann stand sie auf und zog sich hinter den hohen Paravent zurück, wo sie ihre Wäsche auf einem Stuhl abgelegt hatte. Ihre Hände zitterten ein wenig, als sie ihr Unterbeinkleid aus Batist anzog und die Strümpfe aufrollte. Würde sich ihre Vermutung bestätigen? Sie ließ den Rock ihres bestickten gelben Sommerkleides über ihre Beine fallen, schlüpfte in ihre hellen Schnürstiefel und verließ den hölzernen Sichtschutz.

Kurz darauf saßen sie und Helena dem Mediziner gegenüber. Er hatte hinter einem gewaltigen Schreibtisch Platz genommen, auf einem Regal in seinem Rücken reihte sich ein Buch an das nächste. Medizinische Lektüre, vermutete Lilly. Vor lauter Aufregung konnte sie nicht aufhören, mit dem linken Bein zu wippen – eine schlechte Angewohnheit aus Kindertagen.

Helena legte beruhigend eine Hand auf ihren Oberschenkel. Ein Glück, dass ihre Schwester gerade jetzt bei ihr zu Besuch war. Allein hätte Lilly sich noch mehr überfordert gefühlt. Zu viel Neues, zu viele Herausforderungen, zu viel Ungewissheit türmten sich vor ihr auf.

Der Arzt, er war schon älter, zwirbelte an den Enden seines überbreiten Schnurrbarts und betrachtete die Karte, in die er vorhin alle Antworten eingetragen hatte, die Lilly auf seine unzähligen Fragen gegeben hatte. Wie sie sich fühle, ob sie Übelkeit verspüre oder Müdigkeit, ob ihre monatliche Blutung ausgeblieben sei und wie sich das Flattern in ihrem Bauch denn genau anfühle, von dem sie ihm berichtet hatte. Am schlimmsten aber war die Befragung zu den ehelichen Gewohnheiten von ihr und Arno gewesen. Denn Lilly hatte zugeben müssen, dass diese nicht erst mit der Eheschließung begonnen hatten, kriegsbedingt aber auf einen sehr kurzen Zeitraum beschränkt gewesen waren.

Endlich sah er auf. »Die Untersuchung hat bestätigt, was aufgrund Ihrer Auskünfte bereits anzunehmen war. Ich darf Ihnen gratulieren, Frau Reichle. Sie sind guter Hoffnung.«

»Ist … ist das …« Auch wenn sie es bereits geahnt hatte, begann Lillys Herz heftig zu pochen. »Ich bekomme wirklich ein Kind?«

Der Arzt schmunzelte. »Es besteht kein Zweifel.«

»Ach, Lilly, wir haben es gewusst!« Helena umarmte sie. »Unsere Familie wird größer!«

»Das wird sie … oh, Helena!«

Es war also wahr. Inmitten aller Angst und Unsicherheit wuchs in ihr ein neues Leben heran. Eine Flut an Gefühlen rollte über Lilly hinweg. Helle Freude, tiefes Glück, aber auch Sorge und Traurigkeit.

Unwillkürlich legte sie eine Hand auf ihren Bauch. Wie es wohl aussehen würde, ihr Kind? Würde es ihr blondes Haar erben und Arnos dunkelgraue Augen? Was Arno wohl zu dieser Neuigkeit sagen würde, wenn er nach Hause kam? Oder sollte sie es ihm gleich ins Feld schreiben?

»Wann …« Lilly räusperte sich, ihr Mund war ganz trocken. »Wann wird es denn so weit sein, Doktor Baumann?«

»Ich erwarte die Niederkunft für Anfang bis Mitte November.«

Lilly schluckte.

»Noch in diesem Jahr!« Helena drückte ihre Schulter.

»Ja, noch in diesem Jahr …« Lilly erfasste ein leichtes Schwindelgefühl. In vier Monaten würde sie Mutter sein.

Der Arzt schob ihre Unterlagen zusammen. »Bitte stellen Sie sich einmal im Monat hier vor. Ferner empfehle ich Ihnen, sich bei Frau Winter anzumelden. Sie ist eine erfahrene Hebamme.« Er öffnete eine Schreibtischschublade, entnahm ihr ein Stück Papier, schrieb etwas darauf und legte es ihr hin.

»Danke.« Lilly nahm die Notiz und sah zu Helena.

»Möchtest du dort gleich vorbeifahren?«, fragte Helena.

»Wenn du meinst …« Lilly konnte noch keinen klaren Gedanken fassen.

»Tun Sie das angesichts der fortgeschrittenen Schwangerschaft.« Der Arzt erhob sich. »Wir sehen uns im August wieder.«

»Ja. Danke …«

Ein schrilles Läuten unterbrach Lillys Worte.

»Auf diesen Anruf warte ich schon den ganzen Morgen.« Der Arzt machte eine verabschiedende Geste mit der Hand und nahm dann den Hörer seines schwarz-silbernen Telefons ab. »Sie entschuldigen mich?«

»Natürlich. Auf Wiedersehen, Doktor Baumann.« Helena stand auf und hakte Lilly unter. »Komm!«

Lilly hielt das Blatt mit der Anschrift der Hebamme noch immer in der Hand, als sie die Praxis verlassen hatten und die Bismarckstraße hinuntergingen. Ihr schwirrte der Kopf.

Helena sah sie von der Seite an. »Wie fühlst du dich?«

»Eigentlich gut.« Lilly erwiderte ihren Blick. »Aber wenn ich daran denke, was ich bis November alles vorbereiten muss, dann wird mir bang. Das Kind braucht etwas anzuziehen, ein Bett, Spielzeug und bestimmt viele andere Dinge.«

»Wir stellen eine Liste zusammen mit allem, was nötig ist. Dann kannst du die Ausstattung nach und nach besorgen.«

»Das wäre gut. Ich habe ja keine Ahnung davon!«

»Ich auch nicht.« Helena nickte ihr aufmunternd zu. »Aber mach dir nicht so viele Sorgen, Lilly. Im Gegensatz zu anderen werdenden Müttern hast du zumindest keine finanziellen Schwierigkeiten. Du wirst sehen, es findet sich alles.«

»Das Wichtigste ist, dass der Krieg endlich aufhört.«

»Da hast du vollkommen recht. Leider liegt das nicht in unserer Hand. Aber so ein kleines Menschenkind gibt neue Hoffnung, finde ich.« Helena fuhr sich über die Stirn. »Sag mal, ist es hier immer so drückend heiß? Ich habe das Gefühl zu zerfließen!«

»Ich weiß es nicht, es ist ja mein erster Sommer hier«, entgegnete Lilly. »Aber ich finde es auch unerträglich. Zu Hause am See geht immer ein leichter Wind.« Sie spannte ihren Sonnenschirm auf. Dabei rutschte ihr versehentlich das Papier aus der Hand und schwebte auf das Pflaster des Gehsteigs.

»Hoppla!« Helena bückte sich sofort und hob es auf.

»Wo müssen wir denn hin, wenn wir zu der Hebamme wollen?«, fragte Lilly.

Helena strich das Papier glatt. »Sie heißt Frieda Winter. Als Anschrift ist die Eberhardstraße angegeben. Weißt du, wo die ist?«

»Nein. Ich kenne mich in Stuttgart noch nicht richtig aus.«

»Lass uns Johann fragen.«

»Aber … das ist doch peinlich!«

»Die Dienstboten werden es eh schon ahnen«, meinte Helena. »Deine Figur hat sich bereits verändert. Bald wird deine Schwangerschaft beim besten Willen nicht mehr zu übersehen sein.«

Johanns Kutsche wartete diskret an einer Straßenecke. Als Helena ihn vor dem Einsteigen nach der Hebamme fragte, sagte er nur: »Frau Lene wird Frieda Bescheid geben. Sie kommt dann zur gnädigen Frau nach Hause.«

»Siehst du«, flüsterte Helena Lilly zu. »Ein Kind zu bekommen, ist überhaupt nichts Anrüchiges.«

Auf der Heimfahrt versuchte Lilly sich vorzustellen, dass in ihr wirklich ein kleiner Mensch heranwuchs. Arnos Kind. Noch in diesem Jahr würden sie eine Familie sein. Lilly gefiel die Vorstellung, dass sich damit die Dynastie der Reichles neu begründete. Zugleich bedauerte sie, dass Arnos Eltern ihr Enkelkind nie kennenlernen würden.

Sie lehnte sich in die Polster der offenen Kutsche und lauschte dem Klappern der Hufe auf der Straße. Der Fahrtwind machte die Hitze erträglicher. Lilly war müde von der Hitze und von der Aufregung. Helena neben ihr tupfte mit einem Taschentuch über ihr Gesicht.

Lilly dachte an den Feldpostbrief von Arno, der sie vor ein paar Tagen erreicht hatte. Er hatte Fronturlaub eingereicht und hoffte, bald nach Hause zu kommen. Nun sehnte sie sich noch mehr danach, ihn endlich wiederzusehen. Und auch die Seifenfabrik brauchte ihn. Sie würde ihm die frohe Kunde noch heute Abend schreiben.

Vor diesem Lebenszeichen war so lange keine Nachricht mehr von ihm gekommen, dass sie sich große Sorgen gemacht hatte. Umso engagierter hatte Lilly sich in ihre neuen Aufgaben in der Seifenfabrik gestürzt und merkte jeden Tag mehr, dass sie hier am richtigen Platz war. Zum einen war es ein gutes Gefühl, an ihrer und Arnos gemeinsamen Zukunft zu arbeiten. Zum anderen war die Seifenherstellung ein spannendes, faszinierendes Feld. Die Grundlagen hatte sie rasch erfasst, und das Lob von Onkel Fritz, mit dem er nicht sparte, spornte sie an. Immer wieder dachte sie zudem an Pater Fidelis, dankbar für das, was er sie in Käthes Küche gelehrt hatte.

Mittlerweile wagte sie sich sogar an Neues, und Onkel Fritz begleitete sie eng mit seinem Rat. Nur die Tatsache, dass sie trotz Schwangerschaft selbst mit ätzender Natronlauge arbeitete, veranlasste ihn immer wieder zu mahnenden Worten – auch wenn Lilly sich akribisch an die Vorschriften hielt und Kittel, Handschuhe, Haube und Schutzbrille trug.

Immer öfter dachte sie daran, auf dem Fabrikgelände irgendwann eine kleine Manufaktur für hautfreundliche Feinseifen und andere Schönheitsmittel zu etablieren. Und zugleich einen kleinen Verkaufsladen dafür einzurichten, am besten in Stuttgart, denn dort vermutete sie mehr elegante Kundschaft …

Ein leises Summen lenkte Lillys Aufmerksamkeit auf eine Biene, die sie umtänzelte und sich schließlich auf ihrem Kleid niederließ.

»Sie hält dich wohl für eine Blüte«, scherzte Helena und blinzelte in die Sonne.

»Ich schicke sie lieber weiter. Bei mir wird sie keinen Nektar finden!«, erwiderte Lilly lachend, verscheuchte das Insekt und rückte näher an ihre Schwester heran, damit ihr Sonnenschirm sie beide beschattete.

»Ich habe den Eindruck, dass du dich inzwischen ganz gut eingelebt hast«, stellte Helena fest.

Lilly nickte. »Besser, als ich gedacht hätte. Vor allem, weil Onkel Fritz mich immer mehr in die Firma einbezieht.«

»Das hatte Arno dir ja schon versprochen, als er dich von zu Hause weggelockt hat.« Helena zwinkerte ihr zu.

»Er hatte mir sogar eine eigene Abteilung für Kosmetik versprochen, darüber haben wir uns ja letztens unterhalten. Onkel Fritz bereitet mich jetzt darauf vor.«

»Siehst du. So fügt sich alles.« Helena richtete den Blick auf Johann, der in seiner blauen Kutscherkleidung vor ihnen saß. »Du hast es gut getroffen, Lilly. Ich werde Vater berichten, dass er sich keine Sorgen mehr um dich machen muss.«

»Ehrlich gesagt habe ich an ihm gezweifelt, als er mich nach Stuttgart zurückgezwungen hat. Jetzt weiß ich, dass er es aus Liebe getan hat.«

Als sie in die Hasenbergsteige einbogen, kamen Lilly zwei Sätze in den Sinn, die Arno zu ihr gesagt hatte, kurz nachdem sie sich im Lindenhof-Lazarett kennengelernt hatten: *Es wird die Zeit kommen, in der die Menschen alles nachholen wollen, was sie durch den Krieg versäumt haben. Wo das Schöne wieder wichtig ist.*

Lilly würde vorbereitet sein und bis dahin an Pater Fidelis' Salbenrezepten feilen. Dafür brauchte sie von ihm noch einmal genaue Angaben zu Zutaten und Mengen. Und etwas von seinem Olivenöl, denn hochwertige Öle waren rar, und sie wollte die Bestände der Fabrik nicht für ihre Versuche verschwenden. Wenn Helena nach Meersburg zurückfuhr, würde sie ihr einen Brief für den Ordensmann mitgeben.

Als die Kutsche das Rondell vor der Reichle-Villa erreicht hatte und anhielt, klappte Lilly ihren Sonnenschirm zu. Bevor sie ausstieg, beugte sie sich zu ihrer Schwester hinüber: »Möchtest du heute Nachmittag mit mir zur Seifenfabrik fahren, Helena? Ich würde sie dir gerne zeigen.«

»Und deine ersten eigenen Seifen auch, nicht wahr?«

Lilly nickte. »Es ist ein Paradies für mich.«

»Natürlich komme ich mit.« Sie lächelte Lilly zu. »Unter der Bedingung, dass ich eine von deinen selbst gemachten Seifen mit nach Hause nehmen darf.«

15. KAPITEL

Stuttgart, Anfang August 1918

»Ja, wir können noch liefern, Herr Pfefferle«, sagte Fritz Reichle und spielte mit dem Füllfederhalter, in den ein verschlungenes »R« eingraviert war. Der Hörer des Telefonapparates, den sein Bruder noch kurz vor Kriegsausbruch angeschafft hatte, lag schwer in seiner Hand.

»Wie viel, Herr Reichle? Wie viel?«, fragte der Mann am anderen Ende der Leitung.

»Wie viel brauchen Sie denn?« Fritz holte ein Bestellformular aus der Schreibtischschublade.

»Mindestens fünfzig Kisten!«

»Ich bedauere, Herr Pfefferle. Unsere Produktion läuft im Moment nur eingeschränkt. Ich kann höchstens zehn liefern.«

»So ein Mist!«, rief Pfefferle erregt. »Dann halt die zehn! Aber kleine Stücke!«

Fritz Reichle hielt den Hörer etwas vom Ohr weg, während er die Order aufschrieb. Dass die Menschen immer so brüllen mussten, vor allem wenn sie von einer Sache keine Ahnung hatten. Der Pfefferle war für diese Aufgabe im Kriegsministerium der völlig falsche Mann.

»Selbstverständlich, kleine Stücke, das habe ich notiert«, antwortete Fritz mit erzwungener Geduld. »Geht das an die übliche Adresse?«

»Wohin denn sonst?« Pfefferle hustete. »Und sehen Sie zu, dass Sie endlich mehr Seife herstellen! Die deutsche Armee braucht Rückhalt an der Heimatfront!«

»Wir tun unser Bestes.«

»Ihr Bestes ist nicht gut genug! Paris war schon fast eingenommen, und jetzt machen uns die Alliierten mit ihrer Gegenoffensive zu schaffen. Die zwingen uns am Ende noch zum Rückzug! Aber so weit kommt's noch. Wir müssen kämpfen, im Feld wie in der Heimat! Hören Sie! Kämpfen!«

In der Hörmuschel klackte es. Pfefferle hatte aufgelegt.

Fritz war es recht. Er hätte dem Mann sonst noch an den Kopf geworfen, dass es Sturköpfe wie er waren, die den Krieg angezettelt hatten und nun hinauszögerten, und damit den massiven Versorgungsnotstand verursachten.

Er legte die Bestellung zu den anderen, die heute eingegangen waren. Da der Bürotrakt der Seifenfabrik nicht mehr genutzt werden konnte, erledigte er den Großteil der kaufmännischen Angelegenheiten vom Arbeitszimmer in der Stuttgarter Hasenbergsteige aus.

Pfefferles Worte gingen ihm noch einmal durch den Sinn.

Und jetzt machen uns die Alliierten mit ihrer Gegenoffensive zu schaffen. Die zwingen uns am Ende noch zum Rückzug.

Ähnliches hatte er von seinen französischen Freunden gehört, und wenn sogar ein Beamter des Kriegsministeriums in diesen Zeiten eine solche Besorgnis äußerte, könnte etwas dran sein. Auf die offiziellen Nachrichten in Deutschland konnte man sich schon lange nicht mehr verlassen. Sie propagierten gebetsmühlenartig den Sieg, um den Kampfgeist hochzuhalten.

Fritz erlaubte sich einen kleinen Hoffnungsfunken. Sollte sich das Kriegsblatt tatsächlich zu Ungunsten der Deutschen wenden? Und was bedeutete das für Arno? Würde sein Heimaturlaub in einer solchen Lage genehmigt werden?

Fritz stand auf, trat ans Fenster, zog den weißen Spitzenvorhang zur Seite und sah hinaus in das Grün des Parks. Dass er dem Tag, an dem sein Neffe heimkehrte, mit gemischten Gefühlen entgegensah, belastete ihn. Nicht weil er ab diesem Moment die Leitung der Firma teilen musste, ganz im Gegenteil. Seine Sorgen waren anderer Art.

Fritz kannte Arno als von sich selbst überzeugten Heißsporn. Von der Mutter verhätschelt, vom Vater streng erzogen, hatte er früh gelernt, seinen Willen durchzusetzen. Zugutegekommen waren ihm dabei sein ansehnliches Äußeres und ein Charme, den Fritz als berechnend empfand. Arno legte Wert auf Tradition und Konvention, zugleich aber zog er aus der Rolle des vermögenden Firmenerben ein übergroßes, beinahe arrogantes Selbstbewusstsein. Ihm fehlten Bescheidenheit und Bodenständigkeit, Eigenschaften, die aus Fritz' Sicht wichtig waren für diejenigen, die Privilegien besaßen und dadurch gesellschaftliche Verantwortung trugen. Auf das weibliche Geschlecht musste diese Mischung allerdings äußerst begehrenswert wirken – sie waren ihm in Scharen nachgelaufen. Meistens hatte er mehrere Liebschaften nebeneinander geführt und reihenweise Herzen gebrochen. Umso erstaunter war Fritz gewesen, dass Arno Lilly geheiratet hatte. Ein Mädchen aus eher einfachen Verhältnissen, wo doch zuvor keine gut genug für ihn gewesen war. Vielleicht war es aber auch gerade diese Mischung aus außergewöhnlicher Schönheit und Unbedarftheit gewesen, die seinen Jagdinstinkt geweckt hatte, vielleicht auch die Tatsache, dass sie ihn angehimmelt hatte wie das Aschenputtel seinen Prinzen.

Fritz beobachtete ein Eichhörnchen, das über den Rasen flitzte und den nächsten Baum erklomm.

Ob die Kriegserlebnisse Arno reifen ließen? Vielleicht kehrte ja statt des stolzen, vom Krieg überzeugten Soldaten ein besonnener, ernsthafter, mitfühlender Mensch heim, der durch die Kriegserlebnisse ein Bewusstsein für die eigene Verletzlichkeit entwickelt hatte. Es wäre nicht nur für die Seifenfabrik und deren Zukunft zu wünschen, sondern auch für Lilly.

Sein eigenes Verhältnis zu Arno war weder besonders gut noch besonders schlecht gewesen. Für ihn stünde mit der Heimkehr seines Neffen etwas anderes auf dem Spiel: Fritz' Herz schlug für die Sache der Alliierten. Mit dem Einmarsch der Deutschen in Belgien, mit dem Einsatz chemischer und anderer Waffen, mit dem fortlaufenden Bruch des internationalen Rechts war ihm seine eigene Verantwortung als Bürger eines angreifenden Staates klar geworden. Und er hatte sich ihr gestellt.

Eine Gratwanderung – unter dem Dach seines Bruders hatte er für die Gegner des Deutschen Reiches gearbeitet. Und er tat es noch immer in der Hoffnung, dass dieser unsägliche Krieg endlich ein Ende nehmen würde.

Fritz sah auf die Uhr. Kurz nach sieben, Zeit für das Nachtessen. Die Köchin war ohnehin schon unglücklich, weil die Essenszeiten um eine Stunde nach hinten verschoben worden waren. Aber sechs Uhr war bei der derzeitigen Arbeitsbelastung nicht zu schaffen. Er räumte den Schreibtisch auf und begab sich ins Speisezimmer der Reichle-Villa. Inzwischen freute er sich immer sehr darauf, dort mit Lilly die Abendstunden zu verbringen. Es war schön zu sehen, wie sie jeden Tag ein Stückchen mehr über sich hinauswuchs, selbstsicherer wurde, anpackte. Was auch immer seinen Neffen bewogen haben mochte, ausgerechnet dieses Mädchen heimzuführen – seine Wahl war eine gute gewesen.

Lillys Platz war noch leer, als Fritz einige Minuten verspätet im Speisezimmer eintraf. Kaum hatte er sich gesetzt, trug die Köchin Thea bereits die Suppe auf und wunderte sich leise über die Unpünktlichkeit der gnädigen Frau.

»Möchten Sie schon anfangen, Herr Reichle?«, fragte sie.

»Nein. Ich warte.« Fritz zog seine Taschenuhr aus seiner Tasche und wollte sie gerade aufklappen, als Lilly mit roten Wangen in der Tür zum Speisezimmer stand.

»Entschuldige, Onkel Fritz. Ich habe die Zeit vergessen. Zum Glück hat Johann mich erinnert.«

»Lass mich raten!« Fritz schmunzelte. »Du warst so lange im Laboratorium?«

Lilly lächelte strahlend, trat zu ihm und stellte ein kleines Schälchen vor ihn hin. Dann setzte sie sich ihm gegenüber an den Tisch.

»Was ist das?«, fragte er und hob den Deckel.

»Eine Salbe mit Rosenöl.«

»Du hast dich heute also auf neues Terrain begeben?« Fritz roch an der gelblichen Substanz. Sie duftete tatsächlich angenehm nach Rosen.

»Ja.« Die Freude in ihren Augen sprach Bände. »Ich habe das Rezept von Pater Fidelis bekommen, du weißt, dem Ordenspriester. Ich hatte dir von ihm erzählt. Er hat mir die Zutaten geschickt, und ich habe es gleich ausprobiert.«

»Klostermann müsste man sein«, witzelte Fritz. »Dann leidet man keinen Mangel.«

»Sein Orden bezieht vieles aus der Schweiz. Öl für die Krankensalbung zum Beispiel.«

»Wir sollten den Pater einstellen. Allein wegen seiner Verbindungen.« Fritz verteilte Lillys Rosensalbe auf seinem Handrücken.

»Und?« Er sah ihr an, wie gespannt sie auf seine Reaktion wartete. »Sie fühlt sich gut an«, antwortete er.

»Nicht wahr?«

»Die Konsistenz ist angenehm. Eine Emulsion. Nicht zu feucht oder zu fett. Und sie macht die Haut geschmeidig.«

»Meinst du«, Lillys Finger wanderten aufgeregt über die Tischdecke, »dass so etwas auch in der Seifenfabrik hergestellt werden könnte?«

»Jetzt wird erst einmal gegessen«, unterbrach Thea und schöpfte die Suppe aus.

»Danke, Thea.« Fritz entfaltete die Serviette und legte sie über seine Knie. Dann sah er wieder zu Lilly. »Wie du weißt, ist es im Augenblick schwierig.«

»Ich denke eher an die Zukunft. Wenn in der Seifenfabrik so vieles neu gemacht werden muss, dann könnte man beim Planen doch gleich die Herstellung von Pflegemitteln, wie besondere Salben und Cremes, berücksichtigen?«

»Ganz so einfach ist es nicht. Es macht schon einen großen Unterschied, ob Seife oder Creme hergestellt wird.« Es tat ihm leid, ihren Eifer bremsen zu müssen.

Eine Spur der Enttäuschung zog über ihr Gesicht, der schnell zu Entschlossenheit wechselte. »Wenn der Krieg erst vorbei ist, dann werden solche Sachen wieder gefragt sein. Es ist bestimmt ein Vorteil, dann zumindest schon die richtigen Rezepturen zu haben, um schnell etwas anbieten zu können.«

Ihm gefiel, wie sie kämpfte. »Deine Idee ist durchaus interessant, und ich möchte sie keinesfalls ablehnen. Probiere dich ruhig aus, behalte aber die Seifen im Blick, denn auf diesem Gebiet hast du schon große Fortschritte gemacht.«

»Danke, Onkel Fritz.« Man sah ihr an, wie sehr sie das Lob freute. »Ich habe einen guten Lehrer.«

»Überlege dir zwischenzeitlich doch etwas Besonderes. Kleine Seifen in speziellen Formen für Hotels oder Restaurants. Wir haben eine immense Nachfrage.« Fritz tauchte den Löffel in die Suppe aus Bohnen, Kartoffeln und kleinen Fleischklößchen.

»Dann – eine kleine Manufaktur?«, fragte Lilly weiter. »Für *meine* Seifen?«

Nun war Fritz klar, worauf sie hinauswollte. »Das könnte ich mir gut vorstellen. Lass uns in den nächsten Tagen sehen, wie sich der Platz neben dem Laboratorium dafür nutzen ließe.«

»Übrigens habe ich noch eine Idee.« Lilly malte mit ihrem Löffel unsichtbare Muster in die Luft. Die Suppe hatte sie noch nicht angerührt. »Was hältst du von einem Laden, in dem wir unsere Seifen anbieten? Ganz exklusive Stücke?«

»Nur für die Manufakturware?«

Lilly nickte. »Für die gehobene Kundschaft. Mitten in Stuttgart. Das wäre doch eine Überlegung wert, nicht wahr?«

Als Fritz am späten Abend die Tür zu der kleinen Wohnung in der Rotebühlstraße aufschloss, in der er seit vielen Jahren lebte, dachte er noch immer über Lillys Vorschlag eines Ladenverkaufs in der Innenstadt nach. Sie hatte recht – sobald der Krieg vorüber war, würde die Nachfrage anziehen. Aber wie lange war es noch hin bis zu einem stabilen Frieden? Und könnten sich die Menschen tatsächlich so rasch teure Seifen und Cremes leisten? Einen Laden zu betreiben, war kostspielig, zumal in einer attraktiven Lage.

Er würde sie tüfteln lassen. Sie hatte Freude daran. Da sie in anderen Umständen war, würde sich ihr Fokus ohnehin zunehmend auf die Geburt des Kindes richten. Bis dahin ließe sich vielleicht auch schon besser abschätzen, ob das neue Jahr den ersehnten Frieden und damit ganz andere Möglichkeiten brächte.

Er drückte die Tür zu, nahm seinen Hut ab, legte ihn auf die Ablage über der Garderobe und hängte sein Jackett auf. Dann ging er ins Wohnzimmer, um sich einen Likör zu genehmigen.

»Hallo, Fritz!«

Noch bevor er reagieren konnte, hatten ihn warme Arme umfangen.

»Du bist zurück«, flüsterte Fritz. »Du bist zurück.«

16. KAPITEL

Das Gelände der Seifenfabrik, Mitte August 1918

Felix rammte die Schaufel tief in den Schutt und befüllte damit die Schubkarre, die neben ihm stand. Als er wieder auf intakte Ziegel stieß, warf er die Schaufel beiseite, löste das Material aus Staub und Gesteinsresten und legte es zu den anderen Backsteinen, die sich bereits zu einem kleinen Hügel auftürmten.

So ging es seit dem frühen Morgen. Anfangs war Matthias an seiner Seite gewesen, doch kurz vor Mittag hatte ihn Reichle zu Reparaturen an den Dampfmaschinen wegholen lassen. Matthias, der für seine gut sechzig Jahre erstaunlich kräftig war, beherrschte alle möglichen handwerklichen Arbeiten und wurde deshalb überall eingesetzt.

Von einem wolkenlosen Himmel brannte erbarmungslos die Sonne herab. Felix hatte sein Hemd aufgeknöpft und die Ärmel hochgekrempelt, und dennoch rann ihm unablässig der Schweiß, während er sich weiter durch den Trümmerhaufen wühlte. Nur wenige Meter entfernt klaffte ein gähnendes Loch in der meterhohen Wand der Seifenküche. Um das vierstöckige Gebäude zu stabilisieren, hatte man das betroffene Eck mit Holzpfosten abgestützt, dennoch bröselten hin und wieder Ziegel- und Mörtelreste herab. Die Produktion in diesem Teil der Seifenfabrik stand still. Erst vier Säle weiter dampfte es wieder aus den Kesseln.

Schon mehr als zwei Monate war Felix nun schon hier, froh, dass Fritz Reichle ihn damals ohne zu zögern eingestellt hatte. Zunächst waren die Aufräumarbeiten rund um die Fabrik vordringlich gewesen. Doch bald hatte Reichle ihm die Koordination der Helfer übertragen und Felix' Vorschläge zur Verbesserung der Organisation von Mensch und Material umgesetzt. Mit jedem Tag festigte sich seine Position, Reichle vertraute ihm zunehmend, und das war die wichtigste Voraussetzung, um Tinsleys Auftrag voranzutreiben. Informationen bezüglich der Verbindung der Seifenfabrik zu Geheimdiensten oder der deutschen Staatsführung waren ihm bisher nicht zugänglich geworden, aber Felix wusste, dass hierbei Geduld vonnöten war. Immerhin hatte er erfahren, dass ein wesentlicher Teil der Firmenbücher derzeit in der Privatvilla der Reichles in Stuttgart untergebracht war. Es wäre interessant, sie einzusehen, nachdem der Rest wohl vernichtet war oder unter den Trümmern begraben lag.

Fakt war, dass die Fabrik erstaunlich gut mit Rohstoffen versorgt war und zahlreiche Kunden im In- und Ausland hatte. Allerdings wies nichts auf das Präparieren von Seifen mit irgendwelchen Metallhülsen hin. Wenn dergleichen stattfand, dann nicht in den derzeit aktiven Produktionshallen.

Der Ziegelberg reichte ihm schon fast zum Kinn, als er Fritz Reichle auf sich zukommen sah. »Benthin!«

Felix rieb sich den Staub von den Händen und schob die Schiebermütze aus dem Gesicht. »Was gibt's, Herr Reichle?«

»Packen Sie die Schaufel weg. Ich habe eine andere Aufgabe für Sie.«

Felix warf die Schaufel neben den Schutthaufen, strich die Hände an seiner Hose ab und folgte Reichle.

Sie umrundeten den Fabrikbau, dessen hoher runder Schlot den Angriff unbeschadet überstanden hatte. Ein leichter Wind blies den dunklen Rauch ostwärts in den Sommerhimmel.

»Sie sind wirklich ein Glücksgriff für unsere Seifenfabrik, Benthin.« Reichle nahm eine silberne Zigarettendose aus dem Jackett. »Ich würde Sie gerne noch mehr in die administrativen Abläufe einbinden. Es gibt nicht viele Arbeiter, die zupacken können und mehrere Sprachen beherrschen. Zudem bewundere ich Ihren Scharfsinn.«

»In diesen Zeiten sollte man vielseitig sein, meinen Sie nicht?«

»Gute Antwort, Benthin.« Im Gehen bot Fritz Reichle Felix eine Zigarette an. »Nehmen Sie sich eine!«

»Nein, danke. Meine Mutter hatte Tuberkulose. Da habe ich mir das Rauchen abgewöhnt.«

»Ich sollte es auch sein lassen«, erklärte Reichle, steckte sich eine Zigarette an und das Etui wieder ein. »Es verursacht mir einen unangenehmen Husten am Morgen. Aber Gewohnheiten legt man nicht so leicht ab.« Er blies den Rauch in die Luft. »Eigentlich handelt es sich nicht nur um eine Aufgabe, sondern um ein neues Aufgabengebiet. Wir müssen die Produktion unter diesen schwierigen Bedingungen weiter optimieren. Dafür brauche ich eine genaue Inventarisierung der Seifen,

Vorprodukte und Rohmaterialien. Könnten Sie sich vorstellen, das zu übernehmen?«

»Natürlich.«

»Ich werde Sie entsprechend höher entlohnen.« Reichle nahm einen weiteren Zug von seiner Zigarette.

»Das hört sich vielversprechend an!« Felix grinste.

»Es ist eine Chance.«

Kurz darauf standen sie vor dem zweiflügeligen Eingang, der zu den Hallen führte, in denen Seifenstücke verpackt, gelagert und für den Versand vorbereitet wurden.

»Sie beginnen hier, im Packraum und in der Auslieferung. Anschließend erfassen Sie die Materialien in den Lagern, dann in den intakten Produktionshallen.« Reichle zog noch einmal kräftig an seiner Zigarette und ließ sie dann zu Boden fallen. »Lassen Sie uns hineingehen.«

Kaum hatte Reichle die Tür geöffnet, lief jemand direkt in seine Arme. »Lilly!«

»Oh, Onkel Fritz!« Die junge Frau Reichle bemühte sich, ihr Gleichgewicht wiederzufinden. »Hast du mich aber erschreckt.«

»Das mache ich hin und wieder ganz gern«, scherzte Reichle.

Sie verzog in gespieltem Ärger ihr Gesicht. »Du hast doch gesagt, dass eine der Arbeiterinnen krank geworden ist«, sagte sie dann. »Ich habe nachgefragt, ob ich aushelfen soll.«

»Und? Haben sie dich in ihre Mitte gelassen?«, witzelte Reichle.

»Ihnen blieb nichts anderes übrig«, gab sie zurück. »Ich kann hartnäckig sein.«

Felix konnte kaum die Augen von ihr nehmen.

Im Gegensatz zu ihrer ersten Begegnung trug sie heute

einen dunkelbraunen Rock aus festem Stoff und eine einfache grün-braun gestreifte Bluse unter einer weißen Schürze. Vor allem aber wirkte sie beschwingt und lebendig.

»Gehst du zurück ins Laboratorium?«, fragte Reichle.

»Ja«, antwortete sie. »Ich möchte noch etwas ausprobieren.«

»Gut. Wir sehen uns heute Abend, Lilly.«

»Ich habe mir von Thea Spätzle mit Käse und Zwiebeln gewünscht.«

»Dann freue ich mich umso mehr!« Onkel Fritz machte Platz, damit sie das Gebäude verlassen konnte.

Als sie an ihnen vorüberging, blieb ihr Blick an Felix hängen. Einen Augenblick lang hielt sie inne, fast schien es, als wollte sie das Wort an ihn richten. Wie schon bei ihrer ersten Begegnung lag eine unbestimmte Anziehung in der Luft, Felix spürte sie als leichte Gänsehaut über seine Unterarme wandern.

Er nickte ihr unmerklich zu.

Als habe sie sich bei etwas Verbotenem ertappt, wandte sie die Augen ab, doch Felix sah das scheue Lächeln, das ihre Lippen umspielte, ungekünstelt und … reizvoll.

»Kommen Sie, Benthin!« Fritz Reichle hielt die Tür auf. »Bis später, Lilly!«

Felix schloss zu ihm auf.

Er hörte ihre Absätze auf dem Pflaster klappern, als sie sich entfernte, doch ihr feiner blumiger Duft blieb zurück. Er begleitete ihn bis hin zu den Verpackungstischen, an denen Fritz Reichle eine Mappe vorbereitet hatte.

»Hier also ist alles«, erklärte Reichle und entnahm der Mappe einige Papiere.

»Listen?«, fragte Felix mit Blick auf die Unterlagen.

»In der Tat es«, erwiderte Reichle. »Darauf aufgeführt sind zum einen Rohmaterialen, Materialien im Fertigungsprozess und eingelagerte Seifenbestände. Von Letzteren gibt es im Moment allerdings praktisch keine. Alles, was produziert wird, ist schon verkauft.«

»Sie werden derzeit nur einen Bruchteil der Bestellungen überhaupt bedienen können, schätze ich.«

»Einen sehr kleinen Bruchteil. Die zur Auslieferung bereite Ware wird übrigens auf einer gesonderten Verkaufsliste erfasst, zusammen mit der Adresse des Kunden, an den sie geht.« Er steckte das Papier zurück in die Mappe und reichte sie Felix. »Ich habe alles nach Abteilungen sortiert. Sie können die Listen also systematisch abarbeiten. Wo sich welche Abteilung befindet, wissen Sie inzwischen.«

Felix nahm die Mappe an sich. »Ich habe mir einen Überblick verschafft, natürlich.«

»Dann können Sie gleich hier beginnen. Bei Fragen stehe ich Ihnen zur Verfügung.«

»In Ordnung.«

Reichle verließ die Auslieferung in Richtung der Produktionshallen, und Felix vertiefte sich in seine Aufgabe. Er erfasste die unterschiedlichen Seifensorten, die bereits zum Versand vorbereitet waren. Zugleich nutzte er die Gelegenheit, um die Anschriften der Kunden zu studieren, an die die Lieferungen gingen. Bis zum Abend war er schon ein ganzes Stück vorangekommen.

Die Frauen, die im Packraum und in der Auslieferung arbeiteten, waren bereits nach Hause gegangen, als Felix das Gebäude verließ. Die Mappe nahm er mit, um sie über Nacht in aller Ruhe zu studieren. Doch bevor er selbst den Arbeitstag beendete und in sein Hotelzimmer zurückkehrte, wollte er noch die Schaufel und die Schubkarre wegschließen, die er am Morgen benutzt hatte. Also machte er sich auf den Weg zurück zum Schutthaufen auf der gegenüberliegenden Seite des Gebäudes.

Schon von Weitem hörte er an den schabenden Geräuschen, dass dort jemand bei der Arbeit war. Er beschleunigte seinen Schritt.

Als er um die Ecke bog, sah er einen jungen Burschen, der seine Schaufel hielt und damit ziellos im Schutt herumwühlte. Felix kannte ihn nicht.

»Wer bist du?«, rief er laut.

Der Junge blickte auf, lehnte ohne Eile die Schaufel an die Schubkarre, kam auf Felix zu und rempelte ihn grob an. Felix spürte, dass er ihm etwas in die Hand drückte.

»Was soll das?«

»Von *T*«, raunte der Bursche, »Funk der Deutschen.« Anschließend machte er sich aus dem Staub.

Felix sah ihm kurz nach, dann öffnete er die Faust. Auf seiner Handfläche lag eine dünn gedrehte Zigarette.

Es war schon gegen halb zehn am Abend, als Felix das Papier der Zigarette von den wenigen Tabakkrümeln befreite, die in ihm eingewickelt waren. Dann nahm er sein Vergrößerungsglas, streckte sich auf dem schmalen Bett in seinem Zimmer aus und begann mit dem Entschlüsseln von Tinsleys Nachricht.

Material iX bekommen.

Seine Berichte waren also durchgekommen. Gut.

OHLKUKDK. Spa.

Jetzt wurde es interessant. Die Oberste Heeresleitung und die Kaiser von Deutschland und Österreich-Ungarn hatten sich im belgischen Spa getroffen.

Beurteilen die Lage als aussichtslos.

Felix setzte sich auf.

Deutsche Stellungen ausgedünnt. Friedensverhandlungen werden diskutiert.

»Ja!«, rief Felix laut, obwohl er allein war. »Ja!«

Das waren gute Nachrichten. Wenn die Oberste Heeresleitung die desaströse Lage endlich erkannte, könnte sich ein Ende des Krieges abzeichnen. Blieb zu hoffen, dass Hindenburg die Größe hatte, diese Niederlage wirklich einzugestehen.

Wie sehr er diese Männer doch verachtete, die all das Elend verursacht hatten, Kaiser, Minister, Generäle und alle Arten von Profiteuren. Vermutlich diskutierten sie nun darum, wie sie mit möglichst weißer Weste aus dem meterhohen Schlamm herauskamen, in den sie sich und ihre Länder mit ihrer aggressiven Kriegspolitik versenkt hatten.

Er las weiter.

iX bleibt auf Posten.

Auch das war gut. Felix hatte darum gebeten, mehr Zeit zu bekommen, um die Fabrik tiefer auszuforschen. Hier teilte Tinsley mit, dass er ihm diese genehmigte.

Felix legte sich zurück. Tinsley hatte ein Postskriptum angefügt, was ungewöhnlich war

F19 im Grenzgebiet zu Frankreich vermisst.

Felix ließ das Blatt sinken. Die Lupe glitt ihm aus der Hand.

F19, das war Florence.

17. KAPITEL

Im Laboratorium,
zwei Wochen später, Anfang September 1918

Lilly durchforstete die Regale im zweiten Stock des Laboratoriums. Sie war auf der Suche nach dem Fläschchen mit dem Vanilleöl und konnte sich partout nicht mehr daran erinnern, wo sie es hatte stehen lassen. Die Schwangerschaft machte sie nicht nur unförmiger, sondern auch vergesslicher. Hoffentlich ging das vorbei, sobald ihr Kind auf der Welt war.

Schließlich fand sie das dunkelbraune Gläschen hinter der Kanne mit Pater Fidelis' Olivenöl, doch als sie sich danach streckte, fielen sowohl die Ölkanne als auch das Fläschchen mit Scheppern und Klirren aus dem Regal.

Lilly hielt erschrocken inne. »Ach du liebe Zeit!« Während das Olivenöl aus der Metallkanne lief und auf den Boden tropfte, verbreitete die Vanille ihr intensives Aroma.

»Ist Ihnen etwas passiert, gnädige Frau?« Der Arbeiter, den Onkel Fritz vor einigen Wochen angestellt hatte, kam besorgt die Treppe herauf. Felix Benthin. Derzeit war er häufig in der

Produktüberprüfung unten und stellte irgendwelche Listen zusammen.

»Nein.« Lilly sah an sich herab. »Es … ist alles in Ordnung.«

Er erfasste die zerbeulte Kanne und die Scherben. »Kann ich Ihnen behilflich sein?«

Lilly ging in die Hocke. »Ich … muss nur sauber machen, Herr Benthin.« Sie begann, das zerbrochene Glas einzusammeln.

»Ich helfe Ihnen.« Felix Benthin kniete sich neben sie.

Seine Nähe machte sie unsicher und nervös. Als sie ein wenig zur Seite rutschte, um den Abstand zu ihm zu vergrößern, schloss sie unwillkürlich die Hand um die Scherbenstücke, die darin lagen. Der messerscharfe Schmerz ließ sie zusammenzucken.

»Haben Sie sich geschnitten?«, fragte er sofort.

Verlegen senkte Lilly den Blick. »Es wird nicht so schlimm sein.«

»Lassen Sie mich nachsehen«, meinte Benthin.

Sie öffnete vorsichtig die Faust.

Ihre Handfläche war mit blutenden Verwundungen übersät.

»Also doch«, sagte Felix Benthin. »Das muss sauber gemacht werden, sonst entzündet es sich.« Er sah sie an. »Darf ich?«

Lilly nickte und schloss die Augen, während er vorsichtig ihre Hand nahm und die Splitter entfernte. Es tat weh, doch sobald der grelle Schmerz nachließ, spürte sie die angenehme Wärme seiner Haut. Als sie wieder hinschaute, begegnete sie seinem nachdenklichen Blick.

Für einen kurzen Augenblick hielten sie inne.

Dann ließ er langsam ihre Finger los und stand auf. »Es blutet noch immer. Wir sollten es verbinden.« Mit einem leichten Räuspern sah er sich um. »Gibt es hier saubere Tücher?«

»Ich habe vorhin das letzte benutzt«, erwiderte Lilly. »Johann bringt frische mit, wenn er mich abholt.«

»Dann …«

Lilly blieb beinahe das Herz stehen, als er einen Zipfel seines Leinenhemdes aus dem Hosenbund zog. Mit einem der Messer, die sie sonst für das Schneiden der Seifen verwendete, trennte er ein Stück ab, nahm eine Flasche mit Ethanol aus dem Regal und tränkte den Stoff damit.

»Das wird jetzt brennen«, warnte er und ging in die Hocke.

»Ich weiß.« Scheu hielt Lilly ihm noch einmal ihre Handfläche hin.

Während er die kleinen Schnitte abtupfte, rührte sich plötzlich das Kind in ihrem Bauch. Instinktiv legte sie die Hand darauf.

Er hatte ihre Bewegung offenbar bemerkt, denn er stutzte unwillkürlich, fuhr dann aber fort, die Wunde zu reinigen. Anschließend richtete er sich auf, legte den blutgesprenkelten Fetzen auf die nächststehende Theke und zog sein Hemd über den Kopf.

»Was …?«, entfuhr es Lilly.

»Keine Sorge.« Er schmunzelte. »Ich nehme es als Verband. Oder haben Sie Binden greifbar?«

Sie schüttelte den Kopf und stellte erleichtert fest, dass er ein Unterhemd trug.

»Dann nehmen wir das Hemd.« Er griff nach dem Messer.

Verlegen und fasziniert zugleich beobachtete sie, wie er

einen Ärmel abtrennte und zu Bahnen riss, geschickt um ihre Hand wickelte und die Enden feststeckte. Er hatte schöne kräftige Hände.

»Sie sollten nach Hause gehen, gnädige Frau«, riet er dann. »Dort wird man sich um Sie kümmern.« Er bot ihr die Hand, und Lilly ließ sich aufhelfen.

»Johann kommt ohnehin in einer halben Stunde«, sagte sie, sobald sie stand, und hoffte, dass es souverän klang. »So lange räume ich den Rest hier auf.«

»Die Scherben?« Er schüttelte ungläubig den Kopf. »Möchten Sie sich etwa gleich noch einmal schneiden?«

»Die Hand ist ja jetzt verbunden.«

»Das ist nicht Ihr Ernst.« Leiser Tadel schwang in seinen Worten mit, zugleich aber lächelte er. Ein schönes Lächeln, das die kleinen Fältchen in seinen Augenwinkeln tanzen ließ. »Also gut. Ich fürchte, dass ich Sie nicht von Ihrem Vorhaben abbringen kann. Darf ich Ihnen wenigstens dabei helfen?«

Nun lächelte auch Lilly. »Vermutlich kann ich Sie nicht davon abbringen.«

Er stutzte, wirkte kurz überrascht. Dann lachte er, und mit einem Mal erfüllte eine heitere Leichtigkeit den Raum, ansteckend und … anziehend.

Felix bestand darauf, die Scherben zu beseitigen, gestand Lilly aber zu, den Boden zu wischen. Als sie fertig waren, ging er noch einmal auf die Knie, um zu prüfen, ob noch Glasreste unter dem Regal lagen.

»Gibt es dort etwas Besonderes?«, fragte Lilly belustigt, als er Minuten später noch immer mit einer Hand unter dem Regalboden herumtastete.

»Hier ist irgendwie ein Zwischenraum.« Er stand auf, nahm das Messer und fuhr damit unter den Regalboden.

»Ein Zwischenraum?«, fragte Lilly, die nun neugierig geworden war, und beugte sich zu ihm hinunter.

»Einen Moment …«

Endlich zog er mit der Schneide des Messers eine etwa fingerkuppengroße längliche Metallhülse hervor.

»Danach haben Sie gesucht?« Lilly nahm das Fundstück in Augenschein.

»Nein.« Er grinste. »Im ersten Moment dachte ich, dass dort unten ein doppelter Boden wäre.« Er warf die Hülse in die Luft und fing sie wieder auf. »Doppelte Böden sind immer interessant, finden Sie nicht?«

»Da war aber kein doppelter Boden.«

»Nein.«

»Stattdessen haben Sie ein wenig Abfall gefunden«, erwiderte Lilly trocken. »Sie wären kein guter Detektiv, Herr Benthin.«

Er grinste. »Ich würde Ihnen raten, mich nicht zu unterschätzen.«

»Jedenfalls kein so guter wie Sherlock Holmes!«, lenkte sie ein.

»Sie haben die Bücher gelesen?«, fragte er interessiert.

»Alle.«

»Ich auch. Allerdings auf Englisch. Ich mag die deutsche Übersetzung nicht.«

»Meine Kenntnisse reichen für eine englische Lektüre nicht aus«, bekannte Lilly. »Auch wenn unsere Gäste aus dem Vereinigten Königreich mir ein paar Worte beigebracht haben.«

»Sie haben englische Gäste?«

»Nicht hier in Stuttgart. Meine Familie betreibt einen Gasthof am Bodensee.«

»Interessant!« Er schien kurz nachzudenken. »Da war ich noch nie.«

»Es ist wunderschön. Vor dem Krieg kamen die Menschen gern zur Sommerfrische zu uns. Der See, die Berge, man kann so viel unternehmen …«

Er hörte aufmerksam zu, als sie ins Schwärmen geriet und ausführlicher von Meersburg, dem Lindenhof und ihren Schwestern erzählte, als sie eigentlich wollte. »Ich dachte immer, in der Stadt wäre alles besser«, schloss sie, »aber seit dem Bombenangriff weiß ich, wie gut wir es dort unten haben.«

»Das ist verständlich«, erwiderte er. »Nur sind Sie inzwischen verheiratet … und leben jetzt hier.«

»Ja.« Lilly schluckte. »So ist es.« Mit einem Mal schien sich eine unsichtbare Wand zwischen ihnen aufzubauen. Hastig band sie ihre Schürze ab. »Ich … ich muss ohnehin gehen, Herr Benthin. Haben Sie noch einmal vielen Dank für Ihre Hilfe.« In ihrer Aufregung ließ sie Mantel und Tasche zurück. Johann musste eigens absteigen und beides für sie holen.

Als sie an diesem Abend im Bett lag, drängte sich Felix Benthin noch einmal in ihre Gedanken. Das schelmische Grinsen auf seinem markanten Gesicht, sein entspannter Humor, das Hemd, das er für sie zerschnitten, und die Fürsorglichkeit, mit der er ihre Wunde verbunden hatte – all das verursachte ein schwingendes Gefühl in ihrer Magengegend.

Sie legte einen Arm unter ihren Nacken und sah hinauf zu dem Stoffhimmel, der zwischen den vier kunstvoll gedrechselten Pfosten ihres Ehebettes gespannt war.

Sie war glücklich verheiratet, schwanger und wartete auf die Heimkehr ihres Ehemanns. Das, was sie da gerade zu empfinden meinte, hatte gewiss nichts mit Zuneigung oder gar Liebe zu tun, zumal sie Felix Benthin überhaupt nicht kannte. Allenfalls handelte es sich um eine schwärmerische Dankbarkeit, ausgelöst durch die Tatsache, dass er sich in einer Notsituation um sie gekümmert hatte. Nichts, was ernst genommen werden müsste.

Entschlossen rief sie sich Arnos Gesicht ins Gedächtnis, seine athletische Figur, sein bestimmtes Auftreten. Er war der Mann, den sie sich immer gewünscht hatte – stark, vermögend und auf interessante Art überlegen. Der Vater ihres Kindes. Ihre Zukunft.

Sie konzentrierte sich auf ihr Abendgebet, las noch ein paar Seiten *Effi Briest* und löschte dann die Nachttischlampe. Vorsichtig drehte sie sich zur Seite und streichelte das Kind in ihrem Bauch zur guten Nacht.

Der letzte Gedanke, bevor sie einschlief, galt dann doch Felix Benthin. Sie beschloss, ihm bei Gelegenheit das zerrissene Hemd zu ersetzen. Das war sie ihm schuldig.

18. KAPITEL

Stuttgart, am nächsten Vormittag, Anfang September 1918

Johann brachte die Kutsche der Reichles an der Marktstraße zum Stehen und half Lilly und Edith beim Aussteigen. »Ich würde Sie in zwei Stunden wieder abholen, wenn es recht ist, gnädige Frau.«

»Das dürfte uns reichen, Johann.« Lilly deutete auf den Korb, der im Fußraum der Kutsche festgezurrt war. »Denken Sie auch an das Waisenhaus?«

»Selbstverständlich, gnädige Frau!«

»Ich danke Ihnen.«

Schon bei ihren ersten Besuchen in Stuttgarts Stadtkern war Lilly die Armut aufgefallen, die sich in den Straßen und auf den Plätzen sammelte. Selbst vor den prächtigsten Gebäuden lungerten ausgezehrte Kinder und Kriegskrüppel herum und bettelten diejenigen um Essen an, die selbst wenig hatten. Auch wenn es nur ein Tropfen auf den heißen Stein war, stellte Lilly seit einiger Zeit Lebensmittelpakete zusammen, die sie von Johann verteilen ließ, während sie ihre Besorgungen erledigte.

Während der Kutscher weiterfuhr, machten sich Lilly und Edith auf den Weg zum Kaufhaus Breuninger. Unterwegs passierten sie den Stuttgarter Marktplatz mit seinem prächtigen Rathaus. Einer Kathedrale gleich ragte es vor ihnen auf, und um es in seiner ganzen Opulenz zu erfassen, musste Lilly den Kopf in den Nacken legen. Das tat sie jedes Mal, wenn sie hier war.

Zwei mächtige, mit Figuren und Erkertürmen ausgestaltete Flügel flankierten einen hohen viereckigen Turm, der mit Balustraden, weiteren Türmchen und einer großen Uhr gen Himmel strebte. Onkel Fritz hatte ihr erklärt, dass es sich um den *flämischen* Baustil handelte – was auch immer das heißen mochte. Jedenfalls verblassten daneben nicht nur die mit Fachwerk oder allerlei steinernem Zierrat ausgestatteten verspielten Fassaden der Stadthäuser, sondern sogar der Glockenturm der nahe gelegenen Stiftskirche.

Lilly und Edith umgingen die Menschentrauben vor den mager bestückten Marktständen mit ihren rot-weißen Schirmen, bogen in die dem Rathaus gegenüberliegende Münzstraße ein und erreichten an der nächsten Ecke das prominente, aus mehreren Gebäuden bestehende Kaufhaus.

Obwohl die hohen, durch eckige Säulen unterbrochenen Schaufenster nicht allzu üppig gefüllt waren, lud das Ensemble mit seinen bogenartigen Fenstern und dem pavillonartigen Turm an einem der Gebäude zum Verweilen ein. Vom ersten Besuch an hatte Lilly sich hier wohlgefühlt, und auch heute blieb das Elend dieser Tage ein Stück weit draußen zurück, sobald sie mit Edith eingetreten war.

Der Lichthof, die geschwungene Doppeltreppe, die mit

schmiedeeisernen Geländern geschützten Galerien der verschiedenen Stockwerke und die gedämpften Geräusche im Inneren umfingen sie wie ein Kokon aus Begehrenswertem und Schönem, obwohl auch hier mancher Mangel erkennbar war.

Eine freundlich lächelnde Verkäuferin kam auf sie zu. »Wie kann ich Ihnen helfen?«

»Die gnädige Frau sucht Erstlingswäsche«, entgegnete Edith.

Lilly nickte. Sie hatte darauf bestanden, die Ausstattung für ihr Kind selbst auszusuchen.

»Sehr gern. Wenn Sie mir bitte folgen möchten?«

Sie durchquerten die Halle, in der allerhand ansprechend dekorierte Ware präsentiert wurde: Regen- und Sonnenschirme, Einstecktücher, Spazierstöcke, Taschentücher und anderes mehr, und stiegen die Treppe hinauf in den ersten Stock. Dort führte die Verkäuferin sie an einen großen Tisch. »Darf ich davon ausgehen, dass Sie bisher noch nichts angeschafft haben?«

»Es ist mein erstes Kind«, erwiderte Lilly.

»Dann empfehle ich eine unserer Komplettausstattungen. Das kommt günstiger, als wenn Sie die Stücke einzeln erwerben.«

»Ich finde, das hört sich vernünftig an«, erwiderte Lilly, deren Augen bereits über die niedliche Säuglingswäsche wanderten. »Was gehört denn da alles dazu?«

Geduldig zeigte die Verkäuferin ihr Angebot, und Lilly war hingerissen von den süßen kleinen Hemdchen mit und ohne Spitze, den Strickjäckchen, den Lätzchen mit Stickerei oder Spitze, den Jäckchen aus durchbrochenem Batist oder Seide.

An einem Nebentisch stapelten sich Windeln, Wickeltücher, Badetücher und allerhand mehr.

Schließlich hob die Verkäuferin zwei aufwendig bestickte und mit edler Spitze gesäumte Steckkissen empor. »Welches würde Ihnen besser gefallen?«

Lilly legte den Kopf schief. »Steckt man das Kind dort hinein?« Es erschien ihr unnatürlich, ein Kind so zu … verpacken.

»Aber ja. Sie ziehen ihm ein Hemdchen und ein Jäckchen an, und dann kommt es in das Steckkissen. So bleibt die Windel an ihrem Platz.«

»Ich weiß, wie man wickelt«, flüsterte Edith ihr zu.

»Das ist gut«, erwiderte Lilly ebenso leise. »Ich habe nämlich keine Ahnung davon.« Ihr Blick schweifte weiter, und sie bemerkte eine Art Kappe aus Bändern, die auf eine runde Holzkugel gezogen war. »Was ist denn das hier?«

Die Verkäuferin fuhr mit dem Finger an einem der Bänder entlang. »Das sind Ohrenbinden.«

»Wie bitte?« Davon hatte Lilly noch nie gehört.

»Um abstehende Ohren beim Kind zu verhüten.«

Lilly entfuhr ein ungläubiges Lachen.

Die Verkäuferin ging taktvoll darüber hinweg. »Benötigen Sie Möbel für Ihr Kind? Oder ist dahingehend bereits etwas vorhanden?«

»Äh … doch. Ein Kinderbettchen ist da. Von meinem … Ehemann.« Lilly dachte daran, dass Arno möglicherweise noch gar nicht wusste, dass er Vater wurde. Es waren keine Nachrichten mehr von ihm gekommen, weder zu ihr noch zu Onkel Fritz. Ob ihre Post durchgekommen war? Sie hatte keine Ahnung.

»Wenn ich Ihnen zeigen darf, was wir für Ihr Kind noch empfehlen«, sagte die Verkäuferin und deutete auf die andere Seite der Galerie.

Lilly schob den Gedanken an Arno beiseite. »Wenn wir schon einmal dabei sind«, antwortete Lilly, »dann suchen wir gleich alles aus, was wir brauchen, nicht wahr, Edith?«

Sie folgten dem Geländer, das die Galerie säumte. Unterwegs warf Lilly einen Blick ins Erdgeschoss und betrachtete von oben fasziniert die zwischen den Auslagen dahinflanierenden Kunden. Wie herrlich musste es hier erst zu Friedenszeiten sein!

»So. Da wären wir.« Die Verkäuferin legte ihre Hand auf eine Badewanne.

»So klein?« Lilly trat neben sie.

»Das kann man sich gar nicht vorstellen, gell?« Die Verkäuferin lächelte. »Sie können zwischen einer hellblauen und einer weißen Lackierung wählen.«

»Was meinst du, Edith?«

Edith betrachtete die Wännchen. »Ich finde Hellblau hübsch! Ist der Ständer dabei?«

»Selbstverständlich.«

Lilly hatte sich eigentlich vorgestellt, zusammen mit ihrem Baby in der großen Wanne im Badezimmer der Villa zu baden, aber das kleine Wännchen war sicherlich besser für das Kind. »Wir nehmen sie in Blau.«

»Gerne. Einen Augenblick bitte.« Die Verkäuferin holte ein Schreibbrett und notierte die Bestellung.

»Wenn Sie sich weiter umsehen möchten, gnädige Frau.« Die Verkäuferin drehte sich zur Wand um. »Hier haben wir einen Babyschrank. Es gibt ihn entweder in Braun, so wie ausgestellt. Oder ebenfalls in Hellblau.«

Lilly fand die Idee apart, Wanne und Schrank in einer einheitlichen Farbe zu kaufen, zumal dann alles gut zur zart hellgelb gemusterten Tapete im Kinderzimmer passte. Sie bestellte den Schrank in Hellblau und anschließend eine Wickelkommode mit sieben Schubfächern in derselben Farbe.

»So.« Die Verkäuferin hielt alles fest. »Der Schrank kommt auf zweihundertzwanzig Mark, die Kommode auf hundertneunzig und die Wanne auf hundertundzehn.«

Lilly wurde zwar schwindelig bei den genannten Preisen, doch angesichts der riesigen, mit Marmorböden, Säulen, Kristalllüstern, kostbaren Möbeln und Teppichen eingerichteten Villa schien bei den Reichles Geld keine Rolle zu spielen.

»Dazu käme die Erstlingsausstattung«, fuhr die Verkäuferin fort. »Ich empfehle Ihnen das große Paket für siebenhundert Mark. Das ist insgesamt günstiger, weil darin die Wanne und die Kommode bereits enthalten sind.«

»Und auch sonst alles?«, vergewisserte sich Lilly. »Kleidung, Windeln …«

»… hundert Spucktücher, zwei Steckkissen, drei Gummiunterlagen und anderes mehr«, ergänzte die Verkäuferin. »Damit haben Sie alles, was Sie brauchen. Im Augenblick, das muss ich einwenden, haben wir für die Möbel eine Lieferzeit von mindestens fünf Wochen.« Sie hob entschuldigend die Schultern. »Sie wissen, der Krieg …«

»Fünf Wochen sind ausreichend.« Lilly sah Edith an. »Das Kind kommt im November.«

»Bis dahin sollte alles da sein.«

»Dann würde ich es in dieser Zusammenstellung nehmen.«

Mit zufriedenem Gesichtsausdruck vervollständigte die Verkäuferin die Bestellung und reichte Lilly den Füllfederhalter. »Wenn Sie hier bitte unterschreiben möchten.«

Lilly setzte ihren Namenszug unter die mit akkurater Schrift vermerkten Posten.

»Wäre es Ihnen möglich, eine Anzahlung von hundert Mark zu leisten? Dann werden wir die Bestellung umgehend bearbeiten.«

»Ja, das ist es.« Lilly hatte genügend Bargeld dabei. Onkel Fritz hatte ihren Wunsch, sich um die Ausstattung ihres Kindes selbst zu kümmern, sofort unterstützt. Auch sonst zeigte er sich immer großzügig.

»Gut. Den Rest bezahlen Sie bei Lieferung der Ware.« Die Verkäuferin faltete das Blatt zusammen und reichte es ihr. »Ich habe alles hier vermerkt.«

»Danke.« Lilly steckte es in ihre Tasche.

»Haben Sie denn weitere Wünsche, gnädige Frau?«

»Ja.« Lilly räusperte sich. »Ich suche noch ein Herrenhemd. Aus weißem Leinen.«

19. KAPITEL

Die Seifenfabrik, in der zweiten Septemberwoche 1918

An den strengen Geruch, der mit dem dichten weißen Dampf aus den riesigen Seifenkesseln aufstieg, hatte Felix sich inzwischen gewöhnt. In mehreren Behältern entstand der Seifenleim, aus dem später durch Aussalzen die Seifenpaste von den restlichen Bestandteilen der Ausgangsmischung – Fett und Lauge – getrennt wurde. Reichle hatte ihm erklärt, dass es durch die minderwertigen Fette, die aufgrund der Knappheit verwendet werden mussten, noch intensiver roch als sonst.

Schnellen Schrittes durchmaß Felix die Produktionshallen und nickte den Arbeitern zu, die den Siedeprozess überwachten. Wie Matthias waren die meisten schon älter, abgesehen von den wenigen Kriegsversehrten, denen Reichle hier Lohn und Brot gab.

Meistens wechselte Felix ein paar Worte mit ihnen, aber heute ging er gleich weiter in die Trockenräume, in der die Seifenpaste auskühlte, bevor sie weiterverarbeitet wurde. Höchstens ein Fünftel der ebenerdigen Trocknungsbecken wurde derzeit genutzt. Die einfache und mit Füllstoffen versetzte

Seife wurde ohne weitere Veredelung in Blöcke oder Handstücke geschnitten und gestempelt.

Hier bewegte sich Felix langsamer. Die Arbeiterinnen wussten, dass er die Bestände überprüfte, deshalb wunderten sie sich nicht, als er immer wieder einzelne Seifen näher begutachtete und ihnen eine Reihe von Fragen stellte: Welche Eigenschaften sie besaßen, für welche Anwendungen sie geeignet waren, ob manche anders weiterverarbeitet oder regelmäßig aus dem üblichen Arbeitsablauf herausgenommen wurden. Sie gaben Auskunft, so gut sie konnten, ebenso die Frauen und Mädchen an den Verpackungsmaschinen, die er am Ende seines Rundgangs aufsuchte. Sie alle wussten nichts von vorgebohrten Seifen oder Gebinden in unüblichen Größenordnungen. Auch die Lieferungen an die deutsche Armee wiesen keine Auffälligkeiten auf, sie bestanden aus handelsüblichen Seifen, die lediglich etwas kleiner waren als der Standard, damit sie möglichst wenig Platz im Marschgepäck einnahmen.

Schließlich stand Felix wieder auf dem Hof. Hier gab es definitiv keine Hinweise. Er holte die kleine dünnwandige Metallhülse, die er unter dem Regal im Laboratorium gefunden hatte, aus seiner Hosentasche und betrachtete sie noch einmal genauer. Sie war einen guten Zentimeter lang und in etwa halb so dick wie ein Bleistift. Er vermutete, dass Hülsen und Seifen getrennt verschickt und erst vor Ort von den Personen zusammengefügt wurden, die sie für ihre Botschaften nutzten. Dafür brauchte es einen Kanal in der Seife, idealerweise aus Metall, in den die Hülse gedrückt werden konnte. Technisch war das sicherlich unkompliziert, nur durfte niemand davon wissen. Was wiederum Fragen nach dem Lieferanten aufwarf.

Er schloss die Hand um das Fundstück, seine bisher einzige Spur zu den Spionagetätigkeiten der Seifenfabrik. Die wichtigsten Fragen aber waren noch unbeantwortet: Wer organisierte das Ganze? Und vor allem, für wen? Gab es eine versteckte Seifenküche? Und wenn ja, wo? Auf dem Fabrikgelände oder an ganz anderer Stelle? Warum stockte die Auslieferung nach Frankreich und Belgien?

Eigentlich musste er Reichles Auftrag fortführen und die Rohstoffe im Lager erfassen, da die Auflistungen bis spätestens morgen fertig sein sollten. Felix aber beschloss, zuvor noch einmal das Laboratorium zu durchforsten, da ihm zu Ohren gekommen war, dass Lilly Reichle heute wohl erst gegen Nachmittag eintreffen würde. Jetzt war es kurz nach elf. Also hatte Felix etwa zwei Stunden für sich.

Er nahm sich zunächst das zweite Stockwerk vor, suchte die Regale ab, zog Schubladen auf, tastete nach versteckten Fächern, doppelten Böden und geheimen Türöffnern. Er überprüfte die Dielen auf dem Fußboden nach möglichen Verstecken, begutachtete die Wände und sah Lilly Reichles Seifenrezepturen nach etwaigen Hinweisen durch. Nichts.

Er begab sich in den saalartigen Raum des Erdgeschosses mit seinen langen Arbeitstheken. Hier hatte er zwar bereits mehrfach nachgesehen, aber er unterzog auch diesen einer letzten gründlichen Inspektion. Als auch diese kein Ergebnis brachte, beschloss er, an seine Arbeit zurückzukehren. Nachdenklich machte er sich auf den Weg hinüber in die Lagerhallen.

»Ah, Benthin!« Matthias kam ihm entgegen. »Es ist gerade

eine Lieferung mit Margarine aus den Niederlanden eingetroffen.« Er kratzte sich im Nacken. »Ich frage mich, wie der Reichle das immer durchbekommt. Ein Zentner Margarine, stell dir vor! In diesen Zeiten!«

»Es gibt zu allen Zeiten Mittel und Wege, glaub mir«, erwiderte Felix. »Ich bin an der Grenze groß geworden.«

»Du meinst … der Reichle schmuggelt?«

»Er scheint Quellen zu haben und diese zu nutzen. So wie alle, die derzeit noch irgendetwas herstellen können. Wenn es für die Kriegswirtschaft wichtig ist, sehen die Zöllner gerne weg.«

»Also ist es eine Sache der … Wie soll ich sagen? … Beschreibung?«

Felix nickte. »In der Tat. Eine Sache der Deklaration.«

»Weißt du, Benthin.« Über Matthias' Gesicht zog ein trauriger Ausdruck. »Als ich die Margarine reingetragen hab, diese Blöcke. Da war es schon net leicht, nix mitzunehmen.« Erneut kratzte er sich im Nacken. »Aber ich bin eine ehrliche Haut, Benthin. Ich könnt das net – einfach was nehmen. Auch wenn ich denk, dass mein Weiberle schneller gesund werden könnt, wenn sie nur ein bissle Margarine hätt. Damit sie mehr Kraft bekommt.«

»Was ist mit deiner Frau?«

»Im Frühjahr hatte sie die Grippe. Seitdem ist sie so arg schwach. Kommt net auf die Füß.«

In Felix' Inneren formte sich das Bild seiner Mutter, wie sie schmal und blass in ihrem Krankenhausbett gelegen hatte. Die Erinnerung schmerzte noch immer, so gut er sie auch zu verdrängen versuchte. »Nimm was mit«, sagte er leise. »Die Ladung ist ja noch nicht erfasst. Ich deichsle das.«

»Aber … aber das fällt doch auf. Und dann denkt der Reichle womöglich, dass du was genommen hast!«

»Einen Würfel. Nicht mehr. Heute Abend, bevor du heimgehst«, raunte Felix.

»Aber wenn …«

»Der ist unterwegs verloren gegangen.«

»Danke!« Matthias drückte Felix fest die Schulter und verließ die Lagerhalle.

Felix sah ihm kurz hinterher, dann nahm er seine Unterlagen und setzte die Überprüfung der Rohstoffe und Vorräte fort. Die Kontrollen waren aufwendig. Denn Kisten, Fässer, Säcke und andere Behälter waren nach dem Angriff ohne jede Ordnung auf die unbeschädigt gebliebenen Räume verteilt worden. Er musste sich beeilen.

Gewissenhaft arbeitete er sich durch die an unterschiedlichsten Stellen abgelegten Bestände an Soda und Salz, entdeckte in Zeitungspapier eingeschlagenes Bienenwachs, getrocknete Kräuter und kleine Mengen an Aromaölen. Fette und Knochen und auch die neu angelieferte Margarine standen in einem Raum, der notdürftig gekühlt wurde.

Die einzelnen Werte zusammenzuführen, kostete ihn einiges an Zeit. Nebenbei dachte er darüber nach, wie er die nächsten Schritte seiner Nachforschungen angehen würde. Auf dem Fabrikgelände gab es im Grunde nichts mehr, was er noch nicht überprüft hatte. Er ging inzwischen davon aus, dass sich die wichtigen Spuren an ganz anderer Stelle fanden.

Gegen Spätnachmittag fasste Felix als letzten Posten die Glyzerinbestände zusammen, die man hierher gerettet hatte. Auch die firmeneigene Glyzerinherstellung war durch die Bombardierung massiv in Mitleidenschaft gezogen worden. Reichle arbeitete derzeit mit Hochdruck daran, sie hochzufahren, denn Glyzerin wurde aus der Seifenlauge gewonnen, die nach der Verseifung in den Kesseln übrig blieb. Um sie wirtschaftlich zu nutzen, mussten die Prozesse von Seifen- und Glyzerinherstellung aufeinander abgestimmt sein.

Schließlich war die letzte Eintragung vorgenommen – Felix steckte den Bleistift ein, löste die Blätter aus dem Klemmbrett und machte sich auf die Suche nach Reichle.

»Nun kennen Sie sich in unserer Fabrik bald besser aus als ich«, scherzte dieser, als er zehn Minuten später den Blätterstapel entgegennahm und in seinen Rucksack packte.

»Im Hinblick auf die Bestände könnte das zutreffen«, entgegnete Felix. Er hatte den Fabrikleiter gerade noch auf dem Weg zu dessen Motorrad abgepasst.

Reichle lachte und schulterte den Rucksack. »Ich werde mich noch heute Abend daransetzen.« Seine Miene wurde ernst. »Wir haben so viele Anfragen. Ich weiß nicht, wie ich alle bedienen soll. Wir müssten die Produktion massiv hochfahren, können es aber nicht, weil der Aufbau zu langsam vorangeht. Es fehlt an Arbeitern. Es fehlt an Material.«

»Solange Krieg herrscht, wird sich das kaum ändern.«

»Wissen Sie, Benthin«, sagte Reichle und rieb sich mit einer Hand über das Gesicht. »Ich bin dem allem so müde. Das ganze deutsche Volk ist doch dieses Krieges müde.«

»Da stimme ich Ihnen zu. Jedes Leben, das jetzt noch geopfert wird, ist sinnlos. Ob hier oder an der Front.«

»Die Oberste Heeresleitung muss verdammt noch mal endlich erkennen, dass der Krieg verloren ist.«

Felix dachte an Tinsleys Nachricht. »Ich glaube, das tut sie. Aber keiner will sich irgendeine Blöße geben. Deshalb dauert es.«

»Die sollen sich gefälligst beeilen.« Reichle setzte sich auf seine Maschine. »Damit wir unsere Kraft nicht in den Krieg, sondern in den Wiederaufbau stecken können.«

Felix deutete auf das Motorrad. »Eine *Wanderer*.«

Reichle nickte. »Ihr ist der Kriegsdienst erspart geblieben. Hin und wieder muss sie leider stehen bleiben. Ich bekomme nicht genügend Kraftstoff organisiert.« Reichle hielt inne. »Wenn wir uns gerade unterhalten, Benthin – es steht noch eine größere Aufgabe an.«

»Was kann ich tun?«

»Ich habe vor, einen Teil des Büros wieder auf das Fabrikgelände zurückzuverlegen, und zwar ins Erdgeschoss des Laboratoriums. Wir führen derzeit kaum Qualitätsüberprüfungen durch, der Raum ist verschenkt. Matthias wird demnächst einige abschließbare Schränke montieren. Sobald diese stehen, müssen die ganzen Unterlagen und Akten umgezogen werden, die sich vorübergehend im Anwesen meines Bruders befinden.«

»Ich verstehe.« Felix' Sinne schärften sich. »Sie hatten das alles dort in Sicherheit gebracht, nehme ich an.«

»In der Tat. Dort schienen sie mir besser verwahrt, zumindest so lange, bis wir in Esslingen wieder einigermaßen Ordnung geschaffen haben.«

Felix nickte.

»Sie werden mir dabei helfen, Benthin.« Reichle startete das Motorrad. »Ich überlege mir, wie wir alles so organisieren, dass es möglichst reibungslos über die Bühne geht. Stellen Sie sich darauf ein, dass wir nächste Woche damit beginnen.«

Reichles Angebot ließ Felix sofort handeln. Am Nachmittag noch hatte er darüber nachgedacht, Lilly Reichle behutsam zu befragen, ob in den Privaträumen der Reichles Seifen eingelagert waren oder bearbeitet wurden. Nun bekam er vielleicht die Möglichkeit, die Villa ganz offiziell zu betreten – und sich dabei ein wenig umzuschauen. Es wäre also angeraten, sich bereits zuvor einen Überblick über das Gelände zu verschaffen.

Kurz nachdem Reichle mit dem Motorrad abgefahren war, hatte sich Felix deshalb selbst auf den Weg nach Stuttgart gemacht, war ein Stück von einem Ochsenfuhrwerk mitgenommen worden und hatte die restliche Strecke bis zum Stuttgarter Hasenberg mit der Straßenbahn und zu Fuß zurückgelegt. Das kostete Zeit, daher war es bereits dunkel, als er sich der Reichle-Villa näherte, die in ausgesuchter Hanglage an der Hasenbergsteige stand.

Die Gegend war exklusiv. Industrielle, Verleger, Architekten, Kommerzienräte und andere vermögende Bürger der Stadt lebten hier, nah der Stadt und doch im Grünen. Alter Baumbestand schmückte die Gärten. Felix hatte bereits vor Wochen einen Sonntagnachmittag darauf verwandt, das Gebiet um die Reichle-Villa zu erkunden, und bei dieser Gelegenheit den Aussichtsturm auf dem Hasenberg bestiegen. Dieser von den Stuttgartern gern besuchte Hügel war namensgebend für die bergan führende Straße. Wer hier lebte, litt selbst im Krieg keine Not.

Zu Felix' Verwunderung stand das schmiedeeiserne Tor zum Familienanwesen der Reichles offen. Zahlreiche Lampen erhellten die Auffahrt, auch in dem schräg nach hinten versetzten, von zwei Türmen geschmückten Gebäude brannte elektrisches Licht.

Felix orientierte sich einen Moment.

Dann sah er sich um und betrat das Grundstück.

Er bewegte sich unauffällig, so wie er es von seinen Grenzgängen gewohnt war, lief den Park ab, fand einen See mit Steg und Pavillon und ein Gartenhaus. Ein Brunnen plätscherte vor sich hin, Bänke und Skulpturen standen entlang der schmalen, geschwungenen Kieswege. Mehr war im Zwielicht nicht zu erkennen. Er änderte seine Richtung und ging über den Rasen vorsichtig auf das Haus zu.

Der Kutscher, Johann, schien das Pferd versorgt zu haben – er verschloss gerade die Tür zur Remise. Felix hielt sich im Schatten, während sein Blick entlang der Fassade nach oben glitt. Im ersten Stock befanden sich vermutlich die Gesellschaftsräume, davon zeugten die großen Fenster und eine breite Balkonbrüstung.

Felix umrundete das Gebäude. In der Bibliothek brannte Licht, doch als er genauer hinsehen wollte, hörte er Stimmen vom Haupteingang her.

»Einen schönen Abend noch, Herr Reichle!« Das war Johann. »Nehmen Sie denn nicht das Motorrad?«

»Nein«, antwortete Fritz Reichle. »Ich freue mich auf den kleinen Spaziergang nach Hause. Gute Nacht, Johann!«

Interessant. Reichle lebte also nicht im Haus seines verstorbenen Bruders. Damit gab es eine weitere Möglichkeit im Hinblick auf die Spurensuche.

Den Lichtkegel der Außenbeleuchtung vermeidend, huschte Felix zurück zum Tor und verbarg sich hinter einem Busch. Nachdem Fritz Reichle dieses passiert hatte, setzte Felix sich auf seine Fährte. Das Klackern von Reichles Gehstock auf dem Pflaster machte es leicht, ihm zu folgen.

Bereits drei Querstraßen weiter blieb dieser vor einem großen Stadthaus stehen. Rasch zog sich Felix in einen benachbarten Hauseingang zurück, behielt den Firmenleiter aber genau im Auge.

Reichle musste niesen, griff in sein Jackett und holte ein Schnupftuch hervor. Nachdem er es wieder eingesteckt hatte, sah er sich um, so als vergewissere er sich, dass er allein sei. In dem Moment, da er den Spazierstock unter seinen Arm klemmte, um das Haus zu betreten, kam aus dem Dunkeln eine Gestalt auf ihn zu und legte den Arm um ihn.

Felix' Muskeln spannten sich an. Ein Überfall? Das gab es derzeit gehäuft. Doch gerade, als er seine Deckung verlassen wollte, um Reichle zu helfen, hörte er Gelächter.

Felix entspannte sich. Die beiden schienen sich zu kennen.

Er wartete einige Minuten und folgte ihnen dann zur Hauseingangstür, in der sie verschwunden waren. Leise drückte er sie auf. Er wollte wissen, in welcher der Wohnungen Reichle lebte.

Im Treppenhaus empfing ihn schummriges Licht. Stufe für

Stufe schlich er nach oben, hörte die Männer noch immer tuscheln und lachen. Unwillkürlich spitzte er die Ohren – und stellte überrascht fest, dass sie sich auf Französisch unterhielten. Worüber, das verstand er nicht, aber allein die Tatsache war bemerkenswert. War nicht der Kurier mit den Seifen für Tinsley damals aus Frankreich gekommen?

Durch die gedrechselten Stangen des Treppenlaufs sah er die beiden Männer schließlich vor einer dunkelgrün gestrichenen Wohnungstüre stehen. Fritz Reichle hielt einen Schlüssel in der Hand und steckte ihn ins Türschloss. Dann drehte er sich unvermittelt zu seinem Begleiter um und küsste ihn rasch auf den Mund. Dieser lachte leise und drückte Reichle liebevoll an sich.

Felix hielt die Luft an.

Er hatte sich bereits gefragt, warum Reichle keine Familie hatte. Nun hatte er die Antwort.

20. KAPITEL

Die Reichle-Villa,
zu Beginn der dritten Septemberwoche 1918

Lilly hatte sich in die Bibliothek zurückgezogen und löste die Schnüre eines kleinen Pakets, das ihr soeben von Frau Lene übergeben worden war. Onkel Fritz hatte die ältere Frau erst nach dem Tod der Reichles eingestellt, damit sie die Aufgaben der verstorbenen Hausherrin auffing. Bereits jetzt war sie der Segen des Haushalts. Unprätentiös und fleißig sorgte sie dafür, dass alles reibungslos ablief.

Vorsichtig öffnete Lilly den Karton, den Pater Fidelis ihr geschickt hatte. Wie erhofft, befand sich darin frisches Olivenöl, zudem kleinste Fläschchen mit Ölen aus Kamille, Thymian, Rose und Lavendel. *Damit Sie weiter ausprobieren können, Fräulein Lilly* stand auf der beigefügten Karte zusammen mit dem ausladenden Namenszug des Paters. Lilly wusste, dass es auch für ihn schwierig war, größere Mengen dieser kostbaren Zutaten zu bekommen. Umso dankbarer war sie, dass er seine Schätze mit ihr teilte. Sie würde ihm heute noch schreiben.

Auch Helena hatte einen kurzen Brief dazugelegt. Darin

berichtete sie von sehr viel Arbeit, vom Malunterricht, den ihre Freundin Kasia ihr gab, von Katharina, die nach wie vor im Spital arbeitete, und einem neuen Gast, der im Lindenhof abgestiegen war.

Er kommt aus Russland und unterstützt uns sehr im Lazarett. Genau wie Kasia. Es gibt enorm viel zu tun, jeden Tag wird es mehr. Eine weniger schöne Botschaft möchte ich dir nicht vorenthalten: Elisabeth hat uns verlassen. Offenbar lebt sie beim Ochsenwirt. Ab und zu kommt sie noch vorbei und bringt uns Lebensmittel, die sie sich teuer bezahlen lässt.

Papa lässt dich grüßen. Es geht ihm gut (vielleicht weil Mutter gegangen ist). Mit der Prothese kommt er sehr gut zurecht und hilft, wo er kann. Ich hoffe, dass du und dein Kind gesund seid, liebe Lilly. Wir hören leider so wenig von dir, dass wir uns hin und wieder Gedanken machen. Wir freuen uns auf ein paar Zeilen von deiner Hand. Sei von ganzem Herzen gegrüßt! Von uns allen!

Lilly ließ den Brief sinken.

Mutter war weg. Auch wenn es vermutlich das Beste war, vor allem für ihren Vater, tat es Lilly im hintersten Winkel ihres Herzens weh. Kein Kind wollte, dass seine Familie zerbricht. Zugleich fragte sie sich, warum die Mutter ausgerechnet zum Ochsenwirt gegangen war. Hatte er ihr ein Zimmer angeboten? Und Arbeit?

Lilly seufzte.

In diesem Moment war sie froh, nicht mehr zu Hause zu leben. Es stimmte, dass sie sich kaum mehr meldete. Aber ihr Leben war so erfüllt, dass sie weder Kopf noch Zeit dafür hatte. Vielleicht war diese Distanz auch ihr Weg, um ganz erwachsen zu werden.

Lilly legte Karton und Briefe auf den Beistelltisch. Dann sah sie auf die Uhr über dem Kamin. Es war zehn Uhr.

Die Hebamme hatte sich für elf angekündigt – bis dahin war noch eine Stunde Zeit. Lilly hatte Fontanes Roman mitgebracht und beschloss, so lange zu lesen. Sie schlug das Buch auf.

Noch immer verband sie *Effi Briest* nicht mit Elisabeth von Ardenne. Unvorstellbar, dass die Baronin eine Affäre hatte, dass sie überhaupt einmal mit einem Mann … Und noch abwegiger schien der Gedanke, dass ihr Ehemann dahintergekommen war, den Liebhaber zum Duell gefordert und so schwer verletzt hatte, dass dieser gestorben war …

»Gnädige Frau?«

Lilly sah auf.

Frau Lene stand in der Tür. »Ich habe geklopft, aber Sie haben sich nicht gerührt«, meinte sie entschuldigend. »Da habe ich mir erlaubt einzutreten.«

»Ist schon gut, Frau Lene.« »Was gibt es denn?«

»Die Hebamme ist gekommen.«

»Oh!« Über dem Lesen hatte Lilly gar nicht gemerkt, wie die Zeit verflogen war.

»Sie wartet in der Halle«, fuhr die Haushälterin fort. »Soll ich Edith mit hinaufschicken in Ihre Schlafräume?«

»Das wäre gut. Vielen Dank.«

Eine Viertelstunde später hatte Lilly ihre Tageskleidung abgelegt und sich ein langes Hemd übergezogen. Während die Hebamme ihre Tasche öffnete, legte Lilly sich aufs Bett.

»Sie kennen das ja schon«, sagte Frieda Winter und wandte sich ihr zu. »Wenn Sie das Hemd ein wenig nach oben ziehen möchten.«

Lilly entblößte ihren Bauch.

Die Hebamme lächelte. »Das Kleine wächst und gedeiht, das sieht man!«

»Oh ja. Und es wird immer wilder.«

»Es ist gut, wenn Sie die Kindsbewegungen spüren, gnädige Frau. Ich empfehle immer, mindestens zwei Mal am Tag darauf zu achten, ob das Kind sich bemerkbar macht.«

»Meines hat sich vermutlich schon im Turnverein angemeldet«, meinte Lilly. »Jedenfalls übt es Tag und Nacht.«

Die Hebamme lachte. Lilly schätzte sie auf Anfang dreißig.

»Also ist Ihr Kind lebhaft«, sagte die Hebamme, während sie sorgfältig Lillys Bauch abtastete. »Und im Augenblick liegt es schon mit dem Köpfchen nach unten im Becken. Das wäre die richtige Geburtsposition.«

»Es darf sich ruhig noch Zeit lassen.« Lilly verlagerte ein wenig ihr Gewicht.

Die Hebamme setzte ihre Untersuchung fort, doch selbst dieser sehr intime Teil war Lilly inzwischen nicht mehr unangenehm. »Es ist alles so, wie es sein soll«, meinte Frieda Winter schließlich und wusch ihre Hände in der weißen Porzellanschale, die Edith mit warmem Wasser gefüllt hatte. »Ich kann keinerlei Anzeichen für eine zu frühe Geburt feststellen.« Sie trocknete ihre Hände ab. »Haben Sie selbst irgendwelche Unregelmäßigkeiten bemerkt? Blut oder vermehrten Flüssigkeitsabgang?«

Lilly schüttelte den Kopf. »Ich habe nur manchmal das Gefühl, als würde der Bauch hart. Aber das kann ich mir auch einbilden.«

»Das ist keine Einbildung, gnädige Frau. Das sind Kontraktionen. Damit bereitet der Körper sich langsam auf die Geburt vor. Wie oft kommt das vor?«

»An manchen Tagen drei- oder viermal. An anderen weniger.«

Die Hebamme nickte. »Das ist völlig normal für den Beginn des achten Monats der Schwangerschaft. Nur dann, wenn Sie diese Kontraktionen dauerhaft oder in regelmäßigen Abständen bemerken oder dabei Schmerzen haben, legen Sie sich hin und lassen nach mir rufen.«

»Wird es dann gefährlich?«

»Es könnte ein Warnzeichen sein. Aber wie gesagt, so etwas steht im Augenblick nicht zu befürchten.«

Die Hebamme drehte sich zu ihrer Tasche um und entnahm ihr ein hölzernes Gerät, das wie eine sehr schlanke Sektflöte aussah. Das breite Ende presste sie auf Lillys Bauch und hielt ihr Ohr an die andere Seite. Zweimal veränderte sie noch die Position des Hörrohrs, dann lächelte sie wieder. »Ich höre den Herzschlag. Kräftig und regelmäßig.«

»Wie schön.« Lilly seufzte. »Ich würde es so gern selbst einmal hören.«

»Ja, das ginge mir auch so. So viele Kinderherzen habe ich schlagen hören, aber die meiner eigenen Kinder nicht.« Die Hebamme setzte das Hörrohr ab. »Sie dürfen sich wieder bedecken.«

»Noch eine Frage, Frau Winter. Es kommt vor, dass das Kind in regelmäßigen Abständen … wie soll ich es ausdrücken … klopft? Das geht dann ein paar Minuten lang so und hört wieder auf.«

»Dann hat das Kind einen Schluckauf. Das passiert häufig, weil es vom Fruchtwasser trinkt.«

Jetzt lächelte auch Lilly. »Wie ein echtes Baby.«

»Es ist bereits ein richtiger kleiner Mensch. Bis zum Geburtstermin wird es nur noch wachsen und kräftig zunehmen, um für die Welt gerüstet zu sein.«

Lilly stand auf und ging hinter den Paravent, wo Edith ihr wieder in ihr hellrotes Sommerkleid half. Eine Schneiderin hatte es so gearbeitet, dass es locker über ihren Bauch fiel, diesen aber nicht betonte.

Als sie fertig waren, bat Lilly Edith darum, ihr in der Küche etwas zu trinken zu besorgen. Sie selbst begleitete Frieda Winter zur Tür.

»Ich habe noch eine letzte Frage«, sagte sie leise, als sie sich bereits die Hand zum Abschied gaben. »Ich glaube, dass meine Brust schon Milch abgibt. Allerdings ist die Flüssigkeit nicht weiß, eher kräftig gelb. Kann das sein?«

»Auch das ist vollkommen normal«, antwortete die Hebamme ebenso leise. »Sie bereitet sich auf das Stillen vor.«

»Ah. Das ist alles so … neu.«

»Scheuen Sie sich nicht zu fragen. Ich finde es ohnehin nicht gut, dass die Gesellschaft eine Schwangerschaft wie eine Peinlichkeit behandelt. Sie ist etwas ganz Natürliches. Ich komme nächste Woche wieder, gnädige Frau!«

21. Kapitel

Lilly wollte gerade die Tür hinter der Hebamme schließen, als sie das Knattern von Onkel Fritz' Motorrad hörte. Sie blieb im Portal stehen, um ihn gleich ins Haus zu lassen.

Als er die Auffahrt herauffuhr und am Rand des Rondells vor dem Säuleneingang anhielt, stolperte ihr Herz. Denn er war nicht allein.

»Ich habe Herrn Benthin mitgebracht«, rief Onkel Fritz gut gelaunt und schaltete den Motor ab.

Felix Benthin stieg ab. »Guten Tag, gnädige Frau!«

Lilly legte eine Hand auf ihre Brust, so als wolle sie ihren Puls daran erinnern, im Takt zu bleiben. »Willkommen, Herr Benthin.«

Er lächelte.

Onkel Fritz stellte das Motorrad ab und kam die Stufen zum Portal herauf. »Meine Liebe! Wie geht es dir heute?«

»Die Hebamme war gerade da. Es ist alles gut.«

»Das freut mich.« Onkel Fritz drückte leicht ihren Oberarm. »Zukünftig wird uns hier etwas Kleines entgegenspringen. Da kommt Leben ins Haus!«

Lilly schmunzelte. »Bis es springt, wird es noch einer Weile dauern. Seid ihr im Arbeitszimmer?«

»In der Tat. Du weißt ja, dass ich einen Teil der Unternehmensakten zurück nach Esslingen bringen möchte. Herr Benthin wird mir dabei helfen«, erklärte Onkel Fritz und winkte Felix zu sich, der am Fuß der Treppe stehen geblieben war. »Kommen Sie!«

Felix folgte seiner Aufforderung, und Lilly trat einen Schritt zurück, um ihn einzulassen. Als er an ihr vorbeiging, zwinkerte er ihr unauffällig zu, gleichzeitig nahm sie den Duft seiner Seife wahr. Frisch und herb. Männlich.

»Würdest du Thea bitte ausrichten, dass wir heute Abend einen Gast haben?« Onkel Fritz hatte sich noch einmal zu ihr umgedreht. »Herr Benthin wird mit uns essen.«

»Na… natürlich.« Lilly war perplex. Sie hätte nicht erwartet, dass in diesem Haus einer der Arbeiter an den Familientisch gebeten wurde. Aber Onkel Fritz war anders als die anderen Männer seines Standes. Offener. Menschlicher.

Auf dem Weg zur Küche ertappte sich Lilly bei einem breiten Lächeln. Sie freute sich darauf, diesen Abend in Felix' Beisein zu verbringen. Sehr sogar.

Die Seifenfabrik am selben Nachmittag

»So. Das ging alles viel schneller als gedacht!« Reichle wuchtete einen großen Karton zu den anderen auf eine der Theken im Erdgeschoss des Laboratoriums. »Wir haben alles hier.«

»Und Johann hat das Pferd kräftig angetrieben.« Felix stellte einen weiteren daneben ab. »Das hat Zeit eingespart.«

Reichle lachte. »Vielleicht übt er für die Rennbahn.« Er fuhr über seinen Bart. »Ich würde vorschlagen, dass Sie die Akten wie besprochen in die Schränke hier einräumen. Ich mache derweil einen Rundgang durch die Fabrik, anschließend lassen wir uns von Johann wieder in die Hasenbergsteige fahren. Sie sind nach wie vor zum Abendessen eingeladen.«

»Ich weiß nicht, ob ich das annehmen kann.« Felix setzte seine Mütze ab.

»Das können Sie, Benthin. Irgendwann müssen die ganzen künstlichen Unterschiede zwischen den Menschen verschwinden. Am besten, wir fangen gleich damit an.«

»Dann komme ich gern.«

Reichle sah auf seine Taschenuhr. »Ich hole Sie in etwa einer Stunde wieder hier ab, Benthin. Mit zwölf Kartons haben Sie eine Weile zu tun. Sollten Sie schneller fertig sein, können Sie sich ja noch ein wenig in die Seifenrezepte meiner Lilly einlesen.«

Felix grinste. »Die gnädige Frau wird wenig angetan sein, wenn ich ihre Ordnung durcheinanderbringe.«

Reichle beließ es bei einem Nicken. »Bis später, Benthin!«

Die Gelegenheit war günstig wie nie. Felix hatte die Akten der Seifenfabrik vor sich. Und er war allein. Es wäre sträflich, keinen Blick hineinzuwerfen, zumal er sich in der Villa nicht näher hatte umsehen können.

Es dauerte nicht lange, bis er tief in die Geschäftsvorgänge des Unternehmens eingetaucht war. Bestellungen, Rechnungen, Umbuchungen, Zollpapiere, Reklamationen. Es gab tatsächlich Lieferanten in Rotterdam, die vor allem Kokos- und Palmfett lieferten. Der dafür zuständige Zollstempel stammte fast immer aus Aachen, was auf feste Abläufe bei der Einfuhr hindeutete. Ansonsten spiegelten die Formulare die prekäre Versorgungslage wider. Die Mengen differierten stark, ebenso die Lieferanten.

Er wandte sich den Verkaufsakten zu. Die Rechnungen und der Kundenstamm zeigten, wie erwartet, dass es regelmäßige Lieferungen für die Versorgung der deutschen Armee gab. Nichts deutete aber darauf hin, dass darüber hinaus auffällige Kleinmengen bestellt worden waren, Feinseifen wurden ohnehin nur in limitierten Einheiten abverkauft.

Sicherheitshalber notierte Felix einzelne Aufträge auf eines von Lillys Rezeptblättern. Er würde diese zur näheren Überprüfung an Tinsley weitergeben. Jede Akte, die er fertig durchgesehen hatte, stellte er nach Reichles Vorgaben in die Aktenschränke.

Schließlich war nur noch ein einziger Ordner übrig. Felix nahm ihn aus dem Karton und schlug ihn auf. Er fand Schriftverkehr, der offenbar nicht eindeutig zugeordnet werden konnte und deshalb hier gesammelt wurde.

Er blätterte sich durch die Seiten, bis er über einen Vermerk stolperte: *Hundertzwanzig Seifen abgeschrieben. Schwund.* Es war Reichles Schrift, auch wenn sein Namenskürzel fehlte. Außerdem gehörte diese Angabe nicht in diesen Ordner, sondern in die Bestände.

Felix nahm das Blatt heraus und legte es beiseite. Hundertzwanzig Stück Schwund im Februar 1918. Zu einer Zeit, da jedes Gramm Seife zählte. Ein Indiz dafür, dass Kernseife aus dem regulären Produktionsprozess genommen und einer anderen Verwendung zugeführt worden war? Er nahm noch einmal den Ordner mit den Verzollungen heraus, suchte gezielt nach weiteren abgeschriebenen Gebinden, ohne fündig zu werden. Ab März 1918, nach dem Bombenangriff, waren die Mengen ohnehin stark zurückgegangen. Dass also kaum noch Seife an die alliierten Spionagenetzwerke gegangen war, lag zum einen an der geringeren Produktionsmenge, das war inzwischen deutlich geworden. Doch lieferte die Fabrik an die deutschen Geheimdienste? Das war aus diesen Unterlagen nicht ersichtlich.

Er wollte das Papier gerade einstecken, als leise die Tür schlug. Hastig schloss er die Akte, doch Reichle war schneller. Mit einer langsamen Bewegung nahm er Felix den Ordner aus der Hand.

»Was tun Sie da, Benthin?«

Felix sah ihn an. »Ich habe mich in den Akten umgesehen, um sie sachlich richtig zu sortieren.«

»Tatsächlich?« Reichle legte den Ordner auf den Tisch zurück. Dabei bemerkte er die Notiz, welche Felix daraus entnommen hatte. »Diese ist sicherlich zufällig aus der Akte gefallen.« Er nahm sie an sich.

»Ich bin mit sämtlichen Beständen vertraut. Mir ist diese Seite aufgefallen, weil sie falsch abgeheftet war.«

»Ah!« Reichle griff zu dem zweiten Papier, das Felix auf den Tisch gelegt hatte. Die Seite mit Lillys Rezept zeigte nach oben. Reichle betrachtete es einen Moment, dann drehte er das Blatt um. »Verkaufen Sie mich nicht für dumm, Benthin.« Er wirkte ruhig, nur ein leichtes Beben in seiner Stimme verriet seine Erschütterung.

»Auf die Gefahr hin, mich zu wiederholen: Ich brauche eine gewisse Systematik, wenn ich Ihnen eine Hilfe sein soll, Herr Reichle.«

»Sie hätten mich fragen können.«

»Das hätte ich noch getan.«

Reichle schüttelte den Kopf. »Warum tun Sie das, Benthin?«

»Weil es mich interessiert, Herr Reichle.«

»Ich habe Ihnen vertraut.« Reichles sichtliche Enttäuschung versetzte Felix einen Stich.

»Wir haben alle unsere Geheimnisse, Herr Reichle«, erwiderte er. »Ich nehme an, dass sich sowohl meine Anstellung hier als auch die Einladung für heute Abend damit erledigt haben?«

Reichle sah ihn prüfend an.

Felix hielt seinem Blick stand.

»Nein«, erwiderte Reichle dann. »Es hat sich nichts erledigt. Ganz im Gegenteil. Wir haben einiges zu besprechen.«

22. Kapitel

Im Wintergarten der Reichle-Villa,
am frühen Abend desselben Tages

Lilly saß im Wintergarten und wartete darauf, zum Abendessen gerufen zu werden. Sie mochte diesen geschützten Ort, vor allem jetzt, da der Herbst Einzug hielt und es draußen deutlich kühler geworden war. Der verglaste Raum vermittelte das Gefühl, Teil der Natur zu sein, auch wenn man sich drinnen aufhielt.

Mit angezogenen Beinen hatte sie es sich auf der cremefarbenen Chaiselongue bequem gemacht, die vor einer Reihe raumhoher Kübelpalmen stand. Auf dem Boden vor ihr standen ihre Schuhe, auf einem runden Tischchen daneben lag ihr Roman, doch ausnahmsweise hatte sie keine rechte Lust zu lesen. Stattdessen sah sie durch die großen Fenster, beobachtete die Sonne, die langsam sank, und hing ihren Gedanken nach.

Noch immer wartete sie darauf, dass Arno irgendwann seinen Fronturlaub nehmen konnte. Onkel Fritz dagegen glaubte nicht mehr daran. Ohne es zu beschönigen, hatte er ihr mitgeteilt, dass das deutsche Heer Mühe hatte, die Frontlinien zu halten, und deshalb jeden Mann brauchte.

Sie fragte sich, wie es wohl wäre, wenn Arno tatsächlich in der Tür stehen würde. Noch vor ein paar Wochen hatte diese Vorstellung wundervolle Gefühle in ihr ausgelöst. Nun fiel es ihr schwer, sich überhaupt sein Gesicht in Erinnerung zu rufen.

Sie trug seinen Namen, lebte in seinem Elternhaus, arbeitete in seiner Fabrik, und doch rückte er mit jedem Tag ein Stückchen weiter von ihr weg. Inzwischen war sie weit länger ohne ihn in Stuttgart als mit ihm zusammen. Käme er heim, sie würden sich bestimmt ganz neu aneinander gewöhnen müssen.

Nachdenklich überprüfte sie den Sitz ihrer Aufsteckfrisur. Als die Tür zum Wintergarten ging, hielt sie in der Bewegung inne.

»Es wird nicht lange dauern«, hörte sie die Haushälterin sagen. »Ich schicke dann die Edith, wenn der Herr Reichle fertig ist.«

»Ich danke Ihnen, Frau Lene.«

Felix' Stimme ließ Lilly schneller atmen. Was wollte er hier im Wintergarten? So schnell es ihr gerundeter Bauch zuließ, setzte sie sich aufrecht hin und ordnete ihren Rock. Noch während ihre bestrumpften Füße nach den Schuhen angelten, hatte er die Palmen umrundet, die ihren Platz abschirmten.

»Guten Abend, gnädige Fr…« Als er ihre missliche Lage erkannte, schmunzelte er entschuldigend. »Ich wollte nicht stören, gnädige Frau. Ich werde woanders warten.«

»Nein!«, rief Lilly.

Er legte fragend den Kopf schief.

»Sie müssen nicht gehen«, fuhr sie leiser fort und versuchte, abgeklärt zu wirken. »Wenn Sie nur für einen Moment … wegsehen möchten.«

Nun lächelte er offen. »Natürlich.«

Während er ihr den Rücken zuwandte, zog Lilly ihre spitzen Pumps aus Ziegenleder an. Dann räusperte sie sich.

»Sie dürfen … also Sie können sich jetzt … zu mir …« Ihr Mund fühlte sich trocken an.

Langsam drehte er sich wieder um und deutete eine Verneigung an. In seiner informellen Kleidung wirkte die Geste auf freche Art charmant. »Frau Lene meinte, dass Herr Reichle sich zum Abendessen verspätet hat und sich gerade umzieht«, erklärte er und fuhr sich durchs Haar. »Sie bot mir an, mit Ihnen im Wintergarten zu warten. Und da ich noch nie einen Wintergarten gesehen habe, schien es mir eine gute Gelegenheit, diese Wissenslücke zu schließen.«

Lilly hob die Brauen. »Noch nie? Auch nicht, wenn Sie irgendwo auf Besuch waren?«

Er schüttelte den Kopf. »Ich stamme aus armen Verhältnissen. Luxus gibt es in meiner Welt keinen.«

Lilly hatte so etwas bereits vermutet, dennoch überraschte es sie, wie offen er damit umging.

»Es kommt nicht darauf an, woher man kommt«, erwiderte sie. »Sondern auf das, was man daraus macht.«

Sein Lachen hatte einen bitteren Unterton. »Da haben Sie gewiss recht. Aber die Möglichkeiten für jemanden wie mich, sich solchen Wohlstand«, er machte eine raumgreifende Handbewegung, »zu erarbeiten, sind begrenzt.«

»Ich stamme eigentlich auch aus einfachen Verhältnissen«, erwiderte Lilly. »Unser Gasthaus am See, von dem ich Ihnen schon erzählt habe, läuft nicht gut. Derzeit wird es als Lazarett genutzt, damit meine Familie überhaupt etwas verdient.«

Er nickte nachdenklich. »Ich wollte Ihnen nicht zu nahe treten, gnädige Frau.«

»Vermutlich kann ich dennoch nicht nachvollziehen, wie sich echte Armut anfühlt«, bekannte Lilly.

»Vermutlich nicht. Es ist keine schöne Erfahrung.«

»Aber … Sie haben doch Familie, oder etwa nicht? Es hilft schon, wenn man nicht allein ist …« Lilly unterbrach sich, als sie die Trauer in seinem Gesicht wahrnahm. Unsicher verschränkte sie die Hände ineinander.

»Sie können es nicht wissen«, sagte er leise. »Meine Mutter ist vor Kurzem gestorben. Ich … habe sie sehr geliebt.«

»Das … das tut mir leid«, stammelte Lilly.

Er atmete hörbar aus. »Wohl dem Kind, das liebende Eltern hat, nicht wahr? Sei es arm oder sei es reich.« Einen Augenblick sah er in die Ferne, dann räusperte er sich. »Aber wenn ich mich hier im Wintergarten so umsehe, dann würde ich in meinem nächsten Leben etwas mehr Vermögen nicht ablehnen. Ein Wintergarten ist sehr reizvoll.« Er fand zu seinem herausfordernden Grinsen zurück.

»In Ihrem nächsten Leben?« Lilly entspannte sich. »Glauben Sie denn an Wiedergeburt?«

Er lachte. »An Wiedergeburt? Nein. Wenn ich mir die Welt so ansehe, weiß ich nicht, ob ich überhaupt an irgendetwas glauben soll, außer die Dummheit, die Überheblichkeit und die Brutalität der Menschen.« Er hielt inne. »Entschuldigen Sie, gnädige Frau. Ich möchte Sie nicht mit meiner düsteren Weltsicht belästigen.«

»Das tun Sie nicht, Herr Benthin.« Lilly suchte nach Worten. »Ich habe manchmal ähnliche Gedanken. Aber ich glaube an etwas, oder zumindest möchte ich gerne an etwas glauben. Es gibt mir Hoffnung in solchen Zeiten. Und auch ein bisschen Halt.« Sie suchte seinen Blick, hielt ihn fest, ließ zu, dass sich ein Gefühl des stillen Verstehens einstellte. Und eine Nähe, die eigentlich nicht sein sollte.

»Gnädige Frau? Herr Benthin?« Es war Edith, die den durchsichtigen Kokon durchbrach, der sich für einige Sekundenbruchteile um sie gewoben hatte. »Der Herr Reichle wäre fertig und wartet auf Sie beide im Speisezimmer!«

Felix trat einen Schritt zurück und verschränkte die Hände hinter dem Rücken.

»Danke, Edith.« Lilly, die noch immer auf der Chaiselongue saß, stand auf und ging auf das Dienstmädchen zu, das in der Tür stehen geblieben war. »Wir kommen.«

Später am Abend

Es war nach zehn Uhr. Lilly, die während des Abendessens recht still gewesen war, hatte sich in ihre Räume verabschiedet. Ihr letzter Blick hatte Felix gegolten, und ihm war bewusst geworden, dass sie ihn mehr anzog, als sie sollte. Nicht nur weil sie einen Ring am Finger trug, der sie mit einem anderen Mann verband. Für die bedeutende Aufgabe, deretwegen er hier war, brauchte er das ganze Vertrauen von Fritz Reichle. Es wäre kontraproduktiv, der Frau seines Neffen schöne Augen zu machen.

Die Köchin und ein Dienstmädchen hatten den Tisch abgetragen, der letzte Rest Elsässer Wein war ausgetrunken.

Reichle hatte einen Mirabellenschnaps eingeschenkt und seinen hastig hinuntergestürzt. Er wirkte nervös. »Darf ich Sie zu einem Spaziergang in den Garten einladen, Benthin?« An der linken Hand blitzte ein Siegelring. »Noch ist es draußen nicht zu kühl.«

Felix leerte sein Schnapsglas. »Wenn Sie es wünschen, gerne.« Er erhob sich und folgte Reichle hinaus in den Park.

Die Gartenanlage der Villa lag im Dunkeln, so wie vor ein paar Tagen, als Felix heimlich dort gewesen war.

»Die Nachtluft tut gut, nicht wahr?«, fragte Fritz Reichle und bog auf einen der Kieswege ein, welche die Gartenanlage durchzogen.

»In der Tat.«

»Ich gönne mir regelmäßig einen Abendspaziergang. Er erfrischt den Geist.« Reichles leichter Plauderton konnte nicht über die Spannung hinwegtäuschen, die zwischen ihnen lag, während sie nebeneinanderher in Richtung des kleinen Sees gingen.

»Mein Leben findet meist draußen statt«, erwiderte Felix.

»Nun, das wundert mich nicht.« Reichle räusperte sich. »Ich überlege die ganze Zeit, was Sie wirklich zu uns getrieben hat, Benthin.«

»Tun Sie das?«

»Nun. Ein gesunder junger Mann, sprachlich bewandert,

körperlich stark. Aufmerksam und interessiert. Oder sollte ich sagen – neugierig?«

»Jeder macht das Beste aus seinen Talenten.«

»Allerdings.« Reichle klang misstrauisch.

Sie setzten ihren Weg fort, bis sie die Brücke zum Seepavillon erreichten. »Lassen Sie uns rübergehen, Benthin. Dort ist es trocken, und wir haben unsere Ruhe.«

Zwei Enten schnatterten einen Abendgruß, als sie auf den Holzbänken unter dem achteckigen Pavillondach Platz nahmen.

Reichle langte in die Innentasche seines Jacketts und holte sein Zigarettenetui heraus. »Sie rauchen ja nicht«, sagte er entschuldigend und zündete sich eine Zigarette an. »Also. Was machen Sie hier, Benthin?«

Felix sah die Zigarettenspitze aufglühen. »Wenn ich Ihnen Auskunft gebe, Herr Reichle, dann erhalte ich im Gegenzug Auskunft von Ihnen.«

»Hm.« Reichle blies den Rauch in die Luft. »Ich denke nicht, dass es an Ihnen ist, etwas zu verlangen.«

»Das, was mich hierhergeführt hat, Herr Reichle, ist vermutlich auch das, was uns verbindet.« Felix wusste, wann er ein Risiko eingehen konnte. Reichle zum Aufdecken seiner Karten zu zwingen, war inzwischen kalkulierbar.

»Was haben Sie wirklich in den Unterlagen gesucht?« Fritz Reichle sah ihn von der Seite an.

»Ich möchte mir einen Überblick über die Geschäfte der Seifenfabrik verschaffen«, erwiderte Felix.

Reichle schüttelte kaum merklich den Kopf. »Das allein kann es nicht sein. Sie sind bereits so weit in die Vorgänge eingearbeitet, Benthin, dass es dafür keine Heimlichkeit gebraucht hätte. Ich hätte Ihnen auf Nachfrage Einblick gewährt.«

»Ohne Skepsis?«

»Ich wäre aufmerksam gewesen, das ist etwas anderes.«

Felix beschloss, es auszusprechen. Obwohl ihm dieser Schachzug unerwartet schwerfiel. »Auf Sodomie stehen harte Strafen.«

Felix merkte, wie Reichle erstarrte. Die Zigarette fiel zu Boden und glomm dort weiter. »Das ist …« Reichle hustete. »Das ist eine ungeheuerliche Anschuldigung.«

»Ihr Privatleben geht mich persönlich nichts an«, fuhr Felix fort. »Aber es dient mir als Absicherung.«

»Absicherung? Wollen Sie mich etwa erpressen, Benthin?«

Felix hörte die abgrundtiefe Enttäuschung in Reichles Worten. Sie löste eine unerwartete Beklommenheit in ihm aus, und er beschloss, das Spiel an dieser Stelle zu beenden. »Nein, Herr Reichle«, antwortete er. »Ich habe selbst ein Geheimnis.«

»Lieben auch Sie den falschen Menschen?« Es klang sarkastisch.

Felix schob das *Vielleicht* beiseite, das sich ungebeten in seinem Inneren formte. »Ich bin ein Mitarbeiter des britischen Geheimdienstes«, bekannte er stattdessen.

Reichle stutzte. »Ein Spion? Wollen Sie mich auf den Arm nehmen?«

»Keineswegs. Ich arbeite seit Herbst 1914 für die Alliierten.«

Mit bebenden Fingern zündete sich Reichle eine neue Zigarette an. »Können Sie mir Beweise liefern?«

»Das kann ich.« Er zog das neueste Schreiben von Tinsley aus der Tasche. »Hier. Mein Tarnname ist *iX*, diese Nachricht kommt von meinem Auftraggeber in Rotterdam, Captain Tinsley.«

Reichle zog so heftig an seiner Zigarette, dass es laut knisterte. Zugleich überflog er Tinsleys Zeilen. »Das könnte gefälscht sein.«

Felix ignorierte seinen Einwand. »Lassen Sie uns unser Wissen austauschen, Herr Reichle. Es geht um Seifen, die für Nachrichtenzwecke präpariert wurden. Deshalb bin ich hier. Es ist für unsere Organisation von großer Bedeutung zu wissen, ob Sie ausschließlich für die Alliierten tätig waren und sind oder auch mit der deutschen Seite zusammenarbeiten. Oder zusammengearbeitet haben.«

Eine Weile rauchte Fritz Reichle schweigend, wurde ruhiger. »Also gut, Benthin«, sagte er schließlich. »Nichts ist ohne Risiko. Lassen Sie uns unser Wissen zusammenwerfen. Im Zweifel dient es der Sache.«

»Ich bin mir sicher, dass wir für dasselbe kämpfen, Herr Reichle: ein baldiges Ende des Krieges.«

23. KAPITEL

Stuttgart, die Wohnung von Fritz Reichle,
am nächsten Abend

Fritz Reichle saß in einem weichen Fauteuil und rauchte eine echte Schweizer Zigarre, so wie immer, wenn er zu Hause den Abend einläutete. In der winzigen Küche klapperte Jacques mit Töpfen und Geschirr. Fritz mochte diese Geräusche, nicht nur weil Jacques ein begnadeter Koch war. Sie hatten etwas Heimeliges, fast Intimes.

Frau Lene hatte Fritz Schinken und Eier aus der Vorratskammer mitgegeben, dazu ein wenig Schmalz, Käse und Kohl. Er war gespannt, was Jacques aus diesem Angebot zauberte. Jedenfalls lag ein appetitlicher Duft in der Luft.

Die Zigarre glomm auf, als Fritz daran zog. Dann sah er auf seine Armbanduhr. Es war fast sechs Uhr am Abend. Felix Benthin müsste gleich hier sein. Er lehnte sich zurück und blickte aus dem Fenster hinaus auf Stuttgarts Dächer.

Schon immer war er sich der Gefahr bewusst gewesen, in der er sich befand, und hatte Vorsichtsmaßnahmen ergriffen. Nun war sein Geheimnis doch entdeckt worden. Ein einziges

Mal hatte er Jacques außerhalb der Wohnung geküsst. Er hätte dieser Regung niemals nachgeben dürfen.

Sein ganzes Erwachsenenleben lang hatte Fritz seine Neigung verborgen gehalten. Anfangs, als er die ersten Anzeichen bemerkte, hatte er sich selbst verleugnet und später sogar mit einem jungen Mädchen verlobt. Doch einige Tage vor der Hochzeit war ihm bewusst geworden, dass er weder sich noch seiner Braut eine solche Ehe zumuten wollte. Unter einem Vorwand hatte er die Verlobung gelöst und war nach Paris gegangen, hatte dort eine Ausbildung zum Apotheker gemacht und direkt im Anschluss in Freiburg ein Studium der Chemie aufgenommen. Nach seiner Dissertation hatte er sich für lange Zeit in Frankreich niedergelassen.

Vor ein paar Jahren war dann das großzügige Angebot seines Bruders gekommen, Teilhaber der Seifenfabrik zu werden. Fritz hatte lange mit sich gerungen, aber schließlich zugesagt. Mit gemischten Gefühlen war er heimgekehrt.

Die Arbeit in der Seifenfabrik hatte ihm von Anfang an große Freude gemacht, aber mit der schwäbischen Lebensart war er nicht mehr zurechtgekommen. Bereits Ende 1913 hatte er daher eine Rückkehr nach Frankreich erwogen, doch der Kriegsausbruch hatte alle Pläne zunichtegemacht, noch bevor er mit seinem Bruder darüber gesprochen hatte.

Eineinhalb Jahre später hatte ihn dann eine Nachricht von Jacques erreicht. Jacques, seine große Liebe. Jacques, von dem er damals getrennt war. Jacques, der ihn bat, seiner von den Deutschen geschundenen Heimat zu helfen.

Es klingelte.

»Ich mache auf!«, rief Fritz.

»D'accord«, tönte es aus der Küche.

Nur einen Wimpernschlag später gab es ein klirrendes Geräusch, dem ein Wasserfall französischer Flüche folgte.

Lächelnd legte Fritz die Zigarre ab, erhob sich und ging zur Tür.

»Guten Tag, Herr Reichle.« Felix Benthin nahm seine Schiebermütze ab.

»Treten Sie ein, Benthin.«

Fritz Reichle ließ Felix ablegen und führte ihn dann an den ovalen Esstisch mit gelb-weiß gemusterter Decke, auf dem ein elfenbeinfarbenes Porzellangeschirr stand.

»Ah, bonjour, Monsieur Benthin!« Der Mann, der breit grinsend ins Zimmer fegte und eine mit Essenssprenkeln übersäte Küchenschürze um die Hüften gebunden hatte, war derselbe, den Felix mit Reichle im Treppenhaus gesehen hatte.

»Bonjour!«, erwiderte Felix. »Ich danke Ihnen für die Einladung.« Unwillkürlich hatte er ins Französische gewechselt.

»Ich bin Jacques. Einen Moment!« Jacques verschwand noch einmal in der Küche und kehrte ohne Schürze, dafür aber mit einer entkorkten Weinflasche zurück. »Ein Pinot Noir! Freundschaften werden mit Wein gemacht! Jedenfalls bei mir.« Er schenkte allen ein und hob das Glas. »À ta santé, Felix!«

Felix stieß an. »Also dann … auf dich, Jacques!«

Langsam erhob auch Fritz sein Glas. »Nun. Da muss ich mich wohl anschließen. Zum Wohl, Felix!«

Die Gläser klirrten.

»Nehmt Platz!« Jacques stellte sein Glas ab. »Ihr entschuldigt mich noch einmal? Ich hole das Essen.« Er begab sich wieder in die Küche.

»Jacques scheint ein guter Koch zu sein.« Felix setzte sich auf den Platz, den Fritz ihm anbot. »Es riecht jedenfalls schon sehr gut.«

»Das ist er. Sie sind … du bist bestimmt hungrig.«

»Würde ich *Nein* sagen, wäre es gelogen.«

Seine Bemerkung entlockte Fritz Reichle ein schwaches Grinsen. »Und mit Lügen wollen wir ja nicht weitermachen.«

»Achtung! Heiß!« Jacques balancierte zwei randvolle Pfannen zum Tisch und stellte sie vorsichtig auf zwei Holzbrettern ab. Dann nahm er einen großen Löffel und begann, das Essen auf die Teller zu schöpfen. »Ich habe *Sp-a-tz-el* gemacht, die mag Fritz so gern.«

»Er meint Spätzle. Das ist eine schwäbische Spezialität«, erläuterte Fritz.

»Diese Art Nudeln habe ich bereits kennengelernt«, erwiderte Felix. »Aber bisher sahen sie noch nie so köstlich aus.«

»Merci. Ich habe sie mit Speck, Streifen vom Blaukohl und viel Käse zubereitet!« Jacques setzte sich zu ihnen. »Bon appetit!«

Felix nahm die Gabel und kostete. »Es schmeckt wirklich ausgezeichnet, Jacques! Ich könnte mir vorstellen, dass diese Art *Sp-a-tz-el* auch zu meinem Lieblingsessen wird.«

»So ist es gut!« Jacques griff nach dem Rotwein.

Nach den ersten Bissen brachte Fritz das Gespräch auf den Grund seiner Einladung. »Du bist also im Auftrag der Briten hier, Felix.«

»So ist es.«

»Ich habe viel von Monsieur Tinsley gehört«, bekannte Jacques. »Er hat all unsere Berichte bekommen.«

»Und zu welcher Einschätzung bist du gelangt, Felix?«, hakte Fritz nach. »Bezüglich der Seifenfabrik Reichle, meine ich?«

»Ich vermute, dass du die Seifen vorab präparierst und dann getrennt von den Hülsen über Mittelsmänner an die Spionageringe liefern lässt.« Felix sah zu Jacques.

Der grinste wieder. »Da bist du schon sehr nah an der Wahrheit.«

»Ich weiß.« Felix nahm ebenfalls einen Schluck Wein. »Was mich vor allem interessiert, ist, ob solche Seifen auch an die Deutschen geliefert wurden.«

Jacques lachte laut. »Aber natürlich wurden diese an die Deutschen geliefert. Mit den passend gemachten Nachrichten, du verstehst, was ich meine. So hat alles eigentlich angefangen.«

»Dann sind wir sozusagen Kollegen.«

Fritz nickte ernst. »Jacques leitet einen französischen Spionagering.«

»Und fungiert persönlich als Kurier?«, fragte Felix.

»Nur hin und wieder«, bekannte Jacques. »Eigentlich haben wir ein gutes Netzwerk aus Frauen. Sie sind nach wie vor geschickter darin, die Grenzen zu passieren und nicht aufzufallen. Es gibt Gruppen in der Nähe von Straßburg und Freiburg, aber auch in Konstanz. Von dort aus gelangen sie leicht in die Schweiz.«

»Und du triffst dich dafür mit den Deutschen, Jacques?«, hakte Felix nach.

»Ja. Ich habe mich von ihnen anheuern lassen und angeboten, Nachrichten aus Frankreich zu beschaffen. Vorausgesetzt, sie positionieren mich in Stuttgart.«

»Ich verstehe.« Felix trank von seinem Wein.

»Beim letzten Mal hätten sie mich beinahe enttarnt«, erzählte Jacques offen. »Fritz war schon in großer Sorge.« Er zwinkerte seinem Freund zu.

»Ihr nutzt die Seifen aber auch für die alliierte Seite.«

»Aber ja! Was sich bewährt hat, muss eingesetzt werden.«

»Hat sich der Bombenangriff auf Esslingen eigentlich stark auf die Herstellung eurer präparierten Seifen ausgewirkt?«, wollte Felix wissen.

»Hat er«, erwiderte Fritz. »Du weißt, dass wir seither deutlich weniger produzieren. Zugleich schauen die Behörden genauer hin, wollen wissen, wofür wir welche Rohstoffe verwenden. Deshalb ist es schwieriger geworden, Seifen verschwinden zu lassen. Zudem muss die legale Produktion hochgefahren werden, damit das Unternehmen weiterbesteht. Immerhin gibt es Arno Reichle, den Erben. Und seine Frau bekommt bald ein Kind. Ihre Zukunft soll gesichert sein.«

»Der Erbe und sein Kind.« Felix hielt einen Moment inne und schob eine weitere Portion Käse-Kohl-Spätzle auf seine Gabel. »Haben seine verstorbenen Eltern denn von deiner Tätigkeit gewusst, Fritz?«

»Nein«, antwortete Fritz. »Sie waren zwar nicht im selben Maß vom Krieg überzeugt wie ihr Sohn, aber sie waren gute Patrioten.«

Felix schluckte den Bissen hinunter. »Sie hätten vermutlich

nichts getan, um ihrem eigenen Kind zu schaden. Gut, dass sie dich nicht erwischt haben«, stellte er fest.

»Ich bin Teilhaber. Sie haben mir immer vertraut.«

Eine Weile aßen sie schweigend.

»Weißt du, Felix«, sagte Fritz dann. »Ich hatte nie das Gefühl, Arno mit meiner Arbeit zu schaden. Mein Ziel war von Anfang an, etwas dazu beizutragen, den Krieg zu verkürzen. Mit jedem Tag, der früher Frieden gemacht wird, sinkt das Risiko, dass er fällt.«

»Wo steht Arno Reichle denn jetzt?«, wollte Felix wissen.

»Die letzte Nachricht kam vor vielen Wochen«, erwiderte Fritz. »Er rühmte die Kampfkraft und vor allem den Durchhaltewillen der Deutschen, der angeblich ungebrochen sei.«

»Alles leere Parolen.« Jacques schnaubte verächtlich. »Nicht erst seit unserem Sturmangriff mit schweren Tanks und einer Übermacht an Kampfflugzeugen ergeben sich die deutschen Soldaten reihenweise. Die sind krank und ausgezehrt. Und des Kämpfens leid. So berichten unsere Leute.«

»Wenn so lange keine Nachricht kam – dann ist es möglich, dass er inzwischen in Gefangenschaft geraten oder gefallen ist«, stellte Felix fest.

»Das ist gut möglich.«

»Weiß seine Frau davon?«

»Nein. Lilly hofft, dass er demnächst auf Urlaub heimkommt, denn er hatte im Frühsommer darum ersucht. Allerdings ist ihm dieser damals nicht bewilligt worden, weil die Deutschen jeden Mann für ihre Frühjahrsoffensive gebraucht haben. Vor allem Unteroffiziere wie Arno.« Fritz legte die Gabel zur Seite und tupfte den Mund ab. »Wenn ich bis nach der

Geburt des Kindes nichts von ihm gehört habe, muss ich mit ihr sprechen. Bis dahin ist es besser, wenn sie keine unnötige Aufregung erfährt.«

»Meinst du, dass sie diese Schonung überhaupt möchte?«, fragte Felix, während er sich von Jacques einen Nachschlag geben ließ. »Sie ist noch sehr jung, aber ich denke, dass sie mit der Wahrheit durchaus umgehen könnte.«

»Mag sein.« Fritz schüttelte den Kopf, weil Jacques einen vollen Löffel in Richtung seines Tellers bewegte. »Nein danke, ich bin satt.« Er wandte sich wieder an Felix. »Ich kenne mich mit solchen weiblichen Zuständen nicht aus. Sicher ist sicher.«

Felix räusperte sich. »Dem möchte ich nicht widersprechen.«

Sie beendeten ihre Mahlzeit mit einem französischen Orangenlikör.

Schließlich stellte Fritz sein Glas zur Seite und sah Felix an. »Nun spanne ich dich nicht länger auf die Folter. Du hast mir erzählt, dass du während der letzten Monate eine Sache vergeblich gesucht hast.« Er stand auf. »Komm mit.«

Während Jacques den Tisch abräumte, öffnete Fritz Reichle die Tür zu einer Art Vorratskammer und knipste das Licht an. »Unspektakulär, nicht wahr?«

Felix sah sich in dem winzigen Raum um. Lediglich Regale und ein schmaler Tisch befanden sich darin. »Hier arbeitet ihr die Seifen um?«

Fritz nickte. »Wir bohren sie an einer festgelegten Stelle an und verschließen sie mithilfe eines kleinen Wachspfropfens.«

Er griff nach einem Seifenstück. »Hier, siehst du? Auf der Seifenunterseite. Anschließend wird die Stelle mit Wärme und Wasser bearbeitet und damit unkenntlich gemacht.«

»Die einfachsten Lösungen sind meistens die besten.« Felix besah sich die Präparierung genauer. »Man sieht tatsächlich nichts. Gute Arbeit.«

»Was unsere Tätigkeit angeht, arbeiten wir mit einer Art Doppelstrategie.« Fritz nahm die Seife wieder an sich. »Zum einen stellen wir den französischen und belgischen Spionagenetzwerken Seifen für ihre Botschaften zur Verfügung. Zum anderen schreiben wir Nachrichten um und leiten sie mit falschen Inhalten an die Deutschen weiter.«

»Darüber bin ich von Tinsley informiert. Wie geht es von hier aus weiter?«

»Die Stücke gelangen durch Kuriere auf unterschiedlichen Wegen zu ihren Adressaten.«

Felix nickte. »Diese Wege wären für uns von Interesse. Und auch, wie ihr sie alle im Überblick behaltet. Das dürfte nicht so einfach sein.«

»Jacques wird es dir erläutern.«

»Ich habe noch eine Frage.« Felix hielt die Metallhülse in die Höhe. »Was ist mit diesen hier?«

Fritz sah ihn überrascht an. »Wo hast du sie gefunden?«

»Im Laboratorium. Unter dem Regal von Frau Reichle.«

»Das muss vom Druck der Detonation gekommen sein«, mutmaßte Fritz. »Ein Fenster des Laboratoriums war unter der Druckwelle geborsten. Interessant, dass eine dort gelandet ist.«

»Woher bezieht ihr sie eigentlich?«

»Von einem befreundeten Schlosser.«

»Und du lagerst sie wirklich in der Fabrik?«, fragte Felix. »Das ist nicht ohne Risiko.«

»Bis zum Angriff waren sie dort«, antwortete Fritz. »Unser Schlosser hat seine Werkstatt in Esslingen und mir die Bestellungen immer persönlich übergeben. Nach dem Angriff habe ich die restlichen Bestände hierhergebracht.« Er löschte das Licht und schloss die Tür. »Jacques nimmt sie auf seinen Kuriertouren mit und übergibt sie den Kontaktpersonen in Frankreich, die sie weiterleiten.«

Als sie an den Tisch zurückkehrten, hatte Jacques eine neue Flasche Wein geöffnet. »Wir haben hier eine hübsche Fälscherwerkstatt, nicht wahr?«, fragte er.

»Tinsley wäre begeistert.«

»Das ist er.« Jacques grinste. »Auch wenn ich ihn noch nicht persönlich getroffen habe. Ich bin übrigens *Jc13*.«

Als Jacques seinen Decknamen erwähnte, kam Felix auf einmal Florence in den Sinn.

»Darf ich dich etwas fragen, Jacques?«

»Nur zu!«

»Kennst du *F19*?«

»*F19*?« Jacques dachte nach. »Ah, die kleine Florence! Sie wurde am Draht verletzt. Wir haben sie nach Paris ins Spital bringen lassen. Seither kümmert sich ihr Mann um sie.«

»Ah.«

»Kennst du sie?«

»Wir haben ein paarmal zusammengearbeitet.«

»Eine unserer Besten. Dieser Krieg wird nicht nur auf dem Schlachtfeld entschieden. Er entscheidet sich vor allem mit uns, denen, die im Schatten arbeiten.« Jacques rieb sich die Hände. »Noch nie waren wir dem Sieg so nah! Die Moral der Deutschen hängt am seidenen Faden. Lasst uns helfen, ihn durchzuschneiden.« Er machte eine Scherenbewegung mit den Fingern. »An die Arbeit, meine Freunde!«

24. Kapitel

Esslingen, die Seifenfabrik, Ende September 1918

Lilly nahm eine der mit Seife gefüllten Holzformen aus dem Regal, die sie dort zum Trocknen hingestellt hatte.

»Ist sie fertig?«, fragte Edith und kam zu ihr an den Tisch.

»Ich glaube, ja.«

»Und was ist mit der letzten Partie Rosenseifen? Die reifen doch auch schon eine Weile.«

»Die brauchen noch zwei Tage.« Lilly drehte die Kastenform um und schüttelte sie vorsichtig.

»Ohhh!«, rief Edith. »Die Seife kommt raus!«

Auf dem Holzbrett vor Lilly lag ein grünlicher Seifenblock. Die Farbe ging auf das Olivenöl zurück, von dem sie diesmal etwas mehr dazugegeben hatte.

Lilly reichte die leere Form an Edith weiter und strich bedächtig über ihr Werk. Der Block war nicht zu weich und fühlte sich gleichmäßig an. Nichts bröselte ab.

»Die Seife ist gut geworden, nicht wahr?«, fragte Edith.

»Ja. Diesmal stimmt das Verhältnis der Zutaten.«

»Sie sind eine Seifenkünstlerin, gnädige Frau!«

»Noch nicht, Edith.« Lilly lächelte. »Dazu weiß ich längst nicht genug. Aber wer weiß – vielleicht werde ich eines Tages eine sein?« Sie griff nach dem großen Messer, das neben ihr bereitlag. »Ich schneide sie erst einmal.«

Die scharfe Klinge glitt durch den Seifenkörper wie durch ein Stück festere Butter. So wie es sein sollte.

Während sie ihre Schnitte setzte, dachte Lilly an die vielen Fehlversuche der letzten Monate zurück. Sie wollte keine der üblichen Fabrikseifen herstellen, sondern feine, duftende Seifen. Durch die Kriegsproduktion ging das nur in allerkleinsten Mengen, deshalb war jeder einzelne Fehlversuch ein harter Rückschlag gewesen.

Dennoch: Es ging voran. Inzwischen hatte sie sich einiges an Wissen angeeignet. Onkel Fritz hatte sie nicht nur tiefer in die Abläufe der Seifenfabrik eingeführt, sondern ihr auch ausführlich die chemischen Prozesse erklärt, die hinter den einzelnen Schritten der Seifensiederei steckten. Den Büchern, die in der Bibliothek standen, hatte sie neben fachlichem Wissen auch interessante historische Dinge entnommen. Zum Beispiel, dass schon die Sumerer vor mehr als viertausend Jahren aus Öl und Asche eine Art Seife hergestellt und das Rezept dazu auf einer Tontafel festgehalten hatten.

Von den Sumerern hatte Lilly noch nie gehört und deshalb in einem Lexikon nachgeschlagen. Die Erklärung, dass es sich um ein altes Volk im Süden Mesopotamiens handelte, hatte sofort die nächste Frage aufgeworfen: Wo um alles in der Welt lag Mesopotamien? Der gute Onkel Fritz hatte es ihr anhand des großen Globus erklärt, der auf einem Ecktisch in der Bibliothek stand. Dass man sich mit diesem Sumerer-Gemisch reinigen konnte, darauf waren allerdings erst die Römer gekommen. Und wieder ein paar Jahrhunderte später erfanden die Menschen in Arabien die erste Seife, die mit der heutigen vergleichbar war. In der Folgezeit entwickelte sich das Seifensieden immer weiter. Der französische Sonnenkönig hatte sogar ein Reinheitsgebot erlassen, auch wenn seine Zeitgenossen das Wasser mieden und – zumindest in den wohlhabenden Bevölkerungsschichten – Dreck und Körpergeruch lieber mit Puder und Parfum überdeckten.

Lilly durchschnitt den letzten Teil des Seifenblocks, legte das Messer zur Seite und betrachtete mit leisem Stolz die vor ihr liegenden Seifenstücke. Es waren zehn an der Zahl.

»Wunderschön«, raunte Edith. »Wie herrlich es sein muss, sich damit zu waschen!«

Lilly nahm eines der Stücke und schnupperte daran. »Es duftet wirklich nach Kamille«, sagte sie zufrieden, denn die Beduftung gelang nicht immer. Sie drückte es Edith in die Hand. »Hier. Für dich.«

»Gnädige Frau!«, wisperte Edith. »Das ist … oh, danke!«

»Du hilfst mir ja auch. Ohne dich würde mich Onkel Fritz bestimmt nicht mehr hier arbeiten lassen.« Sie zog eine der Schubladen unter der Arbeitstheke auf und entnahm ihr Papier und Schnüre. »Lass uns die Stücke hübsch verpacken, Edith. Ich habe mir überlegt, sie in der Nachbarschaft zu verschenken.«

Als die verpackten und mit Efeu verzierten Päckchen in Lillys Korb lagen, betrachtete Edith sie lange. »Die dürfen Sie nicht verschenken, gnädige Frau. Die müssen Sie verkaufen!«

»Ich kann doch keine Seife verkaufen. Die Leute denken

dann bestimmt, dass die Reichles kein Geld mehr haben.« Lilly griff nach der Waage. »Lass uns mit der nächsten Partie Rosenseife weitermachen. Dafür haben wir heute Morgen doch die frischen Blüten gepflückt.«

»Wie Sie meinen«, seufzte Edith und ging zur Treppe. »Ich hole Matthias und die Lauge.«

»Vergiss Brille und Handschuhe nicht!«, rief Lilly ihr nach. Dann legte sie sich Papier und Bleistift zurecht, holte ihre Zutaten und begann mit dem Abwiegen.

Um ihre Rezepte konsequent zu verbessern, notierte sie jede Zutat, jede Menge und jeden Arbeitsschritt. Eine Seife bestand grundsätzlich aus Fett und Lauge, deshalb gab sie festes Tierfett in einen hohen Topf. Den Ofen hatte Edith bereits angeheizt, und so schmolzen die Fettstücke recht rasch, nachdem der Topf darauf stand. Sobald sich alles verflüssigt hatte, nahm Lilly ihn wieder vom Feuer und goss langsam Bucheckern- und Olivenöl dazu. Mit einem Schneebesen, dessen Drähte etwas fester waren als gewöhnlich, rührte sie das Fettgemisch kräftig durch.

Sie war gerade dabei, mit dem Thermometer die Temperatur zu prüfen, als Edith zurückkehrte. Hinter ihr kam zu Lillys Überraschung Felix Benthin anstelle von Matthias die Treppe herauf. Er trug die große, verschlossene Kanne mit der Lauge.

Plötzlich schien die Luft im Raum zu flirren. Während der vergangenen Woche hatte sie ihn nur von ferne gesehen. Nun verursachte ihr sein Anblick weiche Knie.

»Das ist sehr freundlich von Ihnen, Herr Benthin«, sagte sie schnell und deutete auf ein großes Brett am Nachbartisch. »Sie können die Lauge hier abstellen.«

Felix tat, wie ihm geheißen.

»Matthias ist nicht da, gnädige Frau«, erklärte Edith. »Er ist nach Metzingen gefahren, um Waschmittel zu holen. Herr Benthin hat sich angeboten, uns stattdessen zu helfen.« Sie deutete auf den Topf. »Ist das Fett schon so weit?«

»Es ist noch ein bisschen zu warm.« Lilly versuchte, ihre Aufmerksamkeit zurück auf ihre Arbeit zu lenken.

Felix Benthin hatte sich an die Tischkante gelehnt und die Arme verschränkt. Seine Augen folgten jeder ihrer Bewegungen.

»Sehen Sie uns zu, Herr Benthin?«, fragte Edith arglos.

»Ich warte, bis die Lauge zugegeben werden muss.« Er antwortete Edith, sein Lächeln aber galt Lilly. Es verursachte ein begehrliches Perlen auf ihrer Haut.

»Ich … also es dürfte … nicht mehr lange dauern.« Mit unruhigen Händen überprüfte sie noch einmal die Temperatur der Fette. Es war nicht gut, dass seine Nähe sie derart durcheinanderbrachte. Nach der Messung legte sie das Thermometer zur Seite. »Jetzt ist es richtig.«

Er zog die Schutzbrille auf und nickte ihr zu. »Bitte treten Sie ein Stück zurück.«

Lilly ging zum Fenster und öffnete es. Auch Edith machte ein paar Schritte zur Seite. Dies war der gefährlichste Teil des Seifensiedens.

Mit ruhiger Hand goss Felix die Lauge an. Er trug keine Handschuhe. Käme etwas auf seine Hand, würde sie von der ätzenden Flüssigkeit Narben davontragen, doch er setzte die Kanne ab, ohne einen Tropfen verschüttet zu haben.

Sie warteten die erste Reaktion ab. Denn sobald die Lauge auf das Fett traf, entstand eine siedende Hitze, deren Dämpfe giftig waren. Erst nachdem sich der helle Rauch verzogen hatte, kehrte Lilly an den Arbeitstisch zurück. Sie räusperte sich. »Ich danke Ihnen, Herr Benthin. Wir kommen jetzt allein zurecht.« Er sollte gehen, damit sich diese vertrauliche Spannung zwischen ihnen wieder löste. Zugleich wollte sie, dass er blieb.

Mittlerweile hatte Edith ein Rührgerät mit Handkurbel geholt und tauchte es in die Fett-Laugen-Mischung.

»Wäre es nicht sinnvoll, dass ich diese Arbeit übernehme?«, bot Felix an. Er schien es nicht eilig zu haben, an seine Aufgaben zurückzukehren.

»Ja! Das ist eine gute Idee!«, rief Edith und übergab ihm strahlend den schweren Quirl. »Ich finde das Rühren so anstrengend.«

Er begann, an der Handkurbel zu drehen. Die beiden Schneebesen setzten sich synchron in Bewegung.

Lilly sah ihm zu und versuchte gleichzeitig, ihren Herzschlag unter Kontrolle zu halten.

Es dauerte eine Weile, bis der Seifenleim andickte. »Sie müssen Bescheid geben, wenn die richtige Konsistenz erreicht ist, gnädige Frau«, sagte er. »Ich bin in der Seifenmacherkunst nicht sonderlich bewandert.«

Lilly nickte und trat ein wenig näher zu ihm hin, um besser in den Topf sehen zu können. Dabei berührte sie versehentlich seinen Oberarm. Er reagierte mit einem kaum spürbaren Zucken.

»Ich bereite die Formen vor!«, verkündete Edith derweil und ging an die benachbarte Arbeitstheke. »Machen wir wieder Blöcke?«

»Nein«, antwortete Lilly. »Wir nehmen kleine Förmchen. So wie für die letzten Rosenseifen auch.«

Felix Benthin tat nichts, um die Nähe zwischen ihnen aufzulösen. Und auch Lilly gelang es nicht, einen angemessenen Abstand zu schaffen. Für einige kostbare Augenblicke ließ sie sich in diese verbotene Anziehung fallen.

Als die Spuren im Seifenleim anzeigten, dass die richtige Beschaffenheit erreicht worden war, legte Lilly ganz leicht eine Hand auf seinen Unterarm. »Jetzt ist es gut.« Sofort wurde ihr die Vertraulichkeit der Geste bewusst, und sie zog sie verlegen zurück.

Er sah sie an und lächelte. Dann zog er langsam den Quirl aus der gelb-grünen Mischung. »Hier wird das Glyzerin nicht abgetrennt, nicht wahr? Dadurch ist die Seife wertvoller.«

»Sie wird pflegender. Es handelt sich um ein ganz anderes Verfahren als in den großen Kesseln drüben.«

Er hielt inne. »Ich würde gerne wissen, wie Sie weiter vorgehen, gnädige Frau. Das heißt – wenn ich darf?«

»Ja ...« Lilly merkte, dass ihre Stimme belegt klang. Sie rieb eine Hand an ihrer Schürze ab und sah zu Edith, die noch immer mit den Formen beschäftigt war. Dann nahm sie das Fläschchen mit dem Rosenöl und reichte ihm einen langen Holzlöffel. »Ich gebe einen Duft dazu. Rosenduft.« Als sie das Öl hineinträufelte, zitterten ihre Finger. »Und Herbstrosenblätter«, fuhr sie fort und schüttete die farbigen Blüten dazu. »Wenn Sie einfach weiterrühren möchten?«

Er tat, wie ihm geheißen.

Lilly beobachtete die Rosenblätter, sah zu, wie sie der Spur des Löffels folgten und dadurch tief in die warme Seife hineingezogen wurden. So lange, bis sie sich schließlich gleichmäßig verteilt hatten.

»Die Formen sind fertig!« Ediths Ruf ließ Lilly zusammenzucken.

Felix blickte auf und grinste schief. »Sind wir es auch?«

»Ja«, antwortete Lilly und lächelte.

25. KAPITEL

Esslingen, die Seifenfabrik, zwei Tage später

Lilly war dabei, die Rosenseifen zu verpacken, die sie schon vor einigen Wochen gemacht hatte. Inzwischen waren sie fertig gereift und konnten verwendet werden, und sahen fast so hübsch aus wie die, welche sie vorgestern mit Felix gesiedet hatte. Aber nur fast.

Liebevoll schlug sie die ovalen und mit Blüten gesprenkelten Stücke einzeln in rosa Seidenpapier ein, schlang ein dünnes dunkelrotes Samtband darum und steckte eine getrocknete Rosenknospe dazu. Ein Geschenk für Liebende, zart und mild und verlockend duftend.

Sie seufzte.

An diesem frühen Morgen war sie allein in ihrem Laboratorium. Die Fabrik erwachte gerade erst, auch Onkel Fritz war noch nicht da. Aber nachdem sie sich lange schlaflos im Bett gewälzt hatte, war sie zeitig aufgestanden und hatte sich von Johann nach Esslingen bringen lassen. Der war genauso überrascht gewesen wie Thea, die ihr Kaffee gekocht hatte, denn eigentlich schlief Lilly gerne aus.

Sie zog das letzte Band fest. Dann legte sie die Seifen in eine weiße Porzellanschale, stellte diese in eines der Regale und trat ans Fenster. Kaum hatte sie die Flügel geöffnet, strömte feuchte frühherbstliche Luft herein. Der Neckar hatte seinen Nebel über das Tal gebreitet, beinahe wirkte es wie zu Hause am Bodensee. Doch die schlagenden, wummernden Geräusche der Fabriken, das Pfeifen der Eisenbahn, der Geruch nach Rauch, Stahl und Abgasen machten die Illusion unmittelbar zunichte.

Lilly holte tief Luft und schloss für einen kurzen Moment die Augen. Sofort formten sich die tanzenden Lichtpunkte hinter ihren Lidern zu Felix' großer, kräftiger Gestalt. Er strich mit einer Hand durch sein dunkelblondes Haar und sah sie dabei herausfordernd an, der Kragen seines weißen Hemdes stand offen, die Haut darunter war von der Sonne gebräunt …

Erschrocken über ihre viel zu eindeutigen Gedanken, rieb Lilly über ihre Stirn, versuchte, das Bild zu verscheuchen, zugleich spürte sie kräftige Tritte gegen ihren Bauch. Sie legte eine Hand darauf, sprach leise mit ihrem Kind. Ihr ganzes Sehnen sollte seinem Vater gelten. Warum nur gelang es ihr nicht, die leichtsinnigen, wunderschönen Gefühle für Felix einzuhegen?

Sie schloss das Fenster, ging zurück an die Arbeitstheke und durchsuchte fahrig den Stapel mit ihren Rezepten. Dann betrachtete sie die kleinen Kräutertöpfchen, die sie mittlerweile auf einer Bank unterhalb des Fensters zog, um sie immer frisch zur Hand zu haben. Salbei, Thymian, Rosmarin, Minze. Sie entschied sich für eine Seife aus Thymian und frischer Zitronenmelisse. Arbeit lenkte am besten ab.

Die Kanne mit Pater Fidelis' Olivenöl war leer. Edith würde frühestens in zwei Stunden hier sein, üblicherweise füllte sie die Zutaten auf. Doch so lange wollte Lilly nicht warten. Sie legte ihr Schultertuch um, nahm die Kanne und machte sich auf den Weg ins Lager.

Der Morgen war kühl, und Lilly fröstelte, als sie über den Hof ging. Sie zog ihr Tuch enger um sich.

Die Tür zum Lager war nur angelehnt. Vermutlich war Matthias schon bei der Arbeit, denn inzwischen hatte Onkel Fritz ihm die Aufsicht über die Bestände übertragen. Sie drückte das schwere Blatt aus dickem Holz auf.

Im Inneren war es trocken und sauber, das Gelagerte sortiert, aufgeräumt und beschriftet. Von Matthias allerdings war nichts zu sehen. Vielleicht gab es wieder Probleme mit einer der Dampfmaschinen, und er war mit der Reparatur beschäftigt.

Lilly brauchte seine Hilfe nicht unbedingt, im Lager kannte sie sich recht gut aus und würde selbst finden, was sie benötigte. Die Fette und Öle befanden sich im hinteren Teil des länglichen Gebäudes.

Lilly ging den schmalen Gang entlang, vorbei an Fässern, Säcken und gestapelten Kisten, und überlegte gerade, ob es nicht hübsch wäre, vor dem Gießen ganze Blätter Zitronenmelisse auf den Boden der Seifenform zu legen, als sie Felix' Stimme hörte. Er lachte leise. Jemand sprach mit ihm, eine Jungenstimme, nicht mehr hoch wie die eines Kindes, aber auch noch nicht so tief wie die eines Mannes.

Unwillkürlich verlangsamte Lilly ihren Schritt.

»Aber nun ernsthaft. Du musst künftig darauf achten, dass

die Nachrichten nicht nass werden«, hörte sie Felix sagen und stutzte. Wovon sprach er?

»Mach ich eigentlich auch«, erwiderte der Junge zerknirscht. »Ist nur diesmal in eine Pfütze gefallen.«

»Du weißt, dass keine Botschaft vernichtet werden oder, noch schlimmer, verloren gehen darf. Das wäre für uns alle gefährlich.«

»Ich weiß. Kommt nicht wieder vor.« Der Bursche klang beleidigt. »Krieg ich trotzdem meinen Lohn?«

»Hier.« Einige Münzen klirrten. »Und dann habe ich hier eine Antwort für *T.* Sie eilt, du musst sie heute noch weitergeben. An den üblichen Kontakt in Stuttgart.«

»Ja. Wird gemacht.«

»Und nun sieh zu, dass du wegkommst«, sagte Felix. »Hier wechselt gleich die Schicht.«

Lilly wurde kalt. Was ging hier vor? War Felix Benthin … gar nicht der, der er vorgab zu sein? Enttäuschung und Wut krochen durch ihre Adern.

Etwas raschelte.

Lilly wusste, dass sie sich verstecken sollte, doch sie war wie erstarrt. Jemand lief an ihr vorbei, blieb an einem Salzfass hängen, sah sie entsetzt an und rannte weiter in Richtung des Ausgangs. Fassungslos ließ Lilly die Ölkanne los, sie fiel scheppernd zu Boden. Als sie sich bückte, um sie aufzuheben, lag neben der Tülle ein zusammengefaltetes Papier. In einer mechanischen Bewegung griff sie danach.

»Lilly!«

Sie hielt inne.

»Es ist nicht …« Er kam langsam auf sie zu.

Ihr Herz pochte. Sie starrte ihn an, während ihre Finger zitternd den Zettel entfalteten.

»Bitte, lesen Sie das nicht!« Als er vor ihr stand, hielt er die Hand auf. »Geben Sie ihn mir. Ich schwöre, dass nichts davon Ihnen oder Ihrem Onkel schadet.«

Lilly brachte kein Wort heraus. Sie drehte sich zur Seite und sah auf das Papier. Wahllos waren Buchstaben darauf verteilt, unterbrochen von Zeichen und Zahlen. Eine Verschlüsselung?

»Was … was verbergen Sie?«, flüsterte Lilly.

Felix kam näher, in seinem Gesicht standen Verständnis und Sorge.

Sie trat einen Schritt zurück, ballte die Faust um den Zettel und schlang abwehrend die Arme um sich. »Was machen Sie hier?«, wiederholte sie.

»Nichts, was nicht mit Ihrem Onkel abgesprochen wäre.« Er sah ihr offen in die Augen. »Seien Sie unbesorgt.« Seine Stimme klang eine Spur zu freundlich.

Lilly schüttelte den Kopf, versuchte sich zu fangen. Sie hatte ihm vertraut …

»Bitte, geben Sie mir die Nachricht.« Er nahm den Blick nicht von ihr. »Es ist wichtig! Glauben Sie mir.«

Sie spürte, dass er sie nicht einweihen wollte. »Wenn es mit Onkel Fritz abgesprochen ist … warum soll ich es dann nicht lesen?«, fragte sie. »Ich glaube nicht, dass er Geheimnisse vor mir hat.«

Mit einem Mal wirkte er beinahe abweisend. »Es gibt Dinge, über die man besser nicht Bescheid weiß.«

»Wie …«

»Ich meine es nur gut«, fügte er rasch an.

Schmerzhafte Enttäuschung ließ Lillys Magen verkrampfen. Sie fühlte sich getadelt, hatte den Eindruck, dass er sie nicht ernst nahm. »Ich mag eine Frau sein«, sagte sie langsam und ließ das zerknüllte Papier auf den Boden fallen, »aber ich bin nicht zu dumm, um in wichtige Belange der Firma eingeweiht zu werden. Haben Sie Onkel Fritz eingeredet, dass er mir nicht mehr alles sagen soll?«

»Um Himmels willen, nein!« Felix fasste sich in den Nacken. Die Geste wirkte ungewöhnlich nervös für ihn.

»Was ist es dann?«

Ein unschlüssiger Ausdruck glitt über sein Gesicht. Dann holte er tief Luft. »Also gut, Lilly. Ich gehe ein hohes Risiko ein, wenn ich dir erzähle, was du wissen möchtest. Nicht nur im Hinblick auf mich und deinen Onkel, sondern auch im Hinblick auf einige andere Menschen. Es kann Leben kosten. Bist du bereit, diese Verantwortung zu tragen?«

Der düstere Ernst in seiner Stimme jagte Schauer über Lillys Rücken. Vielleicht wäre es besser, sie würde das Ganze auf sich beruhen lassen …

»Ich bin bereit«, hörte sie sich sagen. »Sprechen Sie weiter.«

Er nickte und sah sie zugleich prüfend an. »Das, was du nun zu hören bekommst, musst du tief in dir verbergen. Zu keiner Zeit darfst du es jemandem erzählen. Heute nicht. Und auch in Zukunft nicht.«

Sie ignorierte die Warnung, welche die Eindringlichkeit seines Appells in ihr auslöste. »Ich werde niemandem davon erzählen. Niemals.«

»Ich muss dir vertrauen, Lilly.« Sein Blick hatte etwas Zwingendes.

»Das … das kannst … du.«

Eine Weile standen ihre Worte im Raum.

»Das, was ich dir zu mir und meiner Herkunft bisher erzählt habe, ist wahr«, sagte er schließlich. »Aber es ist nicht alles.« Er räusperte sich. »Ich bin beim Geheimdienst der Alliierten.«

Lilly sog scharf die Luft ein. »Sie … du bist … was?«

Ihre Reaktion erzeugte ein Zucken um seine Mundwinkel.

»Du arbeitest als Spion gegen … den Kaiser?« Ihre Stimme war nur noch ein raues Flüstern.

Er grinste schief. »Das hört sich nach einem interessanten Roman an, nicht wahr? Allerdings ist es blutiger Ernst.« Er streckte die Hand aus. »Komm. Hier könnte jemand mithören, für dessen Ohren unser Gespräch nicht bestimmt ist.«

Lilly zögerte, dann legte sie ihre hinein. Er zog sie zu einem Stapel mit Holzkisten, die in einer Nische verwahrt wurden, nahm eine davon herab und bat Lilly, darauf Platz zu nehmen. Er selbst lehnte sich an einen der zahlreichen Stützpfeiler, welche das Dach der Halle trugen.

Lillys Hände waren vor Aufregung feucht, doch als er überlegt und fokussiert von dem berichtete, was er tat, wurde sie ruhiger. In groben Zügen erklärte er ihr die Hintergründe seiner Entscheidung, sich in den Dienst des britischen Geheimdienstes zu stellen – den Gräueln der deutschen Armee in Belgien und Frankreich, dem Todeszaun, davon, dass der Krieg jeder Rechtfertigung entbehrte, und seinem Wunsch, dazu beizutragen, dass die Alliierten siegten.

Als er geendet hatte, fehlten Lilly zunächst die Worte. Geduldig wartete er ab, ließ sie das Gehörte verarbeiten.

»Und – Onkel Fritz weiß tatsächlich, was du hier machst?«, fragte sie schließlich leise. »In unserer Seifenfabrik?«

Felix nickte.

»Dann ist auch er … ein Spion?«

»Er unterstützt unsere Netzwerke.«

Lilly entfuhr ein erstaunter Laut. »Das kann doch nicht …« Sie unterbrach sich, da ihre Stimme viel zu laut war.

»Auch er hat die Lügen der deutschen Propaganda schon lange entlarvt«, sagte Felix gedämpft. »Kaiser und Generäle halten ihr Volk lieber unwissend. Es lässt sich dann leichter an der Nase herumführen und zum Handlanger machen für ihre irrwitzigen Machtfantasien.«

Lillys Gedanken hetzten durch das, was sie eben erfahren hatte, und spannten einen weiten Bogen hin zu dem, was sie bisher wusste, aufgeschnappt hatte, ahnte. Andeutungen ihres Vaters, das geflüsterte Grauen im Lindenhofer Lazarettsaal, die Angst der Soldaten dort vor einer Rückkehr an die Front, die kriegskritische Haltung, welche Helena und Katharina eingenommen hatten und mit welcher sie nicht hinter dem Berg hielten.

Dann dachte sie an Arno. Felix und – so wie es aussah – auch Onkel Fritz kämpften nicht mit Bomben, Gewehren oder Granaten, aber sie arbeiteten für die andere Seite, die Feinde des Deutschen Reiches. Das brachte ihn in Gefahr. Und wenn er hoffentlich gesund wieder zu Hause war – wie wollten sie ihm das jemals erklären? Ihm, der sich mit voller Überzeugung in den Dienst seines Vaterlandes gestellt hatte und dafür sein Leben aufs Spiel setzte? Lilly seufzte unwillkürlich.

Felix schien den Laut als Zweifel zu interpretieren. »Niemand darf davon erfahren«, sagte er noch einmal. »Hörst du? Niemand!«

»Niemand«, flüsterte sie und erkannte zugleich, dass für sie von nun an nichts mehr sein würde, wie es gewesen war. Zugleich stieg ihre Achtung für den Mann, der vor ihr stand und sie eindringlich ansah. Ihn kümmerte das Wohlergehen der Völker, nicht das eigene. Sie hingegen wollte Frieden, gewiss, aber ihr ging es um ein Gefühl der Sicherheit, ein gutes Leben, die Entwicklung einer eigenen Schönheitskosmetik. Schmerzhaft wurde ihr bewusst, wie klein und eng ihr Denken war, wie eingeschränkt ihr Kosmos, wie selbstbezogen ihr Tun. Sie nestelte an den Enden ihres Tuches. »Darf ich … dich etwas fragen?« Erst jetzt wurde ihr bewusst, dass sie einfach zum *Du* übergegangen waren.

»Nur zu.«

»Wie ist es … gegen das eigene Land zu arbeiten?«

Er stieß sich vom Pfeiler ab, nahm eine zweite Kiste vom Stapel und setzte sich neben sie. »Wenn man von der Richtigkeit seines Handelns überzeugt ist, dann arbeitet man nicht gegen, sondern für etwas. Ich arbeite nicht nur für die Alliierten, sondern zugleich für die Menschen in Deutschland. Dafür, dass sie nicht mehr ihre Männer und Söhne hingeben müssen.«

Lilly legte nachdenklich den Kopf schräg. »Hast du denn gar keine Angst bei dem, was du tust?«

»Angst kann ich mir nicht leisten«, antwortete er. »Aufmerksamkeit, Vorsicht und Respekt, diese Dinge sind wichtig. Aber Angst, die ist gefährlich.«

Sie stellte noch mehr Fragen, und er beantwortete sie geduldig, zeigte Hintergründe auf, half ihr, das Kriegsgeschehen neu einzuordnen.

»Ich fühle mich schlecht«, bekannte sie schließlich.

»Weshalb?«

»Weil ich es immer vermieden habe, mich mit den wichtigen Dingen auseinanderzusetzen. Während so viel Schlimmes geschieht, hadere ich mit Belanglosigkeiten. Dass es kein Mandelöl gibt oder kein Kokosfett …«

Er sah sie ermutigend an. »Jeder von uns steht an einer anderen Stelle, das ist völlig normal. Wichtig ist, dass man weitergeht.«

Schweigen breitete sich aus, während Lilly versuchte all das einzuordnen, was er ihr gesagt hatte. Was, wenn Arno wirklich der falschen Idee anhing? Am Ende sein Leben für etwas gab, das Unrecht war? Wäre es nicht für alle am besten, wenn die Alliierten bald ihr Ziel erreichen würden?

Sie legte den Kopf schief. »Was wäre, wenn ich euch helfen wollte? Würdest du das zulassen?«

Zunächst antwortete er nicht, doch dann schimmerte etwas in seinen Augen. Anerkennung? Respekt?

»Wenn ich eine passende Aufgabe für dich hätte, könnte ich es mir vorstellen. Allerdings darfst du nicht vergessen, dass man auf diesem Gebiet sich selbst und seine Reaktionen gut kennen und beherrschen muss. Das lernt man nicht von heute auf morgen.«

»Ich verstehe. Deine Antwort ist Nein.«

»Es würde mir schwerfallen, dich einer Gefahr auszusetzen«, erwiderte er. »Sollte dir etwas zustoßen und ich hätte in irgendeiner Weise Schuld daran – ich würde es mir nie verzeihen.«

»Ich trage selbst die Verantwortung für das, was ich tue.«

Sein Blick umfing sie. »Ich hätte niemals mit einem solchen Angebot von dir gerechnet. Und auch wenn ich dir heute keine eindeutige Antwort geben kann – ich werde zu gegebener Zeit daran denken.«

Lilly stand auf. »Ich werde darauf warten.«

Felix räumte die Kisten auf. Dann trat er auf sie zu und schloss sie für einen Augenblick in die Arme. Ihre Haut begann zu prickeln. »Du bist bemerkenswert, Lilly«, sagte er schließlich. »Doch ab jetzt werde ich wieder gnädige Frau zu dir sagen. Wir könnten nicht erklären, warum wir uns duzen.«

»Sag Frau Reichle. Wenn es unbedingt sein muss.«

Felix lachte leise. »Du magst es nicht, wenn man dich gnädige Frau nennt?«

»Ich hasse es«, bekannte Lilly.

26. KAPITEL

Stuttgart, Restauration zur Kiste,
am 3. Oktober 1918

Es waren nur wenige Schritte vom Charlottenplatz bis in die Kanalstraße, in der Felix sich heute mit Jacques zum Mittagessen verabredet hatte. Der Franzose war bereits vor ihm da und winkte ihn zu sich, nachdem Felix die holzgetäfelte Gaststube betreten hatte. Felix nahm den Hut ab, gegen den er seine Schiebermütze heute eingetauscht hatte, und zwängte sich zwischen den voll besetzten Tischen hindurch.

»Ah, Felix! Schön, dich zu sehen!« Jacques begrüßte ihn auf Deutsch. Inzwischen wusste Felix, dass seine Mutter aus Straßburg stammte und er deshalb nahezu akzentfrei Deutsch sprach.

»Sei mir gegrüßt«, erwiderte Felix und setzte sich. »Es ist voll hier.«

»Das ist es immer. Hier trifft man sich gerne. Manchmal trinkt sogar der württembergische König hier sein Viertele. Also seinen Wein.«

»Dann muss es gut sein.«

»Du warst noch nie hier?«

»Nein.«

Der Wirt kam und verkündete die schmale Tageskarte. Es gab Gaisburger Marsch oder einen süßen Ofenschlupfer aus Brot mit Äpfeln. Sie wählten beide den Marsch. Jacques hatte seinen Wein bereits vor sich stehen. Felix bestellte sich ein Bier.

»Heute ist Max von Baden zum Reichskanzler ernannt worden«, sagte Jacques leise, nachdem das Essen serviert worden war. »Er soll die Alliierten morgen um einen Waffenstillstand ersuchen.«

Felix stutzte. »Wirklich?«

Jacques nickte. »Die Deutschen wissen, dass es vorbei ist. Das wussten die schon Ende September auf der letzten Konferenz in Spa.«

»Dann geht es jetzt um einen Frieden, der sie gut dastehen lässt«, stellte Felix fest und tauchte den Löffel in das heiß dampfende Eintopfgericht. Es passte gut zu diesem schmuddeligen und kühlen Oktobertag.

»Wir werden sie bluten lassen.«

Felix trank von seinem Bier. »Nur dann, wenn es beiden Seiten gut geht, wird der Friede dauerhaft sein.«

»Das muss die Politik aushandeln.«

Felix nickte. »Ich hoffe, dass das mit Weitsicht und Augenmaß geschieht.«

»Wenn du unter Augenmaß verstehst, dass man den Deutschen entgegenkommt, dann muss ich dir widersprechen.«

»Kaiser und Generäle müssen mit Härte bestraft werden, da stimme ich dir zu. Aber das deutsche Volk braucht eine Perspektive.«

»Die schafft es sich gerade selbst. Es wird eine Revolution geben«, prophezeite Jacques. »Das ist nicht mehr aufzuhalten. Die Kommunisten scharren mit den Hufen.«

»Mag sein. Ich könnte mir aber vorstellen, dass die bürgerlichen Kräfte das im Keim ersticken werden.«

Jacques sah ihn prüfend an, dann grinste er breit. »Wollen wir wetten, Felix?«

Felix lachte. »Ich wüsste nicht, auf welche Seite ich setzen sollte. Aber weil es unter Freunden ist, lass uns wetten. Ich setze auf die Konservativen.«

»Eine Flasche echten französischen Champagners auf die Revolutionäre.«

»Mit diesem Einsatz kann ich nicht ganz mithalten. Aber wenn du recht behältst, dann organisiere ich von Tinsley einen Campbeltown Scotch.«

»Oh, là, là!« Jacques hielt die Hand hin. »Einverstanden. Schlag ein!« Dann wandte er sich an den Wirt und bestellte eine Portion Ofenschlupfer. »Mir ist noch nach etwas Süßem.«

Felix kratzte die letzten Reste des Gaisburger Marsches auf seinem Suppenteller zusammen und trank sein Bier aus. Die Kommunisten. Er war sich nicht sicher, ob es dem Land mit ihnen besser gehen würde. In Russland war die Revolution in einen schrecklichen Bürgerkrieg ausgeartet.

Jacques spielte mit seinem Weinglas. »Wenn der Krieg wirklich bald vorbei ist – nun, dann müssen wir erst einmal überlegen, was aus *uns* wird«, stellte Jacques fest.

»Spioniert wird immer.«

»Das wohl. Aber darauf habe ich keine Lust mehr. Ich

möchte künftig friedlich leben. Am besten in Frankreichs Süden. Blauer Himmel, blaues Meer, guter Wein, freundliche Menschen.«

»Ihr Ofenschlupfer.« Der Wirt unterbrach sie und stellte einen Teller mit geschichteten Brotscheiben in einer hellen Milchsoße auf den Tisch. »Einen Guten.«

Felix bestellte ein zweites Bier.

Jacques nahm seine Gabel und hielt sie Felix hin. »So einfach dieses Gericht ist, so gut ist es! Möchtest du versuchen?«

»Ich kenne es als Arme Ritter.« Felix probierte. »Mhm. Ja. Es ist nicht schlecht. Aber am Zucker haben sie gespart.«

»Und an den Rosinen und den Mandeln. Und dem Zimt«, ergänzte Jacques und nahm seine Gabel wieder an sich. »Beten wir, dass wir bald wieder in allen Leckereien schwimmen.« Er drückte die Zinken in die weichen Brotscheiben.

»Tinsley hat mir geschrieben«, sagte Felix unvermittelt. Der Wirt stellte das Bier vor ihn hin.

»Und? Neue Informationen?«, fragte Jacques zwischen zwei Bissen.

Felix nickte. »Er hat mich zurückbeordert.«

»Nach Rotterdam? Tatsächlich?« Jacques hielt mit dem Essen inne. »Und wann?«

»Er hat keinen genauen Zeitpunkt benannt. Das war sicherlich ein Versehen. Aber es gibt mir noch ein bisschen Luft.«

»Vermutlich laufen bei ihm die Drähte heiß, bei all dem, was gerade passiert.« Jacques stach wieder ein Stück der Süßspeise ab. »Das arbeitet auch ein Tinsley nicht ohne Weiteres ab.«

Felix nickte. »Ich werde mich in zwei oder drei Wochen auf

den Weg machen. Vielleicht auch in vier. So lange möchte ich Fritz noch unterstützen. Er hat enorm viel getan für unsere Sache.«

»Das wird er zu schätzen wissen.« Jacques war fertig und tupfte sich sorgfältig seinen akkurat gezogenen schwarzen Oberlippenbart ab. »Lass mich wissen, was Tinsley mit dir vorhat, Felix. Du bist mir inzwischen – wie sagt ihr hier? – ans Herz gewachsen.«

Eine halbe Stunde später verließ Felix das Gasthaus, auf dessen schmiedeeisernem Schild eine gebückte Figur eine schwere Kiste trug. Er betrachtete es kurz und ging dann kopfschüttelnd weiter. Ein eigenartiger Name für ein Speiserestaurant.

Er wählte den längeren Weg, ließ die beiden so vollkommen verschiedenen Schlösser Stuttgarts auf sich wirken, grüßte Schiller auf seinem Podest und gelangte schließlich auf den Marktplatz mit seinen zahlreichen Geschäften.

Ein Windstoß wirbelte den Straßenstaub auf, zugleich bemerkte Felix eine verkrümmte Hand, die sich ihm entgegenstreckte. Er kramte eine Münze aus seiner Hosentasche und legte sie hinein. Der Dank kam als rauer, gutturaler Laut – das zugehörige Gesicht war mit einem löchrigen Schal bedeckt. Vermutlich war es so entstellt, dass der Anblick niemandem zugemutet werden sollte.

Er nickte dem Invaliden zu. Einer der vielen Unglücklichen, für deren Opfer andere Orden angesteckt bekamen, Offiziere, Generäle, kaum einer würde seine Schuld an diesem Elend je bekennen, geschweige denn etwas für die tun, deren Körper und Seelen unwiderruflich zerstört waren.

Felix rückte seinen Hut zurecht, zugleich schlugen die Glocken drei Uhr Nachmittag. Die Wege Stuttgarts waren ihm inzwischen vertraut, bald würden sie nur noch eine Episode in der Geschichte seines Lebens sein. Er würde vieles vermissen. Nicht nur die von Weinbergen eingehegte Stadt mit ihren prachtvollen Fassaden, die Seifenfabrik, an deren Aufbau er mitgearbeitet hatte, Fritz, der ihm wie ein Freund war, Jacques' Humor, Lilly …

Er atmete durch.

Vermutlich war es besser, dass er die Stadt verlassen musste. Lilly hatte sich bereits viel zu tief in seine Gedanken geschlichen. Aber bevor er ging, wollte er ihr etwas besorgen.

Ein Abschiedsgeschenk.

27. KAPITEL

Unterwegs zwischen Rastatt und Baden-Baden, in der zweiten Oktoberhälfte 1918

Lilly saß auf der mit dunklem Samt gepolsterten Bank des Eisenbahnabteils und spielte mit den Seiten ihres Buches. Aufs Lesen vermochte sie sich nicht zu konzentrieren, dazu war sie zu angespannt, deshalb sah sie zum Fenster hinaus. In leuchtenden roten, gelben und braunen Farben zog die herbstliche Landschaft vorbei. Hin und wieder huschte ihr Blick zu Felix hin, der neben ihr saß. Den Hut tief ins Gesicht gezogen, tat er so, als würde er schlafen. Nur Lilly wusste, dass er hellwach war.

Außer ihnen befanden sich zwei ältere Frauen im Abteil, Schwestern, wie sie ihnen erzählt hatten, kurz nachdem sie in Rastatt zugestiegen waren. Nach ein paar Takten höflichen Geplänkels hatte eine der beiden ihr Strickzeug ausgepackt, die andere eine Zeitung. Seither hörte man von ihnen nur das Klappern der Nadeln und das gelegentliche Knistern der Zeitungsseiten beim Umblättern.

Lilly verlagerte ihr Gewicht. Das lange Sitzen strengte sie

mehr an, als sie erwartet hatte. Seit sie am frühen Morgen in Stuttgart den Zug bestiegen hatten, zappelte das Kind in ihrem Bauch, inzwischen schmerzte auch ihr Rücken. Sie versuchte, ruhig zu atmen und sich zu entspannen, doch ein wenig Sorge, dass in einem unpassenden Moment die Geburt losgehen könnte, hatte sie dennoch.

Sie sah auf die Uhr. Liefe alles nach Plan, hätten sie noch zehn Minuten Zeit bis zur Übergabe.

Eigentlich wäre es an Jacques gewesen, diesen Auftrag zu übernehmen, so wie immer. Lilly hatte den humorvollen Franzosen kürzlich kennengelernt und auf Anhieb gemocht. Weil ihn jedoch hohes Fieber und unerträgliche Kopfschmerzen ans Bett fesselten, hatte Felix vorgeschlagen, gemeinsam mit ihr den Seifenschmuggel zu übernehmen. In Begleitung einer schwangeren Frau, so sein Argument, wirkte er harmloser, als wenn er allein reiste. Onkel Fritz war zunächst strikt dagegen gewesen, hatte dann aber nachgegeben. Ohnehin hatte er ein paar Tage gebraucht, um die Tatsache zu verarbeiten, dass Lilly nun über die geheimdienstlichen Aktivitäten von Felix und Fritz informiert war. Lilly vermutete, dass er vor allem wegen Arno in Sorge war. Ein solches Geheimnis vor dem Ehepartner zu hüten, könnte für Lilly zur Belastung werden. Lilly war das bewusst, zugleich erfüllte es sie mit Stolz, dass sie nun eingeweiht war und Felix ihr diese Aufgabe anvertraute.

Auf dem Gang wurde es unruhig. Einige Soldaten gingen am Abteil vorbei, andere Reisende schleppten ihr Gepäck in Richtung der Türen. Lilly packte ihr Buch ein.

Noch fünf Minuten.

Felix schob seinen Hut zurück, stand auf und wollte Lilly

gerade in ihren Mantel helfen, als grob die Tür des Abteils aufgezogen wurde.

»Kontrolle! Setzen Sie sich hin und verhalten Sie sich ruhig!«

Lilly versteifte sich, doch Felix strich ihr in einer beruhigenden Geste über den Rücken und wartete, bis sie in ihren Mantel geschlüpft war. Dann nahmen sie noch einmal Platz.

Die beiden Schwestern reichten dem Kontrolleur ihre Ausweise. Der warf einen raschen Blick darauf und gab sie zurück. Als er seine Aufmerksamkeit auf Lilly und Felix richtete, merkte Lilly, wie Felix seine Finger kreuzte. Sie hatten diese Geste als Notsignal verabredet.

Mit einem lang gezogenen Schrei ließ Lilly sich auf das Polster sinken, kniff die Augen zusammen, presste die Lippen aufeinander und fasste sich an den unteren Rücken.

»Geht es dir gut, Liebes?« Felix mimte den besorgten Ehemann.

Lilly stöhnte und schüttelte den Kopf. Der Beamte in Zivil sah sie verärgert an.

»Was ist?« Felix sprang auf und fasste sie um die Oberarme. »Geht es los?«

»Ich … ich glaube …«

»Setzen Sie sich!«, rief der Mann. »Keiner verlässt dieses Abteil!«

Lilly stöhnte lauter.

»Sie sehen doch, dass meine Frau Wehen hat!«, fuhr Felix auf. »Soll sie das Kind etwa hier zur Welt bringen?«

»Wir haben eine glaubwürdige Aussage, dass in diesem Zug …«

»Es ist mir gleich, welche Gründe Sie haben. Meine Frau

wird nicht hier entbinden. In einem vollen Eisenbahnabteil, vor den Augen fremder Leute!«

Lillys Nerven waren zum Zerreißen gespannt.

»Bringen Sie sie raus!«, knurrte der Mann.

»Komm, meine Liebe.« Fürsorglich half Felix Lilly beim Aufstehen und nahm das Gepäck. Als er sie durch die Abteiltür schob, musste der Beamte auf den Gang ausweichen. Felix zog die Tür hinter sich zu.

Der Zug wurde langsamer. Felix positionierte sich und Lilly so, dass sie die Tür blockierten und der Beamte nicht sofort zurück ins Abteil konnte. Erst als der Zug im Bahnhof von Baden-Baden hielt, gab Felix den Weg frei und lotste Lilly zum Ausstieg.

Kaum standen sie auf dem Bahnsteig, begannen Lillys Knie unkontrolliert zu zittern. Sie klammerte sich an Felix fest.

»Geht es dir gut?«, fragte er leise.

»Ich … weiß nicht«, flüsterte sie.

Er nahm sie in den Arm. »In zwei Stunden geht unser Zug zurück. Lass uns so lange etwas essen gehen.«

Lilly nickte. Allmählich fing sie sich wieder. »Was ist mit unserem Auftrag?«

»Der ist erledigt.« Er deutete auf zwei Frauen, die hinter ihnen ausgestiegen waren und nun den Bahnsteig entlanggingen.

Lilly konnte es kaum glauben. »Die?«

Er grinste.

»Kennst du sie denn?«

»Nein, aber es gab Erkennungszeichen. Stricken und Zeitung. Das genügte.«

Kopfschüttelnd sah Lilly den beiden angeblichen Schwestern hinterher, mit denen sie das Abteil geteilt hatten.

»Sie werden das Päckchen mit den Seifenrohlingen über das Elsass nach Frankreich bringen«, erläuterte Felix. »Doch auch wir sollten zusehen, dass wir aus dem Blickfeld des netten Herren vom deutschen Geheimdienst kommen.«

»Er war vom Geheimdienst? Ich dachte, es handelte sich um einen Polizisten oder Detektiv.«

»Geheimdienst. Deshalb wäre es gut, wenn du noch ein bisschen weiterspielen könntest. Möglicherweise beobachtet er uns noch.«

Lilly verstand. Sie stöhnte auf und legte den Kopf an Felix' Schulter.

»Gut so!« Felix führte sie in Richtung der Schalterhalle.

Erst als sie das Bahnhofsgebäude verlassen hatten, ließ er sie los. Lilly atmete auf.

»Respekt, Frau Reichle«, sagte Felix ganz nah an ihrem Ohr. »Das hast du gut gemacht!«

28. KAPITEL

Stuttgart, die Reichle-Villa, zwei Tage später

Ein mächtiger Herbststurm fegte ums Haus, ließ Fensterläden und Dachziegel klappern und wirbelte die bunt gefärbten Blätter von den Bäumen. Johann hatte alles, was draußen nicht niet- und nagelfest war, in Sicherheit gebracht. Der Wind blies so stark, dass sich niemand auf die Straße wagte. Auch Onkel Fritz erledigte seine Geschäfte heute vom Arbeitszimmer in der Hasenbergsteige aus.

Lilly lag mit einem Buch auf dem Sofa in der Bibliothek. Edith hatte ihr ein paar dicke Kissen in den Rücken gestopft und eine Decke über die Knie gelegt, Frau Lene eine Kanne Hagebuttentee und frisch gebackenen Napfkuchen auf das Tischchen danebengestellt. Im Kamin prasselte ein Feuer.

Heute Morgen hatte Lilly die Hebamme kommen lassen. Seit ihrer Tagesreise nach Baden-Baden vorgestern spürte sie leichte Wehen. Die Untersuchung hatte zwar nichts Besorgniserregendes ergeben, Frieda Winter aber hatte ihr dennoch Schonung empfohlen. Die Eisenbahnfahrt war kräftezehrender gewesen, als Lilly erwartet hatte.

Dennoch fiel es ihr schwer, ruhig liegen zu bleiben. Sie wusste Felix in der Seifenfabrik, und alles in ihr drängte dorthin. Das Wissen, an seiner Seite an einem winzigen Rädchen des großen Weltgetriebes gedreht und dabei durch Momente ernster Gefahr gegangen zu sein, klang in ihr nach. Zugleich plagte sie ihr schlechtes Gewissen Arno gegenüber. Sie konnte nicht verhindern, dass sie sich innerlich immer weiter von ihm entfernte. Fast acht Monate lang hatten sie sich nicht mehr gesehen, und seither war so viel passiert.

Eine wandernde Wölbung unter dem Stoff ihres lockeren Kleides lenkte ihre Aufmerksamkeit auf das, was sie für immer mit Arno verband. Inzwischen sah man die Kindsbewegungen sogar von außen. Sie legte ihre Hand darauf. Das Kleine schien es zu merken und boxte dagegen. Da die Hebamme ihr genau erklärt hatte, wie ihr Kind jetzt lag, konnte sie ganz gut nachvollziehen, ob es sich um eine Hand oder einen Fuß handelte. Manchmal drückte es auch den Popo gegen ihre Bauchdecke.

Schließlich nahm Lilly sich ein Stückchen Kuchen, schlug ihr Buch auf und begann zu lesen. Als die Uhr auf dem Kaminsims leise fünf Uhr Nachmittag schlug, hatte sie Fontanes Roman beendet. Er ließ sie nachdenklich zurück, nicht nur weil sie zweifelte, ob alles stimmte, was Daisy ihr dazu erzählt hatte. So viel Leid hätte einen Menschen doch gezeichnet, vor allem der Verlust eines Kindes. Elisabeth von Ardenne aber ging hocherhobenen Hauptes durchs Leben, anders als Effi, die über ihrem Kummer starb.Vor allem aber fühlte Lilly mit Effi. Durfte es sein, dass ein Fehler ein ganzes Leben ruinierte? War es überhaupt ein Fehler gewesen? War Effi nicht vielmehr ihrem Herzen gefolgt?

Sie legte das Buch gerade zur Seite, als es klopfte.

»Ja, bitte?«

Edith öffnete die Tür. »Sie haben Post, gnädige Frau!«

»Ah?« Lilly richtete sich ein Stück auf. »Von wem?«

»Ich denke, es ist ein Brief von Ihrem Vater.« Edith trat neben sie und überreichte ihr den Umschlag.

»Danke!« Lilly erkannte sofort seine Schrift.

»Brauchen Sie sonst noch etwas?«, fragte Edith und hob den Deckel der Teekanne. »Der Tee ist leer. Soll ich noch welchen bringen?«

»Das wäre fein.« Lilly war bereits dabei, den Umschlag aufzureißen.

»Ich bin gleich zurück.« Edith nahm die Teekanne an sich und verließ die Bibliothek.

Lilly entfaltete den Brief.

»Meine geliebte Lilly,

zunächst einmal hoffe ich, dass es Dir gut geht. Langsam dürfte es beschwerlicher für Dich werden, aber bis zur Geburt ist es nun nicht mehr allzu lange hin. Gewiss ist auch in Stuttgart die Spanische Grippe angekommen. Gib bitte gut auf Dich acht! Vermeide unbedingt, Dich anzustecken, vor allem so kurz vor der Entbindung. Diese Krankheit ist alles andere als harmlos. Die Leute sterben wie die Fliegen daran. Doktor Zimmermann vom Spital empfiehlt, Masken zu tragen, sobald man das Haus verlässt, und auch sich regelmäßig die Hände zu waschen. In Meersburg haben die Schulen geschlossen.«

Von der neuartigen Grippe wusste Lilly. Jacques war auch daran erkrankt, allerdings ging es ihm bereits deutlich besser.

Sie las weiter.

»Wir selbst sind bisher nicht krank geworden, aber die meisten unserer Patienten. Es gab sogar Todesfälle. Deshalb mussten wir den Lazarettbetrieb unerwartet aufgeben. Noch ist nicht ganz geklärt, wie es mit dem Lindenhof weitergeht, aber es zeichnet sich ein Weg ab. Darüber musst Du Dir jedenfalls keine Sorgen machen.«

Lilly wechselte zur zweiten Seite des Briefes.

»Allerdings kann ich unter diesen Umständen meine Reise zu Dir nicht wie geplant antreten, was ich sehr bedauere. Gerne wäre ich in den letzten Tagen vor Deiner Entbindung bei Dir gewesen. Aber ich bin hier nicht abkömmlich. Außerdem möchte ich auf keinen Fall, dass dieser bösartige Keim durch mich zu Dir getragen wird. Das schmerzt mich sehr, liebe Lilly, und ich verspreche Dir, unsere gemeinsamen Tage nachzuholen, sobald es möglich ist. Bleib gesund, mein Kind. Liebende Grüße sendet Dir
Dein Papa.«

Sie ließ das Blatt sinken.

Das waren keine guten Nachrichten. Was, wenn der Lindenhof nun doch verkauft werden musste? Kurz überlegte sie, ob nicht Onkel Fritz helfen könnte, vielleicht mit einem Darlehen, verwarf diesen Gedanken aber sofort. Solange die Seifenfabrik noch nicht mit Gewinn produzierte, brauchte er seine Mittel selbst.

Edith kehrte mit dem Tee zurück und füllte Lillys Becher nach.

»Thea macht gerade Schupfnudeln mit Speck.« Sie stellte die Kanne auf den Tisch. »Soll Ihnen das Essen hier serviert werden, damit Sie liegen bleiben können? Herr Reichle wird sich wohl verspäten.«

»Das ist aufmerksam von dir, Edith, aber ich werde mit ihm im Speisezimmer essen, auch wenn es später wird.«

»Wie Sie möchten.« Edith nahm den leeren Kuchenteller an sich. »Ich hole Sie dann, gnädige Frau.«

»Danke, Edith.«

Lilly sah dem Dienstmädchen hinterher und stellte fest, dass sie so gut wie nichts von ihr wusste. Ob es wohl auch jemanden gab, der ihr Herz bewegte?

Die Uhr schlug leise die Abendstunde.

29. KAPITEL

Stuttgart, Ende Oktober 1918

Die leichte Gischt der Fontäne, die der Wind plötzlich herübertrug, legte sich kühl auf Lillys Gesicht. Sie zog ein besticktes weißes Taschentuch aus dem Ärmel ihres dunkelblauen Samtkleides und tupfte vorsichtig ihre Wangen ab.

»Sollen wir uns einen anderen Platz suchen, gnädige Frau?«, fragte Edith besorgt. »Nicht dass Sie sich vor der Geburt noch erkälten.«

»So leicht erkälte ich mich nicht«, entgegnete Lilly. Sie wandte den Blick nicht von dem kräftigen hellen Wasserstrahl, der aus dem nahezu viereckig angelegten Feuersee emporstieg. Das Schauspiel vor einer großen, mit zahllosen schmalen Ziertürmchen geschmückten Kirche war spektakulär.

»Aber in Ihrem Zustand sollten Sie jetzt wirklich auf sich aufpa…«

»Es geht mir gut«, unterbrach Lilly das Dienstmädchen und merkte selbst, wie ungehalten sie klang. »Weder mir noch dem Kind schadet ein bisschen Wasser«, fügte sie etwas freundlicher an.

Lilly spürte, dass sie in den letzten Tagen empfindlicher war als üblich. Eigentlich vergriff sie sich nie im Ton, vor allem den Bediensteten gegenüber war sie immer freundlich – im Lindenhof hatte sie am eigenen Leib erfahren, wie demütigend es war, wenn ein Gast es an Höflichkeit fehlen ließ. Und doch wurde sie nun manchmal unwirsch. Die Hebamme meinte, dass dies vielen schwangeren Frauen so ging, je näher die Geburt rückte.

Lilly aber wusste, dass es nicht an der Schwangerschaft lag. Es lag an der Ausweglosigkeit ihrer Situation. Gegen alle Vernunft hatte sie sich in einen Mann verliebt, der nicht der Vater ihres Kindes war. Nachts lag sie wach vor lauter ungestillter Sehnsucht, tagsüber versuchte sie, sich auf ihre Aufgaben zu konzentrieren. Wenn sie ihm begegnete, durchströmte sie euphorisches Glück, zugleich bekümmerte sie der Abstand, den sie halten mussten. Denn für sie und Felix würde es keine Zukunft geben. Inzwischen belastete sie die Situation so sehr, dass sie wünschte, sie wäre ihm erst gar nicht begegnet.

»Ich glaube, es fängt an zu regnen«, sagte Edith in diesem Moment.

Lilly sah zum Himmel, auf dessen graublauem Grund sich dicke Wolken jagten. »Meinst du?«

»Ganz sicher.« Edith machte Anstalten aufzustehen.

Nun spürte auch Lilly die ersten Tropfen. »Du hast recht. Lass uns zurückgehen.« Sie spannte ihren Regenschirm auf und erhob sich umständlich. Lange hatte sie die Schwangerschaft körperlich wenig belastet. Inzwischen war sie schwerfällig geworden.

»Ich habe nachgedacht«, sagte Edith, während sie in Richtung der großen Infanteriekaserne schlenderten, in deren Nähe Johann mit der Kutsche wartete. »In letzter Zeit sind alle Seifen so gut geworden, gnädige Frau. Meine Haut ist ganz weich, wenn ich sie damit wasche. Gar nicht mehr so trocken. Und wie schön sie aussehen! Vor allem die Rosenseife mit den Blättern.«

»Ja, das stimmt«, erwiderte Lilly. »Ich bin auch sehr zufrieden.« Inzwischen waren allerdings die Zutaten wieder knapp. Sie wartete dringend auf Nachschub von Pater Fidelis, zudem hatte Onkel Fritz eine Lieferung mit Kokosnussfett aus den Niederlanden angekündigt, von der sie sich einen kleinen Teil für ihre Seifen abzweigen durfte.

»Also, ich«, fuhr Edith fort, »ich würde die Seifen wirklich verkaufen.«

»Eines Tages möchte ich das auch.« Lilly fühlte sich ein wenig außer Puste und blieb stehen. Der Regen war stärker geworden und tropfte mit dunklem Trommeln auf ihren Schirm. »Nur ist die Zeit dafür noch nicht reif. Ich kann ja nicht wie ein Hausierer von Haustür zu Haustür wandern.«

»Man könnte in der Kolonialwarenhandlung nachfragen, ob sie die Seifen nehmen«, schlug Edith vor. »Oder auch im Kaufhaus.«

»Mhm.« Lilly ging weiter. Sie hatte Onkel Fritz bereits gefragt, ob sie ein Ladengeschäft für Seife und andere Schönheitsprodukte eröffnen dürfe. Seine Antwort war vage gewesen, aber er hatte ihren Vorschlag nicht rundheraus abgelehnt.

»Wenn es Ihnen nicht recht ist, selbst beim Kaufmann zu fragen, gnädige Frau«, fuhr Edith fort. »Dann kann das auch ich übernehmen.« Sie drehte aufgeregt ihren Regenschirm hin und her.

Ihr Eifer rührte Lilly. »Mit gefällt es sehr, dass du dir so viele Gedanken dazu machst. Aber wenn ich meine Seife anbiete, dann in meinem eigenen Geschäft.« Sie lächelte Edith zu und setzte ihren Weg fort.

»Oh.« Edith folgte ihr. »Das ist ein großer Plan.«

»Ja. Deshalb wird es noch eine Weile dauern, bis es so weit ist. Aber vielleicht kann Johann sich schon einmal umhören, ob irgendwo etwas vermietet wird.« Sie deutete auf den Kutscher, der an der nächsten Straßenkreuzung wartete. »Er kennt sich in Stuttgart doch gut aus.«

»Ich weiß, dass er einen Bruder hat, der Schornsteinfeger ist. Der kommt auch überallhin.«

Sie hatten Johann erreicht, klappten die Schirme ein, schüttelten die Nässe aus und stiegen in den weich gepolsterten Wagen.

»Schade, dass der Herr Benthin weggeht«, sagte Edith unvermittelt, nachdem Johann den Schlag hinter ihnen geschlossen hatte. »Er war immer so freundlich.«

Lilly hielt inne. »Wie bitte?«

»Der Herr Benthin geht. Ich habe jedenfalls mitgehört, wie Herr Reichle mit ihm darüber geredet hat.«

»Wann war das?«

»Vor ein paar Tagen. Er hat gesagt, dass er nach Rotterdam zurückmuss. Wegen einem Herr Tinsle oder so. Ich habe so einen Namen noch nie gehört.«

Lilly hatte das Gefühl, als drücke eine Hand mit aller Macht gegen ihren Magen. »Das ist bestimmt ein holländischer Name. Vielleicht geht er dorthin, um sich mit Lieferanten zu treffen.

Herr Reichle hat ihm ja viele Aufgaben übertragen, die mit dem Einkauf zu tun haben.«

Edith schüttelte heftig den Kopf. »Nein. Sie haben darüber geredet, dass der Herr Benthin nur noch bis zum Einunddreißigsten bleibt.«

»Er geht zum Jahresende?«

»Nein. Im Oktober.«

»So schnell …«

»Der Herr Reichle hat ihm gesagt, dass er nicht so schnell ersetzt werden kann in der Seifenfabrik. Und dass er hofft, dass er eines Tages wiederkommt. Wenn der Krieg vorbei ist.«

Lilly versuchte die Erschütterung zu verbergen, die Ediths Mitteilung in ihr auslöste. »Dann wollen wir hoffen, dass Herr Reichle bald jemand Neues findet.« Ihre Stimme zitterte.

Den Rest der Fahrt lauschte sie schweigend dem Traben der Pferde und dem Regen auf dem Kutschendach.

Felix würde fortgehen, schon in ein paar Tagen. Ein neuer Auftrag wartete auf ihn, es gehörte zu seinem Beruf, und wahrscheinlich würden sie sich nicht so bald wiedersehen. Vielleicht sogar nie mehr.

Lilly lehnte die Stirn an die kühle Scheibe der Kutsche.

Dieser Moment wäre irgendwann gekommen, und vermutlich sollte sie froh sein, dass es schon jetzt so weit war. Solange Felix in ihrer Nähe war, würde sie keinen inneren Frieden mehr finden. Noch weigerte sich ihr Herz, der Vernunft zu folgen, wie ein Stein lag es in ihrer Brust, aber es würde mit der Zeit lernen, damit umzugehen. Eine andere Möglichkeit gab es ohnehin nicht, wenn sie ihrem Kind eine gesunde, lebendige Familie bieten wollte.

Als Johann vor dem Portal der Reichle-Villa hielt und den Schlag öffnete, fiel ihr etwas Wichtiges ein.

Sie musste Felix noch das Hemd geben, welches sie ihm gekauft hatte. Da sie seine Initialen eingestickt hatte, lag es noch in ihrem Kleiderschrank. Vielleicht würde er hin und wieder an sie denken, wenn er es trug.

30. KAPITEL

Die Reichle-Villa, 30. Oktober 1918

»Hier, gnädige Frau!« Edith stand im kleinen Salon, der an Lillys Schlafzimmer angegliedert war. In der Hand hielt sie das frisch gebügelte Leinenhemd. »Wo soll ich es hinhängen?«

Lilly, die in einem dunkelroten Kleid mit Samtapplikationen an ihrem Spiegeltisch saß, drehte sich zu ihr um. »Du kannst es mir geben.« Sie erhob sich. »Danke, Edith.«

Edith reichte ihr den Bügel und blieb unschlüssig stehen. »Ist es für den … gnädigen Herrn? Kommt er nach Hause?«

»Nein … ähm, ja. Das heißt, wir wissen nicht, wann er kommt.« Lilly verhaspelte sich. Edith anzulügen, fiel ihr schwer. »Aber ja. Es ist für den gnädigen Herrn. Wenn er wieder hier ist, braucht er etwas anderes zum Anziehen als nur seine Uniform, nicht wahr?« Sie ging in ihr Ankleidezimmer, suchte ein älteres Nachmittagskleid heraus und reichte es Edith. »Ich habe gesehen, dass die Naht unter dem rechten Arm sich gelockert hat. Würdest du sie bitte nachnähen und das Kleid anschließend bügeln?«

»Natürlich, gnädige Frau!« Das Dienstmädchen nahm das Kleid entgegen und besah es sich. »Da ist auch ein kleiner Fleck«, stellte sie fest. »Den wasche ich gleich heraus.«

»Das wäre gut. Ich danke dir.«

Edith hielt kurz inne. »Ich möchte nicht arg neugierig sein, aber es ist nur – warum haben Sie ein F und ein B in das Hemd hineingestickt?«

»Das … ähm … sind die Anfangsbuchstaben der anderen Vornamen des gnädigen Herrn.« Lilly hoffte, dass Edith sich damit zufriedengab.

»Ah.« Die Wangen des Dienstmädchens röteten sich verlegen. »Entschuldigen Sie, gnädige Frau, dass ich so unverschämt gefragt habe. Das war nicht recht.«

»Nein, nein, Edith, mach dir keine Sorgen. Es ist alles gut.«

Nachdem Edith ihre Räume verlassen hatte, nahm Lilly das Hemd vom Bügel und legte es auf das große Doppelbett. Eine Weile lang betrachtete sie es nachdenklich. Dann ging sie zu ihrem Spiegeltisch, spritzte einige Tropfen ihres Parfums auf ihre Hand und strich damit zärtlich über den Stoff. Anschließend faltete sie es sorgsam zusammen, wickelte es in weißes Seidenpapier und wand ein schmales gelbes Band darum. Ein letztes Mal fuhr sie mit ihren Fingerspitzen darüber.

Dann ließ sie nach Johann schicken.

Eine halbe Stunde später rollte die Kutsche in Richtung Esslingen. Lilly hatte Edith davon überzeugt, dass sie nur eine Kleinigkeit erledigen wollte und ohne ihre Hilfe zurechtkam. Am Abend war ohnehin ein aufwendiges Abendessen geplant und Frau Lene für jede helfende Hand in Küche und Speisezimmer dankbar.

Der leichte Regen des frühen Morgens hatte aufgehört, als Lilly die Kutsche an der Seifenfabrik verließ. Johann fuhr gleich weiter. Er hatte noch einige andere Aufträge zu erledigen und würde später wieder abholen.

Sie ging durch das Tor und über den Hof, wich dabei den schlammigen Pfützen aus, die sich auf dem unebenen Pflaster gebildet hatten. Zwei Arbeiterinnen und ein Arbeiter mischten Mörtel an, andere transportierten aus dem Schutt gerettete Ziegelsteine in einer Schubkarre, man hörte Hämmern und Klopfen.

Mit lautem Brummen traf ein alter Lastkraftwagen ein und hielt vor den Lagerhallen. Lilly sah, wie der Fahrer ausstieg und Matthias etwas zurief, der gerade über den Hof lief. Das ganze Areal vibrierte vor Geschäftigkeit.

Sie blieb einen Augenblick stehen. Inzwischen waren die Fortschritte beim Wiederaufbau der Fabrik deutlich sichtbar. Auf den weitgehend mit alten Ziegeln erstellten Mauern des neuen Bürogebäudes thronte bereits der hölzerne Dachstuhl. Auch die Löcher in den Wänden der Seifenküchen waren ausgebessert worden, alle Dampfmaschinen wieder einsatzfähig. Im Augenblick wurde an der Wiederaufnahme der Glyzerinproduktion gearbeitet.

Die Betriebsamkeit hob Lillys Stimmung. Sobald Arno heimkam, konnte er zusammen mit Onkel Fritz das Unternehmen wieder dorthin führen, wo es vor dem Krieg gestanden hatte – und noch weiter. Denn Onkel Fritz bedachte in seinen Planungen die Zukunft. Er hatte vor, den Maschinenpark zu modernisieren und die Seifenproduktion weiter zu automatisieren. Die Waschmittelproduktion sollte in Metzingen bleiben, offenbar hielt die Seifenfabrik dort sogar Firmenanteile. Das komplizierte Geflecht mit Beteiligungen hatte Lilly noch nicht völlig durchdrungen. Aber sie gab sich Mühe, den Erläuterungen von Onkel Fritz zu folgen, mit denen er ihr Zug um Zug die kaufmännischen Gebiete der Fabrik nahebrachte. Für sie aber war etwas anderes von besonderer Bedeutung. Er hatte ihrem Herzenswunsch entsprochen und neben dem Laboratorium ein Stück Boden abgrenzen lassen. Eines Tages würde darauf ihre eigene kleine Manufaktur für Luxusseife und Pflegeprodukte entstehen. Noch musste sie sich gedulden, bis die Seifenfabrik wieder Gewinne abwarf. Doch allein die Aussicht, dort irgendwann ihr eigenes Reich zu haben, beflügelte sie.

Lilly machte sich auf den Weg zum Laboratorium. Dabei kam sie an Matthias vorbei, der mit dem Lastwagenfahrer zusammen einige Holzkisten ablud.

»Grüß Gott, gnädige Frau!« Matthias deutete auf die Ladefläche. »Das Kokosnussfett ist gerade gekommen! Ich hab schon den Auftrag, Ihnen was davon wegzutun.«

»Das ist ja wundervoll!« Sie entzifferte die Buchstaben auf dem hellen Holz. »Kartoffeln?«

Der Fahrer grinste. »Die Kisten haben eine besondere Reise hinter sich. Wenn da draufsteht, dass Kokosfett drin ist, dann wären sie hier nie angekommen.«

Lilly lachte. »Ich verstehe.« Sie wandte sich wieder an Matthias. »Wenn Sie Herrn Benthin zu mir ins Laboratorium schicken möchten? In einer Viertelstunde?«

»Wenn ich ihn finde, wird das natürlich gemacht!« Matthias

hob kurz seine Mütze. Dann packte er die nächste Kiste und zog sie von der Ladefläche.

Lilly wartete nervös. In ihrer Aufregung ging sie die Rezepte durch, die sie in letzter Zeit ausprobiert und festgehalten hatte. Bei jeder Kreation hatte sie die Eigenschaften der fertigen Seife dazugeschrieben: wie sie roch, wie sie schäumte, wie sie reinigte, wie sie pflegte. Als das Geräusch der sich öffnenden Türe und anschließend rasche Schritte auf der Treppe zu hören waren, schlug ihr Herz hart gegen die Rippen.

Er blieb am Treppenrand stehen. Eine Hand hielt er hinter seinem Rücken. »Du hast nach mir rufen lassen.«

Lilly schluckte. »Danke, dass du gekommen bist.«

»Was kann ich denn tun?« Er blickte sich um. »Gibt es wieder Lauge einzurühren?«

Lilly schüttelte den Kopf. »Nein.« Sie griff nach ihrem Korb, stellte ihn auf die Arbeitstheke und zog das Tuch weg, mit dem sie den Inhalt verdeckt hatte. Dann nahm sie vorsichtig das Päckchen heraus, das darunter zum Vorschein kam. »Ich möchte noch … eine Schuld begleichen.«

»Eine Schuld begleichen?« Seine Stirn krauste sich. Er trat näher. »Du sagst es so förmlich, dass es sich bedenklich anhört.«

Lilly lächelte. »Nein, es ist nichts Schlimmes.« Sie reichte ihm das in Seidenpapier gewickelte Kleidungsstück. »Du hast mir damals die Hand verbunden und dabei dein Hemd ruiniert. Ich möchte es ersetzen.«

»Du gibst mir ein neues Hemd?« In seine Augen trat ein ungläubiger Ausdruck. »Weil ich mit dem anderen deine Hand verbunden habe?« Er schüttelte den Kopf. »Das war doch selbstverständlich. Ich hätte meine gesamte Kleidung geopfert, wenn es notwendig gewesen wäre.«

Lilly merkte, wie eine leichte Röte in ihre Wangen stieg, denn es gelang ihr nicht, das Bild zu verhindern, welches seine Bemerkung in ihr entstehen ließ.

Ihm entging ihre Verlegenheit nicht.

»Das wäre natürlich nicht schicklich gewesen.« Er zwinkerte ihr zu.

»Nein. Das wäre es nicht.« Sie strich eine Haarsträhne aus dem Gesicht, die sie kitzelte. »Ich hoffe, du hast Freude daran.«

»Es wird mich an dich erinnern, Lilly.«

Lilly blinzelte. Sie wollte nicht weinen. »Wo …«, sie schluckte. »Wo wirst du denn hingehen?«

»Ich reise zunächst nach Rotterdam. Dort erwarten mich neue Aufgaben. Wo sie mich überall hinführen, weiß ich nicht.«

»Aber … hättest du nicht hierbleiben können?«

Er sah sie an, tauchte ein in ihren Blick. »Glaub mir, das wäre ich gern. Aber ich habe eine Art Marschbefehl bekommen. Das lässt mir keine Wahl.« Er legte Lillys Geschenk auf dem Arbeitstisch ab. »Außerdem bin ich nicht der Erbe dieser Fabrik.«

Lilly nickte unmerklich.

»Das Leben hatte die Karten bereits gespielt«, fügte er leise an. »Noch bevor ich hierhergekommen bin.« Er fuhr sich durchs Haar, eine Bewegung, die sie an ihm mochte, denn sie hinterließ seine dunkelblonden Locken immer ein wenig zerzaust.

Plötzlich hielt er ein Buch in der Hand und legte es neben das Päckchen mit dem Leinenhemd. »Ich hatte nichts, um es einzupacken«, fügte er entschuldigend an.

»Für mich?«, wisperte Lilly.

Er nickte.

Sie nahm das schwere gebundene Buch, fuhr mit den Fingern über das feine hellbraune Leder und schlug es auf. *Seifen-Rezeptbuch von Lilly Reichle* las sie und sah auf. »Du schenkst mir ein Rezeptbuch?«

»Ich dachte, es wäre an der Zeit, ein wenig Ordnung in deine Sammlung zu bringen.« Er grinste. »Hier kannst du alle Rezepte notieren, dann gehen sie nicht verloren.«

»Das ist sehr vernünftig«, erwiderte Lilly trocken.

»Nein«, sagte er sofort, und es klang liebevoll. »Ich wollte dir etwas schenken, das du täglich zur Hand nimmst.«

Lilly lächelte. »Dann hatten wir denselben Gedanken.« Sie blätterte weiter. »Hier steht bereits ein Rezept. Für Milchseife. Das hatte ich doch schon einmal aufgeschrieben …« Sie griff nach ihrem Rezeptstapel, den sie achtlos zur Seite gelegt hatte, vorhin, als er gekommen war.

»Dort ist es nicht mehr.« Wieder grinste er und wirkte dabei wie ein Lausbub, der einen Streich gestand.

»Wie … warum? Wozu hast du es gebraucht?« Lilly legte ein wenig spielerische Strenge in ihren Ton. »Hast du es verschlüsselt?«

»Ich musste dringend etwas notieren und hatte kein Papier.« Er hob entschuldigend die Hände. »Aber wie du siehst, habe ich es nicht einfach weggeworfen.«

»Das hätte ich dir auch niemals verziehen.«

»Ich weiß.« Er wurde ernst. »Jetzt wird es dich an unsere Zeit erinnern.«

Lilly schluckte. »Und an dich …« Sie fing seinen Blick.

Er kam näher. So nah, dass sie kaum zu atmen wagte. »Ich sage nicht Lebewohl, Lilly.« Seine Augen wanderten über ihr Gesicht. »Ich sage Auf Wiedersehen.«

»Ja.«

»Wer weiß, vielleicht liegen die Karten eines Tages anders. So unwahrscheinlich es auch sein mag.« Er hob eine Hand an ihre Wange und streichelte mit dem Daumen über ihren Wangenknochen.

Lilly schloss die Lider, spürte, wie seine Finger die Form ihrer Lippen nachzogen, ein zartes Brennen hinterlassend. Als er sie küsste, zog sich ihre Brust sehnsuchtsvoll zusammen. Dieser Augenblick war so innig, so bittersüß.

Und zugleich voll wehmütigem Schmerz.

31. KAPITEL

Esslingen, am Morgen des 31. Oktober 1918

Felix hatte einen Platz am Fenster erwischt und beobachtete das Treiben auf dem Bahnsteig. Eine Frau herzte ihren Mann, ein Mädchen verabschiedete sich mit tränenüberströmtem Gesicht von ihrem Liebsten. Kinder wurden hochgehoben, Essenspakete durch Zugfenster gereicht, Koffer verstaut. Das Stimmengewirr drang bis in die Abteile.

Schon immer waren Bahnhöfe ein Ort, an dem Abschiedsschmerz und Wiedersehensfreude ungebremst aufeinandertrafen. Nun lag zudem eine düstere Erschöpfung über den Gleisen, die so viele Menschen ohne die Gewissheit eines baldigen Wiedersehens von zu Hause forttrugen.

Ein Pfiff ertönte.

Die Lokomotive stieß dunklen Rauch aus. Er hüllte die zahlreichen Waggons ein, die sich mit dem lauten Stampfen der Räder in Bewegung setzten.

Durch die Fensterscheibe beobachtete Felix, wie die Außenwelt an ihm vorbeizog: die winkenden Menschen, die stählernen Bahnhofsstützen, die Häuser Esslingens. Nacheinander glitten die Maschinenfabrik und die Seifenfabrik vorüber, anschließend die längst abgeernteten Felder.

Plötzlich überkam Felix ein quälendes Sehnen. Es zog über Brust und Oberbauch und ließ sich dann als dumpfer Druck in seiner Magengegend nieder. Niemals hätte er gedacht, dass der Abschied von ihr so schwer werden würde.

Er rieb über seine Schläfen, um den Kopfschmerz zu vertreiben, mit dem er heute aufgewacht war. Der brummende Schädel ließ ihn an das Abendessen zurückdenken, welches Fritz Reichle gestern Abend für ihn ausgerichtet hatte. Es war nicht nur weinselig, sondern eine einzige Anerkennung gewesen. Und interessanterweise ein Ausblick auf die möglicherweise kommende neue Gesellschaftsordnung, in der die Grenzen zwischen den Klassen verwischten. Denn am Tisch hatten neben ihnen und Jacques auch Matthias, der Architekt der Seifenfabrik, der Bauleiter, der Maurer und der Zimmermann Platz genommen. Alle hatten sie in den vergangenen Wochen eng zusammengearbeitet und Übermenschliches geleistet. Nun feierten sie den gelungenen Wiederaufbau.

Das von Thea zubereitete Menü war mit Worten nicht zu beschreiben. Auf Kürbissuppe war ein Rotkohlsalat mit Äpfeln gefolgt, das butterzarte Reh hatte Fritz dem württembergischen König eigenhändig aus dem königlichen Wald weggeschossen, die Soße dazu war mit einem von Jacques' ausgesuchten Rotweinen verfeinert worden. Kartoffelknödel hatten die obligatorischen Spätzle flankiert, eine Preiselbeermarmelade alles hervorragend abgerundet, die erlesenen Weine den Genuss perfekt unterstrichen.

Es wäre ein wundervoller Abend gewesen, hätte nicht die Unausweichlichkeit des Abschieds im Raum gestanden.

Lilly hatte am anderen Ende des Tisches gesessen, aber kaum etwas angerührt. Sie war blass gewesen, und der Blick in ihren Augen hatte seine eigene Wehmut gespiegelt. Als sie nach dem Essen aufgestanden war, um sich zurückzuziehen, hatte er das Gefühl gehabt, als zerreiße ein Band, das sich in den letzten Monaten zwischen ihnen gewoben hatte. Die plötzliche Gewissheit des Verlustes war bitter gewesen.

Schließlich hatten Weinbrand und Schnaps geholfen. Der Abend war noch recht lustig geworden, und so mancher Scherz wäre nichts für ein empfindsames Frauenohr gewesen. Zu später Stunde, als von der Tischgesellschaft nur noch er, Fritz und Jacques übrig geblieben waren, hatte Fritz ein letztes Mal sein Angebot erneuert: »Du bist einer meiner fähigsten Mitarbeiter gewesen. Deshalb wirst du bei mir immer einen Posten sicher haben. Vielleicht schickt dich Tinsley ja in die Antarktis. Dann kannst du diesen Auftrag galant als zu langweilig ablehnen und den nächsten Zug nach Esslingen nehmen.«

Felix wusste, dass Fritz es ernst meinte. Felix wusste aber auch, dass der Hauptinhaber der Seifenfabrik Arno Reichle hieß. Es war besser, diese Konstellation zu vermeiden.

Lillys Bild mischte sich in die vorbeiziehende Landschaft. Wie gern würde er jetzt seine Hand in ihrem goldenen Haar vergraben, unzählige Küsse von ihren Lippen stehlen, den Duft ihrer Haut einatmen. Ihr wunderschönes sonniges Wesen hatte Helligkeit in seine abgestumpfte Seele gebracht.

Felix zog seinen Rucksack enger an sich. Thea hatte ihm Kekse und Schokolade mitgegeben, Jacques eine Flasche Wein und Fritz einen Gedichtband von Eichendorff. Felix war, als würde er die Familie zurücklassen, die er nie gehabt hatte.

Er lehnte sich zurück und strich über das Leinenhemd, das Lilly ihm geschenkt und welches er heute Morgen angezogen hatte.

Es roch schwach nach Rosen.

32. KAPITEL

Die Reichle-Villa,
am frühen Morgen des 9. November 1918

Ein leichtes Ziehen im Rücken holte Lilly aus dem Schlaf. Noch im Übergang zwischen Traum und Wirklichkeit wurde ihr klar, dass sich das Kind auf den Weg machte. Bereits in den vergangenen Tagen hatte sie einen starken Druck auf Becken und Blase gefühlt, so stark, dass es sie nicht gewundert hätte, wenn es ohne weitere Umstände aus ihr herausgeplumpst wäre. Aber so einfach machte die Natur es den Frauen dann wohl doch nicht.

Sie setzte sich auf und trank von dem Wasser, das Frau Lene ihr gestern Abend hingestellt hatte. Dann sah sie auf ihre Armbanduhr. Halb fünf. Sie hatte nicht mitgezählt, wie oft sie in der vergangenen Nacht zur Toilette gegangen war – nun war es schon wieder dringend. Sie rutschte an die Bettkante, steckte ihre Füße in die Pantoffeln und stand auf.

Kaum war sie im Badezimmer, bemerkte sie eine feuchte Wärme, die ihre Schenkel hinabrann. Sie blieb stehen und hob ihr Nachthemd einige Zentimeter nach oben. War die Fruchtblase geplatzt?

Nachdem ein weiterer wässriger Schwall den Badezimmerboden benetzt hatte, klingelte Lilly nach Edith und legte sich wieder ins Bett. Das Ziehen im Rücken wurde stärker.

Es dauerte nur wenige Minuten, bis die Tür aufflog. »Ist es so weit, gnädige Frau?« In ihrer Aufregung hatte Edith ihr weißes Häubchen schief auf ihrem Haar befestigt. Hinter ihr tauchte Frau Lene auf.

Lilly stützte sich auf die Unterarme. »Ich glaube schon. Es ist besser, wenn die Hebamme kommt.«

»Edith, sag schnell Johann Bescheid«, meinte Frau Lene.

»Jaja, natürlich!« Während Edith davonhastete, trat Frau Lene näher. »Kommen die Schmerzen regelmäßig?«

»Noch nicht so richtig. Aber ich habe wohl Wasser verloren.« In diesem Moment rollte die erste Schmerzwelle über Lilly hinweg. Stöhnend legte sie sich in die Kissen zurück.

»Also. Es geht los«, stellte Frau Lene mit einem Lächeln fest. »In ein paar Stunden wird die Welt um einen kleinen Erdenbürger reicher sein.«

»Hoffentlich dauert es nicht so lange.« Lilly schöpfte Atem. »Das tut schrecklich weh!«

»Ich habe sechs Kinder geboren«, erwiderte die Haushälterin. »Nichts ist so schmerzhaft, und nichts ist so schön. Ich gehe in die Küche und lasse Thea Wasser aufkochen.«

Zwei Wehen quälten Lilly, bis die Haushälterin mit einem Stapel Hand- und Leintüchern wiederkam.

»Ich lege das Bett damit aus«, sagte sie. »Am besten stehen Sie auf, gnädige Frau. Es ist leichter, wenn Sie ein wenig umhergehen.«

Lilly quälte sich aus dem Bett, zog ihren Morgenmantel

über und tat ein paar Schritte durch den Salon in den Flur, während Frau Lene alles vorbereitete. Edith brachte einen Hocker und schleppte anschließend mehrere Töpfe mit warmem Wasser herauf.

Als eine halbe Stunde später die Hebamme eintraf, war Lilly noch immer zwischen Schlafzimmer, Salon und Flur unterwegs. Die Wehen kamen inzwischen in immer kürzeren Abständen.

»Der Muttermund ist schon recht weit geöffnet«, stellte Frieda Winter nach einer kurzen Untersuchung fest. »Das wird nicht lange dauern.« Sie setzte das Hörrohr an. »Dem Kind geht es gut. Es muss sich jetzt anstrengen, aber das ist völlig normal.«

»Darf ich noch einmal aufstehen?«

»Selbstverständlich«, erwiderte die Hebamme. »Ihr Körper weiß, was er braucht. Sie können auch ein Bad nehmen, wenn Sie das Gefühl haben, es wäre richtig.«

»Das …« Eine weitere Wehe zog durch Lillys Leib.

»Hecheln Sie, gnädige Frau«, sagte die Hebamme. »So lange, bis der Schmerz nachlässt.«

»Ich denke, ein Bad wäre gut«, sagte Lilly, als sie wieder sprechen konnte.

»Ich lass es ein«, sagte Edith sofort.

Die Hebamme half Lilly, sich zu entkleiden, und stützte sie, als sie ins Badezimmer ging und in die Badewanne stieg. Im ersten Moment fühlte das warme Wasser sich angenehm und entspannend an. Doch bereits nach kurzer Zeit überkam Lilly der unbedingte Drang zu pressen.

»Da hat es aber jemand eilig«, stellte Frieda Winter fest. »Ich helfe Ihnen ins Bett zurück!«

»Ich kann nicht … ins Bett zurück.« Lillys Unterleib zog sich krampfend zusammen. »Ich … kann nicht.«

»Ich helfe!«, bot sich Frau Lene an, aber Lilly schüttelte den Kopf. »Ich …« Die nächste Presswehe erfasste ihren Körper.

Die Hebamme tastete unter Wasser zwischen ihre Schenkel. »Sie ist zu weit, ich spüre schon das Köpfchen«, sagte sie. »Dieses Kind wird in der Badewanne geboren.«

»Ist das … gefährlich?«, fragte Lilly schwer atmend, »wenn das Kind im Wasser kommt?«

»Es ist gewiss nicht üblich«, erwiderte die Hebamme. »Aber da es mit der Nabelschnur …«

Der Rest des Satzes ging in Lillys lang gezogenem Schrei unter. Sie presste mit geschlossenen Augen, spürte, wie etwas aus ihr herausglitt. Das Nächste, was sie sah, war ein mit weißlichem Schleim und Blut verschmiertes Bündel, das die Hebamme in ihren Händen hielt.

»Donnerwetter!«, entfuhr es Frau Lene, »so was heißt man eine schnelle Geburt.«

Ein süßes, zartes Quäken drang an Lillys Ohr.

»Wären Sie so gut, Frau Lene, und bringen Sie mir bitte die Schere aus meiner Tasche?«, wandte sich die Hebamme an die Haushälterin.

Lilly sah, wie das Kind sein zerknautschtes Gesichtchen verzog und dann begann, aus Leibeskräften zu schreien. »Geben Sie es mir«, bat sie die Hebamme, doch die schüttelte den Kopf. »Einen Augenblick noch. Wir nabeln es ab und helfen Ihnen ins Bett. Wenn das Kind versorgt ist, dürfen Sie es haben.«

»Nein«, widersprach Lilly vehement. Die Sehnsucht, dieses kleine Wesen Haut an Haut zu spüren, war übermächtig. »Geben Sie es mir gleich! Bitte!« Die Hebamme zögerte kurz, dann legte sie das Kind vorsichtig auf Lillys Bauch.

Eine Woge nie gekannter Liebe überrollte Lilly. Vorsichtig streichelte sie über den kleinen feuchten Körper und das nasse Haar ihres Kindes, das nun leise vor sich hin wimmerte. Als es dabei sein hochrotes Köpfchen drehte, mühsam die Lider hob und sie mit verschleiertem Blick das erste Mal ansah, war es um Lilly geschehen. Tränen der Freude und der Dankbarkeit rollten über ihre Wangen. Nichts war mehr wie zuvor. Von nun an würde dieses kleine Menschenkind das Wichtigste in ihrem Leben sein.

Die Hebamme ließ ihr ein wenig Zeit. Dann übernahm sie das Kind, durchtrennte die Nabelschnur, wickelte es vorsichtig in Handtücher und übergab es an Frau Lene. Lilly spürte wieder leichte Wehen.

»Jetzt kommt die Plazenta«, erklärte die Hebamme.

Dieser Teil der Geburt war der leichteste. Anschließend ließ Lilly sich von Frieda Winter aus der Wanne helfen.

»Ich muss sagen, dass ich eine solche Geburt im Wasser noch nie erlebt habe«, gestand die Hebamme. »Aber ich habe den Eindruck, dass es eine sanfte Art des Gebärens ist.«

»Sauber ist sie auch«, ergänzte Lilly mit Blick in die Wanne. »Wenn das alles im Bett gelandet wäre …«

Die Hebamme lachte. »Ihnen geht es gut, nicht wahr?«

Lilly fühlte sich erschöpft und voller Tatkraft zugleich. »Mir geht es sehr gut.« Da fiel ihr etwas ein. »Was ist es denn? Ein Junge oder ein Mädchen?«

»Es ist ein kleiner Bub«, antwortete die Hebamme lächelnd.

Die Hebamme hatte das Baby untersucht, Frau Lene es anschließend gebadet und gewickelt. Jetzt lag es an Lillys Brust und saugte. Hin und wieder schlummerte es dabei ein. Eine Geburt war anstrengend, nicht nur für die Mutter.

»So. Nun gibt es etwas zur Stärkung!« Frau Lene war vor einer Viertelstunde in die Küche gegangen und kehrte nun mit einem Tablett zurück.

Lilly schnupperte. »Eine Suppe?«

»Herr Reichle hat ein Stück Rindfleisch aufgetrieben, und Thea eine Brühe daraus gemacht.« Die Haushälterin stellte das Tablett ab und trat ans Bett. »Mit Gemüse.« Sie streckte die Arme nach dem Säugling aus. »Ich werde den jungen Mann so lange in sein Bettchen legen.«

Das Kind protestierte, als Lilly es der Haushälterin übergab, und Lilly musste den Impuls unterdrücken, es gleich wieder an sich zu nehmen. Inzwischen hatte sie großen Hunger. Doch als Frau Lene den Raum verlassen wollte, rief sie sie zurück. »Lassen Sie das Kinderbett bitte hierher ins Schlafzimmer bringen«, sagte sie. »Ich möchte ihn bei mir haben.«

»Na ja, das macht man eigentlich nicht so«, erwiderte die Haushälterin und sah auf das Kind. »Sie brauchen Ihre Ruhe, und das Kleine auch.«

»Vor allem braucht der Kleine mich und ich ihn«, erwiderte Lilly, verließ das Bett und zog ihren Morgenmantel an. »Ich habe das Kind in der Badewanne zur Welt gebracht«, fügte sie an. »Das macht man eigentlich auch nicht.«

Frau Lene stand unschlüssig an der Tür und wiegte das meckernde Kind.

»Wissen Sie was, Frau Lene?«, sagte Lilly. »Legen Sie ihn zurück in mein Bett. Dort ist es warm, und dort fühlt er meine Nähe, das wird ihn beruhigen. Und dann suchen Sie Johann und bitten ihn, das Bett herüberzutragen.«

»Also, wenn Sie meinen …« Alles andere als überzeugt tat Frau Lene, wie ihr geheißen. Dann wandte sie sich zur Tür. »Ich sehe nach Johann.«

»Danke. Und nichts für ungut.« Lilly nahm das Tablett und setzte sich in den angrenzenden Salon. Das Kind gurrte leise, während sie die Suppe kostete. Sie war würzig und sättigend, mit Fleischstückchen, Kartoffeln und allerlei Wurzelgemüse darin. Doch bereits nach ein paar Bissen überkam sie eine unwiderstehliche Müdigkeit. Sie legte den Löffel zur Seite, ging ins Schlafzimmer zurück und setzte sich auf die Bettkante. Ihr Sohn war eingeschlafen.

Der Kleine brauchte noch einen Namen. In den wenigen Wochen ihres Zusammenseins hatten Arno und sie keinen Grund gehabt, sich über Kindernamen Gedanken zu machen.

Jakob würde ihr gefallen, oder David. Oder ein Name aus ihren Familien.

Sie legte sich neben das Kind, und während sie das runde Gesichtchen mit den rosigen Wangen und dem winzigen Näschen unter dem weißen Spitzenhäubchen betrachtete, fiel sie in einen tiefen, erholsamen Schlaf.

»Gnädige Frau!« Jemand rüttelte an ihrer Schulter. »Sie haben Besuch!«

Lilly schlug die Augen auf. »Wer kommt denn? Ich kann heute keinen Besuch empfangen.«

»Es ist der Herr Reichle.«

»Wer?« Lilly stutzte. »Ist mein Mann zurückgekommen?«, fragte sie verwirrt und verschlafen.

»Nein. Der Onkel«, erklärte Edith.

Allmählich kam Lilly zu sich. Natürlich. Onkel Fritz wollte seinen Neffen sehen. »Ich bin gleich so weit. Schließt du bitte die Tür zum kleinen Salon und lässt ihn dort warten?«

Sie zog sich eines ihrer Schwangerschaftskleider über, verzichtete aber auf Strümpfe und schlüpfte barfuß in ihre Pantoffeln. Dann richtete sie in Windeseile ihr Haar, nahm das Baby auf, das sich nicht stören ließ und weiterschlief, und begab sich in den Salon.

»Meine Liebe!« Onkel Fritz hatte am Fenster gestanden und drehte sich nun strahlend zu ihr um. »Ich gratuliere dir von ganzem Herzen!« Er trat näher und betrachtete das Kind. »Gesund und munter!«

»Ja. Es ist alles gut gegangen.« Lilly fühlte sich ein wenig wackelig auf den Beinen und setzte sich auf das kleine Sofa, das im Salon stand. »Er hat noch keinen Namen.«

»Gibt es denn eine Auswahl?«, fragte Onkel Fritz und setzte sich in einen der Sessel, die im gleichen dunkelgrün-blauen Brokatmuster gehalten waren wie das Sofa.

»Am liebsten wäre mir Gustav«, bekannte Lilly. »Ob das aber in Arnos Sinne wäre?«

»Ich halte ja nicht allzu viel von diesen Traditionen. Aber da Arno dies tut, würde ich vorschlagen, den Namen seines Großvaters zu wählen. Hans.«

»Hans«, wiederholte Lilly leise. »Das gefällt mir gut.« Sie sah Onkel Fritz an. »Also nennen wir ihn Hans Arno Gustav.«

»Das hört sich doch gut an. Und da diese wichtige Frage

jetzt geklärt ist«, Onkel Fritz erhob sich, »kann ich dir nun mein Geburtsgeschenk übergeben.«

»Du hast schon ein Geschenk besorgt?«

»Aber natürlich.« Er ging zur Tür. »Ich bin gleich wieder da.«

Es dauerte, bis er wiederkehrte. Gemeinsam mit Johann schleppte er etwas Schweres heran. Noch auf dem Flur verabschiedete er den Kutscher und schob anschließend eine hübsch bemalte Wiege in den Salon.

»Ist die schön!«, rief Lilly vom Sofa aus.

Onkel Fritz zog ein Schnupftuch aus seiner Hosentasche und wischte sich damit den Schweiß von der Stirn. »Menschenskinder, ich bin nicht mehr der Jüngste. Früher hätte ich so etwas allein getragen.«

»Sie riecht gut, nach frischem Holz.«

»Ich habe diese Wiege schon vor einigen Wochen von dem Schreiner machen lassen, der auf der Baustelle arbeitet. Während der letzten Wochen stand sie in Arnos Schreibzimmer drüben«, erklärte Onkel Fritz. »Und da ich vorhin gehört habe, dass du dein Kind gerne bei dir haben möchtest, dachte ich, dass ich sie gleich herbringe.« Er packte noch einmal an und bugsierte sein Geschenk ins Schlafzimmer.

Lilly beobachtete ihn durch die doppelflügelige Verbindungstür.

»Das ist wirklich die größte Freude, die du mir hättest machen können, Onkel Fritz«, meinte sie gerührt. »Hab tausend Dank!«

»Dann ist es recht.« Er kehrte in den Salon zurück, setzte sich aber nicht mehr zu ihr. »Ich mache mich wieder auf den Weg. Du brauchst gewiss noch Ruhe.«

»Es war anstrengend. Aber mir geht es gut.«

»Wir haben zum Glück alle Zeit der Welt, um das neue Familienmitglied kennenzulernen«, erwiderte Onkel Fritz. »Denn es gibt wunderbare Neuigkeiten: Das Deutsche Reich führt Waffenstillstandsverhandlungen. Und der Kaiser hat abgedankt.«

»Ist … ist der Krieg vorbei?«, fragte Lilly ungläubig.

»Faktisch ja. Es geht jetzt nur noch um die Bedingungen.« Er lächelte. »Dein Kind ist ein Friedensbringer.«

Als der kleine Hans am Abend gestillt und zufrieden in den weißen Spitzenkissen seiner Wiege lag, trat Lilly ans Fenster. Dunstige Dunkelheit hatte sich über den Park der Reichle-Villa gebreitet, auf den Lillys Schlafzimmer hinaussah.

Frieden.

Welch unglaublich schönes Wort. Ein Neuanfang. Für die Welt, für die Menschen, für sie und ihr Kind.

Bestimmt dauerte es jetzt nicht mehr lange, bis Arno nach Hause kam. Für Hans würde sie mit allem, was sie geben konnte, ein gemeinsames Leben als Familie beginnen und ihre Zukunft planen.

Auch wenn es irgendwo unter dem wolkenverhangenen Sternenzelt dieser Nacht einen Menschen gab, der ihr fehlte und dem sie sich unendlich verbunden fühlte. Wie hatte er es ausgedrückt? Ich sage nicht Lebe wohl. Ich sage auf Wiedersehen …

Erst als sie eine salzige Flüssigkeit auf ihren Lippen schmeckte, merkte sie, dass sie weinte.

TEIL 3

VERBORGENE SEHNSUCHT

Mai 1919 bis Januar 1920

33. KAPITEL

Die Reichle-Villa, Anfang Mai 1919

Hans krähte in seinem Kinderwagen aus weiß lackiertem Korbgeflecht. Lilly hielt ihm eine kleine Stofffigur hin, die Frau Lene aus bunten Stoffresten genäht hatte, und ließ sie ein wenig tanzen. Mit einem glucksenden Lachen versuchte er danach zu greifen.

»Ich möchte ja nicht drängen. Aber Sie müssen los, Frau Reichle«, sagte Edith und schob den Kinderwagen ein wenig hin und her. »Der Termin ist in einer halben Stunde.«

»Du hast recht.« Lilly gab Edith die Puppe und strich ihrem Sohn noch einmal über das Haar. Einen Moment lang dachte sie daran, dass Hans seinen Vater noch nicht gesehen hatte. Ihr Ehemann war bisher weder in einem der voll besetzten Züge gewesen, die die Soldaten nach Hause brachten, noch hatte er geschrieben, wo er sich befände. Mit jedem Tag wurde die Wahrscheinlichkeit größer, dass er in Kriegsgefangenschaft geraten war. Um ihres Sohnes willen wünschte sie, dass er bald heimkäme, zugleich wurde ihr bang, wenn sie daran dachte. Denn auch wenn sie Felix nicht wiedergesehen hatte – ihr

Herz gehörte nach wie vor ihm. Daran hatten auch die vergangenen Monate nichts geändert.

Sie küsste Hans auf die Stirn. Sich morgens von ihm loszureißen und ihn bei Edith zurückzulassen, fiel ihr immer schwer. Sie beruhigte sich damit, dass er dort in allerbesten Händen war und das, was sie von ihm fortführte, letztlich zu seinem Wohl war.

Als Lilly in der Kutsche saß und Johann den offenen Wagen gewohnt souverän in Richtung Königstraße lenkte, freute sich Lilly an der frühlingshaften Luft. Nicht nur der Winter war vorüber, auch der Krieg war vorbei. Die Stadt blühte auf, in friedvoller Geschäftigkeit strahlte sie Kraft und Lebensfreude aus.

Wie schnell sich die Welt in den letzten Monaten verändert hatte. Nicht nur für sie selbst, weil sie Mutter geworden war und die Tage nun vom Rhythmus ihres Sohnes bestimmt wurden. Mit dem Kriegsende war das Kaiserreich untergegangen. Eine neue Ära hatte begonnen.

Sie lebten nun in einer Republik. Am neunzehnten Januar dieses Jahres, drei Tage nach ihrem neunzehnten Geburtstag, hatte es erstmals Wahlen gegeben, bei denen auch Frauen ihre Stimme hatten abgeben dürfen. Lilly war untröstlich gewesen, dass sie um ein Jahr zu jung gewesen war, um sich an der Wahl zur ersten deutschen Nationalversammlung zu beteiligen. Ein einziges lächerliches Jahr hatte sie davon abgehalten, Teil dieses epochalen Ereignisses zu sein!

Jedes Mal, wenn sie an den Litfaßsäulen vorbeigekommen war, auf denen mit markigen Bildern und Sprüchen für die Wahlteilnahme geworben wurde, jedes Mal, wenn einer der mit Wahlprogrammen zugekleisterten Wagen vorübergerumpelt war, hatte sie sich geärgert. Und sie ärgerte sich noch heute ein bisschen, wenn Onkel Fritz die Sprache auf das Thema brachte.

Denn Lilly, die sich aus Politik lange nur wenig gemacht hatte, verfolgte seit dem vergangenen Herbst mit wachsendem Interesse die Nachrichten. Die revolutionären Umtriebe, die der Abdankung des Kaisers vorausgegangen waren und mancherorts zu blutigen Auseinandersetzungen geführt hatten, waren erschreckend gewesen. Auch Onkel Fritz hatte mehrfach seine Sorge vor einer kommunistischen Herrschaft ausgedrückt. Umso größer war die Erleichterung, dass sich der Wechsel von der alten zur neuen Ordnung in Stuttgart verhältnismäßig moderat vollzogen hatte und ein Umsturz wie in München abgewendet werden konnte. Nach einigen wenigen unsicheren Tagen hatte das Leben hier zu einer neuen Normalität gefunden.

Lilly verstand längst nicht alles, was sich da gerade tat, aber sie erfasste intuitiv, dass es sich um einen nie gekannten, radikalen Umbruch handelte.

Onkel Fritz nahm sich stets Zeit, um Hintergründe zu erklären und ihre Fragen zu beantworten. Zudem diskutierte er mit ihr seine Einschätzung der Dinge. Und da er nachvollziehbar argumentierte, machte Lilly sich manche seiner Schlussfolgerungen zu eigen. Dass die vielen Veränderungen eine neue Gerechtigkeit brachten, beispielsweise. Und dass es nun darauf ankam, diese Möglichkeiten zu nutzen und etwas Großes daraus zu machen.

Er selbst hatte sofort gehandelt und den Dienstboten der Reichle-Villa richtige Arbeitsverträge und eine bessere Bezahlung angeboten. In diesem Zuge war Edith vom Dienstmädchen zum Kindermädchen und zu Lillys Gesellschafterin geworden. Lilly wiederum hatte die Gelegenheit genutzt, um durchzusetzen, dass sie nicht mehr mit *gnädige Frau* angeredet wurde. Bis auf Johann nannten sie jetzt endlich alle *Frau Reichle*.

In ihren Gesprächen, die meist beim Abendessen stattfanden, äußerte Onkel Fritz zudem die Hoffnung, dass insbesondere die Frauen ihre neu eingeräumten Rechte nutzten und weiter vorantrieben. Er sprach von Demokratie für beide Geschlechter.

Lilly hatte sich als Frau bislang nicht benachteiligt gefühlt, eher im Gegenteil. Umworben und umsorgt zu werden, kam ihrem romantischen Wesen entgegen. Wenn sie zudem daran dachte, wie ihre Mutter ihrem Vater begegnet war, dann sah sie darin eher eine Benachteiligung des Mannes. Onkel Fritz hatte ihr deshalb grob erläutert, welche Rechte sie als Frau zur Kaiserzeit gehabt hatte. Nämlich keine.

Das Klingeln einer Straßenbahn holte Lilly aus ihren Gedanken. Johann kutschierte unmittelbar vor dem Wagen der Linie 5 quer über den Charlottenplatz und hielt einige Meter weiter an. »Das Gebimmel macht das Pferd immer ganz nervös«, sagte er und tätschelte es am Hals, bevor er den Schlag öffnete. »Ich kutschiere eine Ecke weiter, gnädige Frau. Da ist es ruhiger.«

»Natürlich.« Lilly wartete, bis er weitergefahren war. Dann ordnete sie den fließenden Rock ihres neuen Kleides aus aprikosenfarbiger Seide und ging über die Straße.

Vor der Automaten-Gaststätte im Charlottenbau stand eine

Gruppe junger Frauen und unterhielt sich rege. Sie trugen noch die dunklen schweren Kostüme der Kriegszeit. Lilly war dankbar, dass Onkel Fritz sie aufgefordert hatte, sich einige Kleider in Frühlingsfarben schneidern zu lassen. In der warmen Sonne fühlte sie sich darin leicht und beschwingt.

Sie bog in die Charlottenstraße ein.

Es waren nur wenige Schritte bis zu einem kleinen Ladengeschäft, das sich im Erdgeschoss eines schmalen Stadthauses befand. Lilly vergewisserte sich, dass sie vor der richtigen Adresse stand. Dann drückte sie die Klinke. Mit einem schabenden Geräusch öffnete sich die Tür.

Lillys Augen brauchten einen Augenblick, um sich an das Halbdunkel im Inneren zu gewöhnen.

»Sind Sie es, Frau Reichle?« Eine Frau in den Siebzigern kam auf sie zu.

»Ja, die bin ich. Ich komme wegen der Ladenbesichtigung.«

»Haben Sie gut hergefunden?«

»Ja, danke«, erwiderte Lilly. »Und Sie sind die Vermieterin?«

Die Frau nickte bestätigend. »Es war einmal ein schönes Geschäft für Süßwaren und Delikatessen«, sinnierte sie wehmütig. »Ich musste den Laden aber schon anno fünfzehn schließen. Es gab ja nichts Feines mehr zu verkaufen. Jetzt bin ich zu alt, um noch einmal von vorn anzufangen, Kinder hab ich auch keine, also gibt es keinen Nachfolger.«

»Das tut mir leid«, erwiderte Lilly und meinte es ehrlich. Ein Leben ohne Kinder war für sie mittlerweile unvorstellbar.

»Ja, so ist es halt.« Die Frau seufzte. »Aber wenn er vermietet ist, dann wird es wenigstens wieder munter hier unten.«

»Darf ich mich ein wenig umsehen?«, fragte Lilly.

»Aber gern«, erwiderte die Frau.

Bereits beim Eintreten war Lilly die alte, dunkle Einrichtung aufgefallen. Überall hatte sich Staub abgesetzt, und es roch muffig. Sie ging durch den großen, lang gezogenen Raum und versuchte, sich anstelle des schweren Mobiliars eine moderne Ausstattung für Seife und Schönheitspflege vorzustellen. Es gelang ihr nur schwer.

»Kommen Sie mit«, sagte die Frau. »Hinten ist das Lager. Man muss halt erst aufräumen.«

Auch hier drückte dieselbe Trostlosigkeit. Noch während die Frau die Vorzüge ihres Angebotes pries, entschied Lilly sich dagegen. Um aus diesen Räumen ein ansprechendes Geschäft zu machen, wäre enorm viel Arbeit nötig. Und eine Menge Geld.

Zehn Minuten später stand sie wieder auf der Charlottenstraße. Die Besichtigung hatte sie ernüchtert. Wieder einmal. Denn jedes der Lokale, die sie sich bisher angesehen hatte, wies irgendeinen größeren Mangel auf. Lilly aber wollte keine Kompromisse machen. Wenn sie Luxus anbot, dann musste das Ambiente stimmen. Hoffentlich war die nächste Offerte besser.

Sie schlenderte zurück zum Charlottenplatz. Dort war es belebt wie immer, ein Brunnen plätscherte munter, die umgebenden Bäume zeigten ihr erstes Grün. Als sie wieder an der Automaten-Gaststätte vorbeikam, blieb sie stehen und sah auf ihre Armbanduhr. Es war kurz vor drei. Bis zur nächsten Besichtigung war es noch eine knappe Stunde hin.

Lilly zögerte.

Sie war noch nie in einer der vier Automaten-Gaststätten

Stuttgarts gewesen, hatte aber schon einiges davon gehört. Schließlich siegte die Neugier, und sie betrat die mit lackiertem Holz freundlich gestaltete Halle, in der sich unterschiedliche Automaten lückenlos aneinanderreihten. Jeder enthielt eine andere Speise, dazu gab es spezielle Vorrichtungen für Getränke.

Lilly nestelte zwei Zehnpfennigstücke aus ihrem Portemonnaie, überlegte, worauf sie Lust hatte, und entschied sich dann für ein Stück Kuchen und eine Limonade, die der Automat in einem exakt justierten Strahl in ihr Glas füllte. Sie trug beides zu einem der Stehtische.

Die Zitronenlimonade schmeckte erfrischend, wenn auch ein bisschen künstlich, der Apfelkuchen war schlicht, aber lecker, wenngleich er nicht an die Backkünste von Thea, Helena oder Käthe heranreichte.

Das intensive Aroma der gebackenen Äpfel aber erinnerte sie daran, dass am Bodensee zu dieser Zeit, Anfang Mai, die Obstbäume in voller Blüte standen. Kirschen, Zwetschgen, Birnen, Äpfel, alles blühte in hellem Weiß und zartem Rosarot vor dem Grün der Wiesen und dem Blau des Sees. Heimweh kam in ihr auf. So lange war sie schon nicht mehr dort gewesen. Den Lindenhof würde sie vermutlich gar nicht mehr wiedererkennen, denn Helena hatte ihn inzwischen umgebaut – mit Unterstützung des Vaters und ihres Verlobten Maxim, eines russischen Barons. Diesen hatte Lilly noch nicht kennenlernen können, aber aus Helenas Briefen war deutlich herauszulesen, wie verliebt und glücklich sie war. Lilly freute sich für sie, zumal Maxim ihr wohl bei der Suche nach ihrer verschwundenen leiblichen Mutter half. Dieses Thema beschäftigte die älteste Schwester schon seit Jahren. Nun war wenigstens bekannt, dass die Mutter Olga hieß und aus Russland kam. Lilly hoffte inständig, dass Helena sie irgendwann in die Arme schließen und diese Lücke in ihrem Leben füllen konnte.

Gedankenverloren trank sie ihr Glas aus. Das Leben am Bodensee war mit ebenso großen Schritten vorangegangen wie ihr eigenes. Katharina arbeitete nach wie vor im Spital und suchte nach einer Möglichkeit, ihr Abitur nachzumachen. Sie schrieb nur selten selbst, stattdessen setzte sie hin und wieder ein paar kurze eilige Zeilen unter die Briefe Helenas oder des Vaters.

Lilly stellte die Reste ihres Imbisses auf das dafür vorgesehene Tablett. Während sie zurück zu Johanns Kutsche ging, nahm sie sich fest vor, ihre Familie im Sommer zu besuchen. Und Hans den Ort zu zeigen, an dem ein Teil ihres Herzens hing.

Pünktlich zum ausgemachten Termin erreichte sie das Ladengeschäft in der Oberen Königstraße, von welchem Frau Lene ihr letzte Woche berichtet hatte. Es handelte sich um eine feine Adresse, doch nach den bisherigen Erfahrungen waren Lillys Erwartungen verhalten.

Zu ihrer Überraschung entpuppte sich der Raum als hohe Säulenhalle mit stuckverzierten Decken. Glänzend lackierte Vitrinen aus edlem Nussbaumholz liefen entlang der Wände, die Verkaufstheke war ein mit Intarsien und Glas kunstvoll ausgestaltetes Unikat. Es gab zwei kleinere Nebenräume und eine separate Küche. Alles wirkte nobel und luxuriös.

Der Vermieter, George Douglas, stammte aus England und

hatte das Gebäude während des Krieges geerbt. Da er sich nicht in Stuttgart niederlassen wollte, suchte er nun Mieter für die Wohnungen und die Räume im Erdgeschoss.

Lilly wusste sofort, dass dies das Richtige war. Doch als der Preis im Raum stand, drohte ihr Traum erneut zu zerplatzen. Onkel Fritz hatte ihr zwar zugesichert, ihre Pläne zu unterstützen – doch nur dann, wenn sie ein tragfähiges Geschäftsmodell vorweisen konnte. In den letzten Wochen hatten sie sich zusammen intensiv mit entsprechenden Kalkulationen beschäftigt, daher wusste Lilly sofort, dass sie sich diese Räumlichkeiten eigentlich nicht leisten konnte. Es sei denn, ihr Laden würde innerhalb kurzer Zeit enorme Umsatzsprünge machen.

Zunächst ließ sie sich nichts anmerken und bat Mister Douglas, sein Angebot für drei Tage zu reservieren. Er lehnte ab. Lilly aber ließ nicht locker. Sie gab sich charmant, zugleich schilderte sie ihm detailliert, was sie vorhatte und wie weit ihre Planungen bereits gediehen waren.

»Es sieht so aus, als seien sie zu allem entschlossen, Miss! Das gefällt mir.« Er sprach mit starkem englischem Akzent. »Drei Tage allerdings sind lang …«

Lilly lächelte ihn gewinnend an.

»Also gut. Warten Sie hier«, gab er sich schließlich geschlagen, ging in einen der Nebenräume und kehrte mit einer Zeitschrift zurück. »Wenn ich Ihnen verspreche, dieses Objekt zu reservieren, dann versprechen Sie mir, den Artikel über Helena Rubinstein in diesem Magazin zu lesen. Sie verdient sehr viel Geld, hat sich alles selbst erarbeitet. Meine Frau schwärmt von ihren *treatments.* Ihre Geschichte könnte Ihnen hilfreich sein, wenn Sie beginnen, Ihr ehrgeiziges Vorhaben in die Tat umzusetzen.« Er gab ihr die Hand. »Kommen Sie übermorgen um zehn Uhr wieder. Auch wenn Sie sich dagegen entscheiden.«

Auf der Fahrt nach Hause schlug Lilly das Society-Magazin auf, das George Douglas ihr in die Hand gedrückt hatte. Der Artikel über Helena Rubinstein, eine Frau, die es mit viel Mut und eisernem Willen zu Großem gebracht hatte, elektrisierte sie sofort. Glaubte man dem Bericht, waren die Frauen auf der ganzen Welt verrückt nach Rubinsteins Wässerchen und Cremes, zahlten Unsummen, um in einem ihrer exklusiven Salons behandelt zu werden – in denen zudem große Persönlichkeiten ein und aus gingen.

Vor Lillys geistigem Auge tat sich eine ganz neue Welt auf, voller Schönheit, Glanz und *Glamour*, wie es an einer Stelle des Artikels hieß. Sie sah ihn schon bildlich vor sich: ihren eigenen Schönheitssalon.

Hatte sie denn nicht ohnehin vorgehabt, Pflegekosmetik zu entwickeln? Sie den Kundinnen nicht nur zu verkaufen, sondern zugleich entsprechende Gesichtsbehandlungen anzubieten, war eine geniale Idee.

Es könnte gelingen. Nach diesen entbehrungsreichen Jahren wollten die Menschen wieder leben. Das merkte sie an der täglich steigenden Nachfrage nach ihren exklusiven Seifen, die sie derzeit über Zeitungsannoncen vertrieb und direkt ausliefern ließ.

Lilly würde vielleicht nicht England, Frankreich und Amerika erobern. Aber Stuttgart, das wäre möglich. Und das würde ihr vollkommen reichen. Felix hätte ihr bestimmt zugeraten.

Doch als Erstes musste sie Onkel Fritz überzeugen.

34. KAPITEL

Rotterdam, zur selben Zeit, Anfang Mai 1919

»Ich habe heute ein Angebot, Benthin«, sagte Tinsley und schenkte den obligatorischen Scotch ein. »Es ist genau das Richtige für Sie.«

»Da bin ich aber gespannt«, erwiderte Felix, nahm in einem der Sessel Platz, schlug die Beine übereinander und ließ sich den Whisky reichen.

Tinsley grinste. »Ein neues Land, eine gefährliche Mission. Muss ich noch mehr sagen?«

Felix nahm einen großen Schluck und grinste zurück. »Ja.«

»Cecil Cameron braucht einen guten Mann für eine weitreichende Aufgabe in Russland. Es könnte Ihre Karriere befördern.«

»Hm.« Felix war enttäuscht. Er fühlte keine besonders große Lust, sich in den blutigen russischen Bürgerkrieg zu stürzen.

»Wo bleibt Ihre Begeisterung, Benthin? Ist sie mit dem Frieden zum Erliegen gekommen?«

»Wenn Sie so wollen, Captain …«

Tinsley schüttelte den Kopf. »Sie haben bis zum letzten Tag

des Krieges Menschen über den Todeszaun gebracht, Benthin. Ich nehme Ihnen nicht ab, dass Sie eine derart interessante Mission ausschlagen.«

Felix zuckte mit den Achseln und leerte sein Glas. »Ich habe nicht für Geld und Ruhm gearbeitet, sondern weil ich davon überzeugt war, damit der richtigen Sache zu dienen. Und ja, dafür riskiere ich mein Leben. Aber Russland?«

»Auch dort gibt es Ungerechtigkeit.«

»Das ist wahr. Eine verworrene Ungerechtigkeit, die sich selbst ständig reproduziert. Dafür ist mir mein Leben zu viel wert. Zumal ich weder das Land kenne noch seine Sprache beherrsche.«

»Da hätte ich Sie anders eingeschätzt, Benthin.« Tinsley klang enttäuscht. »Cecil erwartet Sie bereits nächste Woche in London.«

»Im War Office?«

»Ja. Er wird die Russland-Mission in Sibirien leiten.«

Felix schüttelte den Kopf. »Ich interessiere mich für andere Aufgaben.«

»Und die wären?« Tinsley trat ans Fenster.

»Ich möchte daran arbeiten, den Frieden zu erhalten. Und zwar hier, mitten in Europa. An den Schnittstellen zwischen Deutschland und seinen Nachbarn.«

Tinsley stieß einen leisen Pfiff aus. »Haben Sie sich schon überlegt, wie Sie sich diesbezüglich einbringen möchten?«

»Durchaus.« Felix dachte an das, was er in den letzten Wochen erlebt und erfahren hatte. »Lassen Sie mich weiterhin in der Auslandsabteilung arbeiten. Aber bilden Sie mich besser aus.«

Tinsley wandte sich vom Fenster ab und setzte sich zu ihm

in die Sitzgruppe. »Das ist zwar recht allgemein formuliert, aber ein überlegenswerter Vorschlag.«

»Das sehe ich genauso.« Felix beugte sich vor.

»Der Sie wie unser Russland-Angebot zunächst nach London führt.« Der Spymaster legte die Fingerspitzen aneinander.

»Das ist mir bewusst.«

»Also gut. Da ich Sie kenne, weiß ich, wann es keinen Sinn hat, Sie von etwas überzeugen zu wollen. Geben Sie mir ein paar Tage Zeit. Ich werde mit den Kollegen telefonieren. Sobald ich mehr weiß, gebe ich Ihnen Bescheid.«

»Sie werden es nicht bereuen, Captain.«

»Ich weiß. Stellen Sie sich darauf ein, dass Sie innerhalb der nächsten vier Wochen nach England aufbrechen, Benthin.«

»Einverstanden.« Das mochte Felix am Captain. Der Mann war flexibel. Er erhob sich und reichte Tinsley die Hand. »Morgen reise ich erst einmal nach Aachen, um das Zimmer meiner verstorbenen Mutter aufzulösen.«

»Wie lange bleiben Sie?«

»Nicht länger als eine Woche, dann kehre ich nach Rotterdam zurück.«

»Sie haben keine Bindungen in Deutschland, nicht wahr?« Tinsley stand ebenfalls auf und schlug ihm kraftvoll auf die Schulter. »Kein Liebchen, keine Sorgen! Ein ziviles Leben führt zu einem Spagat, der manchmal kompliziert ist.«

»Nein«, erwiderte Felix und dachte an Lilly. »Ich habe dort keine Bindungen mehr.«

Den Nachmittag verbrachte Felix am Strand von Hoek van Holland. Mit dem Fahrrad hatte er sich nach dem Gespräch mit Tinsley auf den Weg gemacht, Brot, Käse und eine Flasche Wein im Rucksack. Nachdem er die Picknickdecke ausgebreitet und gegessen hatte, sah er aufs Meer hinaus. Die Luft schmeckte salzig, kreischende Möwen bedienten sich an den Resten seiner Mahlzeit, die großen Schiffe stießen in ihre Signalhörner, einige Kinder spielten am Wasser, das nach der Ebbe allmählich zurückkehrte.

Nein. Er hatte keine Bindungen. Auch wenn ihn hin und wieder ein tiefes Sehnen erfasste. Lilly war in seinem Herzen und in seinen Gedanken, und das nicht nur, wenn er ihr Hemd anhatte, so wie heute.

Doch er konnte damit umgehen. Sie war nicht für ihn bestimmt. Fritz, mit dem er brieflich im Austausch stand, hatte ihm von der Geburt ihres Sohnes berichtet und letztens erst, dass er ihr eine kleine Seifenmanufaktur auf dem Fabrikgelände hatte bauen lassen, die sie mit vier Mitarbeiterinnen betrieb.

Sein Leben war auf andere Art turbulent gewesen, seit er Esslingen verlassen hatte. Unmittelbar nach seiner Ankunft in Rotterdam war er für wenige Tage an den Todeszaun beordert worden und von dort aus weiter in den Wald von Compiègne, wo in einem Eisenbahnwaggon der Waffenstillstand zwischen den Deutschen und den Alliierten ausgehandelt worden war. Anschließend hatte er einige der Orte in Belgien untersucht, an denen das kaiserliche Heer schwere Kriegsverbrechen begangen hatte, und seine Dokumentationen vor einigen Tagen an Tinsley übergeben. Nun würde sein Weg im Geheimdienst weitergehen.

Denn die Waffenstillstandsbedingungen, welche das Deutsche Reich am elften November unterschrieben hatte, waren hart und führten bereits jetzt zu großem Unmut – nicht nur bei den deutschen Militärs, sondern auch in Teilen der Bevölkerung. Die Deutschen mussten nicht nur die besetzten Gebiete in Frankreich und Belgien und dazu Elsass-Lothringen räumen. Sie hatten zu akzeptieren, dass die Alliierten ihre linksrheinischen Gebiete besetzten. Waffen und Kriegsgerät waren abzuliefern. Das entsprach einer offenen Kapitulation und kratzte merklich an der deutschen Volksseele.

Jacques, der nach wie vor zwischen Nordfrankreich und Stuttgart pendelte, berichtete von nationalistischen Tönen in manchen Gegenden Süddeutschlands, die sich bereits jetzt in die Erleichterung über das Kriegsende mischten. Noch trafen sie nicht auf fruchtbaren Boden, doch wehe, wenn dieser in ein paar Jahren womöglich bereitet war. Dem mussten die Alliierten unbedingt entgegenwirken und rechtzeitig wissen, was sich in Deutschland politisch und militärisch tat. Und er wollte seinen Beitrag dazu leisten, dass weder Deutschland einen neuen Krieg vom Zaun brach noch eine andere europäische Nation.

Das regelmäßige Schlagen der Wellen und die frische Luft machten ihn schläfrig. Er legte sich zurück in den weichen Sand, verschränkte die Arme im Nacken, sah noch ein paar Wolken nach, die am Himmel ostwärts zogen, und schloss die Augen. Er meinte, Rosenduft zu bemerken, und die Lippen, die er im dösigen Niemandsland zwischen Tag und Traum küsste, waren voll, süß und weich.

35. Kapitel

Stuttgart, die Reichle-Villa,
am Abend des nächsten Tages

»Du weißt, dass Helena Rubinstein etwas anderes gemacht hat, als nur Seife zu verkaufen.« Onkel Fritz ließ sich einen Nachschlag von Theas köstlichen Fleischküchle geben, die sie ihnen heute mit Soße und Kartoffelsalat zum Abendessen serviert hatte.

»Ja, das weiß ich schon.« Lilly hatte Onkel Fritz den Artikel über die polnische Kaufmannstochter lesen lassen, die ausgehend von einigen Tiegeln Pflegecreme ein ganzes Schönheitsimperium aufgebaut hatte. »Und genau das möchte ich ja auch tun. Du erinnerst dich, dass ich hin und wieder Salben angemischt habe? Nach den Rezepten von Pater Fidelis?«

»Gewiss. Aber das waren kleine Mengen. Wir sind eine Seifenfabrik und stellen keine Cremes her.«

»Wäre das nicht ein neuer Geschäftszweig?«, fragte Helena und beobachtete Onkel Fritz' Reaktion genau. Helena Rubinstein hatte es geschafft, weil sie hartnäckig geblieben war.

Er musterte sie. »Du weißt, Lilly, dass ich dich immer ernst nehme. Und die Vehemenz, mit der du kämpfst, ist beeindruckend. Aber so einfach ist es nicht. Wir müssten neue Maschinen anschaffen, das Lager erweitern, wir bräuchten Mitarbeiter mit entsprechenden Kenntnissen. Zudem würde es nicht ausreichen, die neuen Produkte allein in deinem Schönheitssalon anzubieten. Wir müssten den Vertrieb entsprechend ausbauen.«

»Ganz genau«, erwiderte Lilly und spießte ihre Gabel in den Kartoffelsalat. »Es ist eine Erweiterung. Damit stellen wir die Seifenfabrik besser auf. Den Platz haben wir.«

Onkel Fritz schüttelte lächelnd den Kopf. »Lilly. Wir verdienen wieder gutes Geld, das weißt du, und ich bin der Letzte, der nicht investiert. Zugleich aber sind wir noch immer dabei, die vergangenen Jahre zu verdauen, wenn ich es so ausdrücken darf.« Er tupfte sich mit der Serviette den Mund ab.

»Ich muss immer daran denken, dass Helena vor ein paar Tagen ihr Grandhotel eröffnet hat«, entgegnete Lilly. »Der Umbau hat sicherlich auch sehr viel gekostet.«

»Ganz gewiss. Aber sie hat Unterstützung von ihrem vermögenden Verlobten.«

»Trotzdem haben sie es gewagt. Obwohl nicht sicher war, dass die Menschen so schnell wieder reisen. Und jetzt sind sie schon den ganzen Sommer über ausgebucht.« Lilly legte das Besteck zur Seite. Auch ihr Teller war geleert.

»Mhm.«

Onkel Fritz war selten um eine Antwort verlegen. Lilly ahnte, dass sie auf dem richtigen Weg war. »Sieh. Wir müssen ja nicht gleich eine riesige Produktion planen. Ich brauche eine Mitarbeiterin, die mir hilft, die Pflegemittel herzustellen, und zwei, die im Salon arbeiten. Das ist eine überschaubare Investition. Der Laden wäre gemietet, nicht gekauft. Wenn wir feststellen, dass mein Angebot nicht angenommen wird, können wir die ganze Sache wieder beenden.«

»Und haben eine Menge Geld verloren.«

»Das ist das Wesen einer Investition, Onkel Fritz.« Nun lächelte Lilly. »Du hast mir selbst erklärt, dass es immer ein Risiko gibt. Und je höher das Risiko ist, desto größer ist der Gewinn, wenn es ein Erfolg wird.«

»Jetzt schlägst du mich schon mit meinen eigenen Waffen.« Onkel Fritz schüttelte erneut den Kopf.

Lilly lächelte breiter. »Ich würde nicht alles daransetzen, dich zu überzeugen, wenn ich selbst nicht überzeugt wäre.«

»Aus dir wird noch eine Geschäftsfrau, vor der man sich in Acht nehmen muss.«

Thea trat ein, um abzuräumen. Onkel Fritz schenkte sich Wein nach. Anschließend brachte die neue Küchenhilfe den Nachtisch. Sie stammte von der Schwäbischen Alb. »Sodele, da sind die Nonnenfürzle«, sagte sie in unverkennbarem Dialekt.

Onkel Fritz sah amüsiert auf. »Danke schön!«

Lilly schmunzelte.

»Ein lustiger Name für ein leckeres Gebäck«, fügte Onkel Fritz leise an, nachdem Thea mit dem Mädchen das Speisezimmer wieder verlassen hatte.

Lilly war eigentlich schon satt und schaffte nur eine der kleinen in Schmalz ausgebackenen Brandteigkugeln mit Sahne und Kompott. »Lecker. Aber mächtig.« Sie trank einen Schluck Wasser. »Ich muss übermorgen Bescheid geben, ob wir die Räume mieten oder nicht«, kam sie auf ihr Anliegen zurück. »Bitte denke darüber nach, Onkel Fritz.«

»Also gut. Du kannst einen Teilsieg für dich verbuchen. Wir werden uns morgen gemeinsam den möglichen Schönheitssalon ansehen, und bis übermorgen gebe ich dir meine Einschätzung. Und meine Entscheidung. Aber dann akzeptierst du diese, einverstanden?«

»Das kommt darauf an, wie deine Entscheidung ausfällt«, erwiderte sie augenzwinkernd.

Onkel Fritz lachte. »Ich werde es wohlwollend bewerten, das weißt du. Wenn es nur mein Risiko wäre, dann sähe das anders aus. Aber ich verwalte auch das Erbe deines Mannes.«

»Ich weiß. Aber Arno würde es sicherlich gutheißen.«

»Das kann ich nicht einschätzen.« Er legte eine Handfläche auf den weißen Damast der Tischdecke. »Zudem … Es gibt Neuigkeiten.«

Sein Gesichtsausdruck wurde ernst.

»Von Arno?«, fragte Lilly verunsichert.

Er nickte. »Ich hatte eine Suchmeldung beim Roten Kreuz aufgegeben.«

»Davon hast du mir nichts erzählt.«

»Nein. Ich wollte dich nicht mit der Ungewissheit beunruhigen.«

»Wann war das? Also das mit der Suchmeldung?«

»Schon bald nach Kriegsende.« Er strich über seinen Bart. »Heute habe ich Nachricht erhalten.«

Lilly wurde nervös. »Und? Was haben sie geantwortet?«

»Arno gilt offiziell als vermisst. Es tut mir leid, Lilly.«

Vor der Tür hob lautes Schreien an. Einen Wimpernschlag später stand Edith im Speisezimmer. Sie hatte Hans auf dem Arm.

»Er war schon eingeschlafen«, sagte sie entschuldigend. »Auf einmal ist er wieder aufgewacht, und jetzt lässt er sich nicht beruhigen.«

Lilly stand auf und nahm ihr das Kind ab. »Es ist schon recht, Edith. Du kannst dich zurückziehen, du hast auch einen langen Tag hinter dir. Und du kümmerst dich so gut um ihn, ich wüsste nicht, was ich ohne dich machen würde.«

»Das mache ich gern!«, erwiderte Edith. »Aber wenn Sie mich nicht mehr brauchen, gehe ich heute einmal früh zu Bett.« Sie schloss leise die Tür hinter sich.

»Na, der kleine Mann hat wohl schlecht geträumt«, stellte Onkel Fritz fest.

»Er zahnt«, meinte Lilly und wiegte ihren Sohn. Sein Schreien war in brabbelndes Schimpfen übergegangen. »Ich denke, ich gehe auch gleich ins Bett, Onkel Fritz. Mir ist nach Alleinsein. Ich muss das alles erst einmal … verarbeiten.«

»Ich verstehe dich, Lilly. Der Krieg ist vorbei, und doch greift er immer noch in unsere Leben ein. Schlaf gut. Wir sprechen morgen weiter.«

36. KAPITEL

Auf dem Bodensee zwischen Meersburg und Lindau,
Ende Mai 1919

Katharina zog ihre Haube ab und strich sich das Haar zurück, doch der Wind blies die hellblonden Strähnen mit zäher Beharrlichkeit immer wieder in ihr Gesicht. Schließlich ließ sie es geschehen und blieb an der Reling stehen, hielt nur die Haube fest, damit diese nicht ihren Weg in den Bodensee fand.

In letzter Sekunde hatte sie das Schiff nach Lindau erreicht. Sie hatte sich nicht einmal mehr umziehen können. Nach Schichtende hatte Doktor Zimmermann noch einiges mit ihr zu besprechen gehabt. Nun war sie froh, die nächsten drei Stunden bei strahlendem Wetter auf dem Bodensee zu verbringen und sich dabei ein wenig zu erholen. Einen Moment lang kam ihr der Ausflug nach Konstanz in den Sinn, den sie mit Lilly gemacht hatte. War das wirklich schon ein ganzes Jahr her? An jenem Tag hatten sie Elisabeth von Ardenne kennengelernt, mit der Katharina seither eine auf gewisse Art distanzierte, zugleich aber regelmäßige Verbindung pflegte, meist brieflich. Heute aber war sie auf dem Weg zu einem persönlichen Besuch.

Sie blinzelte in die Nachmittagssonne.

Der Vormittag im Spital war hektisch gewesen, obwohl inzwischen wieder Normalbetrieb herrschte. Nur noch vereinzelt bekamen sie Kriegsversehrte zugewiesen, die Grippewelle war endgültig vorbei, und mit dem Frühjahr leerten sich die Betten weiter. Aber zwei Blinddarmentzündungen und eine schwere Beinverletzung durch eine Sense hatten sie seit dem frühen Morgen auf Trab gehalten.

Katharina machte den Weg nach Lindau nicht zu ihrem Vergnügen. Jedenfalls nicht nur. Nach all den Schwierigkeiten der letzten Monate war es höchste Zeit, dass sie sich um ihre Zukunft kümmerte. Denn mehr denn je trug Katharina sich mit dem Wunsch, Medizin zu studieren und Ärztin zu werden.Um sich aber an einer der Universitäten einschreiben zu können, musste sie das Abitur vorweisen. Abitur und Studium waren unüblich für junge Frauen, und nachdem sie sich bisher vergebens nach einer Schule umgesehen hatte, die auch weibliche Schüler auf die Reifeprüfung vorbereitete, hatte sie an Elisabeth von Ardenne geschrieben. Vielleicht wusste die weit gereiste und lebenserfahrene Baronin Rat.

Gegen vier Uhr am Nachmittag schob sich das Schiff mit einem fröhlichen Tuten zwischen dem steinernen Leuchtturm und dem majestätischen Löwen in den Hafen von Lindau und machte am Steg für Dampfschiffe fest.

Katharina hatte keinen Blick für die hoch aufragenden Berge, die hier, unweit der österreichischen Grenze, sehr viel näher waren als in Meersburg. Sie achtete auch nicht auf die zahlreichen Urlauber, welche die Promenade und die Cafés bevölkerten, sondern nahm sich gleich eine Droschke nach Hochbuch, einem kleinen Ort, der etwa zwei Kilometer von der Stadt entfernt im Hinterland lag. Die Gegend hier war leicht hügelig und um diese Jahreszeit sattgrün.

Vor der abseits gelegenen Villa, die Katharina inzwischen recht gut kannte, ließ sie anhalten, bezahlte den Fahrer und stieg aus.

»Ach, das Fräulein Lindner.« Mit einem strahlenden Lachen öffnete Daisy die Tür. »Sie sind überpünktlich. Die Baronin ist noch auf ihrem Zimmer, lässt aber fragen, ob sie Sie auf die Veranda einladen darf.«

»Sehr gern, Frau Weyersberg.«

Während Daisy sie zu einem verglasten Anbau unter dem Turm des Gebäudes führte, drang Kinderlachen an Katharinas Ohr. »Das Haus ist für uns allein zu groß. Wir haben jetzt begonnen, einen Teil unserer Räume zu vermieten«, erklärte Daisy, ohne dass Katharina nachgefragt hätte. »Darunter sind einige Familien. Mir gefällt es. So ist immer ein bisschen Leben um uns herum.«

Katharina nickte und wartete, bis die Baronin erschien. Mit der ihr eigenen Noblesse musterte sie Katharina kurz und bat sie dann an den lang gezogenen Tisch, von dem aus man See und Berge sah. Die beiden älteren Frauen nahmen gegenüber Platz. Auch diesmal gab es Kaffee und einen frisch gebackenen Kuchen mit Äpfeln und Streuseln.

»Ich habe mich gefreut, von Ihnen zu hören.« Die Baronin schenkte allen ein, schnitt den Kuchen an und verteilte die Stücke auf Porzellanteller.

»Und ich habe mich über Ihre Einladung gefreut, Frau Baronin«, erwiderte Katharina. »Auch weil ich in den letzten Wochen so still gewesen bin.«

Die Baronin winkte ab. »Wir hatten alle genug zu tun in diesen Zeiten. Und wenn ich es in den Zeitungen richtig gelesen habe, dann gab es in Ihrem Zuhause kürzlich zudem recht viel Ärger.«

»Mit einem russischen Fürsten«, fügte Daisy an, und die Neugier stand ihr ins Gesicht geschrieben.

Katharina nickte. »Meine Schwester wurde am Tag der Hoteleröffnung entführt. Glücklicherweise ist alles gut ausgegangen.« Sie wollte nichts ausplaudern. Vieles hatten die Zeitungen in Erfahrung gebracht, vieles aber auch nicht.

»Ja, das ist das Wichtigste.« Die Baronin verstand sofort. »Was verschafft uns die Ehre Ihres heutigen Besuchs?«, wechselte sie taktvoll das Thema.

Katharina hatte gerade vom Kuchen probiert und beeilte sich, das Gebäckstück hinunterzuschlucken. »Darf ich ganz direkt sein?«

»Nur zu!«

»Ich möchte gern die Abiturprüfung ablegen, Baronin. Und es ist mir bisher nicht möglich gewesen, eine Mädchenschule ausfindig zu machen, die mich aufnehmen würde.« Sie räusperte sich. »Deshalb wollte ich fragen, ob Sie vielleicht ein Institut kennen, das mir diesen Weg eröffnen könnte. Auch wenn ich bereits achtzehn Jahre alt bin.«

Die Baronin antwortete nicht gleich.

»Möchten Sie noch Kaffee?«, fragte Daisy in die Stille hinein.

Katharina nickte, und Daisy schenkte nach.

»Eine Bekannte von mir leitet das Lessing-Gymnasium in Karlsruhe«, erwiderte die Baronin schließlich. »Ich werde ihr schreiben und Ihr Anliegen schildern, Fräulein Lindner.«

»Handelt es sich dabei um ein Internat?«, fragte Katharina.

»Meines Wissens nicht.« Die Baronin zuckerte ihren Kaffee und rührte langsam um.

»Dann bräuchte ich zudem eine Unterkunft.«

»Wenn ich Ihnen einen Platz auf dem Gymnasium vermitteln kann, dann sollte sich auch dafür eine Lösung finden lassen. Welche Schule haben Sie bisher besucht?«

»Die Friedrich-Luisen-Schule in Konstanz«, antwortete Katharina.

»Eine höhere Töchterschule«, stellte die Baronin fest. »Dort können Sie kein Abitur ablegen.«

»Nein. In den letzten Jahren war mir der Schulbesuch aber ohnehin kaum mehr möglich. Ich habe vornehmlich im Spital in Meersburg gearbeitet.«

»Es muss sicherlich geprüft werden, wie Ihre Kenntnisse in den einzelnen Fächern sind. Dann wird man sehen, in welche Klassenstufe man Sie eingliedern könnte.« Die Baronin sah sie prüfend an. »Anschließend werden Sie studieren?«

»Ja. Medizin.«

»Davon war auszugehen, nachdem Sie so leidenschaftlich als Hilfsschwester arbeiten.« Elisabeth von Ardenne lächelte. Ihr Gesicht behielt seinen konzentrierten Zug. »Meinen Respekt für Ihren Mut. Es gefällt mir, wenn junge Frauen ihr Leben in die Hand nehmen und sich nicht auf Gedeih und Verderb einem Ehemann ausliefern.« Für Sekundenbruchteile flatterten ihre Augenlider. Katharina bemerkte es und war irritiert. Lag in dieser Aussage ein Grund für die ungewöhnlichen Umstände, in denen die Baronin hier lebte?

»Schon von Kindheit an möchte ich eines Tages als Ärztin arbeiten«, erklärte sie. »Wenn man für eine Sache brennt, dann nimmt man auch den schweren Weg in Kauf.«

»So ist es.« Die Baronin nickte anerkennend. »Ich werde mich erkundigen und Ihnen so bald wie möglich Bescheid geben. Sie möchten sicher keine Zeit mehr verlieren.«

»Je eher ich beginnen kann, desto besser.«

Der Rest der Kaffeestunde verging mit höflich-angeregtem Geplauder. Auch diesmal gab die Baronin wenig von sich preis. Immerhin erzählte sie, dass sie eine begeisterte Skifahrerin sei und alle Wege mit dem Fahrrad erledigte. Daisy verriet, dass sie außerdem sehr gerne in ihrem Garten werkelte, weshalb sich an den Kaffee ein ausgedehnter Gartenspaziergang durch die üppig blühende Anlage anschloss.

Pünktlich um sechs Uhr am Abend fuhr die Droschke wieder vor, um Katharina zurück zum Hafen zu bringen.

»Wir werden bald einen Gegenbesuch antreten, Fräulein Lindner«, sagte die Baronin, »denn das Grandhotel Lindenhof interessiert uns sehr.«

»Kommen Sie gern!«, erwiderte Katharina. »Meiner Familie und mir sind Sie jederzeit willkommen!«

37. KAPITEL

Stuttgart, Mitte Juni 1919

»Nein, nicht dahin, Matthias!« Lilly wedelte mit einer Hand durch die Luft, um den Arbeiter an die richtige Stelle zu dirigieren. »Hier durch. Das muss in die Küche.«

Matthias bugsierte mehrere Kisten mit allerlei Utensilien durch die *Hohe Halle*, wie Lilly den großen und zentralen Raum ihres Salons getauft hatte, ging durch einen großen Rundbogen und verschwand in den Nebenräumen. Lilly, die ihm die Tür aufgehalten hatte, folgte ihm.

Sie konnte es kaum glauben. Nach zwei Tagen intensiver Gespräche hatte Onkel Fritz vor drei Wochen den Mietvertrag unterzeichnet. Lilly war bei den Verhandlungen mit George Douglas dabei gewesen und hatte wieder dazugelernt. Denn Onkel Fritz hatte nicht nur die Miete heruntergehandelt, sondern zugleich eine Vereinbarung getroffen, die ihm gestattete, die darüberliegenden Wohnungen in Douglas' Namen zu vermieten und dafür eine Provision zu kassieren. Das Ergebnis war für alle so zufriedenstellend gewesen, dass Onkel Fritz den Engländer spontan in die Reichle-Villa eingeladen hatte, um die Verträge aufzusetzen und gleich auf alles anzustoßen. An diesem Abend war selbst Lilly mit einem kleinen Schwips ins Bett gegangen.

Nun werkelte sie nahezu Tag und Nacht in ihrem Schönheitssalon. George Douglas war nach England zurückgekehrt. Zuvor hatte er Lilly noch das Versprechen abgerungen, ihn und seine Frau Harriet innerhalb des nächsten Vierteljahres zu besuchen, um mit ihr einen der Londoner Salons von Helena Rubinstein zu besuchen. Dort sollte sie das Erfolgsrezept der Beauty-Mogulin mit eigenen Augen sehen und an der eigenen Haut erfühlen, um diese Erfahrung nach Stuttgart mitzunehmen.

Lillys Leben war so anstrengend, aber auch so erfüllt wie nie zuvor. Ihr geliebtes Kind wuchs und gedieh, die Seifenmanufaktur warf erste Gewinne ab, und in der Produktentwicklung wurde sie von einer jungen Frau unterstützt, die sie bei ihrer Arbeit an der Verpackungsmaschine näher kennengelernt hatte. Lilly notierte nur noch ihre Ideen, die Rezepte erarbeitete dann Ruth. Eines jedoch ließ Lilly sich nicht nehmen: Jede neue Kreation trug sie fein säuberlich in Felix' Rezeptbuch ein. Diese Stunden brachten wehmütige Erinnerungen. Sie fühlte sich ihm noch immer verbunden und nah, doch ihre Sehnsucht war nicht mehr so schmerzvoll wie noch vor ein paar Monaten. Ihr Muttersein war in den Vordergrund gerückt und Hans ihr ganzes Glück.

»Sodele.« Matthias hatte die Kiste abgesetzt und den Deckel abgenommen.

»Gut.« Lilly steckte ihm ein Trinkgeld zu.

»Das ist nicht nötig«, wehrte er ab.

»Doch, das ist es. Es gibt heute noch einiges zu tun.« Sie deutete auf den neuen Gasherd, der im Raum stand.

»Danke, Frau Reichle.« Er grinste. »Den schließe ich sofort an, sobald ich die restlichen Sachen hereingebracht habe.«

»Tun Sie das! Ich bin in zehn Minuten auch wieder in der Hohen Halle.« Der Name perlte von ihren Lippen. Er passte zu den hohen Decken und der schlossähnlichen Atmosphäre des Salons.

Während Matthias wieder nach draußen ging, besah sich Lilly rasch die wunderbaren Utensilien, die sie in verschiedenen Stuttgarter Geschäften bestellt hatte. Schälchen aus Glas und Porzellan in verschiedenen Größen und Formen, dazu kleine Messer und Löffel und Spatel. Weiße Handtücher in vielerlei Abmessungen, Umhänge, Bürsten, Kämme, Haarklammern und anderes mehr, was für die Behandlung ihrer Kundinnen benötigt wurde. Um sich auf ihre Tätigkeit vorzubereiten, übte Lilly bereits an Edith und Thea, nur Frau Lene widersetzte sich beharrlich jedem Angebot, sie kostenlos zu behandeln. Dafür hatte sich Onkel Fritz für die eine oder andere Erprobung zur Verfügung gestellt.

Die Türglocke bimmelte, ein munterer, verspielter Ton. Kurz darauf hörte man ein kräftiges »Ma-Maaa-Ma-Mamamaaa!«

Edith war mit Hans gekommen.

Lilly legte eine Seifenschale zur Seite, die sie wegen eines kleinen Sprungs reklamieren musste, und sah auf ihre Armbanduhr. Es war fast elf.

Edith hatte den Kinderwagen bereits durch die Tür manövriert, als Lilly in die Hohe Halle kam. Hinter ihr schleppte

Matthias das nächste Paket heran, welches Johann mit der Kutsche gebracht hatte. Neuerdings half ihm dabei ein fünfzehnjähriger Bursche, Eugen, der sich so ein paar Pfennige verdiente. Er hatte Matthias auf der Straße angesprochen.

»Herrgotts…« Matthias unterdrückte nur mühevoll einen Fluch, als sie die nächste Kiste abstellten. Er war zwar groß und kräftig, aber selbst er trug an manchen ihrer Bestellungen schwer. »Bleibt das hier?«, wollte er wissen.

Lilly, die die Tür aufgehalten hatte, nickte. »Ich schätze, das ist der Marmorstein für den Brunnen.«

»Ach, für den Brunnen«, antwortete Matthias. »Meine nächste bauliche Herausforderung.«

»Ich wüsste nicht, wer sonst eine solche Konstruktion hinbekäme.« Lilly lächelte ihn an. »Und wenn er fertig ist, freuen sich die Kundinnen über das beruhigende Plätschern.«

»Werden Ihre Behandlungen so aufregend?« Matthias fuhr sich über das Gesicht. »Entschuldigen Sie, das ist mir so rausgerutscht.«

Lilly lachte. »Das Wasserspiel soll der Entspannung dienen und die Behandlung damit unterstützen.«

»Ich bau den Brunnen gern für Sie, Frau Reichle. Aber verstehen muss ich als Mann nicht alles«, sagte Matthias kopfschüttelnd und ging wieder hinaus. Der Junge folgte ihm.

»Mama-mam!«, brachte Hans sich in Erinnerung.

Lilly nahm ihn aus dem Kinderwagen und herzte ihn. »Es ist schön, dass du immer mit ihm herkommst«, sagte sie zu Edith.

»Ich habe mich daran gewöhnt, von der Hasenbergsteige herüberzulaufen«, erwiderte Edith. »Die frische Luft tut ihm gut und mir auch. Thea schimpft halt immer.«

»Weil er nicht pünktlich um zwölf Uhr sein Essen bekommt.« Lilly schnupperte an dem seidenweichen Kinderhaar, das unvergleichlich roch. Diesen Duft müsste man in eine Creme rühren können …

»Ich finde es wichtig, dass er seine Mutter sieht«, meinte Edith, »auch wenn er dadurch ein wenig später seinen Mittagsbrei bekommt.«

»Das finde ich auch«, bekannte Lilly. Sie hatte ohnehin schon ein schlechtes Gefühl, weil sie so viel außer Haus war. Deshalb schlief er auch bei ihr im Bett. Inzwischen hatte Frau Lene es aufgegeben, sie deswegen zu schelten.

»Hier kommt das nächste Paket«, verkündete Matthias.

»Ah, das sind noch einmal Sachen für die Küche«, sagte Lilly gleich. »Wenn Sie so gut wären, es nach hinten zu bringen.«

Matthias nickte und machte eine auffordernde Kinnbewegung zu Eugen hin. »Du kommst mit. Wir kümmern uns dann gleich um den Herd. Johann ist schon los und holt die nächste Fuhre.«

»Ich werde auch weitergehen, Frau Reichle. Bevor er sich vor Hunger nicht mehr beruhigen lässt, möchte ich zu Hause sein.«

Lilly strich über den Rücken ihres Sohnes. »Am liebsten würde ich ihn hierbehalten.«

»Das würde nicht lange gut gehen.« Edith lachte und streckte die Hände nach Hans aus, aber das Kind vergrub mit einem Protestlaut den Kopf an Lillys Schulter.

»Mama kommt später nach Hause. Jetzt gehst du mit Edith, ja?«, flüsterte Lilly.

»Komm, kleiner Mann.« Das Kindermädchen versuchte es mit der Stoffpuppe.

Hans krallte sich an Lillys Schulter fest. Behutsam löste sie die kleinen Händchen und setzte ihn zurück in seinen Kinderwagen. »Bald passt er nicht mehr hinein!«, stellte Edith fest und stopfte die leichte Sommerdecke um ihn herum fest.

»Du kannst Johann nach einem Leiterwagen fragen«, schlug Lilly vor und öffnete die Tür.

Das Bimmeln ließ Hans aufhorchen, dann begann er zu meckern. Edith gab ihm das Stoffpüppchen und zog sein Mützchen auf. »Eine gute Idee, Frau Reichle. Einen Leiterwagen können wir schön mit Kissen polstern, da hat er es bequem.« Sie schob den Kinderwagen hinaus.

Lilly winkte ihrem Sohn hinterher, der bereits brabbelnd an seinem Stoffpüppchen kaute. Edith war ein Segen.

In der Küche war Matthias derweil dabei, den Herd anzuschließen. »Das dauert noch, Frau Reichle«, meinte er und betrachtete die Zuleitung. »Der Anschluss passt nicht richtig.«

»Lassen Sie sich Zeit. Hauptsache, er funktioniert später.«

Während Matthias und Eugen mit der Technik kämpften, packte Lilly das letzte Paket aus. Es handelte sich um Töpfe und kleine Wannen, die für Dampfbehandlungen bestimmt waren.

Sie dachte an all das, was sie sich bisher an Wissen über Schönheitspflege angeeignet hatte. Vieles fand sie nachahmenswert, manches schreckte sie ab. Elektrische Behandlungen würde sie sicherlich keine anbieten. Allein die Apparaturen waren furchterregend. Aber eine besondere Creme, die musste sie unbedingt entwickeln. Helena Rubinstein hatte ihren Erfolg mit ihrer Valaze-Creme begründet, deren Rezept sie strikt geheim hielt. So etwas brauchte Lilly auch.

Sie musste mit Ruth sprechen. Deren Arbeitsgebiet würde sich nun deutlich erweitern. Helena Rubinsteins Produkte einfach nachahmen, das konnte und wollte Lilly ohnehin nicht. Ihre Rezepturen sollten auf Basis von Pater Fidelis' Pflanzenkenntnissen beruhen und möglichst zu den Seifen passen, die sie herstellte.

Lilly wusste, dass die Zeit drängte.

Am ersten Juli würde sie eröffnen.

38. KAPITEL

Stuttgart, zwei Wochen später, Ende Juni 1919

»Ist es so recht, Frau Reichle?«, rief Matthias. Gemeinsam mit einem weiteren Arbeiter der Seifenfabrik balancierte er ein großes Schild über dem Eingang zu ihrem Geschäft. *MAISON DE BEAUTÉ* stand darauf, verspielt, aber in großen Buchstaben und weithin lesbar. Lilly hatte den Namen in Anlehnung an Helena Rubinsteins Salons gewählt. Er versprach wesentlich mehr Eleganz als jede der deutschen Bezeichnungen, über die sie zusammen mit Onkel Fritz nachgedacht hatte.

»Ein kleines Stückchen nach oben noch«, sagte Lilly und verfolgte aufmerksam jede Bewegung.

Die Arbeiter verrückten das Schild um wenige Zentimeter.

»Achtet auf die Markise! Man muss sie noch ausfahren können«, rief Lilly. »Gut, jetzt. Ja, so ist es gut!«

Während die beiden Männer das Schild montierten, trat Ruth neben Lilly, die gerade mehrere Packungen mit eigens für den Salon hergestellten Seifen aus Esslingen hergebracht hatte. »Es sieht wundervoll aus, Lilly.« Die beiden Frauen redeten sich mittlerweile mit Vornamen an. »Ich bin nun doch ein wenig traurig, dass ich nicht *hier* arbeiten kann.«

Lilly hakte sie unter. »Du wirst hin und wieder hier sein, Ruth. Aber in Esslingen kann ich nicht auf dich verzichten.«

»Ich weiß. Es macht mir ja auch große Freude dort.«

»Du bist meine beste Kraft.«

»Danke!« Ruth freute sich sichtlich über das Lob. »Ich hätte nie gedacht, dass ich so schnell so große Verantwortung tragen würde. Und dadurch mein ganzes Auskommen bestreiten kann.«

»Die Männer haben uns zu lange allein gelassen«, erwiderte Lilly. »Während sie sich gegenseitig beschossen haben, sind wir selbstständig geworden.«

»Ach, Herrgottsack!«, fluchte Matthias, als ihm eine der Schrauben aus der Hand glitt und mit einem scharfen Geräusch auf dem Pflaster aufschlug. »Die finden wir vielleicht nimmer!«

Lilly war schon dabei, sich auf die Suche zu machen, aber Eugen, den Lilly inzwischen regelmäßig mit kleineren Arbeiten und Laufaufträgen bedachte, kam ihr zuvor und reichte den Arbeitern die Schraube hinauf. Seit dem Tod beider Eltern war er auf sich gestellt. Da er bei einer früheren Stelle gestohlen hatte, tat er sich schwer, Arbeit zu finden. Lilly glaubte seinen Beteuerungen, aus purer Not gehandelt zu haben, und Eugen erwies sich als dankbar und als große Hilfe. Auch heute war er bereits seit dem frühen Morgen dabei und packte an, wo er konnte.

Schließlich hing das Schild – einladend und gerade.

»Gut gemacht!«, lobte Lilly.

»Dann schlagen wir gleich das zweite dran«, schlug Matthias vor und wischte sich den Schweiß von der Stirn. »Gell, Frau Reichle? Dann können die Damen kommen.«

»Tun Sie das.« Lilly wandte sich an Eugen. »Sobald Matthias fertig ist, putzt du bitte die Schaufenster.«

»Aber natürlich, Frau Reichle!«

Während draußen weiter gebohrt und gehämmert wurde, gingen Lilly und Ruth in die Hohe Halle.

»Du hast wirklich Unglaubliches vollbracht, Lilly.« Ruth blieb stehen. »Und das neben der Manufaktur und dem Kind.«

»Ich bin ja nicht allein. Ohne Herrn Reichle und die Unterstützung, die ich von Ihnen allen erhalten habe, wäre das gar nicht zu leisten gewesen«, erwiderte Lilly.

»Trotzdem bleibt es deine Idee«, beharrte Ruth.

»Auf alle Fälle macht es mich sehr glücklich.« Lilly ließ den Blick über ihr Werk schweifen. In ihr war große Freude – und auch ein wenig Stolz.

Die Wände waren in einem frischen Salbeigrün gestrichen, die Säulen, die Decke und der Stuck weiß geblieben. Hellgelbe Vorhänge rahmten die großen Fenster, auf den Simsen standen Vasen, in denen Lilly täglich frische Blumen arrangieren lassen wollte. Der Brunnen war gebaut – Matthias hatte ganze Arbeit geleistet –, aber noch nicht in Betrieb. Hohe Grünpflanzen in großen Kübeln verbreiteten die fürstliche Atmosphäre einer Orangerie.

Der großzügige Raum mit seinen zahlreichen Nischen hatte es erlaubt, vier Behandlungsplätze einzurichten, die genügend Abstand besaßen, um die Privatsphäre der Kundinnen zu wahren. Denn neben Schönheit sollten die Frauen hier Momente der Ruhe und Entspannung genießen, die es im Alltag viel zu selten gab. Jeder der Plätze war mit einem Spiegel, einem Wandtisch und einem großen Behandlungsstuhl ausgestattet. In schmalen Regalen waren zudem die notwendigen Behandlungsutensilien griffbereit untergebracht.

Unmittelbar an den Eingangsbereich, der hinter dicken Samtvorhängen eine Garderobe beherbergte, schloss sich der Empfang mit der großen Theke an. Darauf, neben einer großen silbernen Kasse, lag das Terminbuch. In den flankierenden Vitrinen standen Fläschchen und Schalen mit Seifen, den ersten in Esslingen hergestellten Reinigungslotionen und getrockneten Blüten. Seifen hatte Ruth zudem geschmackvoll an jedem der Behandlungsplätze arrangiert. Dank spezieller Metallformen konnten sie mittlerweile Seifenstücke in den verschiedensten Formen herstellen: Herzen, Sterne, Blumen oder Kugeln.

Ruth hatte sich gerade darangemacht, die fertigen Arrangements mit einigen Efeuzweigen und getrockneten Rosenknospen zu komplettieren, Lilly räumte die leeren Seifenkartons in die Küche. Dabei fiel ihr Blick auf die heutige Zeitung mit der Anzeige, die sie in den letzten Tagen dort regelmäßig geschaltet hatte und in der die Eröffnung ihres Salons angekündigt wurde. Wie erhofft, fiel sie unter den anderen Reklamen besonders auf, denn in der Mitte wurde sie von einem Emblem dominiert, das Lilly gemeinsam mit Onkel Fritz entwickelt hatte: eine Rosenranke, die ein verschlungenes »L« bildete.

Dieses Zeichen war inzwischen auf allen Seifen eingestempelt, die Lillys Manufaktur verließen. Es schmückte Lillys Briefkopf und eine Wand ihres Salons. Nicht zuletzt würde es künftig auf den Etiketten eines jeden Produktes zu finden sein, das in Lillys Pflegekosmetiklinie aufgenommen wurde.

Lilly suchte ein Staubtuch und kehrte zu Ruth zurück, die mittlerweile einige Seifen auf dem Empfangstresen auslegte.

»Die neue Maiglöckchenseife riecht auch sehr gut«, stellte ihre Mitarbeiterin fest und schnupperte an einer der weißen Kostbarkeiten. »Ich hoffe, dass wir die passende Creme dazu bald optimiert haben.«

»Ja, mir gefällt sie auch. Wie weit bist du mit der Erdbeerseife?«

»Die Konsistenz ist schön, die Farbe auch«, erwiderte Ruth. »Allerdings ist es schwierig, das Aroma darin zu halten. Es ist zu flüchtig.«

»Am besten fragst du bei Herrn Reichle nach. Es wäre nicht das erste Mal, dass er uns eine Formel rettet.« Lilly schmunzelte. »Hin und wieder ist es gut, einen Doktor der Chemie an der Hand zu haben.«

Ruth kicherte.

Lilly begann, die beiden Doppelvitrinen hinter der Verkaufstheke zu polieren, zwischen denen sie dezent das Preisschild platziert hatte. Ihr Angebot war teuer, das war ihr bewusst, und sie vermutete, dass darin einer der Gründe lag, weshalb bisher noch nicht allzu viele Anmeldungen vorlagen.

Doch war nicht aller Anfang schwer? Sie hatte zwar nicht erwartet, dass ihr Salon vom ersten Tag an überrannt werden würde, dazu waren die Stuttgarterinnen zu reserviert. Doch etwas mehr Resonanz hätte sie sich schon gewünscht, schließlich gab es genügend wohlhabende Damen in der Stadt. Lilly hoffte, dass letzten Endes die Neugier siegte und sich bei Abendgesellschaften und Kaffeekränzchen bald herumsprach, wie exklusiv man bei Lilly behandelt wurde.

»Siehst du?«, fragte Ruth, als habe sie Lillys Gedanken gelesen, und deutete auf zwei Frauen, die draußen vor den Schaufenstern standen und versuchten, einen Blick ins Innere zu erhaschen.

»Das passiert häufig«, erwiderte Lilly. »Doch sie trauen sich nicht herein.«

»Noch nicht«, erwiderte Ruth. »Das kommt schon noch.«

»Wie weit ist eigentlich unsere Solea-Creme, Ruth?«

»Ich habe sie fertig gerührt und zwei Mitarbeiterinnen gebeten, sie an sich zu testen. Wir werden zur Eröffnung genügend davon haben.«

»Das ist gut.« Lilly hatte ihre erste eigenentwickelte Creme Solea genannt. Ruth fertigte sie nach einer Empfehlung von Pater Fidelis unter anderem aus Lanolin, Bienenwachs, Mandelöl, Rosenwasser und Rosenöl. Die Rezeptur war herrlich sahnig und pflegend, mit einem zarten, feinen Duft. Lilly verwendete sie selbst inzwischen täglich. Dazu passend gab es eine Seife und eine Reinigungsmilch.

Dies war noch keine überwältigende Auswahl – für mehr hatte ihnen die Zeit gefehlt –, doch das würde sich bald ändern. Ruth und Lilly hatten bereits viele weitere Rezepte vorbereitet, die nun in die Erprobungsphase gehen konnten.

»Ist eigentlich die Vulkanerde für das *Peeling* angekommen?«, fiel Lilly in diesem Moment ein. Sie hatte den englischen Begriff von Helena Rubinstein übernommen. Er hörte sich weitaus besser an als *Schälkur*, wie man den Namen für diese Behandlung ins Deutsche übersetzen würde. Die englischen Begriffe wollte sie ohnehin verstärkt in die Reklame einbinden. In ihren Augen wirkten sie, wie die französischen, mondän und international.

»Ja, die wurde geliefert«, erwiderte Ruth. »Ich bin aber noch nicht dazu gekommen, damit zu arbeiten.«

»Natürlich. Ich wollte nur sichergehen, dass sie eingetroffen ist.« Lilly ging zum Brunnen und strich über den feinen Marmorstein. »Ich freue mich auf die Eröffnung.«

Ruth lächelte. »Das wird ein ganz besonderer Tag.«

Nachdem Ruth gegangen war, begab sich Lilly noch einmal vor ihren Salon und begutachtete das zweite Schild, das jetzt neben dem Eingang hing: *Lilly Reichle – Institut für Schönheit & Erholung*. Sie nickte zufrieden.

»Jetzt geht es bald los!«

Lilly drehte sich um. »Onkel Fritz!«

Arnos Onkel nahm sie in den Arm. »Kraft und Mut, Lilly. Deshalb stehst du heute hier.«

Lilly lächelte. »Und ein bisschen Verrücktheit. Und sehr viel Onkel Fritz.«

»Du hast ein überzeugendes Konzept vorgelegt.« Onkel Fritz beobachtete Eugen, der gerade die Putzutensilien aufräumte. »Er ist ein fleißiger Bursche. Wo ist Matthias?«

»Der wollte noch mal in der Seifenfabrik vorbeischauen.«

»Ah …«

Lilly fiel auf, dass Onkel Fritz heute ungewöhnlich nachdenklich wirkte.

»Möchtest du dich drinnen umsehen?«, fragte sie. »Wir haben jetzt alles vollständig dekoriert.«

»Ein andermal gern. Heute bin ich aus … anderen Gründen gekommen.«

Lilly wurde unruhig. »Habe ich etwas falsch gemacht?«

»Oh nein, Lilly.« Er drückte sie kurz an sich. »Können wir ein paar Schritte gehen?«

»Natürlich.« Lilly holte ihre Stola, schloss die Tür ab und ging mit ihm in Richtung Königsbau.

Es dauert einige Minuten, bis er tief Luft holte. »Ich habe einen weiteren Bescheid bekommen.«

»Von Arno?«, fragte sie vorsichtig. »So schnell?«

Er nickte.

»Ist er …« Lilly blieb stehen.

Onkel Fritz griff in die Innentasche seines Jacketts, holte eine Karte heraus und gab sie ihr.

Auf dem Feld der Ehre gefallen.

Die Zeilen verschwammen vor ihren Augen. »Er ist tot, nicht wahr? Arno ist tot!«

39. KAPITEL

London, Ende Juli 1919

»Sie kennen nun die Transposition und die Substitution und ihre Verfahren als Teile der Kryptografie, meine Herren«, dozierte der beleibte ältere Herr mit dem weiß bekränzten Haupt. »Lassen Sie uns heute einen Ausflug in die Historie machen und uns anschließend der Kryptoanalyse zuwenden.«

Felix saß mit einem Dutzend anderer Männer in einem kleinen Raum im Untergeschoss eines unscheinbaren Londoner Stadthauses unweit der Themse. Als Möblierung dienten lediglich ein paar Stühle und Pulte. Felix wusste nicht einmal, ob das Haus dem britischen Geheimdienst gehörte oder ob der Raum nur angemietet war. Stickig war es hier jedenfalls, und die wenigen Oberlichter ließen weder genügend Licht noch ausreichend frische Luft ins Innere.

Dennoch versuchte er, sich auf die Ausführungen des Referenten zu konzentrieren, und notierte jedes Wort in eine Kladde mit weißem Papier. Dorthinein schrieb er auch die Antworten auf die Fragen, mit denen er ihn nach jeder Unterrichtseinheit löcherte. Mit vielen geheimdienstlichen Tätigkeiten war Felix im Laufe des Krieges vertraut geworden. In der Kryptologie dagegen hatte er bisher nur mit recht einfachen Verschlüsselungsverfahren zu tun gehabt, wie den Codes der Strickerinnen. Für komplexe Codierungen waren die spezialisierten Abteilungen der Geheimdienste zuständig.

Vor vier Wochen war er in London eingetroffen und hatte sich sofort beim britischen Auslandsgeheimdienst gemeldet. Obwohl Tinsley ihn dort angekündigt hatte, waren die ersten Tage chaotisch verlaufen, und es hatte eine Weile gedauert, bis er mit seiner nachrichtendienstlichen Weiterbildung hatte beginnen können. Diese Zeit hatte Felix dazu genutzt, die britische Hauptstadt zu erkunden. Inzwischen waren ihm die Straßen dort genauso vertraut wie die englische Lebensart. Schon immer hatte er sich im Ausland mühelos zurechtgefunden.

»Es gibt Funde, die bezeugen, dass schon die alten Ägypter Botschaften verschlüsselt haben.« Der betagte Mann begann vor seinen Zuhörern umherzugehen, die Hände hielt er auf dem Rücken verschränkt. »Ein richtiges Werkzeug, das auch militärisch genutzt wurde, hatten dann die Spartaner. Und zwar wickelten sie ein Band aus Leder oder Pergament um einen Stab und schrieben darauf ihre Nachricht. Das Band wurde weitergegeben und enthielt eine Abfolge von Buchstaben, die nur derjenige entschlüsseln konnte, der einen identischen Stab besaß, um die Buchstaben in die richtige Reihenfolge zu bringen. War dies gegeben, konnte die Botschaft gelesen werden.«

»Hatten die Spartaner einen Namen für ihren Stab?«, fragte Jack, der neben Felix saß.

»Sie nannten ihn Skytale. Das kommt von Stab oder Stock.

Danke für die Frage.« Der Referent blieb stehen und ließ den Blick über seine erwachsenen Schüler wandern. »Die Griechen und die Römer verwendeten darüber hinaus die monoalphabetische Substitution, also eine feste Anordnung von Verschlüsselungssymbolen. Mittels des Polybios-Quadrates wurden die Buchstaben in Zahlengruppen umgewandelt. Wählt man dabei eine zufällige Anordnung, verstärkt dies die Verschlüsselung des Textes. Auch bei der in unserer letzten Einheit angesprochenen Caesar-Chiffre handelt es sich um eine solche monoalphabetische Substitution.« Er setzte seinen Weg fort. »Kommen wir nun zur Kryptoanalyse. Diese befasst sich mit dem Entschlüsseln von kryptografischen Botschaften. Wir beginnen heute mit der sogenannten Mustersuche.«

Während der nächsten beiden Stunden beschäftigten sie sich mit praktischen Beispielen zu antiken Verschlüsselungstechniken und gingen dann zu den neueren Theorien von Auguste Kerckhoffs über. Als die Einheit am Nachmittag endete, fragte Felix seinen Lehrer nach weiteren Übungen.

»Sie werden bald zu meinem Musterschüler«, scherzte dieser und übergab ihm zwei Blätter mit weiteren Aufgaben.

»Ich gehe davon aus, dass ich das längst bin«, gab Felix launig zurück.

Auf dem Heimweg kehrten Felix und Jack in einer Gaststätte an der Themse ein. Sie bestellten Ale und Sheperd's Pie und besprachen sich über die vergangenen Lehrstunden. Diese Nachlese war zu einem festen Ritual geworden, da sie beide weder eine Liebste noch eine Familie hatten, die sie erwartete.

»Wie lange wirst du noch in London bleiben, Felix?«, fragte Jack.

»Ich habe keine Ahnung, wofür sie mich einplanen. Am liebsten würde ich so schnell wie möglich nach Deutschland zurückkehren.«

»Und dort bei deinen eigenen Leuten schnüffeln«, erwiderte Jack grinsend und leerte das Ale in einem Zug.

Felix ging sein Bier gemütlicher an. »Was planst du, Jack?«

»Ich gehe zum MI5.«

»In die Inlandsabteilung sozusagen.«

»So ist es. Ich werde mich dort mit neuen Abhörtechniken befassen.«

»Interessant.«

»Allerdings. Eines Tages kann alles mitgehört werden, was wir reden. Ohne dass ein Spitzel direkt das Ohr an der Tür haben muss.«

»Das ist die logische Weiterentwicklung«, erwiderte Felix. »Und nur noch eine Frage der Technik.«

»Man bräuchte einen Apparat, der so klein ist, dass niemand ihn bemerkt«, sinnierte Jack. »Dann könnte man auch Telefongespräche abhören. Und alles per Funk weitergeben.«

»Und keiner kann sich mehr sicher sein, dass unter seinem Tisch oder seinem Stuhl nicht irgendein Apparätchen liegt und alles mithört. Das hört sich verlockend an.«

»Ich hoffe, dass es bald so weit ist.« Jack schaufelte seinen Hackfleisch-Kartoffelbrei-Auflauf in sich hinein.

Felix dachte nach. Er aß langsamer. »Ich weiß nicht, ob ich diese Aussicht uneingeschränkt begrüße«, meinte er schließlich.

»Warum nicht?« Jack legte die Gabel zur Seite.

»Einerseits ist so etwas hochinteressant«, überlegte Felix. »Militärisch und politisch. Es würde unsere Arbeit wesentlich erleichtern.«

»Absolut.«

»Es ist nur wie mit allem. Hat man eine Erfindung einmal in die Welt gesetzt, dann kann man irgendwann nicht mehr kontrollieren, was mit ihr geschieht. Denk an die Luftschiffe und Flugzeuge. Eine geniale Erfindung. Aber wenn sie mit Maschinengewehren und Bomben bestückt werden, wie im letzten Krieg, dann wird nicht mehr nur an der Front gekämpft. Sondern überall.«

»Alles kann missbraucht werden.«

»Das ist wohl wahr.« Auch Felix hatte seinen Teller geleert und sah Jack auffordernd an. »Wer die meisten Ales schafft?«

Sein Freund grinste breit. »Jederzeit!«

Sie zechten, bis der Wirt sie hinausexpedierte. Anschließend versüßten sie einigen Nachtschwärmern den Heimweg mit ihrem Gesang.

Als Felix die kleine Pension erreichte, in der Tinsley ihm ein Zimmer gemietet hatte, brauchte er eine Weile, bis der Schlüssel ins Schloss traf. Schließlich stolperte er in sein Zimmer, streifte die Schuhe ab und setzte sich aufs Bett. Bevor er sich hinlegte, fiel ihm der Brief auf, den die Wirtin unter der Tür hindurch ins Zimmer geschoben hatte, während er unterwegs gewesen war.

Felix beäugte ihn unschlüssig.

Wollte er ihn lesen, müsste er noch einmal aufstehen. Ein anstrengendes Unterfangen.

Er war bereits drauf und dran, die Lektüre auf den nächsten Morgen zu verschieben, als ihm Fritz' Name als Absender ins Auge sprang. Einige schwankende Schritte später saß er wieder auf seinem Bett, öffnete das Kuvert und entfaltete das Schreiben.

Felix versuchte sich am Entziffern, doch die Buchstaben tanzten vor seinen Augen, ohne wirklich Sinn zu ergeben – bis sich zufällig das Wort *Lilly* formte.

Ihn durchfuhr ein Ruck.

… Lilly hat einen Schönheitssalon eingerichtet und Anfang des Monats eröffnet. MAISON DE BEAUTÉ hat sie ihn getauft. Jetzt ist sie enttäuscht, weil die Kundinnen nur zögernd kommen. Ich hoffe natürlich auch, dass es ihrer mehr werden, habe ich doch zu dieser Unternehmung meinen Segen und mein Geld gegeben. Eines aber ist gut. Der Salon tröstet sie darüber hinweg, dass ihr Ehemann gefallen ist. Und natürlich ihr Sohn, den sie über alles liebt.

Felix hatte das Gefühl, als überschütte man ihn mit einem Eimer kalten Wassers. Lillys Ehemann war gefallen. Tot. Sie war Witwe … und frei?

Er schüttelte ungläubig den Kopf und las weiter.

Nun, mein Freund, stehe ich vor der Tatsache, dass sich meine Lebensplanung völlig ändert. Eigentlich hatte ich gehofft, mich wieder nach Frankreich hin orientieren zu können, wenn der Krieg vorbei und Arno eines Tages wieder zu Hause ist. Nun ist der Krieg tatsächlich vorbei – aber ich stehe an der Spitze einer Seifenfabrik, die laut Testament zu gleichen Teilen an mich und an meine angehei-

ratete Nichte fällt. Lilly hat im Augenblick weder Interesse noch Zeit, in die Leitung des Unternehmens zu wechseln.

Lange habe ich mir den Kopf zerbrochen, wie ich dieses Dilemma lösen kann. Und meine Gedanken kommen stets zum selben Ergebnis.

Deshalb lass mich dir einen Vorschlag unterbreiten, mein Freund: Ich biete dir hiermit eine Stellung als Betriebsleiter der Seifenfabrik an. Du erhältst Prokura und Gestaltungsspielraum in großem Umfang. Wir würden eng zusammenarbeiten. Sobald du fest im Sattel sitzt, das wäre binnen Jahresfrist anzunehmen, habe ich vor, meine Zeit zwischen Stuttgart und Frankreich aufzuteilen und dich zum zweiten Geschäftsführer zu machen. Jacques hat ein Weingut gefunden, das er bewirtschaften möchte. Ich wäre gerne an seiner Seite, wenigstens über die Sommermonate und im Herbst, bis die Lese vorbei ist. Wenn ich die Firma und Lilly dann bei dir in guten Händen wüsste, könnte ich so etwas wagen.

Ich weiß, dass du eigentlich ein anderes Leben anstrebst. Du hast die Weichen entsprechend gestellt. Verzeih mir diese Offerte, die meinem Egoismus entspringt. Aber bitte, denke zumindest darüber nach. Sei gegrüßt von deinem Freund. Fritz. PS: Jacques lässt dir auch Grüße ausrichten. Er lädt dich bereits heute zu einem Umtrunk mit dem ersten Tropfen ein, den er aus seinen Weinbergen keltern wird.

Felix ließ sich rückwärts auf die kratzige Decke fallen. Ahnte Fritz, dass ihm Lilly nicht gleichgültig war? Diente sie ihm vielleicht sogar als Köder, um ihn zu locken?

Nein. Fritz war ehrenwert. Solche Spielchen hatte er nicht nötig.

Felix versuchte, seinen Geist zu sammeln, um nachzudenken.

Seine erste Regung war, sofort nach Esslingen zu fahren. Die nächste, dass er das nicht konnte, solange er nicht wusste, was Tinsley für ihn plante. Der britische Geheimdienst hatte einiges in seine Weiterbildung investiert.

Aber heute Nacht würde er ohnehin keinen Brief mehr zu Papier bekommen. Also musste er auch noch keine Entscheidung treffen.

Morgen.

Der Raum begann sich zu drehen.

Morgen war ein neuer Tag.

40. KAPITEL

Stuttgart, MAISON DE BEAUTÉ,
in der ersten Augustwoche 1919

»Ah, das ist, was ich heute brauche.« Die Kundin, um die Lilly gerade den Behandlungsumhang legte, war noch nie bei ihr gewesen. »Hier ist es kühl. Sehr schön. Und diese Springbrunnen. Herrlich! Da ist ein Gefühl wie in Nizza.« Den schweren Akzent mit dem rollenden »R« verortete Lilly nach Osteuropa.

»Sie werden sich hier ganz bestimmt wohlfühlen, Frau Kozma.« Unter diesem Namen hatte sich die Dame angemeldet. Lilly hoffte, dass sie ihn korrekt ausgesprochen hatte.

»Bestimmt, Kindchen.«

Das Kindchen gefiel Lilly zwar nicht, aber sie ließ es sich nicht anmerken. Sie half der Kundin, den Kopf bequem auf die Nackenstütze zu betten. Dann strich sie ihr das rot gefärbte Haar aus dem Gesicht und steckte es mit einigen Klammern zurück.

»Machen Sie alles. Das ganze Programm«, befahl die Frau und schloss die Augen. »Wenn ich fertig bin, dann ich bin die schönste Frau in ganz Budapest.«

»Sie kommen aus Budapest?«, fragte Lilly und bedeckte das Gesicht der Kundin mit angewärmten Handtüchern.

»Mein Mann … er ist Diplomat. Und hat Einladung nach Amerika. In Stuttgart wir besuchen seine Freund und gehen in die Oper.« Die Dame seufzte wohlig unter dem Handtuch. »Ahhh … das sein so herrlich warm …«

»Damit bereite ich Ihre Haut auf die Behandlung vor.«

»Mhm …«

»Sie sind sozusagen auf der Durchreise?« Lilly nahm die Handtücher ab, verteilte eine Reinigungslotion auf dem rundlichen Gesicht und begann, diese sorgfältig einzuarbeiten.

»Ja. Wir fahren in drei Tagen weiter.« Frau Kozma gähnte.

Lilly ließ die Reinigung einwirken und tupfte sie anschließend ab. Dann rührte sie ein Vulkanerde-Peeling an. Damit ihre Kundin von der rauen Textur der Paste nicht irritiert war, erklärte sie ihr diesen Behandlungsschritt.

Frau Kozma schlug prompt die Augen auf und studierte die rotbraune Mischung in Lillys weißer Porzellanschale. »Das kommt auf mein Gesicht? Warum?« Es klang interessiert.

»Dieses Peeling ist gut gegen Unreinheiten. Ihre Haut ist danach wunderbar glatt und kann die Pflege richtig aufnehmen.«

»Ah. Dann ist gut.« Sie machte die Lider wieder zu.

Lilly ließ sich Zeit, arbeitete das Peeling ein und entfernte die Paste wieder. Anschließend tupfte sie einen Auszug aus frischen Rosenblättern auf und ließ ihn einziehen, Rosenblätter waren auch in der Gesichtsmaske, die Lilly danach auftrug. Während der Einwirkzeit begann die Ungarin, leise zu schnarchen. Sie schlief noch, als Lilly abschließend ihre Solea-Creme einmassierte. Erst nachdem Lilly Tiegel und Handtücher weggeräumt hatte, kam sie allmählich zu sich. »Schon fertig?«, fragte sie verwundert.

»Ja, gnädige Frau.« Lilly reichte ihr ein Glas Zitronenlimonade. »Für eine schöne Haut ist Flüssigkeit wichtig. Nicht nur äußerlich, auch innerlich.«

»Ich liebe Flüssigkeit innerlich.« Frau Kozma zwinkerte ihr zu. »Likör und Champagner.« Sie trank, ohne abzusetzen. »Ahh. Zwar keine Champagner, aber den trinke ich heute Abend.« Sie stellte das Glas ab. »Eine gute Gefühl. In Gesicht und überall!«

»So soll es sein«, erwiderte Lilly lächelnd und nahm ihr den Umhang ab.

Frau Kozma beugte sich vor und betrachtete ihre Haut im Spiegel. Sie schimmerte frisch und rosig. »Wunderbar, Kindchen! Ich fühle mich wie zehn Tage Nizza!« Dann sah sie sich um. »Das ist ein so herrliche Raum hier. Aber so wenig Besuch?«

Lilly hob die Schultern. »Es ist heute zu warm …« Sie hatte ihren Helferinnen freigegeben, weil derzeit noch weniger zu tun war als in den ersten Wochen nach der Eröffnung. Wenigstens verkauften sich die Seifen gut, sonst hätte sie kaum Umsatz.

Frau Kozma erhob sich, wobei der viele Schmuck, den sie angelegt hatte, leise aneinanderklirrte. »Ein Geschäft wie diese – das muss doch voll sein, Tag und Nacht! Sommer und Winter!«

»Ich habe erst Anfang Juli eröffnet.« Lilly legte den Umhang zur Seite.

»Ah! Und noch nicht viele trauen sich hierher?«

»Es werden immer mehr. Viele sind gerade in der Sommerfrische und nicht in der Stadt.«

Frau Kozma sah Lilly prüfend an. »Wissen Sie was, Kindchen. Ich schicke die Frau von Freund von meine Mann. Sie kennt wieder ein paar andere Frauen. Ich sage, wie gut Ihre Behandlung hier ist!«

»Danke!« Empfehlungen konnte Lilly wirklich brauchen. Sie geleitete ihre Kundin zur Kasse.

»Das macht dreißig Mark, Frau Kozma.«

Mit einem leisen Murmeln zählte die Ungarin Geld ab und legte noch ein Trinkgeld dazu. »Kann ich Ihre Creme hier kaufen? Sie riecht gut!«

»Die ich bei Ihrer Behandlung verwendet habe?«

»Ja. Genau die.«

»Ja, selbstverständlich. Ein Tiegel Solea kostet fünf Mark.«

»Geben Sie mir … fünf.« Frau Kozma betrachtete die Seifen in den Auslagen. »Und die Seifen?«

»Eine kostet zwei Mark.«

»Dann … ich nehme von jeder Art zwei.«

»Ich hole Ihnen welche von hinten«, sagte Lilly. »Und verpacke sie Ihnen gleich.«

»Gut. Ich warte.«

Lilly huschte in einen der beiden Nebenräume. Dort hatte sie ein kleines Lager mit ihren Produkten angelegt. Sie suchte die Bestellung zusammen, schlug einen Karton mit weißem Seidenpapier aus und legte Seifen und Cremetiegel hinein. Anschließend besprühte sie alles mit Rosenparfum, fügte einige getrocknete Rosenköpfchen dazu und verschloss das Paket mit einem breiten dunkelroten Samtband.

»Hach. Wie schön!« Frau Kozma klatschte begeistert in die Hände, als Lilly das Paket auf den Tresen stellte. »Hier kauft man gute Geschenke!«

»Wir verpacken auch einzelne Bestellungen sehr hübsch. Das gehört zu unserem Angebot.«

»Also. Ich komme wieder auf meine Rückreise. In zwei Monaten. Dann wünsche ich auch eine …« Sie kniff die Augen zusammen und deutete auf das Preisschild hinter Lilly. »Dampfbehandlung.«

»Sehr gerne! Dafür ist im Augenblick leider zu heißes Wetter. Aber im Oktober werden Sie es genießen. Wir reichern den Dampf mit Kräutern an.«

»Wunderbar.« Die Diplomatengattin öffnete noch einmal ihr Portemonnaie. »Was ich bin noch schuldig?«

»Fünfundzwanzig Mark für die Cremes und vierundvierzig Mark für die Seifen. Zwei Pfirsichseifen habe ich Ihnen umsonst dazugelegt.«

»Oh, sehr nett, Kindchen!«

Frau Kozma fügte einen Hundertmarkschein zu den dreißig Mark hinzu, die bereits neben der Kasse auf dem Tresen lagen. »Das stimmt so mit dem Geld.« Dann klemmte sie ihre Handtasche unter den Arm.

Lilly riss die Augen auf. »Das kann ich nicht annehmen!«

»Doch, das können Sie, Kindchen!« Frau Kozma griff nach dem Paket.

»Sie müssen Ihre Einkäufe nicht selbst tragen, Frau Kozma«, sagte Lilly sofort. »Wir liefern es gerne in Ihr Hotel.«

»Ah! Sehr gut!« Frau Kozma strahlte. »Wir wohnen in Hotel Marquardt.«

»Das Marquardt ist ohnehin nicht weit von hier«, erwiderte Lilly. »Ich lasse es an der Rezeption hinterlegen.«

Lilly hielt der Ungarin die Tür auf. »Auf Wiedersehen, Frau Kozma.«

»Auf Wiedersehen in zwei Monaten!« Lilly erhielt ein breites Lächeln als Abschiedsgruß.

Glücklich tippte Lilly den Betrag ein, betätigte die Kurbel und legte das Geld in die Kasse. Dann rief sie nach Eugen, damit er das Paket ins Marquardt brachte.

Am späten Abend in der Reichle-Villa

Es war schon nach zehn Uhr abends, als Lilly sich daranmachte, ein großes Paket mit feinsten Seifen und kostbaren Seifenschalen aus cremeweißem Porzellan zusammenzustellen. Sie würde es nächste Woche mit nach Meersburg nehmen. Es war ihr Hochzeitsgeschenk für Helena und ihren künftigen Ehemann Maxim.

Die Schalen hatte sie in einem exklusiven Geschäft besorgt, die Seifen aus Esslingen herbringen lassen. Nun stand sie an einem runden Tisch im großen Salon im Erdgeschoss, band Schleifchen um die Seifen und schlug die Schalen in hellblaues Seidenpapier ein.

Endlich, endlich kam sie nach Hause.

Helena hatte ihr einige Reklameheftchen des neuen Grandhotels geschickt. Der Lindenhof war nun ein Haus ersten Ranges und offensichtlich gut gebucht. Lilly war gespannt, wie es dort nun aussah.

Von dem, was sich in ihrem Leben getan hatte, wussten sie in Meersburg nicht alles, auch wenn ihr Vater im Frühjahr einige Tage in Stuttgart gewesen war, um seinen Enkel kennenzulernen. Dass sie in der Seifenfabrik eine Manufaktur betrieb, hatte Lilly ihren Schwestern geschrieben, Helena bestellte inzwischen die Seifen für das Hotel bei ihr. Auch davon, wie gut Hans sich entwickelte und wie schnell er größer wurde, hatte sie berichtet. Von ihrem Schönheitssalon dagegen wollte Lilly sie erst dann wissen lassen, wenn er erfolgreich war, so wie Helenas Hotel. Nur ihr Vater wusste davon und hatte versprochen, ihr Geheimnis zu wahren. Und was Arno anging …

Die Nachricht von seinem Tod hatte Lilly erschüttert, aber nicht auf die Weise, wie sie sie als liebende Ehefrau hätte erschüttern müssen. Es hatte einige Tage gebraucht, bis Lilly sich das hatte eingestehen können. Bis heute wusste sie nicht recht, was sie überhaupt fühlte.

Einerseits war sie traurig, dass er nicht mehr wiederkam und ihr Sohn keinen Vater haben würde. Andererseits empfand sie weder erschütternden Schmerz noch Sehnsucht.

Die Zeiten, die Gesellschaft – alles war anders geworden. Sie selbst war eine andere geworden. Ob sie und Arno heute überhaupt noch zusammengepasst hätten?

Diese Frage konnte keiner beantworten. Vielleicht hätten sie einen Neuanfang geschafft, wären zusammengewachsen, hätten sich an ihren Kindern und ihrem Unternehmen erfreut.

Nun hatte das Schicksal entschieden, und das eingespielte

Leben, das Lilly führte, ging weiter. Onkel Fritz hatte gesagt, dass Arno sicher gewollt habe, dass sie glücklich werde. Und Lilly war glücklich.

Als sie ihr Paket fertig geschnürt hatte, stieg sie die Treppe zu ihren Schlafräumen hinauf und begann, sich umzuziehen. Hans, dessen Kinderbettchen nach wie vor im Schlafzimmer stand, wurde davon wach und begann zu meckern. Sobald sie bettfertig war, nahm sie ihn zu sich. Er schlief an ihrer Brust ein, so wie fast jeden Abend.

In dieser Nacht träumte Lilly von Felix.

41. KAPITEL

Meersburg, am 12. August 1919

Lilly stand neben Helena in der großen Empfangshalle des Lindenhofs. Sie hatte Hans aus dem Kinderwagen genommen und ließ ihren Blick ungläubig über die Einrichtung der einstigen Rezeption wandern. Sie war nicht mehr wiederzuerkennen.

Durch die großzügigen Fenster strömte das Nachmittagslicht herein und entlockte den Wand- und Deckenfresken, die Helenas Freundin Kasia von Szadurska gemalt hatte, ihre kräftigen Farben. Kleine Sitzgruppen und Kübelpflanzen schufen ein mediterranes Ambiente. Der lange Anmeldetresen war aus fein poliertem Holz, in einem mit grünem Samt ausgeschlagenen Regal dahinter hingen die goldfarbenen Schlüssel zu den Zimmern.

»Gefällt es dir?«, fragte Helena erwartungsvoll und sah Lilly von der Seite an.

»Oh ja! Es ist überwältigend!« Lilly setzte den quengeligen Hans auf dem Boden ab. Sofort krabbelte er los und zog sich an einem der Korbstühle hoch, die zwischen den Säulen aus gelblich strukturiertem Stein und einigen Palmen standen. »Er ist kaum mehr zu halten«, fügte sie mit Blick auf ihr Söhnchen an.

»Er hat große Ähnlichkeit mit dir«, erwiderte Helena. »Ich bin froh, dass ich ihn endlich kennenlernen kann.«

In diesem Moment kam ein junger, muskulöser Mann die breite Marmortreppe herunter. »Ist deine Schwester angekommen, Helena?«, fragte er freundlich.

Helena drehte sich zu ihm. »Boris!« Sie legte den Arm um Lilly. »Ja, das ist sie! Meine Lilly!«

Der junge Mann grinste und reichte Lilly die Hand. »Willkommen!«

»Boris ist Maxims bester Freund«, ergänzte Helena.

Ein lang gezogenes Greinen zog durch die geräumige Halle. Hans war von einem der Stühle geplumpst und lag nun am Boden.

Lilly eilte zu ihrem Kind, hob es auf und summte ein tröstendes Lied.

»Soll das Gepäck in die 218?«, hörte sie Boris sagen.

»Genau, in die 218. Hab Dank, Boris«, erwiderte Helena und ging zu Lilly. »Ich habe dir eine schöne Suite reserviert. Dort ist genügend Platz für dich und Hans.«

»Warum trägt er denn mein Gepäck?«, fragte Lilly leise, nachdem Boris mit ihren Habseligkeiten verschwunden war. »Ich denke, er ist ein Freund?«

»Hier packen alle mit an«, erwiderte Helena. »Nur deshalb konnten wir im Mai überhaupt schon eröffnen.«

»Ah!« Lilly setzte sich Hans auf die Hüfte, griff in den Kinderwagen, der neben der Empfangstheke stand, und gab ihm sein Püppchen.

»Ich zeige dir erst einmal dein Zimmer«, sagte Helena. »Du willst dich sicherlich frisch machen nach der Reise.«

»Eine kleine Ruhepause tut uns sicherlich gut.« Die Fahrt mit der Eisenbahn von Stuttgart nach Friedrichshafen war dank des Erste-Klasse-Abteils zwar bequem, aber dennoch lang gewesen. Hans war auf ihrem Schoß wohl immer wieder eingeschlafen, gegen Ende aber doch unruhig geworden. Für die Überfahrt von Friedrichshafen nach Meersburg konnte ihn das Dampfschiff faszinieren, doch kaum waren sie von Bord gegangen, hatte seine Geduld rasch nachgelassen.

»Dann komm!« Helena ging zur Treppe.

Lilly zögerte. »Sollte ich nicht erst Papa begrüßen?«

»Er ist noch bei unserem Architekten«, erwiderte Helena. »Ich denke, er wird erst zum Abendessen zurück sein.«

»Ah. Der Architekt, der dieses Wunder vollbracht hat!« Lilly folgte ihrer Schwester in das zweite Stockwerk. Hans hatte sein Köpfchen in ihre Schulter vergraben, aber aufgehört zu weinen.

»Genau der. Ich freue mich schon, dir den ganzen Lindenhof zu zeigen. Nachher, wenn du dich ausgeruht hast. Bis dahin wird auch Maxim wieder zurück sein. Er holt Räucherfelchen beim Fischer und Fleisch bei einem Hof in der Umgebung.«

»Ich erkenne unseren Lindenhof jetzt schon kaum wieder.«

»Warte nur ab, bis du den Rest siehst.« Mit einem Lächeln öffnete Helena die Tür zur Suite Nummer 218.

Staunend trat Lilly ein.

Cremefarbene Vorhänge rahmten die weißen Sprossenfenster, auf dem Sims stand eine Vase mit frischen Blumen. Die

Wände waren schneeweiß gestrichen, geschmackvolle Bilder setzten Farbakzente, und das Holz der Bodendielen strahlte Gemütlichkeit aus.

Helena wartete einen Moment, dann deutete sie auf die Handtücher, die auf der hellen Bettwäsche arrangiert waren. »Siehst du?«

»Unsere Muskat-Vanille-Seife!« Lilly setzte Hans auf den Boden. Er war ihr mittlerweile schwer geworden. »Ich liebe diese Kollektion.« Sie ging zum Bett, nahm das hellgelbe Seifenstück und schnupperte daran. »Sie hat ihren Duft kaum verloren!«

»Ich mag sie alle. Mein persönlicher Favorit ist die Quitte-Rose. Sie hilft mir bei meinen rauen Händen.«

»Das liegt an der Überfettung mit Mandelöl. Jetzt, wo wir endlich genügend Rohstoffe haben, sind die Seifen wieder richtig pflegend.«

Hans krabbelte zu Helena und versuchte, sich an ihrem Bein hochzuziehen.

»Meinst du, ich kann ihn auf den Arm nehmen?« Helena beugte sich zu ihm hinunter.

»Probier es aus«, entgegnete Lilly. »Du wirst bald merken, ob es ihm gefällt oder nicht.« Sie ging weiter ins Badezimmer. »Oh! Das ist ja ein Traum hier!«

Eine Badewanne aus weißer Emaille mit schlichten vergoldeten Armaturen dominierte den Raum. Der gelbliche Travertin-Boden, einige Grünpflanzen und ein Korbstuhl nahmen das Ambiente der Lobby auf. Zwei wandbreite Spiegel ließen alles sehr großzügig wirken. Auch in diesen Raum fiel Tageslicht, durch das kleinere Fenster allerdings gedämpfter. Neben der Wanne hatte Helena auf einem weißen runden Tischchen Efeu, Muscheln und einige von Lillys hellrosafarbenen Seifenkugeln arrangiert.

»Ich wusste, dass es dir gefällt!« Helena war Lilly gefolgt und stand nun mit Hans auf dem Arm in der Tür zum Badezimmer. Er spielte mit einer ihrer dunklen Haarsträhnen und steckte sie schließlich in den Mund, um daran zu lutschen.

»Es ist grandios!«, antwortete Lilly. »Und wenn es so weitergeht, werde ich nicht mehr nach Hause wollen. Zumal er …«, sie deutete auf ihren Sohn, »seine Tante offensichtlich sofort in sein Herz geschlossen hat.«

»Und ich ihn.« Helena fuhr mit den Fingerspitzen über die kleine, gerötete Kinderwange. Dann entzog sie ihm vorsichtig ihre Haarsträhne.

»Wir sind Schwestern. Das merkt er.«

Ein leiser Schatten huschte über Helenas Gesicht. »Selbst wenn wir keine blutsverwandten Schwestern sind.«

Auch Lilly hatte inzwischen erfahren, dass Gustav Lindner nicht Helenas leiblicher Vater war. Es hatte sie beschäftigt, aber geändert hatte sich für sie dadurch gar nichts. »Spielt das eine Rolle?«

»Nun ja. Es ist schon … anders.«

Die Traurigkeit in Helenas Augen berührte Lilly. Sie ging zu ihrer Schwester und umarmte sie samt Kind. »Es gibt viele Geschwister, die sich nicht so nahestehen wie du, Katharina und ich. Und so, wie Papa nach wie vor dein Papa ist, so sind und bleiben Katharina und ich deine Schwestern.«

»Ich bin dabei, es zu verarbeiten«, erwiderte Helena leise. »Maxim hilft mir sehr dabei.« Als wolle er sie trösten, drückte

Hans Nase und Mund in Helenas Wange und hinterließ dort einen feuchten Fleck.

»Siehst du?«, stellte Lilly fest. »Er ist derselben Meinung.«

»Er ist ein Goldschatz!« Helena drückte ihren Neffen fest an sich.

»Ich weiß so wenig von dem, was dir in den letzten Monaten passiert ist, Helena«, bekannte Lilly. »Ich war viel zu sehr mit meinem eigenen Leben beschäftigt.«

»Das ist doch nicht schlimm. Wir alle waren mit unseren eigenen Leben beschäftigt.«

»Ich vermute, dass wir uns viel zu erzählen haben werden in diesen Tagen.«

»Oh ja.« Helena lächelte sie an. »Das haben wir.«

Am Abend im Speisesaal des Lindenhofs

Zum Abendessen an der mit geblümtem Porzellan, Kristallgläsern und reichlich Blumen einladend geschmückten Tafel hatten sich alle versammelt.

Gustav Lindner saß am unteren Ende und scherzte mit Hans, den er auf den Schoß genommen hatte. Mit Katharina war Lilly vorhin kurz im Garten gewesen, um einige Kräuter für die Küche zu schneiden. Nun hatte sie sich zu Gustav und Hans gesetzt und ließ eine kleine Eisenbahnlokomotive aus Holz zwischen Tellern und Vasen umherfahren.

Helena war noch in der Küche, aber ihr Verlobter Maxim hatte schon neben Lilly Platz genommen. Mit ihm hatte sie sich auf Anhieb gut verstanden, und die gegenseitige Sympathie hatte sich beim spätnachmittäglichen Rundgang durch das Grandhotel noch vertieft. Sie konnten nicht nur gut miteinander reden, sie konnten auch miteinander lachen. Sein gelocktes Haar erinnerte Lilly an Felix – mit dem Unterschied, dass Maxims dunkelbraun war.

Mit am Tisch saß auch die Malerin Kasia von Szadurska. Von ihr – und zu Lillys Erstaunen auch von Maxim – stammten die Bilder in den Gästezimmern und Suiten. Kasia war eine schlanke, lebhafte Person mit rotem Haar und extravaganter Kleidung. Lilly freute sich schon darauf, mehr von ihr zu erfahren, vor allem da Helena angedeutet hatte, wie unkonventionell sie lebte.

Schließlich fegte Pater Fidelis herein und steuerte sofort auf Lilly zu. »Willkommen, Fräulein Lilly, willkommen!« Wäre Lilly nicht gesessen, hätte er sie mit Sicherheit an seinen dicken Bauch gedrückt. So begnügte er sich damit, ihr kräftig die Hand zu schütteln. »Was ist des für eine Freud, dich wiederzusehen!«

»Oh, und ich freue mich auch, Pater Fidelis!« Lilly lächelte ihn herzlich an.

»Jetzt is es nämlich so, dass du mir was beibringen kannst«, scherzte er. »Und nimmer ich dir!«

»Täuscht Euch da nicht, Pater! Ich habe einen ganzen Koffer voller Fragen mitgebracht.«

Er lachte sein dröhnendes herzliches Lachen und setzte sich Lilly gegenüber an die andere Seite ihres Vaters. Hans beäugte ihn neugierig und drückte seine Holzlokomotive sicherheitshalber fest an sich.

Helena schlüpfte herein und setzte sich an Lillys andere Seite. Mit Boris vervollständigte sich die Tischgesellschaft. Dann trugen Käthe und Erna das Essen auf.

Pater Fidelis hatte bereits eine Serviette umgebunden und hielt erwartungsvoll den Löffel in der Hand, während Käthe die frische Brunnenkressesuppe ausschöpfte.

Bevor sie mit dem Essen begannen, übergab Gustav Lindner den kleinen Hans an Katharina und erhob sich.

»Meine Lieben«, begann er. »Heute, zwei Tage vor der Hochzeit meiner Ältesten, sind wir endlich wieder als Familie vereint. Lilly, ich denke, du weißt, dass deine Anwesenheit heute für uns alle eine unendlich große Freude ist.« Er hielt inne und rieb sich kurz das linke Auge. Lilly schien es, als wische er eine Träne weg. »Eines habe ich in den letzten Monaten gelernt«, fuhr er fort. »Es gibt nichts Schöneres als den Zusammenhalt einer Familie. Und dass Familie viel mehr ist als reine Blutsverwandtschaft. Familie basiert auf Liebe, Vertrauen und Loyalität. Und schließt all diejenigen ein, die in diesem Sinne miteinander leben.«

Lilly musste unwillkürlich an ihre Mutter denken. Elisabeth hatte den Familienkreis endgültig verlassen, indem sie kurz nach der Eröffnung des Grandhotels verschwunden war. Fast schien es, als wäre sie untergetaucht; jedenfalls hatte seither niemand mehr etwas von ihr gehört.

Lilly war einerseits traurig darüber. Andererseits hatte sich die ohnehin nie starke Bindung zu ihrer Mutter in den letzten Monaten weiter gelöst. Und wenn sie in die glücklichen Gesichter an der Tafel blickte, dann musste sie zugeben, dass Elisabeth nicht fehlte. Im Gegenteil.

Ihr Vater räusperte sich. »Und besonders schön finde ich, dass mit Hans bereits die nächste Generation in unserer Mitte ist.« Er warf einen liebevollen Blick auf seinen Enkel, der Pater Fidelis nun doch seine Lokomotive bestaunen ließ. »Aber bevor ich noch zu viele Worte mache, bitte ich Pater Fidelis um das Tischgebet.«

Pater Fidelis gab Hans das Spielzeug zurück, stand umständlich auf und verlor dabei seine Serviette. Er ließ sich davon nicht beirren, schlug das Kreuzeszeichen und faltete die Hände. »Wenn ich so meine Suppe anschau – dann muss ich an die G'schicht mit dem Apfelbaum denken, die in der Bibel steht. Stellt's euch vor, da habts ihr alles, seids im Paradies, und dann müsst ihr gehen. Aber dann denk ich weiter und frage mich: Wär das Leben so schön, wenn Adam und Eva dortgeblieben wären? Die Welt, find ich, ist doch viel zu spannend.« Alle lachten. »Deshalb sei unserem Herrgott gedankt«, fuhr er fort, »dass er uns aus dem Paradies an diesen Tisch geführt hat. Und dass wir heut alle zusammen sein dürfen. Amen.« Er hob sein Glas. »*Ergo bibamus!*«

Alle stießen an. Hans krähte fröhlich.

Die Suppe war ein wenig kalt geworden, als Lilly sie kostete, aber da es ohnehin ein heißer Tag war, störte das nicht. Die Kräuter waren frisch und schmackhaft und mit frischem Rahm abgerundet. Meerrettichsahne begleitete die anschließend aufgetragenen Räucherfelchen. Gleich fünf knusprige Hähnchen fanden sich zum Hauptgang auf dem Tisch, begleitet von Brokkoli, Möhrengemüse und feinen grünen Bohnen.

Die gratinierten Kartoffeln servierte Erna direkt in der Steingutform, in der sie im Ofen gebacken worden waren.

»Mei, Frau Käthe«, sagte Pater Fidelis zur Köchin, die traditionell stets mit am Familientisch aß. »Da haben Sie sich selbst übertroffen!«

Lilly bemerkte belustigt, wie eine leichte Röte über Käthes Gesicht flog, als sie sich bedankte. Pater Fidelis zwinkerte ihr schäkernd zu. Seine Serviette hatte dank Kasias Hilfe wieder an ihren Platz um seinen Hals gefunden.

Während alle ihr Essen genossen, entspannen sich angeregte Tischgespräche.

Lilly musste von ihrer Manufaktur erzählen – das MAISON DE BEAUTÉ erwähnte sie noch immer nicht – und von ihrem Leben in Stuttgart. Fragen nach ihrem Ehemann wich sie aus, das hatte sie mit ihrem Vater abgesprochen. Sie wollte die Hochzeit nicht damit belasten. Schließlich kam die Sprache auf den Lindenhof. Die Planungen, die Zeit des Umbaus und die Eröffnung.

»Ich war so froh, dass alles rechtzeitig fertig geworden ist«, erklärte Helena und sah Maxim an. »Weißt du noch? Ich hatte wirklich Sorge, dass wir es nicht schaffen.«

»Oder dass sich plötzlich einige Personen *in puris naturalibus* einfinden«, fügte Pater Fidelis grinsend an.

Lilly verstand kein Latein. »Was meint Ihr denn damit, Pater?«

»Na, die Nackerten, die immer am Ufer vorne liegen! Mei, der Bürgermeister, der hat seine liebe Not mit denen! Kaum hat man sie verscheucht, sind sie auch schon wieder da.«

Die Erheiterung am Tisch war groß.

Während Kasia von einem neuen großen Auftrag erzählte, den sie bekommen hatte – ein Wandgemälde entsprechend dem in der Halle des Lindenhofs für einen Konstanzer Industriellen –, beugte Lilly sich zu Maxim hinüber. »Sind hier wirklich welche … ohne Kleidung hereingekommen?«, fragte sie leise.

»Nein, das nicht«, flüsterte Maxim zurück. »Aber manchmal erschrecken sich die Gäste, wenn sie am See entlangspazieren und ihnen einer über den Weg läuft.«

Es war spät geworden, als Lilly sich in ihr Kissen sinken ließ. Hans, den jeder mit irgendetwas gefüttert hatte, war schon am Tisch eingeschlafen und auch nicht aufgewacht, als sie ihn hinaufgetragen hatte. Nun lag er eingekuschelt neben ihr.

Obwohl sie nach dem üppigen Hauptgang schon satt gewesen war, hatte sie dem Nachtisch aus Schokoladeneis mit gerösteten Mandeln und Sommerbeeren nicht widerstehen können.

Es fiel Lilly schwer einzuschlafen, zu viel schwirrte in ihrem Kopf herum. Die innige Verbundenheit mit ihren Schwestern, Käthes *Tendre* für Pater Fidelis, das Glück, Hans den Bodensee zeigen zu können. Und dann der Schrecken von Helenas Entführung und die furchtbare, unbegreifliche Wahrheit, die dahintersteckte. Dass ihre Mutter Elisabeth Helena verraten hatte. Und dass Helenas bis dahin unbekannter leiblicher Vater, ein russischer Fürst mit Namen Pronsky, Helena von zwielichtigen Gestalten hatte verschleppen lassen. Alles nur, um an ein wertvolles Familienschmuckstück zu kommen. Manche Leute verloren alle Menschlichkeit, wenn es um Geld ging. Eine solche Gier war unerträglich.

Körperlich hatte Helena sich von diesem Erlebnis gut erholt, aber der Schrecken wirkte nach. Gut, dass Maxim an ihrer Seite war. Übermorgen würde sie mit ihm am Altar stehen.

Helena hatte gut gewählt. Wie tief die beiden füreinander empfanden, spürte man an jedem Wort, das sie wechselten, an jeder Geste und an jedem Blick.

So, dachte Lilly, so muss Liebe sein.

42. KAPITEL

Zürich, in derselben Nacht

Elisabeth hatte das kleine Hotel verlassen, in dem sie seit Mai ein Zimmer bewohnte, und war auf dem Weg ins Karli, das eigentlich *Zum Karl dem Grossen* hieß und sich als *alkoholfreies Restaurant* bezeichnete. Belustigt hatte sie sich erklären lassen, dass der Zürcher *Frauenverein für Mässigung und Volkswohl* es im vergangenen Jahrhundert eröffnet hatte, um der vor allem in der Arbeiterschaft weitverbreiteten Trunksucht entgegenzuwirken. Alkohol gab es dort tatsächlich keinen Tropfen, dafür günstiges Essen in unauffälliger Atmosphäre.

Utz war noch nicht da, als Elisabeth sich an den Tisch in der holzgetäfelten Halle im Erdgeschoss setzte, an dem sie sich immer trafen. Sie bestellte einen Kaffee und eine Limonade und legte die *Züricher Post* vor sich hin, die sie an einem Kiosk erstanden hatte.

Bislang, dachte Elisabeth zufrieden, hatte sie sich ihr Leben recht gut eingerichtet. Am Ziel freilich war sie noch lange nicht. Dazu brauchte sie viel mehr Geld. Aber wenn es so weiterging, dann würde sie in einigen Jahren so weit sein und sich ein schönes Haus in Meersburg leisten können, am besten ein Palais in der Oberstadt. Von dort aus würde sie Gustav und dem Ochsenwirt das Leben schwer machen.

Beide Männer hatten sie maßlos enttäuscht.

Gustav, weil er selbst nichts zustande gebracht und schließlich zugelassen hatte, dass Helena aus dem Lindenhof das erste Haus am Platz gemacht und damit verwirklicht hatte, was Elisabeth all die langen Ehejahre vorgeschwebt war. Ausgerechnet Helena! Die weder ihre noch seine Tochter war!

Dann der Ochsenwirt, der nicht fähig gewesen war, Gustav den Lindenhof abzujagen, obwohl er den Kaufvertrag schon in der Tasche gehabt hatte. Der sie zudem in jeder Hinsicht ausgenutzt hatte, ihre Schlauheit, ihren Mut. Ihren Körper …

Unwillkürlich ballte Elisabeth ihre Hand zur Faust. Niemals wäre sie ihm zu Willen gewesen, hätte sie gewusst, dass er sie nicht heiraten, sondern wie eine Dienstmagd halten würde, die man ab und zu bequem besteigen kann – und dass er nebenbei seit geraumer Zeit nach einer gebärfähigen jungen Frau schielte, die ihm den lang ersehnten Erben schenken würde, sobald seine kranke Else tot war. Der Verrat hatte sich tief in Elisabeths Seele gegraben.

Die Getränke wurden serviert. Sie gab Milch und Zucker in den Kaffee und rührte gedankenverloren um.

Als Elisabeth den Ochsenwirt in einer Nacht im Mai verlassen hatte, war sie zunächst nur bis nach Kreuzlingen gefahren, um sich erst einmal zu sammeln und den alten Utz zu treffen, der sie schon seit Langem mit Schmuggelware belieferte. Er hatte sofort angeboten, ihr einen Kontakt zu seinen Züricher Geschäftspartnern zu vermitteln. »Wenn du wirklich viel Geld verdienen willst, dann musst du was wagen«, hatte er dabei angedeutet.

Dazu war Elisabeth bereit. Sie hatte nichts zu verlieren.

Das erste Treffen mit einem dieser Kontakte war dubios verlaufen – in einem Züricher Park zu nächtlicher Stunde. Elisabeth hatte schon eine Falle gewittert. Wenn Utz nicht bei ihr gewesen wäre, hätte sie alles abgebrochen. So aber hatten sie auf einer Bank gewartet, bis ein dunkel gekleideter Mann sich zu ihnen gesetzt und Elisabeth mit leiser Stimme zu ihrer Motivation und ihren Erfahrungen befragt hatte. Offenbar war er mit ihren Antworten zufrieden gewesen, denn einige Tage später hatte Utz ihr mitgeteilt, dass sie künftig für die Organisation tätig sein werde. Wer und was sich hinter dieser genau verbarg, darüber schwieg Utz eisern. Elisabeth war zwar neugierig, aber da Aufträge und Geld regelmäßig kamen, hatte sie aufgehört, weiter in ihn zu dringen. Das Schmuggelgut war das übliche. Uhren, Messer, hin und wieder eine Waffe. Manchmal nahm Elisabeth auf dem Rückweg Eier mit, deren Ausfuhr in die Schweiz von den Deutschen streng verboten war. Sie brachten gutes Geld, allerdings drohten strenge Strafen, falls man sie dabei erwischte.

»Grüezi, Elisabeth!« Utz' Stimme holte sie aus ihren Gedanken. »Ich hab mich verspätet. Entschuldigung.« Er setzte sich ihr gegenüber an den schlichten rechteckigen Holztisch.

»Das macht nichts«, erwiderte Elisabeth, nahm die ungelesene Zeitung vom Tisch und steckte sie in ihre Tasche.

»Ich soll dir von der Organisation ausrichten, dass sie sehr zufrieden sind.«

Sie nickte.

»Deshalb rückst du jetzt eine Stufe nach oben.« Er sah sich um und schob ihr ein kleines Päckchen hin. »Räum es gleich weg.«

Elisabeth packte es zur Zeitung in die Tasche.

»Konstanzer Gondelhafen. Dritte Gondel von rechts. Dort Übergabe. Code: Oktoberfest. Dein Wort: zwei Maß.«

Elisabeth nickte. Sie würde das Päckchen zum Gondelhafen bringen und nach Austausch der Codewörter dem bezeichneten Fischer übergeben.

Utz bestellte Käse, Speck und Brot.

»Lass es dir schmecken«, forderte er Elisabeth auf, als das herzhafte Abendbrot vor ihnen stand.

»Das Päckchen ist sehr klein«, stellte Elisabeth fest und schnitt sich ein Stück Appenzeller Käse ab.

»Es ist auch etwas ganz anderes drin als bisher. Sobald du zu Hause bist, packst du den Inhalt in den präparierten Gemüsekorb, den du schon öfter verwendet hast. Achte genau darauf, dass du den Stoff, mit dem er ausgeschlagen ist, überall wieder dicht annähst. Dann legst du Strickzeug und Reiseproviant drauf, so wie immer.«

»Ich nehme die Eisenbahn und steige in Kreuzlingen in der Traube ab?«

Utz nickte. »Du kennst es ja schon, bleibst dort eine Nacht. Am nächsten Morgen wird dein Korb mit frischem Gemüse gefüllt sein. Du gehst gegen Nachmittag mit den *Paradiesern* über die Grenze und begibst dich zum Gondelhafen. Dort wird der Korb ausgetauscht. Das ist wichtig! Er wird nicht geleert.«

»Übernachte ich auf dem Rückweg wieder?«

»Ja. Und am Tag darauf kehrst du mit dem Zug nach Zürich zurück.«

»Mit wie viel kann ich rechnen?«

»Es wird ein hübsches Sümmchen sein.«

»Ich will wissen, wie viel.«

»Hundert.«

»Mark?«

»Nein. Franken.«

Elisabeth spürte tiefe Zufriedenheit in sich aufsteigen. Das war deutlich mehr, als sie bisher kassiert hatte. »Werde ich künftig öfter diese Art von Ware rüberbringen?«

»Ich gehe davon aus. Der Bedarf in den deutschen Städten steigt stetig.«

Elisabeth trank ihre Limonade. »Ich fahre morgen?«

»So ist es. Und was auch noch wichtig ist: Das Päckchen enthält viele kleine Tütchen aus Papier. Diese darfst du nicht öffnen! Und achte darauf, dass keines aufplatzt, wenn du deinen Korb damit befüllst.«

»Schmuggle ich denn Goldstückchen?«, fragte Elisabeth.

»Nein!« Utz grinste. »Das heißt, keines im eigentlichen Sinne. Von nun an bringst du Kokain und Morphium über die Grenze.«

43. KAPITEL

Dover, England, Mitte September 1919

Die weißen Abbruchkanten der mit tiefem Grün überzogenen Kreidefelsen von Dover leuchteten in der Sonne, als das Schiff Kurs auf den Kontinent nahm. Es hinterließ eine schäumende Spur im blaugrauen Wasser des Ärmelkanals. Ein Schwarm Möwen hatte sich aufgemacht, sie ein Stück des Weges zu begleiten. Einige der Passagiere, in der Mehrzahl Belgier, die in den letzten Jahren vor den Deutschen nach Großbritannien geflüchtet waren und jetzt heimkehrten, fütterten die Vögel mit Brotkrumen. Diese dankten ihnen mit ihren charakteristischen Schreien.

Felix beschattete seine Augen mit der Hand und sah zu, wie die Küstenlinie mit den mächtigen Mauern von Dover Castle immer kleiner wurde. Der Abschied von England fiel ihm schwer – die Zeit dort war eine der besten seines Lebens gewesen.

Nun stellte sich die Frage, wie es weiterging. Tinsley hatte ihm inzwischen mitgeteilt, ihn in Berlin einsetzen zu wollen. Felix hatte ihm vage geantwortet, dass er sich unter Umständen an einer anderen Stelle sähe. Der Captain hatte daraufhin ein ungehaltenes Telegramm geschickt und ihn umgehend nach Rotterdam beordert.

Felix musste sich also rasch über grundlegende Dinge im Klaren werden. Denn seit Fritz geschrieben hatte, dass Arno tot war, konnte er nicht aufhören, an Lilly zu denken. Fritz' Brief zufolge schien es ihr gut zu gehen. Felix fragte sich dennoch, wie sie mit dem Tod ihres Mannes umging. Immerhin war er der Vater ihres Kindes. Offenbar stürzte sie sich in ihre Arbeit, packte die Zukunft an, um sie für sich und ihren Sohn zu gestalten. Felix bewunderte ihre Zielstrebigkeit und Stärke. Ob sie mittlerweile überhaupt noch an ihn dachte? Ihre gemeinsame Zeit war voller Gefühl, aber auch kurz gewesen.

Er musste sie wiedersehen. Erst dann würde er Entscheidungen treffen können. Seine beruflichen Pläne allerdings ganz fallen zu lassen, so wie Fritz es in seinem Brief skizziert hatte, war für Felix unvorstellbar, nicht nur weil Tinsley ihn nicht ohne Weiteres aus seinen Diensten entlassen würde. Seine Arbeit erfüllte ihn, sie war das, was ihn antrieb, und in den Wochen seiner Weiterbildung hatte er so viel gelernt, sich so viel erarbeitet, dass er nun darauf brannte, dieses Wissen in der Praxis anzuwenden. Dazu kam, dass Felix sich selbst nur zu gut kannte. Er war kein Mann, der täglich im feinen Zwirn an einem Schreibtisch sitzen wollte, dem der tägliche Umsatz als Rechengröße seines Lebens genügte.

Eine Möwe stahl dem Mann neben ihm ein Stückchen Brot aus der Hand. Als sie mit ihrer Beute davonflog, streifte sie beinahe Felix' Gesicht. Er wich zurück und ging ein paar Schritte weiter.

Sein Weg führte ihn also zu Tinsley nach Rotterdam, anschließend ans Grab seiner Mutter in Aachen und schließlich nach Württemberg.

Er zog seine Jacke enger. Das Wetter während dieser Überfahrt war ruhig, aber die näher kommende belgische Küste hüllte sich in Wolken. Als Felix in Ostende an Land ging, setzte zudem ein milder Nieselregen ein. Er ließ sich von einer Droschke zum Bahnhof bringen und bestieg den Zug nach Antwerpen.

Er fand ein leeres Abteil und setzte sich ans Fenster. Nur wenige Minuten später bat ein älterer Herr um Hilfe beim Verstauen seines Koffers. Felix wuchtete das Gepäckstück in die Ablage. Der Mann nahm dankend am Gang Platz. Kurz darauf zeigte ein röchelndes Schnarchen, dass er eingeschlafen war.

In London hatte Felix sich einige Bücher besorgt. Als der Zug anrollte, vertiefte er sich in die Lektüre von Dickens' *Oliver Twist.* Nur am Rande nahm er wahr, dass sich die Abteiltür ein zweites Mal öffnete.

»Ist hier noch Platz?«

Diese Stimme … Felix hob den Kopf. Dann sprang er auf. »Das gibt es ja nicht! Florence!«

Sie lächelte, jungenhaft, so wie er es von ihr kannte. »Oh doch!«

»Mein Gott, Florence!« Er nahm sie fest in den Arm. »Um dich haben wir große Angst ausgestanden.«

»Ich weiß.« Sie runzelte die Stirn. »Es wäre auch beinahe schiefgegangen.«

Er ließ sie los und fuhr sich durchs Haar. »Und jetzt stehst du einfach so vor mir. Meine Güte, ist das ein Zufall!«

Sie schüttelte den Kopf. »Kein allzu großer. Ich wusste, dass ich dich hier finden würde.«

»Hat Tinsley dir meine Koordinaten weitergegeben?« Er hob scherzhaft schimpfend seinen Zeigefinger.

Sie grinste und setzte sich ihm gegenüber in die weiche Sitzpolsterung. »Er hätte es nicht getan, wenn es keinem Zweck dienen würde.«

»Du sollst mich überreden, direkt nach Berlin zu gehen.«

»So in etwa.«

»Ich habe den Auftrag weder abgelehnt noch angenommen.«

»Eben.« Sie nahm einen Apfel aus ihrem Rucksack, rieb ihn an ihrer Hose sauber und biss hinein.

Felix kannte Florence nur in Hosen. In Hosen oder …

Für einen Moment blitzte jene Nacht in Aachen auf. »Tinsley weiß, was er tut«, stellte Felix fest. »Ich hätte allerdings nicht gedacht, dass er ausgerechnet dich auf mich ansetzt.«

Sie grinste breiter. »Er weiß eben, was er tut.« Sie aß ihren Apfel. Jeder Biss knackte appetitlich. »Magst du auch einen?«, fragte sie kauend.

Felix hob erfreut die Brauen. »Wenn du noch einen hast, gern.«

Als sie ihm einen der rotbackigen Äpfel reichte, bemerkte er die Narben. Sie liefen quer über ihre Handflächen. »Der Todeszaun?«

Sie nickte. »Es sind nicht nur die Hände«, sagte sie, und es klang eine Spur zu beiläufig.

»Ich bin so froh, dass du heute hier sitzt, Florence«, bekannte er und nahm die Frucht.

Sie lehnte sich in ihrem Sitz zurück. »Ich gehe nach London.«

»Wirklich?«

»Ja. Überrascht dich das?«

»Nun ja«, entgegnete Felix. »Ich dachte, du bist verheiratet und genießt das Familienleben.«

»Hat Tinsley dir das erzählt?«

»Nein. Jacques.«

»Jacques? Welcher …« Sie senkte ihre Stimme. »Ach, Jacques? *Jc13*?«

»Ich habe ihn in Stuttgart kennengelernt.«

»Die Fäden der Spionage bringen die Menschen zusammen«, stellte Florence fest. »Schade, dass er aufhört.«

»Er möchte ein Weingut bestellen.«

»Du weißt Bescheid.«

»Die Fäden der Spionage …« Felix grinste.

Sie nagte am Rest ihres Apfels. »Jean und ich haben sehr jung geheiratet. Er zieht unseren Sohn groß.«

»Und lässt dich deiner Wege gehen?«

»Er weiß, dass er mich nicht festhalten kann. Ich bin frei im Denken, im Fühlen, im Lieben, in dem, was meinem Leben Sinn gibt. Aber er weiß auch, dass ich immer wieder zu ihm zurückkehre. Ich bin das Segel, er ist der Anker.«

»Ein schönes Bild.« Felix bemerkte einen Anflug von … Eifersucht? Nicht auf Jean, weil er Florences Mann war. Sondern auf Florence, die einen solchen Menschen in ihrem Leben hatte.

»Was denkst du?«, fragte sie.

»Dass Tinsley unverschämt ist«, antwortete er nicht ganz wahrheitsgemäß.

Sie lachte. »Das ist nichts Neues.«

»Der Captain muss trotzdem bestraft werden«, erwiderte Felix.

»An welche Strafe hättest du gedacht?«

Felix überlegte. »Wir werden ihn ein wenig hinters Licht führen. Einverstanden?«

»Da ich dir vertraue, Felix, erkläre ich mich dazu bereit – auch ohne zu wissen, was du planst.«

»Ich weiß es selbst noch nicht genau. Aber uns wird schon etwas einfallen.« Felix zwinkerte ihr zu.

Auch wenn er mit ihr geschlafen hatte, sprühten zwischen ihnen keine Funken. Aber die tiefe Freundschaft, die er für sie empfand, war sehr viel kostbarer. Jahrelang hatten sie sich für dieselbe Sache eingesetzt, waren durch Unsicherheiten und Gefahren gegangen. Das verband.

»Ich frage dich jetzt nicht noch einmal, was du denkst, Felix«, sagte Florence. »Aber ich bin auch froh, dass es dich gibt.«

44. KAPITEL

Esslingen, die Seifenfabrik, Ende September 1919

Felix konnte die Gefühle nicht genau benennen, mit denen er den Zug am Esslinger Bahnhof verließ und sich auf den Weg zur Seifenfabrik machte. Es war, als fielen Vergangenheit und Zukunft ineinander. Die Wege schienen vertraut und waren trotzdem neu, und sein Eindruck verstärkte sich, als er sich an einem Pförtnerhäuschen anmeldete, das es bisher nicht gegeben hatte. Die ältere Frau, die darin Dienst tat, öffnete das schmiedeeiserne Tor per Knopfdruck. Auch die Elektrifizierung hatte Fritz erkennbar vorangetrieben.

Als er im Hof stand, hielt Felix inne. Fast schien es, als habe es den Bombenangriff nie gegeben. Die Spuren an den Gebäuden waren beseitigt, der Schutt weggeräumt. Selbst jetzt, am Spätnachmittag, herrschte lebhafter Betrieb.

Nur wenige Schritte waren es von hier zum wiederhergestellten Bürotrakt, der dem Vorgängerbau nachempfunden war. Felix drückte die Tür des mächtigen Portals auf und stieg die breite Treppe in den zweiten Stock hinauf. Dort hatte Fritz die Etage der Geschäftsleitung eingerichtet.

Das gesamte Innere des Hauses wirkte hell und freundlich, es roch nach Holz und frischer Farbe. Der Platz der Vorzimmerdame war zu dieser Stunde bereits verlassen und aufgeräumt, doch noch bevor Felix sich weiter umsehen konnte, kam Fritz durch die halb geöffnete Tür des Büros, das dahinterlag.

»Mein Freund!« Die Augen hinter der Brille blitzten freudig. »Du bist wirklich gekommen!«

»Sei gegrüßt, Fritz!«

Fritz legte ihm beide Hände auf die Schultern. »Bis zuletzt hatte ich Sorge, dass du es dir anders überlegst.«

Felix dachte an die Tage bei Tinsley in Rotterdam und den interessanten Berlin-Auftrag, den der Captain ihm noch einmal schmackhaft gemacht hatte. »Jetzt bin ich ja da.«

»Gott sei Dank.« Fritz wandte sich zu seinem Büro. »Und sei gewiss, dass wir dich so schnell nicht wieder gehen lassen. Ich habe einen Begrüßungstrunk vorbereitet.«

Das Büro war sehr groß und weiß gestrichen, mit freundlichen grün-gelb gemusterten Vorhängen vor den bodentiefen Fenstern und Teppichen in denselben Farben. Die Formen der Holzmöbel waren schlicht, dennoch wirkten sie nicht nur einfach und zweckmäßig, sondern aufgeräumt und einladend. An den Wänden hingen farbenfrohe Kunstwerke.

»Es ist eine neue Architekturlinie«, kommentierte Fritz, der Felix' Erstaunen wohl bemerkte. »Ich bin auf einer privaten Kunstausstellung damit in Berührung gekommen. Ida Kerkovius, eine Stuttgarter Künstlerin, hatte dazu geladen.« Er deutete schmunzelnd auf die Bilder an den Wänden. »Wie du siehst, hat es sich für sie gelohnt.«

»Ich kann nur sagen, dass es sehr ungewöhnlich ist.« Felix kannte sich mit Kunst nicht aus, wusste aber, dass Fritz einen ausgezeichneten Geschmack hatte. »Mir gefällt es tatsächlich gut. Es wirkt modern, nicht so erdrückend.«

Fritz nickte. »Genau das verfolgt der neue Stil. Zudem soll er irgendwann auch für breite Bevölkerungsschichten erschwinglich sein. Gerade jetzt, in der Aufbauphase nach dem Krieg, finde ich das einen gelungenen Ansatz.«

»Da kann ich dir nur zustimmen.« Felix trat an die Fensterfront, von der aus man einen guten Überblick über das Areal und die dahinterliegende Stadt hatte. »Unglaublich, was ihr in den letzten Monaten geschaffen habt.«

»Es hat sich viel getan.« Fritz stand an der Anrichte. »Whisky? Oder doch lieber einen echten schwäbischen Obstbrand?«

Felix drehte sich zu ihm um. »Zur Feier des Tages – den Obstbrand.«

»Birne? Kirsche? Mirabelle?«

»In dieser Reihenfolge.«

Fritz lachte, schenkte ein und trat zu Felix ans Fenster. »Prost!«

Auch Felix hob sein Glas. Ein intensives Birnenaroma begleitete das angenehme Brennen in der Kehle.

»Der ist gut, nicht wahr?« Fritz nahm ihm das Schnapsglas ab und kehrte an die Anrichte zurück, wo er mit einem leisen Klirren die nächste Glaskaraffe öffnete.

»Kirsche?«, fragte Felix, als Fritz ihm kurz darauf ein frisches Glas in die Hand drückte.

»Du sagtest, in dieser Reihenfolge.«

Felix grinste. »Du willst mich wohl betrunken machen. Damit ich in alkoholseliger Willenlosigkeit einen Vertrag unterschreibe, der mich lebenslang an Stuttgart bindet.«

»Wenn es so einfach wäre, würde ich es zumindest erwägen«, entgegnete Fritz augenzwinkernd. Er leerte sein Glas und sah nachdenklich in die Ferne. »Ich habe mir lange Gedanken darüber gemacht, wie ich dir meine Offerte schmackhaft machen könnte. Da ich mit einem Geheimdienst konkurriere, ist mir bewusst, dass ich mir einiges einfallen lassen muss.«

Felix kippte seinen Schnaps. »Ich bin gespannt.« Auch der Kirschbrand war exzellent.

»Du liebst die Freiheit, und du liebst das Abenteuer«, stellte Fritz fest. »Deshalb würde ich dir den gesamten Einkauf übertragen und die Neukundenakquise. Das beinhaltet viele Reisen. Zu unseren Lieferanten, zu potenziellen Kunden. Im Inland und im Ausland.«

»Das hört sich zumindest nicht uninteressant an.« Felix kniff die Augen zusammen und sah zum Laboratorium. »Ist dort hinten die neue Manufaktur?«

Fritz nickte. »Sie wirft bereits Gewinn ab. Lilly hat es vor Kurzem intuitiv richtig formuliert: Entweder du machst etwas für die breite Bevölkerung, dann darf es gut und günstig sein. Oder du machst echten Luxus in höchster Qualität, dann hat er seinen Preis. Und Lillys Manufakturseifen sind Luxus. Wir haben viele Hotels, die inzwischen bei ihr einkaufen. Kürzlich kam sogar eine Anfrage aus den Vereinigten Staaten.«

»Ich wusste, dass sie es schafft.«

»Es ist wie mit allem im Leben. Manches gelingt leicht, anderes braucht Zeit. Ihr Schönheitssalon läuft noch nicht so, wie sie es sich erhofft hatte.«

»Aus Misserfolgen lernt man am meisten«, erwiderte Felix. »Sie wird auch dort einen Weg finden.«

»Davon bin ich überzeugt.« Fritz sah ihn an. »Und? Könntest du dir zumindest *vorstellen*, bei uns anzufangen?«

»Sonst wäre ich nicht hergekommen.« Felix spielte mit seinem leeren Glas.

Fritz atmete hörbar aus. »Das freut mich.«

»Wenn ich annehme, müssten wir die Bedingungen einer Anstellung noch einmal diskutieren.«

»Selbstredend.«

»Zudem möchte ich ein paar letzte Dinge klären. Ich gebe dir sobald wie möglich Bescheid.«

Fritz sah ihn an. »Lass dir nicht zu viel Zeit.«

»Ich muss noch einmal nach London. Danach wird meine Entscheidung feststehen. Auch Tinsley will Klarheit.«

»Ich gehe davon aus, dass du, selbst wenn du hierbleibst, weiterhin Kontakt zum Geheimdienst halten wirst.«

»Nicht nur das. Wenn ich bliebe, hätte ich einen konkreten Auftrag.«

»Tinsley setzt dich nach Stuttgart?« Fritz grinste. »Wen wirst du denn bespitzeln?«

»Alle.«

»Donnerwetter. Das werde ich sicherheitshalber in unseren Vertrag aufnehmen«, witzelte Fritz.

Felix grinste. »Tu das.«

»Dann hast du mit Tinsley schon alles geklärt?« Fritz schien es kaum glauben zu können.

»Er lässt mir die Wahl. Berlin oder hier. Auch wenn es nicht einfach war, ihn zu überzeugen, musste er schließlich zugeben, dass ich als angesehener Geschäftsmann perfekt getarnt bin, um die Stimmungslage in Stuttgart und dem Umland auszukundschaften. Es geht darum, extreme Tendenzen rechtzeitig zu erkennen, einerlei ob sie in Industriellenkreisen kolportiert oder in kommunistischen Zirkeln ausgeheckt werden. Zudem habe ich mit dir und Jacques einen unmittelbaren Kontakt nach Frankreich.«

»Weißt du, dass mich das beruhigt?«, fragte Fritz. »Unsere Republik ist jung und hat die Niederlage nicht verarbeitet. Das kann gefährlich werden.« Er ging zu seinem Schreibtisch. »Du musst noch einmal nach London, sagtest du?«

»Ja. Und zwar gleich übernächste Woche.«

Fritz schien etwas zu suchen. »Könntest du dir vorstellen, Lilly mitzunehmen?«

Felix meinte, sich verhört zu haben. »Lilly?«

»Ja. Wo habe ich denn nur …? Ah, hier!« Fritz hielt ein Schreiben in die Höhe. »Sie hat eine Einladung nach London bekommen. Ich lasse sie nur ungern allein reisen, kann aber selbst hier nicht weg.«

»Meine Güte, du schickst sie mit mir mit?«

»Lilly braucht eine Begleitung, der ich vertraue.«

»Hast du noch einen Schnaps?«, fragte Felix. »Den mit Mirabellen?«

45. Kapitel

Stuttgart, die Reichle-Villa, am selben Abend

Onkel Fritz hatte am Nachmittag angerufen und sich für das Abendessen entschuldigt. Daher hatte Lilly die Abendmahlzeit ohne ihn eingenommen und anschließend Hans in den Schlaf gewiegt. Nun schlummerte er tief und fest, sein Püppchen ruhte wie immer in seinem Arm. Lilly selbst war noch nicht müde. Nachdem sie den ganzen Tag im *MAISON DE BEAUTÉ* gestanden hatte, drängte es sie nun zu einem Spaziergang nach draußen.

Sie räumte Spielzeug und Kleidung auf, dann verließ sie leise ihre Räume und suchte nach Edith. Das Haus war bereits zur Ruhe gekommen, deshalb fand sie sie bei Thea in der Küche, wohin sie sich mit einer Stickarbeit zurückgezogen hatte. Genau wie Johann lebten die beiden Frauen nach wie vor im Dienstbotentrakt der Reichle-Villa. Frau Lene, die ihre Familie in der Stadt hatte, war bereits nach Hause gegangen.

»Guten Abend, Frau Reichle«, grüßte Thea. »Möchten Sie noch einen Nachttrunk? Ich kann Ihnen einen Tee zubereiten oder eine heiße Milch.«

»Ich nehme gerne einen Tee, aber erst später«, entgegnete Lilly. »Zuvor möchte ich mir noch ein wenig die Beine vertreten.«

»Soll ich nach Hans sehen?«, fragte Edith sofort.

»Wenn es dir nichts ausmacht? Er schläft schon.«

Edith legte ihr Stickzeug in ihren Korb und stand auf. »Ich gehe gleich nach oben.«

»Hab Dank, Edith. Ich werde bald zurück sein.«

»Es ist ein leichter Wind aufgekommen«, mahnte Thea, die gerade die nassen Küchentücher über den Ofen hängte. »Bleiben Sie nicht zu lange draußen. Gerade an solchen Abenden holt man sich schnell eine Erkältung.«

»Ich habe einen Schal dabei«, erwiderte Lilly.

»Trotzdem aufpassen, gell?« Thea setzte den Teekessel auf. »Ich stelle den Tee warm, dann können Sie sich jederzeit eine Tasse einschenken.«

»Danke!« Theas Fürsorge war wohltuend. Mit einem stillen Lächeln machte Lilly sich auf den Weg in den Park.

Die Sonne war bereits untergegangen, aber der scheidende Tag hinterließ noch genügend Licht, um die Baumgruppen, Hecken und Blumenbeete zu erkennen, an denen ihr Weg vorbeiführte. Der Kies knirschte leise unter ihren Füßen.

Sie passierte den Seepavillon und ging ein Stück den schmalen Bach entlang, der das Grundstück durchfloss. Hinter dem Gartenhaus bog ein kleiner Pfad ab, der durch eine Anlage mit exotischen Bäumen führte und in einen kleinen, versteckt liegenden Platz mündete, den man vom Haus aus nicht einsehen konnte. Dort, im Angesicht eines sternförmigen Brunnens, ließ sie sich auf einer Gartenbank nieder und zog ihre Stola enger um sich. Thea hatte recht. Der Wind war wirklich kühl.

Lilly lauschte dem Plätschern des Brunnens, das sich mit dem allabendlichen Vogelkonzert verflocht, und dachte an die neuen Salben, an denen sie und Ruth gerade arbeiteten. Inzwischen hatten sie sich bewusst dafür entschieden, ihre Rezepturen so weit wie möglich auf pflanzlicher Basis herzustellen. Sie verwendeten ausschließlich hochwertige Pflanzenöle und kein Paraffin und nutzten die Wirkung von Heilpflanzen, um erwünschte Pflegeeigenschaften zu erzielen. Dabei hatten sie beide viel gelernt. Beispielsweise unterschieden sich die Unreinheiten einer fettigen Haut grundlegend von denen einer zu trockenen Epidermis. Manche Hautbilder wiesen Mischformen auf. Wie Helena Rubinstein stimmte Lilly die Behandlungen inzwischen auf die Hauteigenschaften der Kundinnen ab. Die Ergebnisse gaben diesem Konzept recht.

Pater Fidelis half mit seinem Rat, so gut er über die Entfernung hinweg vermochte. Da sein Orden die Basilika Birnau zurückgekauft und ihn mit der Verwaltung beauftragt hatte, war er derzeit viel unterwegs. Gut, dass auch der Lindenhof inzwischen über einen Telefonapparat verfügte, das machte es einfacher. Lilly rief immer kurz nach dem Abendessen an, wenn sie eine Frage hatte, denn das verpasste er nie.

Ihr Leben war reich und erfüllt.

Onkel Fritz ließ sich einmal wöchentlich von ihr Bericht erstatten, ansonsten hatte sie weitgehend freie Hand. Hin und wieder sah er nach Ladenschluss im Salon vorbei und lud sie anschließend zum Essen ins Hotel Marquardt oder in eines der anderen teuren Restaurants der Stadt ein. Die ungarische Kundin hatte Wort gehalten und ihre Empfehlung weitergegeben. Lilly aber hatte schnell gemerkt, dass die exaltierte Art der Diplomatengattin bei den eher zurückhaltenden Damen der Stuttgarter Gesellschaft auf wenig Respekt stieß. Dennoch hatten einige Lillys Angebot ausprobiert, und manche von ihnen kamen inzwischen regelmäßig.

Die Umsätze des *MAISON DE BEAUTÉ* stiegen, reichten aber noch nicht aus, um auf Dauer erfolgreich zu sein. Sie musste mehr Reklame machen. Das war eines der großen Themen der nächsten Tage.

Lilly tat einige tiefe Atemzüge, ließ die würzige Luft in ihre Lungen strömen und wollte sich gerade zurücklehnen, als ein lautes Knacken das Spiel des Brunnenwassers übertönte.

Erschrocken hielt sie inne, horchte eine Weile aufmerksam, doch außer dem Rauschen der Bäume im Abendwind war nichts zu vernehmen. Vielleicht ein Kätzchen, das in der Dämmerung auf Mäusefang ging. Oder ein Igel. Es war ohnehin Zeit zurückzugehen.

Sie hörte die Schritte auf dem Kies in dem Moment, da sie aufstehen wollte.

Suchte man nach ihr?

»Schscht! Hab keine Angst, Lilly.« Seine Stimme war nur ein Flüstern, aber Lilly hätte sie unter Hunderten wiedererkannt.

»Felix!«, wisperte sie.

Einen Wimpernschlag später hatte er die Arme um sie geschlungen.

Ihr Herz schlug schnell und unregelmäßig, während sie versuchte zu begreifen. »Du bist … zurück?«

»Ja. Ich musste dich wiedersehen.«

Sie wagte kaum zu atmen. »Wie hast du mich hier gefunden?«

»Ich habe Johann gefragt. Er war in der Remise.«

»Johann …«

»Freust du dich?«, fragte er leise.

Zögernd sah sie auf, nahm den Schimmer wahr, den das Zwielicht in seine Augen spielte. Unwillkürlich legte sie eine Hand an seine Brust, strich vorsichtig über den vertrauten Stoff des Leinenhemdes. Es roch noch immer schwach nach Rosen. Und nach ihm.

»Ich habe es oft getragen. Und dabei an dich gedacht.«

Lilly nickte. Ihr fehlten die Worte.

Er schien ihre Verwirrung zu spüren, zog sie enger an sich und umfing sie mit sicherer Geborgenheit. »Ich habe mir immer vorgestellt, wie es ist, dich so zu halten«, bekannte er nach einer Weile.

Lilly schluckte. »Ich … habe nicht geglaubt, dass wir uns jemals wiedersehen.«

»Das Leben hat seine Karten neu gespielt.« Er hob vorsichtig ihr Kinn an. »Ich habe das Blatt aufgenommen.« Seine Augen wanderten über ihr Gesicht.

»Die Karten …«

»Du erinnerst dich?«

Lilly nickte und schloss die Lider.

Warm und weich strichen seine Lippen über die ihren, während seine Hand ihre Wange streichelte. Die Zärtlichkeit, die darin lag, war zurückhaltend und verband sich doch verlockend mit der Sehnsucht, die tief in Lilly auf diesen Moment gewartet hatte. Als sie sich an ihn drängte und die Lippen öffnete, stöhnte er leise. Seine Hände glitten über ihren Rücken, zogen sie näher. Seine Zunge erkundete ihren Mund, erst sanft, dann fordernd. Lilly war, als glitte sie in einen Ozean aus Begehren und Gefühl, tosend und warm und unendlich schön.

Als er sich schließlich von ihr löste, war die Nacht heraufgezogen. Im Mondlicht glänzte das Wasser des Brunnens wie flüssiges Silber.

»Wir haben keine Eile«, sagte er heiser. »Ich bleibe bei dir.«

46. KAPITEL

Meersburg, das Grandhotel Lindenhof,
in diesen Tagen Ende September 1919

Vieles hatte sich mit dem Neubeginn als Grandhotel geändert, der Blick von Helenas Garten aus aber war noch derselbe wie in ihrer Kindheit. An klaren Tagen wie diesem schweifte der Blick ungehindert über den azurblauen See und das ihn überspannende Himmelszelt hinweg bis weit hinein in die Berge der Schweiz am gegenüberliegenden Ufer.

Helena ließ die Aussicht auf ihre Gäste wirken, dann lenkte sie die Aufmerksamkeit der kleinen Gruppe auf den großen Kräutergarten, der rund um ihr Glashaus entstanden war.

»Sie finden hier viele Arten an Kräutern und Heilpflanzen«, erklärte sie. »Wir werden nun einige davon kennenlernen. Viele davon verwenden wir je nach Jahreszeit in der täglichen Küche des Lindenhofs. Wie beispielsweise Thymian, Giersch, Sauerampfer oder Brunnenkresse.«

Helena ging voran auf den kleinen erdigen Pfaden und erklärte die einzelnen Pflanzen, ihre Bestandteile und ihre Verwendung. »Die Blüten der Kamille werden getrocknet oder zu einem Aromaöl verarbeitet. Die Malve hier«, sie deutete auf die kräftig-rosafarbenen Blüten, »blüht in Jahren wie diesem bis in den September hinein. Ein Malvenblütentee empfiehlt sich bei Reizhusten.«

»Kann man die Teesorten bei Ihnen kaufen?«, fragte einer der Gäste.

»An der Rezeption gibt es eine Liste mit unserem Angebot und ein Heftchen in dem die wichtigsten Heilkräuter unseres Gartens erklärt sind.«

»Sehr gut!«, rief eine Dame.

»Jede Art ist im Übrigen mit einem Emailleschild versehen. Darauf finden Sie den Namen, die botanische Bezeichnung und ihren Ursprung. Und nun zeige ich Ihnen eine meiner liebsten Pflanzen.« Kurze Zeit später erreichten sie das obere Ende des Kräutergartens. Auf steinigem Untergrund standen mehrere kniehohe lilafarbene Halbsträucher, in denen es kräftig summte. »Das Aroma des Lavendels ist intensiv«, sagte Helena. »Es beruhigt und entspannt und wird gerne für Parfum, Seife und Kosmetika verwendet. Getrocknete Blüten beduften den Kleiderschrank und halten Motten fern. Und wie Sie sehen, schätzen auch die Bienen den spätsommerlichen Nektar.«

»Ich würde gerne ein Schrankkissen daraus machen. Darf ich mir etwas davon mitnehmen?«, fragte eine Teilnehmerin.

»Das geht leider nicht«, erwiderte Helena. »Aber Sie können Lavendelprodukte bei uns erwerben.«

Jeweils eine halbe Stunde dauerten Helenas Kräuterführungen, die sie meistens zweimal pro Woche anbot. Hin und wieder übernahm auch Pater Fidelis diese Aufgabe, dann dauerte das Programm allerdings länger.

Als Helena ihren heutigen Rundgang bei den Heckenrosen beendete, drang das Signal des Ausflugsschiffes zu ihnen herauf. Sie musste sich beeilen. »Ich bedanke mich für Ihr Interesse, meine Damen und Herren. Verweilen Sie gerne noch eine Weile hier in unserem Garten oder lassen Sie diese Führung bei Kaffee und Kuchen ausklingen.«

Nachdem der kurze Applaus abgeebbt war, verließ Helena die Gruppe, kehrte ins Hotel zurück, wusch sich die Hände und band sich eine der weißen und mit Spitze verzierten Rüschenschürzen um.

Das *Café im Park* war bereits gut besetzt, als Helena den verglasten Pavillon erreichte, in dem es untergebracht war. Gemeinsam mit Architekt Horn hatte sie den weiß gestrichenen Bau eigens für diesen Platz entworfen. Umrahmt von frisch gesetzten immergrünen Hecken, stand er mitten im Park des Lindenhofs. Bei Sonnenschein konnte man die beschattete Terrasse genießen, an kühlen und regnerischen Tagen saß man im Inneren geschützt und hatte dennoch einen ungehinderten Blick auf Rasen und Bäume und auf den See in der Ferne.

Um das Café darin zu betreiben, hatte sie zwei zusätzliche Mädchen angestellt, zur Kaffeezeit allerdings packte sie immer selbst mit an.

Helena warf einen raschen Blick auf das Kuchenangebot in der gekühlten Vitrine. Einladend präsentierten sich Butterkuchen und Käsekuchen, Apfel- und Birnen- und Zwetschgenkuchen, Zitronen- und Schokoladentorte, eine Alexandertorte mit Mandeln, Zitronen und Weinbeeren, eine Meringuetorte aus gebackenem Eiweiß mit Aprikosenmarmelade und Pistazien, und natürlich zwei Exemplare der Meersburger Schlosstorte, für die der Lindenhof inzwischen weit über Meersburg hinaus bekannt war. Eine der Bedienungen schnitt gerade eine Linzer Torte auf, dazu gab es allerlei Kleingebäck und mit Zuckerglasur überzogene Hefeschnecken. Über allem lag der feine Duft von frisch aufgebrühtem Kaffee.

Helena war gerade dabei, ihre ersten Bestellungen aufzunehmen, als ihr zwei Frauen auffielen, die das Café betraten.

Sie wusste sofort, um wen es sich dabei handelte.

Denn auch wenn Katharina Elisabeth von Ardenne meist nur beiläufig erwähnte, erkannte Helena sie in der hohen, aufrechten Gestalt im weißen Kostüm. Selbst von fern umgab sie eine adelige Aura.

Rasch reichte Helena den Bestellzettel einer Mitarbeiterin an der Theke weiter und ließ gleich nach Katharina schicken. Bestimmt galt der Besuch ihrer Schwester, die zu dieser Zeit noch im Spital war. Anschließend trat sie an den Tisch, an dem Elisabeth von Ardenne und Margarethe Weyersberg Platz genommen hatten.

»Guten Tag, Frau Baronin, und willkommen, Frau Weyersberg«, grüßte sie respektvoll. »Wir freuen uns sehr, dass Sie heute unsere Gäste sind.«

»Die Freude ist ganz auf unserer Seite«, erwiderte die Baronin, die augenscheinlich daran gewöhnt war, erkannt zu werden. »Ihr Haus wird allenthalben empfohlen.«

»Haben die Damen bereits aus unserem Angebot gewählt?«, fragte Helena.

»Wir möchten natürlich die Meersburger Schlosstorte probieren«, erklärte Frau Weyersberg, von der Katharina nur als *Daisy* sprach.

»Und zwei Tassen Kaffee dazu«, ergänzte die Baronin. »Mit Milch und Zucker.«

»Zweimal die Schlosstorte«, bestätigte Helena. »Sehr gerne.« Wenige Minuten später servierte sie den heiß dampfenden Kaffee und anschließend die beiden Teller mit der Schlosstorte.

»Oh! Sieht das köstlich aus!«, rief Daisy und klatschte in die Hände.

»Heller und dunkler Biskuit«, erläuterte Helena, »gefüllt mit einer Buttercreme aus echter Vanille und einer Erdbeersahne mit kandierten Erdbeeren. Geröstete Pistazien runden das Aroma ab.«

Daisy betrachtete hingerissen das Tortenstück. »Ist das obendrauf Gold?«

Helena nickte. »Das ist echtes Blattgold.«

»Kann man das denn essen?«, fragte Daisy. Sie schien um einiges jünger zu sein als Elisabeth von Ardenne.

»Ja, das können Sie verzehren«, erwiderte Helena. »Genießen Sie es.«

Die Baronin deutete auf einen der beiden leeren Stühle, die am Tisch standen. »Setzen Sie sich doch zu uns.«

Helena sah sich um. »Das würde ich gerne, aber Sie sehen ja selbst – im Augenblick ist sehr viel zu tun.«

»Wir haben Zeit, nicht wahr, Daisy?«, erwiderte die Baronin, ohne sich umzuschauen. »Dann warten wir eben, bis Sie Zeit für uns finden.«

Helena dachte an Katharina. »Haben Sie ein spezielles Anliegen, Frau Baronin? Meine Schwester ist noch im Spital, aber ich kann sie holen lassen.«

Das Nicken der Baronin hatte etwas Huldvolles. »Dann freue ich mich darauf, mich später mit Ihnen beiden zu unterhalten.« Sie widmete sich ihrem Gebäck, und Helena fühlte sich vorerst entlassen. Im Gehen fiel ihr ein, dass die Baronin die Gesellschafterin von Margarete Weyersberg war, so hatte Katharina es jedenfalls erzählt. Begegnete man den beiden, hatte es allerdings den Anschein, als wäre es genau andersherum.

Eine Viertelstunde später

Minna war bei Katharina im Spital erschienen und hatte außer Atem erzählt, dass eine Baronin samt Begleitung im Café sitze, Meersburger Schlosstorte verspeise und auf sie warte. Doktor Zimmermann, der von Katharinas Zukunftsplänen wusste, hatte ihr nach kurzem Zögern gestattet, ihre Schicht frühzeitig zu beenden. Seit ihrem letzten Besuch in Lindau hatte Katharina nichts mehr von Elisabeth von Ardenne gehört. Umso gespannter war sie, als sie nun zum Grandhotel hinuntereilte. Brachte die Baronin die ersehnte Nachricht?

Kaum hatte sie den Pavillon betreten, winkte Helena sie zu sich an die Theke: »Ich hoffe, dass du keinen Ärger mit Doktor Zimmermann bekommen hast, Katharina. Aber ich dachte, dass du gewiss mit Frau von Ardenne sprechen möchtest.«

»Er hat mich gehen lassen«, erwiderte Katharina. »Zum Glück gab es gerade keinen Notfall.«

»Fräulein Lindner!«, rief Daisy, als Katharina und Helena den Tisch erreichten, an dem die Gefährtinnen saßen. »Wie schön, Sie wiederzusehen!«

Die Baronin sah auf und bat die Schwestern mit einer knappen Handbewegung, sich zu ihnen zu setzen.

»Die Schlosstorte ist ausgezeichnet«, lobte sie zunächst in Richtung Helena. »Ich werde Sie weiterempfehlen.«

»Danke.« Helenas Augen leuchteten auf. »Das freut mich sehr.«

»Und nun zu Ihnen, Fräulein Lindner«, wandte sie sich an Katharina. »Sie hatten mich aufgesucht und um eine Empfehlung gebeten. Nun kann ich Ihnen mitteilen, dass meine Bekannte aus Karlsruhe Ihnen einen Platz in ihrer Anstalt anbietet. Ich habe ihr Schreiben gestern erhalten.«

»Wirklich?« Vor Aufregung schlug Katharina die Hand vor den Mund.

»In Karlsruhe?« Helena sah sie erstaunt an. »Du wolltest doch nach München?«

»Es hat sich keine Möglichkeit aufgetan, Helena. Deshalb habe ich Baronin von Ardenne gebeten, mich bei der Suche nach einem Schulplatz zu unterstützen.«

»Was die Unterkunft betrifft«, fuhr die Baronin mit unbewegtem Gesicht fort, »so werden Sie bei einer adeligen Witwe leben, die Zimmer an auswärtige Schülerinnen vermietet.«

»Das ist ja unglaublich!« Katharina merkte, wie sich ihr Magen vor Aufregung zusammenzog. »Ich weiß gar nicht, wie ich Ihnen danken kann!«

»Legen Sie ein ausgezeichnetes Abitur ab«, erwiderte die Baronin.

»Ich werde mein Bestes geben!«

»Allerdings drängt die Zeit«, fügte Elisabeth von Ardenne an. »Das Schuljahr hat bereits begonnen. Da Sie aber ohnehin in der Klasse zurückgestuft werden, um die verlorene Schulzeit nachzuholen, dürfen Sie unterjährig eintreten.«

»Gut.« Katharinas Hände waren feucht.

»Wann muss meine Schwester denn abreisen?«, wollte Helena wissen.

»Zum ersten Oktober sollte sie sich in Karlsruhe eingerichtet haben.« Elisabeth von Ardenne nahm einen Briefumschlag aus ihrer Handtasche und reichte ihn Katharina. »Hier finden Sie alle Angaben noch einmal ausführlich. Auch diejenigen zum Schulgeld.« Ihr Blick wanderte zu Helena. »Ich nehme an, dass Sie den Bildungswunsch Ihrer Schwester kennen. Und unterstützen.«

Helena räusperte sich. »Ja, ich weiß von ihren Plänen. Auch wenn Sie merken, dass mich der Fortgang der Ereignisse überrascht. Aber selbstverständlich erhält sie von uns alle Unterstützung, die notwendig ist. Auch in finanzieller Hinsicht.«

Die Baronin schloss ihre Handtasche und lehnte sich zurück. Sie wirkte zufrieden. »Bitte berichten Sie mir von Zeit zu Zeit Ihre Fortschritte, Fräulein Lindner.« Nacheinander nickte sie erst Katharina, dann Helena zu. »Bringen Sie uns noch einen Kaffee?«

»Donnerwetter, Katharina!«, entfuhr es Helena, als die beiden Damen eine gute halbe Stunde später das Café verlassen hatten. »Du machst Nägel mit Köpfen!«

»Es … sieht wohl danach aus.« Katharina fühlte sich selbst überrumpelt.

Helena schien es zu spüren und legte einen Arm um sie. »Lass uns zum Haus gehen.«

»Ich hatte ehrlich gesagt nicht erwartet, dass es so schnell geht«, bekannte Katharina, als sie Arm in Arm den gepflasterten Weg in Richtung Hauptgebäude entlanggingen. Angesichts des plötzlich bevorstehenden Abschieds wurde ihr nun doch das Herz schwer.

»Eigentlich ist es eine wundervolle Nachricht.«

Katharina seufzte. »Ja.«

»Wir tragen deine Entscheidung in jeder Hinsicht mit«, betonte Helena. »Ich bin mir sicher, dass du eine sehr gute Ärztin wirst.«

»Erst einmal muss ich das Abitur bestehen.«

»Daran zweifle ich nicht. Auch wenn es gewiss kein Kinderspiel wird, sondern eine große Herausforderung ist. Aber du bringst hervorragende Voraussetzungen dafür mit. Du bist klug und wissbegierig. Und ehrgeizig.«

Katharina atmete tief durch. »Es tut mir gut, dass du an mich glaubst.«

»Ich kenne deinen Traum, Katharina. Und ich kenne dich. Du wirst diesen Weg gehen. Und du wirst ihn mit Erfolg gehen.«

»Es ist weit bis dahin. Und ich bin eine Frau. Das macht es nicht einfacher.«

»Deshalb ist es gut, dass wir jetzt in einer Republik leben. Die nächsten Jahre werden es uns Frauen noch viel leichter machen, da bin ich mir sicher. Bis du dich an einer Universität einschreibst, ist es sicherlich keine Rarität mehr, dass auch Frauen studieren.«

»Hoffen wir es.« Auf einmal gingen Katharina tausend Dinge durch den Kopf. »Erst einmal aber muss ich nach Karlsruhe. Und ich, ich weiß gar nicht … also ich muss packen. Was soll ich denn alles mitnehmen? Und ich brauche ein Zeugnis von Doktor Zimmermann, vielleicht hilft es mir, wenn ich dann mit dem Studium beginne … und Käthe muss mir Marmelade einpacken und ihre Mandelkekse …«

Helena drückte sie beruhigend. »Heute Abend besprechen wir uns erst einmal mit Papa. Morgen gibst du dann Doktor Zimmermann Bescheid. Anschließend helfe ich dir, deine Sachen zu packen.«

Katharina atmete tief durch. »Meinst du, dass Papa mich nach Karlsruhe begleitet? So wie Lilly?«

»Das wird er ganz bestimmt«, antwortete Helena. »Wir halten zusammen. So wie immer.«

47. KAPITEL

London, in der ersten Oktoberwoche 1919

Die Hauptstadt des Vereinigten Königreichs zeigte sich von ihrer unwirtlichen Seite. Schon seit ihrer Ankunft vor zwei Tagen nieselte es, Tower und Tower Bridge, Big Ben und die Türme der Kathedralen hüllten sich in Nebel, die Menschen eilten unter ihren Regenschirmen durch die regennassen Straßen.

»Das ist England«, hatte Harriet Douglas entschuldigend gesagt, als sie Lilly und Felix in ihrem Stadthaus in Mayfair begrüßt hatte. »Aber wir geben die Hoffnung nicht auf, dass sich die Sonne im Laufe dieser Woche noch zeigen wird. London ist auch immer für eine Überraschung gut!«

Damit hatte sie Lilly und Felix in ihr nobel ausgestattetes Wohnzimmer geführt, sie auf edlen Samtpolstern Platz nehmen lassen, ihnen Tee und Gebäck angeboten. Das Lächeln ihres Mannes George hatte von einem Ohr zum anderen gereicht, so groß war seine Freude darüber gewesen, dass Lilly seiner Einladung endlich gefolgt war.

Inzwischen hatte Lilly sich an das Grau draußen gewöhnt.

Harriet und George waren reizend, ihr Zimmer mit dem breiten weichen Bett war es ebenfalls, und jeden Morgen, wenn sie in das Frühstückszimmer kam, prasselte bereits ein behagliches Feuer im Kamin.

»Guten Morgen, meine Liebe!«, begrüßte Harriet sie auch heute gewohnt herzlich und legte die Zeitung weg, in der sie gelesen hatte. »Hast du gut geschlafen?«

»Meine Nacht war wunderbar, danke«, erwiderte Lilly und setzte sich Harriet gegenüber an den ovalen Tisch, auf dem ein geblümtes Porzellanservice zum Frühstück lud.

Ein Dienstmädchen schlüpfte herein, schenkte frischen heißen Tee ein und stellte das Milchkännchen dazu. Milch in den Schwarztee zu geben, war Lilly zunächst eigenartig erschienen, aber inzwischen mochte sie diese Mischung sehr gern.

»George ist schon unterwegs und wird erst zum Dinner zurück sein«, erklärte Harriet und ließ sich ebenfalls Tee nachschenken. »Aber bei all dem, was wir heute vorhaben, können wir ihn ohnehin nicht gebrauchen.« Sie zwinkerte Lilly zu.

Ein zweites Dienstmädchen fand sich ein und stellte frischen Toast auf den Tisch, gefolgt von einem Teller mit Rührei, Bacon, Tomaten und Pilzen.

Lilly liebte es, morgens so ausgiebig zu frühstücken. Zu Hause fand sie nur selten Zeit dazu. Sobald Hans versorgt war, trank sie meist rasch eine Tasse Kaffee und aß dazu ein Stück Hefezopf mit Marmelade. Bevor sie sich anschließend auf den Weg zum Salon machte, steckte ihr Thea noch ein Brot oder einen Apfel zu.

»Lass es dir schmecken, Lilly.« Harriet breitete die Serviette auf ihrem Schoß aus. »Du wirst deine Kraft heute brauchen.«

Lilly schob etwas Rührei auf ihre Gabel. »Wann sind wir denn bei Frau Rubinstein angemeldet?«

»Um zehn.« Harriet butterte ihren Toast. »Es ist ein Glück, dass sie gerade in London ist, das ist selten der Fall. Der Termin geht bis zum Mittag. Danach lassen wir uns in die Stadt bringen.«

»Ich kann kaum glauben, dass ich heute der großen Helena Rubinstein begegnen werde!«

»Du hast nun mal die richtigen Beziehungen.« Harriet biss eine kleine Ecke ihres Toasts ab und kaute mit dezenten Mundbewegungen. »Ich versichere dir, dass du viel Neues lernen wirst. Ihre Behandlungen wirken Wunder! Weißt du, seit meinem ersten Besuch bei ihr trage ich jeden Tag ein besonderes Serum auf. Und anschließend eine reichhaltige Creme, die meine Haut den Tag über schützt. Sie ist genau auf mich abgestimmt …«

Während Harriet über ihre morgendliche Schönheitsroutine plauderte, wanderten Lillys Gedanken zu Felix.

Seit ihrer Ankunft hatte sie ihn nicht mehr gesehen. Sein Hotel lag in einem anderen Stadtteil. Er würde die Zeit in London nutzen, um Freunde zu sehen und um sich noch einmal mit dem britischen Geheimdienst abzustimmen.

Erstaunt hatte sie bemerkt, dass er ihr fehlte, auch wenn er sich nur am anderen Ende der Stadt aufhielt. Obwohl er erst vor Kurzem in ihr Leben zurückgekehrt war, fühlte Lilly sich ihm verbunden, als wären sie schon lange Zeit ein Paar. Dass sie eine gemeinsame Zukunft sahen, stand außer Frage, auch wenn sie nichts überstürzten – nicht zuletzt aus Respekt vor Arno.

»… deshalb verwende ich ausschließlich Pflege von Helena Rubinstein«, erklärte Harriet in diesem Moment, und Lilly richtete ihre Aufmerksamkeit wieder auf das Tischgespräch. »Sie hat es verstanden, meiner Haut ihre Jugendlichkeit zurückzugeben.« Dabei strahlte sie Lilly an.

Harriet war Ende vierzig und ein wenig mollig, was ihr allerdings gut stand. Ihr ergrautes Haar trug sie stets modisch aufgesteckt, ihre Haut war feinporig und ohne Unreinheiten. Aber auch wenn sie etwas Frisches an sich hatte, würde Lilly Jugendlichkeit anders definieren. Sie nahm an, dass Helena Rubinstein ihren Kundinnen solche Begriffe mit auf den Weg gab, damit diese ein gutes Gefühl für sich selbst und ihren Körper entwickelten. Denn bei allem, was Pflege vermochte, war Lilly inzwischen bewusst, dass Schönheit auch ein innerer Prozess war. Vor allem dann, wenn man älter wurde oder die Natur sich ein paar Besonderheiten für einen ausgedacht hatte.

»Helena Rubinstein ist zu bewundern«, erwiderte Lilly. »Ich hoffe, dass ich viel mit nach Hause nehmen und in meinem eigenen Salon umsetzen kann.«

Harriet lächelte. »Deshalb bist du hier.«

Der Salon von Helena Rubinstein in der Grafton Street in Mayfair wartete nicht nur mit einem luxuriösen Ambiente in zarten Beige- und Rosatönen auf, sondern versprühte geradezu das Versprechen allumfassender Schönheit.

Lilly nahm alles tief in sich auf, die ruhige Atmosphäre, die vielen Apparaturen, die kostbaren Produkte, die hinter der Theke aufgereiht waren. Am liebsten wäre sie erst einmal stehen geblieben und hätte alles genauestens studiert, aber Harriet zog sie bereits weiter zu einer auffallend kleinen dunkelhaarigen Frau, die gerade die Treppe herunterschritt.

»Mrs Douglas!« Das Lächeln, mit dem Harriet von dieser begrüßt wurde, wirkte huldvoll, aber einstudiert.

»Mrs Rubinstein«, erwiderte Harriet.

Lilly spürte, wie sich das Klima im Salon verändert hatte. Seit ihrem Erscheinen beherrschte Helena Rubinstein den Raum.

»Darf ich Ihnen Lilly Reichle aus Deutschland vorstellen?«, fuhr Harriet fort.

Der Blick, mit dem Helena Rubinstein Lilly musterte, war distanziert und genauso wohlkalkuliert wie ihr Lächeln.

»Guten Tag, Mrs Reichle.« Ein harter Akzent dominierte ihr Englisch.

»Ich freue mich sehr, Sie kennenzulernen, Mrs Rubinstein.« Lilly fiel es schwer, die Persönlichkeit der Schönheits-Mogulin zu erfassen. Der Arztkittel über ihrer teuren Kleidung gab ihr den Anschein medizinischer Kompetenz, dazu war sie perfekt geschminkt und frisiert. Unnahbar war vielleicht das richtige Wort.

»Kommen Sie bitte mit, Mrs Reichle. Ich habe Ihnen einen Platz im ersten Stock reserviert«, sagte Helena Rubinstein und winkte eine ihrer Mitarbeiterinnen heran. »Auch wenn ich feststelle, dass Sie mit einem makellosen Teint gesegnet sind.«

»Danke.« Das unerwartete Kompliment machte Lilly verlegen.

»Aber da wir nicht für immer jung bleiben«, fuhr Helena Rubinstein fort, »können wir nicht früh genug damit anfangen, unsere Haut richtig zu pflegen. Schönheit ist nicht nur für unser Wohlgefühl wichtig. Sie ist unser Kapital.«

Das Thema Schönheit ging nahtlos in das Thema Erfolg über. Helena Rubinstein ließ keinen Zweifel daran, dass für sie beides untrennbar zusammengehörte. Lilly hörte aufmerksam zu, gab der nobel reservierten Grande Dame instinktiv den Raum, den diese brauchte, und begann dann, vorsichtig ihre Fragen zu stellen. Anfangs zögerte Helena Rubinstein, gab nur knappe Antworten, aber nach und nach ließ ihr innerer Widerstand nach. Schließlich erklärte sie Lilly bereitwillig die Säulen ihrer Behandlung. Die Rezepturen ihrer Produkte und Anwendungen basierten auf Erkenntnissen, die sie über viele Jahre hinweg zusammengetragen hatte. Sie betonte, jede Art von Hautproblemen erfolgreich behandeln zu können, selbst wenn Narben, Flechten, Akne oder andere Hauterkrankungen vorlagen. Dafür erstellte sie stets eine genaue Diagnose – etwas, das Lilly auch tat – und stimmte ihre Therapien exakt auf die Probleme der Kundin ab. Dabei verband sie medizinische Verfahrensweisen mit kosmetischen Prozeduren.

Lilly lernte viel an diesem Vormittag.

Vieles hatte sie in ihrem Salon bereits richtig gemacht. Vieles würde sie verbessern. Genau hingehört hatte sie bei Helena Rubinsteins Ausführungen zu Lichtanwendungen und Kuren, welche die Erneuerung der Haut bei starken Aknenarben förderten. Sie hatte in Stuttgart mehrere Kundinnen, die unter diesem Problem litten.

Die Summe, welche Lilly am Schluss berechnet wurde, war horrend. Zudem kaufte sie noch einige der angebotenen Pflegeprodukte ein. Vielleicht gelang es Onkel Fritz, das eine oder andere Geheimnis ihrer Wirkung zu entschlüsseln, denn Rezepturen hatte Helena Rubinstein sich nicht entlocken lassen.

»Erstellen Sie ein gut durchdachtes Konzept. Sorgen Sie für einen exzellenten Ruf Ihres Salons. Suchen Sie Kundinnen aus den besten Kreisen und bieten Sie eine Gratisbehandlung an. Werben Sie mit Ihren Erfolgen und sich selbst«, gab sie Lilly stattdessen mit auf den Weg. »Dann werden die Damen vor Ihrer Tür Schlange stehen.«

Als Lilly und Harriet den Salon verließen, trat unerwartet ein Mann an ihre Seite, ein verschmitztes Grinsen im Gesicht.

»Felix!« Lilly wäre ihm am liebsten um den Hals gefallen.

Er trug ausnahmsweise einen Anzug, wobei er die Jacke ausgezogen und locker über die Schulter geworfen hatte. Das weiße Hemd und die Weste brachten seinen Oberkörper zur Geltung, er wirkte attraktiv und lässig. Die Luft zwischen ihnen begann zu vibrieren.

Harriet räusperte sich.

Mit einer formellen Verbeugung wandte Felix sich an Lillys Begleiterin. »Bitte verzeihen Sie mir, liebe Mrs Douglas«, sagte er mit einem gewinnenden Lächeln, »aber wenn Sie nichts dagegen haben, würde ich Mrs Reichle heute für ein paar Stunden entführen.«

»Guten Tag, Mr Benthin. Das ist ja ein ungewöhnlicher Überfall.« Harriet sah von ihm zu Lilly. »Möchtest du denn entführt werden?«, fragte sie schließlich.

Lilly rückte unmerklich näher zu Felix. »In diesem Fall sehr gern!«

»Eigentlich hatte ich mich darauf gefreut, mit dir zu Harrod's zu gehen.« Harriet seufzte, aber in ihren Augen spielte ein Schmunzeln. »Doch mit diesem Angebot kann ich wohl kaum konkurrieren.«

»Danke, Harriet. Wir holen den Besuch bei Harrod's morgen nach.«

»Abgemacht.« Harriet musterte Felix und hob spielerisch den Zeigefinger. »Und Sie, Mr Benthin, Sie bringen mir Mrs Reichle wieder gesund nach Hause.«

»Dafür garantiere ich!«

»Und da Entführungen unter Strafe stehen«, schob Harriet nach, »werden Sie heute Abend wohl oder übel mit uns dinieren müssen.«

48. KAPITEL

Felix führte Lilly mitten in den Trubel der Stadt. Der Regen hatte aufgehört, zwischen den am Himmel ziehenden Wolkenbergen blinzelte hin und wieder die Sonne hervor. Buntes Treiben hatte die Reserviertheit der Vortage abgelöst.

»Komm!«, rief Felix, als in der Nähe einer der mit Werbung beschrifteten doppelstöckigen Autobusse hielt. »Wir machen eine kleine Rundfahrt.«

Eine schmale Treppe führte auf die offene Plattform auf dem Dach des Gefährtes. Während der Bus mit laut dröhnendem Motor anfuhr, nahmen Lilly und Felix auf den hölzernen Bänken Platz.

»Auf diese Weise bekommt man am besten einen Überblick über London«, sagte Felix und nahm ihre Hand. »Wenn es dir an einer Stelle gefällt, steigen wir aus und fahren später mit einem anderen Omnibus weiter.«

»Es sind ja genügend da«, erwiderte Lilly mit Blick auf die unzähligen weiteren Doppelstockbusse, die sich zwischen Kutschen, Droschken, Fahrrädern, Automobilen und Fußgängern auf der Straße drängten.

»London traffic nennt sich das«, meinte Felix und schmunzelte. »Und hier am Picadilly Circus ist er ganz besonders dicht.«

»Als ich von Meersburg nach Stuttgart gekommen bin, hatte ich den Eindruck, dass es dort hektisch zugeht. Aber das ist nichts im Vergleich zu hier.«

Der Autobus umfuhr einen Brunnen mit einer nackten, geflügelten Statue auf der kunstvoll gestalteten Spitze.

»*In puris naturalibus* würde unser Pater Fidelis den Zustand dieser Figur nennen«, stellte Lilly fest.

Felix verstand und lachte. »Es handelt sich um Anteros, den Gott der Gegenliebe in der griechischen Mythologie.«

»Das wäre für unseren Pater gewiss ein interessantes Predigtthema«, bemerkte Lilly schmunzelnd.

»Ich freue mich schon jetzt darauf, Pater Fidelis kennenzulernen. Er scheint ein lustiger Zeitgenosse zu sein.«

»Oh ja! Das ist er. Und er hat ein großes Herz.«

Sie erreichten den weiträumigen Trafalgar Square. Felix deutete auf die hoch aufragende Säule. »Nelson's Column. Man hat sie zu Ehren von Admiral Nelson errichtet, nachdem er in einer Schlacht tödlich verwundet worden war.«

Lilly interessierte weniger der Admiral als die Traube an Kindern, die in den beiden Brunnen in der Nähe plantschten.

Felix folgte ihrem Blick. »Mich wundert, dass es ihnen nicht zu kalt ist.«

Lilly dachte an ihren Sohn. »Ich glaube, Kindern ist es niemals zu kalt, wenn Wasser in der Nähe ist.«

»Da weißt du besser Bescheid als ich, Lilly«, gab Felix zu. »Lass uns umsteigen und bis zum Tower fahren. Es wird Zeit für eine neue Perspektive.«

Er nutzte die Zeit, die sie dorthin brauchten, um sie ausgiebig zu küssen.

Der Tower of London war beeindruckend, eine richtige Festung. Doch anstatt hineinzugehen, führte Felix Lilly zu einer Anlegestelle unterhalb der nahe gelegenen Tower Bridge.

»Ah! Du hast eine Bootsfahrt geplant!« Lilly war begeistert.

»Du bist doch an einem See groß geworden«, erwiderte Felix lächelnd, »da dachte ich mir, dass dir eine Tour auf der Themse bestimmt Freude macht.«

Sie bestiegen eines der Ausflugsschiffe, das sich bald darauf mit dampfendem Schornstein durch das grünbraune Wasser schob. Lilly lehnte ihren Kopf an Felix' Schulter und ließ die Stadt an sich vorbeigleiten. Sie passierten die London Bridge, sahen die Saint Paul's Cathedral zu ihrer Rechten, bevor sie unter der Blackfriars Bridge hindurchfuhren.

»Gleich kommen wir an Cleopatra's Needle vorbei«, verkündete Felix. »Sie ist Tausende von Jahren alt.« Der hoch aufragende steinerne Obelisk stand nah genug am Wasser, um seine Details recht gut erkennen zu können. »Siehst du die Hieroglyphen, Lilly?«

Lilly ließ ihren Blick an den Inschriften der Nadel entlangwandern, die sich nach oben hin verjüngte.

»Vor zwei Jahren explodierte hier eine Bombe, die die Deutschen abgeworfen hatten«, fuhr Felix fort. »Sie hat …«

»Eine Bombe?« Lilly krallte sich an Felix' Ärmel fest. Wie eine Schockwelle brach die Erinnerung über sie herein.

Nachdem sie lange Zeit keinen dieser Zustände mehr hatte erleben müssen, begann ihr Herz nun hart gegen ihre Rippen zu hämmern. Zugleich tanzten Sterne vor ihren Augen.

»Lilly?« Sie spürte, wie Felix sie fest in den Arm nahm. »Geht es dir nicht gut?«

Lilly schüttelte den Kopf. »Es ist … ich habe selbst einen Bombenangriff erlebt …«

»Warst du denn damals in der Seifenfabrik?«, fragte Felix überrascht. »Als sie getroffen wurde?«

»Nein. Aber … die Flugzeuge haben auch Stuttgart angegriffen.«

»Davon hast du mir noch gar nicht erzählt.« Felix legte seine Lippen an ihre Stirn. »Ich wollte keine schlimmen Erinnerungen wecken.«

»Es ist schon gut.« Lilly nahm ihre Hände vors Gesicht und atmete dort hinein, bis die Unruhe nachließ. Das hatte Katharina ihr einmal empfohlen. Dann richtete sie sich ein wenig auf.

»Besser?«, fragte Felix fürsorglich.

Lilly nickte und drehte sich noch einmal zu dem Obelisken um, den sie inzwischen hinter sich gelassen hatten. »Aber … die Nadel ist stehen geblieben? Oder hat man sie wieder aufgestellt?«

»Nein. Cleopatra hat sich von den Deutschen nicht beeindrucken lassen. Die Bombe hat eine Gasleitung getroffen, Teile davon Schäden am Fundament des Obelisken und an den Sphinxen hinterlassen, die Cleopatra bewachen. Die Zerstörung war immens.«

»Ich werde nie begreifen, warum Menschen sich gegenseitig so schlimme Dinge antun.«

»Macht und Gier. Und Angst. Das sind die Treiber.«

Das Schiff beschrieb eine Linkskurve, und Lilly richtete den Blick wieder nach vorn.

»Jetzt kommt gleich der Palace of Westminster mit dem bekannten Glockenturm«, sagte Felix.

»Dem Big Ben?«

»So wird die größte der fünf Glocken darin bezeichnet. Den Turm selbst nennt man The Clock Tower. Den Uhrturm.«

»Türme gibt es hier genügend«, stellte Lilly fest.

»Das stimmt. Sie prägen die Silhouette der Stadt. Man nennt das Gebäude auch Houses of Parliament. Hier tagt das britische Parlament.«

Lilly gähnte verstohlen.

Felix zwinkerte ihr zu. »Ich befürchte, dass ich kein besonders guter Stadtführer bin.«

»Nein, es ist nur sehr viel.«

Er nickte. »Ich verstehe dich. Wir gehen ohnehin gleich an Land, denn wir haben noch eine Verabredung.« Er räusperte sich. »Ich möchte, dass du jemanden kennenlernst. Jemanden, der mir sehr wichtig ist.«

London, Hydepark, eine knappe Stunde später

Durch einen säulenbestandenen Bogen waren sie ins Innere einer weitläufigen Parkanlage mit Baumbestand und gepflegten Rasenflächen gelangt. Vom Hydepark hatte Lilly bereits in Büchern gelesen. Ihn nun wahrhaftig zu sehen, ließ ihre Kräfte rasch zurückkehren. »Da gibt es doch eine Stelle, an der jeder das sagen kann, was er denkt«, sagte sie zu Felix, als sie einen der Fußwege entlanggingen.

»Beinahe«, antwortete Felix. »In der Speaker's Corner darf wohl jedermann Reden halten, allerdings nur, wenn sie nicht die königliche Familie betreffen. Oder, wie soll ich es ausdrücken, Unanständigkeiten zum Thema haben.«

Lilly schmunzelte. Dann blieb sie stehen.

Vor ihnen breitete sich ein lang gezogener See aus. The Serpentine.

»Er ist ganz dunkelblau«, meinte Lilly. »Und so groß!«

Felix nickte. »Es ist herrlich hier. In einer Stadt wie London braucht man das, um durchzuatmen. Komm, wir müssen noch ein Stück weiter.«

Die Stimmung rund um den Serpentine war heiter. Boote glitten auf dem Wasser dahin, Kinder spielten am Ufer, Spaziergänger flanierten, und hin und wieder war sogar eine Picknickdecke auf dem feuchten Rasen ausgebreitet.

Schließlich erreichten sie eine Bank, auf der eine junge Frau saß. Sie las in einem Buch und schien ihr Kommen nicht zu bemerken.

»Immer noch *Jekyll und Hyde*?«, fragte Felix auf Französisch und stellte sich so neben sie, dass er in ihre Lektüre sehen konnte.

Sie sah auf, klappte ihr Buch zu und gab Felix damit einen spielerischen Klaps in die Seite. »Hier wird nicht spioniert, Felix!«

Auch sie sprach Französisch. Ihre Stimme war für eine Frau ungewöhnlich tief, ihre Erscheinung burschikos.

»Darf ich dir Florence vorstellen«, sagte Felix und legte Lilly sanft die Hand auf den Rücken.

»Guten Tag, Florence«, sagte Lilly auf Englisch. »Ich bin Lilly.«

Florence legte das Buch zur Seite und musterte sie. »Das ist sie also«, meinte sie schließlich mit einem stark französisch akzentuierten Deutsch zu Felix. Lilly bemerkte ein kurzes Flackern in den großen dunkelbraunen Augen, die Florences kantigem Gesicht eine weiche Nuance hinzufügten. Unwillkürlich fragte sie sich, in welchem Verhältnis Felix zu ihr stand. Die beiden wirkten sehr vertraut, ihr gegenüber blieb Florence dagegen zurückhaltend. Lilly meinte, eine unterschwellige Eifersucht zu spüren, verwarf diesen Gedanken aber sofort. Florence schien aus einer ganz anderen Welt zu kommen als Lilly. Vermutlich war sie nur etwas befangen.

»Florence gehörte einem französischen Spionagering an«, erklärte Felix in Lillys Überlegung hinein. »Wir haben hin und wieder zusammengearbeitet.«

»Ja.« Florence sah ihn an. »Hin und wieder.« Dann richtete sie ihre Augen auf Lilly und lächelte. »Ich freue mich, dich kennenzulernen, Lilly. Möchtet ihr euch nicht zu mir setzen?«

Lilly nahm ihr Angebot zögernd an. Felix lehnte sich an den Stamm des Baumes, der die Bank beschattete.

Für einen Moment herrschte unsichere Stille. Dann drehte Florence langsam ihre Hände um und hielt Lilly ihre Handflächen hin.

Lilly erschrak, als sie die quer über die Haut verlaufenden Vernarbungen sah.

»Sie tun weh. Tag und Nacht.«

»Das glaube ich dir«, erwiderte Lilly. Sie wagte nicht, die Hand zu nehmen, um näher hinzusehen, da sie nicht wusste, wie Florence reagieren würde.

»Das ist nicht alles.« Florence legte die Hände zurück in

ihren Schoß und richtete den Blick auf den Serpentine. »Mein ganzer Körper hat Wunden. Sie schmerzen. Und sie sehen schrecklich aus.«

In diesem Moment brach das Eis zwischen ihnen.

Felix schien es zu bemerken, denn er stieß sich vom Baumstamm ab und ging zum Ufer des Sees hinunter, um ihnen Raum für ihr Gespräch zu geben.

»Der … Todeszaun?«, fragte Lilly.

Florence nickte. »Ich habe den Draht berührt. Mit beiden Händen, wie du gesehen hast. Eigentlich hätte ich das nicht überleben können. Vermutlich schwankte an diesem Tag die Spannung so stark, dass der Stromstoß nicht tödlich war.« Sie lächelte bitter, sah Lilly aber nicht an. »Von ferne hörten wir eine deutsche Patrouille, das Bellen ihrer Hunde. Wir mussten weg, unter dem Stacheldraht durch, zurück nach Belgien. Da fielen Schüsse. Ich bin weggekrochen und in einem Erdloch liegen geblieben, hab das Bewusstsein verloren. Als ich wieder zu mir kam, stand ein Passeur neben mir. Von der Gruppe, die mit mir unterwegs gewesen war, fehlte jede Spur. Ich vermute, dass die Deutschen sie entdeckt und gefangen genommen haben.«

»Dieser Passeur.« Lilly kannte den Begriff aus Felix' Erzählungen. »Hat er dich weggebracht?«

»Ja, er hat mich ins nächste Dorf geschleppt. Von dort aus ging ein Transport nach Paris. Zu den Verletzungen an meinen Händen kamen die vom Stacheldraht und eine Schusswunde, die ich im Schock gar nicht bemerkt hatte. Als sie mich endlich versorgen konnten, hatte sich schon alles entzündet.«

»Eine Blutvergiftung?«

Florence nickte. »Es hat lange gebraucht, bis ich wieder einigermaßen gesund war. Ich bin noch auf der Welt, aber ich bin nicht mehr dieselbe.« Sie sah auf ihre Hände. »Ich lasse mir die Schmerzen nicht anmerken. Aber ich wäre unendlich froh, wenn man sie wenigstens lindern könnte.«

Lilly wusste nun, warum Felix sie hergebracht hatte.

»Ich würde dir sehr gerne helfen, Florence. Aber ich möchte ehrlich sein: Meine eigenen Kenntnisse reichen dafür noch nicht aus.«

Ein Ruck ging durch die Französin. »Ich … verstehe.«

»Lass mir Zeit bis morgen«, sagte Lilly. »Vielleicht gibt es eine Möglichkeit, hier in London.«

»Kennst du jemanden?«

»Unter Umständen. Zumindest ist es einen Versuch wert.«

49. Kapitel

Auf dem Ärmelkanal, drei Tage später

Lilly stand an der Reling des Dampfers, der sie und Felix über eine schroffe See zurück auf das europäische Festland brachte. Die meisten Passagiere hatten unter Deck Zuflucht gesucht. Lilly aber war, in einen warmen Mantel gepackt, nach oben gegangen. An einer einigermaßen geschützten Stelle ließ sie sich den Fahrtwind um die Nase wehen und beobachtete das Spiel des Wassers.

Der Abschied von London war herzlich gewesen. Harriet und George hatten ihre britische Zurückhaltung über Bord geworfen, Lilly immer wieder an sich gedrückt und ihr das Versprechen abgenommen, sie bald wieder zu besuchen. Obwohl Lilly selbst die Woche dort sehr genossen hatte, fiel ihr der Abschied leicht. Sie vermisste ihr Kind inzwischen so sehr, dass sie es kaum erwarten konnte, wieder zu Hause zu sein.
»Am Horizont sieht man schon die Küste!« Felix trat hinter sie.

»Dann dauert es nicht mehr lang«, stellte Lilly fest.

»Nein.« Er legte ihr die Hände auf die Schultern. »Ich freue mich sehr darauf, dir Aachen zu zeigen. Die Orte meiner Kindheit. Und das Grab meiner Mutter.«

Lilly nickte. Die kommende Nacht würden sie in einem Hotel in Felix' Heimatstadt verbringen und anschließend nach Stuttgart zurückkehren.

Eine Weile lauschten sie schweigend den Maschinen, die das schwere Schiff durch den Ärmelkanal trieben.

»Danke, Lilly«, sagte Felix dann. »Für deine Hilfe mit Florence.«

»Sie liegt dir am Herzen.«

»Ja. Sehr.«

Lilly ignorierte den Funken Unsicherheit, der sich in ihr breitmachte. Wie genau seine Beziehung zu Florence gewesen war, wusste sie nicht. Vielleicht erzählte er eines Tages davon. Und wenn nicht – für ihre Liebe spielte seine Vergangenheit keine Rolle.

Der Abschied von Florence war kurz ausgefallen. Große Gefühle waren deren Sache nicht, aber ihre Dankbarkeit war echt gewesen. Lilly hatte ihr einen Termin in Helena Rubinsteins Salon vermittelt. Wenn auch die Grande Dame selbst London bereits in Richtung Paris verlassen hatte, wusste sie Florence bei Rosa Hollay, der Leiterin des Salons, in guten Händen. Diese hatte sofort ihre besten Mitarbeiterinnen herangezogen, um einen Behandlungsplan zu erstellen. Lilly war dabei gewesen und hatte die Verletzungen an Florences Körper gesehen. Von den Brüsten über den Bauch bis hin zu den Oberschenkeln reichten die Narben, die der Stacheldraht hinterlassen hatte. Die Schusswunde befand sich an der rechten Schulter, dazu kamen die Spuren an den Handinnenflächen.

Florence konnte sich die teure Behandlung nicht leisten, deshalb hatte Felix die ersten Termine bezahlt. Harriet, die

Florence sofort in ihr großes Herz geschlossen hatte, würde den Rest der Kosten tragen. Beide Frauen wollten Lilly regelmäßig von den Fortschritten berichten, denn Lilly hoffte, diese Kenntnisse für ihre eigene Arbeit nutzen zu können.

Eine frische Brise umspielte sie mit dem salzigen, ursprünglichen Geruch des Meeres.

Felix massierte ihren Nacken. »Das Wasser ist ein starkes Element.«

»Es ist so stark, weil es so vieles hat, was es bewegt. Den Wind, die Gezeiten …«, entgegnete Lilly.

»So wie du mich bewegst.«

Lilly lehnte sich an ihn.

»Als ich das letzte Mal über den Ärmelkanal gefahren bin«, sagte Felix ganz nah an ihrem Ohr, »war ich mir nicht sicher, wie mein Leben weitergehen würde.«

Lilly lächelte, hielt den Blick aber auf die schäumende See gerichtet. »Und nun weißt du es?«

»Nun weiß ich es ganz genau.« Er zeichnete mit den Lippen ihre Ohrmuschel nach. »Dein Duft, Lilly. Er begleitet mich schon so lange …«

Lilly neigte ganz leicht den Kopf. »Das Hemd«, wisperte sie.

»Und die Erinnerung.« Er ließ die Hände von ihren Schultern gleiten und umfasste ihre Taille.

Sie umfasste die Reling fester. »Felix …«

Er setzte eine Reihe kleiner Küsse entlang ihres Halses, bis er auf den Kragen ihres Mantels stieß.

Lilly drehte sich zu ihm um und nahm sein Gesicht in beide Hände. Er senkte den Kopf und küsste sie, lange und tief.

Sie ließ ihre Hände auf seiner Brust nach oben wandern

und verflocht sie in seinem Nacken, während er sie enger an sich zog, erneut mit ihren Lippen spielte. Als die Hitze unerträglich wurde, löste er sich von ihr, lehnte seine Stirn gegen die ihre und atmete tief ein. »Ich wage kaum zu sagen, was ich für dich empfinde«, sagte er sanft. »Ich kann selbst kaum glauben, wie … groß es sich anfühlt.«

Sie suchte seinen Blick. Sah, wie sich ihre Gefühle darin wiederfanden. »Als ich geheiratet habe, wusste ich nicht, was Liebe ist.« Sie hob die Hand und strich sanft über seine Wange. »Nun darf ich erleben, wie sie wächst. Wie sie Knospen trägt und die ersten Blüten aufgehen.«

»Ist es so?« Er strich eine Haarsträhne hinter ihr Ohr, die der Wind aus ihrem Knoten gezerrt hatte.

»Ja. So empfinde ich es. Aber … manchmal denke ich, dass es nicht recht ist, glücklich zu sein, wo doch Arno …«

Felix schüttelte den Kopf. »Wenn er dich geliebt hat, dann freut er sich für dich.«

»Ich hoffe es. Und ich wünsche ihm, dass er seinen Frieden gefunden hat.« Lilly seufzte. »Ich war … so naiv damals.«

»Du warst sehr jung.«

»Ich habe mich von ihm und meinem romantischen Herzen überrumpeln lassen und gedacht, dass das Liebe ist. Aber sie ist ganz anders.«

»Ja«, erwiderte Felix. »Liebe ist ganz anders.«

50. KAPITEL

Aachen, in der darauffolgenden Nacht

Es war bald Mitternacht, aber Lilly stand noch immer vollständig angezogen am Fenster ihres Hotelzimmers und nestelte nervös an ihren Handschuhen. Vor einer guten Stunde hatte Felix sie zu ihrem Zimmer begleitet und ihr eine Gute Nacht gewünscht. Doch Lilly wollte nicht schlafen. Sie wollte … ihm nahe sein.

Nun rang sie mit sich. Seit drei Monaten erst wusste sie von Arnos Tod. War nicht ein Trauerjahr das Mindeste, was sie ihm schuldig war? Auch wenn ihre Ehe kurz gewesen war, so hatte er ihr eine gute Zukunft hinterlassen. Und was würden die Leute sagen, wenn sie erfuhren, dass sie sich so schnell in die Arme eines anderen geworfen hatte?

Sie wandte sich vom Fenster ab und knipste die Lampe auf ihrem Nachttisch an. Mildes Licht erhellte den Raum, legte sich über die hübsche Möblierung und vermittelte ein heimeliges Gefühl. Am besten blieb sie hier in ihrem Zimmer. Es wäre einfacher.

Unschlüssig zog Lilly ihren Hut ab und den Mantel aus und

legte beides an der Garderobe ab. Dann trat sie an den Waschtisch, goss etwas Wasser aus einer Kanne in die Porzellanschüssel und wusch sich Hände und Gesicht. Als sie zum Handtuch griff, begegnete sie ihrem Bild im Spiegel, der darüberhing.

Sie hielt inne, stützte sich auf dem Waschtisch ab und betrachtete ihr Antlitz. Es war vom Waschen leicht gerötet, Wassertropfen rannen über ihre Wangen.

Es hatte sich verändert. Nicht nur weil es durch die Mutterschaft ein wenig weicher geworden war. Das Unbedarfte war daraus verschwunden und hatte etwas anderem Platz gemacht. Erfahrung? Reife?

Sie trocknete sich ab und löste ihr Haar, beobachtete, wie die schweren Locken über ihre Schultern fielen. Langsam begann sie, ihr knöchellanges Kleid aus dunkelrotem Samt zu öffnen.

Ein zurückhaltendes Klopfen ließ Lilly zusammenzucken. Ihr Herz schlug schneller.

Kam er zu ihr?

Ihre Knie waren weich, als sie zur Tür ging. Zögernd legte sie die Hand auf das kühle Messing der Klinke. Die Zweifel in ihrem Kopf wurden noch einmal lauter, zugleich spürte sie Felix' Anwesenheit auf der anderen Seite des dunkelgrün lackierten Holzes als sehnsuchtsvolles Prickeln auf ihrer Haut. Wenn sie ihn einließ, wäre die Entscheidung gefallen.

Sie richtete sich auf, holte tief Luft und öffnete.

»Lilly?« Er sah sie fragend an, eine Hand hatte er im Türrahmen abgestützt. »Ich …«

Sie nickte, gab den Weg frei, schloss die Tür und lehnte sich dagegen.

Er ging einige Schritte ins Zimmer hinein und drehte sich zu ihr um. »Wenn ich wieder gehen soll …«

»Nein.«

Sein Blick wanderte langsam über ihren Körper. In seinen Augen schimmerte es dunkel.

Lilly spielte mit einer ihrer blonden Strähnen. Dann verließ sie ihren Platz an der Tür, trat vor ihn hin und sah zu ihm auf. Er hob die Hände und tauchte sie in die Flut ihrer Haare, fand ihre Lippen.

Sein Kuss war weich und voller Begehren.

Lilly schlang die Arme um ihn, während er vorsichtig begann, ihren Körper zu erkunden. Sein Mund glitt über ihre Wangen, zog die Linie ihres Halses nach, erspürte die weiche Haut am Schlüsselbein. Mit geschickten Fingern löste er die restlichen Verschlüsse ihres Kleides. Es glitt zu Boden und entblößte den seidigen Stoff ihres Unterkleides.

Sie strich über den Kragen seines Hemdes, begann, es aufzuknöpfen. Dann schob sie ihre Hände darunter und streifte es von seinen Schultern. Das matte Licht spielte über seine Haut.

Er hob sie hoch und trug sie zum Bett. Jede Zärtlichkeit barg ein Versprechen, jede seiner Bewegungen war erfahren und rücksichtsvoll. In seiner Umarmung begegnete sie nie gekannte Lust. Er ließ sich Zeit, führte sie, trieb sie weiter, bis sie sich ganz hingab. Zwei Seelen, zwei Körper verschmolzen. Sie waren eins.

Sie schliefen nicht in dieser Nacht. Erst als der Morgen heraufzog, löste Felix sich von ihr, stützte sich auf einen Unterarm und fuhr mit dem Zeigefinger die Konturen ihres Gesichtes nach. »Du hast einen Wandervogel eingefangen«, bekannte er lächelnd. »Ein Leben mit mir wird kein ruhiger Spaziergang.«

»Ich weiß.«

»Auch wenn ich nun ein Teil der Seifenfabrik bin und dort meinen Beitrag leiste, werden meine Wege immer wieder in die Welt hinausführen. Es wird Aufträge geben, von denen ich dir aus Sicherheitsgründen nichts erzählen kann. Du wirst Geduld und Vertrauen brauchen.«

»Das braucht jede Liebe.«

»Das stimmt.« Er küsste ihre Stirn. »Also, wenn du dir vorstellen kannst, ein solches Leben mit mir zu teilen, dann bin ich der deine.«

Lilly lächelte. »Wenn ich es mir nicht vorstellen könnte, dann hätte ich dich vor der Tür stehen lassen.«

Felix lachte. »Ich mag deinen Humor, weißt du das?«

»Und ich mag …«, Lilly fing seinen Finger mit den Lippen ein und sah ihn unter gesenkten Lidern an.

»Wenn du so weitermachst, dann verpassen wir den Zug nach Hause …«, drohte er schmunzelnd.

»Dann nehmen wir den nächsten.« Lilly rekelte sich wohlig, wissend, dass dabei eine ihrer Brüste aus dem Schutz der Bettdecke glitt.

Er schloss die Hand darum. »Darauf wird es wohl hinauslaufen …«

51. KAPITEL

Konstanz, am 23. Dezember 1919

Nach einem trüben Oktober und einem schmuddeligen November hatte der Winter Einzug gehalten. Eisiger Frost lag über dem Bodensee und seinen Ufern, glitzernd weiß überzog er Dächer, Obstbäume und Gärten. Das Wasser in den Buchten war zu dichten Eisdecken gefroren. Einem spontanen Einfall folgend, hatten Helena, Lilly und Katharina nach dem Frühstück ihre Schlittschuhe genommen und waren anschließend mit einem der wenigen Schiffe, die bei dieser Witterung überhaupt ausliefen, nach Konstanz übergesetzt. Vom Hafen aus waren sie weiter zum *Eisdöbele* gewandert.

Auf der Eisfläche tummelten sich bereits unzählige Menschen, manche hatten Schlittschuhe an oder Kufen untergeschnallt, manche Holzschlitten dabei. Einige Kinder rutschten gar auf ihren Sohlen über das glatt gefrorene Wasser. Ein Händler mit Bauchladen verkaufte Backwerk und Süßigkeiten. Fröhlichkeit und Lachen lagen in der Luft.

Die drei Schwestern setzten sich auf eine Bank am Ufer und machten sich daran, ihre schwarzen Schlittschuhe anzuziehen.

»Mein Bauch ist im Weg!«, lachte Helena, als sie vergeblich versuchte, ihr Schuhwerk aufzuschnüren.

»Lass mich machen!« Lilly kniete sich vor sie hin, zog ihr die Halbstiefel aus und half ihr in die Schlittschuhe.

»Du bist ein Schatz, Lilly.« Helena lächelte ihr zu.

Schließlich standen sie zu dritt am Rand der Eisfläche und beobachteten das Treiben darauf.

»Ich glaube, ich bleibe hier«, meinte Helena. »Ich fühle mich viel zu unsicher.«

Lilly verstand, wovon ihre Schwester sprach. Es waren nur noch zwei Monate bis zur Geburt. »Du weißt selbst am besten, was du dir zumuten möchtest.«

Helena strich über die Wölbung unter ihrem dicken Mantel. »Aber geht ihr nur los!«

Während Helena sich wieder auf die Bank zurückzog, nahm Katharina Lilly bei der Hand. »Auf geht's!«

Lilly ließ sich lachend mitziehen. Gemeinsam glitten sie hinaus aufs Eis, das kratzende Geräusch der Kufen erinnerte Lilly an ihre Kindheit und brachte das Gefühl der Unbeschwertheit und der Leichtigkeit von damals zurück. Sie erinnerte sich, wie sie nach langen Wintertagen draußen wohlig erschöpft heimgekehrt waren, von Käthe mit Kuchen und heißer Schokolade versorgt worden und abends selig ins Bett gefallen waren.

Beim nächsten Mal würde sie Hans mitbringen, der inzwischen schon ein Jahr alt war. Gut eingepackt auf dem Schlitten, hätte er sicher seine helle Freude auf dem Eis.

Zusammen mit ihm und Edith waren Lilly und Felix vorgestern von Stuttgart nach Meersburg gekommen, um hier die Weihnachtstage zu verbringen. Onkel Fritz hatte die Einladung bedauernd abgelehnt, weil Jacques sich angekündigt hatte. Inzwischen wusste Lilly von der besonderen Beziehung der beiden. Zunächst war sie irritiert gewesen, aber das hatte sich rasch gelegt. Es kam auf die Liebe an. Und die suchte ihren eigenen Weg. Und vor allem war sie niemals falsch.

Als Lilly Felix dann zu Hause vorgestellt hatte, war sie doch recht nervös gewesen. Zu Unrecht, denn alle hatten ihn herzlich aufgenommen. Das Gespräch unter sechs Augen, zu dem Gustav sie am ersten Abend noch gebeten hatte, war ernst, aber verständnisvoll verlaufen. Ihr Vater hatte liebevoll angemahnt, was Lilly und Felix ohnehin taten: Sie hielten ihre Beziehung geheim und wollten das bis kurz vor der geplanten Hochzeit im Herbst beibehalten. Bisher wussten nur Onkel Fritz und das Personal der Reichle-Villa davon – Onkel Fritz hatte sich letzthin schmunzelnd gar als Förderer ihrer Liebe bekannt. Daraufhin war er von Felix zum Whisky-Wetttrinken herausgefordert worden. Gewonnen hatte allerdings keiner. Beide waren sie in Fritz' Arbeitszimmer in der Reichle-Villa eingeschlafen und am nächsten Morgen von Frau Lene in ihre Betten geschickt worden.

»Kannst du noch rückwärts eislaufen?«, fragte Katharina. Ihr sonst so blasses Gesicht war durch den kalten Wind gerötet.

»Natürlich!« Lilly fuhr in eine Drehung, stoppte und setzte sich rückwärts in Bewegung. »Siehst du?«

Katharina versuchte es auch, lag aber kurz darauf auf dem harten Untergrund. »Ich habe es verlernt!« Lachend stand sie auf.

»Du beschäftigst dich zu viel mit der Schule«, stellte Lilly fest. »Und bewegst dich zu wenig.«

»Du hast recht.« Katharina schüttelte ihre Handschuhe aus. »Aber ich habe keine Wahl, wenn ich das Abitur bestehen will.«

»Lass uns zu Helena zurückfahren«, schlug Lilly vor. »Ihr wird kalt, wenn sie die ganze Zeit auf der Bank sitzt. Vielleicht können wir sie in unsere Mitte nehmen und zusammen los. Wenigstens ein bisschen.«

»Das ist eine gute Idee.«

Sie glitten zurück zum Ufer.

»Gefällt es dir denn in Karlsruhe?«, fragte Lilly unterwegs.

»Es ist anstrengend«, antwortete Katharina. »Aber ich fühle mich wohl. Die Lehrer fordern viel, aber sie sind nett und hilfsbereit. Allerdings fühlt es sich eigenartig an, dass ich durch die Zurückstufung die Älteste in der Klasse bin. Und zwar mit Abstand.«

»Vielleicht kannst du eine Stufe überspringen? Wenn du gut lernst?«

»Das wäre schön, aber es ist doch sehr viel Stoff, den ich aufholen muss. Wir werden sehen.«

»Bist du denn einsam dort?« Lilly dachte an ihre erste Zeit in Stuttgart zurück.

»Inzwischen nicht mehr. Eine meiner Mitschülerinnen lädt mich sonntags hin und wieder zu sich nach Hause ein. Und bei meiner Zimmerwirtin wohnen außer mir noch zwei Mädchen, die auch ins Lessing-Gymnasium gehen. Allerdings in höhere Klassen.«

»Das macht es leichter«, stellte Lilly fest.

»Wir trösten uns gegenseitig, wenn das Heimweh zu groß wird.« Katharina drehte eine letzte Kurve. »Helena sieht wirklich durchgefroren aus!« Sie hatten das Ufer erreicht.

Lilly kam mit einem eleganten Schwung zum Stehen und stapfte auf ihren Kufen zur Bank. »Möchtest du nicht doch mit uns mitkommen?« Sie bot Helena die Hand. »Wir halten dich!«

»Na, ich weiß nicht …« Helena zögerte. Aber dann erhob sie sich und ließ sich auf beiden Seiten unterhaken.

Zu dritt zogen sie lachend eine kleine Bahn und kamen einige Meter vom Ufer entfernt zum Stehen. »Weiter gehe ich nicht hinaus«, japste Helena. »Sonst schaffe ich es nicht mehr zurück!«

»Wir sind ja …«, setzte Lilly an, bemerkte aber zugleich, wie Katharina plötzlich innehielt und in die Ferne sah. »Was ist?«

Katharina runzelte die Stirn. »Ist das nicht … Mutter?«

»Wo?« Lillys Augen suchten das Ufer ab.

Katharina hob den Arm. »Dort. Bei dem Mann mit dem Bauchladen.«

Nun erfasste auch Lilly die schmale Gestalt am Ufer, die sich gerade zum Gehen wandte. »Hm. Es könnte sein …«

Katharina wurde unruhig. »Das ist sie bestimmt. Sieh doch … die Größe, und wie sie läuft …«

Lilly merkte, wie Helena sich versteifte. »Ich dachte, dass Elisabeth die Gegend verlassen hat.«

»Wisst ihr was … ich sehe nach!« Lilly ließ Helena vorsichtig los und fuhr rasch zurück zum Ufer. Sie wollte Gewissheit. Es erschien ihr eigenartig, die eigene Mutter in der Nähe zu wissen, ohne sie zu begrüßen.

Doch als sie die Stelle erreichte, an der die Gestalt gestanden hatte, war diese verschwunden.

52. Kapitel

Am nächsten Tag, Heiligabend 1919

»Ich glaube nicht, dass sie es gewesen ist«, beharrte Helena und reichte Lilly eine der großen rot glitzernden Christbaumkugeln.

»Ich schon!«, erwiderte Katharina und beugte sich über die Kiste mit den Strohsternen.

»Ich weiß es wirklich nicht.« Lilly, die auf einer Leiter balancierte, griff nach der Kugel. Dann suchte sie eine geeignete Stelle in den Zweigen der raumhohen Tanne, die Maxim und Boris geschlagen und am frühen Morgen im Festsaal des Lindenhofs aufgestellt hatten, und hängte sie vorsichtig hinein.

»Es macht keinen Sinn«, schob Helena nach und gab ihr die nächste Kugel, eine glänzend goldene, »dass Elisabeth in Konstanz ist und sich mit keinem Wort hier meldet.«

»Mutter ist das zuzutrauen«, stellte Katharina nüchtern fest.

»Vielleicht ist sie ja über die Grenze in die Schweiz gegangen, um von dort aus weiter zu schmuggeln.« Lilly platzierte die Goldkugel. »Von irgendetwas muss sie ja leben.«

»Der Krieg ist vorbei«, widersprach Helena. »Da wird sie mit Schmuggeln nicht mehr allzu viel verdienen.«

»Wer weiß schon, was sie wirklich treibt.« Katharina klang distanziert. »Mir ist es gleich, wenn sie uns nur in Ruhe lässt.«

Lilly stieg von der Leiter, verrückte sie ein Stück und stieg wieder hinauf. »Ich denke, dass sie ein neues Leben angefangen hat. Wo, spielt dann eigentlich keine Rolle.« Sie nahm die nächste Kugel in Empfang.

»Ich will sie nicht in der Nähe haben«, erklärte Helena. »Dafür ist zu viel geschehen.«

»Ich will sie auch nicht mehr wiedersehen«, sagte Katharina. »Sie hat Helena verraten. Ohne mit der Wimper zu zucken. Das kann man nicht verzeihen.«

Obwohl Lilly selbst mit Elisabeth haderte, fiel es schwer, sich innerlich ganz von ihrer Mutter zu lösen. »Ich kann nicht glauben, dass sie so durch und durch böse ist«, sagte sie deshalb nach kurzem Überlegen. »Vielleicht hat der Ochsenwirt ihr so sehr den Kopf verdreht, dass sie nicht mehr richtig denken konnte. So etwas gibt es.«

»Es ist mir gleich, was sie dazu bewogen hat. In unserer Familie hat sie nichts mehr zu suchen.« Katharina hatte die Strohsterne auf dem Tisch ausgebreitet. »Seid ihr fertig mit den Kugeln?«

»Das ist die letzte«, erwiderte Lilly und stieg wieder von ihrer Leiter. »Die Strohsterne hängst du auf, Katharina. Ich habe keine Lust mehr auf diese Turnerei.«

»Dann mache ich weiter!«, ließ sich eine männliche Stimme vernehmen, »ich turne gerne!«

»Felix!« Lilly lief auf ihn zu. Er schloss sie in die Arme und betrachtete über ihren Kopf hinweg den werdenden Christbaum. »Das sieht schon sehr festlich aus.«

»Wo ist Hans?«, fragte Lilly.

»Edith ist mit ihm an die frische Luft gegangen«, vermeldete Gustav, der ebenfalls den Saal betreten hatte. Inzwischen merkte man ihm kaum noch an, dass er eine Prothese trug. »Wenn ihr einverstanden seid, dann helfe ich euch«, fügte er an.

Helena sah von Felix zu Gustav. »Wunderbar. Ich wollte ohnehin in die Küche, um Käthe bei den Essensvorbereitungen zu helfen.«

»Da würde ich mich anschließen«, erklärte Lilly. »Ihr schafft das auch ohne uns.«

»Ihr seid mir ja zwei Schwestern!«, protestierte Katharina lachend. Felix grinste, ließ Lilly los und ging zur Leiter. »In einer Stunde steht hier der schönste Christbaum, den Meersburg je gesehen hat.«

»Jawoll!« Gustav klatschte in die Hände. »An die Arbeit!«

Am frühen Abend im Festsaal des Lindenhofs

Sie standen versammelt vor der verschlossenen Tür zum Festsaal. Lilly, Felix und Hans, Gustav, Katharina, Boris, Kasia mit ihrem Ehemann, Käthe und Pater Fidelis. Minna, Paula und Erna hatten heute frei und verbrachten den Heiligen Abend bei ihren Familien. Die zweite Köchin, Lucia, die an Helenas Hochzeit italienische Spezialitäten gezaubert hatte, war inzwischen in ihre Heimat zurückgekehrt. Zwischen ihr und Käthe war es ständig zu Reibereien gekommen, sodass Helena ihr hatte kündigen müssen.

Nun, über die Feiertage, lag eine erholsame und familiäre Ruhe über dem Lindenhof. Gäste hatte Helena keine angenommen, sodass alle endlich einmal durchatmen konnten.

Hans zappelte unruhig auf Felix' Arm. Es war bald sieben Uhr und eigentlich Schlafenszeit für ihn.

»Ich kann ihn nehmen«, bot Edith an, aber Felix schüttelte den Kopf. Seit ihrer Rückkehr von England kümmerte er sich um Hans, als wäre er sein eigener Sohn. Und auch Hans hatte Felix fest in sein Herz geschlossen.

»Horch!«, sagte Lilly leise und strich dem Kleinen die blonden Haare zur Seite. »Gerade ist das Christkind da!«

Hans sah zur Tür. Dann rieb er sich die Augen und legte das Köpfchen an Felix' Schulter. Felix summte ihm leise ein Weihnachtslied vor, Lilly gab ihm sein Püppchen.

Endlich ertönte die Glocke, verkündete hell und fröhlich, dass alles bereit war. Helena und Maxim, die letzte Hand angelegt hatten, öffneten beide Flügel der hohen Tür und baten alle herein.

Der Saal erstrahlte im Licht unzähliger Kerzen.

Eine lange Tafel war eingedeckt, Porzellan und Silberbesteck schimmerten auf weißem Damast, Kristallgläser funkelten in feinem Schliff. Helena hatte weiße Schneerosen und Immergrün in Glasschalen arrangiert und zwischen den Kerzenleuchtern platziert.

Auch am festlich geschmückten Tannenbaum brannten die Kerzen. Darunter lagen in Seidenpapier eingeschlagene und mit bunten Bändern verzierte Geschenke.

Felix trat mit Hans zum Baum, achtete aber darauf, dass er keine der Kugeln oder Sterne zu fassen bekam. Dann zeigte er ihm die Krippe, die Helena und Maxim auf einem Tisch daneben aufgebaut hatten. Die Holzfiguren waren von Gustav selbst geschnitzt und bemalt worden.

Lilly ließ derweil alles auf sich wirken. Es war das erste Weihnachtsfest nach dem Krieg.

Nach dem ersten Staunen nahmen alle an der Tafel Platz.

Felix behielt Hans auf dem Schoß. Das Ausschenken des Weines übernahmen Maxim und Gustav.

Pater Fidelis erhob sich. Er lebte nun schon seit zwei Jahren im Lindenhof, und mittlerweile gehörte es zur Tradition, dass er die Weihnachtsansprache hielt. »Ich grüße euch, die ihr von nah und fern gekommen seid«, begann er und legte zu Ehren des Tages ein wenig Pathos in seine Stimme. »Und natürlich hab ich mir überlegt, was ich euch heut zu sagen hab, an so einem besonderen Tag.« Er hüstelte. Eine leichte Erkältung machte ihm zu schaffen. »Dann ist mir was eingefallen, beim Gebet heute Nacht, zur Zeit der Vigil, also dann, als ihr geschlafen habt.« Wieder räusperte er sich. »Vier Weihnachten haben wir Krieg gehabt. Und beim ersten, anno 1914, hat sich in dieser Zeit etwas Besonderes ereignet. Als der Heilige Abend über die nebligen Schlachtfelder gesunken war, haben die deutschen Soldaten im Schützengraben gesungen. *Stille Nacht, heilige Nacht.* Die englischen Soldaten haben des gehört und auf einmal mitgesungen. Auf Englisch. Und dann kamen die Franzosen und Belgier dazu. Ein Chor aus vielen Sprachen. Fast wie die Engel, damals auf den Feldern, die den Hirten verkündet haben, dass der Heiland geboren ist.« Er machte eine Pause. »Dann haben sie Kerzen angemacht und im Graben aufgesteckt, haben miteinand geraucht und getrunken und gegessen. Aber das war net alles. Am nächsten Tag hat einer einen Lederball gebracht. Und dann haben sie auf dem gfrorenen Boden miteinand Fußball gespielt. Für ein paar Stunden war Frieden auf dem Schlachtfeld.«

Lilly überlief eine Gänsehaut. Sie suchte Felix' Hand.

»Ja«, fuhr Pater Fidelis fort, »des war ein Wunder. Ein Weihnachtswunder. Doch statt die Waffen wegzutun, haben sie doch wieder weitergeschossen. Vier Jahre lang.« Er schöpfte Atem. »Und heut ist wieder Weihnachten. Und ich denk, es ist ein Weihnachten, wie es unser Herr Jesus ganz bestimmt gewollt hätt' – wenn er überhaupt ein Herr war und net eine Frau.«

Überraschtes Gelächter zog durch den Saal.

»Ist doch wahr. Auch wenn ich des net laut sagen darf – mir fehlen die Weiber in unserer Kirche«, fügte Pater Fidelis an.

»Jawoll!«, rief Gustav.

Pater Fidelis grinste. »Ich tät sagen, lasst uns auf ein Weihnachten trinken, das Frieden bringt zu den Menschen. Amen«, schloss er, nickte in die Runde und setzte sich.

Gustav hob sein Glas. »Auf die Frauen. Und den Frieden.«

Die Weinkelche klirrten hell, als sie anstießen. Bevor er ihr Glas touchierte, gab Felix Lilly einen schnellen Kuss auf die Wange.

Hans auf seinem Schoß war eingeschlafen.

Später am Abend

Gustav saß am Kopfende der Tafel und ließ den Blick über seine Familie wandern. Sie hatten köstlich gegessen. Auf Maronensuppe war Zander mit Rosmarin und Zitrone gefolgt, zum Hauptgang hatte Käthe gemeinsam mit seinen Töchtern Braten und Semmelknödel serviert und zum Nachtisch Bratapfel mit Vanillesoße.

Anschließend hatten sie in aller Ruhe die Geschenke ausgepackt, eines nach dem anderen, um die Freude lange auszukosten. Nun lag eine unbeschwerte Fröhlichkeit über dem Saal.

Hans lag in einem mit Kissen weich gepolsterten Leiterwagen neben Edith und schlief, Lilly und Felix, die kaum die Hände voneinander lassen konnten, schmökerten in einem Album mit Fotografien. Helena hatte jeder ihrer Schwestern eines geschenkt, eingeklebt, was sie an Bildern gehabt hatte, und Platz gelassen für das, was an Fotografien in den nächsten Jahren dazukommen würde. Gustav gönnte Lilly ihr Glück nach all dem, was sie hatte durchmachen müssen.

Helena und Maxim hatten Käthe beim Abräumen geholfen, nun spielten sie mit Kasia und deren Ehemann ein Würfelspiel. Katharina hatte sich zu Edith gesetzt. Die beiden unterhielten sich leise. Pater Fidelis war bereits an einem Punkt der Weinseligkeit angekommen, die ihn mit mildem Lächeln eine heruntergebrannte Kerze beobachten ließ.

Frieden.

Es hatte sich gezeigt, wie zerbrechlich dieser war. Um ihn zu erhalten, brauchte es Liebe und Demut. Und Vergebung.

Nicht nur in der Welt. Auch in diesen kleinsten Zellen einer Gesellschaft – den Familien.

Gustav trank seinen Weinbrand.

Dabei dachte er daran, was Helena, Lilly und Katharina gestern erzählt hatten, als sie vom Schlittschuhlaufen gekommen waren. Eine verhaltene Sorge mischte sich unter seine weihnachtliche Freude: dass die Beobachtung der Mädchen richtig gewesen sein könnte und Elisabeth sich tatsächlich in der Nähe aufhielt.

53. KAPITEL

Stuttgart, MAISON DE BEAUTÉ,
in der dritten Januarwoche 1920

»Ich danke Ihnen, Frau Fischer. Den Termin für nächste Woche werde ich gleich eintragen!« Lilly entließ ihre letzte Kundin in einen stürmischen Januarabend und schloss hinter ihr ab. Dann sah sie auf die Uhr. Halb acht. Die drei Assistentinnen, die sie mittlerweile beschäftigte, waren bereits vor einer guten Stunde nach Hause gegangen.

Auch für Lilly war es an der Zeit, ihren Arbeitstag zu beenden, sonst würde Hans schon schlafen, bis sie kam. Zudem freute sie sich unbändig auf Felix, der vier Tage in Rotterdam gewesen war und angekündigt hatte, zum Nachtessen zurück zu sein. Inzwischen lebte er in der Reichle-Villa. Offiziell im Gästezimmer, doch er fand jede Nacht in Lillys Schlafzimmer.

Lilly unterdrückte ein Gähnen, dann ging sie zur Theke, öffnete die Kassenschublade und zählte die Einnahmen dieses Tages: mehrere Hundert Mark. Zufrieden schob sie das Geld in einen Umschlag und legte diesen in ihre Handtasche. Anschließend räumte sie den letzten Behandlungsplatz auf.

Als sie die Handtücher in den Korb für die Waschfrau packte, sah sie Onkel Fritz am Schaufenster stehen. Sie stellte den Korb auf die Theke, nahm den Schlüssel und ließ ihn herein.

»Guten Abend, meine Liebe!« Von dem Hut, den er abnahm, tropfte es auf den Boden.

»Onkel Fritz! Du bist ja ganz nass! Regnet es?«

»Ja. Es hat vor einer Viertelstunde angefangen.«

»Das habe ich gar nicht bemerkt«, antwortete Lilly und ging in die Küche, um dort das Licht zu löschen. »Nur den Wind.«

»Johann hat mich von Esslingen geholt, und ich dachte, dass wir dich bei diesem Wetter am besten gleich mitnehmen.«

»Das ist sehr aufmerksam. Aber du hättest klopfen sollen. So musstest du in der Kälte stehen.«

»Ach, ich bin nicht aus Zucker«, erwiderte er. »Wie war der Tag heute?«

»Wir hatten von morgens bis abends zu tun. Ich habe nicht einmal zu Mittag Pause gemacht.«

»Das macht sich gut in der Kasse«, sagte er schmunzelnd.

»Das stimmt.«

»Ich freue mich, dass es für dich vorangeht, Lilly. Du hast es verdient. Aber vergiss nicht, auch auf dich selbst zu achten.«

»Ich weiß«, erwiderte Lilly und zog ihren Mantel an. »Ich werde noch einmal jemanden einstellen müssen. Damit wollte ich eigentlich noch ein paar Wochen warten, um zu sehen, ob der Umsatz auch weiterhin steigt.«

»Das wird er. Kümmere dich rechtzeitig um das Personal.«

Lilly nickte. Manchmal konnte sie selbst kaum glauben, wie gut sich ihr Salon entwickelt hatte – in den letzten Wochen waren die Buchungen geradezu explodiert.

Nach einer von Felix' klug entwickelten Zeitungsanzeige hatte sich unter den Frauen der Stuttgarter Gesellschaft rasch herumgesprochen, dass Lilly bei der großen Helena Rubinstein gelernt hatte – was so zwar nicht stimmte, aber auch nicht ganz falsch war. Seither riss der Strom an neugierigen Kundinnen nicht mehr ab. Dazu kam, dass die Frauen es inzwischen zu schätzen wussten, sich in exklusiver Umgebung verwöhnen zu lassen. Nicht nur Lillys Gesichtsdampfbäder mit ausgewählten Kräuteraromen waren äußerst beliebt, auch die neu eingeführte Lichttherapie. Dafür hatte zwar ein immens teurer Apparat angeschafft werden müssen, aber wenn es so weiterging, dann würde dieser sich noch vor dem Frühjahr amortisiert haben.

Lilly warf einen letzten Blick auf den Salon.

Onkel Fritz hatte bereits die Klinke in der Hand. »Bevor wir nach Hause gehen, wollte ich mit dir noch einen Besuch machen.«

»Heute noch?« Lilly dachte an Hans und an Felix. Und an ihre müden Beine.

»Es sollte nicht lange dauern, und mit der Kutsche sind wir rasch im Bohnenviertel.«

Lilly merkte auf. Ihre Müdigkeit verflog. »Hast du etwas erreicht?«

Fritz nickte. »Ja. Komm. Wir wollen Frau Josenhans nicht warten lassen.«

Marie Josenhans war seit vielen Jahren in der Stuttgarter Armenfürsorge tätig und seit der letzten Wahl zudem die erste Frau im Stuttgarter Gemeinderat. Frau Lene hatte sie als Ansprechpartnerin für eine Sache empfohlen, die Lilly seit ihrer Begegnung mit Florence zunehmend am Herzen lag: Frauen zu helfen, die unter schmerzhaften Narben oder Hauterkrankungen litten und sich keine teure Behandlung leisten konnten. Onkel Fritz hatte ihre Idee sofort unterstützt und Kontakt zur Armenfürsorge aufgenommen.

Die agile Sechzigjährige empfing Lilly und Onkel Fritz in ihrem Elternhaus, in welchem sie nicht nur eine Kleider- und Möbelkammer betrieb, sondern auch eine Wohnungs- und Arbeitsvermittlung für die Bedürftigen. Mit Begrüßungsritualen hielt sie sich nicht lange auf, bot Lilly und Onkel Fritz Platz auf zwei wackligen Stühlen an und kam umgehend zur Sache. »Ich habe über Ihr Angebot nachgedacht, Frau Reichle. Und es hat mich überzeugt.«

»Sie meinen, dass Sie mir hier einen Raum zur Verfügung stellen werden?«

Marie Josenhans nickte. »Er wird nicht groß sein, aber sauber. Für die Einrichtung müssen Sie selbst sorgen.«

»Das ist mir bewusst.«

»Und auch, dass wir Ihnen nichts dafür bezahlen können?«

»Ja.« Lilly sah kurz zu Onkel Fritz. »Was mir vorschwebt, ist ein Konzept, das den Frauen hilft, sich gegenseitig zu helfen. Wir, damit meine ich sowohl den Salon als auch die Seifenfabrik, unterstützen mit allem, was an Ausstattung und Material benötigt wird. Zudem leiten wir ein paar von Ihnen ausgewählte Frauen an, die grundlegenden Behandlungen durchzuführen und den Patientinnen die richtigen Produkte mitzugeben.«

»Das hört sich vernünftig an, Frau Reichle«, erwiderte Marie Josenhans. »Ich verspreche Ihnen, darauf zu achten, dass Ihre Großzügigkeit nicht missbraucht wird. Den Frauen, die Sie anlernen, werden wir ein kleines Gehalt bezahlen. So können wir auf mehrere Arten helfen.«

»Das ist ganz in meinem Sinne.« Lilly war froh, dass Ihre Idee so guten Anklang gefunden hatte. »Wann, denken Sie, können wir beginnen?«

»In etwa einem Monat«, erwiderte Marie Josenhans. »So lange brauchen wir, um den Raum vorzubereiten.«

»Ich sehe schon«, warf Onkel Fritz ein, »meine Hilfe ist hier nicht mehr nötig.«

»Nein.« Marie Josenhans lächelte. »Das schaffen wir Frauen bestens allein. Lassen Sie uns nur machen!«

Später am Abend im Speisezimmer der Reichle-Villa

Zwei Stunden später hatte Lilly Felix in die Arme geschlossen, mit ihm und Onkel Fritz zu Abend gegessen und anschließend Hans zu Bett gebracht.

Nun war sie zurück im Speisezimmer, wo Onkel Fritz Weinbrand eingeschenkt hatte und gerade mit Felix anstieß. Auf dem Esstisch lag ein Stapel bunten Papiers.

»Unsere neuen Reklameheftchen!« Begeistert nahm Lilly eines davon in die Hand und blätterte darin. »Wie schön sie geworden sind!«

»Das finde ich auch!«, bestätigte Felix. »Vor allem die Kolorierung.«

»Stimmt«, erwiderte Onkel Fritz. »Das macht viel mehr her.«

Lilly freute sich. Sie konnte sich gar nicht sattsehen an den zehn Seiten, auf denen ihr Salon, Referenzen und die wichtigsten Produkte vorgestellt wurden. Alles unter ihrem eigenen Markenzeichen.

»Komm, setz dich zu mir!« Felix nahm ihre Hand und zog sie auf den Stuhl neben sich. »Du sollst den Abend schließlich nicht im Stehen verbringen.«

»Nein.« Lilly nahm lachend Platz und schmiegte sich in seine Umarmung. »Heute würde ich gerne einen Likör trinken.«

Onkel Fritz stand auf und schenkte ihr ein. »Cointreau«, erklärte er, als er ihn ihr reichte. »Ein Orangenlikör. Jacques hatte ihn mitgebracht.«

Lilly nippte an ihrem Glas. Ein intensives Brennen floss durch ihre Kehle. »Er schmeckt … lecker«, befand sie. »Aber er wird mich bald betrunken machen.«

»Felix hilft dir dann zu Bett.« Onkel Fritz schmunzelte. »Aber solange du noch bei Sinnen bist, lass uns die neue Kampagne für das Frühjahr besprechen.«

»Die Maiglöckchen-Kampagne«, seufzte Lilly selig. »Maiglöckchenseife, Maiglöckchen-Feuchtigkeitscreme, Maiglöckchenparfum …«

»Genau! Parfum! Jacques hat einen Kontakt nach Grasse im Süden Frankreichs hergestellt. Von dort können wir künftig hochwertige Parfums beziehen. Wir werden dort einen eigenen Maiglöckchenduft komponieren lassen.«

»Direkt in Frankreich?«, fragte Lilly. »Das ist ja sensationell!«

»Ich weiß«, erwiderte Onkel Fritz.

»Allerdings! Und damit kann man perfekt werben«, ergänzte Felix. »Ich sehe den Flakon bereits vor mir: exklusiv für Lilly Reichle in Frankreich hergestellt. Oder ändern wir gleich alles auf Lilly Benthin?«

Bald waren sie so sehr in ihre Planungen vertieft, dass sie die Türglocke überhörten, die kurz nach zehn Uhr betätigt wurde. Sie überhörten auch die aufgeregten Stimmen und die schweren Schritte auf dem Gang, die sich dem Speisezimmer näherten.

Erst als die Tür aufschlug, sahen sie auf und bemerkten den ungläubigen Blick, der durch den Raum wanderte. Er blieb an Lilly hängen.

Instinktiv rückte sie von Felix ab.

»Guten Abend.« Es klang rau.

»Arno«, wisperte Lilly.

TEIL 4

ZEIT DER ENTSCHEIDUNG

Januar 1920 bis April 1920

54. KAPITEL

Die Reichle-Villa in der Nacht von Arnos Rückkehr, in der dritten Januarwoche 1920

Lilly stand in ihrem Ankleidezimmer und presste die Hände an ihre Schläfen. Im Salon hörte sie Arno rumoren. Zwei Stunden war es nun her, dass seine Heimkunft das Fundament ihres Lebens erschüttert hatte, und noch immer wühlte sich der Schock durch ihren Geist und ihren Körper.

Onkel Fritz hatte sich am schnellsten gefangen, vorhin im Speisezimmer, seinen Neffen mit einem aufrichtigen »Gott sei gedankt, du lebst!« willkommen geheißen und Felix als Betriebsleiter der Seifenfabrik vorgestellt. Nach einem kurzen und steifen Wortgeplänkel hatte Felix sich verabschiedet und unbemerkt seine Sachen gepackt, Onkel Fritz derweil dafür gesorgt, dass Arno etwas zu essen bekam, und ihn mit einer Reihe an Fragen zu seiner unerwarteten Heimkehr am Tisch festgehalten. Erst als er sicher sein konnte, dass Felix mit allem, was an ihn erinnerte, das Haus verlassen hatte, war auch er aufgebrochen. Lilly vermutete, dass Felix vorerst bei ihm unterkam.

Sie selbst war zunächst wie gelähmt gewesen, hatte nicht

gewagt, den Raum zu verlassen, um sich von Felix zu verabschieden. Nachdem Onkel Fritz gegangen war, hatte sie Arno eine Gute Nacht gewünscht und gehofft, dass er zumindest diese erste Nacht in einem der Gästezimmer schlafen würde. Ihn deutlich darum zu bitten, hatte sie nicht gewagt. Arno aber hatte nur die Stirn gerunzelt und war anschließend ganz selbstverständlich mit nach oben gegangen. Im Salon war er stehen geblieben und hatte sie aufgefordert, sich für die Nacht umzuziehen.

Seither versuchte Lillys Verstand, das Unfassbare zu begreifen. Arno war am Leben, und das änderte alles. Sie sollte sich freuen und war nur tief verzweifelt. Wie sollte es jetzt weitergehen? Wie sollte sie diese Nacht das Bett mit ihm teilen, in dem heute Morgen noch Felix sie in seine Arme genommen hatte?

Mit bebenden Fingern zog sie sich aus, nahm eines ihrer ältesten Nachthemden aus dem Schrank, zog die Haarnadeln aus ihrer Frisur und flocht ihre Locken zu einem dicken Zopf. Dann holte sie tief Luft.

Sein Blick glitt über ihre Gestalt, als sie zurückkehrte, aber er rührte sich nicht von der Stelle. In seiner abgewetzten Uniform stand er an der Doppeltür zwischen Lillys Schlafzimmer und dem kleinen Salon, der daran angrenzte. Er war sichtlich abgemagert, das Gesicht unter dem raspelkurzen blonden Haar hager, die Augen lagen tief in den Höhlen.

Vergeblich versuchte Lilly sich die wenigen Wochen ins Gedächtnis zu rufen, die sie gemeinsam gehabt hatten. Eine kurze Zeit des Glücks, aber sie ließ sich nicht mehr greifen.

»Bekomme ich keinen Kuss?«, fragte er.

Lilly sah die Erwartung in seinen Augen. Sie nahm sich zusammen, ging zu ihm, stellte sich auf Zehenspitzen und gab ihm einen raschen Kuss auf die Wange.

»Ist das alles?«

»Wir … sollten uns ein bisschen Zeit lassen«, brachte sie heraus. Ihr Hals war wie zugeschnürt.

In seine Augen trat ein misstrauischer Ausdruck. »Freust du dich denn gar nicht, dass ich zurück bin?«

Lilly verschränkte unwillkürlich die Arme vor ihrer Brust. »Natürlich freue ich mich.« Sie fühlte sich elend. Ihn so zurückzuweisen, tat ihr weh. Aber sie konnte nicht anders. »Wir müssen es nur langsam angehen. Du warst … man hat uns gesagt, dass du gefallen bist.«

»Deshalb bist du so kratzbürstig?«, fragte er ungläubig. »Weil du dachtest, dass ich gestorben bin, und nun auf einmal vor dir stehe?« Er lachte laut auf. »Du scheinst dich mit meinem Tod recht schnell abgefunden zu haben.«

»Nein, so ist es nicht, so darfst du nicht denken.« Lillys Magen verkrampfte sich. »Ich bin froh, dass du noch lebst.«

Arno drehte sich um und ging zurück in den Salon, wo er seinen Rucksack abgestellt hatte.

Lilly gab sich einen Ruck und lief ihm nach. »Vielleicht ist es das Beste, wenn du erst einmal in Ruhe ankommst. Alles andere wird sich finden.«

»Wenn du dich hören könntest …«

Ein leises Weinen unterbrach ihn.

Arno stutzte. »Was ist das?« Ohne eine Antwort abzuwarten, stürmte er ins Schlafzimmer.

Lilly folgte ihm, ging weiter zum Bett und nahm Hans auf den Arm. Das Gespräch musste ihn geweckt haben.

»Was zum Teufel …?!« Arno starrte das Kind an. Dann richtete er seinen Blick auf Lilly. »Wer ist der Vater?«, fragte er tonlos.

»Er ist dein Sohn, Arno.«

Arno kniff die Augen zusammen. »Das kann doch gar nicht sein«, sagte er verächtlich. »Ich war fast zwei Jahre fort!«

»Ich war schwanger, als du gegangen bist. Ohne es zu wissen.«

»Warum habt ihr mich nicht informiert?« Mit einer nervösen Handbewegung strich er über seinen ungepflegten Bart.

»Sowohl Onkel Fritz als auch ich haben dir mehrfach geschrieben. Die Post scheint dich nicht erreicht zu haben.«

»Ich war in Gefangenschaft, verdammt noch mal! Wie soll mich da Post erreichen?« Er schüttelte den Kopf. »Wie heißt er?«

»Hans.«

»Hans …«

»Hans Arno Gustav.«

Arnos Blick wurde weicher, doch als Hans laut zu brüllen begann, verhärtete sich seine Miene erneut. Das Weinen schien ihn zu überfordern. »Was tut er in unserem Bett?«

»Er kann oft nicht einschlafen.«

»Hat er denn kein eigenes Bett?«

»Doch. Es steht im Kinderzimmer.«

»Gib ihn mir!«, forderte Arno.

Zögernd übergab Lilly ihm das Kind und sah, wie seine Miene eine Spur weicher wurde. Hans hörte auf zu weinen, blickte von seinem Vater zu Lilly, versuchte dann aber mit aller Kraft, sich aus Arnos Griff zu befreien.

Arno packte ihn fester. »Er ist übermüdet.«

»Er ist aus dem Schlaf gerissen worden.«

»Deshalb gehört er in sein eigenes Bett. Steht es in meinem früheren Kinderzimmer?«

Lilly nickte, streckte aber gleichzeitig die Arme nach Hans aus. »Wenn er in sein Kinderzimmer soll, dann müssen wir ihn langsam daran gewöhnen.«

»Wie bitte?« Arno hob ungläubig eine Braue. »Hat er etwa immer bei dir geschlafen?«

»Ja.«

»Lilly, ich bitte dich! Das ist ganz und gar unüblich!«

»Es hat ihm nicht geschadet«, gab Lilly zurück.

»Bist du dir da sicher? Er ist mitten in der Nacht wach.« Arno sah auf den sich noch immer in seinen Armen windenden Hans.

Lilly schüttelte den Kopf. »Eigentlich schläft er tief und …«

»Es mag sein«, unterbrach Arno sie ungehalten, »dass Arbeiterkinder so schlafen müssen, weil sie gar kein eigenes Bett haben. Oder Kinder von gefallenen Frauen ohne einen Ehemann. In beiden Fällen kommt nichts Gutes dabei heraus.« Er drückte mit dem Ellenbogen die Türklinke hinunter und trat auf den Flur. »In diesem Haus ist es anders. Wir Reichles sind eine hoch angesehene Familie, Lilly. Wir haben alle Möglichkeiten. Und wir erziehen unsere Kinder mit klaren Regeln, damit sie Disziplin lernen und damit ein wertvoller Teil der Gesellschaft werden.«

»Er ist doch noch ein kleines Kind!« Lilly lief hinterher. »Bitte, Arno, lass uns erst einmal darüber reden!«

»Dies ist mein Haus, Lilly. Und hier gilt mein Wort. Du hast einiges hier nach deinen Vorstellungen geändert. Vermutlich war es dir ganz recht, dass ich fort war.«

»Das ist nicht wahr.«

»Ich sehe es doch!«

»Ma-maaa!« Hans zappelte auf Arnos Arm und begann zu weinen.

»Bitte, gib ihn mir«, sagte Lilly leise.

Seine Augen verengten sich. Dann drückte er ihr Hans in den Arm. »Bring ihn ins Kinderzimmer.«

55. KAPITEL

Am nächsten Morgen im Speisezimmer der Reichle-Villa

»Kaffee?«, fragte Thea leise.

»Gern.« Lilly nickte.

Während Thea ihr den Kaffee einschenkte, blätterte Arno die Zeitung um. Außer einem kurzen »Guten Morgen« hatte er noch kein Wort mit ihr gesprochen. Die Atmosphäre im Speisezimmer war angespannt.

Lilly gab Milch in ihren Kaffee und rührte um. Thea stellte einen Korb mit Brot auf den Tisch und lächelte ihr aufmunternd zu. Dann verließ sie lautlos das Speisezimmer. Die hölzerne Pendeluhr an der Wand schlug acht Uhr.

Lilly nippte an ihrem Kaffee. Bereits am frühen Morgen hatte sie Hans in der Küche gefüttert und ihn anschließend in Ediths Obhut gegeben. Sie wusste nicht, was sie heute erwartete. Es war besser, wenn das weitere Kennenlernen zwischen ihm und Arno in einem ruhigeren Rahmen stattfinden würde.

Letzte Nacht hatte sie es nicht übers Herz gebracht, ihr Kind schluchzend in seinem Bettchen zurückzulassen, und war bei Hans geblieben, bis er endlich eingeschlafen war. Als sie ins Schlafzimmer zurückgekehrt war, war Arno verschwunden gewesen. Trotz ihrer Erleichterung darüber hatte sie keinen Schlaf gefunden, sich bis zum Morgengrauen in den Kissen gewälzt und Hans schließlich wieder zu sich geholt. Wo Arno die Nacht verbracht hatte, wusste sie nicht.

Arno räusperte sich und faltete die Zeitung zusammen. Mit einem leisen Rascheln legte er sie neben seinen Teller und sah Lilly an. »Ich hatte mir unser Wiedersehen anders vorgestellt.«

»Ja …« Lilly musste sich dazu zwingen, seinem Blick nicht auszuweichen.

»Stell dir vor, du kommst nach fast zwei Jahren nach Hause.« Er legte die Fingerspitzen aneinander. »Du hast für dein Land gekämpft, für deine Zukunft … für deine Ehefrau. Und dann stehst du in der Tür, und sie sieht dich an, als wäre sie dem Leibhaftigen begegnet! Keine Spur von Freude, keine Spur von Zärtlichkeit. Keine Spur davon, dass sie dich vermisst hat!«

»Ich war überford…«

Er hob die Hand. Lilly verstummte. »Weißt du, was noch viel schlimmer ist? Ich habe den Eindruck, dass dich meine Anwesenheit stört.« Er zog die Brauen zusammen. »Du hast versprochen, mich ein Leben lang zu lieben. Und zu ehren!«

»Es ist einfach nur ein bisschen zu viel auf einmal.«

»Was du nicht sagst!« Er schüttelte den Kopf. »Du bist jetzt nicht mehr Herrin im Haus, ist es das?«

Der Ausdruck auf seinem Gesicht machte Lilly auf einmal Angst.

»Nachdem es so aussah, dass du nicht mehr wiederkommst«, Lilly schluckte, »musste ich irgendwie weitermachen.«

»Natürlich musstest du das. Ich habe gesehen, wie du weitergemacht hast.« Er beugte sich vor. »Du hast gelacht und gescherzt. Ich habe es durch die Türe gehört, gestern Abend. Du trägst keine Trauerkleidung. Du hast dich nicht zurückgezogen, um deinen gefallenen Gatten angemessen zu würdigen. Ich habe den Eindruck, dass du dich hervorragend eingerichtet hast in deinem … *Witwendasein.*«

Jedes Wort traf Lilly wie ein Peitschenhieb. »Wir haben gestern nur neue Produkte besprochen …« Sie merkte selbst, wie hilflos ihre Rechtfertigung klang.

»Und habt euch dabei mit reichlich Alkohol bestens amüsiert.« Seine Hand schlug auf die Tischplatte.

Lilly zuckte zusammen.

»Mir drängt sich ein Gedanke auf, Lilly, und der ist nicht angenehm. Du hast eine hervorragende Partie gemacht und in eine reiche Industriellenfamilie eingeheiratet. Den Mann, der dir das alles bietet, hast du ganz offenkundig nicht geliebt, sondern als lästiges Übel in Kauf genommen. Jetzt will der Zufall, dass er im Krieg bleibt. Besser kann es gar nicht kommen …«

Lilly richtete sich auf. »Das ist nicht wahr!«

»Sei still!« Wieder hob er die Hand. »Ich kann mir gut vorstellen, wie es weitergegangen ist. Onkel Fritz ist schwach, ihn hast du gleich um den Finger gewickelt und dich in die Seifenfabrik eingemischt, nicht wahr? Und dann dieser … Betriebsleiter. Er hatte dich gestern Abend fast auf seinem Schoß. Meinst du, ihr könnt mich für dumm verkaufen?«

Lilly krallte die Finger in ihre Serviette. »Ich bin nicht auf irgendeinem Schoß gesessen. Wenn du Bescheid gegeben hättest, dass du nach Hause kommst, hätte ich einen entsprechenden Empfang vorbereitet.«

»Du weißt wohl wirklich nicht, wie verlogen du dich anhörst, Lilly.« Es klang verächtlich.

»Es mag sein, dass unser Wiedersehen nicht so ausgefallen ist, wie wir es uns beide ursprünglich vorgestellt haben«, Lilly richtete sich auf. »Aber es besteht kein Grund, mich auf diese Weise zu beschuldigen. Ich habe hier mein Bestes gegeben, so wie du an der Front. Ich habe unseren Sohn geboren und ziehe ihn in Liebe groß. Der Haushalt in deinem Elternhaus läuft reibungslos. Und ja, ich habe mich in die Seifenfabrik eingebracht, und zwar nicht zu ihrem Nachteil. Was hätte ich denn tun sollen?«

»Es geht nicht nur um das, was du getan oder nicht getan hast. Es geht auch darum, wie du dich gibst.«

Lilly strich die Serviette glatt. »Wir müssen uns erst wieder kennenlernen, Arno.«

»So wird es wohl sein.«

Seine Worte standen einen Augenblick lang im Raum. Dann beugte er sich vor. »Ich werde mich in die Seifenfabrik bringen lassen, um mir einen Überblick über die Situation dort zu verschaffen.«

»Was du siehst, dürfte dich zufriedenstellen«, erwiderte Lilly und gab sich Mühe, freundlich zu klingen. »Onkel Fritz hat dafür gesorgt, dass die Produktion weitergegangen ist. Gleichzeitig hat er vieles verbessert und modernisiert.«

Auf Arnos Stirn bildete sich eine Reihe tiefer Falten. »Ich bezweifle, dass du als Frau das angemessen beurteilen kannst. Und Onkel Fritz ist Chemiker, kein Unternehmer. Es ist sicherlich höchste Zeit, dass ich mich um meine Fabrik kümmere.«

Lilly wusste von Onkel Fritz, dass Arno bis zu seiner Einberufung keine größere Verantwortung in der Seifenfabrik übernommen hatte. »Ich denke, er hat wirklich kluge Entscheidungen getroffen«, merkte sie an.

Arnos Blick flackerte. Lilly spürte, dass sie sich auf gefährliches Terrain begeben hatte.

»Wie anmaßend, Lilly.« Er lehnte sich auf seinem Stuhl zurück. »Spielst du Direktor?«

»Nein!« Lilly richtete sich auf.

»Die Besprechung gestern Abend …«

»Du hattest mir versprochen, dass ich in der Fabrik mitarbeiten darf«, sagte Lilly leise. »Als du bei uns im Lazarett lagst, weißt du nicht mehr?«

»Aber doch nicht in verantwortlicher Stellung, Lilly.« Es klang herabsetzend. »Deine Hauptaufgabe als meine Gattin, und zwar von Anfang an, war es, dich um deine häuslichen Pflichten zu kümmern. Nebenbei hätten wir sicherlich eine kleine Aufgabe in der Fabrik für dich gefunden, ich wusste ja, dass du dir so etwas vorgestellt hattest.« Er räusperte sich. »Aber spätestens mit dem ersten Kind wäre dir das zu viel geworden. Du bist schließlich eine Frau.«

Lilly lag eine empörte Antwort auf der Zunge, aber sie beherrschte sich. »Onkel Fritz ist ganz bestimmt bereit, sich mit dir abzustimmen«, sagte sie stattdessen.

Seine Hand auf dem Tisch ballte sich zur Faust. »Onkel Fritz ist bereit, sich abzustimmen …«, wiederholte er und schüttelte den Kopf. »Ich muss mich mit niemandem abstimmen. Ich bin der Sohn des Firmengründers und mit der Seifenfabrik aufgewachsen. Das Unternehmen gehört mir.«

»So habe ich es nicht gemeint …« Lilly rang die Hände. Sie hatte gehofft, dass Arno ihr Engagement in der Fabrik zu schätzen wüsste.

Er leerte seine Kaffeetasse und stand auf. »Einen schönen Tag für dich, Lilly. Ich sehe dich heute Abend wieder hier zum Abendessen. Allein. Ohne Besuch.«

Lilly wartete, bis die Tür mit einem lauten Klacken hinter ihm ins Schloss gefallen war. Dann stützte sie ihren Kopf in beide Hände.

Es war unmöglich. So konnten sie nicht weitermachen. Sie mussten einen Weg finden, miteinander umzugehen. Um Hans' willen. Und für die Zukunft all dessen, was sie sich aufgebaut hatte.

Sie sah über den verlassenen Frühstückstisch. Ihr Blick blieb an einer Schlagzeile der Zeitung hängen, die Arno zurückgelassen hatte: *Alle deutschen Kriegsgefangenen aus britischer Gefangenschaft entlassen.*

War er in England gewesen? Oder in Frankreich? Sie würde ihn fragen. Was war dort mit ihm geschehen? Vielleicht musste er sich etwas von der Seele reden. Vielleicht war es ein Anfang, wenn er diese Erlebnisse mit ihr teilen konnte.

Ihr war schmerzlich bewusst, dass mit Arnos Rückkehr eine Zukunft mit Felix undenkbar geworden war. Sollte sie eine Scheidung anstreben, würde Hans vermutlich bei seinem Vater bleiben. Unvorstellbar!

Wie ein Bleigewicht lag die Ausweglosigkeit der Situation auf Lillys Brust. Wenn sie Hans nicht verlieren wollte, würde sie ihre große Liebe ziehen lassen und sich mit Arno arrangieren müssen. Ein einziges *Ja,* überhastet und unüberlegt gegeben, band sie nun ein Leben lang. Es war bitter zu erkennen, dass eine Hochzeit nicht der glückselige Schluss einer Liebesgeschichte war, sondern der Beginn einer lebenslangen Abhängigkeit.

Das Büro von Fritz Reichle in der Seifenfabrik,
am Nachmittag desselben Tages

»Ich habe eine telefonische Reklamation entgegengenommen, Herr Reichle.« Fritz' Vorzimmerdame stand in der Tür zu seinem Büro und wedelte mit einem Blatt Papier. »Darf ich sie Ihnen geben?«

»Selbstverständlich.« Fritz, der sich an der Anrichte gerade ein Glas Wasser eingeschenkt hatte, nahm die Notiz entgegen. »Ich kümmere mich gleich darum. Danke.«

»Denken Sie an das Telefonat mit Metzingen, Herr Reichle? Es ist in einer Stunde.«

»Gut, dass Sie mich daran erinnern!«

Sie lächelte. »Dafür bin ich ja da. Ich stell einen Kaffee auf.« Sie zog die Türe zu.

Fritz setzte sich an seinen Schreibtisch, schob eine Akte beiseite und legte das Papier ab. Das Telefonat hätte er glatt vergessen. Zu sehr beschäftigte ihn die unglückliche Situation von Arnos Heimkehr am Vorabend. Lillys Gefühllosigkeit, die Anwesenheit eines anderen Mannes an der Tafel, die geleerten Gläser auf dem Tisch – auch wenn nichts daran verfänglich gewesen war, musste es auf jemanden, der nach schwerer Zeit nach Hause kam, verletzend, vielleicht sogar provozierend wirken. Arno hatte gehetzt und unruhig gewirkt, war reizbar und aufbrausend gewesen. Fritz wusste nicht, was Krieg und Gefangenschaft mit ihm gemacht hatten.

Er strich sich über seinen Bart und las die Reklamation. Dann langte er sich an die Stirn. Pfefferle beanstandete sämtliche Seifenlieferungen des letzten Kriegshalbjahres und wollte einen saftigen Nachlass. Wegen zu geringen Gewichts der Stücke. Hatte man da noch Worte! Das Kriegsministerium war mit seinen Zahlungen ohnehin hoffnungslos im Rückstand. Fritz griff zu seinem Füllfederhalter. Statt eines Rabattes bekäme Pfefferle eine Mahnung mit Androhung rechtlicher Schritte wegen des Zahlungsverzugs. Er machte eine entsprechende Notiz, legte das Blatt beiseite und lehnte sich in seinem Stuhl zurück.

Was Lilly betraf, schien sein Neffe zurückhaltend zu sein. Fritz hatte in einem Telefongespräch mit Frau Lene vorhin erfahren, dass er vorerst eines der Gästezimmer bezogen hatte. Es war sicher gut, wenn die beiden sich Zeit nahmen, um sich wieder aneinander zu gewöhnen. Und für Lilly hoffte Fritz, dass sie Gefühl und Pflicht in ihrem Herzen in Einklang bringen konnte. Er wusste, wie fest, wie lebendig und wie leidenschaftlich die Beziehung zwischen ihr und Felix war. Sie würde viel Kraft brauchen, um sich in das zu fügen, was unvermeidlich war.

Fritz setzte seine Brille ab, nahm ein Tuch und wischte sie

sauber. Lilly hatte in den letzten Monaten Großes angepackt und noch Größeres erreicht. Er hoffte, dass Arno ihre Leistung anerkannte und die damit einhergehende Selbstständigkeit seiner Frau nicht als unangemessen empfand.

Seufzend setzte er seine Brille wieder auf und nahm sich die Mahnungen vor, die ihm regelmäßig zur Prüfung gegeben wurden. Zusammen mit Felix hatte er die kaufmännischen Abteilungen der Fabrik neu organisiert und dafür einige neue Mitarbeiter eingestellt. Noch lief nicht alles reibungslos, und so behielt Fritz die Abläufe genau im Auge.

Die Uhr ging auf vier Uhr zu, als Unruhe im Vorzimmer seine Aufmerksamkeit erregte. Er stand auf, als seine Sekretärin anklopfte, blieb aber hinter dem Schreibtisch.

»Sie brauchen mich nicht anzukündigen«, sagte eine schroffe Stimme, als sich die Tür öffnete. »Ich bin der Direktor.«

Arno. Er hatte ihn eigentlich schon am Vormittag erwartet.

»Willkommen in der Seifenfabrik, Arno«, sagte Fritz.

»Danke.« Arno kam bis unmittelbar vor seinen Schreibtisch. Der Anzug, den er trug, war neu, ebenso das Hemd. Er schien sich heute Morgen erst einmal eingekleidet zu haben.

»Es hat sich einiges verändert hier«, fuhr Fritz fort.

»In der Tat.« Arno sah sich um. »Du hast dich standesgemäß eingerichtet.«

»Durch den Bombenangriff war dieses Gebäude völlig zerstört.«

»Ich überlege noch, ob es mir gefällt. Es hat so etwas … Künstlerisches. Wir aber sind hart arbeitende Industrielle.«

»Kreativität gehört zum Erfolg, Arno. Du hast noch keine Erfahrung …«

Eine plötzliche Röte überzog Arnos Gesicht, zugleich trat er vor, stützte sich auf der Schreibtischplatte auf und fixierte Fritz. »Wage es nicht, mir Erfahrung abzusprechen! Vier Jahre lang habe ich für euch den Kopf hingehalten. Hab meine Truppe erfolgreich geführt, meine Epauletten beweisen es!«

»Das bezweifle ich nicht.«

»Du hast keine Ahnung!« Arno machte eine unwirsche Handbewegung. »Ich habe einen Granatenbeschuss überlebt, nur um am Ende den Franzosen in die Hände zu fallen. Du weißt nicht, was es bedeutet, ausgeliefert zu sein, Fritz. Du hast dich fein gedrückt und hier im Wohlstand gelebt, während mein Magen vor Hunger gebrannt hat!« Er holte tief Luft. »Ich musste zusehen, wie ich *über*lebe. Sie haben uns zu Schwerstarbeit gezwungen, und man hat mir nur deshalb Erleichterungen zugestanden, weil sie meine Fähigkeiten erkannt und mich zum Kolonnenführer gemacht haben. Was ich in den letzten beiden Jahren zwangsläufig an Erfahrungen zusammengetragen habe, wirst du dein ganzes Leben lang nicht machen!«

Fritz erkannte die Not sehr wohl, die hinter diesem Ausbruch stand. Dennoch erschreckte ihn das Ausmaß der Wut, die Arno mit sich herumtrug. »Wir sollten nicht darüber streiten, wer die härteren Erfahrungen gemacht hat«, antwortete er ruhig. »Lass uns darüber reden, wie die Zukunft aussehen könnte.«

»Ja. Lass uns über die Zukunft sprechen.« Arnos Augen verdunkelten sich. »Ich danke dir, dass du dich bemüht hast, den Betrieb wieder zum Laufen zu bringen. Aber es ist nun einmal Fakt, dass ich derjenige sein sollte, der hier das Sagen hat.« Er stieß sich vom Schreibtisch ab und trat ans Fenster. »Ich bitte dich daher, dieses Büro zu räumen und dir eines im unteren Stock einzurichten.«

»Wenn das dein Wunsch ist«, erwiderte Fritz, bemüht, den in ihm aufsteigenden Ärger im Zaum zu halten, »dann werde ich mich darum kümmern.«

Argwöhnisches Schweigen breitete sich zwischen ihnen aus.

»Von nun an verfüge ich über das, was mein ist«, sagte Arno leise. »Das gilt gleichermaßen für meine Fabrik, meinen Sohn, mein Haus und meine Frau.«

»Das hat dir doch niemand abgesprochen. Du wirst deinen Platz hier finden, aber alles braucht seine Zeit. Auch Lilly wird sie brauchen.«

Arno drehte sich um und kam mit großen Schritten an den Schreibtisch zurück. »Ich denke nicht, dass Lilly dich etwas angeht. Also mische dich nicht ein.«

»Ich mische mich nicht ein, Arno. Mir ist wichtig, dass alles zu einem guten Miteinander findet. Uns beiden liegt das Geschick der Seifenfabrik am Herzen. Je besser wir zusammenarbeiten, desto erfolgreicher werden wir sein.«

Arno setzte sich auf die Schreibtischplatte. »Ich weiß, was ich aus meiner Seifenfabrik machen möchte. Wenn es sich mit deinen Vorstellungen deckt, dann soll es gut sein. Wenn nicht, bin ich mit fünfundsiebzig Prozent der Mehrheitseigner. Ich brauche dein Einverständnis nicht. Für nichts.«

»Das ist richtig, und ich freue mich, dass du dich deinem Erbe mit so viel Engagement annimmst«, antwortete er im Versuch, das Gespräch zu beruhigen. »Aber dir fehlen die letzten Jahre, in denen die Fabrik sich entwickelt hat.«

»Das ändert nichts an meinen Visionen.« Arno griff nach

dem goldenen Füllfederhalter, der seinem Vater gehört hatte und nun von Fritz genutzt wurde. »Ich mache dir gerne ein Angebot zur Übernahme deiner Firmenanteile. Wenn ich mich recht erinnere, wärst du doch ohnehin lieber in Frankreich. Mit meiner Auszahlung könntest du dir dort ein angenehmes Leben aufbauen.«

Dieser offensichtliche Versuch, ihn aus der Firma zu drängen, schockierte Fritz. Zugleich wuchs seine Sorge, wie es weitergehen würde. Für sich selbst, aber auch für Lilly und Hans.

Er sah Arno an. »Wir werden einen Modus finden, wie wir zusammenarbeiten, Arno. Und über Frankreich sprechen wir, wenn es an der Zeit ist.«

»Warte nicht zu lang.« Arnos kniff die Augen zusammen. »Und jetzt zeigst du mir meine Fabrik und alles, was sich dort getan hat, seit ich weggegangen bin.«

56. KAPITEL

Esslingen, die Seifenfabrik, Anfang Februar 1920

Lilly hielt es nicht mehr aus. Sie musste Felix sehen. Seit Arnos Rückkehr war sie ihm nicht mehr begegnet, neun quälende Tage lang. Lilly hatte das Gefühl, an all dem Ungesagten zu ersticken, das ihr auf der Seele brannte.

Arno hatte Johann gegenüber am Morgen fallen lassen, dass er heute nach Metzingen fahren würde, um in der dortigen Enzian-Seifenfabrik die Waschmittelproduktion zu begutachten, und der loyale Kutscher hatte die Information über Frau Lene an Lilly weitergeben lassen. Lilly hatte nicht lange überlegt. Eine solche Gelegenheit würde sich nur selten bieten, also hatte sie Johann gebeten, sie um die Mittagszeit vor dem Salon abzuholen und nach Esslingen zu bringen.

Mit jedem Meter, den die Kutsche sich der Seifenfabrik näherte, wuchs ihre Nervosität, zumal sie während der letzten Tage auch nicht mit Onkel Fritz hatte sprechen können.

»Bitte passen Sie gut auf sich auf, gnädige Frau!«, gab Johann ihr mit auf den Weg, als er die Kutsche vor dem Fabriktor anhielt und sie aussteigen ließ. »Ich werde auf Sie warten.«

»Danke, Johann.«

Mit klopfendem Herzen passierte sie das Tor.

Arno hatte während ihrer schleppenden Gespräche am Abendbrottisch fallen lassen, dass er Onkel Fritz' Kompetenzen beschnitten, ihm ein anderes Büro zugewiesen und selbst die Räume der Firmenleitung bezogen habe. Lilly hatte sich auf das *MAISON DE BEAUTÉ* konzentriert in der Hoffnung, Konfrontationen dadurch weitgehend aus dem Weg zu gehen.

In der letzten Nacht hatte es geschneit. Lilly war vorsichtig, als sie über den rutschigen, schneebedeckten Hof ging und den Weg zu den Lagerhallen einschlug. Es erschien ihr am sinnvollsten, Matthias zu fragen, ob Felix heute im Büro oder irgendwo sonst auf dem Fabrikgelände zu finden war, sie wollte keine Zeit verlieren, indem sie ziellos über das riesige Gelände lief.

Matthias war gerade dabei, ein umgekipptes Salzfass aufzurichten, als Lilly zu ihm trat. »Das sieht nach viel Arbeit aus.«

»Frau Reichle! Grüß Gott!« Matthias richtete sich auf und deutete auf die Misere am Boden. »Es ist einem der Burschen weggerutscht, das Fass. Ärgerlich. Er hat sich dabei den Daumen aufgerissen, und ich hab ihn weggeschickt, damit er sich verbinden lässt.« Er nahm die Mütze ab. »Kann ich Ihnen was helfen? Brauchen Sie was Besonderes für die Manufaktur oder Ihren Salon?«

»Nein.« Lilly vergewisserte sich, dass niemand in Hörweite war. Inzwischen hatte die Fabrik viele neue Arbeiter, sodass in allen Abteilungen reger Betrieb herrschte. »Ich suche Herrn Benthin.«

Matthias kratzte sich am Nacken. »Der Felix, der ist heute in der Glyzerinherstellung. Die wollen die Produktion rauffahren, soviel ich weiß.«

»Danke.« Sie gab ihm ein Zehnpfennigstück.

»Das brauchen Sie doch net …« Matthias steckte die Münze ein. »Ja, also danke.«

»Ist schon gut.« Lilly nickte ihm zu, verließ das Lager und machte sich auf den Weg zu dem neu errichteten Gebäude für die Glyzerinherstellung.

Sie fand Felix inmitten der großen Anlage. Er stand an einem der Kessel und beschäftigte sich offensichtlich mit der Temperaturanzeige.

»Felix!«, rief sie leise.

Er stutzte und wandte den Kopf. »Lilly! Mein Gott …«

Der Stift, den er in der Hand hielt, fiel zu Boden, als er sich ganz zu ihr umdrehte und die Arme ausbreitete. Mit einem erstickten Laut sank Lilly hinein. Er presste sie an seine Brust, hielt sie so fest, dass Lilly sein pochendes Herz spürte. »Ich hätte nie gedacht«, flüsterte er, »dass Liebe wehtun kann.«

Seine Worte ließen ihre Kehle eng werden. »Es vergeht keine Minute, in der ich nicht an dich denke.« Sie hob den Kopf. »Keine einzige.«

Felix zog sie in eine Nische hinter dem Kessel, sah sie an, streichelte über ihr Gesicht und ihr Haar, so als könne er nicht glauben, sie wirklich in seinen Armen zu halten.

»Ist er gut zu dir?«, fragte er schließlich.

Lilly legte ihre Hände auf seine Oberarme. »Er lässt mich in Ruhe. Wir sehen uns kaum. Er ist ja meistens hier in Esslingen.«

Felix nickte nachdenklich. »Fritz setzt er unter Druck.«

»Wirklich? Womit?«

»Er will, dass er ihm seine Firmenanteile verkauft.«

Lilly schluckte. »Warum?«

»Fritz hat den Eindruck, dass er niemandem mehr vertraut und es vor allem nicht erträgt, dass die Fabrik ohne ihn so weit gekommen ist.«

»Das kann ich mir gut vorstellen.« Lilly seufzte. »Es ist so schwierig, Felix. Er gerät so leicht in Wut. Am schlimmsten ist, dass er mir vorschreibt, wie ich mit Hans umzugehen habe. Zum Glück ist er so viel weg.«

»Unser Kleiner.« Felix klang traurig. »Wie geht es ihm?«

»Er merkt, dass etwas anders ist.« Lilly spielte mit dem Kragen von Felix' Arbeitshemd. »Ich würde sagen, ihm fehlt sein Vater.« Sie ließ ihre Hand unter den Stoff gleiten. »Am liebsten würde ich dieses Hemd ausziehen …«

Felix fasste sie enger. Seine Hände begannen über ihren Körper zu wandern, zärtlich, dann verlangend. Er küsste ihren Hals, ihre Schläfe, drängte sie, ihren Mund zu öffnen. Sein Begehren entfachte Lillys Hitze, sie tastete nach seinem Hosenbund, wollte ihn spüren …

»Sieh an!«

Arnos Stimme ließ Lilly das Blut in den Adern gefrieren.

Felix zog sie unwillkürlich fester an sich, aber sie löste sich aus seinen Armen und drehte sich langsam um.

Er stand nur wenige Schritte von ihnen entfernt, an eine der Wartungsleitern gelehnt, die Hände in den Hosentaschen, und fixierte Lilly mit stechendem Blick.

»So ist das hin und wieder bei glatten Straßen, Lilly. Sie machen ein Durchkommen schwierig. Ich dachte ja nicht, dass du die Gelegenheit sofort für ein Techtelmechtel nutzt.« Er stieß sich ab und kam langsam auf sie zu. »Mach, dass du nach Hause kommst! Bevor ich mich vergesse!«

»Sie kann nichts dafür.« Felix stellte sich vor Lilly. »Es ist meine Schuld. Regeln Sie das mit mir.«

»Sieh an, wie ritterlich!« Arno spuckte vor Felix auf den Boden. »Lohnt es sich wirklich? Für ein derart … leichtes Mädchen?«

Felix' Faust traf Arno ins Gesicht.

Ungläubig fasste dieser an seine Nase und besah sich anschließend das Blut auf seiner Hand. Mit einem drohenden Knurren ging er auf Felix los. »Leg dich nicht mit mir an, du dreckiger …«

Felix wich zur Seite aus.

»Tu ihm nichts, Arno«, bettelte Lilly voller Entsetzen, trat vor und packte Arnos Arm. »Wir können reden, ich mache auch alles, was du von mir verlangst!«

Er schüttelte sie ab. »Halt den Mund!«

»Ich werde mich an deine Anweisungen halten, wenn du mir dein Wort gibst, dass ihm nichts geschieht.«

Arno lachte. »Du scheinst ihn wirklich zu …«

»Felix? Brauchst du Hilfe?« Vom Eingangsbereich drang Matthias' Stimme herüber.

Arnos Gesicht nahm eine gleichgültige Miene an. Sein Blick blieb auf Felix gerichtet. »Geh nach Hause, Lilly«, zischte er. »Benthin, Sie sind gefeuert, und wenn Ihnen Ihr Leben lieb ist, nähern Sie sich niemals wieder meiner Familie.« Er rieb sich die geballte Faust, als wolle er gleich zuschlagen.

Ein letztes Mal begegnete Lilly Felix' Blick. Der Schmerz darin ließ etwas in ihr zerbrechen.

»Worauf wartest du, Lilly!«, brüllte Arno.

In der Wohnung von Fritz Reichle,
am späten Abend desselben Tages

»Bist du sicher, dass du abreisen willst?« Fritz schloss die Wohnungstür hinter sich. Er war bis nach zehn in der Fabrik geblieben und hatte versucht, mit Arno über Lilly zu reden. Vergeblich.

»Natürlich nicht!« Felix stellte seinen gepackten Rucksack noch einmal ab. »Aber mit meiner Anwesenheit bringe ich Lilly in Gefahr.«

»Ich würde dennoch nichts überstürzen«, sagte Fritz, holte Gläser und schenkte Wein ein. »Lass uns die nächsten Tage abwarten und hören, was Johann berichtet. Noch ist alles zu frisch.«

»Er ist voller Hass.« Felix nahm sein Glas und setzte sich auf das Sofa. »Und er kommt aus dem Krieg. Viele dieser Männer sind nicht mehr sie selbst.«

»Das ist wohl wahr.« Fritz schwenkte nachdenklich sein Weinglas. »Aber das ist es nicht allein. Arnos Stolz ist zutiefst verletzt. Damit kann er nicht umgehen.«

»Ein Stück weit kann ich ihn sogar verstehen.« Felix nahm

einen Schluck. »Allerdings reagiert er unbeherrscht und aggressiv. Er wird Lilly das Leben zur Hölle machen.«

»Er wird seine Rechte einfordern, das steht außer Frage«, erwiderte Fritz. »Die Frage ist, ob sie sich in irgendeiner Form mit ihm arrangieren kann.«

»Ich fürchte, dass sie dafür alles aufgeben müsste, was ihr wichtig ist. Einschließlich ihrer eigenen Persönlichkeit.« Felix schüttelte den Kopf. »Wenn Hans nicht wäre, hätte ich heute noch den Kampf um sie aufgenommen.«

»Dir sind die Hände gebunden.«

»Das ist es ja, was mich beinahe rasend macht. Ich darf Lilly nicht in die Situation bringen, sich zwischen mir und ihrem Kind entscheiden zu müssen. Darauf läuft es nämlich hinaus. Das ist unmenschlich. Du weißt, was das Recht in einem solchen Fall besagt.«

»Du lässt sie also gehen.«

»Darauf kann ich dir heute Abend keine Antwort geben. Aber zunächst muss ich ihr die Möglichkeit geben, ihr Leben neu zu ordnen.«

»Du liebst sie sehr.«

»Mehr als ich sagen kann.« Seine Kehle wurde eng. »Mehr als ich je geliebt habe.« Er sah Lillys Augen vor sich, als sie zu ihm zurückgeschaut hatte.

Sie waren voller Gefühl gewesen.

Und voller Angst.

57. KAPITEL

Stuttgart, MAISON DE BEAUTÉ,
gut zwei Wochen später

Lilly hatte gerade ihren Salon aufgeschlossen und begrüßte die ersten Kundinnen. Auch am heutigen Tag waren sie ausgebucht, doch Lilly konnte sich nicht daran freuen. Seit Arno sie in Felix' Armen gefunden hatte, lag ein düsterer Schatten über ihren Tagen. Morgens musste sie sich zwingen aufzustehen. Sie vermisste Felix mit jeder Faser ihres Herzens und ihres Körpers, die Sehnsucht nach ihm war ein ständiger Schmerz. Zugleich hatte sie Angst vor Arno. Da er Onkel Fritz auf Abstand hielt, gab es niemanden, mit dem sie ihr Leid teilen konnte. Einzig Hans und die Arbeit hier im Salon verhinderten, dass sie sich ganz der Melancholie überließ.

Arno hatte die Villa seiner Eltern wieder in Besitz genommen und damit die Atmosphäre grundlegend verändert. Der respektvolle, zugewandte Umgang mit dem Personal, den Lilly und Onkel Fritz gepflegt hatten, war einem harten Befehlston gewichen.

Ihr selbst begegnete er mit Verachtung. Deshalb wurde ihre Sorge um die Zukunft mit jedem Tag größer.

Lilly rührte eine der Gesichtsmasken auf Sheabutter-Basis an, die sie gemeinsam mit Ruth entwickelt hatte, und versuchte, sich auf ihre Arbeit zu konzentrieren. Die kostbare Sheabutter wurde aus Afrika importiert und war sehr teuer. Ihre Wirkung bei trockener Haut aber war sensationell.

Als das Glöckchen des Ladens klingelte, verteilte Lilly gerade die Maske auf dem Gesicht ihrer Kundin. Deshalb bat sie eine ihrer Mitarbeiterinnen, zu öffnen.

Kurz darauf stand Ruth neben ihr. »Ich muss dich unbedingt sprechen. Gleich. Es ist wichtig.«

»Warte bitte in der Küche«, erwiderte Lilly, arbeitete die Maske ein und deckte das Gesicht ihrer Kundin mit einem dünnen Tuch ab.

Erst als diese bequem ruhte, begab sie sich in die Küche.

»Er hat einen Mann eingestellt, der mich ab sofort als Leitung der Manufaktur ersetzt«, brach es aus Ruth heraus.

»Wer …« Lilly war irritiert. »Arno?«

Ruth nickte. »Ich darf im Laboratorium bleiben. Aber nur wenn ich dort die Arbeit mache, die *einer Frau gemäß* ist.«

Was derzeit in der Seifenfabrik vor sich ging, entzog sich weitgehend Lillys Kenntnis. Sie wusste nur das, was Johann ihr hin und wieder berichtete. Einmal hatte sie mit Onkel Fritz telefoniert, der ihr geraten hatte, sich ruhig zu verhalten.

»Kennst du diesen Mann, der die Manufaktur jetzt leiten soll?«, fragte Lilly nach. »Hat er schon bei uns gearbeitet?«

»Nein. Er hat wohl auch im Krieg gedient, das hat dein Mann eigens betont.« Ruth rang die Hände. »Dabei hat der überhaupt keine Ahnung von dem, was wir machen, Lilly. Als Erstes soll die Maiglöckchen-Serie gestoppt werden.«

Lilly stutzte. »Wie bitte?«

»Ja. Und alles andere, hat er gesagt, kommt auf den Prüfstand.« Ruth rückte den Hut auf ihrem rotblonden Haar zurecht.

Lilly schüttelte den Kopf. So weit war es bereits? Arno stellte einen beliebigen Mitarbeiter ein und überließ ihm grundlegende Entscheidungen in *ihrer* Manufaktur?

»Wenn das so weitergeht«, prophezeite Ruth, »dann sehe ich schwarz für unsere Pläne.«

»Das«, Lilly schluckte, »kann er nicht machen.« Sie merkte gleich, wie schwach ihre Stimme klang. Er konnte sehr wohl. Denn mit seiner Rückkehr waren nicht nur ihre eigenen Firmenanteile wieder vollständig in seinem Besitz, sondern auch die Entscheidungsgewalt über alle Belange des Unternehmens.

Sie fuhr sich mit dem Handrücken über die Stirn. »Ich werde heute Nachmittag nach Esslingen kommen, Ruth.«

»Aber bitte sag ihm nicht, dass ich es dir erzählt habe.«

»Nein. Ich weiß, dass ich dich damit gefährden würde. Er wird es nicht erfahren.«

»Dann laden wir jetzt die Seifenlieferung ab, die wir mitgebracht haben.«

»Gut. Ist Eugen dabei?«

»Ja. Er wird alles hereinbringen und verstauen. Wir fahren gleich wieder zurück.« Sie drückte Lilly flüchtig an sich.

Als Lilly ihrer Kundin die Maske abnahm, wusste sie, dass sie nicht länger schweigen konnte. Arno war dabei, ihr Leben zu zerstören. Wenn sie es behalten wollte, dann musste sie anfangen zu kämpfen.

Am späten Nachmittag in der Seifenfabrik

Der Ton in der Manufaktur war bereits ein anderer geworden. Das bemerkte Lilly sofort, als sie die Produktion betrat, das Herzstück ihres kleinen Unternehmens, in dem ein gutes halbes Dutzend Frauen für sie arbeitete. Dort wurden die meisten ihrer Produkte in traditioneller Handarbeit hergestellt.

Keine ihrer Mitarbeiterinnen sah auf, keine kam auf sie zu, so wie es sonst der Fall gewesen war. Alle blieben konzentriert bei ihrer Arbeit. Und auch hier spürte Lilly, was sie heute Morgen an Ruth bemerkt hatte: eine unruhige Angst.

Sie grüßte und machte sich sofort auf die Suche nach dem neuen Leiter, den Arno eingestellt hatte. Sie fand ihn am Tisch mit den Verpackungen.

Als sie zu ihm trat, wandte er lediglich den Kopf. »Kann ich etwas für Sie tun?«

»Lilly Reichle. Ich habe diese Manufaktur aufgebaut.« Sie hielt ihm die Hand hin.

Er ignorierte ihre Geste und sah wieder auf den Karton mit den Seifen, den er offenbar gerade überprüfte. »Was wollen Sie hier?«

Die deutlich zur Schau getragene Despektierlichkeit machte Lilly wütend, aber sie zwang sich zu einem verbindlichen Ton. »Ich denke, wir sollten uns zusammensetzen. Es gibt einiges zu besprechen. Insbesondere im Hinblick auf die handwerklichen Herstellungsweisen, die einzelnen Produktgruppen und die Erwartungen unserer Kundschaft.«

»Das ist nicht nötig. Ihr Mann hat mich hinreichend ins Bild gesetzt.«

»Bei allem Respekt«, erwiderte Lilly und wurde deutlicher. »Mein Mann kennt die Abläufe hier nicht oder vielmehr nicht ausreichend. Mir liegt am Herzen, dass mit Änderungen in der Organisation kein Schaden angerichtet wird.«

»Schaden?« Der Mann richtete sich auf und musterte sie von oben herab. »Insgesamt wird der Bereich hier wesentlich profitabler sein, wenn wir ihn erst einmal aufgeräumt haben. Frauen sind gewiss hervorragend dafür geeignet, Seife zu schneiden, zu stempeln und zu verpacken. Aber wenn Entscheidungsfähigkeit und kaufmännisches Geschick gefragt sind, gibt es eine natürliche Überlegenheit des Mannes.«

Lilly unterdrückte ihren Ärger, auch wenn es ihr schwerfiel. »Wurde Ruth deshalb die Leitung entzogen?«

»Personalentscheidungen trifft Ihr Mann.«

»Auf welcher Grundlage …«

»Lilly!«

Es war Lilly bewusst gewesen, dass ihre Anwesenheit zu Arno weitergetragen werden würde. Dass es so schnell ging, damit hatte sie nicht unbedingt gerechnet. »Guten Tag, Arno.« Sie wusste, dass ihre Freundlichkeit aufgesetzt wirkte.

»Du hast hier nichts zu suchen!«, herrschte er sie an.

»Das sehe ich anders.« Lilly hielt seinem verächtlichen Blick stand. »Du bist sicherlich daran interessiert, die Erfolge der Manufaktur weiterzuführen. Deshalb kannst du nicht einfach alles ignorieren, was hier geleistet wurde.«

»Du möchtest mich belehren?« Seine Augen verengten sich. »Lass dir ein für alle Mal gesagt sein, Lilly: Du hast dich lange genug deinem Schönheitsrausch hingegeben. Hier wird in Zukunft wieder das hergestellt, wofür meine Familie steht. Gute Seife. Kein Luxus-Firlefanz.«

»Das steht in keinem Widerspruch zu meiner Pflegekosmetik.«

»Du stellst dich also auf deine Hinterbeine?« Arno lachte. »Vor langer Zeit hätte ich das charmant gefunden. Aber heute weiß ich, dass du ein selbstsüchtiges, oberflächliches Geschöpf bist. Niemals würde ich dir auch nur die kleinste Verantwortung hier übertragen.« Er sprach nicht laut. Doch seine Worte schlugen tiefe Kerben in Lillys Seele. »Fahr nach Hause. Auf der Stelle. Wir sprechen heute Abend miteinander.«

Am Abend im Arbeitszimmer der Reichle-Villa

Als sie das Arbeitszimmer betrat, wohin Arno sie noch vor dem Nachtessen bestellt hatte, erwartete Lilly, dass sich nun seine Wut Bahn brechen würde. Doch zunächst reagierte er nicht auf ihre Anwesenheit, ließ sie stattdessen unweit der Tür stehen und warten.

Lilly verschränkte die Hände hinter ihrem Rücken und spielte mit ihren Fingern. Mit jeder Minute, die verstrich, stieg ihre Beklommenheit.

Schließlich legte er die Zeitung beiseite, in der er gelesen hatte, und sah auf. »Ich löse die Manufaktur auf«, beschied er ihr knapp. »Der Platz wird für die Erweiterung des Versuchslabors benötigt.«

»Die Manufaktur macht gute Umsätze.« Lilly versuchte, sich ihre Angst nicht anmerken zu lassen.

»Darum geht es nicht, und das weißt du.« Zwischen seinen Brauen entstand eine steile Falte. »Ab sofort ist es dir untersagt, das Betriebsgelände zu betreten. Du bist nicht mehr vertrauenswürdig.«

»Bitte, Arno. Lass uns sachlich diskutieren. Du bist verletzt, das verstehe ich. Aber hier geht es um mehr als um dich und um mich.« Lilly wusste, dass sie ihn herausforderte.

Er verließ seinen Platz hinter dem Schreibtisch und begann, im Raum umherzugehen. »Euch Weibern darf man niemals freie Hand lassen. Das ist mir seit meiner Heimkehr klar geworden. Ihr nutzt es aus und macht uns Männer zum Gespött.«

»Das ist eine Unterstellung.«

»Du bist doch der beste Beweis dafür.« Sein Sarkasmus war beißend. »Wolltest du nicht alles tun, was ich von dir verlange?«, fragte er listig.

»Du weißt, wie das gemeint war. Ich bin bereit, Absprachen zu treffen, die unser Zusammenleben besser machen.«

»Das ist etwas anderes.«

Lilly schüttelte unmerklich den Kopf. »Eine Frau ohne eigene Persönlichkeit kannst du unmöglich wollen.«

»Ich will eine Frau, deren Persönlichkeit zu mir und meiner Familie passt. Da du selbst nicht weißt, was dazu gehört, werde ich es dir jetzt sagen.«

Lilly hob das Kinn. Es fiel ihr schwer, diese Machtdemonstration zu ertragen.

»Deine erste und wichtigste Aufgabe ist dieses Haus«, begann Arno. »Du wirst den Haushalt nach meinen Vorgaben führen und mir regelmäßig berichten, vor allem über die Ausgaben. Zudem wirst du dafür Sorge tragen, dass das Bild unserer Familie nach außen hin künftig tadellos ist.« Er blieb vor ihr stehen. »Wenn wir eingeladen sind, erwarte ich eine gut gelaunte Begleiterin, die es versteht, sich in Gesellschaft angemessen zu bewegen und zu unterhalten. Um dir den hierfür nötigen Schliff zu geben, wird dir demnächst eine Gesellschafterin zur Seite gestellt. Sie übernimmt sowohl die Auswahl der Anlässe als auch deine Schulung.«

»Zudem berichtet sie dir über jeden meiner Schritte.« Lilly bemerkte ihren Fehler sofort. »Entschuldige …«

Die erhobene Hand hatte unmittelbar vor ihrer Wange gestoppt. »Wage es nicht, Lilly.« Er ließ sie schwer atmend sinken. »Du hast alles verraten, was mir teuer gewesen ist. Es konnte dir gar nicht schnell genug gehen, dich in das Bett eines anderen zu legen, nachdem du mich tot geglaubt hast.«

»So war das nicht«, sagte Lilly leise.

»Du brauchst nichts zu erklären. Ich habe es mit eigenen Augen gesehen.«

»Ich weiß, wie es für dich ausgesehen haben muss.« Sie konnte kaum das Beben in ihrer Stimme unterdrücken. »Aber es ist nun einmal nicht mehr ungeschehen zu machen. Viel wichtiger ist doch, wie wir mit unserer Zukunft umgehen.«

»Unsere Zukunft?« Er lachte. »Du hast die Wahl, Lilly. Entweder du fügst dich meinen Vorstellungen von *unserer* Zukunft, oder du kannst dieses Haus verlassen und nach deiner Vorstellung leben.«

»Wie … wie meinst du das?«

»So wie ich es sage.« Er begab sich wieder hinter seinen Schreibtisch. »Du bist frei zu gehen. Wenn du es tust, verzichtest du auf irgendeine Form des Unterhalts oder eine Abfindung. Und auf Hans. Wenn du bleibst, gebe ich die Regeln vor. Überlege gut.«

58. KAPITEL

Stuttgart, die Reichle-Villa,
an einem Abend Anfang März 1920

Lilly saß bei Thea in der Küche und teilte eine dünn mit Butter bestrichene Brotscheibe in mundgerechte Stücke. Dazu hatte sie einen Apfel aufgeschnitten und eine Tasse Milch angewärmt. Edith hatte sich mit einer Stopfarbeit zu ihr gesetzt, Thea bereitete gerade das Abendessen vor.

Alles schien gewohnt und friedlich. Und war doch nur eine kurze Atempause.

Seit ihrem Gespräch mit Arno vor gut zwei Wochen hatte Lilly das Gefühl, ihren Hals in einer Schlinge zu haben, die sich immer weiter zuzog. Sie konnte ihm nichts recht machen, wurde ständig zurechtgewiesen und musste über alles Rechenschaft ablegen, was sie entschied und tat. Einzig in ihren Salon hatte er sich nach wie vor nicht eingemischt, und um ihn nicht zu provozieren, hatte Lilly ihre Arbeitszeiten merklich verringert und seinen Abwesenheiten angepasst. Aber würde das auf Dauer gut gehen?

Hans nahm ihr ein Brotstückchen aus der Hand und hob

es ihr hin. »Mam-a. Auch esse.« Seit Kurzem bildete er erste Sätze aus zwei und drei Worten.

Lilly ließ sich von ihm füttern, bis er beschloss, die Brotstückchen zu einem Turm zu verbauen.

Arnos Botschaft war brutal und eindeutig gewesen. Inzwischen wusste sie allerdings nicht mehr, was er wirklich von ihr erwartete.

Spekulierte er darauf, dass sie es irgendwann nicht mehr aushielt und ging? Oder bereitete es ihm Freude, ihren Willen zu brechen und sich dadurch jeden Tag zu beweisen, welche Macht er über sie hatte?

Hans begann zu krähen. Wer ihn kannte, wusste, dass er sang. Es war Felix gewesen, der damit begonnen hatte, ihm alle möglichen Lieder vorzusingen …

Felix. Die Wunde war noch immer frisch, und dass sie nichts mehr von ihm gehört hatte, vergrößerte ihre Unsicherheit. Hatte er sie so schnell aufgegeben? Oder wollte er sie schützen und ihr den Raum geben, sich in ihrer Ehe zu arrangieren? Das wäre edelmütig – und zugleich unglaublich bitter.

Thea hatte Spätzle mit Käse und Schinken in eine Schüssel geschichtet und brachte Lilly einen Teller davon. Heute war Arno zu einem Geschäftsessen verabredet, deshalb musste sie nicht wie sonst mit ihm zusammen im Speisezimmer ihre Abendmahlzeit einnehmen. Die Konversation mit ihm folgte immer demselben Muster, begann oberflächlich und banal und endete in Vorwürfen und Vorschriften. In seiner Gesellschaft brachte Lilly kaum mehr einen Bissen hinunter. Am liebsten hielt sie sich hier unten in der Küche auf, wo sie sich willkommen und sicher fühlte.

»Na, kleiner Mann?«, neckte Thea und legte Hans zwei kleine Stückchen Schokolade auf den Teller. »Die magst du doch so gern, nicht wahr?«

Hans griff sofort danach. »Oko-lade!«, krähte er und lutschte schmatzend darauf herum.

Lilly drückte ihn eng an sich. Sie konnte nicht gehen. Arno war zuzutrauen, dass er seine Drohung wahrmachen würde, und sie ihr Kind verlor.

Hans hatte die Schokolade aufgegessen und trank nun seine Milch. Mit einem Mal fiel es ihm schwer, die Augen offen zu halten.

Es war Zeit, ihn ins Bett zu bringen.

Eine fremde Frauenstimme drang an Lillys Ohr, als sie sich mit Hans auf dem Arm dem Kinderzimmer näherte. Was gesprochen wurde, war nicht zu verstehen, aber Lilly fiel auf, dass sie überfreundlich klang. Ein Mann antwortete lachend – Arno.

Bisher hatte er ihr zwar reichlich Vorgaben für Hans' Erziehung gemacht, sich selbst aber kaum um seinen Sohn gekümmert. Was führte ihn auf einmal ins Kinderzimmer?

Lilly drehte sich fragend zu Edith um, die hinter ihr ging. Aber ihr Kindermädchen zuckte nur ratlos mit den Schultern. Lilly bat sie leise voranzugehen.

Eine Frau in einem grauen Kostüm stand neben Arno, als Lilly hinter Edith das Kinderzimmer betrat. Ihr dunkles Haar war zu einem strengen Knoten gesteckt, ihr Blick auf Arno gerichtet.

»Guten Abend, Lilly«, sagte Arno, und es klang gut gelaunt.

»Gut, dass du endlich kommst. Mein Sohn gehört schon lange ins Bett.« Er machte eine Geste in Richtung der Frau an seiner Seite. »Aber ab sofort bist du entlastet. Darf ich dir Fräulein Gertrud vorstellen? Sie wird sich gut um Hans kümmern.«

Die Frau lächelte herausfordernd. Sie war hübsch, etwa in Lillys Alter, und wirkte trotz ihrer biederen Kleidung auffallend selbstbewusst.

Unwillkürlich hielt Lilly ihr Kind fester. »Unser Sohn hat bereits ein Kindermädchen.«

»Wir sind uns doch einig, dass für Hans nur die beste Betreuung infrage kommt«, erklärte Arno, und sein falscher, schmeichelnder Ton bewirkte, dass Lilly eine Gänsehaut überlief.

Sie versteifte sich. »Die hat er«, erwiderte sie mit fester Stimme. »Und jetzt ist Schlafenszeit. Lass uns bitte später weiterreden, wenn ich ihn hingelegt habe.«

»Es ist nicht an dir, Entscheidungen zu treffen«, erwiderte Arno ungerührt. »Du erinnerst dich sicherlich an unsere Unterhaltung?«

»Ich denke, das besprechen wir besser unter vier Augen.« Lilly wollte an den beiden vorbei zur Wickelkommode gehen.

»Halt!« Arno streckte einen Arm aus und wandte sich an das Fräulein. »Nehmen Sie ihn!«

Mit einem zögernden Blick auf Arno trat Fräulein Gertrud zu Lilly hin und öffnete auffordernd ihre Arme.

»Gib ihn ihr!« Es war ein Befehl.

Fremde Hände zerrten an ihrem Kind. Lilly wich zurück. Hans begann zu weinen. »Bitte, Arno. Er ist sie nicht gewöhnt … so etwas muss langsam gehen.«

Mit einem ungehaltenen Laut trat Arno vor und riss Hans

grob aus Lillys Armen. Das Kind schrie auf und streckte seine Händchen nach ihr aus. Lilly brach das Herz.

Arno übergab Hans der neuen Gouvernante, die das sich wehrende Kind kaum halten konnte. »Er wird sich schnell umgewöhnen«, knurrte er.

»Das ist unmenschlich!« Lilly machte einen Schritt auf die Gouvernante zu.

Arno trat ihr in den Weg. »Verlass das Zimmer, Lilly, und nimm dein Dienstmädchen mit. Für euch gibt es hier künftig keine Verwendung mehr.«

Ein lautes Schluchzen entrang sich Lillys Kehle. »Du kannst mir doch nicht mein Kind wegnehmen!«

»Ich kann nicht nur, ich muss«, erwiderte er ungerührt. »Du überlässt ihn einem Dienstmädchen statt einer qualifizierten Betreuerin. Du verzärtelst ihn. Nachts holst du ihn noch immer in dein Bett, stimmt's? Wie soll da je ein anständiger Mann aus ihm werden?« Er schüttelte demonstrativ den Kopf. »Deshalb nehme ich die Erziehung jetzt in meine Hände. Aber wenn du dich angemessen verhältst, vereinbaren wir eine tägliche Besuchszeit.«

»Arno …« Halb betäubt spürte Lilly Ediths Hand auf ihrer Schulter. Mit ernstem Gesicht deutete das Kindermädchen zur Tür.

»Edith versteht deutlich besser als du«, stellte Arno fest.

Hans' durchdringendes Schreien bohrte sich in Lillys Herz. »Arno! Bitte!«

»Geh, Lilly.« Er hatte ihr bereits den Rücken zugewandt.

59. KAPITEL

Lilly stand unter Schock, als Edith sie zurück in die Küche brachte.

»Um Gottes willen!«, rief Thea. »Was ist denn passiert?« Sie hatte Johann gerade die Kässpätzle hingestellt und sich zu ihm gesetzt.

Edith drückte Lilly auf einen Stuhl und gab ihr ein Taschentuch. Dann nahm auch sie Platz und berichtete.

»Wir treten in Streik!«, knurrte Johann, nachdem sie geendet hatte. »Das kann man ihm doch nicht durchgehen lassen!«

»Damit erreichen wir nur, dass er uns entlässt«, entgegnete Thea nüchtern. »Und dann hat sie niemanden mehr.«

Ratloses Schweigen legte sich über die Küche.

Schließlich schob Johann den Teller weg und stand auf. »Ich geh noch mal los. Man muss dem Herrn Fritz Bescheid geben.«

»Macht … macht es das nicht schlimmer?«, presste Lilly heraus, voller Sorge, dass Arno sich weiter provoziert fühlen und ihr den Umgang mit Hans ganz verbieten könnte.

»Kann es denn schlimmer werden?«, fragte Johann zurück. »Unser Arno war schon immer ein hitziger Bursche, aber das, was er jetzt macht, geht zu weit.«

»Ja, finde ich auch«, pflichtete Thea bei.

»Wartet hier, bis ich zurückkomme«, fuhr Johann fort. »Normalerweise lässt er sich in der Küche nicht blicken.« Er stand auf, zog seine Jacke über und setzte die Schirmmütze auf. »Edith, du gehst in die Räume von der gnädigen Frau. Schließ dich von innen ein. Dann denkt er, dass sie schlafen gegangen ist.«

Edith sah fragend zu Lilly.

»Geh nur, Edith.« Johanns Entschlossenheit gab Lilly neuen Mut. Sie wischte die Tränen ab.

»Ich koche Ihnen einen starken Kaffee, Frau Reichle«, bot Thea an. »Und dann warten wir gemeinsam.«

Kaum hatten Johann und Edith die Küche verlassen, kam Frau Lene herein. »Ich habe oben alles mitgehört, was er gesagt hat«, sagte sie gleich. »Ich stand zufällig auf dem Gang. Das ist ein starkes Stück. Sie zog einen Umschlag aus ihrer Schürzentasche und gab ihn Lilly. »Von Ihrer Schwester. Eigentlich darf ich Ihnen Ihre Post nicht mehr aushändigen. Und die Anrufe von Ihrem Vater wiegelt er auch immer ab.«

»Papa hat angerufen?«

»Ja. Mehrmals. Ich glaube, er macht sich auch Sorgen, seit er weiß, dass der gnädige Herr zurück ist.«

»Aber was sagt Arno ihm denn? Dass ich nicht mit ihm sprechen möchte?«

»Er sagt, dass Sie zu viel zu tun haben.«

»Er will mich sogar von meiner Familie fernhalten.«

»Das Gefühl habe ich auch«, erwiderte Frau Lene. Sie deutete auf den Brief. »Lesen Sie ihn und werfen Sie ihn danach ins Feuer. Ich werde den Herrn Reichle im Auge behalten, damit er nicht unerwartet in die Küche schaut. Man weiß ja nie.«

Als Frau Lene hinaus war, öffnete Lilly den Brief.

Liebste Schwester. Ich mag kaum glauben, dass Du so wenig Interesse an unserem Leben hast, seit Arno zurückgekommen ist. Aber ich verstehe, dass diese Situation vielleicht schwieriger ist, als wir ahnen, vor allem wenn ich an unser letztes gemeinsames Weihnachtsfest zurückdenke. Lasst Euch Zeit. Eine so lange Trennung muss erst einmal verarbeitet werden. Sobald es möglich ist, freuen wir uns, wenn Ihr zu uns an den Bodensee kommt. Denn es gibt ein neues Familienmitglied, das Dich gerne kennenlernen möchte: Deine Nichte Magdalena Lidia Olga Baranow.

Sie ist vorgestern zur Welt gekommen, und wir sind so unendlich glücklich. Ihr Kopf ist voller schwarzer Haare, dazu ist sie ihrem Vater wie aus dem Gesicht geschnitten! Maxim ist ganz aus dem Häuschen und gibt seine Tochter nur aus der Hand, wenn sie gestillt werden will. Zum Glück ist das alle zwei Stunden der Fall, sonst bekäme ich sie gar nicht mehr in die Arme. Auch unseren Papa hat sie gleich um den Finger gewickelt, so wie alle anderen im Lindenhof!

Ach, meine Lilly. Ich freue mich schon darauf, wenn unsere Kinder miteinander spielen.

Ich bin noch ein bisschen müde. Die Geburt war eine Tortur. Aber Du weißt ja, wie das ist. Man vergisst es so schnell.

Ich freue mich auf Nachricht von Dir. Und Papa auch. Er war schon drauf und dran, nach Stuttgart zu fahren, um nach Dir zu sehen. Aber da ich so kurz vor der Entbindung stand, hat er seine Pläne verschoben. Es ist gut möglich, dass er bald vor Eurer Tür steht.

Sei umarmt von Deiner Schwester Helena.

PS: Ich soll Dir von allen herzliche Grüße ausrichten!

Lilly ließ den Brief sinken. Dann stand sie auf und stopfte ihn in die Glut des Herdes. Als das Papier aufflammte, begann sie hemmungslos zu weinen.

Sie spürte Theas Hand auf ihrem Rücken. »Wir stehen an Ihrer Seite, Frau Reichle. Alle.« Ihre Stimme war voller Mitgefühl.

Fünf Stunden später im Park der Reichle-Villa

Johann hatte ihr ausgerichtet, dass Onkel Fritz ab Mitternacht am Brunnen im Park auf sie warten würde, jenem Platz, an dem Felix sie einst überrascht hatte. Daraufhin war Lilly so lange in der Küche geblieben, bis Frau Lene sicher gewesen war, dass Arno sich zum Schlafen zurückgezogen hatte. Nun bewegte sie sich vorsichtig durch den nachtdunklen Garten, nutzte die Rasenflächen, um ihre Schritte zu dämpfen. Der Mond war nahezu voll, doch ein paar Wolken hinderten ihn daran, sein Licht ungezügelt zur Erde zu schicken. Es war gerade ausreichend, um das Notwendigste zu sehen. In der Ferne bellte ein Hund.

Auch wenn sie wusste, dass Frau Lene und Johann Wache hielten, schlug Lillys Herz bis zum Hals. Sie war froh, als sie unbehelligt den mehrarmigen Brunnen mit der Bank erreicht hatte. Die Vertrautheit dieses Ortes wirkte schmerzvoll und beruhigend zugleich. Als sie sich umsah, trat Onkel Fritz aus dem Schutz der Dunkelheit.

»Meine Liebe.« Er nahm sie fest in die Arme.

»Es tut so gut, dich zu sehen«, wisperte Lilly. »Es ist … ein einziger Albtraum.«

»Das hat Johann berichtet.« Er ließ sie los und deutete auf die Bank. »Setzen wir uns.«

Die Sitzfläche war feucht. Onkel Fritz nahm ein Schnupftuch, wischte sie notdürftig trocken und ließ Lilly Platz nehmen. »Arno hatte mir versprochen, dich gut zu behandeln«, fuhr er anschließend fort. »Offensichtlich hält er sich nicht daran.«

»Heute hat er Hans und mich getrennt«, sagte Lilly tonlos. Sie richtete ihren Blick in den Himmel. »Das ist das Schlimmste, was man einem Kind und einer Mutter antun kann. Wir sind wie eins. Hans kann doch gar nicht begreifen, dass wir uns nur noch zu festgelegten Besuchszeiten sehen dürfen, die Arno jederzeit streichen kann! Ach, es zerreißt mich …«

Sie spürte seine Hand tröstend auf ihrem Arm. »Er hat deine verwundbarste Stelle gefunden und nutzt sie für seinen Rachefeldzug.«

»Meinst du, dass er mich loswerden möchte?«

»Möglicherweise.«

»Warum verweist er mich nicht einfach des Hauses?«

»Ich denke, dass er selbst unsicher ist, was die Zukunft betrifft. Er sieht, dass aus dem jungen Mädchen, das er geheiratet hat und von dem er sicher gedacht hat, dass sie sich noch gut formen lässt, eine eigenständige junge Frau geworden ist. Das hat er nicht erwartet, und das kratzt an seiner Ehre, zumal ihr euch entfremdet habt. Vermutlich empfindet er sogar noch etwas für dich, das macht es umso schlimmer. Im Augenblick genießt er es, dich in die Enge zu treiben, und hat noch kein Interesse daran, das Spiel zu beenden.«

Lilly dachte einen Moment über seine Worte nach. »Was er mir antut, ist das eine. Aber Hans …«

»Hier hat er leider Gottes das Recht auf seiner Seite. Auch wenn du davon ausgehen konntest, Witwe zu sein, als du dein Leben neu gestaltet hast, würdest du vermutlich schuldig geschieden. Hans bliebe bei ihm.«

»Das … habe ich befürchtet.« Lilly rieb mit beiden Händen über ihr Gesicht. »Gibt es denn wirklich keine Möglichkeit?«

»Zumindest nicht auf die Schnelle.«

Lilly schlang die Arme um sich. »Du hast gesagt, dass Arno vielleicht noch Gefühle für mich hat«, sagte sie dann. »Das glaube ich nicht. Er zeigt kein Interesse an mir … als Frau, wenn du verstehst, was ich meine. Er könnte Hans und mich doch gehen lassen, ein zweites Mal heiraten und so viele Kinder bekommen, wie er wollte.«

»Ich muss dir etwas sagen, Lilly.« Onkel Fritz hüstelte, als wäre ihm etwas unangenehm. »Arno kann keine Kinder mehr zeugen.«

Lilly sah ihn betroffen an. »Woher weißt du das?«

»Es ist ihm herausgerutscht. In der Firma, eines Abends, als ich noch bis spät gearbeitet habe. Er war angetrunken. Anschließend hat er zwar versucht, es zu relativieren, aber ich bin mir sicher, dass es stimmt. So etwas denkt sich niemand aus.«

»Oh, nein. Wie ist das … passiert?«

»Eine Unterleibsverletzung durch Granatsplitter.«

»Dann wird er niemals auf Hans verzichten.« Die Erkenntnis legte sich düster auf ihre Hoffnungen. »Er ist sein einziger Erbe.«

Onkel Fritz nickte. »So sieht es aus.«

»Umso schlimmer muss es für ihn gewesen sein, dass ich und Felix …«

»Seine Beweggründe mögen nachvollziehbar sein. Sein Handeln ist es nicht. Lass dir keine Schuld einreden, Lilly.«

»Und was, meinst du, soll ich nun tun?«

»Verlasse Stuttgart und gehe zurück zu deiner Familie. Ich helfe dir bei der Suche nach einem guten Anwalt, der deine Interessen vertritt.«

Lilly stand ruckartig auf. »Weißt du, was du da von mir verlangst?«

»Ich habe selbst keine Kinder und vermag vielleicht nicht alles nachzuvollziehen, was eine Mutter fühlt. Aber ich sehe keinen anderen Weg für dich. Insbesondere dann, wenn du möchtest, dass Arno dir eine Art Besuchsrecht einräumt.«

»Besuchsrecht.« Lilly rang die Hände. »Ich bin seine Mutter! Ich habe ihn zur Welt gebracht! Wenn jemand ein *Recht* hat an diesem Kind, dann bin es ich!«

Fritz erhob sich ebenfalls. »Ich stimme dir in allem zu, Lilly. Aber die Gesetzeslage in unserem Land ist nun einmal, wie sie ist. Trotz aller Aufbruchsstimmung und neuer Rechte für Frauen.«

»Ich weiß. Aber das ist unmenschlich!«

»Absolut. Aber wir können die Tatsachen nicht ignorieren. Jetzt gilt es, klug zu handeln, um das Beste für dich und Hans zu erreichen.«

Lilly ging zum Brunnen und legte die Hände auf den kühlen Stein. Das Wasserspiel ruhte, wie immer über die Winterzeit.

»Ich werde mir … deinen Vorschlag durch den Kopf gehen lassen«, sagte sie schließlich. »Johann wird dir meine Entscheidung mitteilen.«

Onkel Fritz erhob sich ebenfalls. »Ich hoffe, dass es eines Tages anders ist und Mütter dieselben Rechte erhalten wie die Väter.« Er setzte seinen Hut auf. »Felix lässt dir ausrichten, dass sich seine Gefühle für dich nicht geändert haben.«

Lillys Herz stockte. »Wo ist er? Bei dir?«

»Er hat bei mir gewohnt, bis eine Anfrage von Tinsley kam und er den Auftrag angenommen hat. Derzeit ist er in Berlin.«

»Berlin …« Bislang hatte Lilly den Gedanken verdrängt, dass er Stuttgart verlassen haben könnte.

»Er musste etwas tun«, sagte Onkel Fritz. »Aber er kommt zurück und will dann eine Möglichkeit suchen, dich zu sehen. Das heißt, wenn du es willst. Und wenn es gefahrlos möglich ist.«

Ein winziger Hoffnungsschimmer. »Wann wird das sein?«

»In etwa einem Monat.«

»Das ist noch lange …«

»Ich werde ihm umgehend mitteilen, wie es um dich steht.« Onkel Fritz drehte an seinem Spazierstock. »Er denkt schon die ganze Zeit darüber nach, wie er Arno dazu bringen könnte, auf Hans zu verzichten.«

»Vielleicht kommt er ja früher …«

Onkel Fritz warf ihr einen verständnisvollen Blick zu. »Wir stehen an deiner Seite, Lilly, und werden alle Möglichkeiten ausschöpfen. Darauf hast du mein Wort!«

60. KAPITEL

Berlin, zwei Tage später

Der Tag war mild und lockte die Menschen nach draußen in die Straßen und Parks der ruhelosen Metropole Berlin. Felix hatte sich mit Florence auf der Terrasse des *Romanischen Cafés* in der Nähe der Gedächtniskirche verabredet. Sie war noch nicht da, als er eintraf, daher suchte er sich einen Platz in einer Ecke der gut besuchten Außenanlage und ließ sich ein kühles Spätnachmittagsbier servieren. Über die Straßenkreuzung, die davorlag, brauste der Verkehr.

Felix mochte Berlin und hätte seine Zeit dort genossen, wenn ihn nicht ständig die Sorge um Lilly umgetrieben hätte. Und seit seinem Telefonat mit Fritz gestern Morgen war ihm klar, dass er so schnell wie möglich nach Stuttgart musste, auch wenn er dafür Tinsleys Unmut riskierte. Sollte Lilly seinen Vorschlag, ihn nach Berlin zu begleiten und unterzutauchen, annehmen, wäre er in ein paar Tagen wieder hier. Es schien ihm die sicherste Lösung für sie zu sein. Denn selbst eine Heimkehr an den Bodensee, die Fritz ihr wohl vorgeschlagen hatte, brachte sie nicht aus der Gefahrenzone. Arno wollte sie brechen. Felix vermutete, dass er es genoss, sie innerlich sterben zu sehen, und das würde nicht schlagartig aufhören, wenn sie sein Gesichtsfeld verließ.

Florence kam, wie immer, ein bisschen zu spät und brachte die ihr eigene Unruhe mit. Sie bestellte einen starken schwarzen Kaffee, stützte ihr Kinn auf ihre zur Faust geballte Hand und sah Felix prüfend an. »Deine Nachricht klang dringend.«

»Danke, dass du gekommen bist.«

»Du hast Glück, dass Tinsley uns gerade beide in Berlin eingesetzt hat. Sonst wäre es schwierig geworden.« Sie grinste.

»Ich muss nach Stuttgart«, sagte Felix ohne Umschweife.

»Wegen Lillys Ehemann?« Florence wusste Bescheid.

»Ja. Es gibt Schwierigkeiten.«

Sie zündete sich eine Zigarette an. »Lass mich raten: Ich soll deine Arbeit übernehmen.«

»Wenn es dir möglich ist.« Florence würde sich problemlos einfinden. Felix und sie arbeiteten ohnehin in vielen Bereichen zusammen.

»Natürlich. Ich lass dich nicht hängen«, erwiderte sie und ließ einen Rauchkringel in die Luft steigen. »Geht es um die Rekrutierungen?«

Felix nahm einen Umschlag aus der Innentasche seines Jacketts und überreichte ihn ihr. »Ich habe etwa die Hälfte der Neuen in Berlin auf ihre Zuverlässigkeit hin überprüft und eine entsprechende Markierung gesetzt. Dort müsstest du weitermachen.«

»Ist das Tinsleys Liste?«

Er nickte. »Die beiden, bei denen ich Zweifel habe, sind mit

Kreuzchen versehen. Am besten siehst du sie dir auch noch einmal an.«

»Ich kümmere mich darum.« Florence steckte den Umschlag in ihre Handtasche. »Aber du wirst doch wieder herkommen? Oder bleibst du in Stuttgart?«

»Ich hoffe, bald wieder hier zu sein. Mit Lilly, wenn es möglich ist. Aber es hängt von der Situation ab.«

»Der Junge. Ich kann sie verstehen.«

»So ist es. Fritz hat ihr geraten, sich erst einmal selbst in Sicherheit zu bringen und dann um Hans zu kämpfen, aber ich kenne Lilly. Sie wird ihr Kind nicht zurücklassen.«

»Und du versuchst, sie zu überzeugen, es trotzdem zu tun?«

»Ich möchte mir zunächst ein Bild von der Lage machen. Vielleicht gelingt es, Hans mitzunehmen.«

Florence stieß einen Pfiff aus.

»Ich weiß, dass wir damit die Legalität verlassen«, sagte Felix. »Doch unter Umständen könnte man Arno auf diese Weise erpressen.«

»O, là, là. Das ist selbst für dich gewagt!«

»Deshalb brauche ich erst einmal einen genauen Überblick. Zudem muss jemand mit ihrer Familie sprechen. Wenn ich Fritz recht verstanden habe, hat Arno ihr Böses angedroht für den Fall, dass etwas an den Bodensee durchdringt. Einen kurzfristig angekündigten Besuch ihres Vaters hat er bereits auf unbestimmte Zeit verschoben.«

»Das hört sich alles nicht gut an.« Sie zog an ihrer Zigarette.

»Wir brauchen eine konkrete Strategie. Aber dazu muss ich mit Lilly sprechen und wissen, inwieweit sie bereit ist, etwas zu riskieren.«

»Bonne chance! Ich halte hier die Stellung.« Florence nippte an ihrem Kaffee. »Weißt du noch, wie rot Tinsley geworden ist, als wir ihm mitgeteilt haben, künftig für die Amerikaner zu arbeiten?«

»Natürlich.« Felix musste grinsen. Er erinnerte sich gut an den Scherz, den sie sich mit dem Captain erlaubt hatten, weil er Florence auf Felix angesetzt hatte. Zwei geschlagene Tage lang hatten sie ihn hingehalten. Erst als Florence die Befürchtung geäußert hatte, dass er womöglich vor Wut platzen könnte, hatten sie ihn lachend aufgeklärt. »Irgendwann wird er sich eine Retourkutsche ausdenken.«

»Ich glaube, dass er es längst vergessen hat.« Florence drückte ihre Zigarette aus und bestellte sich einen zweiten Kaffee.

»Ich habe da noch eine Sache.«

»Ach, Felix. Ich glaube, du solltest erst einmal dein Leben in Ordnung bringen, bevor du weitere Aufträge annimmst.«

»Es ist kein Auftrag.«

»Nein?«

Felix trank von seinem Bier. »Lillys Schwester Helena sucht schon lange nach ihrer Mutter. Olga heißt sie. Stammt wohl aus russischem Adel.«

»Das hört sich spannend an.« Florence lehnte sich in ihrem Stuhl zurück.

»Schon an Weihnachten hat Helenas Mann Maxim mir davon berichtet. Olgas Schwangerschaft muss mit einem Skandal verbunden gewesen sein, jedenfalls hat sie Helena heimlich in Genf zur Welt gebracht. Während das Kind von Lillys Vater nach Meersburg gebracht worden ist, verlor sich die Spur der Mutter.«

»Mysteriös.« Florence zündete sich eine weitere Zigarette an. »Erzähl weiter!«

»Lange Zeit schien es, als wäre es unmöglich, sie jemals zu finden. Keiner weiß, ob sie noch lebt. Nun aber gibt es einige Anhaltspunkte. Von Genf aus wurde sie von einem russischen Fürsten, übrigens Helenas leiblicher Vater, in ein Moskauer Kloster gebracht. Aber auch von dort ist sie nach einigen Jahren verschwunden. Kurz bevor ich nach Berlin abgereist bin, hat Maxim mir geschrieben und von einem zwielichtigen Agenten berichtet, den er mit der Suche beauftragt hat. Dieser hat wohl herausgefunden, dass es im Leben der Mutter einen Mann gegeben hat, der Kontakte in die deutsche Sozialdemokratie pflegte.«

»Hier in Berlin?«

»Nach allem, was man weiß, ja.«

»Hast du einen Namen?«

Felix grinste. »Mehrere.«

»Und wir sollen diese überprüfen?«

»Es ist zwanzig Jahre her und sicherlich nicht einfach, etwas herauszufinden, aber ich würde es gern versuchen. Bist du dabei?«

»Als Abwechslung zum Alltagsgeschäft?« Ihr Lachen war verschmitzt. »Einverstanden.«

»Danke.« Felix leerte sein Glas.

»Wann fährst du …?« Florences Frage ging im Bimmeln einer vorüberfahrenden Straßenbahn unter. »Wann verlässt du Berlin?«, schob sie nach.

»Übermorgen.«

Florence drückte ihre Zigarette aus, erhob sich und legte einige Münzen auf den Tisch. »Halt mich auf dem Laufenden.«

»Das werde ich«, antwortete Felix. »Aber nur, wenn du das Geld wieder mitnimmst.«

Florence küsste ihn rasch auf die Wange. »Merci. Bis hoffentlich sehr bald.«

61. KAPITEL

Stuttgart, MAISON DE BEAUTÉ,
in der zweiten Märzwoche 1920

Lilly hatte erst um zehn Uhr morgens mit der Arbeit beginnen können, denn entgegen seiner sonstigen Gewohnheit war Arno recht spät aufgestanden und hatte zudem das Frühstück hinausgezögert. Nachdem er endlich gegangen war, hatte Lilly versucht, ihren Sohn zu sehen, war aber wie immer am Widerstand des Kindermädchens gescheitert.

Ihr Herz war traurig, als sie einen Topf mit Wasser auf den Herd in der Küche ihres Salons stellte, um ein Dampfbad vorzubereiten. Hans fehlte ihr, jeden Tag, jede Minute. Arno hatte die Besuchszeit auf eine Stunde am späten Nachmittag begrenzt, und die Gouvernante schien es zu genießen, ihre Einhaltung durchzusetzen. Es war unerträglich.

Während Lilly die Veilchenblüten durchsah, die Eugen am frühen Morgen frisch gepflückt hatte, kam Ruth herein. Seit Arno ihr gekündigt hatte, arbeitete sie im Salon und war für Lilly eine große Entlastung. »Draußen ist eine Kundin, die nur von dir behandelt werden möchte«, sagte sie lächelnd.

»Wer ist es denn?«

Ruth zuckte mit den Schultern. »Von uns kennt sie keiner. Allerdings ist sie recht … auffällig.«

»Auffällig?«

»Sie spricht mit sehhhrrr starkem Akzent«, ahmte Ruth die Dame mit gedämpfter Stimme nach. »Schau nach ihr. Ich mache für dich den Veilchendampf fertig.«

»Danke.« Lilly legte die Veilchen zurück in den Korb.

Kaum war sie in die Hohe Halle zurückgekehrt, wurde sie an einen kräftigen Busen gedrückt. »Ahhh, meine Liebe! Ich habe mich verspätet, aber ich habe versprochen, dass ich komme wieder!«

Erfreut erkannte Lilly die ungarische Diplomatengattin. »Frau Kozma! Wie schön!«

»Sie erinnern meine Namen! Herrlich!« Frau Kozma ließ sie los. »Ich möchte gern Termin. Aber heute ist so voll hier?« Sie sah sich um.

Lilly nickte bedauernd. »Wir sind auf Wochen im Voraus ausgebucht.«

»Sehr gut! Sie haben es geschafft!« Die Ungarin lächelte breit. »Ich bin nur heute in der Stadt, morgen wir fahren weiter nach Budapest.«

»Dann ginge es also nur heute.« Lilly überlegte kurz. »Kommen Sie bitte gegen vier Uhr noch einmal, Frau Kozma. Wir werden es möglich machen.«

»Wirklich? Vielen Dank! Ich bin pünktlich!« Frau Kozma rauschte mit klirrendem Schmuck hinaus und hinterließ eine Wolke ihres schweren Parfums.

Ruth kam mit dem Veilchensud. Sie hatte ihn in einen der

handlichen Bedampfer gefüllt, die Lilly von Alois Eberle hatte herstellen lassen. Der begnadete Erfinder war ihr von Onkel Fritz empfohlen worden, und er hatte ihre Vorgaben perfekt umgesetzt. Durch eine Isolierschicht behielt der Dampf seine Temperatur, durch einen einfachen Schließmechanismus ließ sich der Austritt regeln. Ein integriertes Thermometer verhinderte Verbrühungen. »Möchtest du weitermachen?«, fragte Ruth.

Lilly schüttelte den Kopf. »Wenn ich um vier Uhr Frau Kozma behandeln möchte, dann muss ich jetzt auf einen Sprung zu Frau Josenhans. Eigentlich wollte ich mit ihr um halb vier über die Einrichtung des Behandlungsraums für die bedürftigen Frauen sprechen.« Sie nahm ihre Schürze ab. »Später geht es nicht mehr. Wenn Arno kommt, muss ich zu Hause sein.«

Ruth nickte verständnisvoll. »Ich übernehme deinen Platz. Geh nur.«

Lilly holte ihren Mantel und ihre Tasche. Als sie auf dem Weg zur Tür noch einmal an Ruth vorbeikam, hielt diese sie auf. »So kann es nicht weitergehen, Lilly«, flüsterte sie. »Ich meine, das mit deinem Mann. Es wird dich kaputtmachen.«

»Was soll ich denn tun?«, wisperte Lilly zurück. »Er wird mir Hans nicht geben.«

»Du musst versuchen, ihn durch eine Klage zugesprochen zu bekommen. Hans braucht eine Mutter, die stark ist. Wenn du bleibst, wirst du immer schwächer.«

»Ich … kann nicht.«

Lilly wehrte sich mit aller Macht gegen die Vorstellung, Hans bei Arno zurückzulassen. Dennoch dachte sie während der

Droschkenfahrt ins Bohnenviertel über Ruths Worte nach. *Hans braucht eine Mutter, die stark ist.* Tief in ihrem Inneren wusste Lilly, dass die Freundin recht hatte.

Doch welchen Sinn hätte ihr Leben ohne ihr Kind? Arno würde gewiss alles tun, um Hans nicht nur zu behalten, sondern ihn auch von seiner Mutter zu entfremden. Er war erst eineinhalb. Was, wenn er sie nach der unvermeidlichen Trennungszeit nicht mehr wiedererkannte?

Als die Droschke hielt und sie den Fahrer bezahlte, war in Lilly ein Entschluss gereift. Bei allem, was ihr geraten wurde – sie würde nicht ohne ihren Sohn gehen.

Frau Josenhans begrüßte sie in ihrer angenehm nüchternen Art und führte Lilly in einen Raum, in dem es nach frischer Farbe und Bohnerwachs roch. »Wie Sie sehen, haben wir unseren Teil beigetragen, Frau Reichle.«

Lilly sah sich um. Fein geblümte Tapeten zierten die Wände, die Fenster waren frisch gestrichen, die Holzdielen gebohnert. Eine Bank mit gelben Kissen stand an der Wand.

»Es ist sehr schön geworden.« Durch eines der offenen Fenster drang Kinderlachen herauf.

»Ich habe Ihnen wie gewünscht eine Liste mit acht Namen zusammengestellt«, fuhr Frau Josenhans fort. »Alle diese Frauen können wir empfehlen.«

»Sehr gut. Dann werden wir baldmöglichst mit der Einrichtung und der Einarbeitung beginnen.« Es erfüllte Lilly mit Freude, dass ihr Vorhaben so schnell Gestalt angenommen hatte. Zugleich trieb sie die Sorge um, dass Arno ihre Freiheit weiter einschränken könnte und ihr Engagement damit behinderte. Sie nahm einen vorbereiteten Umschlag aus ihrer Handtasche und reichte ihn Frau Josenhans. »Ich habe in nächster Zeit sehr viel zu tun. Aber Herr Fritz Reichle wird Sie genauso gut unterstützen, falls ich einmal nicht kann. Hier ist seine Anschrift. Damit es zu keinen Verzögerungen kommt, wäre es gut, wenn Sie ihn bald kontaktieren. Sie kennen ihn ja schon.«

»Ja, das mach ich. Zwei Knoten halten besser als einer, gell? Danke, Frau Reichle.«

Lilly verabschiedete sich und beschloss, zu Fuß zurück zum Salon zu gehen. Sie brauchte Bewegung. Außerdem spukte ihr etwas im Kopf herum. Noch war es nur eine vage Idee, aber wer wusste schon …

Ihre Schritte führten nicht auf direktem Weg zurück in die Königstraße, sondern zum Kaufhaus Breuninger. Dort erstand sie zunächst eine lange Bahn reißfesten Stoffes und ein langes, scharfes Messer. Mit dem Paket unter dem Arm streifte sie eine Weile unentschlossen durch die Etagen, dann nahm sie all ihren Mut zusammen und fragte eine der Verkäuferinnen nach einem Paar Hosen. Erleichtert stellte sie fest, dass diese nicht mit der Wimper zuckte, sondern sie zur Anprobe in eine gesonderte Kabine führte. Mit gemischten Gefühlen betrachtete Lilly die ungewohnte Beinkleidung.

Doch kaum hatte sie die Hose an, verschwand ihr Unbehagen. Das Tragegefühl war eigenartig, aber die Bewegungsfreiheit sensationell. Nun verstand sie Florence, die nie einen Rock oder ein Kleid trug.

Sie bezahlte die Hose, suchte einen Wanderrucksack aus und ließ ihre Einkäufe dort hineinpacken.

Als sie damit in den Salon zurückkehrte, sah Ruth sie fragend an.

»Es ist nur zur Vorsicht«, erklärte sie und stellte die Sachen in die Küche.

»Ich frage jetzt nicht, was in dem Rucksack drin ist.« Die Miene ihrer Freundin drückte Besorgnis aus. »Aber tu bitte nichts Unüberlegtes.«

»Mach dir keine Sorgen«, erwiderte Lilly. »Ich will nur vorbereitet sein.«

Überpünktlich erschien Frau Kozma zu ihrer Behandlung und hüllte Lilly in die Schilderungen ihrer Amerikareise ein. Der Gedanke, in ein fernes Land zu gehen, erschien Lilly mit einem Mal wie ein Rettungsanker. Während der Gesichtsmassage fiel Frau Kozma in einen leichten Schlummer. Lilly ertappte sich dabei, wie sie Möglichkeiten durchdachte, Hans aus dem Haus zu bringen und einen Zug nach Hamburg oder Bremen zu nehmen. Von dort gingen die großen Schiffe in die Vereinigten Staaten. Allerdings würde sie dazu Hans' Papiere brauchen, und die hielt Arno unter Verschluss. Das Land auf legalem Wege zu verlassen, war schwierig. Sie riskierte zudem, wegen Kindesentführung angeklagt zu werden, falls sie scheiterte.

Frau Kozma schnarchte noch immer leise, als Lilly die Massage beendete. Sie ließ die Ungarin schlafen, stand auf, bereitete auf einem Nebentisch eine erfrischende Maske mit Aloe vera zu und füllte sie in eine kleine Schüssel. Sie war gerade fertig, als Frau Kozma gähnend aus ihrem Nickerchen zurückkehrte. »Ach, ist das …«

»Einen guten Abend, die Damen!«

Als sie Arnos Stimme vernahm, fiel Lilly das Porzellanschälchen mit der weißen Creme aus der Hand. Es zersprang in tausend Stücke.

Seine Augen richteten sich auf sie. »Du hast sicherlich nichts dagegen, dass ich dich heute abhole, meine Liebe.«

Angesichts seines betont freundlichen Tonfalls richteten sich Lillys Nackenhaare auf. »Ich bin noch nicht fertig«, erwiderte sie genauso freundlich. »Geh ruhig voraus. Ich komme nach, sobald es geht.« Aus den Augenwinkeln sah sie, wie Ruth in die Küche ging.

Er kam langsam näher. »Habe ich einen Zweifel daran gelassen, wo dein Platz ist?«

Lilly spürte, wie Mitarbeiterinnen und Kundinnen in der Hohen Halle die Szene mit angehaltenem Atem verfolgten. Frau Kozma hatte sich aufgesetzt.

»Bitte, Arno«, sagte sie mit gedämpfter Stimme. »Nicht hier.«

Sein Blick verdunkelte sich. »Du glaubst noch immer, dass du mir etwas zu sagen hättest.«

Lilly wurde es angst. »So war das nicht gemeint …«

»Du kommst jetzt mit mir«, zischte er. »Ohne weitere Widerworte.«

Lilly merkte, wie ihre Kraft zu Ende ging. Sie kämpfte einen aussichtslosen Kampf.

»Entschuldigen Sie, Frau Kozma«, sagte sie matt. »Eine meiner Mitarbeiterinnen wird sich um Sie kümmern.«

»Natürlich, Kindchen.« Die Stimme der Ungarin klang weich. In ihren Augen aber stand helle Empörung.

Lilly wehrte sich nicht, als Arno sie grob am Arm packte. Vor aller Augen zog er sie hinter sich her zum Ausgang und schubste sie in das Automobil, das er davor geparkt hatte. Es war seine neueste Errungenschaft.

»Ich habe genug, Lilly. Mit diesem *MAISON DE BEAUTÉ* hast du den Bogen endgültig überspannt«, sagte er schroff und fuhr mit einem harten Ruck an. »Ich hatte erwartet, dass du selbst einsiehst, wie unangemessen es für dich als meine Gattin ist, anderen Frauen das Gesicht zu massieren oder irgendwelche Mittelchen zu verkaufen, von denen jeder weiß, dass sie keinerlei Wirkung haben.«

»Mein Salon hat dich nicht behelligt. Er wirft gutes Geld ab …«

»Halt jetzt den Mund!« Arno schlug mit der Hand aufs Lenkrad, und Lilly wurde bewusst, weshalb er so zornig reagierte. Es war nicht nur die Sache mit Felix. Er war eifersüchtig auf das, was sie geschafft hatte. Allein. Als Frau.

»Ich bringe dich jetzt in die Hasenbergsteige«, fuhr er in beißendem Ton fort. »Du hast zwei Stunden Zeit, um deine Sachen zu packen und zu verschwinden. Ich reiche die Scheidung ein.«

»Arno …«

»Und sei dir dessen gewiss: Hans wirst du nie mehr wiedersehen.«

62. KAPITEL

Eine Stunde später

Fritz hatte Felix mit dem Motorrad am Bahnhof abgeholt. Sie stiegen gerade in der Nähe seiner Wohnung in der Rotebühlstraße ab, als Edith auf sie zugelaufen kam. »Die Frau Reichle«, keuchte sie, »muss gehen. Ich weiß nicht, was ich machen soll! Sie darf ihren Sohn nicht mehr sehen.«

Fritz merkte, wie ein Ruck durch Felix ging.

»Wo ist Lilly jetzt?«, fragte Fritz.

»Sie ist in ihrem Schlafzimmer und packt«, erwiderte Edith, noch immer außer Atem. »Sie hat nur noch eine Stunde.«

Fritz wusste sofort um die Gefahr. Er sah Felix an. »Holen wir sie ab?«

»Natürlich«, erwiderte Felix ungeduldig. »Wo ist Hans?«

»Das letzte Mal, als ich ihn gesehen habe, war dieses Fräulein Gertrud mit ihm im Garten«, erwiderte Edith, und man spürte, wie sehr sie noch immer darunter litt, dass Hans ihrer Obhut entzogen worden war.

»Wie lange ist das her?«, hakte Fritz nach.

»Eine gute Stunde.«

»Lass uns zu dir nach oben gehen, Fritz«, schlug Felix vor. »Und uns kurz besprechen.«

Fritz sah zu Edith. »Darf ich dich bitten mitzukommen?« Er deutete zur Hauseingangstür.

Edith nickte.

»Ich hätte nicht gedacht, dass er sie so schnell aus dem Haus wirft.« Fassungslos zog Fritz den Schlüssel aus seiner Jacke. »Eher dachte ich, dass er es so weit treibt, bis sie von sich aus geht.«

»Für mich war er von Anfang an unberechenbar«, antwortete Felix. »Daher wundert es mich nicht. Ich bin nur froh, dass ich gleich losgefahren bin.«

»Ich auch, das kannst du mir glauben.« Fritz schloss auf. »Eine Frage, Edith. Kannst du uns sagen, wo Arno jetzt gerade ist?«

»Der gnädige Herr ist zu Hause. Als ich gegangen bin, war er in seinem Arbeitszimmer und hat telefoniert. Die Tür war offen. Man hat ihn bis in die Eingangshalle gehört.«

»Hast du verstanden, was er gesagt hat oder mit wem er gesprochen hat?«

»Nein.«

»Schade.« Fritz hielt die Tür auf. »Nach euch.«

»Es ist gut, dass du gleich hergekommen bist, Edith«, sagte Felix zu Edith, während sie die Treppe hinaufstiegen.

»Ich bin froh, wenn ich helfen kann!«

»Ohne dich wird es gar nicht funktionieren«, antwortete Felix. »Du bist die Einzige von uns, die sich weitgehend ungehindert in der Reichle-Villa bewegen kann.«

»Du baust schon einen Plan, Felix«, stellte Fritz fest.

Felix stand bereits an der Tür. »Hattest du etwas anderes erwartet?«

Sie hatten gerade die Wohnung betreten, als es klingelte.

Fritz stutzte.

»Wer ist das?«, fragte Edith ängstlich.

»Ich weiß es nicht.« Fritz bemühte sich um Ruhe und deutete auf eine Tür am Ende des Hausflurs. »Wartet im Schlafzimmer. Ich sehe nach.«

Nachdem sich die Tür hinter den beiden geschlossen hatte, ging er noch einmal die Treppe hinunter. Durch die bunten Glasfenster der Eingangstür erkannte er erleichtert eine weibliche Person. Er öffnete. »Ruth! Kommen Sie herein!«

»Herr Reichle«, Ruth presste einen Rucksack an sich. »Sie haben vielleicht schon gehört …«

»Ich weiß Bescheid«, unterbrach Fritz sie. »Gut, dass Sie mich gleich aufgesucht haben.«

»Den«, sie schöpfte Atem und strich über den Rucksack, »hat Lilly heute gekauft und im Salon zurückgelassen!«

»Lassen Sie uns hinaufgehen, Ruth. Ihre Unterstützung kommt zur rechten Zeit.«

Felix hatte nur mühsam an sich gehalten, als die Ereignisse sich überstürzt hatten. Am liebsten hätte er Arno sofort klargemacht, dass man sich mit ihm besser nicht anlegte – und anschließend Lilly und Hans in Sicherheit gebracht. Aber er wusste, dass ein solcher Sieg nicht von Dauer wäre und im Augenblick vor allem eines gefordert war: Kalkül.

»Wir haben nicht viel Zeit«, begann Onkel Fritz, nachdem sie sich um seinen Esstisch versammelt hatten. »Sag uns ganz genau, was du weißt, Edith. Was hat Arno vor?«

»Der gnädige Herr hat gesagt, dass er sie zum Bahnhof bringt und in einen Zug setzt«, erwiderte Edith. »Wohin, das hat er nicht gesagt.«

»Er kann sie eigentlich nur zu ihrer Familie schicken«, mutmaßte Ruth.

»Das ist eine Möglichkeit. Aber wer weiß, was sein kranker Kopf sich alles ausdenkt«, meinte Felix. »Wir können nichts riskieren und müssen sie vorher abfangen.«

»Das sehe ich genauso.« Fritz rieb sich die Stirn. »Bringen *wir* sie nach Meersburg?«

»Zunächst zumindest«, entgegnete Felix. »Dadurch gewinnen wir Zeit, um die nächsten Schritte zu überlegen.«

»Das hört sich vernünftig an.« Fritz rückte seine Brille zurecht.

»Zuallererst müssen wir Arno ausschalten«, stellte Felix fest.

»Da mein Neffe derzeit überall mit seinem neuen Automobil hinfährt«, antwortete Fritz, »wird er damit sicher auch zum Bahnhof fahren wollen.«

Edith nickte. »Das Automobil steht in der Einfahrt, und er hat Johann gesagt, dass es noch gebraucht wird.«

»Dann werden wir ein wenig daran herumspielen. Ich übernehme das«, sagte Felix finster. »Fritz, du solltest dich mit dem Motorrad bereithalten, um Lilly wegzubringen. Wir anderen nehmen den Zug.«

»Einverstanden«, erwiderte Fritz. »Ich warte in der Wannenstraße auf sie. Die liegt in unmittelbarer Nähe zur Villa, ist von dort aus aber nicht einzusehen. Über Heslach kommen wir schnell aus der Stadt.« Er hielt inne und sah zu Ruth. »Was ist eigentlich in Lillys Rucksack? Vielleicht wäre es aufschlussreich.«

Ruth hob den Rucksack auf den Tisch. »Ich habe nicht hineingesehen.«

»Wir sollten ihn aufmachen«, meinte Felix.

Fritz nickte. »In der Tat.«

Ruth öffnete die Klappe.

Fritz sah hinein und zog ein weiches Päckchen heraus. Eine Ecke des Einschlagpapiers war aufgerissen, ein Stück Stoff lugte hervor. Ruth griff danach, packte es vollständig aus und legte die dunkelblaue Bahn vor sie auf den Tisch.

»Wozu braucht sie denn das?«, fragte Fritz.

»Man könnte ein Kind darin einwickeln. Und es sich anschließend an den Körper binden«, schlug Edith vor.

»Eine plausible Möglichkeit.« Fritz langte erneut in den Rucksack. »Was ist denn das?«, entfuhr es Edith, nachdem das Seidenpapier des nächsten Päckchens entfernt war. »Eine Hose?«

»Die kennt sie von Florence«, sagte Felix sofort. »Einer gemeinsamen Bekannten.«

»Du denkst, dass sie sie für sich selbst gekauft hat?« Fritz klang ungläubig.

»Ja. Um sich besser bewegen zu können«, antwortete Felix. »Das Tuch braucht sie, um Hans zu transportieren und die Arme frei zu haben. Und den Rucksack für ihre Habseligkeiten.«

»Das klingt einleuchtend«, bestätigte Ruth. »Ich hatte gleich ein seltsames Gefühl, als sie vorhin mit dem Rucksack aus der Stadt zurückkam.«

»Hier ist noch etwas!« Fritz legte das große Messer auf den

Tisch. Edith schlug die Hand vor den Mund. Ruth sog hörbar die Luft ein.

Felix versuchte den Sturm zu beruhigen, der in ihm losbrach. »Sie ist verzweifelt.« Er nahm das Messer und fuhr über die scharfe Klinge. »Niemals würde sie eine Waffe kaufen, wenn sie nicht mit dem Rücken zur Wand stünde.«

»Der Meinung bin ich auch.« Fritz fuhr nervös über seinen Bart.

»Ich behalte das Messer, wenn du einverstanden bist, Fritz«, sagte Felix. »Die Reifen sind schneller zerstochen als der Motor ausgetrickst.«

»Gut.« Fritz packte die anderen Dinge zurück in den Rucksack und reichte ihn Felix. »Nimmst du den gleich mit?«

Felix erhob sich, nahm den Rucksack und fasste Edith sanft an der Schulter. »Du kommst am besten gleich mit mir, Edith. Der Rucksack muss zu Lilly. Zugleich erklärst du ihr, was wir vorhaben.«

Edith übernahm den Rucksack. »Was soll ich ihr sagen?«

»Sie soll die Hose anziehen, das Nötigste in den Rucksack umpacken, das Tuch aber auf dem Bett liegen lassen«, erklärte Felix. »Dann soll sie das Fenster öffnen und warten, bis sie dreimal den Ruf eines Käuzchens hört.«

»Ist das auch laut genug?«, vergewisserte sich Fritz.

Felix nickte. »Sie wird es nicht überhören. Wichtig ist, dass sie dann sofort zum Kücheneingang geht. Dort wartest du, Ruth, und bringst sie zu Fritz.«

»Ihr braucht eine Kutsche«, stellte Fritz fest. »Damit ihr schnellstmöglich zum Bahnhof kommt. Ich bestelle eine in die Reinsburgstraße.«

»Dann begebe ich mich dorthin, nachdem ich Lilly zum Motorrad gebracht habe?«, fragte Ruth.

»Exakt«, antwortete Felix.

»Das könnte funktionieren«, sagte Fritz.

»Es muss.« Felix hatte den Plan, Lilly und Hans nach Berlin zu bringen, vorläufig verworfen. Dafür hätte es eine umfassende Vorbereitung gebraucht. »Und eines noch, Edith«, fügte er deshalb an. »Vergiss nicht, Lilly zu sagen, dass ich sie mit Hans in Meersburg treffe. Ich kümmere mich um ihr Kind.«

»Das mache ich«, versprach Edith. Ihr Gesicht war vor Aufregung gerötet. Felix hoffte, dass sie die Nerven behielt.

»Jemand muss Johann Bescheid geben«, gab Fritz zu bedenken.« Er muss verhindern, dass Arno anspannen lässt, wenn er merkt, dass sein Automobil nicht fahrbereit ist.«

»Absolut richtig«, erwiderte Felix. »Machst du das, Fritz, wenn du Ruth in der Nähe der Villa absetzt?«

»Wird erledigt!« Fritz stand ebenfalls auf. »Anschließend halte ich mich bereit, um Lilly zu übernehmen und nach Meersburg zu bringen.«

»Mit dem Motorrad?«, fragte Edith und wurde blass. »Das ist … gefährlich!«

»Wir können unmöglich mit dem Zug fahren«, entgegnete Fritz. »Mit dem Motorrad wird es ein anstrengender Ritt, aber wir dürften morgen im Laufe des Tages ankommen.«

»Das sehe ich genauso.« Felix fuhr sich durchs Haar. »Und, Edith, auf dich wartet noch mehr Arbeit. Sobald du Lilly instruiert hast, begibst du dich in die Küche. Thea und Frau Lene müssen die Gouvernante ablenken.«

»Und irgendjemand muss in Meersburg Bescheid geben«, warf Ruth ein.

»Stimmt!« Felix fuhr sich mit seiner Hand in den Nacken. »Edith, du sagst Frau Lene, dass sie zwischen neun und zehn Uhr heute Abend im Lindenhof anrufen und unsere Ankunft ankündigen soll.«

Edith wirkte unsicher. »Also, ich gehe in die Küche, sage Frau Lene das mit dem Telefon, und dann schicke ich sie mit Thea zur Gouvernante?«, vergewisserte sie sich.

»Richtig. Sobald du in der Küche fertig bist, gehst du zu Hans und hältst dich mit ihm bereit.«

»Und du bist dann schon im Haus, Felix?«, fragte Fritz.

»Ja. Ich hole Hans direkt aus dem Kinderzimmer. Wir stoßen dann zu Ruth und nehmen den Abendzug in Richtung Bodensee. Als Ehepaar mit Kind.«

»Alle Achtung!« In Fritz' Augen stand Respekt. »Das hast du dir gut ausgedacht.«

»Danke. Notpläne sind meine Spezialität.«

»Was passiert denn mit mir?« Edith nestelte nervös an den Verschlüssen des Rucksacks. »Ich möchte auch … weg.«

»Wir lassen dich nicht zurück.« Felix nickte ihr beruhigend zu. »Du begleitest Ruth und mich. Als unser Kindermädchen. Halte dich im Kinderzimmer bereit.«

Ein angespanntes Lächeln glitt über Ediths Gesicht. »Danke.«

Felix sah zu Fritz. »Was dich anbetrifft …«

»Ich werde meinen Kopf aus der Schlinge ziehen, Felix, mach dir darüber keine Gedanken.« Fritz hielt bereits die Türklinke in der Hand. »Lasst uns aufbrechen!«

63. KAPITEL

Aufmerksam wartete Lilly auf den Ruf des Käuzchens. Sie trug Hose, Bluse und eine warme Jacke und hatte den Rucksack aufgesetzt. Die Stoffbahn, die sie als Tragetuch für Hans gedacht hatte, lag auf ihrem Bett.

Seit sie wusste, dass Felix in der Nähe war, hatte sich ihre Panik gelegt und einer konzentrierten Anspannung Platz gemacht. Wenn dieser Plan der seine war, so wie Edith es ihr berichtet hatte, dann würde er funktionieren.

Als sie schließlich das lang gezogene *Huu-hu-huuu* vernahm, mischte sich eine unbändige Freude in ihre Nervosität.

Er war da.

Sie öffnete die Tür und lief rasch, aber aufmerksam die Treppe hinunter. Unterwegs begegnete sie Edith, die ihr kurz zunickte. Sie würde bei Hans bleiben, bis Felix ihn holte.

Als sie an der Beletage vorbeikam, hörte sie die Gouvernante.

»Wie konnten Sie nur! Einfach Olivenöl über mein Kleid zu schütten! Machen Sie das sofort sauber! Ich muss wieder ins Kinderzimmer!« Es klang ungehalten und schrill.

Thea und Frau Lene redeten beruhigend auf sie ein.

»Nein, ich ziehe mich nicht aus!« Die Gouvernante wurde

noch lauter. »Dann bleibt es eben dreckig. Jetzt lassen Sie mich …«

Lilly sah zu, dass sie weiterkam.

Als sie durch die Eingangshalle zum Küchentrakt huschte, hörte sie Arno draußen wüten, obwohl die schwere Haustür geschlossen war. Sie ignorierte die nagende Angst in ihrem Bauch und lief weiter.

Der Lieferanteneingang stand offen. Lilly schlüpfte hindurch und fand sich direkt in Ruths Armen wieder.

»Gott sei Dank«, flüsterte die Freundin. »Schnell. Du weißt doch, wo das kleine Gartentor ist?«

»Ja.« Lilly hatte es noch nie benutzt, kannte aber diesen separaten Zugang zum Park der Villa.

Onkel Fritz hatte es offensichtlich aufgeschlossen, denn als sie davorstanden, war es nur angelehnt. Das leise Schnarren, mit dem es sich öffnete, erinnerte Lilly an das alte Gartentörchen zu Helenas Garten in Meersburg.

Ruth schob Lilly durch den mit wildem Wein berankten Bogen auf den Gehweg. Dort nahm sie ihre Hand und zog sie weiter in die Wannenstraße.

Sobald sie um die Ecke bogen, erkannte Lilly erleichtert Onkel Fritz mit seinem Motorrad.

»Du wolltest doch schon immer einmal mit mir mitfahren!« Er deutete auf den Platz hinter sich und lächelte schief. »Jetzt ist es endlich so weit.«

Ruth band Lilly ein Tuch um die Haare. »Hübsch!«, befand sie.

Lilly rückte es noch zurecht, damit sie es unterwegs keinesfalls verlor. »Danke, Ruth«, sagte sie dann. »Ich kann dir nicht sagen, wie dankbar ich bin.«

»Doch, kannst du.« Ruth drückte sie noch einmal schnell. »Wir sehen uns morgen in Meersburg.«

Felix hatte sich in Lillys Schlafräume geschlichen. Als er das Tuch von ihrem Bett nahm, standen ihm für einen Moment die Erinnerungen an all die Nächte vor Augen, die sie hier geteilt hatten. Doch für Sentimentalität war keine Zeit. Er packte den Stoff und eilte ins Kinderzimmer.

Als Hans Felix erkannte, glitt ein Strahlen über seine Bäckchen. Felix bedeutete ihm spielerisch, ganz still zu sein. »Wir machen einen Ausflug«, sagte er. »Aber das darf niemand wissen.«

Hans führte seine Hand zum Mund. »Schschscht«, machte er.

Edith hatte den Jungen bereits angezogen, gab ihn Felix auf den Arm und nahm das Tragetuch an sich. Im letzten Moment sah Felix das geliebte Püppchen im Kinderbett liegen, nahm es an sich und deutete zur Tür. Die Zeit drängte.

Ungesehen gelangten sie zum Küchentrakt und folgten dem Weg, den Lilly kurz zuvor genommen hatte. Vor der Reichle-Villa schlugen sie allerdings die entgegengesetzte Richtung ein.

Wie vereinbart wartete die Droschke in der Reinsburgstraße. Ruth hatte bereits darin Platz genommen, Felix und Edith stiegen zu. Hans hatte die ganze Zeit keinen Mucks von sich gegeben. Sobald der Schlag geschlossen war, half Felix Edith dabei, das Tuch umzubinden und Hans so darin zu platzieren, dass er es bequem hatte. Dann ließen sie sich zum Bahnhof bringen.

Die Lokomotive pfiff bereits zur Abfahrt, als Felix die Karten löste. Sie hetzten über den Bahnsteig und erreichten den Zug in letzter Sekunde. Kaum waren sie eingestiegen, setzte sich die lange Reihe der Waggons in Bewegung.

»Vorerst sind wir in Sicherheit«, sagte er zu seinen Begleiterinnen, als sie ihr Abteil erreichten. »Das Automobil ist so schnell nicht wieder fahrtüchtig, und der nächste Zug geht erst morgen früh.«

Hans begann zu quengeln. Felix gab ihm sein Püppchen.

»Wir haben einen kleinen Vorsprung«, erwiderte Ruth. »Aber er wird nicht lange vorhalten.«

»Ich rechne spätestens übermorgen mit ihm«, bestätigte Felix. »Es kommt darauf an, was ihm wichtiger ist: sein Auto oder sein Sohn.« Er deutete auf den Platz neben sich. »Und nun, Ruth, kommen Sie an meine Seite. Bis zu unserer Ankunft im Lindenhof sind Sie meine Gattin. Da ist es glaubwürdiger, wenn Sie nicht am anderen Ende des Abteils sitzen.«

64. KAPITEL

Meersburg, am nächsten Morgen

Lillys Körper schmerzte. Und jede Stelle, die es nicht tat, fühlte sich taub an. Mit letzter Kraft klammerte sie sich an Onkel Fritz' Rücken fest, während er die letzten Meter am Ufer entlangfuhr und endlich in die Allee einbog, die zum Lindenhof führte. Über die vertraute Fassade huschten die ersten Strahlen der Morgensonne hinweg.

Es war Sonntag.

Und sie war zu Hause.

Als Onkel Fritz einen Halbkreis auf dem Kiesplatz beschrieb und das Knattern des Motors erstarb, öffnete sich bereits die Tür des Eingangsportals. Einen Wimpernschlag später fühlte Lilly, wie starke Arme sie umfingen. »Endlich«, sagte Felix leise.

In diesem Augenblick verließen sie die Kräfte.

Er hielt sie fest, half ihr vom Motorrad und nahm sie auf seine Arme. Lilly legte ihren Kopf an seine Schulter, spürte den kräftigen Pulsschlag an seinem Hals, hörte die liebevollen Worte, die er in ihr Haar flüsterte.

Er trug sie über die Steintreppe hinauf in den Empfangsbereich des Lindenhofs. Dort schloss Helena sich ihnen an. In ihrem vertrauten lieben Gesicht stand Sorge, während sie sie zu den Privaträumen begleitete, in denen sie mit ihrer kleinen Familie lebte. Auf den letzten Metern fielen Lilly die Lider zu, doch bevor der Schlaf sie ganz umfangen konnte, klackte eine Tür.

»Ma-ma!!« Die Stimme ihres Sohnes drang durch ihre Erschöpfung, weckte alle Sinne, entzündete ein Feuerwerk der Liebe. Lilly schlug die Augen auf.

Hans hatte auf dem Teppich gespielt. Nun stand er auf. »Ma-maaa!« Seine blauen Augen strahlten.

Felix setzte Lilly vorsichtig ab. Sofort ging sie in die Hocke und breitete die Arme aus. So schnell ihn seine kurzen Beinchen trugen, lief Hans hinein.

Lilly umschlang ihr Kind, spürte seine Wärme, sog seinen Geruch ein, küsste sein weiches Haar. Tränen liefen über ihre Wangen, als Hans sich an ihr festklammerte und sein Gesicht an ihrer Brust vergrub. Die Zeit verlor sich, während Lillys Welt wieder zusammenfand.

Schließlich kniete Felix sich neben sie. Lilly wandte den Kopf und sah ihn an. Dann hob sie eine Hand und strich ihm zärtlich eine Locke aus der Stirn. Sie wollte ihm danken, brachte aber kein Wort heraus.

Er verstand sie auch so. »Ich habe es für uns beide getan. Hans ist wie mein eigener Sohn.« Er legte seine Finger über die ihren und hielt sie fest.

Helena trat neben sie. »Käthe hat ein Frühstück vorbereitet.«

Lilly wischte ihre Tränen ab, richtete sich auf und wollte Hans auf den Arm nehmen, aber ihre Muskeln gehorchten nicht. Auf einmal drehte sich der Raum. »Ich glaube, ich möchte … ein bisschen schlafen«, sagte sie matt. »Bevor ich frühstücke.« Sie hatte das Gefühl, sich keine Sekunde länger auf den Beinen halten zu können.

Felix nahm Hans und übergab ihn an Edith. »Geht schon vor!«

Dann half er Lilly auf und brachte sie zum Sofa. »Ruh dich aus. Ich bleibe bei dir und wecke dich in einer Stunde. Dann gehen wir gemeinsam zum Frühstück.«

Als Lilly an Felix' Seite die Küche betrat, standen alle gleichzeitig vom großen Holztisch auf, um sie zu begrüßen. Nur Onkel Fritz blieb sitzen. Er sah genauso müde aus, wie Lilly sich trotz ihres kurzen Schlafes fühlte, aber die Augen hinter seinen Brillengläsern blitzten.

»Meine Lilly! Ab jetzt bleibst du bei uns!« Gustav nahm sie in die Arme. »Helena hat schon so viele Ideen für dich!«

»Mein Gott, bin ich froh, dich zu sehen!«, schloss Ruth sich an. Maxim hielt lächelnd seine Tochter auf dem Arm: »Darf ich dir Magdalena vorstellen?«

Zum zweiten Mal in dieser Stunde strahlte Lillys Herz auf. Das schwarzhaarige Baby auf dem weißen Kissen schlief friedlich und ließ sich auch dann nicht stören, als Lilly über ihr Bäckchen streichelte. »Sie sieht wirklich aus wie du, Maxim.« Es waren die ersten Worte, die ihr über die Lippen kamen.

»Des hab ich auch gleich g'sagt!«, ließ sich Pater Fidelis vernehmen. »Sie ist eine echte Baranow!«

»Nun lasst Lilly doch erst einmal hinsitzen«, schalt Helena die Anwesenden. »Sie ist müde und hungrig!«

Mit lautem Stühlerücken nahmen alle wieder Platz. Käthe stellte Kaffee und Milch auf den Tisch. Dann drückte sie Lillys Schulter. »Willkommen daheim, Frau Reichle.«

Felix setzte sich neben Lilly und schenkte ihr Kaffee ein. Dann butterte er eine Scheibe frisch gebackenen Brotes und beschmierte sie dick mit Erdbeermarmelade. Mit einem verschmitzten Lächeln schob er ihr den Teller hin.

Hans, der über Eck auf Ediths Schoß saß, nagte an einem Stück Hefezopf und plapperte vor sich hin. Gustav steuerte ein bunt bemaltes Holzschiff zwischen Tassen und Tellern hindurch zu ihm hin.

»Also, der Herrgott denkt sich eigentlich ja schon was bei seinem Geschäft.« Pater Fidelis tat sich an einem halben Wurstring gütlich. »Heut aber, da werd ich noch mit ihm ins Gebet gehen müssen!«

»Immerhin hat er Lilly und Hans sicher hergebracht«, sagte Gustav versöhnlich.

»Haha!« Pater Fidelis ließ sich von Käthe Senf auf den Teller geben. »Ganz so einfach mach ich es ihm net! Das Fräulein Lilly hat der Fritz hergebracht. Und den Hans der Felix.«

»Ich hab die Stelle als Lillys Schutzengel gern angetreten«, erklärte Onkel Fritz schmunzelnd.

»Die Flügel sind ein wenig unpraktisch, findest du nicht?«, nahm Felix den Scherz auf. »Aber auch ich habe mich gerne unter Vertrag nehmen lassen.« Er sah zu Lilly. »Und zudem eine lebenslange Anstellung beantragt.«

Lilly erwiderte seinen Blick und schob ihre Hand unter die Serviette, die er auf seinen Oberschenkel gelegt hatte.

»Passt nur auf!« Pater Fidelis lachte. »Die hab ich auch, also die lebenslange Stellung im Auftrag des Herrn! Manchmal kann des ganz schön anstrengend sein!«

Eine gelöste Stimmung lag über der Küche, während sie aßen. Käthe, Erna und Minna klapperten mit den Töpfen, weil sie bereits dabei waren, das Mittagessen für die Frühjahrsgäste des Grandhotels zuzubereiten.

Onkel Fritz berichtete von ihrer nächtlichen Tour über dunkle und holprige Straßen, Felix und Ruth von der Zugfahrt. Noch am späten Abend hatte der mit Gustav und Maxim eng befreundete Fischer Eddi die kleine Reisegruppe mit seinem motorbetriebenen Fischerkahn in Friedrichshafen abgeholt und über den See nach Meersburg gebracht.

Lilly fehlte die Kraft, um zu erzählen. Sie hörte zu, sah glücklich auf Hans und ließ sich von Käthe und Felix umsorgen.

Schließlich merkte sie, dass Helenas gedankenvoller Blick auf ihr ruhte. »Nun beginnt ein neues Leben, Lilly.«

Lilly lächelte. »Das würde ich mir so sehr wünschen.«

»Wir haben Erweiterungspläne«, fuhr Helena fort. »Und vom ersten Moment an habe ich dabei an dich gedacht.«

»An mich?«

»Ja.« Helena legte ihr Besteck zur Seite. »Wir werden dem Grandhotel einen Wohlfühlbereich hinzufügen.«

Lilly versuchte sich vorzustellen, was Helena damit meinte. »Eine Art Schönheitssalon?«

»Mehr als das«, antwortete Helena. »Dafür muss ich ein wenig ausholen. Du erinnerst dich an den Grund neben dem Lindenhof? Mit dem eingestürzten Haus darauf.«

»Dort, wo wir immer die Himbeeren gestohlen haben?«, vergewisserte sich Lilly.

»Genau!« Helena lächelte. »Das Grundstück stand vor Kurzem zum Verkauf.«

»Und ich habe mich von meiner bezaubernden Frau überzeugen lassen, es zu erwerben«, setzte Maxim hinzu. Er hatte ein Spiegelei auf dem Teller und aß mit einer Hand, da auf dem anderen Arm noch immer seine Tochter schlummerte.

»Es war nicht allzu viel Überzeugungsarbeit nötig«, versicherte Helena schmunzelnd. »Übrigens haben wir damit einmal mehr den Unmut des Ochsenwirts auf uns gezogen, der bis zuletzt geglaubt hatte, uns mit irgendwelchen Tricksereien aus dem Rennen werfen zu können.«

»Der Ochsenwirt.« Der Name kam für Lilly aus einer anderen Zeit. »Gibt es den denn noch?«

»Bedauerlicherweise«, antwortete Maxim. »Und er schwingt hetzerische Reden. Dass das deutsche Volk beim Friedensschluss betrogen worden sei und solche Dinge.«

Felix neben Lilly merkte auf. »Hat der Mann Einfluss hier in der Gegend?«

»In bestimmten Kreisen sogar einen recht großen, würde ich sagen«, erwiderte Maxim. »Wir sehen es mit Sorge, nicht wahr, Gustav?«

Gustav nickte. »Allerdings.«

»Ich werde mir ein Bild von ihm machen.« Felix sah zu Maxim und Gustav. »Solche Entwicklungen muss man rechtzeitig unter Kontrolle bringen.«

»So sehe ich das auch«, bestätigte Maxim. »Und ich lasse mich von dir gerne in die Kniffe des Auskundschaftens einführen«, fügte er an.

Felix grinste.

»Das könnt ihr dann ja in Ruhe besprechen«, beschied Helena. »Ich würde gerne auf unseren Wohlfühlbereich zurückkommen.«

»Das wird den Ochsenwirt noch einmal ärgern«, Maxim zwinkerte ihr zu.

»Das ist nicht der Grund, weshalb wir ihn bauen«, tadelte Helena ihn liebevoll, dann richtete sie ihre Aufmerksamkeit wieder auf Lilly. »Also. Wir denken an ein umfassendes Angebot an Anwendungen und Behandlungen.«

»Wie in einem Kurhotel?«, fragte Lilly.

»So ähnlich. Nur nicht auf Erkrankungen ausgerichtet. Wir möchten den Gästen etwas anbieten, was ihnen guttut.«

»Eine Oase der Erholung.« Lilly dachte an den Brunnen in ihrem Salon.

»Oh ja! Mit einem Schwimmbecken und Ruhezonen. Schon vor längerer Zeit habe ich ein Buch von Sebastian Kneipp gelesen. Er ist ja für seine Wasserkuren bekannt. So etwas stelle ich mir vor.«

»Aber natürlich soll es dort auch einen Schönheitssalon geben«, warf Maxim ein. »Im Urlaub haben die Frauen doch Zeit, sich um ihr Aussehen zu kümmern.«

»Die Mannsbilder aber auch«, ergänzte Pater Fidelis. »Ehrlich gesagt – ich tät des schon auch mal ausprobieren. Vielleicht nutzt es ja was.« Er deutete auf seine gerunzelte Stirn.

Lilly sah, wie ihr Vater schmunzelte.

»Wie du siehst, haben wir viele Ideen.« In Helenas Blick trat Ernsthaftigkeit. »Und ich biete dir die Leitung des gesamten Wohlfühlbereichs an. Unser Architekt arbeitet bereits an den Entwürfen.«

Lilly konnte kaum glauben, was sie da hörte. »Du … traust mir das zu?«

»Aber selbstverständlich!« Maxim sah zu Onkel Fritz. »Wir haben doch mitbekommen, was du in Stuttgart alles auf die Beine gestellt hast.«

»Und das in so kurzer Zeit«, fügte Gustav an. »Und unter so schwierigen Bedingungen.«

»Ich … weiß nicht, was ich sagen soll.« Lilly bemerkte, wie sich ein breites Lächeln auf ihr müdes Gesicht stahl.

»Als dein persönlicher Engel«, erklärte Felix, »sage ich für dich Ja.«

Lilly zwickte ihn spielerisch in den Oberschenkel. »Wage nicht, in Zukunft immer für mich zu sprechen!«

Felix legte den Arm um sie. »Nein. Nur an den ganz wichtigen Stellen im Leben«, erwiderte er scherzhaft und gab ihr einen sanften Kuss auf die Wange.

»Bei aller Zukunftseuphorie, ihr Lieben«, meldete sich nun Onkel Fritz. »Wir dürfen nicht vergessen, dass Lilly und vor allem Hans noch keineswegs in Sicherheit sind.«

»Das ist leider wahr.« Felix nickte Fritz bestätigend zu. »Noch haben wir nur eine Atempause.«

»Die Frage ist«, brachte Gustav sich ein, »ob er wirklich herkommt. Oder ob er es auf dem Prozessweg versucht. Das wäre sicherer für ihn.«

»Ich gehe jede Wette ein, dass er schon unterwegs ist«, prophezeite Felix.

»Wie lange haben wir Zeit?«, fragte Gustav.

»Sonntags fährt kein Frühzug. Gesetzt den Fall, dass er die erste Möglichkeit heute Morgen genommen hat«, mutmaßte Felix, »wird er gegen Nachmittag ankommen. Dann muss er noch warten, bis das Schiff nach Meersburg ablegt.«

Schweigen breitete sich aus.

»Dann können Hans und ich nicht hierbleiben«, stellte Lilly fest. Die Leichtigkeit war verflogen.

»Wisst ihr was?« Pater Fidelis legte seine Serviette auf den Tisch. »Ich nehm euch mit nach Bregenz, zur Mehrerau. Im Kloster seid ihr sicher.«

»Das stimmt«, pflichtete Gustav ihm bei. »Dort wird er euch nicht vermuten!«

»Es darf nur wirklich niemand erfahren, dass Hans in Österreich ist«, gab Felix zu bedenken. »Arno würde Lilly einen Strick daraus drehen.«

»Kindesentführung«, flüsterte Lilly besorgt.

Hans schlug mit seinem Holzschiff auf den Tisch, als habe er verstanden, worüber gesprochen wurde.

»Also müssen wir heimlich rüber. Über den See.« Pater Fidelis hatte unwillkürlich die Stimme gedämpft.

Eine Weile war es still am Tisch.

»Ich sehe keine andere Möglichkeit«, meinte Felix schließlich. »Wie sollen wir vorgehen?«

Maxim stand auf und legte die noch immer schlummernde Magdalena in Helenas Arme. »Ich gebe Eddi Bescheid. Er muss sich bereithalten.«

»Sag ihm …«, Gustav überlegte kurz, »dass er nach Goldbach kommen soll. Und bei den Heidenhöhlen warten.«

»Bei den Heidenhöhlen?«, fragte Lilly skeptisch. »Die liegen doch in entgegengesetzter Richtung!«

»Ich finde die Idee gut. Wenn euch jemand sieht, wird man glauben, dass ihr nach Sipplingen oder Ludwigshafen aufgebrochen seid«, entgegnete Maxim. »Zudem ist man in den Höhlen einigermaßen geschützt. Sobald es dunkel genug ist, könnt ihr ungesehen zu Eddi ins Boot steigen. Er bringt euch nach Bregenz.«

»Ich lasse Lilly und Hans nicht allein«, sagte Felix.

»Dann werde ich ein zweites organisieren.« Maxim stand bereits an der Tür. »Sie sind bei Anbruch der Nacht an den Höhlen!«

»Wann müssen wir los?«, fragte Lilly.

»Am besten gleich.« Gustav sah bedauernd zu ihr. »Falls Arno heute noch den Lindenhof erreicht, darf nichts verraten, dass ihr hier gewesen seid.«

»Ich fahre mit zu den Höhlen«, sagte Onkel Fritz. »Dann gibt es weder von mir noch von meinem Motorrad eine Spur.«

»Edith und Ruth – euch kennt Arno auch«, überlegte Helena.

»Ja«, erwiderte Ruth. »Wir sollten nicht hierbleiben.«

»Darf ich euch zu einer Freundin nach Konstanz schicken?«, fragte Helena. »Bei Kasia seid ihr sicher, bis die Situation geklärt ist.«

Ruth sah zu Edith. Dann nickte sie.

»Ihr werdet euch dort wohlfühlen«, versicherte Helena.

»Ich mache mich jetzt auf den Weg«, sagte Maxim. »Damit ich bald zurück …«

Es klopfte.

Maxim, der bereits die Klinke in der Hand hatte, öffnete.

»Entschuldigen Sie bitte die Störung. Finde ich hier einen Herrn Reichle?«, fragte eine der Angestellten der Rezeption.

Onkel Fritz sah überrascht auf. »Ja, das bin ich.«

»Ich habe eine Verbindung aus Stuttgart für Sie. Wenn Sie mitkommen möchten? Der Telefonapparat ist am Empfang.«

»Selbstverständlich.« Onkel Fritz erhob sich.

»Ich warte noch, bis du zurück bist«, sagte Maxim.

Mit jeder Minute, die verstrich, wurde Lilly nervöser. Felix nahm ihre Hand.

Als Onkel Fritz zurückkehrte, war seine Miene ernst.

»Frau Lene hat angerufen«, berichtete er und strich besorgt über seinen Bart. »Es ist so, wie wir befürchtet haben. Arno ist auf dem Weg hierher.«

65. KAPITEL

Zwei Stunden später

Felix war hinter Fritz auf das Motorrad gestiegen. Lilly, Hans und Pater Fidelis folgten in der Kutsche, die zum Lindenhof gehörte und von Boris gelenkt wurde.

Sie fuhren am Seeufer entlang, passierten Unteruhldingen, das derzeit von Pater Fidelis neu organisierte Priorat Birnau und Überlingen. Nachdem sie Goldbach hinter sich gelassen hatten, wurde Onkel Fritz langsamer und brachte das Motorrad auf einem grasbewachsenen Weg am Straßenrand zum Stehen. Boris zügelte das Pferd und half ihnen beim Aussteigen.

Lilly trat in den Schatten eines schmalen, aber dicht bestandenen Hains, der sich an den sandigen Felsen schmiegte, und richtete ihren Blick nach oben. Durch die noch wenig belaubten Zweige erkannte sie die Hohlräume, welche vor Urzeiten dort hineingetrieben worden waren. Zugleich verlor sich das leise Rauschen des Sees im dröhnenden Rattern der Eisenbahn, die hinter ihnen vorbeifuhr. Zwischen Überlingen und Sipplingen verliefen die Schienen unmittelbar am Ufer.

»Wir sollten zusehen, dass wir hinaufkommen.« Felix trat

auf sie zu. Er hatte Hans auf den Arm genommen. »Straße und Zug sind mir hier zu nah. Man sieht uns.«

Lilly nickte und folgte ihm zu einer groben Steintreppe, die in zwei Kehren zu den Portalen und Fensteröffnungen hinaufführte. Pater Fidelis hatte bereits die ersten Stufen erklommen.

»Ich schiebe das Motorrad ins Gebüsch«, hörte Lilly Onkel Fritz sagen.

»Achte darauf, dass man es von der Straße aus nicht sehen kann«, rief Felix, der sich umgedreht hatte.

Lilly folgte seinem Blick und sah Onkel Fritz mit seiner Maschine im Dickicht verschwinden.

»Ich fahre zurück!« Boris saß schon wieder auf dem Kutschbock und hob die Hand zum Gruß. »Lasst von euch hören, sobald ihr Bregenz erreicht habt.«

Hans winkte.

Sie erklommen die Stufen. Lillys Oberschenkel schmerzten, auch ihr Rücken zeugte deutlich von der vergangenen Nacht, aber das Wiedersehen mit Hans und Felix hatte neue Kraftreserven mobilisiert. Ihre ganze Aufmerksamkeit richtete sich nun darauf, ihren Sohn in Sicherheit zu bringen.

»Also, ich hätt da net wohnen wollen«, stellte Pater Fidelis keuchend fest, als sie oben ankamen, und ließ sich sofort auf eine der steinernen Bänke sinken. »Jeden Tag die Treppen …«

»Daran hättet Ihr Euch gewöhnt, Pater.« Felix setzte Hans neben den Ordenspriester.

»Na, ich weiß net …«

»Anschließend hättet Ihr an den Olympischen Spielen teilnehmen können«, versicherte Onkel Fritz und legte seinen Rucksack ab.

Pater Fidelis lachte dröhnend.

»Ich sehe mich erst einmal etwas näher um.« Felix warf einen prüfenden Blick durch eines der glaslosen Rundbogenfenster. Von der Uferstraße drang das Tuckern eines Automobils nach oben.

»Ja, geht nur.« Pater Fidelis wedelte sich mit einem Zipfel seiner Tunika Luft zu und zog Hans auf seinen Schoß, der sich ebenfalls auf eine Inspektionsrunde begeben wollte.

»Ich habe solange ein Auge auf die Straße«, sagte Onkel Fritz.

Pater Fidelis begann, Hans mit einem Fingerspiel zu unterhalten.

Lilly fasste Felix am Arm. »Ich gehe mit dir.«

Das letzte Mal, als sie die Heidenhöhlen besucht hatte, war sie noch ein kleines Kind gewesen. Nur dunkel konnte sie sich die durch Treppen und Gänge verbundenen Säle und Kammern ins Gedächtnis rufen. Ihr Blick huschte über Kreuzgewölbe und Ziergesimse, die mit kunstvollen Mustern ausgestalteten Höhlenwände, steinerne Bänke und eine Herdstelle. Ganz so eindrucksvoll hatte sie das alles nicht in Erinnerung.

»Fünf Räume«, resümierte Felix. »Hast du den Kalkputz gesehen, Lilly?«

Lilly nickte. »Man konnte hier sicherlich einmal gut wohnen.«

»Es wirkt durchaus gemütlich.« Felix nahm sie bei der Hand.

Zu einer anderen Zeit, unter anderen Umständen hätte Lilly diesen Nachmittag genossen: Der Ort hatte etwas Wildromantisches. Die Bedrohung aber, die sie begleitete, war allgegenwärtig, und das sorgenvolle Gefühl in ihrem Bauch mahnte unentwegt daran.

Mildes Nachmittagslicht fiel durch die Fensteröffnungen, als sie schließlich zu Fritz, Hans und Pater Fidelis zurückkehrten.

»Hans hat Hunger!«, rief Hans, als er sie sah und zappelte so lange, bis Pater Fidelis ihn auf den Boden entließ.

Felix hob ihn hoch und ging mit ihm zu seinem Rucksack, den er neben dem offenen Höhlenzugang abgestellt hatte. »Dann lass uns doch mal sehen, was Käthe eingepackt hat.« Er wickelte etwas aus einem hellen Einschlagpapier. »Magst du so etwas?«

Hans nickte eifrig und biss glücklich in ein Stück Schokoladenkuchen.

»Wer möchte noch etwas essen?«, fragte Felix und sah zu den anderen.

»Na, da hör ich mich net Nein sagen«, antwortete Pater Fidelis. »Ich muss die Treppe ja nur noch runter. Da macht es nix aus, wenn ich ein bisserl schwerer bin als vorher.«

Pater Fidelis' Humor nahm der Situation ein wenig das Bedrückende.

Obwohl sie keinen rechten Hunger hatte, ließ sich auch Lilly ein Stück Kuchen geben. Wer wusste schon, wann sie das nächste Mal rasten konnten. Sie setzte sich neben Hans.

»Hättet ihr gedacht«, begann Pater Fidelis, genüsslich kauend, »dass der Fels hier früher im See stand?«

»Nein«, erwiderte Onkel Fritz, der sich in einer der Fensteröffnungen platziert hatte.

»Nur bei Niedrigwasser konnte man vorbeilaufen«, ergänzte Pater Fidelis.

»Ich sage ja, ein ideales Versteck.« Felix verteilte ein paar Äpfel.

»Aber die Straße unten hat schon viel kaputt gemacht«, fuhr

Pater Fidelis fort, »dafür haben sie ein Stück vom Fels wegsprengen müssen.«

»Wie alt sind die Höhlen in etwa?«, fragte Onkel Fritz. »Wisst Ihr das, Pater?«

»Da sind sie sich uneins, die Gelehrten und Professoren«, bekannte Pater Fidelis. »Manche sagen, es gibt sie schon seit Urzeiten, manche sagen, seit dem Mittelalter. Vielleicht war's eine Einsiedelei, vielleicht eine Burg. Auf jeden Fall hat sich hier schon allerlei Gesindel herumgetrieben.«

»So wie wir.« Felix setzte sich zu Lilly. »Ist dir kalt?«

Lilly schüttelte den Kopf.

Onkel Fritz sah auf seine Taschenuhr: »Jetzt ist es gleich vier. Sonnenuntergang ist gegen sechs. Bleiben noch zwei Stunden.«

»Ich würde vorschlagen, dass wir uns bis dahin ausruhen«, sagte Felix und legte den Arm um Lilly. »Die Nacht wird noch lang genug.«

»Hab ich nix dagegen.« Pater Fidelis faltete die Hände vor seinem Bauch und schloss die Augen.

Lilly nahm Hans auf ihren Schoß und ließ sich gegen Felix' Schulter sinken. Unerwartet schnell fiel sie in einen erschöpften Schlaf und erwachte erst wieder, als Felix über ihr Haar strich. »Es ist so weit, Liebes.«

Lilly blinzelte.

Die steinernen Räume lagen im Zwielicht der Abenddämmerung. Während Felix aufstand, protestierte Hans heulend gegen die Unterbrechung seines Schläfchens. Auch Pater Fidelis schien erst allmählich ins Hier und Jetzt zurückzufinden. Zerstreut ordnete er sein Gewand.

Lilly beruhigte ihren Sohn mit seinem Püppchen, Felix setzte seinen Rucksack auf. Dann verabschiedeten sie sich von Onkel Fritz, der am nächsten Morgen nach Stuttgart zurückkehren wollte.

»Die Boote sind bereit!«, sagte eine Stimme vom Zugang der Höhle her. Eddi stand im zerklüfteten Eingangsportal. »Wir müssen uns beeilen«, fuhr er fort. »Es zieht Sturm auf.«

Eine halbe Stunde später im Meersburger Hafen

Die motorisierte Gondel hatte festgemacht. Elisabeth schlang sich ein schwarzes Tuch um den Kopf, ließ ihre Augen über die Meersburger Hafenanlage schweifen und stieg aus dem Boot, als sie sicher war, dass sich niemand Bekanntes in der Nähe befand.

»Wie lange brauchst du heute?«, fragte der Schmuggler, der sie hin und wieder von Konstanz nach Meersburg übersetzte.

»Höchstens zwei Stunden«, erwiderte Elisabeth und schüttelte ihren Rock aus. »Vielleicht bin ich auch schon früher zurück. Du wartest hier, dafür habe ich dich bezahlt.«

»Ist schon recht«, knurrte der schlaksige junge Mann und zündete sich eine Zigarette an.

Elisabeth zog das Tuch tiefer ins Gesicht. Sie wollte nicht, dass jemand sie erkannte. Dann ging sie den Steg entlang bis zum Uferweg und bog nach rechts ab in Richtung Lindenhof.

Es zog sie regelmäßig dorthin. Sie musste wissen, was sich dort tat, auch wenn Wut und Neid übermächtig wurden, sobald sie in die Nähe des Grandhotels kam. Dieses Gefühl von Kontrolle gab ihr Sicherheit.

Elisabeth ging am Rand der Straße und ignorierte die wenigen Passanten, die ihr begegneten. Es dauerte nicht lange, bis sie die hohe Hecke erreichte, die das Lindenhof-Anwesen umgab.

Sie sah sich um und wartete, bis eine alte Frau mit Leiterwagen vorübergegangen war. Erst als sie sicher war, dass niemand auf sie achtete, bog sie vom Weg ab, folgte dem grünen Hindernis bis zu einem schmalen Durchschlupf und glitt hinein in den dunklen Park.

Vom See her war ein leichter Wind aufgekommen. Ein paar Vögel sangen ihr Abendlied in den Wipfeln der Bäume, unter denen Elisabeth entlangschlich, bis sie hinter einem Gebüsch in der Nähe der Wirtschaftsräume stehen blieb.

Auf dem Vorplatz dort erkannte sie den Wagen des Weinhändlers. Elisabeth wusste, dass er auch sonntags auslieferte, wenn in einem der Schankbetriebe etwas fehlte. Im Licht der Außenlaternen sah sie, wie zwei junge Männer die Weinkisten abluden. Kurz darauf erschien Boris, der Freund von Helenas Ehemann. Er dirigierte einen der beiden Burschen in den Weinkeller.

Der andere stapelte die Weinkisten an den Eingang, hielt aber inne, als eine schmale Gestalt vor die Tür des Küchentrakts trat.

Elisabeth wechselte noch einmal den Platz und ging zwischen zwei mannshohen Rhododendronsträuchern in die Hocke.

In derselben Zeit hatte sich der junge Mann mit einer weiteren Weinkiste zu dem Mädchen gesellt. »Na, Fräulein Erna«, neckte er sie, »bist heut schon müde?«

»Ach was«, erwiderte Erna. »Ich doch nicht!«

»Dann hast nachher noch Lust auf eine kleine Bootspartie?«

»Lust schon.« Erna kicherte. »Aber heute waren so viele Leute da, alles war ganz aufregend. Bis wir alles aufgeräumt haben, wird es spät.«

»Du solltest dich nicht so ausnutzen lassen.« Der Bursche klang enttäuscht.

»Magst du morgen mit mir ausfahren?«, fragte Erna keck. »Da ist es vielleicht ruhiger.«

»Bis morgen ist noch so lang.«

»Ich kann dir aber morgen was Spannendes erzählen«, lockte Erna ihn bedeutungsvoll.

»Wenn es ein Kuss ist, lass ich mit mir reden.«

Erna begann wieder zu kichern. »Eigentlich ist es etwas anderes.«

»So spannend wie ein Kuss kann gar nichts anderes sein!«

»Doch!« Ein bedeutungsvoller Unterton schlich sich in Ernas Stimme. »Ich darf eigentlich nichts sagen. Aber … du kennst ja niemandem, dem du es weitererzählen kannst. Heute ist die Schwester von Frau Baranow angekommen. Mit ihrem Kind, das sie ihrem Mann weggenommen hat.«

Der junge Mann lachte. »Was du nicht sagst!«

»Ich lüg doch nicht!« Erna klang entrüstet. »Jetzt sind sie weiter nach Bregenz. Über den See. Ist das nicht ein Abenteuer?«

Meinte sie etwa Lilly? Elisabeth dachte an ihre Mittlere, die sie zum letzten Mal beim Eislaufen im letzten Winter gesehen hatte. Wäre Helena nicht dabei gewesen, hätte sie sich vielleicht zu erkennen gegeben … vielleicht. Für ihre hoffentlich spektakuläre Rückkehr nach Meersburg in ein paar Jahren aber war es besser, wenn keiner wusste, wie nah sie dem Lindenhof von Zeit zu Zeit kam.

»Ach, Erna. Was interessiert mich die Tochter vom Lindner Gustav«, erklärte der junge Mann und senkte die Stimme. »Du interessierst mich viel mehr.« Elisabeth musste genau hinhören, um noch etwas zu verstehen.

»Also gut«, gab Erna geziert nach. »Dann bekommst du einen Kuss. Wenn du morgen mit mir nach … Konstanz fährst. Mit dem Boot.«

»Das ist ein Angebot!«

In diesem Moment kam der zweite Bursche aus dem separaten Eingang des Weinkellers. »Genug geschäkert!«, schimpfte er. »Ich mach die ganze Arbeit doch nicht alleine!«

Der junge Mann wandte sich ertappt dem Wagen zu, Erna zog sich, noch immer kichernd, in die Küche zurück.

Auch Elisabeth verließ ihren Platz und schlug einen Bogen hin zum Gartencafé, das um diese Jahreszeit noch nicht geöffnet hatte. Während sie den verglasten Pavillon umrundete, dachte sie über das nach, was Erna über Lilly erzählt hatte, und kam rasch zu dem Schluss, dass das Küchenmädchen etwas falsch verstanden haben musste. Warum sollte Lilly ihrem Ehemann das Kind wegnehmen? Sie hatte eine sensationelle Partie gemacht und führte ein luxuriöses Leben in Stuttgart. Besser hätte sie es nicht treffen können.

Elisabeth wollte sich gerade auf den Weg zu Helenas Kräutergarten machen, um dort etwas zu wildern, als sie eine männliche Gestalt bemerkte, die sich entlang der unbefestigten Seite der Allee auf den Lindenhof zubewegte. Der Gang hatte etwas Militärisches.

Sie stutzte. War das nicht …?

Vorsichtig wechselte sie den Platz.

War doch etwas dran an dem, was Erna erzählt hatte?

Die Neugier trieb Elisabeth voran. Sie verließ den Schatten des Parks und ging über die freie Rasenfläche unweit des Hauses.

Schließlich war sie sich sicher. »Arno?«

Der Mann fuhr herum. »Wer sind Sie?«

»Erkennst du mich nicht mehr?« Elisabeth versuchte sich an einem gewinnenden Lächeln. »Ich bin Lillys Mutter!«

66. KAPITEL

Elisabeth hatte Arno nur mühsam und mit dem Hinweis darauf, dass Lilly sich nicht im Lindenhof befand, dazu bewegen können, ihr so weit in den Park hinein zu folgen, dass man sie vom Haus aus nicht sehen konnte.

Jetzt saß er auf einer Bank neben ihr und rieb nervös die Handflächen aneinander. »Wir sind uns lange nicht mehr begegnet, Elisabeth.« Er hatte nicht einmal seinen Hut abgenommen.

»Das stimmt. Reist du gerade erst an?«

»Ja, ich … komme überraschend.« Er presste die Fingerkuppen aneinander. »Lilly ist weggefahren und hat mir … nur eine Notiz hinterlassen, die zu großer Sorge Anlass gibt.«

»Wie meinst du das?«

»Hans sollte entführt werden.«

»Nein!« Elisabeth gab sich entsetzter, als sie sich fühlte.

Arno nickte.

Auch wenn sie sein Gesicht im Zwielicht nicht gut erkennen konnte, wirkte er viel älter, als Elisabeth ihn in Erinnerung hatte. Die ganze Zeit sah er sich gehetzt um.

»Und dann hat sie ihn hierhergebracht?«, hakte sie nach. »Ohne dich?«

»Die Ereignisse haben sich überstürzt. Ich war noch in der Firma, und sie hat mich wohl nicht erreicht. Als ich nach Hause kam, war sie bereits fort. Jetzt will ich meinen Sohn in Sicherheit bringen … und Lilly natürlich auch.«

»Das ist verständlich.« So war das also. Erna hatte wirklich einiges falsch verstanden. »Und Lilly wird froh sein, dich bei sich zu wissen.«

»Davon … gehe ich aus.«

»Denkst du, dass sie hier sicher sind?«

»Nein. Deshalb bin ich sofort gekommen.«

»Dann brauchst du ein Versteck für sie?«

»Ich dachte, ich reise mit ihnen nach Stuttgart zurück. Dort werde ich sofort die Polizei einschalten.«

»Ah. Hoffen wir, dass die das Kind ausreichend schützen kann.«

»Das wird sie, darauf kannst du dich verlassen.« Arnos Unruhe nahm zu. »Ich muss jetzt unbedingt zum Haus.«

»Wie gesagt, Lilly ist vermutlich nicht da.«

»Aber sie muss sich heute hier aufgehalten haben, da bin ich mir ganz sicher.«

»Das wohl.«

»Es kommt mir so vor, als solltest du mich hinhalten.« Er klang misstrauisch.

»Ich?« Elisabeth lachte. »Weshalb sollte ich das tun? Ich wusste ja gar nicht, dass du kommst. Ich bin im Haus nicht unbedingt wohlgelitten, weil ich in vielen Dingen anderer Ansicht bin als die restliche Familie. Umso wichtiger ist es mir, dass Lilly … ein gutes Leben hat. Sie ist das Kind, das mir am nächsten steht.« Das war nicht einmal gelogen. Die Menschen hatten sie schon immer um ihre schöne Tochter beneidet, und Elisabeth hatte sich gern in dieser Bewunderung gesonnt – auch wenn ihr die Mutterschaft sonst eher eine Last gewesen war.

»Hast du mich deshalb abgefangen?«, fragte er.

»Ich hab dich doch nicht abgefangen. Wir sind uns zufällig über den Weg gelaufen!« Auf einmal kam es Elisabeth so vor, als hüte Arno ein Geheimnis. Ihre Neugierde wuchs.

»Ich werde jetzt erst einmal selbst nachsehen, ob Hans hier ist.« Arno erhob sich.

»Tu das«, erwiderte Elisabeth. »Ich bleibe noch ein wenig hier sitzen. Falls du meine Hilfe brauchst.«

»Wie könntest du mir helfen?«

»Ich kenne viele Schlupfwinkel in der Gegend. Für den Fall, dass du Lilly und Hans vom Lindenhof wegbringen willst. Nach Stuttgart kommt ihr heute eh nicht mehr zurück.«

»Das werde ich dann sehen.« Arno zog sein Jackett glatt. »Guten Abend, Elisabeth.«

Sie sah ihm nach, wie er über den Rasen davonging, und war schon versucht, ihrerseits den Rückweg anzutreten, als ihr noch einmal Ernas Worte in den Sinn kamen: *»Jetzt sind sie weiter nach Bregenz. Über den See.«* Was war wirklich geschehen?

Sie ließ sich auf die Bank zurücksinken und begann, die Puzzleteile zusammenzusetzen. Lilly war mit Hans offensichtlich heute im Lindenhof angekommen. Nicht zu einem Besuch, sondern weil sie Angst um ihren Sohn hatte. Ihr besorgter Ehemann war hinterhergefahren, wusste aber nicht, dass Lilly nach Bregenz weitergereist war. Die Bedrohung musste wirklich groß sein, wenn sie sich nicht einmal Zeit genommen hatte, auf ihn zu warten.

Nach einer guten Viertelstunde kehrte Arno tatsächlich zu ihr zurück. Er wirkte fahrig.

Elisabeth setzte sich auf. »Ist es ernst?«

»Sie behaupten, dass Lilly gar nicht hier war.«

»Wie bitte?« Elisabeth schüttelte den Kopf. »Hier gewesen ist sie auf jeden Fall!« Machten Gustav und Konsorten mit Arno dasselbe wie mit ihr? Bestimmt steckte Helena dahinter. Schon von Kindheit an hatte sie es verstanden, Gustav zu manipulieren. Ohne Helena, davon war Elisabeth überzeugt, wäre ihre Ehe mit ihm ganz anders verlaufen und nicht in einem unschönen Prozess zu Ende gegangen.

Arno blieb steif neben ihr stehen. »Ich nehme dein Angebot an«, sagte er knapp.

»Gut.« Elisabeth erhob sich. »Aber das wird dich etwas kosten.«

»Was verlangst du?« Er griff nach seiner Brieftasche.

Elisabeth überschlug rasch ihre Möglichkeiten. »Vierhundert Mark.«

Arno lachte auf. »Willst du mich auf den Arm nehmen?«

»Eine Hälfte gleich«, erwiderte Elisabeth ruhig. Sie wusste, wann sie die besseren Karten hatte. »Die andere Hälfte, wenn Hans und Lilly wieder bei dir sind.«

»Gnade dir Gott, wenn ich sie nicht finde«, knurrte Arno, als er die Brieftasche öffnete und ihr das Geld in die Hand zählte. »Also los!«

Zehn Minuten später bestiegen sie gemeinsam das Schmugglerboot, welches am Hafen auf Elisabeth gewartet hatte.

Als er sie kommen sah, nahm der Schleichhändler gerade einige Päckchen in Empfang. Auch er betrieb seine Geschäfte.

»Wenn du jemanden mitnehmen willst, dann kostet das zusätzlich«, beschied er Elisabeth.

Arno drückte ihm einen Zwanzigmarkschein in die Hand. »Das sollte genügen.«

Der Schmuggler pfiff durch die Zähne, dann verstaute er seine Ware unter den Sitzen und machte das Boot los. Mit leisem Schnurren rauschte es hinaus auf den See. »Zurück nach Konstanz?«, vergewisserte er sich.

»Nein. Nach Bregenz«, erwiderte Elisabeth. Sie hatte sich neben Arno auf einer der hölzernen Sitzplanken niedergelassen.

»Was zum Teufel sollen wir in Bregenz?«, zischte Arno.

»Lilly ist dorthin unterwegs«, erwiderte Elisabeth gelassen.

»Versteh einer die Weiber«, brummte der Schmuggler. »Ich bring euch nach Bregenz, aber nicht mehr heut.«

»Warum nicht, verdammt noch mal?« Arno stand auf und brachte damit das Boot zum Schwanken.

»Nicht!« Elisabeth zog ihn wieder auf den Sitz. »Sonst liegen wir alle im Wasser!«

»Bis Bregenz brauchen wir die halbe Nacht. Und es gibt Sturm.«

In diesem Augenblick nahm auch Elisabeth die unruhige Bewegung des Wassers wahr. »Ich fürchte, dass er recht hat.«

»Wir fahren jetzt nach Bregenz!«, beharrte Arno, öffnete seine Brieftasche und holte drei Zehnmarkscheine heraus. »Was kostet das?«

»Wenn wir Pech haben, das Leben«, erwiderte der Schmuggler, ließ sich das Geld aber dennoch in die Tasche stecken. »Auf Ihre Gefahr!«

Etwa zwei Stunden später auf dem See

Eddi hatte Mühe, das Boot auf Kurs zu halten. Der Wind hatte deutlich aufgefrischt, die Wellen schlugen hart gegen die Planken und besprühten die Insassen mit ihrer Gischt. Am Ufer erkannte man verzerrt die Lichter von Wasserburg, aber bald würde das schlechte Wetter sie vollkommen vom Land abschneiden. Auf dem Boden des Fischerkahns sammelte sich Wasser.

Lilly saß in Felix' Armen und hielt Hans fest auf ihrem Schoß. Das Boot mit Pater Fidelis folgte mit etwas Abstand, nachdem es einige Male außer Sichtweite geraten war. So idyllisch der Bodensee bei Sonnenschein war – bei Sturm konnte er tödlich sein.

Eine Böe fegte Eddis Mütze ins Wasser. Er beachtete es nicht, sondern starrte grimmig geradeaus in die undurchdringliche Wolkenwand. Der Sturm wurde minütlich stärker.

»Wir schaffen es nicht«, brüllte er schließlich. »Es ist zu gefährlich!« Der Bodensee spielte mit den Booten, als wären sie Nussschalen.

»Was schlägst du vor?«, rief Felix zurück.

»Wir müssen an Land.«

»Wo?«

»Der nächste Hafen ist Lindau.« Eddi verlagerte sein Gewicht. »Eigentlich ist es schon zu spät!« Dann begann er, das Ufer anzusteuern.

Normalerweise navigierten die Schiffe bei diesem Wellengang auf den See hinaus und kreuzten so lange, bis ein gefahrloses Einlaufen in einen Hafen möglich war. Doch Eddis Motor war der Wucht der Elemente nicht gewachsen. Lilly wurde bewusst, wie viel er für ihre Flucht riskierte. Hoffentlich kamen sie heil an Land.

Mit der Änderung des Kurses wurden die Schaukelbewegungen des Fischerkahns noch heftiger. Lilly spürte Felix' festen Griff, Hans hatte sich in den Stoff ihres Mantels gekrallt. Sein Schreien mischte sich in das zunehmende Brausen und Tosen.

Kurz darauf hatten sie jede Orientierung verloren. Das aufstiebende Wasser ließ den Blick verschwimmen, Himmel und See waren zu einem grau-schwarzen Nichts verschmolzen. *Bitte, lieber Gott, lass uns nicht ertrinken!*

Zwei dunkle Umrisse, ein Licht.

Lindau?

Eddi navigierte mit aller Kraft. Die enorme Macht, mit der die Wellen gegen die Hafenmauer schlugen, ließ Lilly panisch werden. Felix zog sie noch enger an sich, ließ sie seine schützende Ruhe spüren. Hans in ihren Armen wirkte auf einmal wie erstarrt.

Eddi beschrieb einen weiten Bogen, dann arbeitete er sich mit den Wellen durch die Hafeneinfahrt.

Das Manöver gelang.

Lilly atmete auf, als das Hafenbecken sie aufnahm. Sie waren in Sicherheit. Draußen donnerte weiterhin der aufgewühlte See gegen die Mauer, der Leuchtturm schickte stoisch sein Licht in die unwirtliche Nacht.

Zahlreiche Fischerboote hatten sich vor dem Sturm hierher gerettet, lagen als dunkle Schemen an den Stegen und zerrten an ihren Tauen.

Lilly drehte sich um und sah mit Erleichterung, dass auch der Fischer mit Pater Fidelis an Bord die riskante Einfahrt gemeistert hatte. Wenige Minuten später machten beide Kähne nebeneinander fest.

Eddis Gesicht war grau, als er Lilly und Hans aus dem Boot half. »Das hätte schiefgehen können.«

Felix schlug ihm anerkennend auf die Schulter und nickte stumm. Dann wandte er sich zu Pater Fidelis um, der auf seinem Platz saß und sich nicht rührte. »Kommt, Pater!«

Gemeinsam mit dem Fischer hievte er den Geistlichen an Land. Der musste erst ein paar schwankende Schritte tun, um sein Gleichgewicht wiederzufinden. »Wir müssen uns ein Platzerl für die Nacht suchen«, brachte er schließlich heraus und ließ die Perlen eines hölzernen Rosenkranzes durch seine Finger gleiten.

»Am besten sucht ihr euch ein Hotel«, erwiderte Eddi. »Wir Fischer bleiben bei den Booten.«

Felix schüttelte den Kopf. »Ein Hotel halte ich für riskant.«

Lilly gab ihm recht. Sobald sie irgendwo offiziell gemeldet waren, wäre ihr Weg nachvollziehbar.

»Er muss ins Warme!«, drängte Eddi mit Blick auf Hans.

Das Kind wimmerte leise.

Plötzlich kam Lilly eine Möglichkeit in den Sinn. »Ich kenne eine ältere Frau«, sagte sie langsam. »Sie lebt in Hochbuch. Vielleicht lässt sie uns die Nacht bei sich verbringen. Ihr Haus ist groß.«

»Wen meinst du?«, fragte Felix.

»Sie heißt Elisabeth von Ardenne. Katharina und ich haben sie letztes Jahr in Konstanz kennengelernt und später einmal gemeinsam besucht.«

Eddi kratzte sich im Nacken. »Hochbuch ist aber ein Stück weg vom Hafen.«

»Wir versuchen es«, entschied Felix. »Ich suche eine Droschke. Eddi, wir sehen uns morgen nach Sonnenaufgang.«

In der regnerischen Dunkelheit erkannte Lilly die Villa kaum wieder, in der sie damals mit Katharina zum Kaffee eingeladen gewesen war. Doch das Licht, welches in einigen der hohen Fenster brannte, versprach Hilfe und Obdach.

Es ist schon eigenartig, dachte Lilly, plötzlich die Geschichte Effi Briests vor Augen, dass sie nun bei der Frau Hilfe suchte, die Ähnliches erlebt hatte wie sie. Deren Mann sie des Hauses verwiesen und ihr das Kind weggenommen hatte …

Es war Daisy, die auf ihr Klingeln hin öffnete. »Um Himmels willen! Was ist denn Ihnen widerfahren?«

Lilly trat mit Hans auf dem Arm vor. »Kennen Sie mich noch, Frau Weyersberg?«

»Wie?« Daisy kniff die Augen zusammen, dann erhellte sich ihr Gesicht. »Ah ja, jetzt. Sie sind doch die Schwester von dem Fräulein Lindner aus Meersburg.«

»Ja«, antwortete Lilly, erleichtert, dass sie trotz ihres erbärmlichen Zustandes erkannt wurde. Ihr Haar hatte sich gelöst und lag nass und wirr um Kopf und Schultern, sie trug noch die Hosen, die sie in Stuttgart angezogen hatte. »Uns hat der Sturm überrascht, und wir mussten ungeplant in Lindau an Land gehen. Könnten wir bei Ihnen einen Platz für die Nacht bekommen?«

»Aber ja, natürlich!« Daisy stieß die Tür vollständig auf. »Kommen Sie herein. Sie haben doch bestimmt Hunger? Und dann müssen wir Ihre Kleidung trocknen!«

»Das ist sehr freundlich von Ihnen.« Lilly reichte Hans an Felix weiter.

Der Wohnraum, in den Daisy sie führte, war angenehm warm. Lilly ließ sie auf ein Kanapee sinken, Felix legte Hans neben sie. Das Kind rollte sich neben ihr zusammen und schlief sofort ein.

Pater Fidelis setzte sich aufseufzend in einen Sessel.

Fünf Minuten später erschien Elisabeth von Ardenne. »Das nenne ich eine Überraschung.« Ihre Stimme klang erfreut, ihr Gesicht aber blieb unbewegt.

Lilly stand noch einmal auf. »Verzeihen Sie diese unhöfliche Störung, Baronin.«

»Sie werden eine Erklärung dafür haben.«

»Sie sind in Seenot geraten«, erläuterte Daisy, die mit einer Wasserkaraffe hereinkam, »und würden gern bei uns übernachten.«

Die Baronin nickte bedächtig. Dann nahm sie in einem zweiten Sessel neben Pater Fidelis Platz. »Sie werden mir die Umstände Ihrer Not erklären.«

Lilly setzte sich wieder, nur Felix blieb stehen und lehnte am Kaminsims.

»Wie Sie wissen, war ich in Stuttgart verheiratet«, begann Lilly.

Die Baronin nickte.

»Mein Mann wurde als gefallen gemeldet. Deshalb habe ich mein Leben … noch einmal neu angefangen.« Sie sah zu Felix hin und bemerkte, dass die Baronin ihrem Blick folgte. »Aber mein Ehemann war nicht tot. Er kehrte vor gut einem Monat so unerwartet aus der Kriegsgefangenschaft zurück, dass es nicht möglich war, dies vor ihm zu … verbergen.«

Auf dem hageren Antlitz der Baronin zeichnete sich Verständnis ab. »Sprechen Sie weiter.«

Lilly merkte, wie ihr auf einmal die Tränen über das Gesicht rannen. »Ich habe versucht, einen Weg zurück in meine Ehe zu finden. Wegen ihm.« Sie legte eine Hand auf Hans' Köpfchen. »Mein Ehemann aber versucht, mich zu vernichten. Er verbot mir meine Arbeit, zwingt mich ins Haus. Dann hat er mir mein Kind weggenommen …«

Die Augen der Baronin wanderten zu Hans. »Ist er der Sohn Ihres Gatten?«

Lilly nickte.

»Und er hat Ihnen angedroht, dass Sie ihn nie wiedersehen«, stellte Elisabeth von Ardenne sachlich fest.

»Ja«, sagte Lilly mit erstickter Stimme und wusste, dass die alte Dame ihr Leid verstand. »Am Ende blieb mir nur die Flucht …«

»Bitte kommen Sie mit mir«, meinte die Baronin. »Ich möchte gerne unter vier Augen mit Ihnen sprechen.«

»Ich hole so lange etwas zu essen«, sagte Daisy.

Die Baronin nahm Lilly mit auf ihr Zimmer und ließ sich noch einmal genau berichten, hörte zu, fragte nach Details. Und

Lilly redete sich ihre Last von der Seele. Sie hatte nichts mehr zu verlieren.

Danach schwiegen sie beide.

»Ich schlage Folgendes vor«, sagte die Baronin schließlich. »Ich rufe jetzt gleich einen Anwalt an. Er sitzt zwar in Berlin, aber er ist in solchen Sachen erfahren und soll Ihre rechtlichen Möglichkeiten prüfen.«

»Das … würden Sie tun, Baronin?« Lilly klopfte das Herz bis zum Hals. »Aber ist er denn um diese Uhrzeit noch erreichbar?«

Die Baronin nickte. »Für mich schon.«

Lilly wischte über ihre tränennasse Wange.

»Auch wenn der Ausgang solcher Streitigkeiten ungewiss ist«, fuhr die Baronin fort, »so müssen wir wenigstens versuchen, Ihre Interessen zu wahren. Ich verstehe Sie. Sehr gut sogar.«

Die Kraft und Entschlossenheit, welche Elisabeth von Ardenne ausstrahlte, fand ihren Widerhall in Lillys Innerem. So unterschiedlich sie und die Baronin auch waren, so verschieden die Zeiten, denen sie entstammten – hier standen zwei Frauen, die sich die Gewalt über ihr Leben nicht mehr aus der Hand nehmen ließen. Keine von ihnen würde sich wie Effi Briest einfach ihrem Schicksal ergeben. »Ich kann Ihnen gar nicht sagen, wie sehr mich Ihr Angebot … erleichtert.«

»Es ist mir ein Bedürfnis, Ihnen zur Seite zu stehen.« Um den Mund der Baronin bildete sich ein scharfer Zug. »Einer Mutter ihr Kind zu nehmen, ist ein unerträgliches Unrecht.« Überraschend legte sie eine Hand auf Lillys Arm, zog sie aber gleich wieder zurück. »Sie wollen morgen weiter?«

Lilly nickte. »Nach Österreich.«

»Sind Sie an Ihrem Zufluchtsort erreichbar?«

»Wir werden im Kloster Mehrerau unterkommen. Bei den Brüdern des Paters, der uns begleitet.«

»Das ist riskant.«

»Ich weiß. Aber dort wird mein Mann uns nicht suchen.«

»Ich werde jetzt erst einmal telefonieren«, sagte Elisabeth von Ardenne. »Leisten Sie derweil ruhig wieder Ihren Mitreisenden Gesellschaft. Ich komme nach, sobald ich fertig bin.«

Gegen Mitternacht, nachdem die Baronin ihren Anwalt informiert und ihnen anschließend ihre Zimmer zugewiesen hatte, kam Daisy noch einmal zu Lilly. Im Arm trug sie eine zusätzliche Decke. »Für den Kleinen«, sagte sie und übergab sie Lilly.

»Danke.« Lilly unterdrückte ein Gähnen. Sie hatte Hans bereits ins Bett gelegt und wartete darauf, dass Felix zu ihr kam, der sich eigentlich ein Zimmer mit Pater Fidelis teilen sollte.

»Nichts zu danken«, antwortete Daisy. »Hängen Sie Ihre Kleidung an den Kamin. Dann ist sie bis morgen trocken. Ich klopfe in der Früh rechtzeitig, sodass Sie sich zum Frühstück fertig machen können. Ihr Begleiter meinte, dass Sie so bald wie möglich weiter möchten.«

Lilly nickte.

»Dann ist es wichtig, davor noch etwas zu essen.«

Lilly legte die Decke aufs Bett und wartete darauf, dass Daisy sich zurückzog.

Doch Daisy stand noch mitten im Raum und betrachtete Hans. »Es ist gut, dass Sie zu uns gekommen sind, Frau

Reichle.« Sie senkte die Stimme. »Denn die Baronin hat sogar zwei Kinder verloren durch so eine Sache. Wir hatten uns darüber doch schon einmal unterhalten, nicht wahr?«

»Ja. Und ich habe inzwischen *Effi Briest* gelesen.«

»Oh! Dann wissen Sie ja Bescheid!«

»Sie hat auch ein Kind, die Baronin?«

»Sogar zwei. Eine Tochter und einen Sohn. Ihr wurde der Umgang verboten. Viele Jahre lang. Sie hat sie erst als Erwachsene wiedergesehen.«

»Das ist eine Ewigkeit.« Lilly schauderte bei der Vorstellung, Hans erst als Mann wiederzusehen. »Haben die beiden dann überhaupt noch eine Beziehung zu ihr aufbauen können?«

»Ich kann das nicht beurteilen, ich habe selbst ja keine Kinder. Aber sie sehen sich regelmäßig.«

Lilly nickte. »Es ist schlimm, wenn ein Mann seiner Frau so etwas antut. Und damit sogar im Recht ist.«

»Ach, er hat ihr noch viel Schlimmeres angetan! Sie hatte ja einen Liebhaber damals, die Baronin, der auch verheiratet war.« Daisy wurde noch leiser. »Da nahm das Drama seinen Lauf, denn aus der Sache wurde etwas Ernstes. Lange hat ihr Ehemann nichts davon gemerkt. Und dann, eines Tages, hat er die Liebesbriefe gefunden.«

»Und sie dafür büßen lassen«, flüsterte Lilly.

»Die Baronin musste das Haus innerhalb eines Tages verlassen. Aber es kam noch schlimmer. Armand von Ardenne hat ihren Liebhaber, den Amtsrichter Hartwich, zum Duell gefordert.«

»Aber … sind Duelle nicht verboten?«

»Doch. Das waren sie auch damals schon. Aber Armand war Offizier. Da ging es um die Ehre.«

»Wie bei *Effi Briest* …«, sagte Lilly tonlos.

»Der Amtsrichter hat danebengeschossen. Aber Elses Mann nicht«, erzählte Daisy weiter. »Er hat Hartwich in den Unterleib getroffen. Der hat zwar noch ein paar Tage gelebt, ist dann aber in der Charité gestorben.«

»Mein Gott …«

Daisy nickte. »Das war schlimm. Aber die Baronin ist stark. Anders als Effi Briest. Ich glaube, deshalb mag sie die Geschichte nicht. Sie hat ein neues Leben angefangen und ist Krankenschwester geworden. Und irgendwann sind wir uns dann begegnet. Zum Glück. Sie mag mehr als fünfundzwanzig Jahre älter sein als ich. Aber im Herzen und im Geist sind wir wie eins.«

Lilly kam es so vor, als sei Daisy mit dem Ausgang der Geschichte recht zufrieden.

»Sie ist mir eine gute Gefährtin«, fügte Daisy an, als habe sie Lillys Gedanken gelesen. »Aber jetzt schlafen Sie erst einmal, Frau Reichle. Die Baronin wird für Sie tun, was sie kann. Gute Nacht.«

67. KAPITEL

Konstanz, am frühen Morgen des nächsten Tages

Der Schmuggler war ein Feigling gewesen. Noch vor Friedrichshafen hatte er abgedreht und Kurs auf Konstanz genommen. »Ich bin doch kein Selbstmörder!«, hatte er gesagt und Arno die Geldscheine zurückgegeben. »Heute kommt niemand mehr nach Bregenz.«

Arno Reichle hatte getobt, aber nichts ausrichten können.

Nachdem sie in Konstanz an Land gegangen waren, hatte er von Elisabeth sein Geld zurückfordern, nach Meersburg fahren und die Polizei verständigen wollen. Elisabeth hatte das Geld natürlich behalten, und zurück hatte er auch nicht gekonnt, da kein Schiff mehr ausgelaufen war. Eine Meldung der Kindesentführung bei der Konstanzer Polizei war an der geschlossenen Wache gescheitert.

Nach einer schlechten Nacht in einem Konstanzer Gasthaus standen sie nun wieder in der Schmugglerbucht. Über dem regen Treiben dort dämmerte der Tag herauf. Noch immer war es regnerisch und windig, der Sturm allerdings hatte sich gelegt.

Arno hielt die Arme vor der Brust verschränkt und sah

grimmig auf den See hinaus. »Das ist deine letzte Möglichkeit, Elisabeth.« Sein Ton war drohend. »Wenn du mich zum Narren gehalten hast, wird es dich bitter zu stehen kommen.«

Elisabeth antwortete nicht. Stattdessen ging sie einem Kahn entgegen, der gerade auf dem Kies anlandete. »Bruno!«

»Elisabeth!« Bruno zog sein Boot ein Stück aus dem Wasser. »Kann ich was für dich tun?«

Der wettergegerbte Bruno hatte nicht nur viel Erfahrung, er besaß auch weitreichende Kontakte in die Konstanzer Amtsstuben.

Elisabeth nickte. »War heute Nacht sonst noch jemand auf dem Wasser? Zwischen Friedrichshafen und Bregenz?«

»Allerdings.«

»Wer?«

Bruno deutete auf zwei weitere Kähne. Sie lagen verdeckt im Schilf. »Die hat es allerdings bös erwischt. Müssen erst repariert werden.«

»Aber sie kamen aus der Richtung?«

»Ja.« Bruno legte das Seil um einen Findling. »Sind halt zu früh wieder los. Hitzköpfe, die gedacht haben, dass sie stärker sind als der See.« Er zwinkerte ihr zu. »Brauchst du mich?«

»Ja. Warte hier. Du wirst gut bezahlt.«

Elisabeth ging zu den beiden jungen Schmugglern, die gerade die Schäden ihrer Boote begutachteten. »Das sieht nicht gut aus«, sagte sie.

»Geht dich nichts an, Weib«, erwiderte einer der beiden.

»Das könnt ihr sicher gebrauchen.« Elisabeth griff in ihre Rocktasche und hielt ihnen einige Münzen hin. »Die Reparatur wird was kosten.«

Der andere kniff die Augen zusammen. Dann machte er ein paar Schritte auf sie zu. »Sag, was willst du von uns?«

»Ihr seid heute Nacht von Bregenz gekommen?«

»Nein, von Lindau. Mistwetter war das!«

»Lindau.« Elisabeth dachte kurz nach. Wenn Lilly mit dem Boot nach Bregenz gebracht werden sollte, dann lag eine Vermutung nahe. »Habt ihr unterwegs den Eddi gesehen? Den Fischer?«

»Der Eddi«, erwiderte der Erste und lehnte sich an den Rumpf seines Kahns, »wäre fast am Löwen zerschellt.«

»Ja, das war knapp«, bestätigte sein Kamerad. Er stand nun direkt vor Elisabeth. »Auch für den zweiten Kahn.«

»Eddi war mit einem anderen Fischer unterwegs?«

Der am Boot nickte. »Die hatten sogar ein paar Leute dabei. Eine Frau mit einem Kind. Einen dicken Mönch …«

»… und noch einen Mann«, fügte sein Freund an.

»Kannst du sie beschreiben?«

»War zu dunkel.«

»Ah.« Elisabeth ließ die Münzen ein bisschen aneinanderklappern. »Haben sie auch, jedenfalls so lange ihr dort wart, den Sturm abgewartet?«

»Sah net so aus. Die sind in Lindau an Land gegangen.« Der junge Mann neben ihr schielte auf das Geld in ihrer Hand.

Elisabeth schloss die Faust. »Eddi ist bei seinem Boot geblieben?«

»So wie alle.« Der Bursche trat unruhig von einem Fuß auf den anderen. »Aber wir sind dann wieder rausgefahren.«

»Weil du es wolltest!«, kam es vom Boot.

»Konntet ihr sehen, wo sie hingegangen sind?«, fragte Elisabeth. »Die Leute, die Eddi bei sich gehabt hat, meine ich.«

»Woher sollen wir das wissen?«, brummte der neben ihr.

»Hat uns auch net interessiert«, ergänzte der andere.

Elisabeth öffnete die Faust und ließ die Münzen auf den kiesigen Boden fallen. »Seht zu, dass ihr eure Boote wieder flott bekommt.«

»Dummes Weib …«

Elisabeth lachte, drehte sich um und ließ die beiden die Münzen auflesen.

Inzwischen stand Arno neben Bruno, der gerade Benzin in seinen Tank gefüllt hatte. »Nein, die Elisabeth ist raffiniert. Eine von uns …«, hörte sie den alten Schmuggler sagen. Als sie näher kam, erstarb das Gespräch.

»Und? Haben sie was gewusst?«, fragte Arno skeptisch.

»Ja«, erwiderte Elisabeth. »Fährst du nach Lindau, Bruno?«

»Für zwanzig Mark«, erwiderte Bruno, ohne aufzusehen.

»Wenn du dort wartest?«

»Vierzig.«

»Ihr seid alles Verbrecher«, knurrte Arno, zählte aber das Geld ab.

»Jeder hat seinen Beruf«, erwiderte Bruno.

»Man hat sie dort gestern an Land gehen sehen«, berichtete Elisabeth. »Lilly und Hans. Sie haben Pater Fidelis dabei. Und einen unbekannten Mann.« Sie hielt ihre Hand auf. »Mir schuldest du auch noch etwas, Arno!«

»Nein, Elisabeth. Wer weiß schon, ob das stimmt, was die beiden dir erzählt haben. Den Rest bekommst du erst, wenn ich Hans bei mir habe.«

Sie ließ die Hand sinken. »Dann fahrt ohne mich.«

»Wir brauchen eh keine Weiber.« Arno folgte Bruno, der bereits dabei war, das Tau zu lösen. »Und Geld hast du schon genug bekommen!«, rief er über die Schulter.

Elisabeth sah den beiden ohne Bedauern nach.

Denn ob Arno Lilly und das Kind fand, war mehr als ungewiss, und wenn er es tat, dann wollte sie nicht in seiner Nähe sein. Wütenden Menschen sollte man aus dem Weg gehen. Und die Ehe ihrer Tochter ging sie ohnehin nichts an. In solche Dinge mischte man sich besser nicht weiter ein. Stattdessen würde sie heute noch nach Zürich zurückkehren und dort in Ruhe ihre nächsten Touren planen.

Sie langte in die Tasche ihres Rocks. Dort raschelten die Geldscheine. Sie hatte an Arno auch so genügend verdient.

Lindau, kurz nach Sonnenaufgang

Lilly hatte so tief geschlafen, dass sie Daisys Klopfen überhört hatte und erst aufgewacht war, als Felix nach ihr und Hans gesehen hatte. Im Anschluss an ein schnelles Frühstück hatten Elisabeth von Ardenne und Daisy darauf bestanden, sie zum Hafen zu begleiten. Während Daisy zu ihnen in die Droschke gestiegen war, hatte die Baronin trotz des anhaltenden leichten Regens das Fahrrad genommen.

Sie erreichten den Lindauer Hafen beinahe gleichzeitig. Dort herrschte bereits emsige Betriebsamkeit. Die Fischer untersuchten ihre Gondeln nach Sturmschäden und machten sie wieder flott. Einige von ihnen waren schon bereit zum Auslaufen.

Auch Eddi und sein Kollege hatten ihre Boote startklar gemacht und warteten darauf, sie an Bord zu nehmen.

Lilly war es nicht wohl bei dem Gedanken, noch einmal bei schlechtem Wetter auf den See hinauszufahren, aber Felix hatte sie beruhigt. So stürmisch wie in der vergangenen Nacht war es heute nicht, und die schlechte Sicht bot einen guten Schutz vor unerwünschter Entdeckung. Er ging davon aus, dass Arno inzwischen die Polizei benachrichtigt hatte und nach ihnen gesucht wurde.

»Ich werde euch direkt beim Kloster absetzen«, sagte Eddi, nachdem sie sich wieder auf die Boote verteilt hatten und er den Motor startete. »Es liegt nur ein paar Schritte vom Ufer entfernt.«

»Dann werden wir nicht allzu lange brauchen«, stellte Felix fest.

»Nein«, erwiderte Eddi und vergewisserte sich, dass auch sein Kamerad mit Pater Fidelis abfahrbereit war. »Ungefähr eine halbe Stunde.«

Sie machten sich auf den Weg.

Lilly und Felix saßen mit dem Rücken zur Fahrtrichtung. Hans auf ihrem Schoß zeigte mit seinen Ärmchen auf die anderen Schiffer im Hafen, von denen einige ihre Boote bestiegen. »Booot! Guck, Mamaaa! Feeee-ixxx!«

Felix beugte sich herüber. »Irgendwann fahren wir mal wieder mit einem großen Schiff, Hans. Einem richtigen Dampfschiff!«

»Damm–schifffffahren!«

Lilly lächelte und beobachtete die sprudelnde Spur, die Eddis Motor im Wasser hinterließ.

Auf einmal tauchte vor ihnen ein weiterer Fischerkahn auf. Lilly nahm ihn zunächst nur aus den Augenwinkeln wahr. Als er aber zeitgleich Löwe und Leuchtturm in die Gegenrichtung passierte, überkam sie ein ungutes Gefühl. Das andere Boot war viel zu nah.

»Was, verdammt …!« Eddi versuchte auszuweichen, doch ein plötzlicher Ruck zeigte an, dass die beiden Boote sich berührt hatten.

»Wir müssen weg!«, rief Felix auf einmal. »Das ist Arno!«

Lilly erstarrte.

Mit einem schabenden Geräusch schob sich das fremde Boot neben sie, drückte Eddis Schiff einige Meter zurück ins Hafenbecken und gleichzeitig zwischen zwei der aus dem Wasser ragenden Pfähle, die den Sockel des Leuchtturms schützten.

Eddi versuchte, sich aus der Blockierung zu lösen, manövrierte, gab Gas, schuf einige wenige Zentimeter Platz. Lilly drückte Hans an sich und sah, wie sich in unmittelbarer Nähe eine große Gestalt erhob.

Arno sprang.

Als er auf den Planken unmittelbar vor Lilly landete, war Felix bereits auf den Beinen, versuchte, ihn von Bord zu stoßen, doch Arno hieb ihm einen Ellenbogen in die Rippen. Felix fiel über die Sitzbank. Die wenigen Sekunden, die er brauchte, um wieder auf die Füße zu kommen, nutzte Arno, um nach Hans zu greifen.

»Nein!« Lilly umklammerte ihr Kind, versuchte, Arno abzuwehren, aber die heftigen Schaukelbewegungen zwangen sie dazu, sich mit einem Arm abzustützen. Hans rutschte zur Seite.

Arno packte ihn sofort.

Hans' gellender Schrei ging Lilly durch Mark und Bein. Sie sah Arnos hasserfüllten Blick und Felix, der Arnos Jacke zu fassen bekommen hatte.

Die beiden Männer rangen miteinander, die Schaukelbewegungen des Bootes wurden stärker. Lilly versuchte aufzustehen, wollte Felix helfen, aber im selben Moment riss Arno sich los, suchte kurz das Gleichgewicht und wechselte zurück in den fremden Kahn, der noch immer neben ihnen lag.

Dessen Schiffer schuf sofort Abstand. Felix glich das Schwanken von Eddis Kahn aus, entledigte sich gleichzeitig seiner Jacke, stieg auf eine der Sitzbänke und sprang hinterher. Er verfehlte das Boot mit Arno und Hans nur knapp.

Eddi manövrierte sein Schiff unterdessen aus der Zange der beiden Pfähle, Lilly schob sich den Mantel von den Schultern. Ihr Blick war auf Hans gerichtet, der aus Leibeskräften nach ihr schrie und sich strampelnd gegen seinen Vater wehrte. Arno fixierte ihn mit hartem Griff an der Brust, blieb aber stehen, während der Kahn, anstatt auf den See hinauszufahren, zurück ins Hafenbecken glitt und dort wieder in Ausfahrposition ging.

Lilly war irritiert.

»Los!«, brüllte Arno in diesem Moment. »Wir brechen durch!«

Verwirrt nahm Lilly ihren Blick von Hans und richtete ihn auf die Hafenausfahrt.

Sie konnte kaum glauben, was sie dort sah.

Unzählige Fischerboote, die eben noch im Hafen gelegen hatten, waren inzwischen durch die Hafenausfahrt gefahren, hatten zwischen dem Löwen und dem Leuchtturm einen Halbkreis gebildet und zogen ihn mit tuckernden Motoren immer enger. Hatte Eddi seinen Freunden von Lillys Situation erzählt?

»Los jetzt!« Arnos Gesicht war wutverzerrt.

Sein Schiffer ließ den Motor aufheulen, beschleunigte und jagte der Blockade entgegen. Als sich durch den Wellengang eine Lücke zwischen zwei Booten auftat, beschrieb er eine scharfe Kurve. Sofort versuchte Eddi, ihn abzudrängen.

Die Kräfte waren zu stark.

Entsetzt sah Lilly, wie Arno mit dem Jungen im Arm das Gleichgewicht verlor. Beim Versuch, sich an der Außenwand festzuhalten, ließ er Hans los.

Lilly sprang im selben Moment, in dem ihr Kind über Bord ging. Mit verzweifelten Schwimmzügen überbrückte sie die wenigen Meter bis zu der Stelle, an der sein kleiner Körper auf das Wasser aufgeschlagen war. Sie holte tief Luft, glitt unter die Wasseroberfläche und folgte dem sinkenden Schatten. Sie bekam ein Beinchen zu fassen, dann einen Arm, zog ihr Kind an sich und versuchte sofort, mit kräftigen Bewegungen wieder nach oben zu gelangen. Doch das Wasser schien sie festhalten zu wollen. Lilly schlug mit den Beinen, aber hatte dennoch das Gefühl, sich kaum von der Stelle zu bewegen. Hans lag schwer in ihrem Arm. Sie verstärkte die Stoßbewegungen, ihre Lunge brannte. Mit letzter Kraft durchbrachen sie die Wasseroberfläche. Sofort packten sie starke Arme. Lilly rang nach Luft.

»Leg dich auf den Rücken!«, befahl Felix. »Und halte Hans auf deinem Bauch fest!«

Lilly gehorchte.

Felix griff unter ihre Schultern und zog sie mit kräftigen Schwimmzügen zu Eddis Schiff, das nur wenige Meter entfernt war. Der Fischer nahm Hans entgegen, dann hob Felix Lilly an Bord. Sie sank auf den wassergetränkten Boden und hustete. Ihre Bronchien schmerzten.

Leises Weinen ließ sie aufschauen. Eddi legte ihr das Kind in die Arme. »Ma…ma«, wimmerte Hans. Er atmete.

»Du glaubst, dass du damit durchkommst!« Ein Schauder überlief Lilly, als sie sah, dass Arnos Boot beigedreht und sich bereits wieder gefährlich genähert hatte. »Aber ich habe das Gesetz auf meiner Seite! Hans gehört mir!«

»Kein Gericht dieser Welt wird dir nach diesem Vorfall Lillys Kind zusprechen«, sagte Felix kalt. »Du hast wissentlich seinen Tod in Kauf genommen.«

»Das werden wir sehen!«

Felix deutete auf die zahlreichen Schiffe im Hafenbecken. »Es gibt genügend Zeugen. Sie alle werden gegen dich aussagen.«

Arno reckte die Faust. »Du bist eine verdammte Schlampe, Lilly!«

In diesem Moment schien Arnos Bootsführer genug zu haben und gab Gas. Arno fiel rücklings auf die Planken. Während er fluchend versuchte aufzustehen, pflügte der Kahn mit ihm an Bord durch die Reihen der Fischerboote hinaus auf den See.

»Was wird er jetzt tun?«, fragte Lilly unsicher, als sie wieder zu Atem gekommen war.

»Prozessieren«, erwiderte Felix. »Aber mach dir keine Sorgen. Nach allem, was geschehen ist, hat er keine Aussichten auf Erfolg.«

Lilly drückte den zitternden Hans an sich. »Hoffentlich hast du recht.«

Felix senkte seine Lippen in ihr nasses Haar. »Ich verspreche es dir.«

Jemand begann zu klatschen, einer johlte. Pfiffe der Begeisterung ertönten, Mützen wurden geschwenkt. »Siehst du?«, sagte Felix. »Sie stehen alle auf deiner Seite!«

Eskortiert von den applaudierenden Fischern kehrten sie zur Promenade zurück.

68. KAPITEL

Eine Woche später, an der Schweizer Grenze im Tägermoos

Einmal mehr hatte sich Elisabeth in die Reihe der *Paradieser* Gärtner eingereiht, um im Tägermoos die Grenze nach Deutschland zu passieren. In ihrem Korb lagen Pastinaken und Rosenkohl, am Körper trug sie die eigentliche Ware, die sie wie immer in einem Konstanzer Gasthaus abgeben würde. Das Versteck im Korb nutzte sie nicht mehr. Wenn einer der Zöllner genauer hinsah, steckte sie ihm etwas zu.

Heute dauerte die Abfertigung ungewöhnlich lange, die Schlange vor dem Grenzübergang wuchs zusehends. War etwas vorgefallen? Wurde genauer kontrolliert als sonst?

Eine Stunde später war Elisabeth nicht nur am Ende ihrer Geduld, sondern auch kaum fünf Meter weitergekommen. Gerade als sie umkehren wollte, um den Übertritt am nächsten Tag noch einmal zu versuchen, ging es endlich voran.

Als sie sich dem Zollhäuschen näherte, erkannte Elisabeth einen von Ochsen gezogenen Wagen, der schief am Straßenrand stand. Vermutlich hatte er den Übergang blockiert. Die Tiere bockten, der Fahrer versuchte, sein Gespann zu beruhigen, andere Bauern halfen ihm dabei. Einer der Zöllner stand abwartend daneben.

Wagen und Fußgänger schoben sich um das Hindernis herum weiter, wurden angehalten und befragt, hin und wieder wanderte ein kontrollierender Blick in Körbe oder Ladung, dann wurde weitergewunken. Inzwischen kannte Elisabeth sowohl die Abläufe als auch die meisten der Beamten.

Als sie an der Reihe war, hielt sie den Korb wie immer vor die Schürze ihrer bäuerlichen Tracht. Einer der Zöllner wendete die Pastinaken, griff in den Rosenkohl und wollte sie gerade weiterwinken, als ein zweiter hinzukam. Ihn hatte Elisabeth noch nie gesehen. Er war noch recht jung.

»Die ist unverdächtig«, sagte sein Kollege.

Der zweite Beamte ignorierte ihn. »Sie soll mitkommen.«

»Aber … es gibt doch gar keinen Grund!«, wehrte sich Elisabeth. Sie schüttete ihr Gemüse auf den Boden. »Hier! Sehen Sie? Es ist sonst nichts drin!«

Der Zöllner packte sie am Oberarm. »Wenn ich sage, dass Sie mitkommen, dann haben Sie dem Folge zu leisten!«

Elisabeth sah sich Hilfe suchend um, doch keiner der anderen Gärtner beachtete sie.

Der Beamte brachte sie in die unmittelbar am Grenzübergang stehende Gaststätte *Schweizergrenze* und schob sie in einen Nebenraum.

»Haben Sie etwas dabei?«

»Nein!«

»In Ihrem eigenen Interesse empfehle ich Ihnen, die Wahrheit zu sagen.«

»Wie kommen Sie dazu, mich zu verdächtigen?«

»Es gibt einen Hinweis von den Schweizer Kollegen.«

Eine Schockwelle lief durch Elisabeth. »Das … das muss ein Irrtum sein.«

Er deutete auf einen Paravent, der in einer Ecke des Raumes stand. »Ziehen Sie sich aus. Die Überkleider hängen Sie so hin, dass ich sie untersuchen kann. Hemd, Strümpfe und Wäsche dürfen Sie anbehalten.«

»Ich weigere mich.«

»Das wird Ihnen nichts nützen.«

»Dazu können Sie mich nicht zwingen!«

Er zog einen Stuhl heran. »Ich warte.«

Langsam ging Elisabeth hinter den Sichtschutz, zog ihre grobe Wolljacke aus, löste die Schleife der Schürze, knöpfte das Mieder auf, ließ den Rock zu Boden gleiten. Dann hängte sie alles über den Paravent.

Sie sah die Männerhände, die danach griffen, hörte Stoff rascheln und Nähte reißen. Dann das Knistern der Papierheftchen, die in ihrem Mieder versteckt gewesen waren.

Elisabeth schloss die Augen. Helle Punkte tanzten vor dem schwarzen Grund ihrer Lider.

Sie wusste, was sie erwartete.

69. KAPITEL

Meersburg, das Grandhotel Lindenhof, am 4. April 1920

Kalt, aber freundlich war der Ostersonntag heraufgezogen. Das Morgenlicht zauberte Silberstreifen auf das Wasser des Sees, während der Tau der vergangenen Nacht noch als glitzernder Reif über der erwachenden Natur lag – ein letzter Gruß des scheidenden Winters. Zugleich verkündete die vielstimmige Aubade der Vögel den unaufhaltsamen Einzug des Frühjahrs.

Ihr Gesang hatte Lilly geweckt. Leise, um Hans und Felix nicht zu stören, war sie aufgestanden und hatte sich angezogen. Es gab noch einige Osterüberraschungen vorzubereiten.

In der Küche herrschte bereits Geschäftigkeit. Käthe sah kurz auf und nickte, als Lilly eintrat, widmete sich aber sofort wieder den Lammkeulen, die sie am Vortag in einer Marinade aus Olivenöl, Knoblauch und Ingwer eingelegt hatte. Auch Erna murmelte einen Gruß, allerdings ohne den Blick von den Rosenkohlbergen zu nehmen, die sie gerade putzte. Ein voller Korb mit Kartoffeln stand zu ihren Füßen und wartete ebenfalls darauf, geschält und geschnitten zu werden. Mehrere

Servierfräulein flogen in der Küche ein und aus, um die Frühstücksplätze zu decken. Im Grandhotel logierten zahlreiche Gäste, welche sich eingemietet hatten, um die Ostertage am Bodensee zu verbringen.

»Schon munter, Lilly?« Helena, die an einem langen Arbeitstisch mit marmorner Platte stand, drehte sich zu ihr um.

»Die Zeiten, in denen ich morgens nicht aus dem Bett gekommen bin, sind lange vorbei«, erwiderte Lilly, gesellte sich zu ihrer Schwester und knuffte sie in die Seite. »Du bist am Backen?«

»So ist es.« Helena wich lachend aus. »Biskuitböden für eine Nussschaumtorte.«

Lilly sah neugierig in die Schüssel, in der bereits eine hellgelbe feinschaumige Creme aufgeschlagen war. »Ist das ein neues Rezept?«

»Nicht ganz. Ich habe es bereits einige Male ausprobiert, weil ich die Torte diesen Sommer im Gartencafé anbieten möchte.«

»Dann handelt es sich um eine eigene Kreation?«

»Nein.« Helena fuhr fort, den Schneebesen durch den Biskuitteig zu ziehen. »Es stammt von einer Urlauberin. Sie hatte mir von einem alten Backbuch ihrer Großmutter erzählt, die aus dem Böhmischen stammte. Und da ich immer auf der Suche nach Anregungen bin, wurde daraus ein längeres Gespräch. Am Ende hat sie mir ihr liebstes Rezept daraus aufgeschrieben.«

»Ah, ich verstehe.« Lilly lehnte sich gegen die Marmorplatte. »Wie heißt es noch mal? Nussschaumtorte?«

»Allein der Name ist schon köstlich, findest du nicht?«

Helena klopfte den Schneebesen ab, legte ihn zur Seite und holte eine runde Backform aus der Ablage unter dem Arbeitstisch.

»Ich kann sie für dich einölen«, bot Lilly an.

»Das wäre lieb«, erwiderte Helena.

Lilly pinselte die Kuchenform aus. Dann sah sie zu, wie Helena den Teig hineinfließen ließ.

Inzwischen hatte Käthe die Lammkeulen zur Seite gestellt. Sie brachte Lilly einen Becher mit duftend heißem Kaffee. »Nehmen Sie sich erst einmal Zeit, um ganz munter zu werden, Frau Reichle«, sagte sie fürsorglich.

»Ich bin zwar hellwach, aber einen Kaffee trinke ich trotzdem gerne«, erwiderte Lilly. »Danke, Käthe.«

Während Lilly an ihrem Kaffee nippte, schob Helena den Biskuit ins Ofenrohr und wusch sich anschließend die Hände am Spülstein. »Möchtest du mir helfen, die Nussbuttercreme zu machen?«, fragte Helena.

»Von uns beiden bist zwar du die bessere Bäckerin.« Lilly schmunzelte. »Aber wenn du eine Tätigkeit hast, die du mir zutraust …«

»Butter und Zucker müssen verrührt werden.« Helena zwinkerte ihr zu und deutete auf zwei Schüsseln, die auf dem Arbeitstisch standen. Eine enthielt frische Butter, die andere Staubzucker. »Das solltest du schaffen, ohne daraus Seife zu machen.«

Lilly lachte. »Sei dir da lieber nicht so sicher.« Sie wusch den Schneebesen aus, schüttete die Zutaten zusammen und begann, diese miteinander zu vermengen.

Derweil nahm Helena einen Topf, schöpfte Milch hinein

und setzte ihn auf den Herd. Anschließend gab sie geriebene Walnüsse dazu und ließ die Mischung langsam aufkochen.

Lilly bewegte den Schneebesen durch die Butter-Zucker-Mischung. »Wie gut, dass in deinem Garten ein Walnussbaum steht, Helena.«

»Das denke ich jedes Jahr«, erwiderte Helena. »Und er trägt meistens so viele Nüsse, dass sie uns ein Jahr lang reichen.«

»Guten Morgen!« Katharinas helle Stimme legte sich über die Küche. »Ich habe die Sachen für unsere Osternester dabei! Wollen wir sie gemeinsam befüllen?«

»Deshalb bin ich eigentlich so bald aufgestanden«, bekannte Lilly lachend. Sie deutete auf ihre Schüssel. »Und jetzt sieh, worauf es hinausgelaufen ist, Katharina!«

Katharina schmunzelte. »Du darfst Helena assistieren.«

Helena nahm den Topf vom Herd und kam zurück zu Lilly. »So ist es.«

Katharina stellte einen Korb auf dem Küchentisch ab und trat neben ihre Schwestern. »Wie lange braucht ihr denn noch?«

»Mindestens eine halbe Stunde«, antwortete Helena.

»Muss ich so lange rühren?«, fragte Lilly mit gespieltem Entsetzen.

»Ich fürchte – ja.« Helena grinste. Sie platzierte den Topf in einem geeisten Wasserbad, damit sein Inhalt schneller abkühlte.

»Soll ich schon einmal mit den Nestern anfangen?«, fragte Katharina.

»Das ist eine gute Idee.« Helena deutete auf einen weiteren Korb. »Boris hat Moos gesammelt. Und die kleinen Körbe für die Nester findest du auf der Bank.«

Während Katharina begann, die Körbchen mit Moos auszukleiden, gab Helena nach und nach die Nussmilch in die Butter-Zucker-Masse.

Lilly rührte noch immer. »Ist es so gut, Helena?«

»Jetzt muss das Ganze durchgeschlagen werden.« Helena nahm ihr den Schneebesen ab. »Das übernehme ich. Dann kannst du das Nestchen für Hans fertig machen.«

Ohne Bedauern wechselte Lilly zu Katharina an den Tisch und ließ sich eines der Flechtkörbchen geben. »Sind die Eier, die wir gestern gefärbt haben, in deinem Korb?«

»Ja«, erwiderte Katharina. »Außerdem habe ich Schokolade besorgt. Und Karamellhasen.«

»Wunderbar!« Lilly freute sich schon auf Hans' leuchtende Augen, wenn er sein Osternestchen fand. »Du vergisst einfach nichts, Katharina.«

»Ich hab auch noch einen Beitrag«, ließ sich nun Käthe vernehmen und stellte eine Vorratsdose auf den Tisch.

Lilly hob den Deckel. »Das sind ja … wie herrlich!« Sie sah zu ihrer Schwester. »Schau mal, Katharina! Mürbteighäschen!«

»Frisch gebacken«, fügte Käthe an, und ein bisschen Stolz schwang in ihrer Stimme mit.

»Wunderschön!« Katharina knabberte eines an. »Und sehr lecker!«

Eine halbe Stunde später war Helenas Nussbuttercreme locker-samtig geschlagen, der Biskuit kühlte aus, und die Nester waren ausgestaltet. Mit Zwiebelschale orangebraun gefärbte, hart gekochte Eier lagen darin neben Schokolade in Silberpapier, goldgelben Karamellhasen und Käthes Gebäck.

Lilly band die letzte gelbe Schleife fest. »Jetzt müssen wir sie nur noch verstecken!«

Am Nachmittag im Festsaal des Lindenhofs

Die Suche nach den Osternestern war ein großer Spaß gewesen, vor allem für die männlichen Familienmitglieder. Gustav hatte Hans bei der Hand genommen und mit ihm unter Sträuchern und Hecken gestöbert, hinter Baumstämmen und Mäuerchen und rund ums Glashaus. Felix und Maxim hatten sich angeschlossen, und das Johlen, welches jeden Fund begleitet hatte, war bis hinunter an den See gedrungen.

Nun hatten sie an der österlichen Tafel Platz genommen, die Helena im Festsaal hatte eindecken lassen. Osterhasen aus Hefeteig, Schokoladentörtchen und Sträußchen mit gelben Narzissen flankierten die Nussschaumtorte, welche auf einem gläsernen Tortenständer thronte. An jedem Platz lagen ein frischer Buchsbaumzweig und ein Osterei.

Pater Fidelis war über die Osterzeit zu seinen Brüdern in die Mehrerau zurückgekehrt, Edith verbrachte ein paar Tage bei ihrer Schwester im Schwarzwald, Ruth kümmerte sich in Stuttgart um Lillys Schönheitssalon, den Onkel Fritz vor Arnos Zugriff hatte retten können. Onkel Fritz selbst war vor einer Stunde im Lindenhof angekommen. Nun saß er Lilly und Felix gegenüber an der Kaffeetafel.

»Wie schön, dass du einen Besuch einrichten konntest«, sagte Lilly.

Onkel Fritz rückte seine Brille zurecht. »Ich wollte mir doch persönlich erzählen lassen, was geschehen ist, nachdem wir uns an den Heidenhöhlen getrennt hatten.«

»Und ich lasse mir persönlich erzählen, wie du an dein Automobil gekommen bist«, erwiderte Felix augenzwinkernd. Onkel Fritz war in einem nagelneuen, schwarz glänzenden Gefährt aus Chrom und Lack vorgefahren.

»Ich habe es gekauft«, erwiderte Onkel Fritz grinsend.

Felix lachte.

»Du weißt, dass du mich auf eine Ausfahrt mitnehmen musst!«, warf Gustav ein.

Maxim hob die Hand. »Auch ich lade mich hiermit zu einer Probefahrt ein! Ein Automobil ist die nächste Anschaffung für den Lindenhof.«

»Selbstverständlich nehme ich euch mit«, erwiderte Onkel Fritz gutmütig. »Ich bin ja noch bis übermorgen hier.«

Hans flitzte an ihnen vorbei, einem roten Ball hinterher, den Onkel Fritz ihm mitgebracht hatte.

»Ich würde auch gerne mitfahren!«, kündigte Katharina an.

»Und ich!« Helena hatte Magdalena in ihr Körbchen gelegt und setzte sich neben Maxim.

Onkel Fritz zwinkerte ihr zu. »Da die Torte so ausgezeichnet ist«, meinte er, »fahre ich mit dir eine besonders große Runde.«

Alle lachten.

»Das Wichtigste aber, das ich dabeihabe«, fuhr er fort, »ist für Lilly. Eine Art Ostergeschenk.« Seine Augen suchten Lillys Blick.

»Ja?« Lilly schluckte.

»Arno hat die Scheidung eingereicht, verzichtet aber auf einen Prozess um Hans.«

Lilly schloss für einen Moment die Augen. Eine Zentnerlast fiel von ihrem Herzen.

»Wie hast du das geschafft?«, fragte Felix.

»Erst einmal bekam er überraschenden Besuch von einer beeindruckend streitlustigen Dame, und ich war zufällig dabei. Ihre Worte sind ihm nur so um die Ohren geflogen. Sie hat damit gedroht, ihn durch ihre weltweiten Verbindungen an allen Orten zwischen Stuttgart und Budapest und darüber hinaus zur Persona non grata zu machen.«

»Frau Kozma!«, rief Lilly, überwältigt von dieser völlig unerwarteten Unterstützung. »Und … das allein hat ausgereicht, um ihn umzustimmen?« Sie konnte es kaum glauben.

Onkel Fritz grinste breit. »Es hat meinen Argumenten zumindest den Boden bereitet.« Er zwinkerte ihr zu, dann wurde er wieder ernst. »Nachdem sie den Raum verlassen und ihn sprachlos zurückgelassen hatte, konnte ich ihn davon überzeugen, dass er seinen Sohn ganz verlieren wird, wenn er gegen dich prozessiert. Wenn er dagegen eine Einigung mit dir erzielt, habe ich ihm in Aussicht gestellt, dass er Hans regelmäßig sehen und eine Beziehung zu ihm aufbauen kann.«

»Das hört sich vernünftig an«, meinte Felix.

»Es werden einige Vereinbarungen nötig sein«, fuhr Onkel Fritz fort. »Ich habe mich als Vermittler angeboten, da ich mir vorstellen könnte, dass du Arno nicht mehr wiedersehen möchtest, Lilly.«

Lilly war es nicht recht, dass Arno einen Zugriff auf Hans

behalten sollte. Sie holte bereits Luft, um etwas zu sagen, als Felix ihr eine Hand auf den Arm legte. »Es ist gut so«, sagte er leise. »Auch in Hans' Sinne finde ich es wichtig, dass er mit seinem Vater in Kontakt bleibt. Natürlich nur, wenn Vorsichtsmaßnahmen getroffen werden.«

Lilly zögerte. Dann nickte sie langsam.

»Schwieriger dürften die Verhandlungen um die Vermögenswerte werden«, fuhr Onkel Fritz fort. »Hier besteht Arno auf einen vollständigen Verzicht deinerseits.«

»Wenn er dadurch endgültig mein Leben verlässt, verzichte ich auf alles.«

»Das würde ich nicht vorschnell entscheiden«, riet Onkel Fritz. »Lass uns in den nächsten Tagen in Ruhe darüber reden. Ich habe die Papiere dabei und gehe davon aus, dass du dir ein hübsches Sümmchen sichern kannst.«

»Es wundert mich, dass Arno dir diese heiklen Themen anvertraut hat«, meinte Felix. »Und dass du ihm so viele Zugeständnisse abringen konntest.«

Onkel Fritz grinste. »Er möchte unbedingt meine Firmenanteile kaufen, damit die Seifenfabrik ganz ihm gehört. Er bekommt sie. Aber alles hat seinen Preis.«

EPILOG

Ostermontag, 5. April 1920

Lilly ließ ihren Blick über das verwilderte Nachbargrundstück des Lindenhofs wandern. Buschwerk überzog den Boden, nur vereinzelt wagte sich das Grün unregelmäßiger Rasenflächen dazwischen hervor. Die Äste der Bäume waren knorrig, neue Triebe wucherten führungslos, herabgefallene Früchte des vergangenen Herbstes rotteten darunter vor sich hin. Über allem aber lag ein verheißungsvolles Summen. Bienen und Hummeln waren ausgeflogen und tummelten sich auf den frühen Blüten.

»Hier soll also der Wohlfühlbereich gebaut werden«, stellte Lilly fest.

»Ja.« Helena neben ihr entrollte gerade einen großen Papierbogen, den sie mitgebracht hatte – es war der Entwurf des Architekten für das neue Gebäude.

»Man kann sich kaum vorstellen, dass es hier bald völlig anders aussieht.« Katharina trat neben Lilly. »Aber ich bin auch keine Architektin.«

»Nein«, erwiderte Lilly. »Du wirst Ärztin. Es reicht, wenn du dich irgendwann in den Menschen auskennst. Ich würde mich zwischen Magen und Niere hoffnungslos verirren.«

»Also.« Helena deutete auf das verlassene Haus in der Mitte, um das dichte Dornenbüsche rankten. »Bisher dachten wir an ein Atrium, um das herum die Behandlungsräume angeordnet sind. Es bekommt eine Glaskuppel, dadurch wird es schön hell. Eine Brücke führt zum Schwimmbecken, das zum Teil innen, zum Teil im Freien liegen soll. Dort würden auch die Wasseranwendungen nach Kneipp ihren Platz bekommen.«

»Ich habe gehört, dass Schwitzbäder sehr gesund sein sollen«, sagte Katharina.

»Du sprichst mir aus der Seele. Deshalb wird es eine russische Banja geben«, antwortete Helena. »Maxim hat mich auf diese Idee gebracht. In Russland ist sie sehr beliebt.«

»Wie darf ich mir denn eine russische Banja vorstellen?«, wollte Lilly wissen.

»Es handelt sich um eine Holzhütte mit Sitzbänken und einem Ofen, der die Luft aufheizt, damit man richtig ins Schwitzen kommt«, erklärte Helena. »Auf dem Ofen befinden sich große Steine. Sie werden hin und wieder mit Wasser übergossen, sodass die ganze Hütte richtig schön dampft.«

»Also, ich finde die Idee großartig! So etwas gibt es in Finnland auch, davon habe ich gelesen.« Katharina sah sich um. »Und Platz wäre genug.«

»In einer richtigen Banja gibt es zudem einen abgetrennten Bereich, um zwischen den Schwitzgängen zu pausieren und eine Kleinigkeit zu essen und zu trinken«, fügte Helena an.

»Ein Gläschen Krimsekt?«, fragte Katharina.

»Meine Frau Kozma würde es bestimmt genießen!« Lilly lachte.

»Warum eigentlich nicht?« Helena zwinkerte ihren Schwestern zu. »Das macht gute Laune!«

»Um noch mal auf den Grundriss zurückzukommen.« Lilly deutete auf die Architektenzeichnung. »Ich würde eine weitere Ruhezone vorschlagen, außerhalb der Banja. Mit Blick auf die Alpen.«

»Das könnte gehen.« Helena sah ebenfalls auf den Grundriss. »Wenn wir … den Eingangsbereich und die Garderobe verschieben.«

In Gedanken übertrug Lilly den Entwurf auf das vor ihnen liegende Areal. »Dann böte es sich doch an, den Bereich für Schönheit und Kosmetik unmittelbar daneben zu platzieren.«

»Das sehe ich wie du«, bestätigte Helena. »Und die Massageräume schließen wir an.« Ihre Augen leuchteten.

»In Stuttgart hatte ich alles in zarten Farben gehalten«, überlegte Lilly. »Könntest du dir einen hellen Marmor dazu vorstellen, Helena? Hohe Palmen? Ein paar Kunstwerke?«

»Wie gesagt, dieser Hotelbereich wird unter deiner Leitung stehen«, antwortete Helena. »Deshalb sind deine Wünsche die wichtigsten. Ich finde aber auch den Travertin attraktiv, den wir im Lindenhof verbaut haben. Vielleicht möchtest du ihn dir genauer ansehen, bevor wir eine Entscheidung treffen?« Sie rollte das Papier ein und übergab es Lilly. »Nächste Woche haben wir einen Termin bei unserem Hausarchitekten Horn. Am besten, du siehst dir bis dahin den Plan einmal genau an und notierst Änderungswünsche und Ideen. Noch sind wir frei in der Ausgestaltung, außen und innen.«

»Das werde ich tun!« Lilly schloss ihre Hand um die Papierrolle. Eine große Herausforderung lag vor ihr, wieder einmal. Aber dieses Mal fühlte sie sich stark und getragen. Und auch ihre Spuren in Stuttgart würden nicht gänzlich verwischt. Ruth hatte den Wunsch geäußert, das *MAISON DE BEAUTÉ* auf der Königstraße als Inhaberin weiterzuführen.

»Es wird grandios, da bin ich mir sicher.« Helena hakte sich unter. »Und wenn wir den Wohlfühlbereich fertig haben, fällt uns bestimmt wieder etwas Neues ein.«

Lilly durchströmte ein Glücksgefühl. »Weißt du, was das Schönste daran ist?«

»Du wirst es mir sagen.« Helena lächelte.

»Dass wir ab jetzt gemeinsam in die Zukunft gehen. Hier, an dem Ort, der unsere Heimat ist. Mit unseren Familien.«

»Ich gönne es euch«, sagte Katharina leise. »Wirklich. Von Herzen.«

Die Wehmut, die aus ihren Worten sprach, berührte Lilly. »Eines Tages«, sagte sie und legte den Arm um Katharina, »kommst auch du zurück an den Bodensee.«

»Ich bin ja gerade erst dabei aufzubrechen«, erwiderte Katharina. »Wer weiß schon, was das Leben bringt.«

»Du hast deinen Platz hier bei uns, Katharina«, versicherte Helena.

»Wo auch immer dein Weg dich hinführt«, fügte Lilly an. »Wir sind und bleiben einander verbunden. Über alle Entfernung hinweg.«

ENDE

ANHANG

PERSONENVERZEICHNIS

Fiktive Personen

Die Schwestern
Helena Lindner, später Baranow: geb. 17. Juli 1896
Lilly Reichle (geborene Lindner): geb. 16. Januar 1900
Katharina Lindner: geb. 4. April 1901

Die Eltern
Elisabeth Lindner (geb. Mai 1870)**:** Stiefmutter von Helena, leibliche Mutter von Lilly und Katharina
Gustav Lindner (geb. Februar 1865)

Sonstige Personen Aachen/Belgien
Felix Benthin: Doppelagent (geb. April 1890)
Florence: Spionin des Netzwerks *La Dame Blanche*
Passeur: Führer über den *Todeszaun*
Witwe van den Berg: Zimmerwirtin in Rotterdam

Sonstige Personen Stuttgart, Esslingen und London
Arno Reichle: Lillys Ehemann

Hans Reichle: Lillys und Arnos Sohn (geb. 9. November 1918)
Onkel Fritz: Doktor der Chemie, Onkel von Arno Reichle, übernimmt nach dem Tod von Arnos Vater die Leitung der Seifenfabrik
Johann: Kutscher in der Villa der Reichles
Edith: Dienstmädchen der Reichles, später Kindermädchen
Frau Lene: Haushälterin der Reichles
Thea: Köchin der Reichles
Dr. Baumann: Gynäkologe
Frieda Winter: Hebamme
Herr Pfefferle: Angestellter im Kriegsministerium
Jacques: Freund von Onkel Fritz
George Douglas: Engländer, vermietet eine Immobilie in Stuttgart
Harriet Douglas: Ehefrau von George Douglas
Ruth: Mitarbeiterin in Lillys Seifenmanufaktur und in ihrem Schönheitssalon
Eugen: Laufbursche
Jack: Felix' Freund in London
Frau Kozma: Kundin in Lillys Schönheitssalon
Fräulein Gertrud: Gouvernante für Hans in Stuttgart
Alois Eberle: Stuttgarter Erfinder

Sonstige Personen Meersburg, Bodensee und Karlsruhe
Maxim Baron Baranow: Ehemann von Lillys Schwester Helena
Magdalena Lidia Olga Baranow: Tochter von Helena und Maxim

Pater Fidelis: Fröhlicher Ordenspriester aus dem Kloster Mehrerau bei Bregenz. Hat Münchner Wurzeln. Soll den Rückkauf der Wallfahrtskirche Birnau für sein Kloster vorantreiben. Kennt sich mit Heilkräutern und Medizin aus. Lebt im Lindenhof.

Käthe: Köchin und Bäckerin im Lindenhof, später Küchenchefin

Boris: Ehemaliger Diener und enger Freund von Maxim

Eddi: Fischer am Bodensee

Konrad: Hafenarbeiter in Meersburg

Architekt Horn: Hausarchitekt des Lindenhofs

Erna, Minna und Paula: Zimmermädchen, Küchenhilfen im Grandhotel Lindenhof

Frau Huber: Paradiesler Bäuerin, die Elisabeth hin und wieder ihre Ausweispapiere leiht

Otto, Ochsenwirt: Missgünstiger Wirt des Meersburger Gasthofs *Ochsen*

Olga: Helenas leibliche Mutter, die verschollen ist

Fürst Pronsky: Russischer Adeliger, Ehemann von Helenas verstorbener Tante Wera

Utz: Elisabeths Kontaktmann zu Züricher Schmuggelbanden

Bruno: Konstanzer Schmuggler

Reale Personen

Elisabeth von Ardenne, geborene Freiin von Plotho (1853–1952): Geboren auf einem Gut in Zerben, verliert Elisabeth früh ihren Vater. Dem Wunsch der Mutter entsprechend, heiratet sie den fünf Jahre älteren Rittmeister Armand von Ardenne. Das Paar bekommt zwei Kinder, Margot und Egmont. Als ihr Mann nach Düsseldorf versetzt wird, lernt Elisabeth dort den Amtsrichter Ferdinand Hartwich kennen. Zwischen den beiden entwickelt sich eine ernste Liebesgeschichte. Als Elisabeths Mann die Briefe Hartwichs findet, fordert er diesen zum Duell. Hartwich stirbt vier Tage später in der Berliner Charité, die Ehe der Ardennes wird nur wenige Monate später geschieden und die Kinder dem Vater zugesprochen. Elisabeth ist der Umgang mit ihnen untersagt. Sie wird sie erst nach vielen Jahren wiedersehen.

Dieser Teil von Elisabeths Leben inspirierte Theodor Fontane zu seinem Roman *Effi Briest.* Fontane kannte Armand von Ardenne, Elisabeth aber ist er wohl nie persönlich begegnet. Im Gegensatz zu Effi, der Romanfigur, ging Elisabeth an ihrem Schicksal aber nicht zugrunde, sondern führte ein eigenständiges Leben. Ab April 1918 lebte sie mit ihrer Gefährtin Margarethe *Daisy* Weyersberg in der Nähe von Lindau.

Die beiden Frauen hatten sich wohl um 1900 kennengelernt, unternahmen viele Reisen zusammen. Elisabeth wird Daisys Gesellschafterin und bleibt es bis zu ihrem Tod im hohen Alter von fast hundert Jahren.

Elisabeth von Ardenne weigerte sich zeitlebens, über Fontanes Roman zu sprechen.

Eine Bekannte an der Karlsruher Lessing-Schule, an der zu dieser Zeit Mädchen bereits das Abitur ablegen konnten, hatte sie allerdings nicht.

Alice Dubois (1880–1918): Alices richtiger Name lautete Louise de Bettignies, bekannt wurde sie aber vor allem als *Queen of Spies.* Im Ersten Weltkrieg arbeitete sie für den britischen Geheimdienst und schuf unter anderem das nach ihr benannte *The Alice Network,* ein Netzwerk an Informantinnen, darunter Strickerinnen (die sogenannten *Tricoteuses*), welche die Truppenbewegungen der Deutschen entlang von Bahnlinien und anderen Verkehrsknotenpunkten beobachteten, in Strickmuster umsetzten und dem britischen Geheimdienst zuspielten. Auf diese Weise gelangten zahlreiche wichtige Informationen in die Hände der Alliierten.

Marie Regine Josenhans (1855–1926): *Engel des Bohnenviertels.* Sie begann bereits 1891 mit ihrer sozialen Arbeit in der Stuttgarter Armenfürsorge. 1919 war sie eine der ersten Frauen, die in den Stuttgarter Gemeinderat einzogen. Durch ihre Arbeit erreichte sie, dass die Armenfürsorge in Stuttgart als öffentliche Aufgabe anerkannt wurde.

Otto Leiner (1856–1931): Sohn und Erbe von Ludwig Leiner, dem Konstanzer Apotheker und Gründer des Rosgartenmuseums. Er hatte das Museum von seinem Vater übernommen. Den Kriegsversehrten der Lazarette gewährte er tatsächlich freien Eintritt.

Georges Painvin (1886–1980): Französischer Kryptoanalytiker, dem es ab Ende April 1918 gelang, den geheimen Funkverkehr der Deutschen zu entschlüsseln. Damit leistete er wohl einen entscheidenden Beitrag dazu, die Niederlage der deutschen Armee einzuleiten.

Helena Rubinstein (1872–1965): Die aus Krakau stammende Tochter eines Lebensmittelkaufmanns eröffnete 1902 den ersten Schönheitssalon Australiens und legte damit den Grundstein für eines der größten Schönheitsimperien der Welt. In den folgenden Jahren eroberte sie Europa und die Vereinigten Staaten, eröffnete Salons und Läden, gründete Fabriken. *Helena Rubinstein* stand für Luxus und Glamour. Als sie starb, hatten ihre Unternehmungen über 30 000 Mitarbeiter in fünfzehn Ländern. Nach dem Tod der Gründerin sank der Stern von *Helena Rubinstein.* Erst als L'Oréal in den Achtzigerjahren des vergangenen Jahrhunderts das Unternehmen erwarb, wurde die Marke wieder bekannt.

Kasia von Szadurska (1886–1942): Malerin und in meiner Geschichte Freundin von Lillys Schwester Helena

Richard Bolton Tinsley (1875–1944): Britischer Geheimagent und *Spymaster* (Chef eines Spionagerings) im Ersten Weltkrieg. Vom niederländischen Sitz des MI1 in Rotterdam aus führte er ein weit gespanntes Spionagenetzwerk, darunter fielen auch die Aktivitäten der Geheimorganisation *La Dame Blanche*. Heute wird er als erfolgreichster Spymaster des Ersten Weltkriegs bezeichnet. Sein Erscheinungsbild im Roman entspricht dem der genutzten Quellen.

Margarethe (Daisy) Weyersberg (1878–1971): Gefährtin von Elisabeth von Ardenne

CHRONOLOGIE

der politischen Ereignisse 1918/1919

29. September 1918: Die Oberste Heeresleitung (OHL) fordert von der Reichsregierung aufgrund der aussichtlosen Lage die Aufnahme von Waffenstillstandsverhandlungen.

3. Oktober 1918: Max von Baden wird zum Reichskanzler ernannt. Er bildet eine parlamentarische Regierung.

4. Oktober 1918: Max von Baden ersucht die Alliierten um einen Waffenstillstand.

24. Oktober 1918: Hindenburg verlangt die Wiederaufnahme der Kampfhandlungen.

28. Oktober 1918: Einheiten der deutschen Hochseeflotte in Wilhelmshaven weigern sich auszulaufen.

3. November 1918: Matrosenaufstand in Kiel

4. November 1918: Arbeiter- und Soldatenräte übernehmen in Kiel die Macht.

5.–8. November 1918: Ausbreitung der revolutionären Bewegung von Kiel aus auf ganz Deutschland

8. November: Beginn der Waffenstillstandsverhandlungen in einem Eisenbahnwaggon im Wald von Compiègne

9. November 1918: Reichskanzler Max von Baden verkündet eigenmächtig die Abdankung von Kaiser Wilhelm II. und übergibt sein Amt an Friedrich Ebert. Ausrufung der Republik durch Scheidemann, kurz darauf der *Sozialistischen Republik* durch Karl Liebknecht.

11. November 1918: Das Deutsche Reich unterzeichnet den Waffenstillstandsvertrag im Wald von Compiègne.

19. Januar 1919: Wahlen zur Nationalversammlung. Erstmals sind bei diesen allgemeinen, freien und gleichen Wahlen auch Frauen wahlberechtigt. Das Mindestwahlalter wird von fünfundzwanzig auf zwanzig Jahre gesenkt.

Die Wahl endet mit einer Mehrheit für die SPD. Friedrich Ebert wird zum vorläufigen Reichspräsidenten gewählt.

11. Februar 1919: Die Nationalversammlung wählt Friedrich Ebert zum ersten Reichspräsidenten der neuen parlamentarisch-demokratischen Republik.

Wie im Roman erwähnt, verlief der Übergang von der Monarchie zur Republik in Stuttgart verhältnismäßig moderat. Der als liberal geltende und beim Volk beliebte württembergische König Wilhelm begab sich Ende November nach Bebenhausen bei Tübingen ins Exil. Ein Aufstand der Spartakisten im Januar wurde niedergeschlagen.

Frühjahr/Sommer 1919: Revolutionäre Unruhen in Deutschland

14. August 1919: Verkündung der Reichsverfassung in Weimar. Die Deutsche Republik bestand bis 1933. Der Begriff *Weimarer Republik* etabliert sich erst später.

GLOSSAR

Alliierte: Begriff für die wechselnden Mitglieder der Entente, der deutschen Gegner im Ersten Weltkrieg. Ich habe ihn der Einfachheit halber fast immer verwendet.

Aubade: Morgenlied, Morgenständchen

Automaten-Gaststätte, Stuttgart: Im Charlottenbau am Wilhelmsplatz befand sich 1919 eine von vier Automaten-Gaststätten in Stuttgart. Warf man zehn Pfennige ein (auf Schwäbisch *ein Zehnerle),* warfen die Automaten Limonade, Bier, belegte Brötchen oder Kuchen aus. Offenbar liebten die Stuttgarter es, wenn ein exakt dosierter Strahl ihre Gläser füllte (Quelle: *So sah der Charlottenplatz vor 100 Jahren aus*, Stuttgarter Nachrichten, 23.12.2019). Automaten-Restaurants gab es in zahlreichen Städten Deutschlands.

Basilika Birnau am Bodensee: Die 1750 eingeweihte Basilika ist ein wunderschön gelegener Wallfahrtsort und eines der bekanntesten Bauwerke des schwäbischen Barocks. Vor allem während der Sommermonate zieht er Touristen aus aller Welt an. Nach ihrer Säkularisierung 1808 wurde die Kirche über hundert Jahre lang als Geräteschuppen und Ziegenstall genutzt, bevor die Zisterzienser vom Kloster Mehrerau (Vorarlberg, Österreich) sie 1919 zurückkauften und seither als Priorat verwalten. Pater Fidelis allerdings entspringt meiner Fantasie.

Bodenseefische: Die Fischerei zählte lange zu den Haupterwerbszweigen der Bodensee-Bewohner. Eine Quelle aus dem Jahr 1925 nennt als Arten, die am häufigsten gefangen wurden, unter anderem: Saibling, Äsche, Blaufelchen (wichtigste Art), Sandfelchen, Kilch, diverse Forellenarten, Hecht, Kretzer (Barsch), Zander und viele weitere Arten.

Charlottenplatz, Stuttgart: Wer den Charlottenplatz heute kennt, kann sich nur schwer vorstellen, dass er zur Zeit des Romans noch richtig idyllisch war, mit Brunnen und Bäumen. Heute ist er ein mehrspuriger Verkehrsknotenpunkt.

Codebreaker: Englisch für Codeknacker

Eäzezupp: Erbensuppe aus dem Rheinland

Eisdöbele, Konstanz: Uferabschnitt, ehemals Schweizer *Töbeli*, auf dem die Stadt Konstanz seit 1879 eine grenzüberschreitende Freizeiteinrichtung betrieb.

Feuersee, Stuttgart: Der Stuttgarter Feuersee wurde im 18. Jahrhundert ausgegraben und ursprünglich als Wasserreservoir genutzt. Später legte man eine Halbinsel für die im neugotischen Stil erbaute Johanneskirche an. Schon seit dem

19. Jahrhundert bereichert die große Fontäne den Feuersee, der in den Wintern damals als Schlittschuhbahn genutzt wurde.

Gaisburger Marsch: Schwäbisches Eintopfgericht aus Kartoffeln, Rindfleisch und Gemüse. Zu Kriegszeiten dürfte es eine »Lightversion« gegeben haben.

Gaststätte Schweizergrenze, Tägermoos: Beliebtes Schweizer Gasthaus, das unmittelbar am Grenzübergang stand

Gute Fee/Zahnfee: Die Geschichte der Zahnfee, so wie wir sie heute kennen, stammt aus Amerika und verbreitete sich um die Mitte des 20. Jahrhunderts in Deutschland. Allerdings existieren Rituale rund um ausgefallene Zähne bereits seit dem Mittelalter in Europa. Zunächst vergrub oder vernichtete man die Zähne. Dahinter stand der Aberglaube, dass Hexen über ausgefallene Zähne oder andere Teile eines Menschen Macht über ihn gewinnen konnten. Schließlich übergab man die Zähne einer Guten Fee, damit keine Hexe Unfug damit treiben konnte. Bereits ab der Mitte des 19. Jahrhunderts tauchte die Fee dann in Verbindung mit Goldmünzen auf, die sie gegen die verlorenen Milchzähne eintauschte. Auswanderer aus Großbritannien brachten den Brauch in die Neue Welt … und von dort fand er den Weg zurück zu uns. Weitverbreitet war ein solcher Brauch zu Zeiten von Helenas, Lillys und Katharinas Kindheit sicherlich nicht – aber wer weiß, ob nicht die eine oder andere Familie ein solches Ritual gepflegt hat.

Heidenhöhlen, Goldbach (Überlingen): Geheimnisumwittert sind sie bis heute, die Heidenhöhlen bei Goldbach, unweit von Überlingen. Einst fiel der Felsen dort steil in den See ab. Wann genau Menschen damit begannen, Höhlen in das weiche Gestein zu treiben, ist bis heute nicht eindeutig zu datieren. Manche Quellen benennen das frühe 13. Jahrhundert, manche spätere Zeitpunkte. Sicher ist, dass die Höhlen künstlich geschaffen und aufwendig ausgestaltet wurden, mit Kreuzgewölben und umlaufenden Ziergesimsen. Die Anordnung der Räume – verbunden durch Treppen und Gänge – sowie ihre Ausstattung mit Fenstern zum See, Sitzbänken und Herd deuten auf eine Nutzung als Wohnraum hin. Eine mittelalterliche Einsiedelei? Eine Felsenburg? Wir wissen es nicht. Sicher allerdings ist, dass die Heidenhöhlen vor dem Bau von Uferstraße und Bahnlinie (19. Jahrhundert) nur bei Niedrigwasser auf einem schmalen Fußpfad zu erreichen waren. Für die Straße wurden Teile weggesprengt, aber das verbliebene System war noch immer so intakt, dass es bis in die Fünfzigerjahre Touristen anzog. Erst seit 1960 wurden die Reste aus Sicherheitsgründen endgültig zerstört. Wer heute einen Blick in Heidenhöhlen werfen will, die es auch an anderer Stelle des Bodenseeraums gegeben hat, kann das bei Zizenhausen (Stockach) tun. Wie intakt zu Lillys Zeiten Muster und der Kalkputz noch waren, sei dahingestellt. Für die Beschreibung der Heidenhöhlen aber fand ich es reizvoll, die ursprüngliche Gestaltung aufzunehmen.

Karli, Zürich: *Alkoholfreies Restaurant zum Karl dem Grossen*, 1894 vom Zürcher *Frauenverein für Mässigung und Volkswohl* eröffnet, im Volksmund *Karli* genannt. Da viele Männer ihren Lohn vertranken, wollten die Frauen mit dieser Gründung die Alkoholsucht eindämmen. Das Karli war als Gesellschaftshaus allen Kreisen zugänglich: Im Untergeschoss wurden die einfacheren Gäste, in der ersten Etage die wohlhabenderen Schichten bedient. Der Frauenverein führte das Haus bis 1975, die Lokalität ist heute ein Debattierhaus.

Lessing-Gymnasium, Karlsruhe: 1893 eröffnete das erste Mädchengymnasium Deutschlands in Karlsruhe, 1899 legten die ersten Schülerinnen das Abitur ab. Seinen Namen erhielt das inzwischen koedukative Gymnasium im Jahr 1911.

MAISON DE BEAUTÉ: Übersetzt aus dem Französischen: Haus der Schönheit. So nannte Helena Rubinstein ihre Schönheitssalons in Paris und London.

Maschinenfabrik Esslingen: Industriekomplex entlang des Neckars. Nördlich davon stand allerdings keine Seifenfabrik, die habe ich gedanklich dorthin gesetzt.

Nonnenfürzle (schwäbisch): Schmalzgebäck aus Brandteig. Die Bezeichnung entwickelte sich vermutlich aus dem mittelalterlichen Ausdruck *Nunnekenfurt*, was man mit *von den Nonnen am besten zubereitet* wiedergeben könnte. Das Rezept ist kein speziell schwäbisches, sondern unter anderen Namen auch in weiteren Regionen bekannt.

Passeur/Passeurs (siehe auch Todeszaun): Gut organisiertes Netz an Fluchthelfern, die es den Menschen ermöglichten, den Todeszaun zwischen dem von den Deutschen besetzten Belgien und den neutralen Niederlanden zu überwinden. Sie kannten die weniger stark bewachten Abschnitte und hatten die notwendigen Kenntnisse, wie die elektrische Anlage überwunden werden konnte.

Papperlapapp: Der Begriff findet sich erstmals 1880 im Rechtschreibduden und bezeichnet leeres, törichtes Gerede.

Pflege/Pflegekosmetik: Aus Gründen des Lesegenusses habe ich diese Begriffe so verwendet, wie wir sie heute kennen.

Restauration zur Kiste, Stuttgart: Wohnhaus aus dem 18. Jahrhundert, ab 1843 Speisegaststätte. Noch heute gibt es in *Stuttgarts ältester Weinstube* traditionelle schwäbische Küche (Stand: 2022).

Rosgartenmuseum, Konstanz: Kunst- und kulturgeschichtliches Museum der Stadt Konstanz (www.rosgartenmuseum.de). Gegründet im Jahr 1870 durch den Konstanzer Apotheker und Stadtrat Ludwig Leiner, bietet es umfangreiche Sammlungsbestände zur Geschichte der Stadt und der Region. Der *Leiner-Saal*, in dem Lilly und Katharina erstmals mit Elisabeth von Ardenne und Daisy zusammentreffen, kann noch heute im Originalzustand besichtigt werden.

Schmuggel: Schon bald, nachdem Baden 1836 dem Deutschen Zollverein beitrat, blühte der Schleichhandel an Bodensee und Hochrhein. Lebensmittel, Kolonialwaren, Kosmetika, Uhren und anderes mehr fanden ihren Weg über die

Grenze. Der Ausbruch des Ersten Weltkriegs und die damit verbundenen Grenzschließungen ließen Konstanz zu einem Zentrum des gewerbsmäßigen Schmuggels werden. Haushaltswaren, Hygieneartikel und Luxusgüter wurden von professionellen Banden mit Sitz in Zürich und Berlin von der Schweiz nach Deutschland verschoben. Dass in einigen Fällen Züricher Zuhälterbanden daran beteiligt gewesen waren, lieferte mir eine interessante Vorlage für Elisabeths »Werdegang«, nachdem sie Meersburg verlassen hatte. Die im Buch genannte »Organisation« bezieht sich auf diese Schmuggelaktivitäten im Züricher Zuhältermilieu. Viele der *Paradieser* wiederum nutzten ihre amtlichen Bescheinigungen, die ihnen leichten Zugang zu ihren Feldern im Tägermoos und damit zur Schweiz ermöglichten, um sich nebenbei etwas dazuzuverdienen. Sie schmuggelten vor allem Kaffee, Tee, Schokolade und Tabak für den lokalen Bedarf. Während die professionellen Banden gar einen Tunnel gruben, um ihre Ware im großen Stil zu verschieben, versteckten die *Paradieser* ihr Gut in Kutschböcken, unter Jaucheschöpfern oder in leeren Jauchefässern. Wie Elisabeth verbargen die Frauen ihre Ware oft in Unterröcken mit eingenähten Taschen (oder ihrem Mieder). Tatsächlich wurden auch Morphium und Kokain geschmuggelt.

Secret Intelligence Service: Britischer Auslandsgeheimdienst

Seife/Seifenherstellung: Die Ausgestaltung der Seifenfabrik Reichle orientiert sich an den Unterlagen der *Vereinigten Seifenfabriken Untertürkheim* und anderen Fabrikbauten der Zeit.

Slàinte Mhath: Traditioneller schottisch-gälischer Trinkspruch, *Zum Wohl*

Sodomie: Frühere Bezeichnung für (u. a.) Homosexualität

Stuttgarter Rathaus: Anstelle des nüchternen Zweckbaus des heutigen Rathauses stand im Jahr 1918 ein prächtiger, im Stil der flämischen Gotik errichteter Vorgängerbau am Stuttgarter Marktplatz. Das erst zu Jahrhundertbeginn errichtete Bauwerk wurde während der heftigen Luftangriffe des Zweiten Weltkriegs zerstört.

Substitution (Kryptografieverfahren): Ersetzen von Zeichen

Tank (engl.): Panzer

Transposition (Kryptografieverfahren): Veränderung der Zeichenreihenfolge

Todeszaun: Elektrischer Grenzsicherungszaun, den die deutsche Armee 1915 entlang der Grenze zwischen dem von den Deutschen besetzten Belgien und den neutralen Niederlanden errichtet hatte, um Flucht, Spionage und Schmuggelwesen zu unterbinden. Zwischen zwei sogenannten Warndrähten verlief der eigentliche Hochspannungszaun. Patrouillengänge, Schweinwerfer, akustische Signalanlagen, Fernsprechleitungen und Schalthäuser vervollständigten die Sicherungsanlage. Mit zweitausend Volt war eine Berührung des Zaunes tödlich. Um das Hindernis zu überwinden, erfanden die Menschen abenteuerliche Wege: Profis setzten auf Gummianzüge, Gummimatten oder isolierte Stahlschneider. Andere übten sich im Stabhochsprung, um den Drahtverhau zu überwinden, oder brachten Porzellanteller an ihrer Kleidung an. Auch ein hölzernes Fass ohne Boden, das in die elektrischen Drähte gerammt wurde, verhalf manchen zur Flucht. Dennoch verloren mehrere Tausend Menschen am Todeszaun ihr Leben.

Tricoteuses: Frauen, die Teil eines Spionagenetzwerks waren und ihre geheimen Botschaften in Strickmuster umsetzten

Weihnachtsfriede 1914: Die Beschreibungen der Vorgänge an der Westfront zu Weihnachten 1914 entsprechen dem, was die gängigen Quellen berichten. Sie berufen sich auf Augenzeugen. Diese berichten zudem, dass ein Gefreiter die Vorgänge verärgert verfolgt haben soll: »Eine Friedenssehnsucht darf in der Kriegszeit nicht zur Debatte stehen«, notierte er. Sein Name war Adolf Hitler.

Zimmerbrunnen: Lillys Zimmerbrunnen ist meiner Fantasie geschuldet. So wie wir den Begriff Zimmerbrunnen heute kennen, wird er erst seit den Siebzigerjahren verwendet.

MEIN DANK

Zu Beginn eines Buches, wenn die Seiten noch leer und blank vor mir liegen, vermag ich mir kaum vorzustellen, dass sie einige Wochen später das Zuhause einer neuen Geschichte sind. Und dann geschieht das Wunder immer wieder: Die Fantasie wird zu Worten, zu Sätzen, zu Kapiteln, zu einem Buch.

Dieser Prozess braucht Raum und Zeit, und deshalb geht mein allererster Dank an meine Kinder und meine Familie, die meine geistige Abwesenheit ertragen müssen. Ich weiß, dass ich manchmal die Zeit vergesse, gefühlt Lichtjahre später auf eine gestellte Frage antworte, manches nicht zu mir durchdringt. Fühlt euch umarmt, denn was auch immer ist: Ihr seid das Wichtigste!

Ist die Geschichte zu Papier gebracht, kümmert sich der Penguin-Verlag darum, sie perfekt zu machen. Dr. Britta Claus betreut mich als Programmleiterin und Lektorin stets von der ersten Idee an, Magdalena Heer unterstützt sie dabei mit ihrem feinen Gefühl für Geschichten, meine Redakteurin Sarvin Zakikhani verleiht allem den endgültigen brillanten Schliff. Laura, Katharina, Christopher, Stef und all ihr Lieben – danke für eure wunderbare Arbeit! Und danke, liebe Eva Schubert, dass ich und meine Bücher bei euch eine so wunderbare Heimat gefunden haben! Der Vertrieb der Verlagsgruppe Penguin Random House trägt das fertige Werk dann hinaus in die Welt und sorgt dafür, dass es in den Buchhandlungen und Geschäften auf Sie wartet.

Die Klammer dafür schafft meine wunderbare Agentur Agence Hoffman in München. Deshalb an dieser Stelle ein inniger Dank an meinen Agenten Dr. Uwe Neumahr, die Inhaberin Andrea Wildgruber und das ganze Team.

Die Recherche für dieses Buch führte mich unter anderem in das Rosgartenmuseum Konstanz. Dort wurde ich von Katharina Schlude und Dr. Lisa Foege mit offenen Armen empfangen und mit wertvollen Hintergrundinformationen zum »Paradies«, dem Tägermoos, dem Rosgartenmuseum selbst und dem Schmuggelwesen am Bodensee versorgt.

Ein dickes Dankeschön rufe ich auch meinen Freundinnen zu, die akzeptieren, dass ich manchmal wochenlang abtauche, ohne sie zu vergessen, aber auch ohne mich zu melden. Großartig ist auch die Unterstützung durch die Betreuerinnen der Fangruppen, Simone Gerken und Susanne Edelmann. Petra Luipold ist an meiner Seite, wenn es um die Organisation besonderer Veranstaltungen geht. Und ein liebes Dankeschön auch all meinen wunderbaren Autorenkolleginnen und Autorenkollegen, mit denen ich auf diesem wunderbaren Weg der Schriftstellerei verbunden bin.

Das Rezept für die Nussschaumtorte stammt übrigens aus dem feinen Backrezepte-Schatz meiner Großmutter väterlicherseits und ist bisher gut gehütet worden. Ganz lieben Dank deshalb an meine Tante, Judith Diwischek, die es noch von unserer Großmutti bekommen und nun an mich weitergegeben hat, damit es seinen Weg in diesen Roman finden kann.

Und last but not least: Danke an Sie, meine lieben und treuen Leserinnen und Leser, dass Sie sich von mir mitnehmen lassen in immer neue Abenteuer.

Von Herzen
Maria Nikolai

Lesen Sie weiter >>

1. KAPITEL

Meersburg, zehn Jahre später, Mitte November 1917

Helena Lindner hatte den großen Weidenkorb ins Gras gestellt und suchte unter dem alten Apfelbaum nach dem restlichen Fallobst dieses Herbstes. Ein intensiver Duft stieg vom Boden auf, fruchtig und erdig, und kitzelte sie in der Nase, während sie mit flinken Händen die verstreut liegenden Äpfel einsammelte. Die meisten waren angefault, sie würde recht viel ausschneiden müssen, aber für den Apfelkuchen, den Käthe daraus backen wollte, lohnte die Mühe allemal.

Ihr Korb füllte sich rasch, und nachdem sie die letzten Früchte hineingelegt hatte, betrachtete sie glücklich ihre Ausbeute. Es war mehr als erwartet und würde nicht nur für einen Apfelkuchen reichen, sondern für eine gute Portion Apfelmus obendrein. Sie richtete sich auf und packte den Korb am Henkel.

Während sie den schmalen Pfad zum Gartentor entlangging, vorbei an abgeernteten Beeten und Obstbäumen, wurde ihr einmal mehr bewusst, dass dieses Stück Land die Familie vor schlimmerem Elend bewahrte. Denn selbst hier, in dieser fruchtbaren Gegend am See, war der einstige Überfluss karger Not gewichen.

Schuld daran war dieser unsägliche Krieg, der einfach kein Ende nehmen wollte.

Helena seufzte, als sie durch das erbärmlich quietschende Gartentürchen schritt, es hinter sich schloss und anschließend den Weg zum Haus einschlug. Ein blasses Farbenspiel aus Rot, Gelb und Orangetönen überzog die rebenbestandenen Hänge rings um Meersburg, und Helena war bewusst, dass in der kühlen Schönheit dieser letzten Herbsttage bereits die Unausweichlichkeit des kommenden Winters lag. Und mit ihm würde alles noch schlimmer werden.

Als wolle sie einen Gegenakzent zu Helenas schweren Gedanken setzen, streichelte die tief stehende Spätnachmittagssonne die großzügige Architektur des Lindenhofs, und Helena hielt einen Moment inne. *Mein Zuhause.*

Der zweiflügelige Bau mit seinen Brüstungen und Balkonen, den schmalen Säulen seitlich des Eingangs und den hohen Fenstern mit weißen Sprossen machte einen feudalen Eindruck. Betrachtete man das hellgelb gestrichene Gebäude allerdings näher, waren deutliche Spuren des Verfalls zu erkennen.

Helenas Vater hatte das heruntergekommene, uralte Adelsgut einst geerbt. Bis heute stand die schlechte Bausubstanz im Kontrast zum hübschen Äußeren, und so galt der Lindenhof als einfache Herberge, die es trotz ihrer Lage am Ortsrand unweit des Seeufers nie mit den alteingesessenen Wirtschaften wie dem *Bären*, dem *Schiff*, dem *Ochsen* oder dem *Wilden Mann* hatte aufnehmen können.

Für Helena aber war es der schönste Platz der Welt. Auch die vielen Maler, die einst regelmäßig über die Sommermonate bei ihnen abgestiegen waren, hatten das Besondere hier gespürt. Dieses Haus besaß eine eigene Seele – und obwohl seit Kriegsbeginn die Gäste nur noch spärlich kamen und sie täglich um ihre Existenz kämpfen mussten, fühlte sie mit der ganzen Gewissheit ihrer einundzwanzig Jahre, dass hier ihr Platz war.

Sie ging die letzten Schritte und stieg die steinernen Stufen der Freitreppe hinauf, die vor ein mit Ziersäulen bestandenes Portal führte. Dort drehte sie sich noch einmal um und genoss den wunderschönen Blick über den breiten, von Linden flankierten Kiesweg bis hin zum See, dessen Wasser blaugrau herüberschimmerte. Schließlich wandte sie sich der weiß gestrichenen Doppeltür unter dem halbrunden Oberlicht zu, drückte mit dem Ellenbogen des freien Armes die Klinke herunter und trat ein.

Die Eingangshalle, die sie empfing, wirkte auf den ersten Blick zwar herrschaftlich, aber die grob gezimmerte Rezeption mit dem abgenutzten Mobiliar revidierte den Eindruck sofort. Dieser Widerspruch schmerzte Helena. Die besondere Architektur und die einzigartige Lage am See prädestinierten den Lindenhof für Großes: In Helenas Vorstellung entstand anstelle des zweitklassigen Gasthofs bereits ein luxuriöses Hotel – dann, wenn der Krieg endlich einmal vorüber war.

Doch außer ihr schien niemand diese Möglichkeiten zu erkennen. Für Elisabeth, ihre Stiefmutter, war das Haus eine einzige Last, und Helenas Schwestern beschwerten sich ständig, weil es hie und da hereinregnete und selbst ein Kaminfeuer im Winter nie ganz die Kälte zu verdrängen vermochte. Zudem hatten sie weder elektrisches Licht noch fließendes Wasser, außer in der Küche, und der Abort befand sich hinter dem Haus. Einer der Flügel des Hauses war so marode, dass er nicht mehr benutzt werden konnte, im anderen war der schlichte Speisesaal des Gasthauses untergebracht. Aber wenn man alles neu herrichten würde …

Helena packte den Korb fester und machte sich auf den Weg in die Küchenräume im Souterrain. Als sie den langen, in einem schwarz-weißen Schachbrettmuster gefliesten Gang entlangging, sah sie vor ihrem inneren Auge bereits nobel gekleidete Gäste aus aller Welt durch die geschmackvoll eingerichteten Räume flanieren.

»Stellen Sie die Äpfel auf den Tisch«, sagte Käthe, als Helena in die weitläufige Küche kam, die einst ein großes Haus versorgt hatte und deshalb gut ausgestattet war. Die hochgewachsene Köchin war vom ersten Tag an Teil des Gasthof-Personals gewesen, inzwischen war sie die Einzige, die noch ihre Stellung innehatte. Den Kellner, die Spülhilfe, das Zimmermädchen – sie alle hatte ihre Stiefmutter in den letzten Jahren entlassen, weil sie sie nicht mehr bezahlen konnte.

Helena tat wie ihr geheißen und wuchtete den Korb auf den großen Tisch aus massivem Holz. Käthe wischte sich die Hände an ihrer Schürze ab und machte sich sofort daran, den Inhalt zu begutachten. Trotz ihrer rauen Art hatte sie das Herz auf dem rechten Fleck. Vor allem aber konnte sie unsagbar gut kochen und backen, und schon seit Helena ein Kind war, versuchten sie sich zusammen an fantasievollen Kuchen und Torten.

Käthe holte ein weißes Tuch aus Leinen. Gemeinsam breiteten sie die Äpfel darauf aus und begannen, die wurmstichigen und faulen Stellen zu entfernen.

Sie hatten sich durch etwa die Hälfte der Früchte gearbeitet, als die Tür aufging und Katharina hereinkam, Helenas jüngste Schwester.

»Bekomme ich einen Kaffee, Käthe?«, fragte sie.

Käthe nickte und legte ihr Messer hin. Während die Köchin zum Herd ging, sah Katharina Helena über die Schulter. »Du warst im Garten! Kocht ihr Apfelmus ein?«

»Wir machen Apfelkuchen«, erwiderte Helena. »Und wenn etwas übrig bleibt, auch Apfelmus.«

»Apfelkuchen?« Katharinas Stimme nahm einen schwärmerischen Klang an. »Das gab es schon lange nicht mehr!«

»Ja, ein Luxus in diesen Tagen. Es war schwer genug, alles zu organisieren.« Helena nahm sich den nächsten Apfel. »Aber die Hühner hatten so viele Eier gelegt, dass ich welche gegen Zucker und Mehl eintauschen konnte. Und etwas Butter.« Mit einem schabenden Geräusch glitt die Klinge durch das Fruchtfleisch.

»Mhm. Wann kann man denn ein Stück vom Kuchen versuchen?«, fragte Katharina.

Käthe füllte einen blau bemalten Becher mit heißem Wasser und rührte Getreidekaffee hinein, den sie in einer hellen Porzellandose aufbewahrte. »Wir servieren ihn heute Abend als Nachtisch«, sagte sie und drückte Katharina den Kaffeebecher in die Hand.

»Danke, Käthe!« Katharina blies vorsichtig in die dampfende Flüssigkeit, bevor sie daran nippte.

Der würzige Duft schmeichelte Helenas Nase. Als habe Käthe es geahnt, machte sie eine weitere Tasse fertig und stellte sie vor Helena hin.

»Sie sind die Beste!« Helena lächelte Käthe an, die mit den Vorbereitungen für den Apfelkuchen fortfuhr.

Katharina hatte sich derweil auf die schmale Bank gesetzt, die unter einem der Fenster an der Wand stand. Helena fand, dass sie abgekämpft aussah. Seit Katharina im Meersburger Spital arbeitete, war sie ständig im Einsatz, tagsüber und auch in der Nacht. Häufig kam sie nur für ein paar Stunden nach Hause.

»Was gibt es denn zum Abendessen?«, fragte Katharina in diesem Moment.

»Eier und Kartoffeln«, antwortete Käthe. »Und Kotelett von Steckrüben.«

Katharina verzog das Gesicht, und Helena teilte ihre Abneigung. Steckrüben gab es seit dem letzten Winter viel zu oft, und auch wenn Käthe das knollige Gemüse recht schmackhaft zubereitete, wünschten sich alle endlich wieder einmal ein richtiges Stück Fleisch.

Die Äpfel waren fertig geschnitten. Helena gab etwas geschmolzene Butter in eine Backschüssel aus weißer Keramik und ließ Zucker dazu rieseln. Während sie beides mit einem Schneebesen schaumig rührte, verquirlte Käthe vier Eier und schüttete sie hinein. Helena schlug alles kräftig durch, bis eine feine Creme entstand, und als sie sah, dass Käthe die Waage einstellte, um Mehl abzuwiegen, tauchte sie rasch einen Finger in die Mischung.

»Ach, Fräulein Helena, das sollten Sie doch nicht tun!«, rügte Käthe prompt.

»Ohne Naschen macht das Backen nur halb so viel Spaß«, rechtfertigte sich Helena lächelnd.

Käthe schnaubte, schmunzelte zugleich aber wissend, denn Helena kostete seit ihrer Kindheit jeden Kuchenteig.

Feiner weißer Staub legte sich auf die hellgelbe Masse in Helenas Schüssel, als Käthe das abgewogene und mit etwas Natron gemischte Mehl darübersiebte. Mit geübten Bewegungen verarbeitete Helena die Zutaten zu einem glatten, zähflüssigen Teig.

Käthe hatte bereits die Kuchenform vorbereitet und knackte nun einige Walnüsse. Helena gab den Teig in die Form, ritzte die Apfelviertel ein und setzte sie vorsichtig darauf.

Käthe nickte anerkennend. »Sehr schön!«

»Eine süße Abwechslung in diesen Zeiten«, erwiderte Helena und wusch sich die Hände.

Während Käthe die Walnüsse über die Äpfel streute und den Kuchen ins Rohr schob, nahm Helena ihren Becher und setzte sich zu ihrer Schwester auf die Bank. »Musst du noch einmal ins Spital?«

»Nein«, antwortete Katharina. »Aber morgen habe ich in aller Frühe wieder Dienst.«

»So kannst du nicht weitermachen, Katharina. Du wirst irgendwann zusammenbrechen.«

»Was soll ich denn tun? Wir sind überbelegt. Eigentlich bräuchten wir dringend mehr Zimmer. Und auch mehr Personal.«

Helena drang nicht weiter in sie. Seit sie denken konnte, half ihre Schwester Kranken und Verletzten. Als Kind hatte sich Katharinas Wirkungsbereich auf Hunde, Katzen und anderes Getier erstreckt, später um die Familienmitglieder erweitert. An ihrem sechzehnten Geburtstag im April hatte sie sich schließlich als Hilfsschwester im Spital gemeldet. Das bisschen Lohn, das sie für die Schinderei dort bekam, musste sie zu Hause abgeben.

Aber so war Katharina. Die Medizin war ihre Leidenschaft, dafür ging sie an ihre Grenzen. Ganz im Gegensatz zu Lilly, der mittleren der Schwestern, die sich Aufgaben gern entzog. Mit siebzehn Jahren könnte man von ihr eine gewisse Reife erwarten, aber ihre Welt bestand aus Tanz, Büchern und allem, was mit Schönheit zu tun hatte.

Helena schloss einen Moment die Augen und trank von ihrem warmen Getreidekaffee. »Es werden nicht weniger Verletzte werden«, sagte sie dann zu Katharina. »Mich wundert, dass sie überhaupt noch genügend Soldaten an der Front haben.«

»Mich wundert vor allem, dass die Versehrten sich wieder ins Feld schicken lassen, wenn sie einigermaßen einsatzfähig sind«, entgegnete Katharina. »Man sieht die Angst in den Gesichtern, wenn sie sich von uns verabschieden.«

»Sie haben keine Wahl. Auf Desertieren steht die Todesstrafe.«

»*Ich* würde mich verstecken. Da bekäme mich keiner hin.« Katharina seufzte. »Weißt du, ich frage mich jeden Tag, wozu dieser Krieg gut sein soll. Die Männer werden abgeschlachtet, und zu Hause sterben ihre Kinder. Das ist doch grausam und sinnlos!«

Helena nickte und sah ihre Schwester von der Seite an. Katharinas fein geschnittenes Gesicht war blass, ihre grünen Augen mit dem feinen Bernsteinring um die Iris blickten müde. Einige hellblonde Strähnen hatten sich aus ihrem geflochtenen Knoten gelöst und stahlen sich unter der weißen Schwesternhaube hervor. Unwillkürlich strich sich Helena eine ihrer schweren, dunklen Locken aus dem Gesicht. »Wir können es nicht ändern.«

»Nur bet'n«, rief eine wohltönende, tiefe Stimme.

»Pater Fidelis!«, rief Helena und stand auf, um den korpulenten Zisterzienser-Mönch in seinem weiß-schwarzen Habit zu begrüßen. »Ihr seid pünktlich. Es dauert nicht mehr lange bis zum Abendessen.«

»Aufs Abendessen im Lindenhof freu ich mich jed'n Tag!« Obwohl er ursprünglich aus München stammte, gehörte Pater Fidelis dem Kloster Mehrerau bei Bregenz an und hatte sich auf Geheiß seines Ordens nun für längere Zeit im Lindenhof eingemietet, um die nahe gelegene Wallfahrtskirche Birnau genauer in Augenschein zu nehmen.

Helena sah, wie ein kurzes Lächeln über das Gesicht der Köchin glitt. »Zum Nachtisch gibt es heute frischen Apfelkuchen!«, erklärte Käthe, und ein wenig Stolz schwang in ihrer Stimme mit.

»Dann lass ich die Hauptspeis ausfallen!« Pater Fidelis schnupperte. »Des riecht schon guat!« Derzeit war er der einzige Gast im Lindenhof und mit seiner hilfsbereiten und fröhlichen Art schon vom ersten Tag an in die Familie aufgenommen worden.

»Wie war Euer Besuch in der Basilika, Pater Fidelis?«, fragte Helena.

»*Omne initium difficile est*«, rezitierte er nun. »Und ein Anfang is noch net mal g'macht. Bis dort'n wieder dem Höchsten g'huldigt wird – des dauert!« Das säkularisierte und schon lange nicht mehr als Gotteshaus genutzte Gebäude sollte in die Hände der katholischen Kirche zurückgeholt werden, und Pater Fidelis war auserkoren, seinen Erhaltungszustand zu dokumentieren.

»Ist es denn so schlimm?«, wollte Helena wissen.

»Furchtbar ist es! Man hat dort'n den Heiligen Raum als Ziegenstall hergenommen.« Er schüttelte den Kopf. »Auch wenn die Ziegen gewiss im Garten des Herrn weiden dürfen, glaub ich net, dass die Viecherl so recht zu würdigen wussten, dass sie in einer Kirche fressen und ihr G'schäft verrichten durften.«

»Wer weiß? Vielleicht haben sie deshalb eine ganz besonders gute Milch gegeben?«

Pater Fidelis lachte. Laut, tief und freundlich klang es durch den Raum. »Der war guat, Fräulein Helena!« Er hustete. »Na, des wird scho. Hauptsache, des *Gnadenbild* wird bald zurückgebracht von Salem und die Muttergottes endlich wieder an den Platz gestellt, wo's hingehört.«

»Ich würde es Euch wünschen, Pater Fidelis«, erwiderte Helena. »Darf ich Euch einen Getreidekaffee anbieten? Es gibt ja leider keinen echten …«

»Ich mag des Gebräu schon, was ihr da habt«, erwiderte Pater Fidelis, dann hielt er inne. »Eh … warten S'.« Er zog einen aufgerissenen, zerknitterten Briefumschlag aus seiner Kutte. »Des ist von der Frau Elisabeth. Sie hat's mir aufm Flur mitgeb'n.«

Verwundert nahm Helena den Brief entgegen. Als sie las,

wer der Absender war, begann ihre Hand zu zittern. Zu lange hatten sie nichts von ihm gehört.

»Was ist denn, Helena? Von wem ist er?«

»Von Vater«, antwortete Helena tonlos.

»Was schreibt er denn?«, drängte Katharina.

Helena zog den Briefbogen aus dem Umschlag, entfaltete ihn und las die wenigen Zeilen. »Gütiger Gott …« Sie schlug die Hand vor den Mund.

Käthe hob den Kopf, Pater Fidelis sah sie aufmerksam an. Katharina stand auf und trat neben sie. »Bitte, Helena, sag!«

»Er lebt.« Sie lächelte und schloss einen Moment lang die Augen. »Und er kommt nach Hause.«

Katharina stieß einen jubelnden Laut aus.

»Dem Herrn sei's gedankt!«, rief Pater Fidelis und machte das Kreuzzeichen.

»Aber … er … ist verwundet.« Helena hatte weitergelesen. »Er schreibt, dass die Verletzung schwer ist. Eine Granate.« Sie griff nach der Hand ihrer Schwester. »Aber … wir werden ihn einfach wieder gesund pflegen, nicht wahr, Katharina? Das Wichtigste ist doch, dass wir ihn endlich wieder daheim haben!«

2. KAPITEL

Petrograd, 20. November 1917

Nachts kamen die Schatten. Bedrohlich, unausweichlich. Sie drängten sich in seine Träume, nahmen ihm die Luft zum Atmen und jagten ihn aus dem Bett – immer um dieselbe Stunde.

Schweißgebadet fand er sich am Fenster der fremden Datscha wieder, in der er in der Hoffnung untergekrochen war, dass ihn hier niemand aufstöberte. Er riss einen Flügel auf und atmete hinaus in die bitterkalte Winternacht. In der Ferne leuchteten die Lichter der Stadt.

Obwohl er mehrere Kleiderschichten übereinander trug, begann er rasch zu frösteln. Der russische Winter war unerbittlich.

Eigentlich hatte er diese Jahreszeit immer gemocht, wenn der Schnee sich meterhoch türmte und die Flüsse und Seen so fest zufroren, dass man darauf Schlittschuh laufen konnte. Doch die Tage, da er nach einer herrlichen Schlittenpartie mit Lidia und den Kindern am Kaminfeuer gesessen und eine Geschichte von Väterchen Frost erzählt hatte, schienen nicht nur

Ewigkeiten fort zu sein, sondern aus einem anderen Leben zu stammen.

Dabei war noch nicht einmal ein Jahr vergangen, seit er mit den Buben das letzte Mal ein Schneehaus gebaut und ein Lagerfeuer darin entfacht hatte. Noch immer vermeinte er die Stimmen und das Lachen der Kleinen zu hören, zu fühlen, wie sich ihre Ärmchen um seinen Hals schlangen – mit geröteten Wangen und stolz auf das, was sie gemeinsam geschaffen hatten.

Nachts begegnete er Lidia in seinen Träumen. Sah sie mit den Buben spielen und die Kleine wiegen, fing ihr Lächeln auf, das Wärme und Licht brachte – und das jedes Mal in Blut, verzweifelten Schreien und Dunkelheit erstarb.

Sie waren tot.

Er stützte sich mit dem Unterarm an dem rauen hölzernen Fensterrahmen ab, lehnte seine Stirn dagegen und schloss die Augen. Unerträgliche Trauer flutete seine Seele, gepaart mit dem nagenden Schuldgefühl, die Seinen nicht beschützt haben zu können.

Wer hatte ihnen das angetan?

Einzig der unermessliche Drang, Antworten zu finden, ließ ihn jeden Morgen aufstehen. Er brauchte Klarheit, wollte die Schuldigen finden, ihnen ihr Dasein so unerträglich machen, wie ihm das seine war.

Als die Kälte zu tief in seine Knochen kroch, schloss er das Fenster, nahm eine kleine irdene Schale und ging hinaus, um sie mit Schnee zu füllen. Anschließend entzündete er ein paar Kerzenstummel, hielt zunächst seine Hände über die spärlichen Flammen und dann die Schale. Nachdem das weiße

Häufchen darin zu lauwarmem Wasser geworden war, stellte er das Gefäß auf einer hohen Kommode ab. In langsamen Bewegungen tauchte er eine Hand hinein und benetzte sein Gesicht, tat es wieder und wieder, bis er das Gefühl hatte, den Dreck ein wenig abgewaschen zu haben, der sich darauf festgesetzt hatte.

Dann sah er auf und blickte in einen kleinen Spiegel, der über der Kommode angebracht war.

Eine rosa Narbe zog sich von seinem rechten Ohr bis zum Mundwinkel, eine zweite quer über die Stirn. Die Hiebe hätten ihn töten sollen wie Lidia und die Kinder – doch er hatte überlebt. Mit dem Finger fuhr er vorsichtig die unregelmäßigen, empfindlichen Erhebungen nach, dann ließ er die Hand sinken und wandte sich ab. Er erkannte sich nicht in dem Mann im Spiegel, dessen dunkles Haar lockig in die Stirn hing, dessen Bart an den eines Popen erinnerte und dessen Augen leblos in einem Gesicht standen, das durch die Hiebe eines Bajonetts grausam entstellt worden war. Der so viel älter wirkte als die dreißig Jahre, die er zählte.

Er nahm seine Pelzmütze und zog sie auf, dann stopfte er die wenigen Habseligkeiten, die er noch besaß, in seinen Rucksack. Noch bevor der Morgen graute, hatte er den Rest des Wassers getrunken, die Kerzen gelöscht und sämtliche Spuren seiner Anwesenheit beseitigt. Schließlich zog er seinen Mantel an und machte sich auf in die mondhelle Nacht.

3. KAPITEL

Meersburg, in jenen Novembertagen

Elisabeth Lindner breitete eine weiße Tischdecke über der schweren Platte aus Eichenholz aus und strich sie glatt. Dann verteilte sie Teller und Besteck, stellte Krüge mit Wasser und einen Korb mit Brot dazu. Im großen Speisesaal des Gasthauses wirkte der einzige gedeckte Tisch verwaist. Außer zwei alten Männern, die am Tresen beim Bier saßen und sich unterhielten, waren heute Abend keine Gäste da. Gleich würde sich der Raum wenigstens ein wenig beleben, wenn sich alle um den langen Tisch versammelten.

Während sie äußerlich ruhig ihre Arbeit tat, kreisten ihre Gedanken um Gustavs Brief. Ihr Mann kam heim. Bald sogar. Für viele Ehefrauen war dies ein Grund zur Freude – nicht aber für sie. Nachdem schon seit vielen Monaten kein Lebenszeichen mehr von ihm eingetroffen war, hatte sie insgeheim gehofft, dass er gar nicht mehr zurückkehren würde. Das klang gewiss hartherzig, doch wie sollte sie sich einen Mann nach Hause wünschen, für den sie noch nie tiefe Gefühle gehegt hatte? Die Heirat mit ihm war eine Gelegenheit gewesen, ihr von Armut und Trunksucht geprägtes Elternhaus hinter sich zu lassen. Gustav wiederum hatte eine Mutter für seine kleine Tochter gesucht, und so hatten sie beide profitiert. Helena, das musste Elisabeth zugeben, war ein anständiges Kind gewesen, und Elisabeth hatte sie versorgt, genauso wie ihre eigenen Töchter, die kurze Zeit später geboren worden waren. Gustav dagegen war ihr mehr und mehr zur Last geworden. Elisabeth hatte bei ihrer Heirat auf ein Leben an der Seite eines erfolgreichen Gastwirts gehofft. Diese Hoffnung war im Laufe der Jahre ebenso gestorben wie ihr Respekt für Gustav, der es nicht geschafft hatte, das Gasthaus zur Blüte zu bringen. Hinzu kam die ungewöhnlich enge Bindung, die er zu Helena hatte. Seine älteste Tochter schien die Einzige zu sein, der er irgendetwas zutraute. Bei seinem letzten Fronturlaub hatte er dann überraschend verkündet, dass Helena einmal den Lindenhof übernehmen würde. Beim Gedanken daran verkrampfte sich jedes Mal Elisabeths Magen. Er hatte sie einfach übergangen und damit um ihr Lebenswerk betrogen. Helena würde sie bestimmt nicht des Hauses verweisen, aber von ihrer Stieftochter abhängig zu sein, das konnte Elisabeth sich nicht vorstellen. Damals war ihr klar geworden, dass ihr nichts anderes übrig blieb, als ihr eigenes Spiel zu spielen, wenn sie ihre Interessen wahren wollte.

Sie hatte lange nachgedacht. Fast ein ganzes Jahr. Hatte heimlich Gelder abgezweigt, um sich finanziell abzusichern. Doch der Kampf ums wirtschaftliche Überleben war inzwischen so hart geworden, dass es in ihren Augen nur noch eine Möglichkeit gab: Sie musste den Lindenhof verkaufen – und zwar bevor Helena darüber mitbestimmen konnte. Seit Kurzem hatte sie endlich einen möglichen Käufer, und er gefiel ihr gleich in mehrerlei Hinsicht gut …

Elisabeth verteilte ein paar Kerzen im Raum und zündete sie an. Ihr Flackern warf unruhige Schatten an die leeren, rissigen Wände.

Nun war er also auf dem Heimweg, der Gustav, und auf einmal drängte die Zeit. Wollte sie nicht alles verlieren, musste sie die Dinge beschleunigen.